死亡圣地

〔日〕恩田陆 著　许译兮 译

中国工人出版社

图书在版编目（CIP）数据

死亡圣地 /（日）恩田陆著；许译兮译. —北京：中国工人出版社，2018.8
ISBN 978-7-5008-7050-0

Ⅰ.①死… Ⅱ.①恩… ②许… Ⅲ.①长篇小说—日本—现代 Ⅳ.①I313.45

中国版本图书馆CIP数据核字（2018）第204078号

著作权合同登记号 图字：01-2017-7720（上）01-2017-7719（下）

死亡圣地

出 版 人	王娇萍
责任编辑	葛忠雨
责任校对	董春娜
责任印制	黄　丽
出版发行	中国工人出版社
地　　址	北京市东城区鼓楼外大街45号　邮编：100120
网　　址	http://www.wp-china.com
电　　话	（010）62005043（总编室）　（010）62005039（出版物流部） （010）62379038（社科文艺分社）
发行热线	（010）62005049　（010）62005042（传真）
经　　销	各地书店
印　　刷	天津嘉恒印务有限公司
开　　本	710毫米×1000毫米　1/16
印　　张	24
字　　数	512千字
版　　次	2018年10月第1版　2018年10月第1次印刷
定　　价	59.00元

目录
Contents

楔子

两个女人站在凉意袭人的露台上，仰望天空。

一个不到二十岁，另一个看上去三十过半。两个人的容貌有些许相似。

“看，是燕子！”

那个年轻的女孩忽然伸出手，指向微阴的天空。

“哦，是吗？好兆头啊，人们都说，南飞的燕子会带来许多‘客人’呢。”

“咦？不好意思，我弄错了，是喜鹊。”

“不会吧，喜鹊不是温暖地方的鸟儿吗？”

“也有可能在这里出现的。因为暖流的关系，海滨沿岸有时会变得特别温暖，可能会出现喜鹊。这是地理老师说的。”

另一个满头银发的女人在屋里来回走动着，她瞪着她们两个：“快点儿到桌子这边来，别总是三心二意的。”

“啊，不好意思。”

“哇，是西边的风，云彩在动呢，好美啊，看着云彩飘动的样子真的好激动！”

“我说过了，快点儿！”

正望着天空陶醉的年轻女孩耸了耸肩，拉了拉对襟开衫，整理了一下披肩，回到屋中。

女人们清清嗓子，一副郑重其事的样子，坐到朝着露台平行放置的一张桌子旁边。

桌子两端的蜡烛亮着，微风从敞开的露台拂进来，烛火轻轻摇曳着。三个人坐在桌边，每人面前都有一个鲜艳的朱漆碗扣在桌上。蜡烛的火焰在碗的表面映出一个朦胧的光点。

“今年该是肯特叔叔了。”

年轻女孩缓缓地低声说。旁边的女人哼了一声：“怎么说今年都该是仁左卫门爷爷。”

“嘘！安静！陛下荣光永驻，格言长存！”

满头银发的女人发出庄严的低语，另外两个人也轻声唱和着：

“陛下荣光永驻，格言长存。”

沉默笼罩了整个房间。

遥远天空的一角掠过一道微光——一声宣告秋去冬来的混沌的雷声响起。

一股潮湿的空气涌进屋中。

女人们紧锁眉头，全神贯注，似乎没有听到远方的雷声。

房间里有什么东西膨胀起来，浓密而又紧迫。

三个碗开始摇晃起来。开始时声音十分细微，几乎听不到，然而，那叩击桌面的幅度渐渐扩大，最后简直响彻整个房间。

突然，一声脆响，好像树果在火中爆裂一般，桌上的碗一个个跳了起来。

“哦哦！”

女人们小声惊叫着，睁大眼睛，站起身来，椅子发出一阵“咯吱咯吱”的响声。

她们一起弯下腰，凝视着掉落在地板上的碗。

然后，她们你看看我，我看看你，每张脸上都是一副困惑的表情。

“没有。”

“没有啊。”

“蛋在哪里？”

“简直不敢相信，每一个都是空的。”

“怎么会这样？”

猛地，窗外轰隆一声巨响，好像混沌的世界被撕裂开来。

三个人的眼睛都朝发出声音的方向望过去。

那是远方的雷和闪电。一瞬间，屋中的女人们惊得变了脸色。

女人们一动不动地凝视着窗外。

终于，银发女人声音嘶哑地低语道：“究竟是谁？”

没有人回答这个迷茫的声音。

第一章

去往厄纳得山的慢行船

厄纳得山在这个岛的西北部。

码头上熙熙攘攘，许多人带着家人在这里等待登船。

说是码头，其实只是一段河岸。本来距离就不太长，今天又是开闸的日子，因此显得有些拥挤。岸边的咖啡馆家家客满，有送行的，有家人聚会的，有看热闹的，男人、女人、老人、孩子，叽叽喳喳的说话声像背景音乐一样充斥着每个空间。

秋去冬来的季节，难得有今天这样的好天气。白云缝隙之间露出的天空，蓝得好像印象派的油画，正适合出门旅行。

喧嚣。正是喧嚣。兴奋，期待，还带着些许畏惧——人们对于即将开始的活动的这种反应，正像是迎接节日庆典的那种喧嚣。

一个身材细瘦的年轻人，沉浸在这样的感慨之中，闪着一双好奇的眼睛四下张望。他兴奋的脸颊露出蔷薇的淡红色，使那张白皙的面孔看起来像个小男孩似的。他优雅的容貌里显露着知性和教养，还有一个年轻人对展现在自己面前的光辉未来的一种矜持，以及与生俱来的笃志专一和周到谨细。

似乎是因为太过热衷于观察远处的情形，他对自己身边的事就有些漫不经心了。就像现在，一个褐色头发的少年，像只小松鼠，正紧盯着他的衣兜。当然，他并不是想偷东西。看样子，他倒像是要把自己手里吃了一半的薄荷冰激凌放到年轻人的上衣口袋里。

“淳！小心！”

突然，一个清亮的声音传入耳中，年轻人不由得一惊。

知道自己的恶作剧被看穿了，少年赶紧溜之大吉。

“马蒂亚斯！你下次再胡闹我决不放过你！我要告诉你妈妈，罚掉你的冰激凌钱！”

那少年已经远远地跑开，听到这个严厉的声音连头也没回，只应付了一声：“嘿，我得走啦。”

年轻人被周围的人看得有些不好意思，他把嘴唇凑到那个将丰厚浓密的黑发在脑后盘成圆形发髻的女子耳边，说了一句什么。

女子目光锐利，盯了他一眼："叫我真理子。"

"他做什么了，刚才那个孩子？"

"你别心不在焉了，注意一下你自己的衣兜吧。马蒂亚斯最爱往别人衣兜里放东西了。去年有一个老人，被他在衣兜里放了只蝙蝠崽儿，吓死了。有两个男人，被他在衣兜里放了烟花，烧伤了。有一个女人，被他在衣兜里放了只青蛙，吓晕了。至于往人家衣兜里倒点儿鱼肝油啦、麦片粥啦，简直就是太稀松平常了。"

"啊，那个孩子也要上船吗？"

"田中一家要上另外一条船，到那边以后应该会和我们在一起的吧。你得好好记住他的样子。东京也许是个优雅的地方，可是在厄纳得山生活，你必须机灵点儿。"

"我会小心的。"

被叫作淳的年轻人有些无精打采，偷偷瞟了一眼面前的女子。因为当时是千求万求人家才答应跟自己一起来的，所以现在人家说什么自己就得听什么。

"真理子，不要对淳那么凶嘛，人家可是年轻有为的大才子呢。"

一阵怡人的芬芳袭来，一个有着一双黑色大眼睛的短发女孩走过来挽住淳的手臂。淳脸红了。

"哎哟，羽奈，你刚才去哪儿了？"

"我去看船了。快点儿去咖啡馆吧，篠田教授一定等了好久了。"

"是啊，琳德姑姑一定也是的，我们已经迟到20分钟了。"

被两个精力旺盛的女人拖拽着，淳一脸不知所措地走在石板路上。尽管淳的身材比她们高出一头，但看起来倒是淳被她们带领着的样子。

"这时候总是这么热闹吗？就像节日庆典似的。"

为了不让自己被两个女性头发中散发出的甜香气息弄昏了头，淳努力保持着清醒，询问道。

羽奈扑哧一声笑了："是啊，这就是节日庆典啊，很久以来亡灵节就是节日了。招待'客人'们需要热情的群众。在圣路易斯，会有乐队演奏《圣者的行进》；在墨西哥城，人们会准备色彩鲜艳的骷髅人偶和糖果点心来迎客。当然会这样啦，'客人'们就喜欢热闹的地方。"

"没感觉热闹得有点儿过分吗？"

淳带着一丝不满，悄悄看了一眼笑语嫣然的羽奈的侧脸。

"咦，淳，你不知道为什么会这样热闹吗？"

真理子眉头微蹙，看着淳的脸。

"我不知道。"

真理子望着前方，压低了声音："今年的亡灵节已经开始了。之所以会有这么多人出来，是因为大家期待见到'客人'，都很兴奋。这里已经是厄纳得山的入口了。"

"入口……"

一瞬间，淳似乎感到周围的熙熙攘攘染上了一层异样的气氛。

人们的笑容似乎像纸糊的人偶一样空洞，嘈杂的话语声似乎也带着某种邪恶。

好像是为了缓和淳所受到的冲击，羽奈用明快的语调说道："而且，今年大家的确比以往任何时候都要兴奋。毕竟今年出了那么大的事，人们都想知道事件的真相。当然就会有更多的人去往厄纳得山。"

"什么事件？"淳好奇地问。

听到淳这样问，真理子和羽奈同时转过头来，满脸讶异地盯着淳。两个人看起来都和平时有些不同，这一点倒是很像。

"你不知道，在日本也有报道吧？"

"东京大学的研究室里没有电视机吗？真没想到，难怪你这个大才子什么都不知道啊。"

"嗯，这个……"

发现淳真的是一无所知，她们露出了怜悯的表情。虽然知道自己就是对社会热门话题之类的不感兴趣，但在两个风华正茂的女性的注视下，淳还是觉得有些尴尬。

羽奈面色肃然，说道："'嗜血狂杰克'。"

"好久不见，真理子，羽奈，你们两个真是越来越漂亮，越来越聪明了。"

"谢谢，教授，您精神也很好。"

一家红砖建造的古旧的咖啡馆，屋子靠里面临窗的座位上，坐着一个身材高大的老人和一个满头银发的丰满女人，等候着淳他们三个的到来。

"咦，教授，您在喝什么？"

羽奈瞅着教授面前的杯子。

"嗯，是炼乳加绿茶，最近我特别喜欢喝这个。"

"好像卡路里很高呢。"

"不过闻上去味道不错。"

"噢噢，羽奈的衣服很有怀旧感啊。"

看羽奈脱下外衣，露出一身红色花格纹连衣裙坐到桌旁，教授动了动鼻子。

"都说流行是循环的，这线型，真是和从前一模一样啊。"

银发女子琳德也表示同意。

"教授，最近有个乐队，就是以花格纹的衣饰为卖点的。演唱会现场的女孩子们都戴着花格纹围巾呢。"

"噢噢，最近流行那个什么风格吧，叫什么来着？"

"怀古主义？"

"是复古主义吧。"

真理子解下围巾，从旁说道。

"教授的外衣也是复古风格的？我在百科事典上看到过这个，叫披肩外套，是吧？"

羽奈的目光投向外衣架上挂着的一件V字纹织大外套。

“我这可不是复古主义，我每年都穿这件的。”教授有些哭笑不得，“我只是向夏洛克·福尔摩斯表示敬意。”

“喂，你们倒是向教授介绍一下淳啊。”

琳德看到淳一脸紧张地坐在那里，拍了拍真理子的肩。

“哦，对了，淳，不好意思啊。篠田教授，这位是这次和我们一起去厄纳得山的淳一郎·伊藤，在东京大学研究生院攻读文化人类学……呃，是文化人类学吧？”

“是，我是比较靠近民俗学方面的。”

“哦，是在攻读民俗学方面的文化人类学。”

“他拿到进山许可证了吗？”

“他是我们的亲戚。我们家的亲戚真是遍布全世界啊！有那么多从未见过面的表兄弟，再加上婚姻关系复杂，简直理不清。”

“不过，我们的血缘关系已经在区政厅得到证明了。没有任何问题。”

羽奈把握十足的样子。

“最近各国的学术调查团都想进入厄纳得山，政府出于保护居民隐私的考虑一概拒绝。但是，还是有越来越多的人想要通过各种手段潜入进来，所以资格审查一年比一年严格。现在能拿到许可证太不容易了。年轻人，进山许可证就好比是你在一票难求的情况下拿到的入场券，你可要珍惜啊。”

教授正面直视着淳的脸。淳被他看得有些惶恐。

“嗯，不过，血缘这东西真是不可思议，或者说遗传。”

“为什么这么说？”

“这个年轻人，我从第一眼看到他就在想，他到底像谁。”

“你说淳？哎，他像谁呢……他和我们一族有些不同。虽然说在我们国家，广义上来说大家都像亲戚一样。”琳德一边吃着黄瓜三明治一边轻声说。

忽然，教授似乎恍然大悟，啪地拍了一下膝盖：“我知道了，肯特，他像肯特。”

“啊？”

围桌而坐的三个女人同时扭头看向淳，淳顿时觉得奶茶都要倒流到鼻子里去了。

琳德感慨不已：“天哪，真的，怎么回事，我竟然没想到。”

“肯特叔叔……听您这么一说，我也觉得的确是像。”

真理子和羽奈也发表意见：“是啊，长得是很像，气质上再刚强一点儿、精悍一点儿，就更像了。”“还有，再野性一点儿。”

“肯特叔叔？这个名字我还是第一次听到。他现在在哪儿？”

淳忍不住叫起来。可是，另外三个人只管你一言我一语地争论“眼睛像”“鼻子像”“头顶心的发旋儿像”，大家各抒己见，谁也顾不上回答他。

“肯特叔叔是个有些不可思议的人。十年来没有一个人见过他，他失踪了。”

总算羽奈想起了淳的问题，答道。

“失踪？为什么？”

“这个嘛，他本来就性格古怪。”

真理子从盒里取出一支烟。那是一个白色的小盒子，上面有一个蓝色的印记。

“是 HOPE 烟呢，你怎么买到的？”

“我让淳给我买的。”

“那个肯特叔叔，他失踪的时候多大岁数？”

“当时三十六，不，好像是三十七。”

“他像一股烟一样消失了。水闸明明是关着的。”

“道路上还有巡逻的警察。”

“你是说，他一下子就消失了？”

好像这三个女人之间已经习惯了这样聊天，你说一句我接一句。淳心想，要在她们的聊天过程中找准插嘴的节点，看来还需要一段时间。

真理子点上烟，吸了一口，答道：“是的。十年前，就在亡灵节期间，肯特在厄纳得山消失了。”

日落很迟。人们在岸边闲聊着，等待黄昏的到来。

对岸古老的森林，浸没在橙色的光辉之中。一直望着眼前的景色，不经意的话儿首感觉不到太阳已经渐渐向西边落去，待到察觉，屋中已经变得昏暗起来。

出发去厄纳得山的时间定在傍晚六点到夜晚十点。

“为什么要定在这样一个时段呢？”

发现黄昏渐渐临近，淳这样问道。不知什么时候，红茶换成了黑啤，肚子也咕咕叫了。

淳觉得自己仿佛身处梦中。一直梦想到这里来，而现在，自己就站在梦的入口，马上要进入梦境里面了。

窗外的景色就像一幅缓缓展开的古老的风景画，这让他真切地感到，自己身在远离东京的维国。

“我也不知道。可能因为黄昏是‘逢魔时刻’，是生者与死者的界线，自然就选在这个时间段出发了。所以喝一点儿酒为好——这种时候，就是日常与非日常的界线吧。当然，也许只有我自己这样想。”

真理子轻啜着啤酒的泡沫，低声说。她喜欢喝酒，酒量也相当不错，不过醉酒不适的时候就会变得很可怕，这是羽奈凑到淳耳边悄悄说的。

“你好像并不知道自己要去的是一个什么地方。”

教授那边，两品脱啤酒已经下肚了。淳斟酌着，缓缓答道：“是，这一点我承认。可是，我觉得除了维国人之外，其他人也都和我相差无几。迄今为止，几乎没有人研究过关于厄纳得山的问题。或者，不如说，它被视为禁忌，也有人认为，它只是一个传说。它真正受到关注，是因为人们在 1970 年发现了芬奇博士写于 1967 年的论文。

曾有传言说柳田国男在‘二战’刚刚结束时想要进入厄纳得山，但那应该不是事实。在日本似乎也有一些零散的研究，不过，我认为那些终归只是民间的传说。詹姆斯的小说《山坳之间》发表时被认为只是一个虚构的故事。没有人意识到，这部小说可能是以真实事件为蓝本写作的，人们把它视为一部在民间传说基础上创作的小说，或者说是幻想小说。”

“嗯，《山坳之间》，的确，读来只会想到民间传说。”

“在我们学校英语文学专业的学生中，有很多人把它当作英国哥特小说的模仿之作来研究。”

“看哪，船已经开始出航了。”

羽奈向窗外望去，略微提高了声音。

大家的视线都被吸引到窗外。

窗外传来发动机低沉的声音，一艘船正在驶离码头。

这是一种形状狭长的屋船，可以在里面生活一段时间。驾驶船和居住船连接在一起，就像列车那样。如果一个小家庭单独乘坐一条船，那一定是相当富有的人家。人们通常都是和亲戚合乘一条船，或者是一个大家族合乘一条船。一个村落的人合乘一条船也不罕见。有的村落每年都是村民一起合乘一条船，轮流驾驶船只。有些地处偏远的村落，或者十分贫困的家庭，就只在有不幸的事发生的年份过来参加。据说，尽管亡灵节被指定为重要的民俗文化遗产，政府也提供补助，但是，这一习俗还是在逐渐消逝。现在，很难完全像过去一样保证所有人都在厄纳得山度过亡灵节。城市里越来越多的家庭结成互助会，确定一个顺序，定期前往参加，或者只在发生不幸的事的时候参加。或许，变化的浪潮也正在侵袭这个思维保守、节奏舒缓的维国。

厄纳得山的水闸在黎明时分开启。配合着这个时间，船一艘一艘起航，船与船之间留出一定的时间间隔。船彻夜航行，速度缓慢（据说和带着幼崽的野鸭子速度差不多），几乎要在河上漂流大半天。

“今年果然来了很多人啊。”

“那是自然，往年没有发生过这么具有冲击性的大事嘛。今年有这么多人出乎意料地死去，大家都很关注呢。”

“嗯，各种各样的话题简直层出不穷。”

“哎，正说着呢，又一个话题来了。”

真理子一直和教授并肩坐着轻声聊天，这时忽然悄悄用手肘碰了碰淳。于是，淳也跟着抬起头来，朝同一个方向看去。

一个女人走进了咖啡馆，一看就是那种表面斯文有礼、骨子里却十分倨傲的人。

她颧骨高高的，脸上仿佛写着“我和你们这些女人可不一样”。

她年纪将近五十岁。不过，金发还带着光泽，脸和脖子的线条也很柔和，可以说是个美丽的女人。但是，那双略微发灰的冰蓝色眸子，却明确地宣示“无聊的家伙不许接近我”。

她脚穿一双系带的高筒皮鞋，一身黑色的礼服。那一身全黑装扮，感觉像是刚去参加了一场葬礼。

这个高个子女人身后跟着一个半老的驼背男子，好像画上的管家。他似乎是她的侍从，中规中矩地托着她的黑色外衣，恭恭敬敬地为她拉开椅子。淳以为自己钻到狄更斯的哪部小说里了。

“她就是‘嗜血狂杰克’，也叫黑寡妇。”

羽奈在淳耳边悄声说。

“为什么她要穿得像去参加葬礼？”

“为了方便吧。”

真理子说话时脸上浮着一丝嘲讽的笑意。

“方便？”

淳反问。

“今年，她的第五任丈夫死了。她的每一任丈夫都是死于某个事故，都给她留下了巨额遗产。她也算有经验了，丈夫不知什么时候就会死去，所以平时一直穿着黑衣服做好准备。”

淳对真理子毫无怜悯的口气感到困惑，同时，不由得咽了一口唾液：“那……那你是说，是她杀死了自己的丈夫？像杀死六个妻子的蓝胡子一样？”

“这个嘛，等着瞧她今年死去的丈夫会说什么吧。”

看到真理子脸上现出快意的笑容，淳忽然想到这个问题：“这是真的吗——亡灵节时，她今年死去的丈夫会回到厄纳得山——这样的话，也许就会告发她的罪行，这不就引起大骚乱了吗？她明知会这样，还要来这里？”

在心底，淳逐渐预感到在厄纳得山即将发生一些事。

这太重大了。在厄纳得山真的会发生这样的事情？是不是大家在开玩笑，嘲弄我这个外乡人？淳感到头脑中一片混乱，脊背上直冒冷汗。难道自己即将踏入的是一个违背常理的地方？

真理子哼了一声，冷冷一笑：“你不明白，如果在丈夫死去这一年她不肯来厄纳得山，反倒会被人告发她有罪。她是有把握才来的。‘客人’不会说谎，淳，你要记住，厄纳得山的‘客人’的话是可以作为法律证据提出的。她是相信丈夫无法证明她做过坏事，所以才这样毫无顾忌。”

“可是，今年可不知是什么情形。”

刚才一直在慢慢喝着红茶的琳德（唉，她都不知道喝了多少杯红茶了）冷静地开了口，那富有张力的声音中充满着年长者特有的说服力：“托马斯是个非常聪明的男人。我一直在暗中期待，托马斯可能在生前就已经着手要告发她了。”

“哎哟，那这样好了，我们打个赌，这是个好题目，赌托马斯是否足够聪明，是否看破了他妻子的阴谋。”

“赌什么由我来决定吧。”

教授指着自己的脸，一副喜不自禁的样子。

“哎呀，让我也参加嘛，我把关于托马斯的剪报都带来了呢。”

羽奈不满地撅起嘴。

“噢噢，真是很用心啊，你可以把这些东西放在我的剪贴簿里。”

“不要啦，我已经放到我自己的相册里了，不需要借用别人的剪贴簿。”

“噢，夜晚真是漫长。托马斯事件，还有‘嗜血狂杰克’事件，我最好挑战一下我灰色的脑细胞。”

“我也这么想呢。”

也许是心理作用，看上去，羽奈和教授之间似乎有火花溅起。

真理子停止了动作，似乎在倾听着什么声音。

“码头上的钟声响了，教授，我们是第几班船？羽奈，从你的位置上能不能看到船的号码？”

“‘丙七’，是丙的七号。”

“噢，是我们的船。快点儿，大家快走！穿外衣！”

教授把剩下的啤酒以一种艺术化的技巧倒进嘴里，慌忙站起身来，另外四个人抱起外衣紧随其后。

没有风，但是非常冷。

码头上，几个穿着粗呢外衣的男子正在审查进山许可证。他们态度温和，目光却很锐利。这些人是国家公务员。乘船进入厄纳得山的人的名单事先已经提交上去，与户籍核对过了。淳则要出示护照。说实在的，能走到今天这一步可真是不容易。

只有蜿蜒的河面还残留着暗淡的橙色光辉，在昏暗的天空下向远方流淌着。

淳很紧张。脸颊是冰冷的，内心却有滚烫的东西在沸腾。

终于，要去厄纳得山了。

一艘明亮的淡蓝色的船，一个戴着大镜片眼镜、给人感觉很舒服的年轻人在等着他们。

他是教授雇来的维多利亚大学的学生，叫吉米·坎贝尔。这段时间，很多年轻人都在各地区政厅的通告栏张贴告示，表示自己可以夜晚帮人驶船，以便搭船一起去厄纳得山。这些人想去厄纳得山，但因为经济原因不能去，或者不方便与亲戚一起去。区政厅和志愿者帮助协调，尽可能让更多的人参加亡灵节活动。

淳局促不安，穿粗呢外衣的公务员倒是很绅士。他们审查了几份文件，核对了名单和已经提交的文件，结果似乎还是篠田教授的信用担保最起作用。终于踏上这条船，身体随着船只轻轻一荡，那一瞬间，淳不由得长出了一口气。

“陛下荣光永驻，格言长存！”

“陛下荣光永驻，格言长存！”

人们将左手按在胸前，庄严地交换着问候。这时，船缓缓地改变方向，分开水面，向前驶去。

这只是一条小河，一个不起眼的小码头。

淳却非常激动。

他抬头望着码头旗杆上迎风招展的英国国旗。可是，这国旗的红色和蓝色居然弄反了。

码头渐渐远去。已经看到下一班船在缓缓移动，传来提示登船的钟声。

“陛下荣光永驻，格言长存，是这样说吗？你们有什么事的时候都是这么说的吗？”

淳站在狭窄的甲板上，低声问道。他身边的羽奈轻轻点了点头。她抱着胳膊，似乎有些冷。另外三个人已经迅速地进入了船舱。羽奈和淳一起凝视着渐行渐远的码头。不一会儿，码头和咖啡馆林立的生活区变得遥远了，古老的护岸在左右绵延着，树林葱郁茂密。只能听到船的发动机的声音，周围一片寂静。

“是啊，我们从小就习惯这样讲了。”

也许是因为年龄相近的缘故，淳和羽奈最谈得来。她今年十八岁，刚刚进入维多利亚大学，专业是媒体学方面的。

“陛下荣光永驻，格言长存……哦，对了，‘格言’这个词的发音原先不是英文中的‘格言’一词，是日语，本来应该是日出之处的女皇陛下和天皇陛下的意思。后来，有的发音脱落，有的发生了变化，演变成接近英语式的发音，听起来就成了‘格言’motto 这个词了。”

淳觉得自己能够理解了，点了点头。羽奈展颜一笑：“我们唱《伦敦桥要塌下来》的时候，最后就成了这样：London Bridge is falling down, my far Emperor. 你听得懂吗？”

“啊啊，明白了，这里毕竟是远东·维多利亚·爱尔兰啊。”

“是这样的。”

“啊，太阳还没有落山啊，虽然光线已经逐渐暗淡下来了。在东京，这个季节，五点钟左右天就黑了。”

“淳，你身上有一股东京的气息。”

“什么？”

淳看着羽奈发愣。羽奈不像是开玩笑的样子。

“东京的气息是什么气息？”

“我也说不好，应该是城市的气息，是现代社会和发展的气息吧。你觉得这里怎么样？有没有感觉到某种不一样的气息？”

羽奈好像在努力寻找合适的表达，眼睛朝上瞟着。

淳下意识地吸了吸鼻子：“这个嘛，我闻到了森林的气息，氧气的气息，城市的近郊保留着这样古老的森林，这在东京简直是无法想象的。还有岁月的气息，记忆堆积的气息，传统的气息，也就是这些吧。”

“哎呀，看不出你挺有诗意，记忆堆积的气息，说得真好。”

淳觉得有什么东西在自己脚边动来动去，低头一看，两只三色猫偎在自己脚边，吓了一跳：“哇，哇，这猫是怎么回事？”

“哦，这是我从家里带来的，桑尼和赛德，它们都正式取得了进山许可证，名字都写在乘船名单上的。”

猫儿好像知道人家叫它们的名字，喵喵叫着。

“嗯，名字好讲究啊。”

淳其实最怕小动物，只好竭尽全力装出一副平静的样子。

“是从 sunny side up 这个词取的。”

“只煎一面的蛋？”

“是，给它们取的是和蛋有关的名字。”

“和蛋有关？”

“蛋是非常重要的，是生命的开始，是一切的起源。”

羽奈轻巧地抱起两只猫，送到淳的胸前。猫儿兴致勃勃地把爪子搭上淳的毛线衣，淳一阵心慌。

“可爱吧，白色多的是桑尼，黑色多的是赛德。”

“是这样啊。”

淳做出若无其事的样子，勇敢地把猫抱在怀里，内心深处却又一次明白，自己的确是怕猫怕得不行，如假包换。女孩子怎么会这样呢，不管是小婴儿还是小动物，只要是软软的东西，就无条件地断定这东西可爱？

“对了，羽奈，可以问你一个问题吗？”

淳搜肠刮肚，拼命地想该问什么问题。

“可以啊。”

羽奈似乎并没多相，呼扇着长长的睫毛户着淳。

“那个……实际发生时是怎样的？是能听到一种声音吗？”

“实际发生时？什么事实际发生时？”

“哎，就是……刚才说的那件事，在厄纳得山会发生的事，大家都说会发生的那种事。”

“啊啊。”

羽奈轻快地点了一下头，忽然仰起脸，带着几分戏谑看着淳：“是啊，你觉得大家说的都是一种比喻。那你呢？你觉得应该是怎样的？”

“我说不出，我从没见过，关于厄纳得山，我所了解的就是我刚才说的那些。我第一次听到你们说那件事的时候，我认为可能是招魂术，有一个萨满之类的巫师，替死者说一些话，大家都在那里听着。又或者，有一种神秘的仪式，从亡灵节高潮时发生的一些事来解读死者的语言。可是，刚才我听大家讲的，好像是死者本人会真的出现在我们眼前、和我们说话一样。”

“是的，正是如此。”

羽奈理所当然似的点了点头。淳有些仓皇失措。

“正是如此？你说正是如此？死者真的会出现，就是生前的样子？”

“是的。”

羽奈的回答很明确。

“我也能看见吗？”

羽奈稍微想了想，肯定地点头：“我觉得应该能看见。”

淳说不出话了。羽奈那双灵动的大眼睛望着淳，似乎在问：“怎么，还有什么问题吗？”一时间，淳感到自己的世界观陷入了危机。

“淳，你是怎么看我的？”

突然被羽奈这么一问，淳有些不知所措。

“怎么看你？什么意思？”

“比如说，觉得我热衷于神怪、占星，开口闭口水瓶座时代如何如何，宇宙能量如何如何。又比如说，觉得我情绪不稳定，生理期最好不要接近，等等，就是关于这一类的印象。”

淳被羽奈满不在乎的语气弄得有些不知如何应对，但还是认真地思考着，说：“没有，我对你没有这样的感觉。我觉得，你是一个非常理性、正常、现代的女孩子。”

羽奈微微一笑：“是吗？太好了，我也觉得自己是个正常的、理性的人，至少，我和你的看法是一致的。”

“那当然。”

淳很用力地点了点头。

“那么，你有过这样的经验吗？你有没有感觉到有人在看你，或者感觉有人在呼唤你？你是否曾有过某种好的预感，或者坏的预感，这些有没有应验过？”

“有倒是有过。”

淳有些踌躇，他感到谈话似乎偏离了最初的方向。

羽奈似乎看透了淳的心思，干笑了一下：“这就是你问的问题吧？你不就是想问这个吗？”

“可是，这和我问的问题有些不一样吧。”

“没有什么不一样的。这就是我觉得不可思议的地方。人们说，不要相信眼睛看不到的东西，可是，人们不是相信语言吗？语言也是眼睛看不到的啊。通过谈话能够达到意思沟通，在我看来就是奇迹。我和维国以外的人说话时，有时就会感到奇怪。大家不相信在厄纳得山发生的事，但为什么不觉得自己日常所做的事不可思议呢？”

羽奈把在淳的臂间动来动去的桑尼和赛德抱了过去。

“我承认，那是个特别的地方。你用自己的眼睛去看一看吧。现在不管我如何有理有据地解释给你听，你没有亲身体会，肯定还是半信半疑。你自己去验证吧。十二个小时以后，你也会踏上厄纳得山的土地。”

羽奈冷冷地说着，微微耸了耸肩：“现在进去吧，西风要吹来了。”

看到羽奈一下子转过身去，淳不知为什么有些心里没底了。码头已经消失得无影无踪，目之所及，除了远处教堂的钟楼，只有单调的森林遮蔽着两边的河岸。

闪着橙色光辉的水面泛起了黑色的涟漪，渐渐向远方散去。

淳一个人伫立在狭窄的甲板上。

现在，自己正处于一个界线——现实与非现实之间。也许，是噩梦与现实之间。

船舱之中竟然十分宽敞，像在亲密朋友家的客厅一样，让人感到放松。

桌子固定在地板上，上面摆着火腿、奶酪、水果和咸饼干，沙发固定在墙上，大家各自随意地坐在上面。

低低的天花板下垂吊着五盏灯，火苗在灯中摇曳着，照得船舱里面十分明亮。

狭窄的过道尽头是吉米的背影，他正在驾驶舱掌舵。过道旁边是小型的卫生间和厨房。

淳关上通往甲板的门，在沙发的一角坐下来，不过还是觉得有风吹过来，好像是哪里的凸窗被打开了。

“你东张西望地干什么呢，淳？”

真理子好像已经喝了不少酒，看到淳的样子，有些不满地问。

“没什么，只是觉得哪儿的窗户被打开了，你不觉得有点儿冷吗？”

“别管了，淳。”坐在对面的羽奈说话了，“窗户必须有一处是开着的。”

“是的，因为我们一直不能睡，一会儿还有‘夜桌’呢。”

“哦，大家都整夜不睡吗？”

“大家都一直熬着也不太可能，轮换着睡吧。你晚上睡得晚吗？”

教授玩着纸牌出声问道。

“是，其实，我不是睡得晚，应该说是睡眠比较浅，经常一直读书读到凌晨。”

“好，今晚就靠你这小子了，这儿有上等的威士忌，我们一起喝到早晨吧。”

窗帘打开着。屋中很明亮，所以看外面不是很清楚，但还是可以看到白色的天空在黑色的森林上方延展开去。

忽然，淳发现自己面前放了一个黑皮封面的小册子。

仔细一看，封面上印着金色的字，是自己的名字。

“请问，这个是……”

淳边说边拿过小册子，它看上去像个日记本。从 11 月 1 日到 11 月 30 日，一个月的日期都在上面。难道是亡灵节期间的日志？

“哦，这是亡灵节逗留期间记录用的。”

琳德一边剥着葡萄皮一边说。

“需要提交吗？”

“一般没有提交的义务，不过发生某些特殊情况的时候可能会要求提交。我记得真理子说过，这份日记里记载的内容会成为官方记录。”

“官方记录？”

“你不知道。”真理子对着淳的脸打了一个嗝，稍微带着股啤酒味儿，“对不起。我们见到‘客人’的时候，必须把客人说的话记录下来。因为‘客人’不会说谎。很多情况下，‘客人’的话会起到作用。来到厄纳得山的人有义务记录这本黑色日志。”

“我也必须做记录，是吧？”

“是的，你要竖起耳朵，仔细地听他们说些什么，还要认真地记在这个日志本上。”

“明白了。”

淳重新认识了面前的日志本的意义。“客人”的语言。难道自己真的能听见？

“对了，我们得预习一下。羽奈，给淳准备参考的东西了吗？”

“当然准备啦。”

羽奈从沙发下面的大挎包里取出一大本杂志似的东西。

“哎，你拿的是《太阳报》年鉴，不是《泰晤士报》的？”

“我觉得《太阳报》比较大众化，对于第一次读的人来说可能比较容易些。”

“对淳来说是不是有点儿太低级了？人家可是趣味高尚的大才子呢。”

“淳不喜欢的话，到厄纳得山以后可以找别人的借来看，肯定有人带《泰晤士报》年鉴来的。”

淳接过杂志，看了一眼封面，不由得一惊。

亡灵节必备 维多利亚死亡年鉴

淳往后翻着。

首先映入眼帘的是人物照片。有抓拍的，也有肖像照。照片下面都有说明文字。

2月7日，沿国道归家，途中撞上载着牛的卡车，全身撞伤，死亡。

文字大概是从报纸上的报道直接转载过来的，旁边还有死者的履历和身体特征，包括眼睛和头发的颜色。

说明文字的长短因人而异。如果是名人，自然就很长，会对死者的业绩详细道来，连丑闻都有，有的简直像周刊杂志上的八卦故事一样精彩。

翻阅着这份年鉴，淳终于渐渐明白了一些。

这是一本一年之内死去的人的记录。从去年10月中旬到今年10月上旬，按死亡日期的顺序登载的。

“呃，这是做什么用的？”

淳只能理解到这个程度了，再往下还是一头雾水。

“你的理解力可真差，大才子。”真理子的语气越发带着挖苦，“我们国家虽小，也不可能所有人互相之间都认识啊。所以得提前预习，到时候才能知道自己遇见的‘客人’是谁。这样先看看照片，过后就能查一查自己遇到的是什么人了。大家都会查年鉴的，为了记下‘客人’说的话。也就是说，像古老传说里常说的那样，‘客人’并不一定会出现在和自己有关的人面前。”

淳心里忽然冒出一个疑问：“那在今年亡灵节期间死去的人呢？”

“随时都会出快报的，政府每天会搜集死去的人的信息，向厄纳得山通报。”

“亡灵节中出现的只是这一年期间死去的人吗？以前死去的人会不会出现？有没有人会多次出现？”

“你终于有一些领悟了。”教授微笑颔首，似乎很高兴，“多数情况下是这一年期间死去的人会出现在厄纳得山，70%左右都是这样吧。所以，大部分人都会在有亲人遭遇不幸的年份前往厄纳得山。不过，也有些人是死后数年之后才出现，或者执拗地每年都来访问此地，不能一概而论。”

“对了，今年咱们分着记怎么样？我这个年纪，不可能把这么多人一个一个都记住。”

“分着记？可是，不可能大家同时见到‘客人’呀。我觉得这没有用。”

“看看这张玛利亚·贝尔的照片，咱们给《太阳报》去信吧，这种老早以前的照片，还是修过的，见到她本人时简直都认不出来，这有什么意义？应该替看照片的人考虑考虑，刊登一些现实一点儿的照片。”

淳看着眼前三个一边翻看名簿一边喋喋不休的女人，不由得愕然无语。

好像这是一场游戏，或是一场赌赛。大家谈论着死者，就像在预测赛马。这难道不是对死者的一种冒犯吗？难道死者不应该更加受到尊重吗？

或许，淳的不以为然在无言之中显露了出来。

真理子看到淳的表情，唇边浮起一丝可怕的冷笑：

“哎哟，大才子可不喜欢咱们这样喋喋不休的。”

淳顿时满脸通红：“没……没有，我……”

真理子嗤嗤地笑起来：“没关系，可能外面来的人就是这种反应。不过，淳，你要记住，在这里，死者是一种娱乐。”

“娱……娱乐？”

淳一瞬间觉得自己没听清真理子说的话，反问道。

“是的，娱乐，就是怡情遣兴。”真理子淡定地点了点头，“很久以来一直是这样。对于人类来说，别人的生死是最大的娱乐。看看那些掌权的人、民众也一样，死刑、死亡永远是大家的娱乐。死是那么切近，就在日常生活当中。现在也依然如此，人们都对别人的生死抱有强烈的兴趣，别说只有你自己不一样。我们欣赏死者，爱着死者，我们一直和死者共同生活，在实际中生活。我认为，这绝不是什么野蛮和恐怖，相反，这才是开放的、健全的。你说呢？”

真理子说话时的表情带着点儿恶作剧的味道，似乎觉得这很有趣。

淳感到一阵混乱，他思考着。

自己听到消遣这个词时，是觉得有些不协调，但是，真理子的话很有说服力。的确，比起隐藏死亡、封存死亡、对死亡极端恐怖的现代社会，这个社会不是以古怪的方式供奉死者，而是理所当然地谈论死者……不，可是，怡情遣兴这个词自己可说不出来……

“别再冥思苦想啦，真理子那么梆梆梆梆轰炸起来没完，谁能听得懂啊。”

“哎哟，羽奈，你这是怎么了？干吗总护着他？像他这样单纯的人，开始的时候最关键。要是不趁现在把他的既有观念全都破坏掉，等到山里后有的苦头吃。”

“做事情总得一步一步来吧。”

“总比他没有一点儿精神准备，见到‘客人’后吓昏了要强。你记得乔治表哥吗？他第一次进山的时候，没有一个人把情况给他详细讲清楚。结果，当春子奶奶捧着蛋糕出现在他面前的时候，他咣当一下昏倒在地。以后一个月时间，他一直把自己关起来，再带他出来费了多大劲儿。”

淳对自己即将经历的事开始担心了。

自己真的能经受在厄纳得山生活一个月吗？

那件事实际发生时，究竟是怎样的？到时候，自己能保证不逃出去吗？

时间在流逝。

淳看了一眼时钟，刚过晚上八点。窗外依然微微发亮，黑色的森林无尽地绵延着。与其说是在梦中，不如说让人感到似乎进入了电影银幕之中。自己会不会永远就这样，随着船身轻轻晃动着，聊着天，行进在这微光之中？伴着黑啤带来的微醺，淳甚至开始产生这样的错觉。

有姐妹就是这样的感觉吗？

淳只在孩提时期和她们见过几面，真正意义上在一起共度时光这还是第一次。淳观察着她们。

琳德经营着一个小电影馆，听说她丈夫是公务员。她很有“支配者”的样子，个性独特，据说只放映自己喜欢的电影。真理子是单身，在一所女子高中担任教师。她的确像个教师，头脑清楚，会处理事务，滴水不漏，而且自我意识很强。淳能够想象她在教室里点着名震慑学生的样子。羽奈是个聪明而有才气的大学生，和她同龄的男孩子一定不是她的对手。

这三个女人各有特点，但是，在她们身上却有着某种共通之处。能够感受到，她们的知性和好奇心都胜过男人。她们虽然都是普通人，但内心深处却隐藏着异样的激情。

琳德、真理子、羽奈这三位远亲的闲聊时而热火朝天，时而无语停滞，谈话缓慢地向前推进着。教授不时提起一个话头，或者解说一下，赋予谈话以节奏感。她们的谈话涉及各个方面，直言不讳，杂乱、辛辣、机智，有时听着会让人脸红，但绝不会厌倦。这也正是淳对这个国家的印象。这个国家的传统和旧习浸染在空气里，形成深不可测的积淀。古老的木造建筑和石砌建筑好像生长在地面上，构成风景的一部分。走在这个显示出奇妙的协调感的都城，你会感到历史中积聚的那份厚重缠裹着身体。

居住在这里的人们乍看上去拘泥礼节，死板守旧，但实际接触之后，却能感到他们身上有一种异样的、奇妙的开朗。那种自虐式的、带讽刺意味的幽默，难道是日本、英国这种岛国的传统在这个国家得到了沿袭？将来有机会试论一下这三个国家的共同点和不同点，也许会很有意思。

“下面，让我们来谈谈今年亡灵节最大的热门话题吧。”

教授脸色发红，搓着手，环视着大家，淳这才如梦初醒。

“就是，我正在想呢，教授是不是担心淳受不了，不想谈这么血腥的话题了。”

真理子紧接着打了个响指。

“没有，我是在等待时机。看样子淳已经逐渐习惯我们了。”

教授向淳挤挤眼睛，好像他们两个心照不宣似的。听说他在历史学界相当有地位，人倒是十分诙谐。

“现在可以喝苏格兰威士忌了吧？”

教授兴冲冲地从上面的柜子里拿出酒瓶，似乎已经急不可耐。

“淳，你看刚才那本年鉴的卷末特辑就好。”

羽奈指着桌上的年鉴对淳说。

淳拿过年鉴，翻到卷末。

一张双色印刷的页面上，骇人的标题映入眼帘：

紧急大特辑！推理今年夏天震撼首都的布拉迪·杰克的真实身份！

跨越90年时空，开膛手杰克即将复活？新锐推理作家考察旷世杀人魔令人恐怖的共通之处！

淳心头一震，仔细地读着。

这好像就是真理子和羽奈讲的那件事，看来的确是轰动一时。淳从来不看电视里的热门话题解说节目，所以对这种社会事件特别陌生。不过，这种黄色新闻式的大肆渲染、极度夸张的大标题，看的人都觉得不好意思了。

“这就是那件……”

“是的，这就是今年最大的热门话题。”

也许是心理作用，大家的眼睛都闪闪发光，好像在商量去郊游一样。

“被害者有五个人，和开膛手杰克所杀的人数一样，咽喉也都被锐利的金属刃割开了。这个凶手不叫‘开膛手’而叫作‘嗜血狂’，是因为凶手是先勒死被害者，然后特意在人死后身体还温热的时候割开喉咙，让被害者的鲜血流遍全身。”

淳从记忆深处搜集着信息。

19世纪末，出现了一个让整个伦敦都感到恐惧的连环杀人魔——开膛手杰克。他是全世界最有名的罪犯，可是没有人知道他的真实身份。1888年8月到11月期间，有五名妓女被人用残忍的方式杀害了。但是，那以后再也没有发生过类似的犯罪案件，他就这样一下子从历史舞台上消失了。之所以被称为“开膛手杰克”，是因为有人给报社寄信暗示自己犯下罪行，末尾署了这个名字。全世界都有人在写书推理“开膛手杰克”的真实身份，内容却越来越不着边际。真相依然隐藏在黑暗之中。

淳翻到卷末的彩页照片。

看到这些大幅的照片，淳的心脏再一次收紧了。

这些都是被害者的照片，都是满面笑容，排在一起朝着人笑，让人感觉不舒服。

当年被“开膛手杰克”杀死的都是中年女性，而年鉴上这些被害者都是中年以上的男人和女人，最年轻的也有五十四岁，最年长的是六十七岁。

淳抬头问道：“我明白为什么叫‘嗜血狂’了，可‘杰克’这个词是从哪儿来的？这些事件之后也有人发出犯罪声明吗？”

羽奈啪啦啪啦地翻着那本苏格兰格纹封面的漂亮相册，里面应该是放了“嗜血狂杰克”事件的报道剪贴。如花少女手中的相册成了猎奇事件的剪贴簿，真让人惋惜。

“哦，这次没有人写信，据说是现场留有血写的罗马字母‘J’。五个人被害的现场都留下了同样的‘J’字符号，所以警察认为杀害这五个人的是同一个人。”

“我对这个推理有一点不满，单从‘J’这个字母不能推断出凶手是男人还是女人，它可能是杰姬的字头，也可能是简。”

教授也不甘落后，翻着自己那本皮质封面的厚厚的剪贴簿。这个国家的人似乎都热衷于研究犯罪。

“哎哟，那还有可能是次郎，或者是乔呢。勒死人需要很大力气，被害者虽然年纪都比较大，可是其中也有身材魁梧的男人呢。我还是认为罪犯是男人。这种戏剧性的犯罪，希望引起他人关注的连环杀人案，一般都是那种平时无法表现自己而感到压抑的男人干的。”

真理子态度干脆地说道。

教授一笑：“在犯罪方面，我可是主张男女平等的。”

“的确，杀人狂男女都有，可我认为，女人连环杀人的话是不希望周围的人知道的。我觉得，男人首先有一种自我显示的欲望，想用某种方式告诉别人，‘怎么样，看看吧，我和那些一时冲动杀人的差劲家伙可不一样’，但是，女人连环杀人的话是为了自我满足。”

“就像黑寡妇？她好像多少夹杂着一些自我显示欲吧。”

听着羽奈像课堂发言似的陈述自己的意见，真理子倒上了一杯茶。

“我认为，她和表面看上去不同，其实是相当男性化的。也许可以说向往权力，或者说强烈地要往上爬。所以，她虽然是女人，但是自我显示的成分多些。”

不知有没有听出真理子的揶揄语气，羽奈认真地回答了这个问题。羽奈和真理子是表姐妹吧？还是同父异母的姐妹？琳德是她们俩的姑姑，肯定是有血缘关系，但具体情况淳并不了解。正像真理子所说，伊藤一族的婚姻和血缘关系十分复杂。估计要了解详细情况的话只有去一趟家系博物馆了。淳下定决心，回日本之前一定要去家系博物馆看一看。

“我更感兴趣的是整个事件中缺失的环节。”琳德淡淡地开了口，“应该寻找被害者的共通之处。这五个人虽然住在同一个街区内，但是互相之间不认识。犯人选择他们五个人应该是有理由的。如果是在道路上随机地伤害行人，那也许不必深究被害者的情况，可这五个人都是在自己家中被杀的。虽然没有财物被盗的迹象，但是，如果没有东翻西找的痕迹，大家不可能知道有没有什么东西被偷。我认为，犯人既然冒着危险潜入别人家中，他选择这五个人必然有明确的目的。”

琳德这一番侃侃而谈，已经足以证明她也是热衷犯罪研究的一员。

“说起来，‘开膛手杰克’事件也是这样，都认为他是以妓女为目标的随机杀人，我总是觉得这一出发点本身就有问题。杰克憎恶妓女、憎恶女人的说法形成定论，其实人们只不过是受到被害者是妓女这一表面现象的迷惑。应该更深入地调查这五个女人的共通之处。我认为，她们都是在外面做生意的，这一点应该受到更多关注。这些女人一定是看到了什么。她们有可能因为看到了不该看到的东西才被干掉。如果是猎奇式的连环杀人的话，为什么三个月事件就平息了？社会上一片骚乱，整个伦敦每个人都在谈论自己，对于犯人来说是一件非常了不起的事啊。他满可以继续使犯罪升级的，却忽然停止了行动，这让人难以理解。我认为，他残忍地杀掉这些女人，是为了把自己伪装成一个猎奇变态者。从一开始他的目的就是杀掉这五个人，目的达到了，杰克就停止了他的杀人行为。这是有计划的。”

教授一脸钦佩地抚摸着下巴：“嗯，这意见非常值得倾听。那么，这一次的五个被害者也是从一开始就成为目标的？”

“难道不是吗？证据就是，这次和上次一样，这五个人被杀以后，两个月以来，任何事情也没有发生，对吗？凶手杀人的方式也很特别，勒死人之后把血涂满死者全身，我觉得，这反而使他的意图欲盖弥彰。他想制造轰动效应，转移大家的视线。他用的一下子勒住对方脖颈的这种杀人方法，类似柔道中的‘扼喉’，只要很短时间就能达到目的，被害者的痛苦也少，其实给人感觉很事务性，很专业化，是吧？”

真理子和羽奈都赞同似地点着头。

“嗯嗯，九十年前的事件和这次的事件看起来还会给我们提供更多的话题。大家都用心思考一下它们各自的缺失环节，以后咱们再找机会讨论，怎么样？”

教授兴味盎然地提议道。

“我听到一个奇怪的传言，”忽然，真理子好像想到了什么，“说是今年亡灵节可能会有警察介入。”

“是吗？这可是史无前例，警察居然要进入那个地方。”

琳德似乎很气愤。

“不过，我也听说了。”羽奈扬起脸，“好像这次的事件国会也很重视，给警察厅施加了相当大的压力。至少，警察对于今年的亡灵节肯定特别关注。只要能听到那五个被害者说的话，也许就能抓住犯人，他们当然会这么想。”

"今年肯定有许多人会被要求提交黑色日志。不过，淳很幸运啊，也许能见到传说中的那五个人呢。"

真理子欢欣雀跃地望着淳的脸。

"是啊，太好了，你能完成一篇优秀的报告了。"

羽奈也笑着看淳。

"我哪里幸运啊。"

淳苦笑。尽管自己已经逐渐习惯了这种奇妙的状态，但内心深处还是难以把亡灵节完全当成一次庆典。

"在亡灵节期间，人们要买东西什么的话怎么办？"

淳提了个问题。他一直觉得奇怪，这一个月人们怎么生活。

"政府的船三天来一次，运来亡灵节期间的生活物资。山里也有政府经营的杂货店和诊疗所，还有几家酒吧。"

羽奈回答道。

"如果出了什么事故，或者发生火灾呢？"

"居民在亡灵节开始时自己组织警备队，山里发生的事基本上都是自己解决。不得已的时候可以向外界寻求帮助，不过，据说迄今为止还从未有过这种情况。"

"亡灵节期间能够自由出入厄纳得山吗？"

"只有政府的船来的时候水闸才会打开。最近好像有不少人是短期逗留的。"

"邮件呢？电话呢？"

"有简易邮局，外面寄来的邮件也能送到。只是，由于船的关系只能三天送一次，赶得不好也许要六天。电话只有公用的，在山里倒是可以互相打。"

"这么说，是不能自由出入的，是吧？"

"原则上是禁止和外界接触的。就是所谓与世隔绝的孤岛，也可以说是广义上的密室。"

教授带着一丝自豪说道。

"对了，教授，马上就到十点了。"

羽奈清咳了一声。教授取出怀表，露出一副夸张的惊讶表情：

"噢，已经这个时间了啊。外面的情形怎么样？"

"已经进入厄纳得的地界了。"

"能看见塔吗？"

"正好能看见。"

大家都站起身来，向外望去。淳也跟着大家一起站起来。

时间依然在暧昧地流逝着。永远绵延着的黄昏。

忽然，一直以同样的高度连绵着的森林之中，出现一个突出的、像棍子一样的东西。

"噢噢，是厄纳得塔，一年没见了。"

那是一座直上直下的石塔。四方形的细长塔身最上面是钟楼，看上去大约有一百年了。

随着船只缓慢地前进，塔逐渐变大。周围没有其他高大建筑，塔身像一支铅笔，孤零零地矗立在那里。

淳忽然发觉船舱中充斥着一种紧张感。

大家都一脸认真地注视着这座塔，好像从来没有像刚才那样轻松地聊过天似的。

这种紧张感是怎么产生的？

大家都像被迷住了一样，不肯把视线从塔上移开。

好像都在等待着发生什么事。

淳感到不安。紧张感是会传染的。

淳能感觉到，羽奈在自己身边咽着唾沫，她的眼睛一眨都不眨。

就在此时，淳忽然全身战栗。

怎么回事？

淳一阵慌乱，向四周看去。

大家都纹丝不动。但是，每个人的脸上都泛着红潮，显然难以掩饰内心的兴奋。

一开始，淳想，也许是自己的错觉，可皮肤上战栗的感觉一直在持续着。

而且，头发似乎也在劈啪作响。空气中似乎飘荡着一些看不见的东西。

是自己带电了吗？

淳这样猜想着。

“快看！”

羽奈叫道。

“噢噢。”

“太好啦。”

“看来今年他们也会来呢。”

淳惊愕地睁大眼睛，张开嘴巴。

头顶上一片明亮。

塔的上方有什么东西在闪烁。

是冰冷的光。朦胧的、青白色的光，像一群萤火虫，在塔顶上飘荡着。中心是刺目的白光，什么也看不见。光影一个接一个出现，在空中随意地变幻着，舞动着。光影似乎围绕着塔身，以塔顶为中心，在上空旋出圆形。

“那是什么光？”

淳的嘴一张一合。难道，那是人的魂灵？

“太好了，‘客人’们在欢迎我们呢。”

真理子手抚胸口，其他三人也是一副终于放下心来的样子，兴高采烈地互相拍着肩膀。

“那是什么在动？是大萤火虫？或者，是遥控操纵的？”

只有淳一个人慌乱不堪，手指光影，不停地来回挥动着。

羽奈奇怪地看着淳：

“不是告诉你了吗，那是‘客人’，他们很高兴我们来这里过亡灵节。”

“这究竟是一种什么现象？我感觉空中好像起了静电一样。一定是一种放电现象。有人研究过吗？”

“不用想太多，淳，那就是‘客人’。”

“这太荒唐了，是人的灵魂？精魄？我第一次看见这样的东西。”

“淳，别讲这样无趣的话好吗？惹‘客人’不高兴了怎么办？他们都是那么善良，那么单纯。幸亏他们接受咱们，你得入乡随俗，知道吗？”

真理子抱着胳膊看着淳，一脸不满的样子。

“不是，可……可是，那怎么看都是……”

淳一下子回过神来，发觉大家都用一种怜悯的表情看着自己。

淳深切地感到，社会是由多数派形成的。规定善恶和道德的，不是神明，而是群众中的大多数人。他再一次意识到，在这个世界，自己的常识不适用。

淳无力地垂下手臂，又一次用胆怯的目光望向窗外。

塔渐渐远去。

但是，那青白色的光仍然在塔的周围无拘无束地盘旋萦绕。

淳莫名地感到有些悲哀，他朝沙发上坐下去，船咯噔晃了一下。

刚才一直在低鸣的发动机声一下子消失了。

船停了下来。

“吉米，过来吧，到‘夜桌’的时间了。”

教授把驾驶舱的吉米叫了过来。

“夜桌？”

淳探询地望着几个女人的面孔。

“先参加吧，之后再给你解释。要不，你一定不会相信的。”

羽奈宽慰淳，另外两个人也点头表示同意。

淳因自己的狼狈而不安。

这里太会发生超乎想象的事情了。

太可怕了。即将发生的事情令人恐惧。自己能否承受这一切，淳没有信心。

吉米有些拘谨地走进船舱。

“你今年失去亲人了吗？”

教授让吉米坐在沙发的空座上，一边问道。

“是的。”

吉米肯定地点点头。

他的动作很平静，穿着打扮也是朴素的学生样，但容貌十分英俊，眼镜后面的目光中显露出诚实的品性和良好的教养。

女人们好像同时发现了这一点，都慌忙理顺头发，端正身姿，显得有些好笑。

“不知是哪一位？”

教授将斟满威士忌的玻璃杯递给面前的青年，青年略一点头，伸手接过。

“是我的哥哥。今年春天，因为事故死去的。他喝醉了酒，从桥上掉了下去。事情发生得太突然，我和我的父母到现在都难以相信我哥哥已经不在人世了。我哥哥比任何人都精力旺盛，以至于大家都觉得，即使全世界的人都死去，他也会活下来。”

“噢，那太不幸了。你哥哥酒量很浅吗？”

“不，我哥哥酒量非常好。他像平时一样跟朋友热闹了一番，夜晚在桥上走栏杆玩儿，一脚踩空了。虽说已经是春天了，可那天却很冷，傍晚下了雨，夜里上了冻，栏杆变得很滑。他应该是没有注意到这一点。我哥哥的存在感实在太强了，我到现在仍然难以相信他已经死去。”

“那么，想必府上两位老人也深受打击。”

真理子说话庄重而有礼，和平时对自己的态度简直判若两人，淳倒是内心深受打击。

“是的，事实上，他们十分震惊。事情已经过去半年多了，可是他们还没有走出悲伤。这次我父母非常想来这里，但是因为住在英国的祖父母身体状况不好，就没能一起来。所以，我就一个人来了。”

“我理解。你哥哥的名字是？”

“他叫特里。”

淳猛然醒悟到，仪式已经开始，这样的谈话其实就是仪式的一部分。

教授挪动身体，郑重其事地看着淳。

“淳。”

“是。”

教授的声音很严肃，淳不由得挺直脊背。

“你最近有没有失去过亲人？”

“没有，这几年一直都没有。”

“以前去世的人中有没有你特别想见的人？”

“我现在一时想不起这样的人。”

“好的，这样也好。”

教授沉着地点点头，把脸转向羽奈。

“羽奈，你呢？今年希望谁能来？”

“肯特叔叔。”

羽奈坐正身体，干脆地答道。

真理子和琳德显得有些不高兴。

“为什么呀，羽奈，你怎么还要这么说啊？上次‘夜桌’时你也是这么说的，结果不就失败了嘛。”

“对了对了，教授，上次我们三个人做了一次‘夜桌’。结果很奇怪，蛋在外面破掉了，我们的碗里是空的。这怎么解释呢？”

淳知道，仪式暂停了，气氛一下子变得随便起来。

“蛋在外面破了？”

“是的，不可思议吧？”

“我从没听过这样的事。不过，我更关心的是，为什么羽奈希望肯特能来？”

教授皱起眉头，看着羽奈的脸。

“我……我觉得，肯特叔叔已经死了，大概是失踪之后没过多久就死了。所以，我想问问他原因。”

“你这么说有什么根据？”

真理子说，似乎很生气。

“我也不知道，是我的感觉。”

“感觉？你的感觉？我没有这样的感觉，谁也没有这样的感觉。”

“好了，就这样吧，羽奈想见肯特。真理子，你呢？”

教授说了话。真理子虽然一脸不满，但也没再说什么，稍稍调整呼吸之后，重新开了口。

“我当然想见仁左卫门爷爷。他前年死去，大家都想见他，可他一次也没来过。我也想问问他原因。”

“那是应当的，我也认为这非常奇怪，本来像他那样的人应该赶快跑来才对。好，那琳德呢？”

“我也想见我父亲仁左卫门。为什么他不来呢？他明明知道大家都期待着见到他。”

琳德回答的口气很硬。仁左卫门的名字，淳也听到过。他一个人干起了一番大事业，是泰斗级的大人物。淳记得，前年他逝世的时候，日本的报纸也曾大加报道。不过，当时，淳丝毫没有意识到自己原来和他还有亲戚关系。

“那么，教授，你呢？”

琳德反问道。

教授摸着自己的下巴：“我今年也没有特别想见的人。基本都见过了。不过，我妻子说想见见政子。”

“哦，政子我也想见一见呢。”

“政子是谁？”

淳悄悄问羽奈。

“教授的姐姐，五年前因病去世的。”

“是这样啊。”

“好，我就定政子。”

“OK。”

真理子从柜子里取出碗，看上去很古旧，涂着朱红的漆，十分漂亮。

碗？用碗做什么？大家要喝茶吗？

琳德从厨房拿来一个篮子，里面装着鸡蛋。

真理子把碗发给大家，大家都把碗倒扣着放在自己面前。

“把蛋放到碗里。”

羽奈递给淳一个蛋。

“把蛋放进去？”

淳按照羽奈说的，把蛋放到扣着的碗里。蛋在桌子上滚动的感觉不知为什么让他有些感怀。

蛋是生命的开始。淳脑海里浮现出羽奈说过的话。

这个蛋究竟会怎样呢？

琳德把船舱的窗户开得大大的，寒冷的空气涌了进来。

“现在，大家闭上眼睛，想着自己希望见到的人。”

“陛下荣光永驻，格言长存。”

“陛下荣光永驻，格言长存。”

随着大家的唱和，淳也不由自主地跟着低语。

荣光。

船舱里一片寂静。

淳感到不安，不知道自己头脑中应该思考些什么才好。他想偷偷睁开眼睛看看大家的样子，可是周围紧张的气氛让他不敢这样做。

这次会发生什么事？

淳犹疑着，不知道自己应该怎么做。大家都熟知游戏的规则，他却是第一次参加，连规则都不知道。

沉默持续了一段时间，加上酒精的作用，淳觉得困倦。

不好，这样下去岂不是真要睡着了，打起精神来，不能在这里睡啊。

淳拼尽全力和睡魔作斗争。

突然，淳的身体晃了一下。

啊，啊，真要睡着了。

就在这一瞬间，嘎达一声响，外面掀起浪花。是船在晃。怎么回事？

淳不由得睁了一下眼睛，可是，只看到真理子和羽奈一动不动地闭着眼睛聚精会神的样子，又慌忙把眼睛闭上了。

船又稍微晃动了一阵儿，很快就停了下来。

刚才是怎么了？有鱼撞到船了吗？

突然，好像刚才在塔前感到的那样，淳感到气氛发生了变化。

带电了，比上次还要强烈得多。

淳非常非常想睁开眼睛。

但是，尽管他的好奇心简直都要炸裂了，可不知为什么，紧闭的眼睑似乎粘在了一起，动也不能动。

真想看一看！不，我不想看。不，还是想看。

肌肤感觉到的空气越来越刺激，就像感电一样。

这时候，一阵咔哒咔哒的声音传入耳中。有什么东西在轻微而快速地撞击着。

这是什么声音？哦，是碗在晃动的声音。一定是碗在桌子上动。不对，是不是碗里的蛋在动？

等等，我怎么会想出这样不合科学道理的事？碗和蛋都不可能自己动的。可是，刚才在塔上看到的青白的光影呢？看到它的时候，大家一点儿也没有觉得诧异的样子。不，你真傻，要造出那样的效果有很多手段可以用的。把发光的化学药品涂在什么东西上，从钟楼的窗户拉出线绳来回晃动的话，应该就会有那种效果。只不过，大家把这作为一种超自然现象展现在你面前，骗你说，你是第一次参加，所以不知道有这种事。好好动动脑子，不能上当，你不是将来要做学者的吗？

但是，碗的咔哒咔哒声越来越大。也许不是碗，是有人在桌子上跳舞。

而且，淳闻到一种香气。

怎么回事？这也是幻觉吗？是煎什么东西的味儿。对了，是煎蛋，就像是用平底锅煎蛋的香气。

怎么会有这种事？他们在骗我。如果我现在睁开眼睛，一定会看到教授在桌子上跳舞，琳德在煎蛋。而且，就在我睁开眼睛的瞬间，真理子和羽奈一定会捧腹大笑。淳，你真笨。你不会当真了吧？哈哈太好笑了，淳一脸认真的样子。他居然以为碗和蛋真的会跳！

下一个瞬间，身边啪的一声清响，随后立即响起一个含混的声音。

“哎呀！”

这是羽奈的叫声，淳一下子睁开眼睛。本来略微幽暗的房间这时显得分外明亮。

“这是怎么回事？”

大家的视线集中到桌子上。

碗碎裂了。

桌子上散落着许多碎木片。

“为什么会这样？”

真理子低声说。

“蛋在哪儿？”

淳一时间无法理解眼前的情况。

桌子上，琳德、真理子、羽奈和淳面前的碗都裂成两半。淳没想到碗会裂开。稍微有点脑子的人就知道这需要相当大的力气。但是，碗的位置没有变化，它就在刚才的位置上，在刚才的位置上裂成了两半。不可能有人在不离开座位的情况下同时打碎这么多碗。那么，如果是大家分别把自己面前的碗打碎的话，是谁把淳面前的碗打碎的呢？

而且，碎裂的碗的下面直接露出桌面。刚才放在大家碗里的蛋已经无影无踪。蛋去哪儿了？

大家无言地看着桌子，互相窥伺着别人脸上的表情。显然，每个人脸上都充满了疑虑和恐惧。淳知道，自己也是同样的神色。

“蛋呢？”

琳德仿佛是自言自语。

“咦，这是什么气味？”

真理子吸着鼻子。这气味总算不是自己的幻觉，淳内心松了一口气。

大家的视线集中到教授和吉米面前的碗上。这两个碗看上去毫无异常，没有一点儿变化。

教授一下子拿起碗。

打破的蛋液流了出来。

“噢，你心情还不错嘛。”

教授圆睁双目，努起嘴巴。

吉米猛然颤抖起来。

他的脸色十分苍白。

“吉米，快打开碗看看。”

听到琳德的催促，吉米战战兢兢地把手伸向碗，略一踌躇，把碗拿了起来。

白色的热气冒了出来。

“哇啊，是煎蛋。”

淳简直不敢相信自己的眼睛。

吉米注视着自己面前的煎蛋，仿佛凝固了一样。

桌子上，凝成白色的煎蛋冒着热气，看上去很美味。

“这怎么可能？我还是第一次见到。”

煎蛋的边缘微焦，还在发出吱吱的声音，蛋黄上覆着一层膜，微微颤动。

“怎么回事？这是怎么做到的？”

淳摇晃着羽奈的肩膀。

“不知道啊，从来没听说过这样的事。”

“这要怎么解释呢？变成牛奶炒蛋的倒是听说过呢。”

淳发狂地搔着自己的头发。

“噢噢，我也是第一次见到。”

“我们的蛋去哪儿了？”

羽奈向周围东张西望着。

“不知道。”

“快啊，告诉我。”淳已经急不可耐，“这是怎么回事？谁把蛋打破的？怎么做到的？”

羽奈无奈地笑了：

“已经告诉过你多少遍了，这不是戏法，是占卜，类似于一种魔法。你知道咖啡占卜吗？用杯子里最后留下的咖啡的痕迹占卜当天的运势。和那个很相近。有事的时候，我们一般都会用鸡蛋占卜，叫作‘夜桌’。”

“一般都会出现什么情况？”

“大体上就是蛋破了或者不破。蛋裂开的缝隙的形状和方向也很重要。像教授那样，蛋完全破掉，可以说是比较理想的状态。”

“那么，这个呢？他的煎蛋代表什么？”

“所以说不知道啊，居然是冒着热气的煎蛋。”

羽奈口气有些焦躁。

“这真是不可思议，要查一查。我去查‘岁时记’，看有没有先例。”

教授好像被勾起了兴致。

“也只能这样了。吉米，这煎蛋怎么办？吃了它吗？”

琳德叹了一口气，开始收拾碗的碎片。

“不，我不想吃。”

吉米的脸色依然苍白，看来这煎蛋给他造成了很大的打击。

“好的，我知道了。”

琳德拿来铲子，把教授的碗拿在手里，动作利落地把桌上的蛋壳和蛋液铲到碗里。

“占卜用的蛋是要吃掉的，叫作‘食祭品’。”

“食祭品？”淳不由得叫出声，“我听说过，就是把在神坛上摆过之后的饭炒一下吃掉。”

原来，这里还保留着这样的习俗。文化以这样意想不到的形式被继承下来，淳感到一种新鲜的惊讶。

“噢噢，在日本是这样吗？嗯，有意思，今年的话题真多啊，我得做个记录。”

教授看起来非常感兴趣。淳还是难以接受眼前发生的一切。

女人们也一样，都是一脸的迷惑不解，似乎刚才发生的事对于她们来说也是极其意外的。淳不知该从哪个角度与她们表示同感才好，只好露出一副暧昧不明的表情。

“只有一个蛋，我就做了蛋汤。”

琳德把盛在小盅里的蛋汤分给大家。

“好久没喝蛋汤了。”

“偶尔吃一次味道还真好。”

好像他们已经习惯这样，大家把占卜用的蛋一起吃掉。上面漂着一点香菜，应该是这里的做法。疲惫的胃里落下稠稠的汤汁，感觉很美味。

吉米放下小盅开了口：“那我这就回去开船了。各位休息吧，我熬夜没问题的。”

“不行，不能说你年轻就都让你干，再过一会儿我就去替换你。”

教授挥挥手，干脆地说。吉米表情僵硬的脸上终于浮现出一丝笑意，对大家点点头，就进了驾驶舱。

“教授，我去吧，开船好像也不是很难。”

淳这样一说，教授也点头同意：

“那不好意思，你帮帮忙吧。开船也就是往右转往左转这些事，很快就会学会的。我睡一会儿，半夜我去换班，你让他教教你。”

“是。”

琳德给大家拿来了毛毯和搭脚被，准备轮换着小憩。真理子和羽奈似乎还不困，嘀嘀咕咕地小声谈论着占卜的结果。

淳去了一趟卫生间，然后走向安静的驾驶舱。

“我来替你，你大致教我一下怎样操作。”

吉米好像停了一下才反应过来有人叫自己，略带滞涩地转过头来：

“啊，哦哦，好啊，很快就能掌握的。”

“你不要紧吧？是不是不舒服？”

淳觉得吉米的神情有些恍惚。虽然是黑夜，也看得出他脸色很不好。

吉米告诉淳如何转弯，如何调节速度。的确很简单，连小孩子也能很快学会。

两个人一起操作了一会儿。

看着眼前无尽的流水，越发使人忘记时间的流逝。

河流的景色展现出奇异的魅力。尽管只是浮在河面上，却一直也看不厌。

前方的河面像在微光下闪烁着的单色画面。流水那么平稳，船只像在镜面上滑过一般。

“刚才，你看到了吧？”

突然，吉米低声说。

“什么？”

淳看着吉米的侧脸，吉米眼望前方，目光中满是恐惧。

看着他那双眼睛，淳似乎传染了他的恐惧感。他在看什么呢？

循着他的目光往前看，只看到黑色的森林。

“就是那个蛋。”

“啊啊，当时我吃了一惊。”

淳尽量用轻松的语调回答，因为他觉得自己不能就这样被吉米拖进恐惧中去。

“我很注意地在观察，看是不是有什么戏法。你听说了吧，我是从东京来的。我一直半信半疑，觉得大家是不是在耍什么花样。我有个朋友，擅长变魔术，我不由地想到他。杯子和弹珠，碗和小球，这些都是历史上很古老的戏法，全世界哪里都有。”

是的，就是因为联想到这些，所以才总是觉得自己被骗了。

淳边想边说。

“要是戏法的话该多好啊。”

吉米低声说。淳不由得看了一眼吉米。那声音里有一种深深的绝望。

“特里一定会来的。”

吉米咽了一口唾液。

“嗯？不过，你不是也很想见他吗？”

“我想，我想见他。”吉米痛苦地望着天花板，“可是，特里恨我。看刚才的蛋就知道了。”

“为什么？”

“那就是特里憎恶的表现。特里很生气。自己因为那样微不足道的事故死去，而我却还活着。”

“不会的，你们是兄弟，那是不可能的。”

“不。你如果见到活着的特里，就不会这样认为了。你就会觉得，为什么死的不是我。他什么都会，能得到每一个人的欢心。我只不过像他的影子一样。我总是陷入沉思，不擅于和别人交谈，大家都很惊讶我和他竟然是兄弟。我们两个长得非常像，性格却截然相反。”

“这么说，你和特里是……”

“是的，我和特里是一对双胞胎。”

淳惊讶地看着吉米的脸。

吉米的目光忧郁，他正面看着淳：“我一定会在厄纳得山被特里杀死的。”

在厄纳得山，吉米被孪生哥哥杀死。

淳的脑海之中一直回荡着吉米的这句话。

淳一边独自驾驶着船，一边慢慢回想这一天发生的事。

混乱的头脑中，各种各样的场面像水中泡沫一样，浮起来又沉下去。

刚才荡漾在黄昏的微光中的水面，现在已经沐浴在月光的照耀之下。夜晚终于来临了。

身后地面吱呀一声响。

“对不起，我来晚了。”

教授打着哈欠走进驾驶舱。不知什么时候起，后面的船舱已经一片寂静。

“没有，驾船很有意思。”

“喝点儿吗？”

一个冒着热气的大杯子递了过来。好像是热的威士忌。淳忽然感到身上冷了。

“那我就不客气了。”

“好，我来替你。”

把驾船的事交给教授，淳捧着大杯子焐着手。

船缓慢地在夜晚的河流上行进着。

“我有一种感觉。”

“什么？”

“我觉得有一种强烈的宗教式的气氛。”

“嗯，为什么说是宗教式的？”

“我也说不好，只是，头脑中忽然浮现出这个词。”

教授微笑了一下。

“你这小子很有意思。我觉得，我能理解你想表达的感觉。”

“是吗？发生了太多事，我还没有完全消化。”

“你认为我们很落后吗？”

“落后？为什么说落后？”

“我们知道别人怎样看待我们。说我们是乡巴佬，已经古旧得都变成褐色了，说我们是被某种神秘风俗束缚的一群怪人。不是吗？”

“不是这样的。”

淳不知说什么好。实际上，他在东京的确听到过这样的描述。

教授爽朗地笑了：“你很老实。不过，你不这么想。或者说，你正在被我们的生活所吸引。不是吗？”

“是，也许是这样。”

“什么是普通，什么是现实，什么是正确，谁也不知道。我们所在的地方，你现在正要去的地方，也都是无可置疑的现实。”

“是啊，羽奈也对我说过同样的话。”

“她是个聪明的女孩子。”教授自顾自地频频点着头，“不过，你最好小心些。”

“为什么？”

“我总觉得今年有些不一般。”教授一反常态，神情严肃起来，“刚才的蛋……我第一次见到这样的事。蛋总是预示着某种东西。”

“蛋会预示什么吗？”

“是的。再加上‘嗜血狂杰姬’的事件，我总有一种不同寻常的感觉。”

“您说‘嗜血狂杰姬’？不是‘杰克’？”

“我赌她是个女人。”

教授唇边泛起一丝意味深长的笑。

淳早晨睁开眼睛，天已经亮了。

但是，这不是阳光。河上升腾起朦胧的雾气，遮掩着黑色的森林，像一幅水墨画。天空被厚厚的云层覆盖着。这个季节，天气总是这样的。

亡灵节定在十一月，也是因为这里冬天漫长。日本通常迎接亡灵是九月秋分时节，这时日照时间还长，是宝贵的工作期。不知什么时候起，这里的人们适应气候特征，在白昼较长的夏季到秋季期间专心从事农耕，把迎接死者的仪式移到了冬天的农闲期。

淳一边这样想着，一边慢慢地起身。琳德和真理子好像正在准备早餐。教授在睡觉，吉米又在驾驶舱里了。

羽奈呢？

这样想着，淳来到狭窄的甲板上，看到羽奈披着一件灰色对襟开衫蜷缩在那里。

“早上好，羽奈，你在做什么？在这么冷的地方。”

羽奈依旧蹲在那里回过头来，对淳招招手：“早上好，淳，你看。”

“怎么了？”

淳定睛一看，一群麻雀似的小鸟聚集在甲板上。

“这就是我们的蛋。昨晚从我们碗里消失的四个蛋在这里。”

淳看清鸟儿们在啄食的东西，“啊”的一声叫了出来。

那是排成骰子点儿一样的四个蛋黄。

那些蛋已经成了一份只煎一面的煎蛋，成了鸟儿们的早餐。

“这是怎么回事？肯特叔叔和仁左卫门爷爷现在在哪儿？”

羽奈一边心不在焉地倒着奶茶，一边喃喃自语。

甲板上的四个蛋，大家都已经看见了。当然，看见了并不代表可以解决。不如说，迷雾更深了。

“这件事只有到了厄纳得山再看了。”教授用松饼蘸着红茶，用牙签插起一块腌菜，“还有多长时间？”

“不到一个小时了吧。前面可以看到别的船了，水闸应该不远了。”

“船只数量很多，得等很长时间吧。可能第一道水闸开的时候还进不去。”

真理子和琳德嘀嘀咕咕地说着。

淳发现，不知不觉自己已经习惯他们的生活了。虽然只有一个晚上，他却感觉好像已经和他们一起生活了很长时间。

“看见第一道水闸了！”

驾驶舱传来吉米的喊声。今天早晨他很平静，好像从没有过昨夜那种表情似的，微笑着向淳打招呼。昨天晚上那会儿他心里一定很不安稳吧。

“嘿，看哪。”

“真的呢，别的船都在等着开门呢。”

“嗯，第一次开门好像能进去。”

大家一个接一个地来到驾驶舱。

前面可以看到各种颜色的船排列着浮在水上，再往前是一个黑色的大铁门矗立在那里，两岸建有一些小房子。

听了教授的讲解才知道，环绕着厄纳得山的运河与刚才逆流而上的河流之间有水位差，就像巴拿马运河东西两侧有水位差一样。巴拿马运河为了消除水位差，需要关上闸门注水，直到船只所在的水面与水位高的水面相当，再打开下一个水闸。现在，船只驶入环绕厄纳得山的运河也要使用同样方法，打开第一个水闸，把船放进来，再把水闸关上，使水位上升到和运河同样的高度，之后打开运河一侧的水门。

的确，这样的话，不可能有人在夜间打开水闸随意进入这个地方。必须到水闸解禁的日子才能进入运河，也是由于这个原因。这么说，厄纳得山的确是一座与世隔绝的孤岛了。

看到其他船的一瞬间，淳忽然觉得如梦初醒。

终于要进入厄纳得山了。

淳感到一阵青春的兴奋感在自己的身体里充盈，已经有一段时间没有这样的感觉了。

“终于到啦。”

似乎感染到淳的兴奋，羽奈啪的拍了一下淳的肩。

不知从什么地方响起了庄严的钟声。

船荡漾着，从各个地方开始移动。

晨光从轻薄的云中浸润过来，好像从半透明的纸格子门外面透进来的光线。

淳发觉，不知从什么时候起自己的心脏在扑通扑通地强烈跳动着。

咯吱、咯吱、咯吱，传来沉闷的声音，很响。

是水闸在动。巨大的齿轮转动着，铁门缓缓地向上升起。河面上的船里的人们发出一阵欢呼声。

淳他们也情不自禁地一起欢呼，鼓掌。

水闸已经完全升起，船开始缓慢地移动。可以看到在水闸里面一百米左右的地方还有一个关闭的水闸。过了那道门就是运河了吧。

船一艘接一艘地从水闸底下过去，进入人工湖。差不多有二十艘船聚集在一起，甚是壮观。后面还有船陆续往前开，但是，好像人工湖已经挤不下了，从小屋中走出来一个职员，用力挥着手大喊，叫后面的船不要再往前来。

他们还要再等上一个小时。

后面巨大的水闸慢慢关闭，开始注水了。可以感觉到船的位置在一点点上升。石壁那边的树木开始只能看到树顶，渐渐地，能看到的部分越来越多了。

淳他们焦急地等待着注水完毕。大家好像都很兴奋，也不说话。

注水大概用了三十分钟吧。

终于，前方的水闸门开始打开。

欢呼声响彻云霄，比刚才更加热烈。

咯吱、咯吱、咯吱，随着这声响，黑色的水闸缓缓地升向半空。

水面和门的空隙间露出两根红色柱子。

“那是什么？”

“运河入口处的大鸟居。进入厄纳得山的人都要从这个鸟居的下面钻过去。”

鸟居。真没想到会在这个地方看到鸟居。

淳有一种奇异的感觉。

铁门缓慢地向上升起，简直令人心焦。

大家都在焦急地等待着门完全打开。

终于，正面现出一个巨大的鸟居。

它矗立在低垂的云层之下，越发显得肃穆庄严。

到处都是一片欢呼万岁的声音，淳也没来由地感到一阵激动。

船再次开动起来。水面泛起波纹，与其他船激起的波纹交融在一起，船也更大幅度地振荡起来。

“注意不要碰到其他船，现在大家都只一心顾着要进入厄纳得山。”

看到吉米兴奋地加快了船的速度，教授温和地告诫他。

开始只能看到鸟居，渐渐地，后面现出一个模糊的黑色山丘。

“那就是……”淳不由得喃喃自语，“那就是厄纳得山。”

低缓的山坡上，黑漆漆的森林环绕着一个城堡都市。似乎那都市本身就是遗迹。据说整个居住区都在那座螺旋状的石头城中。

淳兴奋不已，胸腔里热血沸腾。

到处都响起欢呼声，前方一片喧哗。

“大家可真是兴奋啊。每年都来，还是这么激动。”

淳兴奋地把头转向羽奈，却见羽奈一脸讶异的表情。

“咦，有点儿不对头啊。”

羽奈看着教授。教授也神色古怪，盯着前方。

“什么不对头？”

问出口之后，淳才发觉，周围的船上发出的并不是欢呼声，而是嘈杂的人声之中混着惊叫。

“你看。”羽奈一把抓住淳的手臂，“那鸟居……鸟居上挂着一个人！”

“什么？”

现在淳听清楚了，周围发出的确实是惊叫。到处传来充满恐怖的惊叫声。

大鸟居渐渐逼近——那威严矗立着的、巨大的柱子渐渐逼近。

柱子上挂着一个红色的东西。

是一个男人。人们看不见他的脸，他长长的头发把脸完全遮住了。他脖子上绕着绳子，绳子拴在鸟居的横梁上。

那个男人被吊在了鸟居上。

他早已经气绝身亡，全身都是鲜红的。他的喉咙被割开了，鲜血流出来，把他全身都染红了。

“‘嗜血狂杰克’。”

淳不由得喃喃自语。他的声音是嘶哑的。

第二章

境界线上的凶杀案

嘈杂的声音从遥远的运河那边传来。

在水闸被阻住之后又过了将近两个小时，天已经完全亮了。自然，在厚厚云层覆盖之下，冰冷的风景依然如故，只是偶尔从云的缝隙间隐约透出一线微光。

那些被阻在运河的船只挤挤挨挨地漂荡着。乘客们倒是不急不躁，喝着红茶，玩着纸牌，悠然地度着时光。可是，在这里，只要稍微移开视线，就能看到全身是血的尸体挂在大鸟居下面，明明是发生了杀人事件。对淳来说，眼前的光景真是难以理解。

警察即便是驾着高速艇，到这里也需要几个小时。人们除了协助保护现场就是等待警察的到来。据说，过去，警视厅从没有介入过厄纳得山。这次不知会演变成什么情况，如果因为事件的关系亡灵节中止了可怎么好，淳只顾忧虑这些问题了。

除了忧心忡忡的淳，其他人都各自享受着早晨的时光。教授舔着手指专心致志地研究剪贴簿；真理子一大清早就一边起劲地抽着烟，一边埋头读书；琳德不停地修饰着指甲；羽奈和她的猫儿们一起欣赏着外面的景色，还轻轻哼着歌。

“接下来会怎样呢？亡灵节会不会中止啊？”

淳担忧地对安静地坐在驾驶舱的吉米说。

吉米温和地笑了：“不会的，警察和司界人过来就没事了。”

“司界人？”

“是的。”

“是不是……比如说，打排球比赛的时候，判定球是界内界外还是压线的那种人？”

“是的，正是这样。你看那具尸体。”

吉米神色自若地将视线投向吊在半空的死尸，淳也随着看了过去。一个满是鲜血的物体。淳不由得感到不安。吉米感觉到了淳的踌躇，露出抱歉的神色。

“问题是这个地点。政府管理范围之外的区域的境界线，就是这个大鸟居。那具尸体究竟吊在哪一边，这一点决定警察是否要介入这起事件。”

“的确是啊，因为鸟居是表示圣域的境界线嘛。这地点还真不好说，好像是鸟居的正下方。那么，司界人就是……”

“是的，是来判定这起事件属于哪一方领域的。”

“如果判定为鸟居内侧的话会怎样？”

“那就由警察、文化厅和自治会三方协议决定。”

“自治会？哦，是地方上的民间组织吧，明白了。那么，司界人属于哪一方？”

“哪一方都不属于。”

“这是怎么回事？”

听淳这样问，吉米显得有些困惑：“我也说不好……那些人一直在厄纳得山周围的国立公园中的丘陵地带游牧。他们是原本居住此地的游牧民族和初期移民的后裔。即使从我们的角度看，他们也是相当宗教化的。”

“说实在的，比你们还宗教化，那可真是不得了。”

淳想象着这些人们，他们就是所谓的“异人”吧，感觉就像日本的山民。

“其实，我以前也没有亲眼见过他们。他们并不太喜欢出现在我们的面前。”

“那他们为什么会做司界人？”

“这个，我也不太清楚。据说厄纳得山原本就是他们的圣地。亡灵节发展到现在这个形态，具体经过很多地方还是谜。不过，有存留的记录显示，由于他们独立于任何一个集团之外，很早以前就有这样的惯例，由他们来司掌法律。”

“哦，真有意思。”

说到这里，淳一下子抬起脸，目光转向另外一个方向。

嘈杂的人声传了过来。

船上的人们唰的一齐往后看。强烈的兴奋感和好奇的气氛，尽管隔得很远，却像涟漪一样从远处传递过来。和刚才闲适的气氛截然不同，淳又一次领略到这个国家的人们身上隐藏的力量。

终于，船向左右两边荡开，像给预言家摩西让路一样。吉米也掌着舵，缓缓地将船靠向岸边。

大家都探出身子，往中间看去。

最初映入眼帘的是一个颀长的身影，穿着带风帽的黑斗篷。

“哎，那就是司界人啊，第一次见到呢。”

“真想看看他长什么样子。”

“希望他长得帅。”

三个女人窃窃私语。

他乘一艘非常小的船，划着桨，像在水面滑过一样，慢慢地接近。漂浮在水上的小船像一片苇叶，不，其实更加渺小，应该说像一片树叶。他脚边有一个黑色东西，从远处看还以为是一个挎包，不过很快就看清楚了，那是一只大狗，浑身的毛漆黑油亮，一看就知道一定是猎犬。

“哎呀，那狗真棒。”

“是纯种的吧。”

“真的？”

这就是来自冥界的使者——淳的脑海中浮现出这句话。

这个男人身材很高，黑色的风帽遮住了他的眼睛，只露出鼻子和嘴。他的皮肤白皙光洁，剃过胡子的地方泛着青色。他看来很年轻，说不定和自己年纪相仿。淳这样想着。

在这个男人的小船后面，警察驾着雪白的高速艇跟随着，保持着一定的速度和距离。船上有几名警察，还有一个男人，穿着黑色高领衫，外罩一件夹克，看来不像是官方人士。另一个穿白衣服的老人，可能是法医。

小船在鸟居下面停了下来，高速艇慢慢回旋，靠上近处的岸边。

高速艇上的人面朝鸟居敬礼，为死者默哀。

司界人把一根小树枝投到鸟居下面的水面上，嘴里吟唱着，小树枝在水面旋转，最后停了下来。司界人向警官点点头。于是，几名警官拿着一个大梯子下到岸边，把梯子靠在鸟居的柱子上，有人在下面扶住梯子，一个警官敏捷地攀了上去。他们是要把尸体卸下来。鸟居非常高，梯子只能到它的一半。那个警官顺着梯子攀到最高处，离悬挂尸体的地方还有好几米。只见那个警官用一根绳子似的东西把自己的身体绑在柱子上，开始顺着柱子灵活地往上爬。仔细一看，他脚上穿着带分趾的胶底软鞋。

“真熟练啊。”

“简直像修剪树枝的工人一样。”

旁边的教授也十分佩服。

眼见警官爬到鸟居的横木上，一直来到尸体上方。他重新把自己的身体绑在横木上。然后，把卷在自己身上的另外一条绳子系到吊着尸体的绳子上，打了一个结，在结的上方割断了原来吊着尸体的绳子，稳稳当当地把尸体慢慢往下放。吊着的尸体是个身材魁梧的男人，卸下来需要费很大的力气。离得那么远也能看到，警官的脸涨得通红，他紧咬牙关，不肯松劲。

鸟居下面，高速艇上的警官终于接住了尸体，这时，后面响起一阵掌声。尸体被搬上岸来，白衣老人和穿黑色高领衫的男子也走上岸，来到尸体旁边。

攀在鸟居上的警官这一次没有用梯子，而是顺着柱子爬了下来。当他落到地面时，又一次响起了掌声。警官向鼓掌的人们脱帽致意。淳也不由得跟着拍起手来，忽然觉得这样有些不对劲，又慌忙停下。羽奈看到他的样子，扑哧一声笑了。

尸检要持续一段时间。大家陆续回到船舱，兴致勃勃地交谈着。这个国度的人们似乎很习惯等待。淳本来觉得自己还挺有耐心，可到了这里，却总觉得自己性急得不得了。

淳一直注视着警官们的一举一动，不知为什么无法把目光移开。司界人坐在小船上，一直凝视着鸟居。大狗乖乖地伏在他的脚边。淳心中感叹，猎犬的耐性就是好。

突然，那只大狗一跃而起，全身的毛都竖了起来。电光火石之间，司界人也猛然将船桨举过头顶，严阵以待。

发生什么事了？

淳不由得一震，探出身子向鸟居方向观望，却只看到石壁之间银色的水路蜿蜒而去，其他什么也没有。

司界人擎着桨，好一阵子一动不动。过了一会儿，狗仿佛失去了兴趣，又坐了回去。随后，司界人也放松下来，重新舒展了一下身体。淳也松了一口气。

看看周围，似乎其他人都没有注意到司界人和他的狗刚才的样子。

刚才究竟是怎么回事？

尸检好像结束了，尸体上盖了一块布，放到担架上，抬入船中。现场勘验人员在周围一张又一张地拍着照片。

过了一会儿，一个身材魁梧的年长警察取出了扩音喇叭，好像他的职衔是最高的。

他按下按钮，嘀的一声，刺耳的声音撕裂了周围的空气。

人们很快聚集到船的甲板上，似乎都在等着这一刻。

“各位早上好，我是厄纳得特别历史地区警察署署长，我叫今村，让各位久等了，十分抱歉。”

今村低低地清咳几声，之后，有些紧张地向大家打招呼。各处响起了嘈杂的回应声。

“各位都知道，我们正在面对一些前所未有的事态。”

周围发出同意的声音。

“这是严重的，是可怕的，是对我们传统的极端亵渎。在亡灵节的第一天，而且，在这里的大鸟居上，做出如此无法无天的事，这是我们决不能容许的。我们必须严肃面对这种穷凶极恶的事件。”

署长斩钉截铁地说。

听到这番话，周围响起一片不安的窃窃私语。在人们心中，这番话是在为警视厅介入亡灵节作铺垫。

“请安静。我理解各位的担心，但是，这一次是非常事态。警视厅对今年的亡灵节早已非常关注。理由各位想必都很清楚。今年，一个前所未有的凶恶罪犯震撼了首都。他用残忍的手段夺去无辜者的生命，制造出一系列杀人事件。我们一直在努力搜查，但是犯人仍然逍遥法外。是的，在亡灵节，死于非命的被害者很有可能会回来。我们非常关注他们的归来。恳请各位帮助我们。”

这番演讲真棒，淳想着。彬彬有礼，开诚布公，又让人感受到其中的热情，没有政府官员讲话时经常有的那种拐弯抹角的感觉。

“而且，刚才我们进行了尸检，此次凶杀事件与街巷间热议的连环杀人犯‘嗜血狂杰克’的手法极为相似。如果是同一个凶手所为，那就意味着，他也来到了这里。既然凶手特意将尸体运到这里，那么我们有理由认为，这是对亡灵节的巨大挑战。”

四周响起了忧心忡忡的窃窃私语。一个连环杀人犯就待在自己所在的地方，的确让人感觉毛骨悚然。

淳想象着那个场面。月光照耀，一个男人正在把一个魁梧男子的尸体吊在鸟居上——他是怎么做到的？

疑问涌上心头，淳有些错愕。

水闸是关着的，他是怎么把尸体运到鸟居的？周围都是森林，虽然也有可能步行前来，但太耗费时间和体力。而且，在黑夜里，把尸体运到这样一个地方，吊到连梯子都够不到的鸟居上，这真是重体力劳动。

难道是多人合作？杰克不是一个人？

“不过，现在是亡灵节，我们尊重传统。这是作为民俗精神文化遗产的一项重要活动，今年也一定要平安度过。”

“知道死者的身份了吗？”传来一个中年男子的声音。

今村摇摇头：“我们没有发现任何可以证明他身份的东西。现在死者身份还不明确，必须进一步详细调查。”

“是不是水闸的管理员有问题？”

“我们将立即开始对管理员进行调查。”

又有其他人要提出问题，今村用手势制止了他们：“被害者的身份以及其他相关事实一经查明，我们会即刻向大家通报。现在，我关心的是……”

今村稍微停顿了一下，看大家有没有在听他说话。

看到大家都在注意倾听，今村点了点头：

“遗体的位置正好在境界线上。”

一时间人声鼎沸。

“在境界线上？”

“署长说正好在境界线上？”

“从来没听说过这样的事啊。”

人们这才想到了那个一动不动的司界人，不约而同地向他看去。刚才只顾听署长讲话，简直忘记了他的存在。

司界人仍然微微低垂着头，风帽遮面，站在船头。

“是这样吧？你判定遗体在境界线上，是吗？”

今村把头转向司界人，向他核实情况。

司界人肯定地点头：“是的。”

这声音竟十分清亮，大家都感到有些意外。

“呃，有件事不好意思，能不能请你把风帽摘下来？摘了风帽，知道自己眼前是什么情形，互相之间才好交流啊。”

说话的是琳德。那语调温柔甜美，很显然，是出于想看看对方容貌的好奇心。人们似乎都有这样的想法，纷纷表示赞同。

司界人露齿一笑。看到他唇隙之间洁白的牙齿，淳越发断定这是个青年男子。

“刚才失礼了，我们的规矩是做出判定之后才可以摘下风帽。”

司界人轻快地撸下风帽。所有人都屏住了呼吸。

一时间，好像眼中被射进了强烈的光芒。

面前的男子，新剃的头泛着微青，形状很好，一张面孔透出深谋远虑的气质，显得如此不可思议。

淳目不转睛地观察着他。

他的确很年轻，却自有一股凛然的威严。也许，他比自己要年长得多。一张像雕塑般的面孔轮廓分明，不过，可能是因为长着一双细长的单眼皮眼睛，那张脸看起来具有明显的东方特征，耳朵上的青石耳饰闪闪发光。

果然，他们是僧侣。淳觉得能够理解了。

很有可能，他们过着一种独特的宗教生活。当然，僧侣有时候会成为法官，对民间的纠纷做出裁判，这是因为他们具有某种第三方的立场。

“尸体在境界线上，那么该怎样处理呢？”

有人提了一个自然而然的问题。当然了，如果是排球比赛，球正好在边界上的话就该得分了。淳想要把眼前的事和自己知道规则的有限几个体育项目联系起来。

“这是在境界线上杀生，是对圣域的强烈的恶意。”

司界人毫不犹豫地答道。

气氛变得不平静，人们心中不安稳的感觉在互相影响着，传递着。

“也许是有人在向我们挑战。”

“向我们挑战，也包括我们来的这些人在内吗？”

淳不由得开了口。司界员目光停在淳的身上，淳不禁全身一震。

被那样一对清澈沉静的眸子凝视着，竟会没来由地自惭形秽。

“不。我们，是指生活在这周围的土地上的人。我们本来是不能够进入圣域的。但是，在境界线上发生某种征兆的时刻，也仅仅在这样的时刻，我们有义务进入圣域，保持均衡。”

“那就是说……”

司界人点头认可：“亡灵节期间，我会留在厄纳得山。因为，某些情况下，我必须阻止现世对圣域的干涉。”

噢噢，应声四起，带着惊讶、期待和好奇。兴奋又重新回到了大家的脸上。

“情况就是这样。”

署长的声音再一次响起。淳注意到，刚才司界人并没有使用扩音喇叭，他的声音竟然可以那般通透响亮。

“这一次，司界人将会留在厄纳得山，守护这里。我们是否进入山中，稍后再做决定。不过，就今天早晨发现遗体的事，需要各位接受警方的询问调查。此事由这位先生全权负责。”

今村向穿黑色高领衫的男子示意。

男子走上前来。他将近五十岁，一头略微偏长的银发，很有光泽，带颜色的眼镜片使人看不清他的神色。尽管脸上带着微笑，却让人感到他颇有手段，甚至有些冷酷无情。

“这位是哥伦比亚大学的乔纳森·格雷博士。”

被介绍的男子轻轻点了点头。原来是个美国人啊。困惑的感觉在人们中间弥漫着。

“很高兴和大家见面，我叫格雷，做社会心理学方面的研究。我是第一次参加亡灵节，因为我父亲今年年初去世，这才第一次踏上父亲的故乡——维国的土地。我已经按照规定办理了进山许可证。”

他沉着地从夹克的内口袋里取出许可证和护照，展示给大家。

周围发出一片惊讶的声音。

“这次的‘嗜血狂杰克’事件引起我很大兴趣。昨天我调查了这一事件，并询问了这里的警察。本来我打算明天进山，但是，今天早晨发生了这样的事情，我就一起过来帮助做些事。我当然尊重传统。我希望，并且保证，我将以观察者的身份，在不带任何先入为主的观念的情况下听大家的叙述，以求对事件的解决有一些帮助。”

格雷博士结束了他无懈可击的致辞。

人们心中既感到好奇，又感到疑惑。

“为什么要让他来询问调查？为什么不是由自治会的委员来做这件事？”

产生这样的疑问是很自然的。淳也感到了同样的疑惑。即使公务员不方便参与询问调查，那为什么不能交给地方的自治组织呢？

“那是因为……”

署长停顿了一下，仿佛在寻找合适的措辞，他清咳了一声：“最好是由第三方来做这件事。第一次进入这个国家的人会比较客观。”

“也就是说，‘嗜血狂杰姬’或许就在我们当中？”

说这话的是篠田教授。

署长移开视线，警官们都沉默了。气氛有些尴尬。

篠田教授仰天大笑，显得很快活似的：“哈哈哈，知道知道，侦探本身必须保证清白，如果事件发生时他不在我们国家，就能证明他不在犯罪现场。而这个国家的国民是无法证明自己不在现场的，所以，所有的国民都有嫌疑。是的，真正的犯人必须在有限的出场人物之中。这不是很好吗？今年可有许多新鲜人物出场啊。‘嗜血狂杰姬’谋杀案的舞台移到厄纳得山了。可以啊，我们欢迎，是吧，各位，让他们看看我们是多么的宽容啊。”

篠田教授环视了一圈警察尴尬的面容，向惊愕的人群挤了挤眼睛。

桑尼和赛德非常害怕，钻到桌子下面不出来。

那是因为蹲在船舱一角的大黑狗。

狗非常安静，悄无声息地走进船舱之中，在主人的近旁蹲下。但是，它那巨大的身体中散发出来的野性气息，已经足以震慑桑尼和赛德这两只家猫了。

在船中，大家排着队等待上岸。新加了两个人，船中气氛显得有些生疏。

司界人挺直脊背，坐在沙发边上，一副准备好随时行动的姿势。格雷博士则是一条腿搭在另一条腿上，很是舒适放松的样子。

警官们在鸟居下面敬礼，载着尸体回去了。格雷博士本打算乘坐司界人的小船上岸进山的，篠田教授硬把他们两个拉到自己船上。不用说，他的目的是从他们身上搜集一些信息。

目前，警察表面上没有介入亡灵节，当然，这还要看今后事态的发展，也不能说警察就一定不会介入。现在警察虽然没有进山，但是，从今天晚上开始，警方在山外配备了人员来回巡逻，防止有人侵入山中。据说这也是没有先例的。

"警察肯定是认为，犯人就在厄纳得山。"

真理子吸着烟低声说。

"那是当然啦。不过，被害者一定会回来的。"

羽奈从桌子底下抱起桑尼和赛德。这两只猫现在像到陌生人家做客时一样乖顺。

"可是，犯人和五个被害者认识的可能性不大吧。犯人和被害者素不相识的话，如果犯人作案时蒙着面，被害者即使回来，也提供不出什么有用的证言。而且，被害者都是毫无反抗能力地从背后被勒住脖颈，割断喉咙，可见对方很专业，难以想象他会留下什么证据。"

琳德淡淡地说。

"可是，如果琳德姑姑你是犯人，会怎样做？即使你觉得已经很完美了，也会不由得怀疑自己是不是有疏漏，是吧？越是专业，越对自己做的事有自信，就越应该到这里来，做出不经意的样子收集信息吧。直接听听被害者的证言，尽快销毁证据，这才是专业做法，不是吗？"

羽奈睁着一双大眼睛反驳道。

"专业做法……"

真理子在烟灰缸里摁灭了烟头。

"那么，这次的事件呢？"

"这次的事件？"

"就是咱们刚刚看到的那具尸体啊。他这个职业杀手为什么要费这么多工夫去引起警察的注意呢？本来大家就已经担心警察会介入亡灵节了，他还大张旗鼓地把尸体吊在那种地方，简直是在极力邀请警察过来。也许，犯人的确就在这里，打算从被害者的证言中收集信息。要是那样的话，尽量保持低调，让厄纳得山远离世人的关注，这样岂不是更好？"

真理子说的的确很有道理，羽奈也点头同意，可是，她还是忽闪着一双大眼睛："不过，反过来说，吸引警察过来不也是一箭双雕吗？犯人如果在厄纳得山的话，被害者的证言，警察的搜查状况，他就可以同时掌握了。与其躲在某个地方焦虑不安，倒不如干脆把警察引到厄纳得山来。我认为那个大胆而冷静的犯人就是这么考虑的。淳，你怎么认为？”

羽奈的话似乎也符合逻辑，突然被她这么一问，淳只有点头：“犯人是一个人吗？”

听到淳下意识地喃喃自语，女人们可不肯放过他了：“你说是几个人一起做的？”

“什么意思？”

淳踌躇着答道：“在黑夜里来到鸟居，把尸体吊在那么高的地方，只有一个人的话无论如何也做不到。周围没有灯照明，脚下也没有踩、踏的地方，一有什么差错自己就掉到运河里去了。如果开灯照明的话，光线就会传到远处，容易被人发现，所以这也不太可能。我觉得，一个人无论如何也不可能办到。听说其他被害者中也有体力充沛、身材魁梧的人，要是这样的话，比起一个人单独作案，还是一个人和被害者谈笑，另外一个人趁被害者不注意时从背后袭击，两个人一起按住被害者，这样风险更小一些。”

女人们都是一脸出乎意料的表情看着淳。淳第一次觉得超过了这些女人，想到了她们没有想到的地方，感到一丝得意。

“嗯嗯，你的发现非常好，大才子殿下。”

篠田教授微微笑着，摸着下巴。

“女人们眼光也都很敏锐。但是，‘有组织的犯罪’，这是今天早晨的事件的关键词。”

“哟，教授什么都知道。”

琳德挪揄地瞥了淳一眼。

一直沉默着听大家说话的格雷博士哈哈地笑出声来。

女人们不满地看着他。

“啊，不好意思。”博士轻轻挥了挥手，“实在是太有意思了，大家都有自己独到的见解，我听了非常高兴。在我的研究室里可听不到这样有趣的对话。我现在强烈地感到后悔，我应该早一点儿来到这个国家。而且，特别是，这些话是从如此美丽的女士们嘴里说出来的。”

博士把目光煞有介事地轮流投向三个女人，三个人都有些慌张。

“新大陆来的先生真会说话。平时在酒馆喝酒开心时明明没少嘲笑我们这些维国乡巴佬。您光临此地莫非是为了教化我们？”

真理子的语气一如既往地辛辣，声音里却带着女性的妩媚。

“哪里哪里。我承认，的确，我们认为这个国度是神秘的，带着乡愁气息的，但那也是因为我们太过缺乏关于贵国的信息。不过，我已经改变了看法，对各位的知性和机智表示最高的敬意。”

博士恭敬地低下头。

“嗯嗯嗯，到这里第一幕进行得还算顺利。”

篠田教授露出意味深长的笑容，格雷博士不解：

“第一幕？什么意思？”

“算了算了，游戏刚刚开始，快乐地继续吧。”

“我不明白您说的意思。”

“的确很顺利，我很钦佩。”

“您说什么呢，教授？”真理子插口道，“煞有介事的说辞只适合用在推理小说里，我们可都是直性子人。”

“你太性急了，真理子。”

“我也很性急的。”

羽奈目光锐利地盯着教授。

“关键词是‘组织犯罪’，就像淳刚才说的。”

“我要打你了，教授。”

琳德粗声断喝，教授缩起肩膀：“女人真可怕。博士，你以后要面对的就是这样三个《麦克白》中的女巫似的女人，要有心理准备啊。唉呀呀，本来打算再保留一段时间，先进行游戏的，可这些人真不好对付啊。”

“与其有时间感叹，还不如讲一点儿建设性的意见。”

真理子毫无怜悯地说。

“你们没有想到？其实，真理子和羽奈都已经触及了部分真相，难道你们真的没有觉察吗？关于今天早晨的浅薄花招？”

“浅薄花招？”

真理子和羽奈齐声叫起来。

“是的。”教授满意地点头，“看来只能这样了。我本想什么也不说就这样过去，不过，上岸之前打个预防针也好。维国可有一双不会放过真相的眼睛。”

“教授，您是指您自己吧？”

“别取笑我，这妨碍我讲话，羽奈，我好不容易刚讲到兴头上。”

被打断话头的教授皱着一张脸，羽奈伸了一下舌头。

“您这话可让人不能置之不理。浅薄的花招是什么意思？”

格雷博士正面看着教授，态度平和而又充满紧张感。博士的表情似乎令教授乐不可支：“羽奈不是说了吗？犯人大张旗鼓地把尸体吊起来示众，把警察引过来。所以，反过来说，亡灵节的第一天，在厄纳得山的入口，一具尸体被公然吊在那里，好像是‘嗜血狂杰姬’干的，这样警察就有理由堂而皇之地进入厄纳得山了。这样也说得通吧？”

“什么？”

“是警察干的？”

“不会吧，这怎么可能？”

面对大家的疑问，教授轻描淡写地答道：“那好，我举几个证据。首先令我怀疑的是，警察来到这里卸下尸体时，手法十分娴熟。梯子，攀援高手，都非常顺利，嗯，可以说非常流畅，简直就像计划好的行动一样。当时难道只有我一个人有这种错觉，感觉好像把胶片倒着放一遍一样？正因为是有组织地把尸体吊在鸟居下面，才能按照相反的顺序有组织地把尸体卸下来，难道不是吗？”

“就因为这个？这就是证据？”真理子叹了口气，“既然听说鸟居下面挂了一具尸体，那肯定是要爬上鸟居的，当然就会带着攀援高手前来，梯子也是必需的，扶梯子的人也是必需的，这完全是常识性行为。要是为了爬上鸟居带着除草机和缝纫机来，那我才会怀疑呢。”

“不止这些。”

尽管真理子语带讥讽，教授却不为所动：“问题是，警察为了不让我们看到尸体，很快就把尸体运走了。毕竟我们的好奇心是很强烈的。如果让我们靠近，就会发现尸体是假的。尸体吊在那样一个地方，除了要制造轰动效应以外，还有一个关键之处，就是那个地方我们够不到。最先接触尸体的必须是警察。所以，必须把尸体吊在那么高的地方。”

这一次，所有人都没有反驳，大家都在思考教授的话。淳之前也觉得教授说话有些故作玄虚，可是听了这一番话，也不由得觉得有几分可信。格雷博士一直面无表情地听着，目光锐利，好像要看清教授这番话的最终目的。

“尸体是假的，证据到处都是。”教授满怀自信地继续说，“至少，那具假尸体上染的并不是血，这一点确定无疑。在这么缺乏食物的季节，却没有一只乌鸦飞过来落在尸体上，这是为什么？”

淳仿佛一下子被点醒，的确，当时没有一只乌鸦，只有尸体在那里摇摇荡荡。

“还有，你的狗。”

教授很快地瞥了一眼伏在屋角的黑狗。

司界人目光微动。

淳看着他，心想，这个男人简直就像不存在一样。其他四个人也好像刚刚想起他在这里，都朝这边看过来。

“据我看来，这是一只非常优秀的猎犬。而猎犬对血的气味没有反应，这让人难以理解。如果那不是真正的血，那就能够解释了。那是血色的颜料。”

“那，您是说那是人偶或是别的什么东西？”

“我认为那不是人偶，是一个演员。他吊在那里，脖颈上似乎绕着绳子，实际上有根绳子从领子穿到衣服下面，系在肋下和腰间。要把人偶装扮成人是很困难的。人们会通过自己看到的物体的量感和氛围来直观地判断那是不是真正的人。”

“真是重体力劳动，这可得给他们多发点儿特别津贴。”

“小心点儿卸下来问题倒不大。但毕竟是一个真的人吊在那里，要是中间掉下来可就真成了尸体了。”

“十分有趣。”

格雷博士微笑着摊开双手。

教授也微笑着作答。

“我真的想在这个国家设立一个研究所了。”

“到时候一定要雇我做研究员。”

“那是当然。”

两人之间似乎亮起了某种看不见的火花。

“他们顺利卸下了这个演员，假装验尸，然后，警察署署长发表了一番震撼人心的演说，介绍新出场的人物——乔纳森·格雷，这个盖上国家公务员印戳的搜查员被送进来了，可喜可贺，可喜可贺。”

教授无声地拍手。女人们都沉默着，思考着，似乎认为教授的话也有他的道理。当然，淳也是其中之一。按照教授的说法，为什么耗费心力把尸体吊在那样一个地方，理由和方法都可以解释得通了。

“教授，您当然也知道，这一切都属于‘情况证据’，是这样吧？”

“我当然知道。所以，我说了，这是个游戏。我尊重游戏的规则。我认为，这不仅是我自己的，也是我们这里所有人的美德。”

教授再次深深地点头。

博士一笑：“我认为这是十分优秀的美德。您的说法非常有意思。不管怎么说，大家会接受我的询问调查吧？”

大家脸上浮现出奇异的笑容，缓缓点头。淳带着一种同谋犯似的感觉，也暧昧地点着头。

教授的说法是真的吗？如果是，那尸体就是假的了？如果是这样，那具尸体是不会回来的。快报上会怎样记载呢？

“我想……”教授微笑着自语，“我想，见到那具尸体，和我有同样想法的人应该还有不少。希望那些人和我一样遵守游戏规则。”

博士目光一闪，直视教授的眼睛：“这是警告？”

“不，这是忠告。”

扑哧一声，有人笑出声来，大家循声看去。

令人惊讶的是，发出笑声的居然是司界人。

“有什么好笑的，司界人？还有，我们该怎样称呼你？”

羽奈干脆爽利地问。

司界人微笑着答道：“叫我司界人就好。我笑是因为你们的样子和我从我的祖父、父亲那里听到的一模一样。”

“哦，我们倒想听听，你父亲他们说什么？”

“我本不想破坏你们的心情。他们说，你们喜欢展示自己的优点，好奇心强，对传闻有莫大的兴趣，经常进行争论。”

“虽然令人生气，不过，说得很对。”

“这是你们的长处，也是你们作为人的本性。我有些羡慕你们。”

“我是第一次见到司界人，虽然每年亡灵节我都来。”

琳德一直注视着司界人。

“我也是第一次和你们说话。”

“为什么要你来？”

“因为我看到了险恶的风。黑也看到了。”

司界人看看自己的狗，狗知道主人在叫自己的名字，一下子扬起头。

“险恶的风？”

司界人又恢复了面无表情的样子，沉浸在自己的世界里了。

船缓缓地驶过狭窄的水路，来到一个宽大而宁静的船坞。

淳忘记了刚才的推理大战，被眼前静谧的气氛迷住了。

这里，就是时间的记忆。从遥远的时代延续至今的遗迹中的世界。

尽管从到达这个国度的那一天起，就已经惊叹于她古老的时间累积，但是，这里有一种更加神秘、更加特别的气氛。是的，在这里，不管发生什么都不会令人惊讶。

描画在深色水中的条纹图样是古老的水彩画的颜色。

和苔藓融为一体的高高的石壁上面，古老的森林一直延伸到山顶上。

曾经，世界是那样的狭小。那时的人们，心怀君王的荣耀，拼着九死一生来到大地的边缘，他们的热情、好奇心、荣誉感、征服欲，曾经遍布这片远东之地。现在，那个波澜壮阔的时代的遗物，就在这里静静地度着光阴。

一个缓缓的坡道从船坞延伸出去，消失在包围着船坞的森林之中。另一头矗立着一座教堂似的建筑，指引着人们朝那个方向走去。

据说厄纳得山的建筑是螺旋状排列的，大概是为了防止外敌入侵，不过，这里本来也就是这样的地形。整座山看起来像一座大古坟，不知道以前是做什么用的，是祈祷的场所还是开悟的地方。无论如何，这是一个汇集了人们信仰的特异的地形。自然的形态因为它的特异而被赋予了精神上的意义。

“这真是一个奇妙的地方，在这里度过时光的话，任何人都会得到伟大的灵感吧。”

格雷博士似乎也被这古老的、画一样的景色迷住了。确实，这里应该和美国城市的景观全然不同。

“当然了，不要说灵感，连实物都可以见到。”

看到真理子点头的样子，淳忽然感到一阵不安。

是的，这里同时也是圣域，在这里是可以见到死者的。

淳不由得背上直冒冷汗，他四下张望着，心神不定，总觉得有人在什么地方偷偷窥视着自己。

“博士，您也是第一次吧，就是……和回来的人们见面。”

淳战战兢兢地向格雷博士问道。

博士一笑，点点头：“是的，听说你也是第一次进山。我们都是研究学问的人，至少要尝试一些新鲜的东西。很刺激，是吧？”

看对方如此泰然自若，淳为自己的提心吊胆感到羞愧。

“早晨耗费了太多时间，现在太阳已经老高了呢。‘亡灵节记录启动典礼’也许要到下午了。”

羽奈用手遮挡着云间射来的微弱阳光。

“‘亡灵节记录启动典礼’？”

淳这样一问，羽奈笑了。

“哦，就像奥运会选手的入场仪式一样。就是这个本子，人们开始用它记录参加亡灵节的印象，所以叫‘亡灵节记录启动典礼’。”

羽奈从小包里掏出黑色日志本给淳看。

“我总觉得这像警察手册。”

“你这么一说还真是。对了，虽说有名字，但是大家拿的本子都一样，最好做个标记，免得弄错。”

“就像去海外旅行时给旅行箱贴签？”

“是的。我给你贴上这个。这个最适合你，用指甲刮一刮会有香味。”

羽奈不知从哪儿拿出一个粘贴，一下子贴在淳的本子上。一看，上面印着菠萝。

这个最适合我？什么意思啊。

“看，是同一系列的。”

羽奈给淳看自己本子封面上的草莓粘贴。淳无奈地笑了。

拿着行李上了岸，惊诧于地面竟然这样硬。在船上晃了大半天，连路都不会走了。

“觉得有点儿不会保持平衡了呢。”

羽奈挎着一个皮革大挎包，蹒跚地走着。桑尼和赛德终于从狗的威压下解放出来，精神抖擞地跳到石阶上，在真理子和羽奈脚边蹿来蹿去。

至于那个司界人，他带着狗，扛着来时乘的小船和船桨，径直走入密林中去了。

“他真不可思议。”

“不过，他容貌身材好出众啊。”

“他在哪里过夜呢？”

“也许他是在野外过夜。他说要‘守护’这里，可不知道他们是怎样生活的。”

羽奈和真理子在窃窃私语。

“你发现了吗？他左右眼睛的颜色不一样。”

“真的？我没发现。是假眼吗？”

“不是，肯定是天生的。我听说过有这样的人，只是很罕见。他右眼是褐色的，左眼是深绿色。”

淳惊讶于羽奈敏锐的观察力。怪不得，当时看到那张脸时就有一种印象，觉得有些不像这个世界上的人，也许就是因为这个原因。这是一种怎样的遗传造成的呢？那样的眼睛看到的风景是什么颜色的呢？

“咦，是五谷神。”

淳驻足在一个小小的祠堂前，它孤零零地伫立在森林中。

难怪这情景让人觉得亲切，有一种日本风格的感觉。

“是的，是五谷神。”

“在这里也称作五谷神吗？”

“不过，里面供奉的是蛋。”

“啊？”

“我们把蛋包饭叫作五谷神。不过，近来，平常的时候大多直接叫蛋包饭。”

“简直哪儿都是蛋啊。”

“五谷神和油炸豆腐发音一样，英国人不吃油炸豆腐，从前日本移民刚刚到这里的时候，周围也不产大豆，就折中了一下。”

淳忽然想吃油炸豆腐面了。黄澄澄的油炸豆腐，浸在热汤汁里的面条，切得细碎的小葱，配上七香粉末，满满一碗油炸豆腐面。

口水涌上来，淳赶快把它咽下去。他这才想起来，自己早上看到尸体后没有食欲，只喝了点儿红茶，吃了点儿松饼，现在当然肚子饿了。

道路通到一座石砌的建筑前。在那里面，需要再一次办理进山手续。

建筑内部天花板高高的，很空旷，回荡着排队的人们的嘈杂声。有一些人，应该是自治会的工作人员，一边核对名簿一边用圆珠笔做标记。这里已经进入自治会的管辖区了。

“这里是教堂？礼拜堂？”

“整个山都是圣地，所以没有祭坛。这里就是个集会的地方吧。”

“这座山本身就是象征神灵的神圣之物吗？”

“比较接近吧。不过，好像只有‘祈祷之城’的礼拜堂是例外，里面有一个像祭坛似的东西。只有那里，建造的时代和别的不一样。”

“那里有神父吗？”

“没有。那里现在已经变成高级旅馆了。”

这个地方的宗教大体上承袭了英国宗教的源流，是基督教式的。但是，在淳看来，正如刚才那座鸟居所显示的，日本的神道也渗透进了这里。很多人习惯去教堂，但那几乎就像茶会一样。神父的讲话内容也是古老的故事，道德说教占了大部分，日本的民间宗教和佛教奇妙地融合在一起，形成了非常独特的宗教观。

亡灵节期间，厄纳得山的人数一般被控制在200人左右，既不能太多也不能太少。和乘船的情形相仿，富裕阶层有自己的房子，有一些房子属于町内会，有一些房子作为公共的国民宿舍出租，也有个人出租的，就像轻井泽的别墅区一样。沿着螺旋形的坡道往山上走，两边都是房子。每幢房子的入口都设置在从别人家看不到的地方，每一幢房屋都被许多树木包围着。

“你知道为什么会这样吗？”

羽奈问道，淳摇摇头。

羽奈竖起食指，讲道:“这是为了方便‘客人’来访。人们认为‘客人’是很羞怯的，虽然也许有的‘客人’不这样。我们在白天尽量保持独自一人的状态，大家几乎不讲话。这也是为了方便‘客人’到来。在这里的行为基本上全是基于这种考虑。我们在这里，要一直记着我们来的目的是为了会见他们。不过，夜晚和白天不一样。人们认为，‘客人’虽然内向，但是到了夜晚，周围环境热闹的话，会让他们比较容易趁某个机会加入进来。”

“嗯，那么，白天在林间小路散步时不期而遇应该是最理想的了。”

淳拼命地去理解这种状况，可胸中升腾起的只有不安，真是遗憾。

“如果你发现有人在和‘客人’接触，礼貌的态度是躲起来。看到什么也没有关系，当然必须要做记录。”

“嗯嗯。如果两个人在说话，不知道哪个是‘客人’，那怎么办？”

“以前的确发生过这样的事。所以，如果不是认识的人，在白天看到两个以上的人在一起时不要搭话，这样就没问题了。”

“听起来很不容易啊。”

“这是你第一次参加亡灵节嘛，没办法，渐渐习惯就好啦。”

羽奈向淳点着头，像鼓励一个第一次帮忙做家事的孩子似的。

听羽奈这样一讲，再往四周看看，就会发现这座山里到处都是隐蔽的小地方。一个亭子，一个隐藏在树荫下的方凳，一架秋千，似乎是有意地设置了许多可以一个人待着的地方。

这是一个多么奇妙的世界啊。在这里，大家都等待着灵异，接触灵异更是常态。不，对于他们来说，那甚至不是灵异。人们那么理所当然地接受这一切，以至于这一切已经化为这里的日常。自己认为这不可思议，倒是变成异类了。

坡道上到处都有空地，就像楼梯转角处的平台一样，那好像是酒吧区域。酒吧的招牌和灯光营造出了繁华的气氛。

跳舞的九尾狐亭

看到这个酒吧招牌，淳不由得直眨眼。一只尾巴分成九股的狐狸跳舞的画面，在绿色的金属板中微微摇曳。

淳不禁想起传说中变成绝世美女祸乱宫廷的九尾狐“玉藻前”。这种地方，不知会给客人喝什么可怕的东西呢。

“邮件可以交给那里的杂货店。”

羽奈指着门边的邮政标记说。

寄邮件，那得买邮票吧。

“可别忘了给女朋友寄明信片啊。”

“什么？没……没有，我哪有女朋友。”

“淳可真是，一眼望到底。”

羽奈咯咯地笑起来。

篠田教授的家在山的三分之二高度的地方。

一幢非常雅致的石头房子，墙壁上被青苔和藤蔓满满地覆盖着，一望可知是一座历史悠久的房子。

这幢房屋的结构很奇怪。房子的中间是一个四方的中庭，只有一处通道。靠着中庭的地方设计成走廊，只有几处采光的小窗户，走在走廊里是看不到中庭的。除了餐厅比较大以外，其他地方被分隔成许多六七平方米大的小房间，每间都摆着一张床，一张桌子，一个小衣柜。看上去好像单身牢房。据说这是厄纳得山的房子的标准结构。这果然很像僧侣的生活，淳心想。估计是为了生活在这里的人尽量不要互相碰面吧。

有意思的是屋子的窗户。有点儿像凸窗，不过窗户外面竖着一块L型的石头。

“这是什么？”

淳问羽奈，羽奈一笑：“你看不出来吗？”

“这也和‘客人’有关吗？”

“当然，这是为‘客人’预备的椅子。”

“啊？也就是说……”

“是的，这是让‘客人’坐的地方。”

“不会吧。”

淳想象着这个画面，不由得毛骨悚然。一抬头看看窗外，发现有个人坐在那儿看着自己。稍微一想就觉得恐怖至极。

“放心吧，很少有‘客人’会用这个的。”

“不过，不是完全没有，是吧？”

淳脸色苍白。

“你马上就会习惯的。”

羽奈明确地向淳保证。不过，淳可没有这么乐观。

还有一个让人不放心的地方，那就是中庭。整个中庭像个口袋，中间有一个十字形的石壁，整个中庭被分成四部分。被石壁分隔的人在各自的空间里，互相之间是看不到的。据说可以单独站在这里祈祷、冥想。中庭也是为方便“客人”到来而设置的。

“为‘客人’着想的精神得到了绝对的贯彻啊。”

“当然啦，我们就是为这个来的嘛。”

羽奈看淳的眼光好像在说，你怎么现在才知道啊。

淳被分在二楼东南角的房间。屋子没有门，入口的位置考虑得很周到，即使有人从走廊走过来也看不到床。所有的房间的窗户都没有窗帘。当然，这是为了“客人”来的时候，屋子里的人能够立即发现。

换一个角度想，也很不安全啊，淳想。“客人”能够随时到来，那不也就是说，任何人都能随时进来吗？

如果，“嗜血狂杰克”真的在这里的话……淳感到后背一阵发凉。

如果一个物色着不特定的猎物的杀人狂混进了山中，这是一个再合适不过的地方了。大家都一个人待着，掩体又多，到处都有可以隐藏的地方。不，不会有这样的事的。这里是神圣的场所。人们的传统不允许掺杂这样异质的妄想。发放进山许可证的过程管理是十分严格的——淳一边这样左思右想，一边取出自己的东西，把衣服挂在衣架上，在枕边放上书和常用的笔记用具，于是，心情也渐渐地平静下来。开始感觉这里像个单身牢房，不过摆上自己的东西以后，马上变成了一个安稳的空间。它的狭小反而令人感到安心。也许，在这里读书会有很大进展。夏天把它租给准备考试的学生肯定很赚钱吧。可以用于企业研修，或者异地疗养吧。淳心里满是这些不着边际的念头。

厄纳得山是国家管理的，公用区域的定期清扫和修缮都是国家来负责。看起来像个风景区，但是不允许民间人士对景观或建筑做出改动。

大家都收拾完东西，聚在餐厅，打开炖菜罐头，就着面包和米饭吃了简单的午餐。

“回头得去买些新鲜食品。”

琳德开始写购物清单。

突然，叮铃叮铃，响起了一阵铃声。

是有线广播。

本日“亡灵节记录启动典礼”午后一时开始。

祝各位度过一个愉快的亡灵节。

本日“亡灵节记录启动典礼”午后一时开始。

让我们携起手度过一个圆满的亡灵节。

“果然是一点钟开始，没有多少时间了。”

真理子看了看手表，一边收拾一边说。

“格雷博士住在哪里呢？”

“要是警察来安排的话，应该是公共的国民宿舍吧。”

“不过，那个人看起来很奢侈呢。”

“那他也许会住在‘祈祷之城’。”

在山顶上，有一座被称为“祈祷之城”的小小古城。那里是厄纳得山最高级的旅馆。

“咦，是城堡吧？真想去住一晚。”

淳自言自语。

真理子听了直摇着头，说：“可别去那儿住。那里出现得特别多。”

“是‘客人’出现得多吗？”

“不是，是更可怕的东西。”

“和‘客人’不一样？”

“不一样。”

真理子干脆地说，然后嗤嗤地笑起来：“如果博士真的住在城堡里，一定会做个好梦的。”

“你可真坏哟。”

淳东张西望地跟在大家后面。

如果不是“客人”，那又是什么呢？

人们络绎不绝地朝集会堂走去。寒暄声此起彼伏，好像村民们聚集起来商量如何举办秋天的新谷节。

聚集到会场的大概有150人。男女老幼都有，年纪大的人偏多一些。

前面站着三个男子，就是在船坞核对进山许可证的那三个人。

站在中间的男子矮墩墩的，感觉有点儿像鼹鼠，他拿起了扩音喇叭：“各位居民，大家好。我是今年运营委员会的会长汤姆士·贝克尔。‘亡灵节记录启动典礼’开始得有些晚，十分抱歉。这位是副会长戴维·青木，这位是书记尼克·斯科莱克。恳请诸位协助我们，让今年的亡灵节圆满顺利。”

他声音舒缓，看起来为人良善，不断地用毛巾擦着额头，应该是出了不少汗，也许是紧张的缘故。

旁边被称为青木的男子身材细长，像个扫烟囱的扫把，扫把上方是一张倒三角形的、神经质的脸。还有一位叫斯科莱克的男子，留着一副漂亮的白胡子，一张粗犷威严的面孔。这三位都是六七十岁年纪。

圆形、三角形、四方形。

淳为自己的发现感到好笑。

会长贝克尔的脸型是圆形，副会长青木是三角形，书记斯科莱克是四方形。

“会长看上去是个老好人，其实很有才干，也受大家拥护。副会长简直就是一部关于亡灵节的活字典。斯科莱克在规则制度方面非常严格，你可要小心。”

羽奈悄悄说。听到“亡灵节的活字典”这样的字眼儿，淳心中一动。

真有意思，有机会一定要向他请教。

“今年发生了很多史无前例的事件，想必各位也有所担忧，但是，只要我们大家保持平常心，就无所畏惧。早上警察讲过，乔纳森·格雷博士可能会单独找每个人谈话，请各位在博士询问的时候协助调查，毫无保留地说出自己对今天早晨的事件的见解。集会堂前面的公告栏上会张贴快报以及注意事项，请大家每天都看一看。把鸡蛋配发给大家的日子会随后通知。好啦，现在，亡灵节第一天已经开始了，我们将马上开始‘亡灵节记录启动典礼’。各位，请拿出日志本。”

人群中窸窣作响，人们各自拿出自己的黑色本子。

淳也紧张地取出自己的本子。菠萝粘贴映入眼帘，他不由得凑上去闻了闻。

“下面，请打开第一页，大家一起念。”

翻开纸张的声音回荡在天花板上。

“第一，我恒久地怀着希望，静静地等待访问。”

“第一，我恒久地怀着希望，静静地等待访问。”

跟着会长，大家齐声念道。回声从墙壁反射回来。感觉真好，淳想。

“第二，我怀着诚意接受访问，正确地记录听到的语言。”

“第二，我怀着诚意接受访问，正确地记录听到的语言。”

这样重复着，淳感到越来越紧张。自己真的能做到吗？第一个客人什么时候到来？不，不，首先的问题是自己能不能真正看到他们。

“第三，我怀着尊敬的心意，遵守在我们的土地上绵延传承的历史和传统。”

“第三，我怀着尊敬的心意，遵守在我们的土地上绵延传承的历史和传统。”

“好了，就到这里。现在解散，希望各位接受愉快的访问，度过一个愉快的亡灵节。”

简短的“亡灵节记录启动典礼”就这样结束了。人们三三两两地散去。与聚集时不同，这一次非常安静。来的时候人们还互相交谈，走的时候每个人都不说话，大家都各自单独走开。

那些人本来多喜欢说话啊。

这情景是异样的，人们静悄悄地走进一幢又一幢的房屋中。没有声音的世界，简直就像到了宇宙空间。淳感到一种平静的氛围——这就是亡灵节的生活。

看着羽奈和真理子像其他人一样沉默的背影，他真切地感到，自己正在进入一个不一样的世界。

第三章

第一夜，第一次遭遇

远处传来狗的叫声。

应该是在山里的某个地方，听起来却那么遥远。那狗是不是在山的外侧？是那个让人摸不透的司界人带来的狗吗？

罗伯特·堀川一边望着贴在墙壁上的今年亡灵节的纪念邮票，一边用指尖抚摸着胡须。今年设计的图案是厄纳得山的大鸟居。出售纪念邮票的钱都用于维护厄纳得山的设施和举办亡灵节活动。这座山本来就已经很古老了，亡灵节期间人们要在这里居住，很多地方必须修缮，因此出售纪念邮票的定额任务年年增加，他作为邮政局长，肩上压着重担。因此，今天早晨看到那座大鸟居上挂着尸体，他固然吃惊不小，但他最担心的是纪念邮票因此卖不出去。

不过，他的担忧显然是杞人忧天。当他来到邮局柜台的时候，看到的是蜂拥而至的人群。“噢噢，这就是那个挂着尸体的鸟居。”“是‘嗜血狂杰克’干的。”“多好的纪念品。”“能不能给我来一张画着尸体的邮票？”“这个带回家给他们看看，可以炫耀一下了。”“我要买给我孙子做礼物。”顾客甚至比平时更多了。

他瞟了一眼门上的时钟，刚过四点半。离日暮的钟声敲响还有将近三个半小时。

真想快去喝一杯。虽然是做生意，到了亡灵节也只剩无聊。

螺旋状的城镇，静静地铭刻着午后的时光。天空依然凝重，连物体的影子都模糊不清了。一直盯着这种景色看的话，现在是什么季节，是一天当中的什么时间，都要弄不清楚了。

亡灵节已经开始了。这座山里的人在各自的地方过着生活。

罗伯特隔着玻璃看着店前的广场。

这是一个石铺的圆形小广场，有两张木制长凳，一个邮筒。这样的广场另外还有几处，都被周围的店铺围绕着。

兼做邮局的杂货店紧挨着叫作“跳舞的九尾狐亭”的酒吧。厄纳得山的酒吧还有两个。和“跳舞的九尾狐亭”一样能提供正经饭食的酒吧，除了“祈祷之城”的餐厅，就只有历史最久的“银铃轩”了。还有一处“带笑的发条亭”，是个弱不禁风的年轻人开的店，更像是个兼卖酒的咖啡馆，最多也就能做个荞麦面或司康饼之类。

罗伯特轻捻胡须，抬头看看旁边摇曳的酒吧招牌，眼里流露出渴望。

现在，店主庄之助一定在准备关东煮了。

刚才香喷喷的酱油味儿已经飘了过来，弄得罗伯特心里直痒痒。

他不由得焦急起来，用粗粗的食指敲着柜台。

唉哟，感觉好饿啊。

亡灵节期间，白天是不动烟火的，吃不上什么正式的饭。今天忙着准备杂货店那边的事儿，只吃了一块涂了果酱的松饼。杂货店方面是妻子美幸负责。从第一天起，头几天大家都会来买亡灵节期间的生活用品，所以她会比较忙。就在刚才，买纪念邮票和生活用品的顾客还把小店挤得满满的。可现在，就像退了潮一样，很是清静。

其实，他胸口的衣袋里藏着一个巧克力棒。他衣袋里总会塞一个巧克力棒，就像护身符似的。他有些糖尿病的征兆，却喜欢喝酒，还喜欢吃甜的东西。他一直坚持着不碰它，可是，太妃糖粘在牙齿上的感觉是那么令人向往。

亡灵节应该是你减肥的日子。美幸每年都这么说。

那怎么可能。他每年都这么回答。从亡灵节回来，体重减轻过吗？白天忍着不吃，晚上在酒吧就全都得吃回来，从亡灵节回来之后又拼命吃那些在厄纳得山吃不到的东西，结果总是增肥。据说相扑选手就是一日两餐，这样最能增加体重了。于是妻子就一脸不高兴地说，你跟相扑选手有什么关系？他们是运动员。至少，你不要再吃巧克力棒了，换成脆香米巧克力也好啊。

虽然被叫作邮政局局长，其实职员只有他一个。这个特殊地区的邮政局局长是由堀川家代代世袭的。他的制服好像是特别定做的特大号，坎肩上没有纽扣，与其说是邮政局局长，不如说像个酒吧的侍者。现在罗伯特坐在柜台里面，样子像个套娃。头缩在巨大的身体里，小小的嘴唇上面留着两撇小胡子。头发稀少，头顶已经发白，皮肤却很光润，看起来简直像假的。

远处再一次响起了细微悠长的犬吠声。

我家的利特尔·福特到哪儿去了？

忽然，罗伯特眼角的余光看到一个身影在移动，他抬起头来。

道路坡度很缓，一个青年从下面走了上来。穿着T恤衫、牛仔裤，一身轻便装束，空着手，戴着一副大镜片的太阳镜，容貌端正，长发齐肩。他走得很慢，走在道路中间，偶尔会朝着犬吠的方向看一看，不时东张西望，很新奇似的。

罗伯特隔着玻璃看着这个青年不停地往上走。

这个青年应该是第一次参加亡灵节吧。要不，他不会这样泰然自若地走在道路中央。

不许走在道路中间，罗伯特从小就被父亲这样告诫。

走在道路中间的只有女王陛下和“客人”。所以，必须把道路中间的地方让出来。否则，你的影子的头就会一下子被割掉。那样的话，你就一辈子都没有影子了。

失去影子，这在孩子心里是非常可怕的事情。

父亲现在已经不在了。父亲死后，他刚开始担任这里的邮政局局长，那一天，父亲打开玻璃门进来了。

看到父亲丝毫不逊于自己的庞大身体走进来的一瞬间，自己没有任何异样的感觉。这一点到现在都记得清清楚楚。

“一定要认真清点库存。”

这是父亲开口说的第一句话。

“总之，一定要养成计算数目的习惯，任何时候都一样。不管是把东西卖给别人的时候还是清点库存的时候，只要看见东西就要计数，明白了吗？”

他还没来得及回答，父亲就迅速转身，出门离去，留下门铃在身后叮铃叮铃地响着。妻子正在别的地方理货，不知道父亲来，背着身一边做事一边问：“是有顾客来吗？”这一切他都记得。

从那以后已经过了十年。

罗伯特沉浸在恍惚的感慨之中，这时，他眼角的余光看到又一个身影掠过，于是又隔着玻璃往外看去。

忽然，他站起身来，睁大眼睛。

这是怎么回事？

坡道下面，一个青年缓缓地走上来。

罗伯特感到一阵眩晕，头脑中好像在回放胶片。

怎么会有这样的事？我不是刚刚看见过他吗？

刚才的情景又一次在眼前重复。

黑色T恤，牛仔裤，大镜片的太阳镜，头发齐肩。

走在道路中间，东张西望。

他根本没有发现罗伯特注视自己的那混乱的眼神，一直沿着坡道走上去，直到身影在那一头消失不见。

就是，有什么可惊讶的，他不过就是又下去了一趟呗。

这样想着，罗伯特松了一口气。

他一定是忘了什么东西，又跑下去了。罗伯特这样对自己说。

不过，这距离可不短。如果从自己眼前的坡道跑下去，自己一定会看见他。自己绝对不可能看不到的。

心底的某个地方在讶异地低语。

不会吧。

罗伯特心神不安。他开始清点柜台里政府发行的明信片。

只要看见东西就要计数，明白了吗？这是父亲的声音。

一个青年从坡道下面一直往上走。然后，有一个一模一样的青年又从坡道下面一直往上走……一减一是零，零减一呢？

不许走在道路中间，罗伯特。父亲的声音在脑海中回响。

走在道路中间的只有女王陛下和……

罗伯特忽然扬起脸，朝门的方向看去。

当然，那里一个人影也没有。只有寂静得令人困倦的午后的坡道，和一个小小的广场。

刚才似乎听到了犬吠声，不一会儿，又听不到了。

时间缓缓地流淌，简直令人心焦。

寂静。多么寂静啊，连鸟儿的叫声都听不到。

淳停住手，喘了一口气。

他曾下定决心，要为这次旅行写下详细的日记。首先，要把自己踏入这个国度以来，直到来到这里，包括今天晚饭为止的情形，都详细记录下来。可是，不管是看到的还是听到的，都那样奇异，引起自己诸多的联想。看样子，光是坐上船之前的日记就要写上好几页。

一心一意地写着，淳感到自己终于渐渐从身处厄纳得山的紧张感中释放了出来。

是的，我不应该紧张。不会有人来访问我，我只要像平时一样工作就可以了。我就像格雷博士所说的那样，只不过是个研究学问的人。只要保持平常心，用旁观者的新奇的眼光去观察就可以了。

这样一想，淳觉得自己能应付，情绪也振奋起来。但是，刚才一直很紧张，现在忽然放松下来，又一下子感到了困意。

淳坐在椅子上舒展了一下身体，想到楼下去喝杯咖啡。

看看手表，离日落的时间还有三个小时。

待在这间石屋里，像在茧子里一样舒适。原来觉得可能会很闭塞，但是有两个窗户，还有一个没有门的入口，让人感觉和周围的世界还是联系在一起的。自己不知该如何表达，但总感觉这屋子好像是会呼吸的——有一种好像在某个地方肯定有一阵风穿堂而过的“开放”感。好像自己变成了栖息在厄纳得山这棵大树上的一只小鸟。

太不可思议了。现在，自己就在厄纳得山。

淳透过窗户向外望去。

隔着厚厚的玻璃窗，树枝在轻轻随风摇曳。

被厚厚的云层覆盖的天空依旧如故，还没有日暮的迹象。八点会响起日暮的钟声，是为了让大家白天的生活告一段落，其实那时候天色还没有暗下来。

是天气的缘故吧，内心深处非常宁静，可以长时间地等待下去。

似乎听到风穿过远处的森林的声音。

厄纳得山的居住区虽说是螺旋状的，但也不完全是严格意义上的螺旋，而是像松弛的发条的形状。发条的间隙之中，保留着太古时代以来的森林。船坞周围刚才看到五谷神祠的那片森林，就一直延伸到古老的森林。这些古老的森林，除了某些特定的情况以外，住在这里的人们是不能进入的。听说有一种神秘的仪式，由自治会的三个委员在古老的森林中举行。

轻轻碰了碰羽奈为自己插的一枝淡蓝色的小菊花，淳悄悄下了楼。

简直就像没有人一样。

淳心里有些不安。

二楼除浴室和卫生间之外，有十个小房间。一楼有餐厅和储藏室，所以是八个房间。现在，这栋房子里住进了六个人，分别住在一楼或二楼。一楼两个把角儿的房间是吉米和琳德住着。二楼三个把角儿的房间是教授、真理子和淳的，剩下的一个把角儿是浴室和卫生间，浴室旁边隔着一个楼梯的房间是羽奈的。每个人之间都至少隔了一个房间的空间。

淳下了楼梯，刚要走进餐厅，忽然发觉中庭似乎有人。

环绕中庭的走廊，只是在一楼接近地面的地方和二楼头顶的地方开了几处二十厘米见方的采光窗，即使中庭里有人，从走廊也看不清是谁。

淳停下脚步，侧耳倾听。

走廊的正面是玄关的门。门上有一个圆形的窗，镶着磨砂玻璃。

玻璃那一面，一个黑影倏地一闪而过。

蹬、蹬、蹬，传来一阵脚步声。的确是有人从中庭出去了。

只有进入中庭的通道上铺着鹅卵石，可能是去除污秽的意思，所以会发出这种脚步声。

是谁呢。背影很像吉米。

淳走进餐厅。餐厅也没有门。

从餐厅的窗户可以看到吉米的背影，他正向外面的道路走去。真的是吉米。也许他刚才正在中庭冥想呢。

大大的圆形火炉上，放着一个大大的铁壶，正在嘘嘘地冒着热气。淳担心水是不是烧干了，伸手一提，没想到里面盛满了水，重得很，不由得晃了一下。

“嗨，淳，你也来喝茶？”

就在这一晃的当口，听到有人向自己打招呼，淳一惊。好久没有听到人说话了，不禁有些慌乱，回头一看，是笑面如花的羽奈。

“哦，啊，是，我想喝点儿咖啡。”

“觉得无聊吧。其实，亡灵节就是这么一回事。”

羽奈像只猫似的仰起身体，伸了一个大懒腰。蜷缩在火炉旁边的桌子上的桑尼和赛德跑到羽奈的脚边。

“刚才狗叫得真欢。哎，会不会是那个司界人的狗呢？”

羽奈拿过桌上装速溶咖啡的罐子，用手拍打着，在两个马克杯里倒上咖啡。

“哦，是，狗叫了好几次。”

“要不要加奶和糖？”

“我只加奶。”

说着说着，声音不由得低了下来。

“对了，白天不能随便说话吧？”

淳压低声音问。

“就算是吧。原则上只说需要的最低限度的话。在屋里还可以，在外面走的时候，按照礼仪，只打招呼，不能聊天。”

“嗯，这个国家的人居然能忍得住。”

“白天虽然不讲话，夜里可就大不一样了。酒吧从八点到十一点营业，所有人都喋喋不休，到时候你就看吧。”

“这是一种反作用啊。”

“哎，奇怪，玄关的门关上了。”

羽奈忽然转过脸去，皱起眉头。餐厅靠走廊的一侧上半部分是玻璃窗，像小学教室似的。

“刚才门是特意打开的吗？”

“玄关的门白天都习惯开着的，要不然，‘客人’不就进不来了吗？”

羽奈快步走到走廊，打开门，回来时还是一脸疑惑。

“奇怪，挡门的制门器被扔到中庭了。”

“是吉米吧，刚才我看见他从中庭走出去了。”

“哦，是这样啊。他没注意吧。他应该是知道规则的。”

“咦，‘客人’不能触碰物体是吗？所以门和窗户才设计成这样？他们不能移动物体，所以很多房间才没有门？”

淳冒出许多疑问，用马克杯暖着手，看着羽奈。

“不是的。他们和我们一样，能触碰物体，能吃东西，能喝酒。只是，他们更喜欢触碰自己生前经常使用的东西。比如说，有一件很多人都知道的事，是关于邮政局局长罗伯特的父亲的。罗伯特家每一代都担任邮政局局长，他父亲在邮政局工作了许多年。所以，听人说，他父亲死后罗伯特刚开始担任局长的时候，他父亲就第一个推门进来了。”

“的确，因为那是生前经常使用的东西啊。”

“是的。所以，生前没怎么来过厄纳得山的人，就很难推开某个人家的门进去。当然也并不是没有过这种情况。不过，我们是尽量想多让客人进来的。所以，自然而然就把门卸下来，或者把门开着了。”

“没觉得不安全吗？”

“哎呀，不会有事的，这里是厄纳得山嘛。”

羽奈一脸意外地答道。

“可是，今年不是说那个‘嗜血狂杰克’有可能混进山来了吗？”

“不要紧，那是警察的事，跟咱们普通民众没关系。而且，用我收集的资料，一定能够抓住罪犯。”

羽奈充满自信。她这自信是从哪儿来的呢？

“对了，格雷博士怎么还没来呢？他一定在到处找人询问调查呢，大家都迫不及待地想要讲讲自己的想法嘛。”

“刚才在教堂我看了一下，大概有150人。不过，实际近距离看到那具死尸的也就是在前面的10艘船上的人，不一定有那么多东西可讲吧。”

“你还是不了解我们国家的人的性格。就算那些人只能远远地待着，看见的尸体只有跂虫那么大，也会信誓旦旦地宣称，死者的那张脸跟我认识的某某一模一样。”

“那也太夸张了吧？”

淳喝着咖啡，无可奈何地笑。

“哎，正说着呢，就来了。”

羽奈望着窗外睁大了眼睛。

格雷博士沿着道路走了过来，带着些许疲惫的样子。

“嗯，看他的脸色，可吃了不少苦头呢。”

羽奈一笑，抬起身子：“淳，你要来点儿饼干吗？”

“可以吃这些点心类的东西？”

“可以。”

格雷博士看到他们俩在餐厅里，难为情地笑了一下，举起双手。

淳向博士含笑点头。

“呀，我服了，我服了。”

刚才在船坞时的从容仿佛已经丢到了九霄云外，现在的博士深深地叹着气走进餐厅。

“请进，博士，欢迎来到厄纳得山。”

羽奈笑眯眯地递上咖啡。

“啊，有咖啡，太好了。我到谁家都是浓浓的红茶。”

博士接过杯子，看起来真是从心里感到高兴。

“新大陆的人平时喝美式咖啡吧，不好意思，这是速溶的。”

“可以可以，速溶的我能一连喝好几杯。”

博士连连点头，把杯子送到口边。

“大家都请您吃点心了吧，您不喜欢甜食？”

“真是明察秋毫。”

“询问调查进行得怎么样了？”

淳也满脸好奇，盯着博士的脸。

博士睁大眼睛，用力摇着头：“老实说，我什么都没查出来。我听到了许许多多的故事，多得难以置信。我算是见识到了，这个国家的人是如何对‘嗜血狂杰克’事件抱着全民性的兴趣。”

“现场保护得怎么样了？”

“现在鸟居周围应该布下了岗哨。”

看到博士一眨眼工夫就喝完了一杯咖啡，羽奈立即又给他倒了第二杯。

“对了，我现在可以和教授谈一谈吗？只是还不到日落钟声响起的时候，不好意思了。”

“没关系，估计教授现在正发闷呢，我去叫他。”

羽奈说着站起身来，就在这时，楼梯上传来教授的声音：“谁说我正在发闷？”

“喂，您在偷听我们说话，好过分啊。”

“这么说多难听，我不过是思考得有些疲倦，想来喝一杯下午茶而已。”

看来对于维国的人来说，下午茶是绝对不可或缺的，无论男女老幼都有这个习惯。大英帝国的影响力真是伟大。教授刚下来，琳德和真理子也走进了餐厅。

“啊啊，睡得真舒服，在这里睡眠可真好，不过我要昼夜颠倒了。”

真理子打着哈欠走进来，发觉格雷博士也在，慌忙用手掩住口。

“哎哟博士，怎样了？得到什么有用的证言了吗？”

琳德和真理子立刻冲向博士，眼睛熠熠发光。

博士不由得苦笑：“各位真是喜欢这种事啊。”

“对了，我们能帮什么忙吗？询问调查轮到我们了吗？”

教授似乎很高兴，坐到博士身边。餐厅有两张大桌子，即使这栋房子都住满人，看来也没问题。

“其实，我有一个不情之请，如果您不介意的话，能不能允许我在这里住几天？”

博士说话时神情尴尬，大家听了也都不免吃惊。

博士不好意思地摸着头：“其实我本来在‘祈祷之城’订了房间，但是来访的人络绎不绝，都想让我听听他们的意见。旅馆的人也是叫苦不迭。”

“明白，明白。”

教授点着头。

“可以想象，这次的事件太轰动了。虽说是亡灵节，大家也忍耐不住的。”

真理子也点头。

“所以，我想让这里成为另外一个调查基地。根据需要，我有时也会住在‘祈祷之城’，同时希望这里也可以作为一个活动据点。如果各位能够尽可能保守秘密，不告诉别人我在这里的话。”

“好的，好的。”教授笑逐颜开，“非常欢迎你，我的朋友。这里空着很多房间，你可以住二楼西侧楼梯旁边那一间，应该可以保证你需要的安宁。现在，赶快让羽奈去一趟‘祈祷之城’吧。让她去帮你拿行李，就没有人知道你住在这里了。”

“我无法用语言表达我的感谢，您真是太好了。”

博士握住教授的手，看样子总算放下心来了。

教授也用力握住博士的手。他真的很高兴，这样就可以在自己身边看到大鸟居杀人事件的调查是怎样进行的了，要表示感谢人的不如说是教授吧。

“博士，请您写一张要拿的东西的清单吧。您放心，其他的东西我不碰。”

羽奈说。

“那我就不客气，拜托小姐了。现在请先帮我把屋里桌上的黑色小提包拿来就足够了，剩下的东西回头我自己一点一点去拿。我可以借用一下电话吗？我得给旅馆打个电话，告诉他们我让小姐去一趟我的房间。”

教授指指餐厅一角的黑色电话，博士点头起身。

“羽奈，拜托了。”

教授向羽奈挤挤眼睛，羽奈用力点头，好像在说“都交给我吧”。

“对了，最好带上我的大挎包去。这里的人眼睛都很尖，说不定他们记得博士拿的提包的样子。把博士的包装在一个大一号的女包里拿出来，就不显眼了。”

琳德说完，马上起身走出餐厅。

大家看着琳德的背影，都佩服她想得周到。这时，吉米与琳德面对面擦肩而过，从走廊深处走了过来。

淳“啊”的一声叫出声来。

吉米走进餐厅，看到大家都聚集在这里，似乎有些意外。

“吉米，你什么时候回来的？”

听到淳这样问，吉米惊讶地“嗯”了一声，他环视大家，搔搔头：“我刚才一直在房间睡觉。可能是昨晚太累了，我睡得很熟，真不好意思。我只是稍微出去过一下，寄了个邮件。啊，博士您也来了。我也来杯咖啡。”

“真的？就在刚才，我看见你从中庭走出去。”

这次大家都转过头来惊讶地看淳。淳直眨眼睛。

吉米的脸色眼看着越来越苍白：“我……我从中庭出去？”

“嗯，是的。当时，玄关的门是关着的，我隔着门看到一个人影，听到有人从鹅卵石铺的路上走过的声音。然后，我从餐厅透过窗户看到了你的背影，你正在往外走。”

听淳这样一说，周围一片寂静。

淳环视大家，大家都是一脸认真的表情。

“怎……怎么了？”

“的确，制门器被扔在中庭了，有人把玄关的门关上了。”

看到淳不知所措的样子，羽奈用平静的声音补充着。

“是特里。”

吉米喃喃自语，声音里充满恐惧：“他来了，来得这样快。”

大家看到吉米的恐慌，觉得很奇怪。

“从中庭出去的。”

真理子低语。

“去看看吗？”

“是啊。”

大家都同意，于是一个接一个地来到走廊。

“喂，你们大家这是去哪儿啊？”

琳德抱着一个红色旅行包回来，问道。

“好像遇到第一个‘客人’的是淳。”

真理子低声回答琳德。淳大吃一惊，半张着嘴，看着大家：“你说遇到，就是说，他就是……”

真理子耸耸肩：“现在还不知道。别嘟嘟囔囔的了，你也过来。”

大家都走到外面，踩在鹅卵石上的声音响成一片。

冰冷的空气。

“这就是中庭？”

淳四下张望着。

站在直通中庭的路上看去，中庭的十字墙是斜向的，正面靠近十字交叉的地方放着一个青色的大净手盆。

“先在那里净手。”

大家在净手盆前排好，一个一个地取过放在净手盆上的水舀子倒水洗手。

“其实，这么多人都在这一个地方不太好，不过，现在也没别的办法。”

教授耸耸肩。

中庭有一种闭塞感，可能是因为被只开了很小窗户的墙壁围绕成一个四方空间的缘故。

抬头可以望见四方的灰色天空，但淳还是觉得憋闷。

“制门器是被扔在净手盆前面的。”

羽奈指着净手盆。

“是很显眼的地方吗？”

“是的，很容易找到。”

羽奈点头回答教授。

“嗯，是这样。”

“啊呀！”

突然听到一声叫喊，大家都朝发出声音的地方看去，原来是真理子。

“怎么了？”

大家跑到真理子身边，她已经吓得动弹不得。

那是十字墙与放置净手盆相反位置的交叉部分。

真理子面前躺着一只小狗的尸体，是只猎兔犬。

“这里怎么会有死狗？”

“让我看看。”

博士走上前，看了看这只狗。它头部渗出血来，已经开始干了。

“它的头被击中了。”

“是事故吗？”

真理子战战兢兢地问。

博士思索着：“不知道。也许是被什么硬的东西打的。”

“狗是自己跑到这里来的，还是被什么东西追赶着逃到这里来的？”

博士转过身，弯腰查看地上的石板。

“这个可能性不大。它流了这么多血，如果是自己跑进来的，石板上应该有血痕。可是现在石板上看不到血迹。”

“那就是说，是有人把这只狗带到这里来的？”

琳德低声说。大家都吓了一跳似地看着琳德。

“这应该是最符合逻辑的情况。”

大家你看看我，我看看你，都觉得毛骨悚然。

淳想到那个隔着玻璃看到的身影，那一阵踩在鹅卵石上的声音。

“是他吗？”

淳低声说。吉米开始全身颤抖。

“果然是特里，能干出这种事的只有他。”

大家都看着发抖的吉米。

教授说出了大家心中的疑问：“你好像很怕你那个死去的双胞胎哥哥。你这样害怕他，有什么原因吗？”

吉米不情愿地摇着头：“他恨我，他恨我还活着。他想逼迫我。没有理由，他就是那种人。他不需要理由。他只是不喜欢我还活着而已。”

吉米快速地说着，教授意味深长地看着他，拍着他的肩：“不要想太多。淳看到的是谁现在还不知道。也许是别人，也许是别的什么‘客人’。淳并没有看到他的脸是吧？只不过是个背影是吧？怎么断定他就是特里？”

“呃，这个……”

被教授这样一问，淳也觉得没有把握了，他在脑海中回想着隔着窗玻璃看到的背影：“的确，我只看到了一个背影，不过，那个人身材、发型都和吉米一样，对了，他穿的衣服和吉米也一样，就是吉米现在穿的这件黑T恤。”

吉米吓了一跳，低头看自己的T恤。

“我的衣服很多都和特里的一样。”

“嗯，这么说你和特里是一模一样的了？有什么特征可以把你们区分开吗？”

“没有，我们身体上没有什么不同的特征。”

“把头发剪掉怎么样？这样马上就能看出来了吧。”

“可是，他可能也会剪。因为他在这里有实体。”

“噢，是这样。”

淳的头脑越发混乱了。“客人”能换衣服，能剪头发。那，“客人”把衣服收在哪儿呢？不，最根本的问题是“客人”原本“在哪儿”呢？

“为以后的日子考虑，必须得想一个方法区分你们俩。要不然，我们甚至不知道现在我们眼前是不是真正的吉米了。”

琳德这样一说，吉米脸红了：“不会的，我就是我，是吉米，真的。”

琳德轻轻挥挥手：“当然，我知道。可是，为了你的人身安全，最好想一个证明你自己的方法。一个只有我们知道的、对方不知道的方法。”

“嗯嗯，我们大家都好好想想。”

教授好像很感兴趣。

“对了，这只狗，大家不觉得眼熟吗？”

真理子一直盯着那只死狗，一幅心惊胆战的样子。

“是利特尔·福特。”

琳德答道。真理子恍然大悟：“是的，是利特尔·福特，是邮局的堀川夫妇养的狗。真可怜，他们两个人都那么喜欢它。”

“怎么办？叫他们过来吗？”

“真难办啊。”

“马上就到闭店时间了吧。”

“是不是最好给他们送过去？”

“问题是，不知道这是有人故意杀的还是怎么样，是吧？”

琳德看着博士：“博士，怎么办？当然，你负责调查‘嗜血狂杰克’事件，也许跟这只狗的横死没有关系。”

“我也不知道。通常这种情况是怎么处理的？”

“向自治会报告，大家协商。”

“那现在为什么不这样做呢？”

“一个原因是，今年亡灵节开始已经有不好的兆头了，不想让大家越来越兴奋，越来越激动。还有一个原因是，不想把吉米私人的事告诉其他人。”

“的确是。不过，吉米的事没有必要告诉他们吧。只说发现一只狗死在中庭，这样报告就可以了吧？”

“那倒也是。”

琳德点头同意。

“不管怎样，”教授说，“必须告诉罗伯特，那样一来就必须报告自治会。这件事是不是与‘客人’有关还不知道，不过终归都要告诉大家的。”

“快来，看看这个。”

听到远处羽奈的喊声，大家都走了过去。

羽奈蹲在玄关，手里拿着制门器。那其实是一大块红褐色的瓦片。

“这个虽然被擦过了，但是仔细看的话，还是能看出来上面有血迹。这一定是凶器。”

大家盯着羽奈手里的瓦片，的确带着紫黑色的痕迹。

“我当时还觉得奇怪，为什么玄关的门会关上？一定是有人拿它杀死了那条狗。”

“或许，他是从坡上瞄准这条狗扔下来的。”

教授忽然想到什么似地说。

“把狗抓住打死是很困难的，狗会叫，会挣扎。利特尔·福特经常在山里的斜坡上散步，这种可能性很大。”

“那，刚才听到的狗叫声，也许就是利特尔·福特的叫声？听起来很远——如果是这样的话，那太残忍了。”

羽奈双眉微蹙。

“我去告诉罗伯特，利特尔·福特就先放在这里别动，等着看罗伯特怎么说。”

大家都同意教授的提议。

“还有，劳烦羽奈去拿博士的东西。”

“真不希望是这样的开始。真的，我觉得今年和往年不一样了。”

羽奈心神不安地仰望着阴沉的天空。

教授和羽奈走后，剩下的五个人也不愿回到自己的房间。想到不知什么人杀了那只狗，又故意扔到中庭，谁也不想一个人待着。于是大家就一直坐在餐厅。

“晚上玄关会上锁吧？”

淳战战兢兢地问。

真理子点头：“会上锁。夜里还是要小心的。”

“为什么？”

“因为夜里会刮风。”

淳不由得一愣。

真理子怜悯地看了淳一眼：

“现在说了你也不明白。你自己体验过就知道了。”

她似乎不愿再说下去了。

夜里会刮风。

淳的脑海中回响着这句话，感觉完全摸不着头脑。

风。这个词，今天好像在哪儿听到过。淳在记忆中搜索。

忽然，脑海中出现了司界人的面孔。

因为我看到了险恶的风。黑也看到了。

他说，就是因为这个原因，他才会来到这里。那是什么意思？和现在真理子说的话有什么关系？

习惯和风俗真是不可思议的东西。在其他地方完全不可想象的事，在某个地方就会成为看不见的束缚，在空气里，在人们的对话里，生出绝对的抑制力和强迫力。

这个地方的确很特别。

淳茫然地向窗外望去。

格雷博士也陷入了沉思。他的手在动，要从口袋里摸出香烟。

“博士，日落之前是禁止吸烟的。”

真理子敏锐地察觉到博士的想法，提醒了他。

“啊，原来是这样。”

“我自己也一直在忍耐呢。”

“是吗，你吸烟很多吗？”

“多。不过，我并不讨厌亡灵节。白天禁欲式的忍耐，会使晚上那一支烟无比惬意。我每天都期待着那一刻。”

“的确如此，禁欲是快乐的调味品啊。”

两人脸上都浮起了同谋犯似的笑容。

“而且，烟草会使人清醒——确切地说，是使人从梦中醒来。我觉得，我们的亡灵节就像是一种集团式的歇斯底里。许多人被隔绝在一个空间里，这里充斥着似乎要发生点儿什么的气氛，大家一起做着一个梦。就是这样一种状况。不可以有一个人单独清醒。所以，在亡灵节期间，烟草就是一种带有灵力的东西。”

“嗯，的确，烟草本来就具有一种符咒式的意义。”

“博士，您听说过吗？在日本，自古以来，人们干农活的时候都是带着烟草的。当然，烟有缓解疲劳的作用，但最重要的是，吸烟可以防止被狐狸之类的东西欺骗。”

“有这样的事？”

“而且不止在日本。”在一旁静听的吉米开了口，“欧洲也有类似的传说。用火点燃烟草，防止被精灵和妖魔欺骗。我觉得比起烟草，用火点燃这一行为应该更关键。点火的时候，必然要集中精神。当被周围的气氛魅惑的时候，使精神集中在别的地方可以转换脑筋，我觉得，人们可能是从经验中了解到这一点的。”

“有意思。反过来说，如果大家从梦中醒来，又会怎样？”博士抚着下巴，“我认为，刚才真理子说的，恐怕正好说中了亡灵节的本质。不能说这是幻觉，不过，这近似于一种集团式幻想。这座山作为背景舞台无可挑剔。长久的岁月中形成的习惯赋予了亡灵节某种实体。”

“博士，你是说我们聚在一起妄想？”

琳德冷冷地问。

“不是妄想。恐怕，是实际地在‘看’。服用某种药物，刺激脑部的某个特定区域，人们就能够真的看到、听到一些事情。所以，我并不是说各位在厄纳得山的经历是虚假的。”

琳德略微扬了扬眉毛：“我们可没有服药亢奋。那么，淳看到的事怎么解释？”

“还不能说他看到的就是‘客人’。也许是一个很像吉米的人。而且，淳还很年轻，他的心灵和身体都很柔软易感，容易受到各位以及这个场所的影响。”

“您是说，我出现了幻觉？”

淳的声音里带了些许的怒意。

博士耸耸肩："我说了，现在还不知道。看到他的只有你一个人。不管他是幽灵还是UFO，讨论看没看见他是没有意义的。"

"这是抬杠，他想就亡灵节提出一个反论。琳德姑姑，跟他讲也没有用，只有让他自己去体验了。"

真理子嘴角边浮起一个讽刺的笑，并轻拍琳德的手腕。

"是啊，毕竟第一个夜晚还没有来临。"

琳德的回答让人莫名其妙。

淳、博士、吉米都讶异地看着她们两个。

"吉米，你既然认定特里会伤害你，为什么还要来参加亡灵节？你本可以不来的。"

淳问了一个自己一直感到奇怪的问题。

吉米红了脸，有些踌躇："其实我不想来，但我父母一定要我来。我父母一点儿也不了解我们之间的真实情况，他们一直认为我们关系很好。周围的人也是。没有一个人知道，我是多么害怕特里，忌惮特里，羡慕特里。有一天，突然，他不存在了。大家都不明白我情绪受冲击的真正原因，所以，大家都劝我来参加亡灵节。我无法拒绝。"

"你有罪恶感吗？"

淳轻轻地说。吉米仿佛一惊，看着淳。

"你因为他不在了而感到安心，甚至，在心底的某个地方感到高兴。你因此感到强烈的罪恶感。你受到打击，是因为发现自己感到高兴。所以，你在心底希望自己受到特里的惩罚。"

吉米的表情复杂，说不上是哭还是笑："也许是这样，可是，特里是不会管我怎么想的，虽然他其实什么都知道。"他叹着气说。

"啊，教授先回来了，罗伯特也一起来了。"

真理子最先看见了他们。

大家注视着一个表情僵硬的魁梧男子和教授一起走进中庭。

他马上就要见到那只可怜的猎兔犬的尸体了，大家都为他感到痛心。

"我先躲到二楼的房间里去吧，别让他看到我在这里。"

博士说着站起身来，问过琳德自己房间的位置，走上楼梯。

过了一会儿，教授和罗伯特走进餐厅。

大家低声说着安慰的话。

"对不起，我家的狗跑到您家院子里，给您添麻烦了。"

罗伯特向教授低下头去。

教授连忙摇头："哪里的话。我非常遗憾，不得不告诉您这件事。"

"我带来一条旧毛毯，这就把它包好带回去。"

"过一段时间再埋葬吧，还得和自治会商量。埋在哪儿也是个问题。"

“是，我还是第一次经历这种事。”

罗伯特一边低声和教授说着话，一边打量着坐在桌边的面孔。忽然，他睁大了眼睛，显出一副惊愕的表情：

“啊，你……你……”

他看到了吉米。

吉米一惊，身子一挺。

“怎么了？”

周围的人也惊讶地看着罗伯特。

“你为什么在这里？你到底是谁？”

罗伯特涨红了脸，喊着。

吉米胆怯地看着他。

“给我们讲一讲到底是怎么回事吧。你看，他不是也很惊讶吗？他是吉米·坎贝尔，是维多利亚大学的学生。为了参加今年的亡灵节，他让我们雇佣他一起来的。”

教授拍着罗伯特的肩以示安慰。

“啊，哦，是这样。”

可是，罗伯特仍然紧盯着吉米的脸，好像看到一个幽灵似的。

房间里生出一种异样的气氛。淳瞥了一眼时钟。

离日落的钟声响起还有将近两个小时。

时间过得很慢很慢，好像夜晚永远不会到来似的。

羽奈回来了，罗伯特带走小狗的尸体，之后，淳回到自己的房间。

肚子饿得不行，眼睛看着书，却根本不知道书上写了什么。白天吃得实在是太凑合了。

啊，好想吃一碗纳豆拌米饭。

自己居然这么快就开始想念日餐了，虽然维国也有不少类似日餐的东西。

忽然，淳感到气氛有些变了。是钟声。

好像是在举办“亡灵节记录启动典礼”的集会堂听到过的钟声。正好晚上八点整。不过，外面仍然很亮。

那钟的音色真好。

低沉悦耳，余音袅袅，听起来十分庄严。也许，这是因为自己好不容易能吃上晚饭，心里感到安稳的缘故吧。

钟声缓缓地响了五次。

淳不由得大大地伸了一个懒腰。可是，马上下去的话就好像自己等不及了似的，有点儿不好意思，于是在房间磨蹭了一会儿，终于忍不住出去了。

好像大家都是同样的心思，淳出来时，正看到真理子打着哈欠，教授揉着肩膀走出房间。

“哎，好饿啊。”

“和每次一样，第一天最难熬。”

“特别是过了六点以后的那两个小时，可真难受。”

他们往餐厅走的时候，其他四个人也来了。大家都难以忍受饿肚子的痛苦。

亡灵节期间，很多人在自己家吃饭，也有不少人每天呼朋唤友到酒吧去用晚餐。因为整个白天都十分节制，到了夜晚，越发想和别人谈笑一番。当然，他们就是不过亡灵节，也喜欢晚上和别人一起大发议论。请客，被请，交换各种信息，这些都是在夜晚进行的。在这里，酒吧规定的营业时间在八点到十一点。教授他们好像是打算去酒吧。

“不管怎么说今天是第一天，必须去侦查一下。”

“去哪儿呢？地方最宽敞的倒是‘祈祷之城’。”

“今天别去那儿了吧，肯定会有一大帮人盯着格雷博士蜂拥而上的。”

“哎哟哟。”

真理子这么一说，博士立刻夸张地颤抖起肩膀，大家都笑了。

“那么，‘带笑的发条亭’怎么样？”

琳德竖起食指。

真理子和教授同时提出异议：“不要不要，那地方，可点的东西太少了。”

“那地方都是些年轻人，交换不了什么信息。”

琳德神秘地晃着手指：“表面上是去那儿，实际上，那儿的年轻店主是我高中时代的好朋友的儿子，我的好朋友悄悄地在那家店的二楼开了一个都是单间的餐厅，只接受预定，没有预定的都不接待，还没什么人知道呢，她也只告诉了自己的朋友，可不是谁都能预约到的。”

“咦，我一点儿也不知道。不过，自治会应该知道吧？”

“当然了，最大的客户就是自治会，他们经常在那儿商量事情。”

“那些家伙真让人吃惊。”

“有几个单间？现在预约已经来不及了吧？”

听真理子这样问，琳德淡淡一笑：“我当然已经预约啦。第一天肯定哪儿都人多。去那里的话，博士也可以安心吃饭了吧。”

“到底是琳德姑姑，筹划得太棒了！”

“教授吃完饭以后去酒吧收集信息就行了。”

“琳德，我真服了你了。”

淳发现，不知什么时候起外面已经热闹起来了。大家都在吵吵嚷嚷地往酒吧或朋友家走。日落的钟声一响，人们就一起出动了。

“人们都等不及了，现在出去可不得了，博士。”

羽奈伸着懒腰看向窗外，教授在旁边点着头：“好像是的。咱们等第一拨人流过去之后抄近道去吧。”

“那家店在哪里？”

淳问道。

“在坡道下面，离船坞很近。和别的酒吧不一样，这家是后来才开的，就没有好地点了。”

好像坡道上边的店档次更高。可能是店主年轻，因此有别于传统老店吧。

“就趁现在，博士。”

羽奈一直在观察外面的情况，这时招了招手。

“好惊险。”

大家悄悄地横穿过道路。

厄纳得山的道路旁边都有低矮的石墙，不过有的地方铺有石阶，人可以顺着石阶下到斜坡上去。这样就可以抄近道走到下面的道路上。

斜坡上种着常绿树，正好掩人耳目。

石阶很窄，大家排成一列，悄悄地鱼贯而下。

淳不由得想起了孩提时代的探险队，心里有些兴奋。

“看，就在那儿。”

“好近哪。”

顺着羽奈手指的方向看，果然，在集会堂的旁边，稍微往里一点儿的地方，有一座石头建筑，一半好像陷在斜坡里，里面透出灯光。看不出这房子到底是怎样的构造。墙面和屋顶全部覆盖着藤蔓，几乎和斜坡融为一体。能看到店前的小广场上放着几张桌子，一对年轻的情侣和几个二十多岁的年轻人占了两张桌子。

船坞缓慢地裹进日暮之中。水闸已经关闭，屋船一艘接一艘整齐排列着，在暗色的水面上轻轻摇荡。

自己就是乘着那船来到这里的。淳感觉那似乎已经是非常遥远的记忆了。

“从哪儿进去？”

“从后门，确切地说，是屋顶。”

琳德稳稳地走在前面，下了石阶，离开了去船坞的道路，朝着藤蔓覆盖的屋顶走去。院子里种的好像是山茶花。

琳德穿过树丛之后回头向大家招手：“就是这里啦。”

仔细一看，屋顶上有一个大约高一米的小门，隐在茂密的树丛里。

琳德按下门铃，和里面的人交谈了简短的几句话，门被一下子打开了。

几个人沿着里面狭长的楼梯走下去，最后被带到一个小巧的房间，围着一个大圆桌子坐下来。这时候，大家都松了一口气。

“噢噢，这家店正适合召开秘密会议。”

教授环视着几乎没有什么装饰的朴素房间，拉开外衣领子。

“这里是我朋友一个人开的，所以菜品由她自己来定。可不要抱怨哦。不过，她虽然说话冷冰冰的，做菜可是很拿手。”

“说什么呢，琳德？”

一个瘦得像根铁丝似的女人一边给大家端上啤酒，一边戏谑地扬起眉毛。的确，她刚才带顾客进店的时候面无表情，显得很冷淡，但反而让人感觉这样的态度配这样的店才合适。

能够理解为什么不好矫饰的琳德和这个女人是好朋友。

“为顺利度过亡灵节第一天干杯。”

“陛下荣光永驻，格言长存。”

这干杯的声音甚至让人有些感慨。

“有什么感想吗，淳？”

羽奈一脸放松地问道。

“这个，我还不太明白。我很紧张，肚子很饿，我被迫体验着一种独特的氛围。”

“你得把这些都记在黑色日志里。”

“博士，你的印象怎么样？”

“我有些困惑。对不起，我等不到饭后了。”

博士向大家致歉，然后点上一支烟，抬头望着天花板。

“怎么说呢……非常有趣，竟然存在这样一个国度。”

淳理解博士的感受。眼前的人们，相当的世俗，通达人情，做事有条有理。然而，就是这样一些人，自觉地遵守着一些奇妙的风俗却丝毫不以为意，真令人感到不可思议。

“‘嗜血狂杰克’事件怎样了？”

真理子问。

博士闭上眼睛，摇摇头：“现在没有什么有价值的线索。没有任何有益的证言。水闸管理员都有不在现场的证明。管理员有四个人，他们一同住在离运河有一段距离的小屋里，没有任何一个人单独行动过。”

“有没有四个人合伙的可能性？”

“我认为这种可能性无限接近于零。这些人常年管理水闸，都有些年纪了。而且，已经看了监视器，从昨天晚上到今天早晨，没有任何人外出。”

“也就是说，没有任何目击证人？”

“本来那地方就不大有人去。”

果然，女主人（她名叫萨拉·奥尼尔）端上来的菜简直无可挑剔。时蔬炖鸡肉，冷酸白肉鱼，土豆沙拉，每一道都立刻成为食欲旺盛的食客的饵料。这样一来，酒也自然喝得多了。

“现在，有些话必须要说一下。”

当肚子不再空空如也的时候，教授郑重地开了口。大家好像都等着这一刻，微微抬起眼睛看着教授。

“是刚才罗伯特的事。”

吉米放下叉子，端正身体，脸上的神色很复杂。

“吉米，你不用这样紧张。最好现在在这里说一下，往后日子还长，另外也是为了保护你自己，有疑问的话还是解决为好。”

话说得很奇怪，根本听不懂是什么意思。

淳开动自己微醺的脑筋思考着。

罗伯特的话确实令人吃惊。他说，他看到同样一个人（一个和吉米一模一样的男子）经过店铺前面往上走，简直就像回放胶片一样。他应该是第一次见到吉米，不可能撒谎的。

“能听听我的想法吗？我认为，特里确实已经来了。否则，不能解释为什么有人在极短的时间内看到两个一模一样的人。虽然不知道是你跟着特里，还是特里跟着你。”

吉米依然盯着桌上的叉子，表情僵硬。

“我还发现了一件事。”

教授取出年鉴，翻到四月份的那一页。

“哇，真的是一模一样呢。”

琳德瞅着这一页，瞪圆了眼睛。听她这么一说，淳也看过去。

吉米的面孔映入眼帘。眼镜是一样的，发型也是一样的。只是，不知是不是心理作用，与总是胆怯地窥视别人表情的吉米相比，照片中的青年看上去好强而自信。吉米至今仍然留着和特里同样的发型，可见死去的孪生兄弟对他的束缚是多么强大。

“特里·坎贝尔，二十岁，十一日凌晨，从西港以南的不列颠桥坠落。”

教授淡淡地读着这一页。

“你不是说他跌下去就死了吗？可是，这篇报道上写着，遗体没有找到，在去向不明的情况下举行了葬礼。”

“那是四月，西港那里当天晚上温度已经到了零下。从那样的高度头朝下跌下来，是不可能生还的。他的朋友也作证说，他应该是当时就死了。西港一带大部分是海岸，潮水汹涌。那个季节，海上风浪很大，派出搜索队的时候，他已经被海水冲走了。那一带潮水的流向很复杂，落水者的遗体很难漂上来，人们都知道的。”

“你在想什么呢，教授？”

羽奈探身询问。

“各种可能性。”

“你不会是说特里还活着吧？”

“那也是一种可能性。”

“不可能。”

吉米脸色苍白，斩钉截铁地说。脸上的表情明白地表示，他不会再进一步解释了。

教授耸耸肩，不再追问。

“更重要的是，如果特里真的出现并杀死了利特尔·福特，作为实际问题，还是该确定一个标志，让我们能区分你们两个。”

羽奈一脸认真地看看大家，又问吉米："你有什么和特里不同的地方吗？"

吉米苦苦思索着，忽然"啊"了一声："有倒是有，不过表面看不出来。特里的眼镜是装饰眼镜。我近视度数很高，但特里眼睛很好。为了故意挖苦我，让周围的人把我和他弄混，他故意跟我戴一样的眼镜。"

"嗯，只有这一点的话有点儿困难啊。"

"对了，定个暗号怎么样？"

真理子提议。

"暗号？"

"是的，一个特里不知道的暗号。比如说，不知道对方是吉米还是特里的时候，就提一个特定的问题。尽量显得不经意一些。对了，'吉米，乔乔来信了吗？'这个怎么样？"

"不错，那么，吉米怎么回答？"

"这个嘛，'乔乔去东京打柴草了，没有来信。'"

"什么意思啊，为什么要打柴草啊？"

"我是举个例子，这个不容易忘，对吧？那个，老爷爷去山里打柴草，是什么故事来着？是日本的民间故事吧？"

"是'桃太郎'。"

淳嗤嗤笑着，说道。

"哎，打柴草是修剪草坪的意思吗？"

"不是，是去砍柴，用来烧火的。"

"哦，来，试一试，吉米，乔乔来信了吗？"

真理子问。

吉米苦涩地笑着，答道："乔乔去东京打柴草了，没有来信。"

"对了，就是这个意思，一定要这样回答啊。"

真理子满意地点着头。

"在东京打柴草，哦哦。"

淳自言自语着。

琳德、羽奈、吉米和博士四个人吃完饭就回去了，其余三人决定再去另外一家酒吧。

周围终于开始被黑暗包围。山中星星点点地亮着柔和的灯火，似乎这整座山就是一个生物，在呼吸着。山里已经通电，但夜晚照明主要还是用蜡烛，火焰在空气中摇曳、闪烁。到处人声嘈杂，听来十分悦耳。在自家的庭院里，在广场的长凳上，每个人都自由自在地过着自己的亡灵节之夜。

"真美。"

淳情不自禁地呢喃着。

“是吧。从芒特富士也能看到，厄纳得山的灯火就像宝石一样。”

这个国家也有山叫作富士，虽然高度还不足日本的富士山的三分之一。

淳忽然想到，那个司界人现在在哪里？他们是露宿吧，在这个夜晚黑暗的森林中的某个地方，他和那只黑色的猎狗可能正一起打着盹儿。

“吉米有些事瞒着我们。”

好像是为了打断淳的感慨似的，真理子这样说道。

“是。嘿，我还是认为，他在去邮局之前出去过一次。否则，不能解释为什么会出现两个吉米。”

“我感觉，虽然不太清楚是怎么回事，可是，他似乎有些话无法对我们讲呢。”

“他很痛苦，让他平静一段时间吧。”

“可是，那个家伙杀死了利特尔·福特并扔进神圣的中庭，他也许真的是想杀死吉米呢。”

“明天白天也要开着玄关的门吗？”

“那当然啦，亡灵节的规则是不能破坏的。”

“我看，也许我们应该轮换着守在餐厅，这样有人进来就能马上知道。”

这样说着，三个人走到了“跳舞的九尾狐亭”。小小的广场十分热闹。教授跟各种各样的人打招呼，向他们介绍淳。大家都要和淳握手，要请他喝啤酒。不知不觉，淳已经喝了五杯啤酒了。

酒场的话题还是今天早晨的杀人事件。所有人都唾沫横飞，大讲自己认为杀人犯是什么样的人。

“那个美国人消失到什么地方去了？”

“他一定在什么地方联络警视厅。”

“要是听我的，问题一下子就解决了，可他却溜了。我明天一早去‘祈祷之城’盯着他。”

听着大家谈论格雷博士，淳心惊肉跳。这些人那么想让格雷博士听自己的推理，真是佩服他们的热情，同时也蛮同情博士的。

“对了，听说了吗？罗伯特家的狗死了。”

“咦，利特尔·福特？他们养了十年了，总是睡在邮局的柜台下面。就是它？”

“好像它死得很奇怪，据说有人给它下了毒。”

“不会是‘嗜血狂杰克’吧？”

“这可不好说。刚才罗伯特不知从什么地方把利特尔·福特的尸体带回来，吉姆说他正好从后院看见。”

“太惊讶了，第一天就充满血腥。”

“居然有人杀狗。”

可以看出，教授和真理子一边若无其事地喝着啤酒和威士忌，一边倾听着周围的人的对话。

这些人消息真快啊。大家都超乎想象地关注别人的行为。有很多可以一个人待的地方，也就意味着有很多可以藏身的地方。也就是说，说不定一直有人在某个地方偷听、偷看。

淳觉得提心吊胆，却也不由自主地被大家的谈话所吸引。被下毒的信息是误传，不过，利特尔·福特的尸体是在教授家的中庭被发现的，这件事别人还不知道。了解到这一点，教授和真理子都很满意。

白天时间过得那么慢，日落钟声之后时间却过得那么快，不一会儿就接近十一点了。酒吧店主宣布要闭店了。淳担心大家是不是要发牢骚，可是大家都很快站起身来，三三两两地离开了。

人们陆陆续续走上回家的路，天空终于暗了下来。

回到家中，琳德和博士正在喝白兰地，羽奈和吉米正在喝绿茶。

“利特尔·福特被杀的事，人们已经知道了。”

真理子坐下来，把烟盒放在桌子上。

“它死在我们家的中庭这件事人们也知道了？”

琳德问。

“不，这个还不知道，罗伯特没说吧。”

“从明天开始，那些人又要去找罗伯特了。真同情他。”

“淳，你也喝一点儿吗？”

“不，我这就去睡了。大家请我喝的啤酒已经把我弄醉了。”

“是吗，那好，晚安。祈祷的钟声是六点敲响。”

身后传来琳德的声音，淳向大家挥挥手，上了楼梯。他又紧张又疲劳，身体重得不行。明天早晨还要随着祈祷的钟声起床，开始亡灵节新的一天。

在浴室的水池洗脸刷牙，已经耗尽了淳全部的力气。蹒跚地走过昏暗的走廊，进入自己的房间，正要一头栽在自己的床上的时候……

“嗨。”

就在他正要一头栽上去的那张床上，坐着一个小女孩。

淳直眨眼睛。

“夜晚真美。”

小女孩说，甜甜一笑。

她穿着黑色运动衫，绿格裤子，六七岁的样子，亚麻色的头发编成辫子垂在两边，眼睛是绿色的。不过，感觉还有一些东方血统。

淳的大脑顿时停止了思考。

这个小女孩是谁？为什么在这个时间待在这个地方？

“这房间真棒，这是你的房间？”

小女孩礼貌地说着，环视着屋子。

“呃，呃，你是谁？”

连淳自己都觉得这个问题问得很愚蠢。

“我叫萨曼莎。这花儿真漂亮，可以给我吗？”

小女孩站起来，抚摸着桌上的淡蓝色小菊花。

“可……可以。”

小女孩轻轻地抽出那朵小菊花。她的动作那么可爱，淳甚至都没有意识到，自己已经伸出手去。

等淳回过神来，他惊讶地发现，自己竟然拿着那支小菊花，插在了小女孩的发辫上。

“谢谢你，你叫什么名字？”

小女孩微笑着，抬头望着淳。

“我叫淳，淳一郎·伊藤。”

“淳，你是来自天皇陛下的国度吧。”

小女孩目不转睛地盯着淳的脸：“淳，真不可思议，你长得真像我爸爸。”

“像你爸爸？”

“是的，非常非常像，虽然你比我爸爸年轻得多。”

“是这样啊，那真是奇遇。”

淳的头脑完全无法把控这种牧歌式的情形，他觉得自己好像变成了在河边给少女摘花的弗兰肯斯坦。

“呃，你爸爸在哪里？你妈妈呢？你是从哪里进到这个房间的？”

一边这样问，淳脑子里的某个地方却觉得自己的问题是那么的毫无意义。

眼前的情形，眼前的情形到底是，是不是就是，那个，大家说的……

“对不起，我是半路上跑到这里来的。本来已经是睡觉的时间了，因为途中看到了险恶的风，我为了躲避它才逃进这里来的。现在我得走了。今天晚上可要小心哦。”

小女孩好像想起什么似的回头看看窗户，一下子站起来，一瞬间已经跑到外面去了。

“喂，你……”

淳愣了一下，也慌忙追出走廊。

可是，夜晚的走廊静悄悄的。

只有蜡烛的微光在各处摇曳着。小女孩已经不见了。

淳脑中一片混乱，他看看两边的房间，看看床下，没有一个人影。

难道，刚才就是那个……

“客人”。

淳在脑海中轻声说出这个词。刚才的困意已经荡然无存，全身直冒冷汗。

怎……怎么会这样，这样清楚，这样明晰。

淳跑回自己的房间。

他环视房间，目光落在床上。

那里，小女孩坐过的地方有一个圆圆的凹陷。自己的屁股是坐不成这么可爱的形状的。

忽然，他回头看向桌子。桌上的小花瓶是空的。自己手上还留着把菊花插在小女孩发间时触到她发辫的感觉。

果然，果然，她曾经存在过，和我说过话。

窗户嘎啦嘎啦地响着，淳向窗外看去。

窗外树枝摇动，已经起风了。

一瞬间，耳边回响起小女孩的声音。

对不起，我是半路上跑到这里来的。因为途中看到了险恶的风，为了躲避它才逃进这里来的。

险恶的风？是不是有人说过同样的话？

淳走近窗户。树枝沙沙作响，在风中舞蹈。

远处闪过一道微弱的白光。是远方的雷。

天空沉入一片黑灰的颜色里。入夜了，天要变了，那是浑浊的黑云在翻滚。

远处又亮起了白光。雷雨云正以难以置信的速度飞快地向这边移动。

走廊上一阵脚步声，有人跑过来了。

是不是刚才那个小女孩？

淳慌忙探出头去，却见羽奈飞快地跑来，一脸的惶急。

“淳！关上百叶窗！快！”

“啊啊，已经看见闪电了。”

“快！还有别的房间也要关，快帮我！”

见羽奈神色大变，淳有些惊慌失措。本来他就已经被刚才的情形弄得头昏脑涨了。

“快！没有时间了！”

羽奈大喊，冲进其他房间。其他的人也在房子里各处奔跑，各处都响着关百叶窗的金属碰撞之声。

发觉自己只能加入大家的忙乱之中了，淳也连忙打开窗户。

一阵裹着雨点的大风刮了进来。

淳不知该拉什么地方，一时手忙脚乱，不过总算把百叶窗拉下来了。然后，淳又拉下了一处百叶窗。百叶窗都拉下来后，房间越发昏暗了。

走廊里到处是人跑来跑去的声音。

淳去查看其他房间，羽奈已经把百叶窗都关上了，每个房间都很暗。

“淳，关上了吗？”

走廊尽头传来羽奈的声音。

“关上了，采光窗怎么办？”

“用这个堵上！”

羽奈两手提着麻袋，扔到地板上。淳提起来，格外地重。

“里面是黏土，小心点儿。”

“怪不得这么重。”

就在他们分头堵采光窗的时候，雷声已经“轰隆轰隆”地翻滚而来。这声音像地鸣一般，令人毛骨悚然，缓缓地从厄纳得山的上方压迫过来。

“马上就来了，真罕见，才第一天。”

羽奈望着天花板，神情肃然，目光不安地闪动。

“什么来了？是暴风雨吗？这石头房子应该没问题吧？”

“比暴风雨还要可怕。淳，下去吧，在下面比较好。”

羽奈抓住淳的手臂快步穿过走廊。淳眨着眼睛跟在后面。

走下楼梯一看，大家已经都在楼梯下面了。

“淳，别站在窗户那儿。”

淳看到真理子手里拿的东西，吃了一惊。

她手里拿的是一面铁盾，厚重而粗糙，就像警卫队对付暴徒时拿的那种东西。

“呃，这是什么？”

“快，躲在这面盾牌后面！”

真理子不容分说地把羽奈和淳拽到盾牌后。

楼梯下面的狭小空间里，真理子、教授、羽奈和淳把盾牌当作掩体，蹲在后面。另外三个人应该躲在对面的楼梯的转角处的下面。

“到底发生什么事了？”

“嘘，这要发生了以后才知道。不过，肯定有某些可怕的东西要来。很少有这么早就响起雷声的。”

雨声传入耳中。

雨夹在强风之中倾盆而下，砸在建筑物上，时时发出巨大的声音。

可是，不过是雨和风而已，大家在害怕什么呢?

淳想不通，把高高的身体蜷伏在狭小的空间里。

不过，看到平时笑语嫣然的羽奈屏气敛息，蜷缩不动，淳也觉得是有异乎寻常的事将要发生了。

异样的沉默继续着。

感觉过了很长时间，其实，实际上也就是五分钟左右。

突然，整栋房子都晃动起来。

开始是嘎啦嘎啦地响，渐渐晃动得越来越剧烈。

怎么了？地震?

淳起身要站起来，忽然，他发觉这不是地震。是有什么东西撞到了房子上。

那是一种坚硬的、巨大的东西，铺天盖地，和着暴风骤雨扑向这幢房子。

“这是什么？”

淳叫起来，可连他自己都无法听到自己的声音。

骇人的巨响。这样的声音，只能是无数石头从天空砸过来的声音。

盾牌上也有大量的东西撞击过来，不断响起沉闷的声音。不知什么地方响起咔的一声，那是玻璃破碎的声音。一定是采光窗被撞碎了。

“哇啊。”

淳喊出声来。响声太过巨大，淳掩住了耳朵。

然而，就在这一瞬间，轰鸣声戛然而止。

淳连忙看看周围，羽奈他们仍然一动不动，还在注视着天花板。

怎么回事？还没结束吗？

淳冒着冷汗，观察着羽奈他们的脸色。

安静了一会儿，淳又一次感到了细微的震动。

又来了？

但是，这一次像是地面在震动。

咚、咚、咚、咚。

间隔很规律。好像敲鼓一样的震动，通过地面传过来。

咚、咚、咚、咚、咚、咚、咚、咚。

“这究竟是什么？”

淳的喃喃自语和一声声踏着节奏的巨大轰响混杂在了一起。

“哇……”

大家都捂住耳朵，缩成一团。

这时，淳却发现，这巨响是由许多声音混在一起发出的。

简直好像是在武道馆，而且脚边放了一个扩音器。

总之，这是许多人一齐发出的声音，是欢呼，是把整个建筑，不，是整座厄纳得山包裹起来的欢声。

这是在伍德斯托克吗？

当耳朵渐渐习惯这个声音，淳能听到他们说的话了。他们在和着节奏一齐喊：

S-a-tur-day-Night

S-a-tur-day-Night

淳和羽奈同时望向对方。

“这是……”

“现在流行的，英国歌曲……”

“《星期六骑士》。”

“为什么唱这个？”

震撼世界的巨大欢声持续不断。这样要持续到什么时候啊？刚想到这儿，一阵巨大的吹奏乐队的声音与欢呼声一同响了起来。

“哇……”

“太响了……”

大家都无法忍受，抱住了头。

可是，这个热情奔放的进行曲好像在跟《星期六骑士》唱对台戏似的，声音越来越大。这么骇人的声音究竟是什么人发出来的？曲子是《美国巡逻兵》，稍微有点儿走调。淳觉得头晕眼花。这也是“客人”？“客人”究竟是些什么人？刚才那个小女孩是谁？从中庭出去的青年又是谁？

乐队的大音响以立体声的效果从四面八方挤压过来。一会儿远，一会儿近，一会儿上，一会儿下，如同声音炸弹一样，从各个方向投过来。

突然，咕咚一声，一个更大的地面震动的声音从下面涌上来。一瞬间，身体几乎都震了起来。

“这又是怎么回事？”

仿佛周围的空气都在咯吱作响。又加上了另外一种巨大的声音。可是，《星期六骑士》和《美国巡逻兵》都毫不让步，继续轰响，一时间简直分不出到底是哪个声音在响。

“这是什么？”

羽奈也捂着耳朵叫起来。

淳的耳膜都要震裂了，他竭尽全力分辨这个新加入的声音。

猛烈而快速的旋律。是弹弦发出的声音——这独特的音阶——忽然，淳知道答案了。

“津轻三味线。”

“什么？”

“是日本乐器。”

摇滚、进行曲和津轻小调同时演奏，这是第一次，估计也是最后一次听到了。可是，为什么偏偏在这个时候演奏这样的曲子呢？

过于巨大的声响混合在一起，已经感觉不像声音了。好像远方飞来了一架音速客机，身体只感到一种接近金属音的压力。

淳觉得自己的意识已经不清晰了，头部剧烈疼痛。也许耳朵的鼓膜已经破了。

可是，没一会儿，淳发觉声音开始逐渐远去。

咦？

淳看看羽奈，羽奈好像也感觉到了，表情开始恢复平静。看到羽奈的神情，淳也渐渐放下心来。

声音确实越来越远。

所有的声音交织混合成的混浊的块状物在一点儿一点儿融化，化成各自的乐声，能够听出他们的旋律了。

声音远去了。

就像远去的雷雨云一样，声音也向远处飘去。

刚才难道真的是雷雨云吗？那样巨大的声音是雨？飞来降下的声音雨？

淳陷入毫无根据的错觉。

声音越发远离了，开始恢复寂静。这时，轰隆隆，一阵普通的雷声传了过来。

“他们走了吗？”

“嘘。”

听到淳轻声低语，羽奈赶紧制止他，那声音低得只剩气息。

咚，又一次几乎撑开地面的震动。

“哇！”

但是，这次只响了一声就没有声音了。

最后，只有远方的雷声轰隆隆地低响，不一会儿，连这个声音也消失了。

可是，很长一段时间，谁都无法动弹。不知过了多久，大家终于能动的时候，每个人都觉得腰酸背痛。

“今天晚上真是不得了。”

真理子扶着腰喊着疼，站起身来。

“这风闹得太过了。”

“刚才到底是什么？”

“就是阿波罗剧场也不会发出那样的声音。”

博士脸色苍白，步履蹒跚地走过来。

不知谁带的头儿，大家都走进餐厅，在桌边坐下来。

“我都耳鸣了，应该准备个耳塞的。”

羽奈敲着自己的头。

“这是灵异现象，是吧？”

博士认真地环视大家。可是，听了这话，大家都显得很扫兴。

“我从没见过，也从没听说过那样激烈的灵异现象，那样的骇人的石头雨，也从没……”

“这是冰雹，就是经常会下的那种冰雹。”

教授张开双手。

“这是雹子？”

“是的，直径有三厘米。从前还下过鱼，下过牛。”

“那就可以用自然现象解释了。可是，那巨大的音乐声是什么？”

“他们在欢迎我们，特意准备了日本、英国和美国的曲子。”

听到教授如此坦然地回答，博士和淳不由得面面相觑。

“在别人家应该能听到不同的音乐，能听到自己知道的、想听的音乐。”

“果然还是集团性歇斯底里。”博士自顾自点着头，“灵异现象的原因是青春期的年轻人不安定的潜在能量。在厄纳得山，人们希望迎接‘客人’的强烈意志成为灵异现象的原动力，一定是这样。”

博士有些兴奋地喃喃自语，真理子和琳德冷冷地看着他。

淳的心境很复杂，博士说得很有道理，自己也满心满意想要相信他，可是，却总是感觉，刚才这里发生的一切，自己经历的一切，无法用这样简单的道理去解释清楚。

“采光窗是个问题。”

真理子低声说。

“这样肯定会破的。如果也拉下百叶窗是不是会好点儿？”

“可是，窗户太小了，关百叶窗要到外面去。像刚才那样他们迅速接近的情况下，我们没有时间去外面。”

“应该讨论一下这种情况怎么办。”

“呃，每天晚上都会发生这样的事吗？”

淳提心吊胆地问。

“是的，虽然有程度差别。所以我说了，夜里很危险。”

真理子疲惫地点点头。

“每次都这么猛烈吗？每次都演奏不同的曲子吗？”

“也不一定。有时候好几天都没有，有时候整晚都有人在外面演奏《理查德三世》。但是，像今晚这样猛烈的，整个亡灵节期间也就有一次，或者没有。今年的确是不同寻常。”

琳德答道。

“不用害怕，只要接受就行了。”

羽奈啪的拍了一下淳的肩膀。

“是，马上就会习惯的，还有人把这当乐趣呢。”

真理子也说。不过，这也起不了多大的安慰作用。

“我说，快去睡觉吧。亡灵节还长呢，得保存体力。”

教授催促大家。

于是，深夜的餐厅里响起一片“晚安”之声。

淳蹒跚地回到自己的房间，看到空着的小花瓶，不由一愣。

刚才忘记问大家那个小女孩的事了。

淳想回去，可是，想到大家都累了，还是算了吧。最重要的是，他自己已经累得不行了。

淳坐在桌前，茫然地望着桌上的年鉴和黑色日志。

从中庭走出去的青年。坐在床上的小女孩。

淳打开了贴着菠萝粘贴的黑色日志。

“亡灵节记录启动典礼”上的大家一起说的话在脑海中回荡。

第一，我恒久地怀着希望，静静地等待访问。

第二，我怀着诚意接受访问，正确地记录听到的语言。

第三，我怀着尊敬的心意，遵守在我们的土地上绵延传承的历史和传统。

淳手里握着钢笔，开始写下和小女孩见面时的情形以及和小女孩说过的话。

回想起来，不知为什么，没有丝毫恐怖或不快的感觉。

淳甚至感到有些亲切。

为什么会这样？难道仅仅因为她是个可爱的小女孩？好像不是。那么，那种氛围，那种亲切感，是来自哪里的呢？

忽然，小女孩的声音在脑海中响起。

淳，真不可思议，你长得真像我爸爸。

淳想到了什么，开始翻年鉴。

她的名字叫萨曼莎。她还那么小，是因为什么原因死去的呢？

淳把年鉴翻来覆去看了好几遍。头脑越来越清醒，眼睛睁得像铜铃一样，寻找萨曼莎的名字。

没有。

淳翻了将近一个小时，没有找到小女孩的名字。

怎么会有这样的事？是不是自己漏掉了？淳百思不得其解。

但是，年鉴上既没有萨曼莎的名字，也没有其他年龄相仿的小女孩。死者都有很清晰的照片登在年鉴上，找了这么多遍，不可能漏掉。

她是不是最近这些天里死去的？

淳想到了这种可能性。如果是在年鉴发行以后死去的，年鉴上当然找不到了。明天看看快报吧。

这样一想，困意终于袭来。淳关掉桌上的灯，刚扑倒在床上就陷入了深深的睡眠之中。

短暂的夜晚结束了，黎明早早来临了。

东方刚刚开始发白，所有的东西的轮廓都沉浸在模糊的混沌之中。

雾霭沉沉的森林之中，有一个身影在动。

是那个戴着风帽的司界人。他的狗在他的身边爬了起来。

司界人撸下风帽，环视着脚边散落的冰雹。

多么惊人的能量。

就连他，如果没逃到废弃的小屋中去，都会很危险。

那么多的树枝都折断了，在森林中制造出一片令人毛骨悚然的剪影。

脚边堆得像小山一样的冰雹，发出暗淡的光，渐渐地融化着。

风帽上，冰雹的碎片噼里啪啦地掉落下来。

司界人在森林中无声地走着。

他走到船坞，看着船。

那么大的冰雹打下来，船都毁了吧。许多船的屋顶和窗户都被冰雹打穿了。

这是怎么回事？要发生什么？

司界人感到一种从未有过的焦躁。

他感觉到了一种东西，一种异样的东西。

司界人开始走上厄纳得山微明的坡道。

他本不愿踏入人们的居住区，可是，他感到，有一种氛围从那里散发出来。

司界人加快了脚步。黑也加快速度跟在他后面。

马上就要开始给人们配发鸡蛋了。在那之前，必须弄清楚那异样的东西究竟是什么。

体察着周遭的气氛，司界人静悄悄地往坡上走去。

也不是这里。难道还在上边？

山已经上了一半，还是没有任何东西能告诉他原因。

司界人焦急地继续向上攀登。以这样的速度一口气走上来，就连他也累得气喘吁吁了。

忽然，他扬起脸，朝霞之中现出一座灰色的城。

“祈祷之城”，自己已经有多少年不曾踏入此地了。

那里就是山顶。从那里往上，就没有可往上走的路了。是自己感觉迟钝了吗？还是在哪里错过了吗？

司界人带着一丝隐隐的不安继续向前走。

雾霭渐渐散去，城的轮廓浮现出来。

最后是石阶，看着脚下一直往上走，有一个小小的石门，那就是通往“祈祷之城”的入口。

雾霭钻进喉咙，真冷。但是，现在却觉得冷得舒服。

自己已经来到这里了。现在要往哪里去？

司界人感到，有什么东西啪嗒一下落在自己头上，他抬起头来。

于是，他发现，自己寻找的东西就在这里。

“祈祷之城”的后面，有一个小小的农场和养鸡场。

经营“祈祷之城”的是民间人士。但是，农场和养鸡场是国家经营的，当然，由“祈祷之城”的工作人员负责部分具体事务。

养鸡场的管理很重要，因为要向在这里过亡灵节的人们配发鸡蛋。

在养鸡场值班的信彦·寺田睡眼惺忪地起来了。

昨天晚上的风太大了。到底是怎么了？第一次经历那样的夜晚。

养鸡场有严密的隔音设施，怕鸡被夜里的风惊吓产不出蛋来。当然，厄纳得山的鸡都非常胆大，一般的动静也不会吓到它们。它们好几代都在这个地方生活，对声音和震动具备相当的耐受性。有人甚至说，只有人夜里能听到风声，这些鸡是听不到的。

信彦·寺田伸展着强壮的身体，做起了准备活动。

配发鸡蛋必须在祈祷的钟声敲响之前。

养鸡场设在“祈祷之城”的后面，也是为了方便配发鸡蛋，因为要带着大量的鸡蛋从上往下按顺序发。厄纳得山里不能骑摩托车，也不能开汽车，骑自行车送鸡蛋可是一项重体力劳动。

但是，他并不讨厌配发鸡蛋。他感到自己做着一项特别的工作。当小心地保持着平衡从黎明的厄纳得山往下走的时候，他全身紧绷，丝毫不敢松懈。

在养鸡场收蛋是一项愉快的工作。收获总是愉快的。

信彦哼着歌，一个又一个地往专用的鸡蛋筐里装着鸡蛋。

鸡蛋是按前一天晚上提交给“祈祷之城”接待处的预约单上的数目收集并配送的。

173个。

再核对一遍数目，检查自行车的轮胎和刹车闸，信彦小心地把蛋筐放上去，牢牢地绑在后座上，防止蛋筐掉下来。

好了。

刚骑上自行车的一瞬间是紧张的。

信彦小心翼翼地、缓慢地驶入晨雾之中。

过了一会儿，就看到“祈祷之城”的拱门了。

他按以往的习惯在胸前画了一个小小的十字。

但是，有什么事情不对头。

“什么？”

信彦不由得叫出声来。

奇怪。

眼前的雾霭渐渐散去。

那里有一个黑色的人影。

“哇啊！”

信彦差点儿把173个蛋都打翻了。自行车一歪，几乎要倒下，信彦一下子踩住了地。

“那……那是什么？”

信彦浑身颤抖，从自行车上下来，看着眼前的情景。

石门下面，是一个戴着风帽的男人和一条狗。是司界人和他的猎犬。

他正看着自己的面前。

那是一个女人。

吊在门上，全身是血，头耷拉着，已经不能动了。

第四章

在不可思议的国度的最高处

晨雾之中，黑色的树木隐约可见。

仿佛是遥远的国度的水墨画。或者，是古老的黑白电影。

森林沉默着，静得连小鸟的声音都听不到。

今天早晨的雾气比平时要浓重一些，在郁郁葱葱的树木轮廓上划出暧昧的飞白，在空气的底部摇荡，丝毫没有要放晴的意思。

肌肤上凝结的冰冷的水滴，好像给身体穿上一件又一件的湿衣，一点儿一点儿地增加了重量。

他忽然觉得好像有人，回头一看，是一个小小的五谷神像，像一个成年人蹲在那里一般高矮。前面有一份冰冷的蛋包饭盛在碟子里。

他松了一口气，放下心来。

没有人。这里应该是没有人的。首先，祈祷的钟声还没有敲响。

每走一步，都感到身体更加沉重。带着水汽的草把他的脚弄得湿漉漉的，一点儿一点儿地从他的全身攫取着热量。

简直好像走在一个大鱼缸里，晨雾中的森林就是在水底摇曳的水草。

很久没有这种感觉了。一如既往的太古的空气。这里真是一个奇异的地方。

他眯起眼睛，把早晨潮湿的空气深深吸入胸间，让记忆苏醒。

在林间旋动的白色雾霭，厚重而黏稠，几乎映出他徘徊的身影。

又看到了一个五谷神。

但是，这个五谷神像前没有供品。白色的长方形盘子里空空如也。

哦？

他无声地蹲下身子，注视着这个盘子。

忽然，他感到一种错觉，身边似乎暗了下来，他下意识地回头看去。

一个黑影一掠而过。头被斗篷蒙得严严实实，消失在树木之间。

立刻，世界恢复了沉默，没有一点儿动静。

他的头发潮湿而冰冷，却久久地伫立在那里，好像在寻找那个消失的影子。

是幻觉？还是……

雾霭依然厚重地包裹着这个世界。

他伫立的身影，也渐渐被雾霭吞没。

结果，那天早晨，祈祷的钟声没有敲响。

这本来应该是一个与往常一样的厄纳得山亡灵节的早晨。

看上去似乎是那样——天空微明，浓重的雾霭包裹着厄纳得山，已经重复了几十年、几百年的静谧早晨。

已经起床准备简单早餐的人，因昨晚酒醉贪欢一直酣睡到早晨的人，还有夜晚难以成眠一直似睡非睡的人，等等，所有的人，都知道了这起非常事件。

大家开始发觉情况不对的时候，淳还在梦中。

梦中，他在拼命地写信。在厄纳得山自己的房间里，写信给东京的苑子。梦中的他，已经完全习惯了厄纳得山的生活，不愿离去，所以长久地留在了这里。但是，苑子对此非常生气。所以，他在写信，努力解释为什么自己会在厄纳得山待这么长时间。

"如果你在这里，你一定会觉得这里很有意思。"他写下这样的句子，又在上面划了两道线把它去掉。之所以左思右想还是去掉了这句话，是因为脑海中浮现出苑子读着信认真地反驳的样子。苑子一定会说，像我这样和维国没有血缘关系的人是无法到那里去的。他绞尽脑汁斟酌着词句，不想惹苑子不高兴。他在这方面是很小心的，写信的时候会认真考虑每一个词用得是否恰当。苑子平时是个大方又体贴的女孩，可是，一旦惹她不高兴，她就会变得很执拗，不管多细微的地方她都会揪住不放，真难以理解。

在梦中考虑着写信的措辞，淳感到无限烦恼。在厄纳得山感到的欢快、乐趣，把这些作为自己长期待在这里的理由，这合适吗？是不是应该把自己亲戚的情况作为主要原因呢？可是，这样一来，苑子肯定会说，你的远亲比我还重要，要么就说，反正我也不是你家的人。

怎么办好？怎么办？淳在梦中喃喃地呻吟。

在烦恼中，他渐渐醒来了。梦中的声音和现实的声音混杂在了一起。似乎身体的一部分在催促自己该从梦中醒来了，淳突然睁开眼睛。梦中思考的写信的措辞还在脑子里打转。正可惜自己白白费了那么多脑筋，又一下子想到还没给苑子写信，不由得张皇失措。然后总算想起来，其实到厄纳得山才过了一天，自己太过自寻烦恼了，这才躺在床上安下心来。

安下心来之后，淳听到楼梯下面有人在说话。

祈祷的钟声是不是已经响过了？

从寒冷的房间的床上坐起来，伸手拿过桌上的手表一看，已经过了七点，淳大吃一惊。

第一天就睡过头了！

他慌忙起身开始穿衣服。

可是，总觉得周围的情形有点儿不对。外面有人不安地来回走动，还在说着什么。这是亡灵节的早晨，怎么这么吵吵闹闹的？

洗完脸下楼，大家都坐在餐厅里低声说着话。

“早上好，对不起，第一天就睡过头了，也没听见钟声响。”

大家回头看着淳，淳不好意思地搔着头。

“今天早晨钟没有响。”

“发生紧急情况了。”

“出事了，现在自治会正在讨论今天的亡灵节怎么过。”

真理子、琳德和羽奈同时开了口，说得淳直眨眼睛。

“喝杯咖啡吧。”

吉米说着，递给淳一个马克杯。

“啊，谢谢，什么紧急情况？”

淳环视餐厅，看到篠田教授坐在椅子里。

“哎，格雷博士呢？”

“一早就被戴维·青木叫走了。一定是发生了跟昨天的事件有关的事。”

教授回答。

被运营委员会副会长叫出去，那应该是如教授所说吧。可是，这么早。淳的心里，不祥的预感像黑雾一样升腾起来。

“也不会让大家一直就这么等着，马上有线广播就会播的。”

大家先坐下简单地吃了点儿早饭，但是每个人都心不在焉。

外面仍然一片嘈杂。附近的人们聚集过来了。

就在这时，嘣吱，响起一个刺耳的声音。

叮铃叮铃，是那个熟悉的旋律。

有线广播。屋子里和外面一下子都安静了下来。

今天祈祷的钟声在正午敲响。

今天祈祷的钟声在正午敲响。

上午九时举行临时集会，请大家到集会堂。

上午九时举行临时集会，请大家到集会堂。

有线广播就这样结束了。大家还等着下面会说些什么，可是发现那旋律再次响起只是告诉大家广播完了，一齐发出了不满的声音。

“临时集会？这可是有生以来头一遭。”

“怎么也不详细给我们解释一下。”

琳德和教授咕哝着，不过总算从不知该如何是好的状态中解放了出来，大家都不由得显出安心的表情。聚集在外面的人也渐渐散去了。

这时，铃……餐厅一角的电话响了。在这里电话响还是第一次，淳一愣。

琳德拿起听筒：“啊啊，早上好。什么？你说什么？真的？”

大家都凑过去听。

琳德刚放下听筒，电话又响了。

足足有三十分钟，电话一直在响。厄纳得山的居民们积极踊跃地互相交换着信息。的确，祈祷的钟声还没敲响，现在的时间是不算作亡灵节期间的。这些人与生俱来的猎奇特性在厄纳得山来了个大爆发。

电话轰炸过后，根据琳德和教授得到的信息，厄纳得山中又一次发生了“嗜血狂杰克”的罪行。而且好像是在“祈祷之城”附近。依据是，今天早晨去往“祈祷之城”的道路禁止通行了。

“不会吧？”

“昨天刚发生一起，今天又一起？”

真理子和羽奈表示怀疑。

“但是，这里都要召开临时集会了，一定是发生了什么不幸的事件。”

教授平静地说。

“快报出了吗？还有，昨天的死者也不知是谁呢。”

“去集会堂时看看告示栏吧。”

“我要吃点儿甜东西，让我的大脑活跃起来需要摄取点儿糖分。”

大家都在自说自话，淳也渐渐习惯了。甚至发现这样能放松一些。

大家一边吃着涂了蜂蜜的司康饼，一边焦急地等待着。最后等不及了，八点半，大家一起出发去往集会堂。似乎人们都是同样的心情，平缓的坡道上挤得满满的，人们饶有兴味地聊着天，朝集会堂走去。

集会堂前面，带檐的木制告示栏前聚集了一群人。

上面贴着几张纸。是这几天死去的人的信息，年鉴上没有记载的。大家挤来挤去，都想看看快报上的照片和简历。

“昨天的尸体是谁？”

“好像没有。”

“是不是还没查明身份？”

大家都在低声交谈，好像很在意昨天挂在鸟居上那具尸体的身份。

“不可能有的，因为那根本不是尸体。”

教授对淳耳语，挤了挤眼睛。看来他对自己的看法相当有自信。他断定警察为了介入亡灵节挂了一具假尸体。

淳忽然想到昨晚那个小女孩萨曼莎。

他踮起脚尖去看快报上的照片。可是，那里面没有年幼的女孩子。

那个小女孩是谁呢？

淳想不明白。她的确是“客人”。她出现在这里，就说明她已经死了。年鉴里找不到，快报上也没有，只能说明她的死还不为人知。

也许，这是一起犯罪事件。

想到这里，淳觉得后背一阵发凉。是不是，如果她失踪了，找不到尸体，年鉴和快报中就都不会出现？可是，吉米的哥哥却登在年鉴上，尽管还没有找到尸体确认死亡。

“哎，羽奈，失踪的人怎么处理？”

淳问羽奈。

羽奈马上就知道淳想问什么了：“同等对待。失踪的人只要没有证据证明是本人自己走的，就会登载出来，注明是去向不明。”

“在日本，失踪的人必须要七年以后才认定是死亡，在维国是怎样的？”

“在维国也一样。所以，如果家里有人去向不明，为了确定这个人的生死，家里人也会积极参加亡灵节的。”

“那么，年鉴和快报都没有记载的‘客人’算什么呢？”

羽奈一惊，看着淳：“难道你见到了？”

“是的，昨晚，在我房间。”

“哇，淳，你的概率好高啊，昨天白天你还见到特里了呢。”

羽奈紧盯着淳，半是感慨半是佩服。淳被那双大眼睛盯得有些慌乱。

“不过，特里的事，我越来越觉得没太大把握。”

“不，虽然博士那么说，但是，我相信。你没有先入为主的观念，所以你看到的事肯定是准确的。哎，昨天晚上是什么样的‘客人’？年鉴上和快报上都没有吗？”

“是，我找了好久，年鉴上绝对没有。是一个非常可爱的小女孩，叫萨曼莎。她坐在我的床上。她说，因为看到了险恶的风，为了躲避它，半路上跑到我这里来的。”

“嗯哦。”

羽奈陷入沉思。

“也有可能是一年以前死去的人。如果今年的死亡年鉴上和快报上都没有，那有几种可能性可以考虑。”羽奈扬起脸，开口说，“一种可能性是没有报失踪。不想认定她是去向不明，或者有其他情况，这个女孩子消失的信息没有被公开。”

“所谓其他情况，是不是有可能牵涉到犯罪？比如说，父母虐待孩子，把孩子杀死埋在自家庭院里之类？”

“这种极端的情况也可能出现。不过，也有可能是不想承认孩子去向不明，拒绝登载在年鉴上。”

“可以拒绝登载在年鉴上吗？”

“虽然很少见，但不是绝对没有。”

“还有什么可能性呢？”

“有可能是维国的人客死他乡。”

“客死他乡？”

“是的。比如说，因工作关系一家人移居海外，如果在海外死亡或失踪的话，有时信息传不到这里。”

“那倒是。事先没有信息，就不知道这个死者会来是吧？”

“就是这样。”

也许是这么回事。那个小女孩看起来不像是被罪犯伤害过，也许是在遥远的外国死去的。这么想着，淳松了一口气。

“你一定要记在黑色日志上啊。”

“嗯，我已经记了。”

“遇到她有什么感想？”

羽奈有些羡慕地问道。

看到羽奈这种表情，淳情不自禁觉得有些自豪：“一点儿也不恐怖，只是有点儿惊讶。我过了好长时间才明白，原来这就是‘客人’。”

“是吗？太好了，你真幸运。有些人来了好几年，一个也没有遇到过呢。”

“咦，还有这样的？”

“‘客人’也会挑选对象的。你给人的感觉很温和，他们一定是觉得你能倾听他们说的话。”

“是这样吗？”

淳丝毫没有感觉不快，虽然仔细想想，这也不是什么特别值得大加庆贺的事。

两个人并肩进入会场，里面充满兴奋和不安，人声鼎沸。

“哇，差不多都来齐了呢。”

“真是热情高涨啊。啊，格雷博士在那里。”

淳用手指着正在和运营委员会成员谈得投入的博士。博士和那些人表情都很严峻。

“情况越来越不寻常了。”

教授过来招呼他们，带他们两个坐到琳德他们旁边的座位上。

“快报上有什么吗？”

“没有我们认识的人。淳说，他昨天晚上又遇到一个‘客人’。”

“噢噢，真是好运气。”

“简直是幸运男孩啊。”

“是吧，也许跟淳待在一起就能遇上了。”

大家都很新奇地看着自己，淳都有些手足无措了。

“噢，汤姆士出来了，要开始了。”

时钟指向九点，汤姆士·贝克尔一脸沉痛地站在前面。他清清嗓子，余音环绕，会场里一片寂静。

“陛下荣光永驻，格言长存。”

大家都和着汤姆士的声音说。声音回荡着，消失在天花板。刚才的喧嚣似乎完全不曾存在过，会场里气氛十分庄严。

“非常遗憾，我不得不向大家报告一些前所未有的情况。在亡灵节期间发生这样的事件，我从心里感到抱歉。”

看到汤姆士脸色铁青，表情痛苦而忧虑，人们都在窃窃私语。

“这件事实在难以说出口。”

汤姆士的声音充满苦涩：“警察马上就要到了。我们今天早晨在‘祈祷之城’发现了一具尸体，是他杀。警察就要开始进行尸检了。”

这下子，人群喧闹起来。

“什么？”

“警视厅要介入亡灵节？”

“这是怎么回事？”

看到人们激动地表示不满，汤姆士在台上拼命做着手势，想要平息大家的情绪：“请安静，请各位安静，请让我再说明一下。”

人们仍然很不满，不过似乎是想先听听汤姆士说什么，会场又一次安静下来。汤姆士松了一口气。

“的确，现在警察要进入这里，那是为了调查死因，保存证据。我们会拒绝警察直接搜查这里。我们发现尸体之后商议了很多次。为了守护我们的亡灵节，让亡灵节延续下去，我们必须团结起来。但是，今天早晨，在厄纳得山发现了尸体，这一事件是多么重大，我想各位也都清楚。就是说……”汤姆士轻轻吸了一口气，“在厄纳得山之中存在杀人犯。这是确定无疑的。今天早晨的事件与昨天早晨的事件是否相关，是不是‘嗜血狂杰克’所为，这一切还不清楚，但无论如何，为了今后亡灵节能延续下去，我们必须团结一致，靠我们自己的力量找出犯人。以上情况，各位能理解吗？”

汤姆士目光锐利，环视会场。回答他的是沉默，像是同意，又像是担忧。

人们等着他继续说下去，汤姆士却很长时间没有再说话。也许是紧张吧，他额头上冒着冷汗。看他古怪的表情，似乎有些话必须说，又不想说，因而左右为难。

人们都心神不安，等着汤姆士继续说下去。

他在犹豫什么呢？淳想不通。

“所以，我们决定，今天晚上，在‘祈祷之城’举行神汤。”

汤姆士脸孔似乎有些扭曲，终于痛下决心似地把话都说了出来。

神汤？

淳错愕不已，因为从来没听说过。他转头看羽奈想寻求一个解释，却不禁心头一震。

所有人都沉默着，齐刷刷地盯着台上的汤姆士。

所有人都是一样的表情，那是惊愕和恐惧。琳德和教授都脸色苍白，再也幽默不起来了。

"咦咦，怎么了？"

淳不安地望着周围，发觉刚才那一张张兴致勃勃的面孔都好像凝固了一样，不由得脑中一片混乱。

神汤？刚才是这么说的吧，什么意思？竟让这些开朗而又喜欢猎奇的人们一下子陷入沉默。

"真的要这样做吗？汤姆士……啊，我可以说话吗？"

一个看上去年高有德的老者，态度谨慎地要求发言。

汤姆士缓缓点头，请他说下去。

"作这个决定是不是有些早？那……太过危险。以什么人为对象呢？"

老者的语气惴惴不安。

汤姆士艰难地开了口："所有人。不允许有任何例外。"

听到这句话，噢，充满着绝望的声音回荡在天花板。

"如果不是这样，就没有意义了。我们不能明知道我们当中有杀人犯，还这样毫无防备地生活。我们有义务和责任让亡灵节平安度过。如果不能自己找出犯人，趁现在把他除掉，我们就无法安心度过亡灵节。我们也极不情愿做这样的决定。但是，照现在这样下去，整个亡灵节都得由警视厅来巡逻。这不行，会带来很多麻烦。是让警察介入还是维持自治，两方面衡量的结果，我们还是决定维持自治。"

汤姆士低声说，但是，语气里充满坚不可摧的决心。

会场像葬礼一般寂静。不，如果是葬礼，多少会有一些感情的波澜，可是现在，每个人都像石头一样僵硬。

"这些我们知道了。可是，孩子们也包括在内吗？"

老人试图做出的抵抗是那么软弱，似乎已经知道这是徒劳的。

"也包括。"

汤姆士点头，像是死刑宣判。老人轻轻叹了口气，沉默地退下。再也没有人说话。

"所有人今晚都要参加神汤，夜里十二点开始。"

汤姆士脸色铁青地宣布。

"不过，在这里，我们给犯人一个机会。这也是一个请求。今天早晨的事件的犯人，在神汤之前，可以到我们或者格雷博士那里去自首。如果这段时间内自首的话，我们可以秘密地把他交给警察，今天晚上就不举行神汤了。所以，请在这段时间内自首吧。我在这里衷心地请求。请在今天晚上十二点之前自首。否则，我们将不得不举行神汤。"

汤姆士认真地请求着。显然，他真心认为，即便是对那个犯人来说，也是不举行神汤为好，哪怕是去自首。

神汤到底是什么？淳混乱得越来越无可救药。他想问羽奈，可是羽奈苍白无力的面容使他无法开口。

"临时集会到此结束。警察马上就要上岸。在正午祈祷的钟声响起之前尸检会结束，大家绝对不要接触警察。我再说一遍，上午请尽量待在家里。下午，格雷博士会继续就吊在鸟居下的尸体事件向大家询问，请大家协助。陛下荣光永驻，格言长存。”

汤姆士愁眉不展地结束了他的讲话，随之而来的唱和之声也丝毫不亚于他的阴郁，而且，是那么的心不在焉。

与满怀好奇聚集到这里时的气氛截然相反，现在人们走在归家路上的样子，就像刚刚守过灵一样。

虽然心中满是疑问，淳还是一直忍耐着，直到回到家中。

“沏点儿浓酽的红茶吧。”

到了家，琳德自言自语，开始准备沏茶。

“呃，刚才说的是什么？”

“神汤。”羽奈小声回答淳的问题，“我也只是听人说，没有经历过。”

“我也没经历过。教授，您呢？”

真理子看着教授的脸。

“我也没有。只在很早很早以前见过别人举行神汤。我当时太小，没要我参加。我记得那种气氛很可怕。上次神汤的时候，我参加亡灵节来得晚了，没有参加。就是那次约翰尼被人袭击的事件。听说当时也是只有成年人参加了神汤。”

“啊啊，那一次的确是的，孩子们除外。只有成年人，而且只有男人去了‘祈祷之城’。”

琳德用水壶烧着水，回忆着当时的情形。

“犯人是谁来着？好像是开铁匠铺的那个人吧。”

“嗯。当时的惨叫声整个厄纳得山都听得见。好一段时间大家都做噩梦。”

“那，犯人是怎样被发现的？他身上发生了特别恐怖的事吗？”

羽奈认真地问。

琳德和教授你看看我，我看看你，有些不知怎么说才好。

“都说神汤不会有错误，是吧？真的吗？如果不是真的可就糟了，被大卸八块，弄错了可就活不过来了。”

真理子淡淡地说。

淳竭尽全力想从大家说的话中推测出神汤的情形，却完全不得要领。似乎是一种恐怖的仪式，但不知道到底是什么仪式。

“听人说……那人真的是被撕成了碎块。”

琳德突然冒出一句话。

“真的？”

真理子惊讶地反问。

“当时，礼拜堂中成了一片血海。犯人被活生生地撕掉了胳膊、腿和头，当时在现场验证的自治委员因为受的打击太大，进医院住了一段时间。”

“什么？”

真理子和羽奈脸色发白。吉米虽然作出平静的样子，但还是无法隐藏内心的不安，他好像也是第一次听说。教授也是表情复杂。

“看刚才在会场的大家的态度，人们都还记得那件事。所以一有什么事人们就会拿那回事作例子，比如威胁别人说，如果撒谎的话是要被大卸八块的。”

脸色苍白的羽奈看到淳的表情，开了口：“我说，我也不了解神汤实际是个什么情形，淳更不知道，都到这个时候了，给我们讲讲吧。”

“嗯，真没想到要给淳讲这种事。本来不希望让你见到亡灵节野蛮的一面的。”

琳德极不情愿地低语着。

“完全不必介意，我是做研究的，并不打算美化厄纳得山。请把所有的事都如实告诉我。”

淳抗议道。其实，这更多是因为他太想知道神汤是怎么回事了。

“……在这座山的最高处，‘祈祷之城’的院子里，有一个小小的礼拜堂，这个淳你也知道。在厄纳得山这个圣地之中，那里是最好的地点。”

教授开始说明了。

“呃，所谓最好的地点是指……”

淳想确认一下。

“会有各种各样恐怖的东西出现。”

琳德给出了一个直截了当的回答。

哦，是的，昨天真理子说过，那里会出现比“客人”更恐怖的东西。淳的脑海中浮现出听说格雷博士住在“祈祷之城”时真理子的表情。

“礼拜堂中有一个被称为‘真实之口’的净手盆。人把手放在净手盆里的时候，如果撒谎，就会受到厄纳得山的精灵的惩罚，非常恐怖的惩罚。简单说来就是这样。”

琳德淡淡地解释说。

“所谓精灵的惩罚，都是把人杀掉吗？”

羽奈问。

“似乎也有人留下性命。不过，据说礼拜堂的精灵经常会很残酷，而且绝对不会弄错犯人，所以大家都害怕。”

教授补充道。

淳慢慢地理解眼前的状况了：“那么，今天晚上，我也得到那里去，把手放在净手盆里了。”

“是这样的。所有人都要参加神汤，这是史无前例中的史无前例吧。首先，这里有四十年没有举行过神汤了。在听到刚才的话之前，我甚至都忘了还有这样的仪式了。”

教授耸耸肩。

“也就是说，今天晚上就能找到杀人事件的犯人了。不过，犯人可能当时就死去。那样不好吧？这样无法知道他为什么要犯下这样的罪行。就好像没有经过审判直接就对被告执行死刑。无法了解他的动机，也无法知道他用了什么手段。再说，精灵不会弄错犯人这一点，被告一死也无法证明了。”

淳有些惴惴地问。大家的表情像吞了石子儿一样沉重。

“但是，事情就是这样。在厄纳得山犯下罪行就是这样。没有这样的精神准备的话，是不允许在这片圣地度过亡灵节的。”

教授脸上带着一种悲悯的表情说。

淳想起来了，尽管“嗜血狂杰克”可能已经混入山中，但是人们在这里生活时还是毫无防备，没有一丝不安。和这件事联系起来就能理解了。也许，正是相信这片圣地具有的抑制力，他们才那样毫无防备的。

他发现自己其实一点儿都不了解这里。

这里是一个奇异的国度。他具有的一切常识在这里毫无用处。自己也没有资格评判他们。

他没有再对他们提出异议。

“不过，自治会也真能下决心啊，在第二天就对所有人执行神汤。”

似乎是为了缓和尴尬的气氛，吉米平静地说。

“嗯，他们也很为难啊。他们是认为，这样下去的话，警察一定会介入的。虽然亡灵节是重要的民俗文化精神遗产，但是，按警察的本意来说，是不希望这个地方拥有治外法权吧。一旦让警察介入，这个地方马上就会被置于政府管理之下。汤姆士对这种情况一直抱有很强的危机感。”

教授说道。

“今年净是史无前例的事，也是希望以这样的方式来做一个了断吧。”

真理子点头。

“可是，那真是令人很不愉快的。哎呀，没想到这个年纪还要参加神汤。虽然没见过实际的场面，可我现在才发现，那件事给我造成了很大的精神创伤呢。”

琳德神情忧郁。

“不过，我们自己问心无愧，无所谓吧？”

真理子倒很坦然。

“问心无愧是问心无愧，不过，说实在的，那场面太过惊险恐怖，肾上腺素能分泌出一年的量。那之后就会有一段时间很茫然，什么也做不了。我没参加都是这样。在亡灵节的第二天举行神汤，以后干什么都没有劲儿了。”

“哦，会那样吗？”

“会的。而且，没有任何程序或解释，看到一个生命在眼前一下子被断绝，就会有一种强烈的无常感。会想，人生到底是什么？那就是所谓的定罪，让你觉得自己好像虫豸一样。我记得，在那件事之后，人们有好长一段时间都很忧虑、郁闷。现在想来，我很理解他们的心情。”

琳德的神情有些恍惚。

“犯人也真是愚蠢。现在一定在发抖吧。他会是怎样的心情呢。明知道今晚自己一定会被定罪，而且只有自己一个人知道。”

羽奈托着腮自言自语。

“也许，犯人并不很了解厄纳得山。”

琳德低声冒出一句。

“为什么？”

“如果从小就来厄纳得山，或者和家人一起来的，或多或少都应该知道神汤。头脑中有神汤的恐怖印象，自然而然就会避免在这里犯下罪行。”

“不过，反过来说，也许，犯人就是为了参加神汤才故意在这里犯下罪行的。”

羽奈似乎想到了什么，眼里闪出光来。

“怎么会？”

“像‘嗜血狂杰克’这种人，杀人使他感到快乐。在他心底知道杀人是犯罪，可是他无法控制自己的行为。所以，他才特地在这里杀人，就是为了被判罪。”

“也就是说，他要自杀？”

“也可以这么说。”

“对了，警察知不知道今晚我们要举行神汤？”

真理子插口问。琳德鼻子里哼了一声。

“不会知道吧。不是说了不让我们和警察接触吗？这就是说，不要告诉警察。”

“如果，今晚死的那个人是‘嗜血狂杰克’，真相就永远湮没在黑暗之中了。那不是太过分了吗？”

“如果警察知道了，绝对会阻止的。要是我就不会让警察知道。因为让警察知道会失去抓住犯人的机会。”

“所以汤姆士脸色那样凝重。无视警察的存在，我们自己给犯人判罪，说是动私刑也不为过吧。”

“他虽然那样温厚，但涉及延续亡灵节，他可是个铁杆儿的保守派。他不能忍受警视厅介入。警视厅介入会让他感到十分屈辱。”

女人们窃窃私语着。时代的潮流毕竟难以阻挡吧。似乎市民当中关于亡灵节的运营也有许多不同意见。

“但是，为什么叫作神汤呢？这个词本来是什么意思呢？”

听淳这样一问，教授好像颇为意外：“你这么一问倒还真是，到底是什么意思呢？我从前曾听一个长者说过，据说是日本的神明裁判传到这里的。”

“日本的神明裁判？”

“西方也有。把手伸进热水里，据说，没有说谎的人手不会被烫伤。”

“啊啊，我明白了！日本的盟神探汤！流传到这里，经过多年岁月，为了发音方便，有的音脱落了，就成了神汤了。”

想到这一层，淳兴奋起来。

"希望不是我认识的人。"

教授不理淳的兴奋，忧心忡忡地叹了口气。

"什么？"

"因为今晚至少会有一个人死去。"

祈祷的钟声就要敲响的时候，格雷博士神色严峻地悄悄回到教授家中。

大家立即发现博士回来了，但这种时候谁都不好马上打听情况，只说了一声"回来啦"，就不再搭话了。

博士喝完羽奈沏的咖啡，教授找到一个绝妙的时点开口问道："警察走了吗？"

"是的，已经离开厄纳得山了。"

博士的语调竟然很平稳，让人感觉其实他自己也想说说话。

很自然地，大家都聚到桌边。

"博士，你对警察说了今天晚上的事吗？"

羽奈直接抛出一个大家都想问的问题。

博士显得怏怏不乐："我的立场很不好办啊。各位都能理解吧。今天早晨，汤姆士他们对我说，'今晚我们要举行一个仪式，请不要告诉警察'，当时我没多想就答应了。我觉得那是理所当然的。我根本没有想干涉他们的仪式的意思。没想到，警察居然也很担心这个仪式——今村署长找我了，和和气气地对我说，现在他们不会再做这样荒谬的事情了吧，我立刻装着什么都不知道，可是，听了今村署长说的仪式内容，我真是吓了一大跳。竟然是这么重大的事情。"

淳从心底同情夹在自治会和警察之间的博士。

如果是自己会怎么做呢？

"然后呢？你说了？"

真理子追问。

博士无力地摇摇头："没有，我终于没能说出口。毕竟，在协助搜查之前，我是以一个民间人士的身份参加亡灵节的。"

尽管这样讲，博士还是显得很犹豫。可以理解，这个仪式肯定是要死人的，而且这个死人掌握着所有的信息。这样一来，他的动机就无法知晓了。

"你做得很正确，博士，你保护了我们的亡灵节。这本来也不该是警察介入的事。"

琳德说话态度很明确。

"你就当不知道好了。就说直到仪式开始之前你什么都不知道。结束之后才意识到是怎么回事。"

真理子也连珠炮似地说着，仿佛是要斩断博士的踌躇。但是，淳能够切身体会博士的心情。因为，对于亡灵节，自己和博士一样，尽管是当事人，却更接近第三者的立场。

博士表情复杂，低头看着空空的咖啡杯。

“那么，今天早晨发现的尸体怎么样了？是‘嗜血狂杰克’干的吗？”

吉米若无其事地插嘴。他真的很擅长改变对话的气氛，尽管那么年轻，却很会体谅别人的心情。淳心里想着。

“太详细的事情我说不上来，据说，和昨天鸟居上的尸体一样，手法酷似‘嗜血狂杰克’。”

“昨天的被害人的身份还没有查明吧？”

“嗯，据说死者身上没有任何能证明他身份的东西。现在照片已经送到警视厅本部，正在调查。”

“今天早上的被害人呢。”

“传说是‘祈祷之城’的女服务员，但好像身份还没有查明。”

“怎么会有这样的事。”

女人们好像突然意识到杀人事件就发生在身边，都发起抖来。

她们的心情可以理解。

直到昨天早晨为止，“嗜血狂杰克”还只是年鉴中的事件，没有人认识被害人，近似于电视里热门话题解说节目的虚构。鸟居上的尸体身份不明，就像与自己无关似的。但是，和自己同样生活在厄纳得山的一个女性被害，那就不一样了。

“这些事恐怕明天就要尽人皆知了，我现在说了吧。据自治委员说，她被吊在‘祈祷之城’的门上，和昨天在鸟居发现的尸体一样。她被割断了喉管，血几乎流尽了。她应该是在别的地方被杀掉，然后被吊起来的。那个司界人，感觉情况不对，走到‘祈祷之城’，在凌晨四点半左右第一个发现了尸体，然后，给大家配发鸡蛋的人经过旁边，第二个发现了尸体。于是他联络了汤姆士。”

“她是几点左右被害的呢？”

“考虑血流尽消耗的时间，人应该在凌晨三点左右已经死了。”

“任何人都有可能成为嫌疑人呢。”

“不过，应该和我们没关系吧？昨天晚上风那么大，大家不是都在一起的吗？”

“是啊，昨天晚上风好大。那样的夜晚竟然还有案件发生啊。”

“不过啊，反过来说，那种情况，外面声音那么吵闹，就算有人拼命大喊别人也不会听到的。”

“博士，今天早晨的事件您也要调查吗？”

淳问道。他想，要是这样的话博士的负担可就大了。

博士苦笑：“好像是的。而且，就算我问的是昨天的事件，大家也会要谈论今天的事件吧。不过，可能是觉得我一个人应付不来，所以自治会的三个人也要协助调查。”

“哦，那也是没办法呢。”

“嗯，他们三个啊。”

教授意味深长地自言自语。

“说什么呢，教授？您是说他们三个当中有罪犯吗？”

真理子笑着打趣。

教授也一笑："我会探讨任何一种可能性。包括我自己是犯人的这种可能性。"

"哟哟，不过，他们三个如果是犯人的话，至少不会在厄纳得山杀人的。因为他们最不愿意让警察介入亡灵节了。"

"那就是盲点。"

"盲点？"

"是的。因为他们给大家这样的印象，所以就被从嫌疑人当中排除掉了。"

"他们是'嗜血狂杰克'？"

"我没这么说。我只是说，今天早晨的杀人犯也有可能是他们。"

"您是说他们趁机杀人？"

"也许。"

"您是说，他们因为某个缘故杀死了她，故意做得好像'嗜血狂杰克'干的？这样把这个案子弄成连环凶杀案中的一个？"

"嗯，你看得很准。"

"您总是拖拖拉拉的，教授，想说什么就快点儿说吧。"

真理子辛辣地说。博士耸耸肩："哎呀哎呀，你就不能让我享受一下，这是我唯一的乐趣。"

"说什么呢？酒，甜食，都是您唯一的乐趣吧。"

"我服你了。"

"那么，自治会的三个委员，或者说他们其中的一个人也可以，如果他们是犯人的话，他们在厄纳得山杀人有什么好处？"

羽奈冷静地问。

教授仿佛正中下怀似的，深深点头："我想说的正是这个。他们是厄纳得山的权力执掌者，而且，那是绝对的——所以，能执行那个的也只有他们。"

"'那个'是什么？"

"刚才的临时集会不是说了吗？"

"你不会是说神汤吧？"

"为什么不会？"

女人们都说不出话来。

教授镇定自若地继续说："他们能够执行神汤。如果神汤中某个人死了，这个人就成了事件的犯人。这是一个嫁祸他人的绝好机会。"

女人们发出呻吟一般的声音。

"教授，不管怎么说也不能把神汤当作诡计啊，天哪，天哪，我做不到，会遭到惩罚的，教授。"

琳德在胸口划着十字。

"教授，您不相信神汤吗？您认为是诡计吗？是人为的杀人吗？"

羽奈说得很快。

教授摇头："没有的事。我也相信，而且觉得非常可怕。所以，它才有可能成为诡计，成为障眼法。我只是这样考虑。说到底，我是一个喜欢探求的人，只要存在某种可能性，我就要去探求。"

"真可怕，他居然说他喜欢探求。"

琳德带着几分讥讽自言自语。

安静的午后。

虽说晚了六个小时，但只要祈祷的钟声敲响，就是和昨天一样的亡灵节的日常。

厄纳得山万籁俱寂。今天早晨的临时集会仿佛已经是遥远的过去。

淳沿着坡道缓缓向下走，竟然有一种解放的感觉，不禁为之惊讶。

他一个人在这里走是有原因的。

他想一个人悠闲地在厄纳得山散散步，也想去买点儿邮票。倒不是因为那个梦的影响，而是他觉得这两天也应该给在东京的苑子写封信了。

他感觉，好久没有自己一个人待着了。

淳享受着漫步的时光。古老的石头房子，葱郁的树木，树荫里的秋千，坐在长凳上读书的妇女，她是住在这里的人呢，还是"客人"呢？

按照初来时被教导的礼节，他若无其事地走过去。

天空依然是微阴的，柔和而微弱的光线笼罩着山丘和房屋。看看脚下，浅淡模糊的影子跟随着自己。

淳再一次感到，这是个多么不可思议的地方。

这里有一种奇妙的安逸。这样一个异样的、不合情理的世界，却让人感到亲切，感受到它的包容。

仅仅因为这是个古老的地方吗？还是因为它是圣地？

淳问自己，把清冷的空气吸入胸腔深处。

不，不是的，一定是因为这里总是充满黄昏的氛围。

淳停下脚步，仰望天空。

像窗帘一样飘荡的云，时隐时现的光，似乎抹掉了时间感觉的风景。想来，孩提时代的记忆总是有黄昏，令人预感到世界的悲哀和无情的黄昏。那个时候感觉到的气氛，在这里总是飘荡在身畔。

而且，这里的景色看上去像绘本一样。虽然没有去过欧洲，但绘本和照片中的、自己一直憧憬眷恋着的西方，就在这里存在着。也许就是这一点，让这座子宫一样的山丘看起来有一种神话般的感觉……

淳在散发出香味儿的酒吧门前吸了吸鼻子，走进了邮局。

那个像套娃一样的邮局局长、昨天见过面的罗伯特·堀川正坐在柜台里面读着一本书，听到门铃声抬起头，一眼就认出了淳。

这里没有其他客人。

“你好，我来买邮票。”

“昨天多谢了。”

堀川微微点了一下头。

对了，他失去了利特尔·福特。今天早晨出了那么大的事，把这个都忘了。

淳简短地说了一句安慰的话。

“谢谢，多承关照了。”

“利特尔·福特怎么办了？”

“和自治会商量过，今天早晨早早地去树林外边埋了。让大家谈来谈去的也不好。虽然这么说好像有点儿不太好，不过，如果不是今天早晨出了那件事，估计去会场的那些人早都拥到我家来了。”

“是啊。”

利特尔·福特的死和这一连串事件有关联吗？还是没有关联？难道是特里做的，和其他罪行不相干？昨天看到的青年的背影掠过脑海。是错觉吗？还是他确有图谋？

“这是纪念邮票，怎么样？送朋友不错吧？”

“哦。”

看到印着鸟居的邮票，淳不禁苦笑。

“很受欢迎的，马上就要卖完了。”

听罗伯特这样一说，淳买了两张。

“其他还买点儿什么吗？现在我妻子出去了，我来拿。”

“有花儿吗？小野花也可以。”

“嗯，我们这儿没有花儿。你可以去船坞的斜坡或者森林那边，应该有雏菊之类的。”

“哦，谢谢，我去看看。”

淳在叮咚叮咚的门铃声中走出门外，又沿着坡道往下走。他看到一个女人在亭子里喝茶，看到一个男人在长凳上睡觉，他走到昨天晚上吃饭的那家店附近，朝着能看见五谷神的森林走去。

忽然，他看到森林里面有一只黑狗。

是司界人带的狗。他应该也在附近。

就在这时，淳想到，今天早晨第一个发现死尸的就是他。也许能问出来点儿什么。带着这一点渺茫的希望，淳踏入了森林中湿漉漉的草丛。

他没有什么特别的目的，只是，昨天那朵花给了萨曼莎，他想今天再找一朵。他并不是特别喜欢花，只是觉得小花瓶空着显得有些落寞。而且，他也觉得，如果插上花，说不定那个小女孩会再次出现。淳发现，自己很想再见她一面。

虽然她是个“客人”。

他惊讶于自己完全接受了这些。这座山上谜一样的风景，昨天晚上以来发生的事。

还有已经认可了这一切的自己。

在向阳的地方，紫色的小菊花星星点点地开放着。虽然觉得把它们摘下来有些残忍，淳还是一边低声说着“对不起”一边折了几枝。

忽然，眼前出现了一只黑狗。

它浑身的毛倒竖起来，对自己粗声威吓。

怎么办？

淳毛骨悚然，这样一只狗扑过来，自己可全无还手之力。自己不可能敌得过一只经过训练的猎犬。一阵恐怖掠过心头。

但是，那狗好像并不是冲着他来的。它紧盯着、追赶着的东西，是在淳的身后。

回头一看，自己身后还有一只狗。

那是一只小狗，腿短短的，毛是褐色的。

咦，这只狗好像在哪儿见过。

淳在记忆中搜寻。那只小狗抬头看见淳，摇着尾巴，在淳的脚边来回跑。

这小狗想干什么？

淳弯腰想抚摸它，小狗却一下子冲了出去。时时回过头来，对淳摇尾巴，好像是要淳跟着它过去。

淳决定跟着这只狗。狗确定淳跟在后面了，就向斜坡上攀去。

攀登陡峭的斜坡很辛苦。狗在一个地方停了下来，比刚才更猛烈地摇着尾巴。

它这是怎么了？

淳气喘吁吁，走到狗待的地方。

忽然，脚边碰到一个硬东西。

淳在草丛中弯下腰，把自己触到的东西拾起来。

一副大镜片眼镜，淳认得的。

这不是吉米的吗？

这狗带淳过来，好像就是为了让他捡到这个。

“喂。”

淳不由得喊出声来，因为他发现，这个地方只剩自己一个人了。

带他来的那只狗，已经不见了。

“喂……你去哪儿了？”

淳往四周看，什么也没有。

怎么会这样，就在一瞬间之前，它还在我身边的。

淳茫然地站着。他听到，森林深处有人正朝这边走来。

是司界人，带着那只黑狗。

司界人的动作缓慢而柔美，又带着一种张力，仿佛和他的伙伴——那只狗完全融为了一体。淳出神地看着他那优雅的一举一动。

“你好，呃，你看到那只褐色的狗了吗？一只短腿的小狗？”

司界人不知为何轻轻一笑。淳惊讶于他的笑颜竟如此之美。

“你是个很有意思的人。”

“啊？”

黑狗一下子蹿出去，在刚才小狗待过的地方起劲儿地嗅来嗅去。

它走过来走过去，似乎很困惑，鼻子里打着哼，抬头看着司界人。

“看来刚才的确有什么东西在这里。”

“是的，一只褐色的狗。”

司界人注视着淳，神色之间颇为亲近。淳有些局促。面前是一张雕塑般轮廓分明的面孔，仿佛混合了各个民族的血统，宛若神话中人。

“你还不明白吗？那就是你们说的‘客人’。”

“啊，那只狗是‘客人’？”

话一出口，淳忽然想起自己在什么地方见过那只狗了。

利特尔·福特！

那只躺在中庭的小狗。那只头骨碎裂，双眼紧闭的小狗……

“啊，哦，那是利特尔·福特。”

“你好像是第一次参加亡灵节吧。第一次见到‘客人’吗？”

“不，昨天晚上，还有昨天白天，我都见到了。”

“哦。看来你有充分的感受力。也许因为你保持着纯真的天性，‘客人’愿意到你这里来。”

“那么，你也能见到‘客人’吗？”

“我看到的和你们眼中的有些不同。”

两个人和一只狗并排向前走着。

“你看到的是什么样子？那只狗你看到了吗？那只褐色的狗。”

淳饶有兴致地问。

“我知道你们看到的是狗，它出现在那里，保持着你们通常认知的形状。而在我看来，它要更加流动化一些。这很难说清楚。”

“流动化？”

“一种能量，或者说一种气，不是看到一个明确的实体，而是能够感觉到它的存在。这么说你能想象吗？”

“哦。”

淳竭尽全力想象，可脑海里只浮现出像幽灵一样的模糊影子。

司界人似乎明白这一点，没有再说什么。

“冒昧地问一下，你在哪里休息呢？昨天晚上下了那么大的冰雹，在野外露宿很危险吧？如果你能光临教授家中，我想，大家一定会很高兴，不会有人反对的。如果你觉得可以的话，请过来吧，家里还空着许多房间。”

淳谨慎地试着提议。

他对司界人，既感到隔着一层神秘的、难以理解的墙壁，又感到一种非常吸引人的魅力。

司界人再一次露出他那绝美的笑颜："谢谢你，现在还好。也许，过不了多久，我就要前去打搅了。到时候我一定会去的，虽然免不了烦扰各位。"

低声说出这番预言一样的话后，司界人倏然离开了淳的身边。

"啊，那……"

"你要小心，你捡到的东西上带着一种邪恶，这类东西似乎也很容易接近你。"

淳目送司界人离开，茫然若失。

忽然，他低头看自己手中的眼镜。

这是邪恶的？

他不经意地把眼镜举到自己眼前，不禁愕然。

那眼镜竟然没有一点儿度数。

"是特里的，特里果然来到这里了。"

低头看着桌子上的眼镜，吉米脸色苍白，声音颤抖。

"冷静点儿，吉米，他不一定会加害于你，也许他只是想搞一个恶作剧。"

"恶作剧？他搞恶作剧要把小狗杀掉吗？"

真理子出言安慰，吉米却神经质地叫起来。

"那倒是。"

见吉米情绪激动，真理子也只好顺着他说。

"也许，今天早晨的凶杀案也是特里干的。他干得出来。"

吉米双肩无力，用双手抱住头。

"曾经有'客人'杀过人吗？"

淳小声问教授。

"有过几件事，但都不能确定。因为，觉得自己可能被杀的人，首先就不会来参加亡灵节。"

"那倒是。不过，如果确实是'客人'——比如说特里今天早晨杀了人，他可能不知道神汤，就是知道，和他也没关系，他也不会害怕神汤，是吧？"

"嗯，有这种可能性。"

"说起来，淳可真是收获不小。我还是第一次见到'客人'这么经常访问一个人的。就连我们，这次也还谁都没见到呢。"

琳德注视着淳。

"呃，对不起。"

"为什么要道歉？你这人真怪。"

羽奈啪的拍了一下淳的后背。

"是啊，淳是了不起，一点儿也没有不适应。真想让你看看乔治表哥昏过去的样子。”

真理子也赞佩地说。

“对啦，有没有听说有人去自首呀？”

“没听说。大家都留心着呢。当然，就算有人自首，有线广播里也不会马上播的。只不过，要是有人不见了，大家都会到处找，这样很快就知道谁去自首了嘛。”

“这样啊，那说不定现在已经有人去自首了呢。”

“也许就是不到十二点不公布，故意让大家着急。要是我就这么干。”

“要是你也许会的哦。”

“哎哟，你真坏，我开玩笑的嘛。”

“心情好复杂，神汤，又希望举行又不希望举行。”

“那种事，最好还是不要举行的啦。凶杀案固然值得关注，但引火烧身可就不好了。”

耳边喋喋不休的声音一如既往。淳望着吉米几乎缩成一团的样子不由得心痛。真不该把那件东西带回来。

“是我不好，吉米，我不是要吓到你的。”

淳轻声对吉米说。吉米似乎惊醒过来，抬头看淳，显得有些难为情。

“对不起，淳，我失态了，这不是你的错。”

“那副眼镜怎么办？我拿着它？或者，可以由我交给你的父母？”

“不，不，我拿着。谢谢你，淳。我这人真是的，本来，你找到他的遗物送给我，我应该高兴的。”

吉米轻轻拿起叠好的眼镜，放到衬衣胸口的口袋里。

“对了，日落的钟声马上就要敲响了，今天的晚饭怎么办？”

教授的兴趣这么快就转移到晚饭上去了。

“是啊，要举行神汤，晚饭简单点儿吧。吃点儿家里现成的东西，稍微休息一下，这样可能好些。神汤顺利结束之后再回来喝酒。怎么样？”

琳德这样提议。大家都同意。

“为什么要在半夜举行呢？白天不是也可以吗？”

淳自然而然地想到了这一点。琳德嘴边浮起奇怪的笑容：“那是因为精灵在夜里心情不好。换句话说，在夜里，精灵对我们的谎言更加敏感，这样可以提高神汤的成功率。”

想到被大卸八块的尸体，淳颤抖起来。

“你要小心了，淳，你那么战战兢兢的，会惹精灵不高兴的。”

“别说了，这听起来根本不像开玩笑。”

看到教授在那里挤眼睛，淳怯怯地说。那声音听起来太过惨兮兮的，大家都忍不住笑出声来。

“好，今晚就吃什锦锅吧。”

琳德自言自语地点着头。

锅是日本式的陶锅，里面的食物却是西式做法。也许叫鸡肉浓汤更合适。

不过，许多人围锅而食的乐趣，却是任何国家都一样的。虽然知道今夜就要举行神汤，要参加一个未知的、恐怖的仪式，大家还是享受着美好的晚餐。

虽说举行神汤之前应该控制饮酒，但是好不容易从亡灵节的禁欲中解脱出来，大家还是不知不觉喝空了面前的杯子。

可是，让晚餐变扫兴的，依然是时不时打过来的电话。教授和琳德像往常一样轮流去接电话，不外乎是谁谁去自首了，谁谁没有去，厄纳得山里伪情报满天飞。

十点左右，还是不断有电话打来，信誓旦旦地宣称某人去自首了，不会举行神汤了，可是有线广播里一点儿声音都没有。大家继续喝着酒，都有些恼火。但是，心里的紧张感并没有消除，谁也没有喝醉。

时间在一点儿一点儿地流逝，淳觉得自己的身体绷得紧紧的。自己实在比自己感觉到的还要紧张。不过，看看其他人，一开始脸色都还平静，可是随着时间的流逝，大家时而脸上掠过阴影，时而偷看一下钟表，就知道其实所有人都一样紧张。这一定是个非同寻常的仪式。

人们努力表现出平静开朗的样子，已经感到疲惫了。

淳恍惚间看了一下钟表，时针马上就要指向十一点半了。

不合时宜的旋律响彻了夜晚的山丘。

大家都停止了动作，你看我，我看你。

周围一片寂静。在这个瞬间，这座山里没有一个人开口。淳相信。

各位居民，晚上好。
今夜的神汤按原计划举行。
请大家做好准备，到“祈祷之城”来。
各位居民，晚上好。
今夜的神汤按原计划举行。
请大家做好准备，到“祈祷之城”来。
从家里出来到回家期间严禁私自交谈，请遵守规则。
从家里出来到回家期间严禁私自交谈，请遵守规则。

大家屏住呼吸倾听着这个悠长的声音，知道期待还是落了空，都发出了叹息。

“真的要举行了。”

真理子恍惚地低语。

“怎么办？去吗？”

教授看着大家的表情。

大家神色紧张地点头。

“快去快回吧。”

琳德这样一说，大家都站了起来。

其实也没什么好准备的。

就是要拿一支点燃的蜡烛，用马克杯也可以，玻璃杯也可以，插在别的什么东西上也可以。这是参加神汤的人必须要带的。还有，要用风帽或者布把头罩上，让人看不到面容。这是为了进礼拜堂时不让别人看见是谁进去了。

淳和教授决定穿着雨衣去。那上面带个风帽，可以把脸全部蒙住。不过，看体型和衣服，熟人还是可以认出来的。

外面的天气很冷。

淳从风帽下面看着周围的情形。烛光沿着坡道向上移动，软弱地摇曳着，颤抖着。房屋里透出的光亮和居民们点燃的灯火，给夜晚的厄纳得山营造出一种幻想的气氛。

淳感到，在屋船上感到的那种奇异的氛围又回来了。

是的，是宗教的气氛。好像是僧人前去巡礼。

双手捧着蜡烛，火焰散发出的热量映得脸颊微暖。

淳无言地朝坡上走去。他还是第一次去“祈祷之城”。

正在沉思之中，忽然，咚的一下，有人撞了他的侧腰，蜡烛差一点儿掉到地上。

“哇！”

淳不由得叫出声，于是周围响起一片“嘘”“嘘”叫他安静的声音。

淳朝那个跑开的身影看去，一张小脸笑嘻嘻地回头望向他。

是个孩子。啊，我见过他。在码头，那个满脸雀斑的……

那个孩子很快消失在黑暗之中。

“马蒂亚斯！喂，你去哪儿，马蒂亚斯！”

可以听到他母亲在低声叫他。

照看一个淘气的孩子真是辛苦。淳很同情那个累得上气不接下气的母亲。

黑暗中，渐渐可以看到如同剪影一般的大石门。

就是在那儿，今天早晨，有一具尸体挂在那里。

这样一想，似乎感觉现在也可以看到尸体挂在那里似的，真不可思议。

也许，自己脚下就有血痕，这么想着，淳往脚下看去，但是太黑了，什么都看不到。

城堡大小适中。石头城堡小巧的窗户里透出柔和的橘色光亮。谁在里面呢？所有人都参加神汤的话，那里面的人也必须进入礼拜堂的。是不是他们已经去过了，可以放心了？或者想等大家都结束之后再做？

人们在城堡旁边的小道上排着队。前进得非常缓慢。难道前面有障碍吗？

看着队列时不时往前走一步，淳的心跳越来越猛烈。

冷静，冷静，我什么也没做，没有必要害怕。

尽管这样想，自己却仍然越来越紧张。

的确，这太可怕了。淳切实感到琳德说的，一年的肾上腺素都分泌出来了。

的确是有人杀了人。也就是说，在队列中的某一个人就是犯人。但是，真的所有人都参加了吗？

忽然，心头涌上一个疑问。大家都蒙着脸，如果有人没参加不是也不知道吗？或者，使用替身，让同一个人参加两次……

突然，传来“啊”的一声大叫，大家都失去了镇静。

“是谁？”

“谁是犯人？”

刚才一直沉默无言的人们都躁动起来。

“来人哪，来人哪，孩子紧张得痉挛了！”

“帮帮我！”

听到前面的喊声，大家都长出一口气。

“哎呀，就是一个小孩子昏过去了。”

“可别吓我。”

“我以为找到犯人了呢。”

有人在低声发着牢骚：“要求所有人参加，简直乱来。那么小的孩子，哪承受得了这种极限状态。”

“嘘！”

一个男子背着瘫软的孩子，旁边跟着担忧的母亲，从原路折回向坡下走去。队列中的人们目送他们。

的确，连大人都这样紧张，敏感的孩子更容易被这样的气氛吞噬。

周围再一次被寂静笼罩。

参加完神汤的人好像是从别的地方回去的。仔细看的话，能看到有人从坡道下去。因为神汤结束的时候要把烛火熄灭，所以刚才没有注意到。淳从来没有像现在这样羡慕过在黑暗中走下去的人。

啊啊，多想快点儿走下坡道，回到温暖的家，喝上一杯啤酒啊。

刚才还坐在那里的餐厅，现在显得那么遥远。

队列一点儿一点儿地移动着。

渐渐地，淳觉得自己的感情都麻痹了，他几乎不知道自己在哪里，为什么要在这里排着队。恐怕是自己的心灵不能承受这样长时间的紧张，把感情挤到别的什么地方去了。

现在已经可以看到，在小小的树林那一边，有一个孤零零的礼拜堂。

那是一座石头建筑，有一个木制的门，一扇小窗，里面透出亮光。

门前，一个人站在那里，等着轮到自己进去。

站在那里是什么心情？等着轮到自己是什么心情？

门缓缓打开，一个女人走出来，显然非常安心，浑身洋溢着放松的感觉。女人打开礼拜堂近处的木门，向外面的坡道走去。

马上就到了，马上就到了，我什么事也没做，用不着害怕。

淳努力这样对自己说。

但是，这种令人不安的感觉到底是什么呢？不管怎么安慰自己说不要紧，不安的感觉还是涌上来。而且，皮肤似乎感到阵阵刺痛。有什么令人不安的东西在接近自己。这种预感，难道只是心理作用？

淳悄悄看看周围，只能听到微弱的虫鸣，只有寒冷的夜风在轻轻地摇曳着草木。

淳想控制自己的意识，但奇妙的感觉却没有消失。

为什么？这是为什么？这种感觉还是生平第一次。

他几乎要陷入严重的恐慌了。不只是紧张。这是什么？这种奇妙的躁动感？

忽然，司界人的身影浮现在脑海。

他猛然回头，身后的羽奈被他弄得一惊，他又连忙转回头朝前看。

那一刻，他很清楚。

司界人就在附近。司界人在朝这里看，他也感觉了到了某种东西。

其实自己并没有看到司界人，却能这样确信，淳自己也觉得不可思议。但是，他知道自己的确信是对的。

忽然，一道光射来，淳不禁用手遮住面孔。

眼前的门被打开了。不知不觉已经轮到自己了。

“下一个，请进来。”

这是汤姆士的声音，门的那一边，有一个黑色的净手盆。

淳咽了一下唾沫。

胸间依然躁动，淳答了一声“是”，向净手盆走去。

小小的礼拜堂中，竟然十分温暖祥和。

进来之前那么紧张惶恐，进来之后，心情一下子安稳下来，淳有些吃惊。到底是礼拜堂，淳居然有些感叹。

一个像蛋一样的房间。

淳迅速观察了一下里面。

原色的墙壁形成平滑的曲线，天花板是拱形的。简直就像待在一个立着的蛋的内部。

房间里极为朴素。正面有一个十字架，放着一个小型的木制祭坛。上面有一支粗大的红蜡烛在静静地燃烧着。

空气很干燥。祭坛前面，一个黑色净手盆放在地板正中，蜡烛的火焰映在水中，轻轻摇曳。

三个自治委员像影子一样站在靠里的地方。他们那么安静地融在空气之中，简直让人误以为他们是安放在屋中的圣像。

站在中间的是汤姆士·贝克尔，从淳的方向看，左边是副会长戴维·青木，右边是书记尼克·斯科莱克。他们都面无表情地看着自己。圆形、三角形和四方形的剪影。

“请问姓名。”

贝克尔庄严地开了口。

“淳一郎·伊藤。”

“啊啊，是住在篠田教授家里的那个……”

“东京大学的研究生。”

“怎么样？习惯这里了吗？”

三个人你一言我一语地跟淳悄声聊着。不管有什么事，就算这样严肃的场合，也掩饰不住他们的好奇心，这就是这个国家的人。

“是，托各位的福，我看到的一切都令我兴味盎然。”

淳也压低了声音回答。

“你不害怕吗？有的外国人就特别抗拒，甚至中途离开。”

“不，至少现在没有。我已经见过几次‘客人’了。”

“已经见过了？”

“是的，见过三次。”

“真了不起。”

聊了一会儿，贝克尔缓缓挺直了身体。

“那么，你听说神汤的内容了吗？”

“是的。”

“做好心理准备了吗？”

“没问题。”

淳不由得端正了姿势。紧张感又一次迅速地传遍全身。

“那么，请放松，把双手浸入净手盆。”

贝克尔用舒缓的声音告诉淳该怎样做。他的声音很动听，有一种催眠的效果。

沉重的黑色净手盆像日本的备前烧器皿一样表面粗糙。整体形状有些像公园的饮水处，基座台上放着一个盆。水面看上去是全黑的，映出礼拜堂的天花板。简直像一面黑色的镜子。

淳静静地把双手浸入水中。水中的光影摇曳成无数碎片。水很柔和，清冷。应该有很多人都把手在里面浸过，但水还是没有温度。他们每次都换水吧。

“请看着净手盆。”

舒缓的声音再次响起。那声音仿佛能够直入脑海。

“请用双手作出捧着蜡烛火焰的动作。”

水面轻轻晃动。淳按照指示，双手合拢，掬起水面火焰的影子。集中精神掬起摇曳的火焰时，渐渐地觉得净手盆在扩大，水面眼看着宽广起来，自己也仿佛进入了净手盆之中。

“好……非常好……做得很好。”

贝克尔的声音在脑海中呢喃。

“怎么样？在火焰中看到什么了吗？”

“……没有。”

“你要全神贯注，再好好看一看。”

淳凝视着掌中的火焰。

从里面能看到什么东西吗？这怎么会……

忽然，他觉得，火焰软弱无力地摇曳起来。水面并没有动，是火焰在摇动。

他发觉，贝克尔他们的身体也在微微地动。他们也发觉了火焰的变化。

为什么火焰会摇动？这个礼拜堂中应该是没有风的。门只有正面的一处有。祭坛后面有一个供人出入的小门，但是现在这扇门锁得很结实，三个人就站在那门前。

“啊！”

淳不由得叫出了声。水面的火焰当中，有一个东西浮了上来……圆圆的头……身体。是一个人，很小。是个小孩子？

他想看看周围，但是身体不能动。头好像被固定住了，一直盯着水面。连眨眼也不能够。

是个小女孩——萨曼莎。

淳吃惊不已。为什么她会出现在这里？

小女孩向周围东张西望。她好像走在黑暗里。小女孩的周围什么也看不见。她在干什么？她在哪里？淳看着掌心的小女孩入了神。

忽然，小女孩天真的脸上出现了另外一种表情。她刚才一直在散步似的慢慢走着，这时忽然加快了脚步。显然，她在害怕什么，在逃避什么。

萨曼莎，你怎么了？谁在追赶你？

淳在心中问她，当然，她是不会回答的。

突然，她的表情变得惊恐，从什么地方坠落了下去。她双手徒劳地在半空抓着，被深深的黑暗吞没了。

她掉下去了！

淳的心脏仿佛都要停止跳动了。她从一个地方掉下去了。掉到很深的一个地方。非常深。坠落到那样深的地方，一定是无法生还的。

我现在看到的是那个小女孩生命的最后时刻。

淳想到这里，不禁愕然。为什么？为什么要让我看这些？是因为那次她偶然见到我吗？淳全身都是冷汗。

可是，身体依然不能动弹。

下面还有？

水面依然昏暗。但是，在那深处有什么东西在动。黑暗中有一个人。他在来回地走。

他是谁？淳凝神细看。

一个男人在黑暗中走着。高个子，年纪不太大……那男人抬起头来了。

他脸色苍白，神情悲伤得不能自已。

是我。

淳的头脑中一片空白。

那个男人怎么看都像他自己。虽然那个男人眼睛下面有眼袋，看起来十分憔悴，但还是那么像他自己。怎么回事？是这个男人把萨曼莎推下去的？

难道是我？

脑海之中，坠落的萨曼莎的表情在不停地旋转。这是过去？未来？

淳全身的血液仿佛都凝固了。

忽然，小女孩的声音在脑海中响起：

淳，真不可思议，你长得真像我爸爸。

小女孩好像是这么说过。

非常非常像，虽然你比我爸爸年轻得多。

仿佛心头的冰融化了。

是的，那个男人是萨曼莎的爸爸。的确非常像。虽说，据说这个世界上会有三个人和自己特别相像，不过，居然和自己这样像，还是令人有些不舒服。

忽然，有一件事掠过脑海。最近，好像有人说过自己特别像一个人——

淳想再好好看一看，但那个男人已经消失在黑暗之中。

难道，杀死萨曼莎的是她的父亲？淳毛骨悚然。

是的，如果父亲杀死女儿并隐瞒真相的话，年鉴和快报都不会登载的。女儿可能被埋在一个不引人注目的、黑暗的地方，谁也不知道，现在可能已经成为一堆白骨。

小女孩到自己这儿来，是因为自己和杀死她的父亲一模一样吗？可是，看小女孩那天真的举动，她也许并不知道是她父亲把她推下去的。至少，从她身上感觉不到怨恨或悲伤。

萨曼莎，现在埋在哪里？这个地方在哪儿？

淳又一次问。依然没有人回答。不知什么时候，掌中又只有蜡烛的火焰在摇曳了。

“看到什么了吗？淳，刚才你看到什么了？”

贝克尔略微加快了语速问道。他似乎从淳的反应中看出淳看到了某种东西。也就是说，来到这里的人或多或少都会从净手盆中看到些什么。

“我看到一个小孩子，一个小女孩，是我在厄纳得山见到的‘客人’当中的一个。”

“噢，很少有人看得那么清楚。你真幸运。”

贝克尔赞佩地说。总是被人这样说，淳觉得自己好像是个珍稀动物似的。

“那么，我问你，你生活得心安理得吗？”

“是的。”

淳无意识地回答，视线仍然在净手盆之中。

“你遵守厄纳得山的生活规则了吗？”

“是的。”

“你遵守法律了吗？”

“是的。”

淳觉得身体在逐渐发热，好像礼拜堂里的温度上升了。是错觉吧？

提问仍然在平静地继续。

“你知道在鸟居发生的杀人事件吗？”

“知道。”

“事件的犯人是你吗？”

“不是。”

“你知道事件的犯人是谁吗？”

“不知道。”

渐渐地，细小的汗珠渗了出来。真热。淳觉得这个房间里很热。

“你知道在‘祈祷之城’发生的杀人事件吗？”

“知道。”

“事件的犯人是你吗？”

“不是。”

突然，左肩变得沉重了。

怎么？这是怎么回事？淳惊慌失措。仿佛是传说中的左肩附灵，觉得异样的沉重。

不，不对，是什么东西非常重。淳竭尽全力保持冷静。

衣袋里放着什么东西。是这个东西急速增加了重量。一个很重的东西放在雨衣左胸的口袋里。到底是什么这么重？自己不记得在里面放过什么东西啊。

但是，衣袋中的东西越来越重，简直就好像旁边有人在使劲地拉扯着衣袋似的。

啊，好痛！淳紧咬牙关。可是身体却不能动。

贝克尔他们好像也发现淳表情痛苦。他们也逐渐紧张起来。某些事情正在这间礼拜堂里发生。

这不是错觉。室内的气温的确在一点点上升。青木和斯科莱克脸上也都是汗。身体冒着热气。

贝克尔咽下一口唾液，开了口。

“你……”

有一瞬间的沉默。

“在厄纳得山杀过人吗？”

“没有。”

淳拼命咬紧牙关。

“你用犯罪污染这座神圣的厄纳得山吗？”

“没有！”

“你想过用犯罪污染这座神圣的厄纳得山吗？”

“没有！没有！”

突然，哗啦，响起水声。

“噢！”

贝克尔他们在惊叫。

一瞬间，净手盆里的水消失了。

里面的水像雾气一样在房间中散开，同时，淳的身体被用力抛到墙上。

咣！

撞到接近天花板的墙壁，淳痛得几乎要窒息，却无计可施，任由自己顺着墙壁滑落到地板上。

被大卸八块。

脑海中掠过这句话。

不可能，为什么是我，我什么也没有做。

他忍着身体的疼痛，想要站起来，却被什么东西揪住了衣袖。

“啊！”

他在地板上被拖来拖去。

多么强大的力量，那么可怕，好像一个身材魁梧的男人在发狂。

淳头晕目眩。不对，我什么也没干。我没有杀人，我没有撒谎。精灵判断错误了。为什么我要蒙受这样的不白之冤？

愤怒、恐惧、被在地板上拖来拖去，淳的脑海之中天旋地转。

贝克尔他们满是惊愕的面孔，在视线的一角一起旋转。

救救我！快救救我！

淳想张嘴说话，但是被拖着转得那么快，根本开不了口。他竭尽全力保护自己的头不要撞到地板或墙壁上。

转着转着，淳发现，那个看不见的力量所要的不是自己，而是自己身上穿的雨衣。

要不，把它脱掉？

淳被拖着转着，好不容易才把雨衣脱下来。

刚把它脱下来，淳就被扔到了地板的角落里。淳觉得，那种力量好像一下子对自己失去了兴趣，把自己丢开不理了。他喘着气，一动不动地等着身上的疼痛缓解下来。

半空中飘浮着那件卡其色的雨衣。

就好像有人在穿着它似的，保持着身体的形状，在那里飘浮着。

好像刚才的惨痛经历从未发生过一样，礼拜堂中一片寂静。

贝克尔他们三人和淳一样，出神地盯着这件雨衣。

礼拜堂中仍然很热，不是心理作用。蜡烛的烛身眼看着在融化。

每个人都脸色苍白，热汗直淌。

到底发生了什么事？接下来会怎样呢？

精灵的目标的确是这件雨衣。可是，精灵要这件平常的雨衣做什么？

“看，快看！”

青木声音嘶哑地叫着。大家都惊得睁大了眼睛。

飘浮在半空的雨衣开始一点点膨胀。穿着雨衣的透明人一点点鼓胀起来。袖子、后背，眼看着就紧绷绷的了。化学纤维的质地在全力承受那股力量。很多地方被扯得扭歪了，肩膀的缝合处承受着极大的拉力。

这样下去一定会……

就在这一瞬间，雨衣爆炸了。

嘣，一声巨响，四个人同时捂住耳朵扑倒在地板上。

沉默，然后，是寂静。

淳发现气温在急速下降。

气温下降的速度就像刚才的灼热从没产生过一样。全身的汗也都退了。

淳战战兢兢地抬起头，其他三个人也起来了。

礼拜堂的半空中，棉絮似的东西在轻轻地飘着，像雾一样笼罩了整个房间——是雨衣。絮状物渐渐堆积在地板上。淳伸手拈起，再一次毛骨悚然。

这是多么惊人的力量，瞬间将化学纤维撕成这样的碎屑。

“好像结束了。”

贝克尔擦着头上的汗水缓缓地站起来。

“太惊人了。”

“为什么雨衣会被毁掉？”

另外两个人也脸色苍白，拂拭着身上的碎屑，走了过来。

“咦？”

淳发现地板当中掉落了一样东西。

四个人都凑到屋子中央。

一只劳动手套。一只普通的、白色的线手套。

这只手套有一点儿脏，沾了泥，还有紫黑色的痕迹。

“说不定，这就是……”

青木的目光变得锐利。

“是犯人留下的吧。”

大家惴惴不安地盯着这只手套。

“是的，我明白了，因为雨衣的衣袋里装了这只手套，所以，精灵才撕碎了这件雨衣。”

淳兴奋地自语。

但是，他马上又看着其他三人：“可是，可是，我不知道这是哪儿来的。请相信我。

是有人放到我衣袋里的。”

“应该是这样。如果你是犯人，现在变成这个样子的就不是雨衣，而是你自己了。”

贝克尔冷静地点头表示同意，同时吹了一下周围飘浮的纤维。

“这件雨衣是从哪儿来的？”

青木问。

“这是我自己的。平时放在旅行箱里。到处都有卖的。”

“你来这里之前就穿着吗？”

“今天是第一次穿。来参加神汤要把脸遮住，我和教授决定穿雨衣。”

“那，就是来的路上有人放进去的。”

突然，入口的门被人用力地敲响了。

“淳！你怎么了！你还好吗？”

是羽奈的声音，她一定吓得面无血色了。周围一片嘈杂声。好像人们把礼拜堂包围住了。

“对了，大家都只听到了那声巨响。”

“可以理解。”

淳和贝克尔面面相觑。

“怎么办？”

“现在人们闯进来的话就糟了。”

“可是，大家都想知道出了什么事啊。”

“神汤还得继续，这里必须要打扫一下。”

四个人凑在一起低声商量。

“淳！回答我！刚才那是什么声音？”

羽奈声嘶力竭地大喊。其他人也在敲门。

“你先回答她。”

贝克尔对淳说。

淳朝着门喊道：“我没事！现在正在收拾，稍等一下！”

门外一下子静了下来。

“太好了！平安就好。”

传来羽奈安心的声音。

“收拾什么？”

“没什么，马上就好。”

“刚才是什么声音？”

“有人受伤了吗？”

男人们的声音也传了进来。

“只是一点儿小事故。没什么，请大家安静等待。”

贝克尔也喊道。

里面的人出去之前，下一个人是不能进去的。外面这群好奇心爆发的家伙，到底没敢破坏神汤的规矩。如果这里不是举行神汤的礼拜堂，他们早就冲进去了。

祭坛后面的门被打开了，斯科莱克拿了扫帚和簸箕过来。

“可是，这些碎屑很不好收啊。”

“要不，今天就到这里？”

半空中的纤维一直飘到天花板下面，像尘埃一样，看来一时半会儿不可能全部落下来。

“是啊。”

“看样子得洒点儿水。”

贝克尔他们考虑着。

“今天有多少人做完神汤了？”

“有一半多了吧。”

“剩下的一半明晚做，行吗？”

“但是，神汤必须一次完成啊。”

淳也觉得，清掉这屋子里的纤维要花很长时间，最好今晚先放一放，明早再清扫。

“要不换个地方？”

“可是，改变环境的话精灵会不适应吧。”

“做完神汤的人都记上名字了。还是明天再做吧。”

“今天没找到犯人，也许是一种幸运。还有一天时间劝告犯人自首。到明天夜里十二点之前，再给一次机会，说不定这次犯人就会自首了。可能犯人原来不知道神汤的情况，以为没什么，有了今天不同寻常的经历，犯人也应该知道自己是逃不掉的。”

“嗯，是的，毕竟我们不希望有人死在这个仪式里。”

“那么，准备开始有线广播吧。”

谈话有了结果，三个人抬起头来。

贝克尔对淳招招手：

“来，你也和我们一起从这里出去吧，今晚的神汤到此结束。”

“那，我怎么对大家讲？”

“大家都已经觉察到这里发生了某些事，这是瞒不住的，因为精灵不会撒谎。所以，最好照实说，你的雨衣口袋里被人放了一个东西，那东西好像是犯人留下的。好吧，从这里出去，就这样告诉大家，但是别告诉大家那东西是什么。对篠田教授也不要说。估计他们肯定会通过各种手段打听的。”

“哦，哦。”

青木手上反套了一个塑料袋，轻轻拾起手套，小心地装到袋子里。

“这个我们来保管。明天的神汤结束之前决定要不要交给警察。还要找出那个把手套放到你衣袋里的人。”

“好啦，沉着一些。现在我们一出去，外面就会吵嚷起来，一定要沉稳。”

贝克尔在淳的后背用力捶了一拳。撞到墙上的地方火辣辣地疼，淳跳了起来。

“啊，是。”

四个人一个接一个地走到外面，马上就被人们围住了。

“怎么了？”

“发生什么事了？”

“那声音太响了，简直像发生了一场大混战。”

“那爆炸声是什么？”

“淳！”

羽奈脸色苍白地冲过来，用力抓住淳，弄得淳心慌意乱，疼得扭歪了脸。

羽奈那双大眼睛里，还有未曾褪尽的恐怖：

“吓死我了，吓死我了，我以为你被大卸八块了。”

“没关系，不会有事的，我不可能被大卸八块的。”

“我也知道，可是那声音太吓人了，出什么事了？”

“各位请安静！”

贝克尔大声喊道。不知道他什么时候拿起了一个话筒。

推推挤挤的人们都抬头看贝克尔，在远处等待的人们也聚拢过来。

“今日的神汤就做到这里，其他人改在明天晚上做。”

啊？人群中发出喊叫声。

“怎么这样，让我们等了这么久，紧张了这么长时间，居然说明天再做？”

一个在后面等待的女人生气地喊。

淳很同情她。的确，他理解这种心情。人们被迫经受这样的紧张情绪，谁都想早点儿结束。

“刚才发生了一起意外的事。有人往这位淳一郎·伊藤的雨衣口袋里放了一件犯人留下的东西。因此，精灵对这件东西起了反应，才酿成了刚才的混乱。他穿的那件雨衣现在已经被撕得粉碎，变成尘埃。现在礼拜堂中都是碎屑，需要时间和人手来清理。因此，我们不得不中断今晚的神汤仪式。”

贝克尔就此打住，向周围环视了一圈，看大家有没有听进去。

淳忽然有一个想法。

这些人当中有一个是犯人。在这些剩下的人当中。

这样一想，淳全身直起鸡皮疙瘩。那个犯人一直在队列里等着轮到自己。那家伙听到刚才的骚动，心里会不会不安？

“请出来自首吧。”

贝克尔庄严地说。

“精灵在愤怒。这位犯人，你应该听到了，那样的威力，那样惊人的力量。雨衣彻底被毁坏，完全看不出原样。如果刚才在礼拜堂里的是犯人，那就是血肉如雨下。你不想变成那样吧？”

贝克尔的声音那么可怕，人们都屏住呼吸注视着他。

"今夜是幸运的。明天——哦，已经是今天了，今天晚上十二点，我们继续举行神汤仪式。请在那一时刻到来之前自首。今夜十二点之前，如果你向我们自首，我们仍然会秘密地把你交给警察，这个条件不变。所以，请自首吧，精灵在愤怒。"

周围依然一片寂静。

贝克尔轻轻叹了一口气。

"那么，其余的各位，很对不起，请回去吧。名字我们都记下了。没有做神汤的人，请明天再到这里来一次。好吧？那么，请回吧。晚安。"

贝克尔低下头去，大家你看看我，我看看你，开始陆陆续续地往回走。周围弥漫着疲惫的空气。

"淳，你没事吧？居然有这样的事，你当时一定吓坏了吧？"

羽奈温柔地说。

"嗯，吓了一跳。真的有精灵啊。"

"有东西放在你的衣袋里了？那件雨衣的口袋？"

"嗯，我根本没有注意。"

突然，羽奈站住不动了，像凝固了一样。被她抓住手臂的淳也跟着站住了。

"怎么了？"

"是马蒂亚斯。"

"什么？"

"是马蒂亚斯！他刚才不是撞了你吗？是他把那东西放进你衣袋里的。"

"啊！"

淳的脑海中掠过那张朝着自己笑的少年的脸。

周围的人也停住脚步，看着羽奈。

"他有这个毛病，捡到什么东西就放到人家衣袋里！大家都被他捉弄过！"

羽奈向周围的人说着，寻求赞同。

一个男人叫起来："没错，那个小鬼，往我的衣袋里放过薄荷冰激凌。"

"我也是哟，他把一只青蛙放到我衣袋里呢。"

"去找他！"

"去找这个小鬼！"

"马蒂亚斯！他在哪儿？"

"应该在队伍后面。"

人们一下子跑了出去。

"喂，等等！喂，大家冷静一下！"

贝克尔在后面喊，可是已经点着了火的人群是不会停下来的。夜晚黑暗的坡道上烛光摇曳，人群在迅速移动。

简直像狩猎。淳被羽奈拽着，一边跑一边想。

这很危险。人们都很激动，因神汤中断而焦躁不安。恐怖在一瞬间转为了亢奋。对方是个孩子，不会受到粗暴的对待吧？

犯人也知道马蒂亚斯捡到了他丢下的东西吧。他是不是看到了犯人？犯人知道这一点的话，会把马蒂亚斯怎么样呢？

“马蒂亚——斯！”

“马蒂亚斯！”

声音在四处回荡。

羽奈现在肯定觉得自己不说这话就好了。她一定在自责。不过，反正也会有别人想到这一点的。

向坡下走时，淳又想到一件事。

犯人也许认为，把自己丢下的东西或者凶器塞到某人身上，那个人就会被当作犯人吧？

精灵确实没有看错。精灵能够清清楚楚地看到这个人是否清白无辜。想到这里，淳更加为自己没有被大卸八块而从内心感到安心。

毕竟，几乎没有人经历过神汤。精灵怎样判定谁是犯人，大家都半信半疑吧。犯人可能会这样想，持有凶器的人，或是拿着犯人的东西的人，也许就会被认定为犯人。只要把凶器放到某人身上，精灵就会断定此人是罪犯，把他大卸八块，自己就能够逍遥法外。有人被大卸八块的话，神汤也就结束了。也许是有人利用马蒂亚斯？

黑暗之中，蜡烛的火焰在摇曳。

马蒂亚斯捡到什么东西就往别人衣袋里放。这一点大家都知道。

如果把带血的手套丢到马蒂亚斯能看到的地方，估计马蒂亚斯是不会向警察报告的，他更有可能把它捡起来放在某人的衣袋里。这样，再让这个无辜的人参加神汤——是不是自己想多了？

大家都在呼唤那少年的名字。

也许，这是一种尝试。

淳一边走一边沉思。

先试一试精灵的判断能够准确到什么程度，所以把自己的东西塞在某个人身上。也有这种可能性。

搜寻少年的火焰在各处摇曳。看到这一幕，刚才在净手盆中看到的情景骤然又回到眼前。萨曼莎。她父亲和自己长得那么相像。

那到底是什么情景？为什么我会看到那样的情景？

她的确是死了。被埋在一个不为人知的地方。

忽然，焦躁感涌上心头。被人忽视的犯罪。湮没的杀人事件。

我能做什么？那个小女孩是不是在向我寻求帮助？所以她才来到我面前？

这样一想，淳觉得坐立不安。

如果可以，在这里逗留期间，我要解决这件事。他暗暗做了一个郑重的决定。

"马蒂亚——斯！"

"回答我，马蒂亚斯！"

不知什么时候，少年的母亲也加入了搜寻的人群。好像刚才她和少年走散之后就再也没见过他。

"这样下去不会有事吧。"羽奈脸色苍白，握着淳的手臂，"怎么办啊，都因为我说了那句多余的话。"

她一定与淳想到了同样的可能性。

"反正早晚都会有人想到是他的。"

"可是，可是，如果刚才的队列中有犯人的话……"

"没关系，那孩子肯定躲在什么地方，他那么机灵，不会轻易被谁抓住的。而且，就算犯人是听见你的话才知道这件事的，他也无法马上离开队列。他不知道马蒂亚斯究竟在哪儿。"

"啊啊，怎么办哪，要是那孩子出什么事的话……"

羽奈用手捂住脸。

淳抱住她的肩，宽慰道："相反，早点儿发现是他也许更好。大家一起找，犯人不好下手。犯人也许知道马蒂亚斯总是恶作剧，故意利用他的。"

"要是这样就好了。"

黑暗的底部，烛光在移动。

可是，尽管人们搜索了很长时间，那天夜里还是没有找到马蒂亚斯。

第五章

关于蛋、蛋包饭和猫的问题

清晨，祈祷的钟声一直在响。

往常，这就意味着庄严的早晨已经开始了，可是今天，所有人的反应都有些迟钝。

那是因为，昨天夜里去参加神汤，然后中断，又到处找那个少年，人们上床睡觉的时候，已经是早晨了。

与往日不同，厄纳得山笼罩着沉闷的空气。天气依旧阴沉沉的，初冬的阳光洒在山丘，暗淡而微弱。不过，好像今天早晨的蛋已经按照惯例配发完毕，人们还是陆续起床查看收蛋的抽屉。各处都响着咔哒咔哒拉开抽屉的声音。

在这里，篠田教授的家中，大家也都很疲累。昨夜淳经历了神汤的冲击性体验，兴奋感一直难以平息，最后只好靠酒精了。今天早上，就连往日总能在祈祷的钟声即将敲响时起床的琳德和教授，也仍然在自己的房间里呼呼大睡。真理子、吉米和格雷博士，都是睡得正酣，连梦都没做。淳就更别提了。

可是，有一个人，摇摇晃晃地起身，穿过了走廊。

是羽奈。

昨天晚上，她一整夜没合眼。马蒂亚斯没找到，对她来说是个巨大的打击。

如果当时自己不说那样的话就好了。自己明明知道剩下的人当中有犯人，为什么还要那么说呢？如果犯人听了自己的话，去抓马蒂亚斯……

羽奈不由得颤抖起来。

喵……喵，传来微弱的猫叫声。是桑尼和赛德。这两只猫自从来到厄纳得山之后就没精打采的。它们害怕司界人的狗，害怕夜里的骚动，在羽奈屋里的床上蜷缩成一团，怎么也不肯到外面来。不过，现在它们好像终于适应了一些，肯到宽敞的地方来了。

外面被雾气笼罩着。望着牛奶色的雾，羽奈感觉好像在做梦。

怎么办？如果一直找不到马蒂亚斯的话。不，应该是找到的话怎么办，如果找到的是一具尸体……

羽奈责备自己，做事怎么这样欠考虑，真是祸从口出啊。

羽奈慢腾腾地向玄关收蛋的地方走去。至少准备一下占卜仪式吧。要让心情平静下来，现在最好就是做这件事了。这样也可以知道到底发生了什么。

羽奈叹着气，打开了收蛋的抽屉，抽屉有三层，里面都做了小隔断，为了方便放蛋。已经跟“祈祷之城”说好了，格雷博士的蛋也送到这里，所以应该是七个。

可是，抽屉里只有五个蛋。

怎么回事？配发时出错了？可是传票上清清楚楚写着数量啊。配发鸡蛋的人一向一丝不苟，不应该弄错的。

如果不是配发时出的错误……

羽奈站在抽屉前想了又想。

难道是……

想到这种可能性，羽奈回过头：“过来。”

她抱起桑尼，看着赛德：“跟我来。”

猫儿们喵喵叫着想得到食物，但它们明白不跟着主人走是吃不上早餐的，于是乖乖地跟了过来。

先看餐厅。

餐厅里没人，水池里放着一个漏勺。

羽奈随手拿起旁边放着的热水壶，里面空空的，很轻。昨晚本来是灌满热水的。

“的确如此。”

羽奈自言自语，抱着桑尼悄悄地走进走廊。赛德在脚边一个劲儿地叫，求主人也抱抱它，可羽奈没搭理它。

羽奈在早晨冷清的走廊里走着。

她悄悄地窥视每一个没有人住的房间。

这里没有。这里也没有。不过，应该不会在二楼的。

突然，赛德胡须一动，一下子跑了出去。

“啊！”

羽奈慌忙伸出手去，但赛德轻快地跑进了琳德旁边的空房间。羽奈也追了过去。

她听到了赛德的叫声，和“嘘，嘘，那边去”的低语。

果然在这儿。

“马蒂亚斯！你在这儿！”

羽奈大声叫出来。

在房间的一角，马蒂亚斯把自己裹在毯子里，正吃着一个半熟的鸡蛋，抬头看见羽奈，吓了一跳，一下子用手按住胸口。好像是被蛋噎住了。

“没事吧？”

“唔唔唔。”

羽奈拍着少年的后背，蛋黄总算从喉咙里下去了。马蒂亚斯长出了一口气。

“别吓我啊，刚才我差一点儿被噎死。”

那张满是雀斑的脸瞪着羽奈。

羽奈想到自己几分钟之前还在实心实意地为眼前少年的性命担忧，简直气不打一处来：“鸡蛋的味道怎么样？是放进热水壶里弄成半熟的吧？然后用漏勺接在下面把水控出来，您就可以享用大餐了是吧？你倒是收拾一下啊。”

“那是我太饿了。本来我喜欢吃煮成全熟的蛋，实在等不及了。昨天晚上烧的水已经不太热了，鸡蛋没太弄熟，吃下去反而更饿了。”

马蒂亚斯带着怨气地看着地上的碎蛋壳。

桑尼和赛德扑着蛋壳玩儿得正欢。

“昨天晚上你在哪儿？大家都在到处找你。你妈妈该有多担心啊。”

羽奈瞪起眼睛，马蒂亚斯怯怯地移开视线。

“我知道，所以，我害怕了，就躲到这里来了嘛。”

“为什么大家都在到处找你，你知道吗？”

“不知道，难道不只是因为我不见了？”

马蒂亚斯摇着头，一脸无辜的表情。

羽奈越来越生气，亏自己还那样担心他。

“就因为你往淳衣袋里放的那件东西，淳被害惨了。”

“什么？为……为什么？就因为一只脏兮兮的线手套？”

马蒂亚斯的脸色发白了，盯着羽奈要她说下去。

羽奈发觉自己又失言了，皱着眉敲了一下自己的头。但是，同时，少年的话也深深地印在了脑海之中。

手套。嗯，犯人丢下的是一只手套。手套的话应该很轻，所以，淳也没发现衣袋里有东西。

“那，马蒂亚斯，你是在哪儿捡到那只手套的？”

“不是我捡的，是昨天早晨，有人扔到我家玄关的。”

“扔到你家？”

“是，我家里我起得最早，所以我负责把蛋拿进来。我想去取蛋，就发现它放在玄关那儿。”

“哦，你就是这样拿到那只手套的。”

马蒂亚斯也许是被犯人利用了。

羽奈想起昨晚淳说的话。当时觉得淳是为了安慰自己，也没有细想，现在看来，淳的看法是正确的。手套放在人家的玄关里，很难想象是犯下罪行之后不小心遗落的。犯人是故意丢下一件东西，让马蒂亚斯得到它。他等着马蒂亚斯把它放到某人的衣袋里。昨天早晨发现死尸，大家都要尽量待在家里，这个淘气鬼应该没有机会把手套放进别人的衣袋。也就是说，他应该是在晚上大家都出门参加神汤的时候把手套放在别人衣袋里。

羽奈微微感到一阵寒意。

犯人竟想得这样周密，算得这样精准。他非常了解每个人的癖好和亡灵节的惯例。这正像是我们的邻居干的。那家伙非常明白自己在干什么。而且，他比我们更冷静，更善于观察。这样一个人，就在我们身边，就在昨夜的人群中。而且，他现在也在这座山中。

羽奈不由得摩挲着自己的胳膊。

犯人是想试探神汤的效果吗？想看看犯下罪行时用过的手套能不能骗过精灵？如果是这样，犯人应该看到昨夜的结果了。精灵非常准确地选择出犯人丢下的东西，发泄了骇人的怒火。今夜会发生什么？犯人会自首吗？或者，选择被大卸八块？

羽奈想到自己设想的假说——杀人快乐症——希望被某种力量阻止。果然是这样。我的想法接近真相。

暗自得意之后，忽然，羽奈又想到一个问题。

如果是这样，根本就不用费尽心机试来试去，直接去参加神汤就好了。

“哎，那个大哥哥，他怎么样了？”

发觉马蒂亚斯认真地看着自己，羽奈连忙笑着说：

“不要紧，他只是被精灵吓了一跳。昨天精灵发现了那只手套。”

“什么？为……为什么？”

马蒂亚斯惊了个倒仰。

羽奈有些犹豫要不要告诉他，结果还是决定说实话：“反正你也会知道的，那只手套，是昨天‘祈祷之城’杀人事件的犯人用过的东西。”

“那么脏的手套，是犯人用过的？”

对马蒂亚斯来说，手套是脏的还是干净的好像是个大问题。

“犯罪时使用的，脏了也没什么稀奇吧？”

被羽奈这样一问，马蒂亚斯不满地歪着头：“可是，我看到的时候，他并没有用手套啊。”

“什么？”

羽奈没听懂少年话中的含意，不由得凑近他：“你说什么？他是谁？”

“司界人。”

“司界人？你是说，那个带着狗，一起来到山里的人？”

羽奈睁圆了眼睛。

“是啊。”

少年肯定地点点头。

这可想都没想过，羽奈吃了一惊。

他说是司界人？司界人为什么会到这里？

少年下面的话更让羽奈吃惊：“我昨天早晨在‘祈祷之城’看到他把那个女人吊起来了。”

早餐吃得很晚，笼罩着躁动的气氛。

"你说，是司界人？"

教授不悦地盯着羽奈。

"我说了，这不是我说的，是马蒂亚斯说的。"

羽奈连忙摆手。

每个人面前都摆着一份蛋包饭，正冒着热气。

"快趁热吃吧，奶酪马上就要变硬了。"

琳德眼看大家就要各执己见地争执起来，赶紧让大家留心自己的盘子。

本来应该给每人发一个蛋，庄严地举行一种像在屋船中做的那样的仪式。那是他们神圣的习惯，用蛋来占卜先祖和精灵的心情。

但是，今天早晨被马蒂亚斯吃了两个，大家好不容易起床后，发现他在家里，都很兴奋，琳德说不吉利，就把剩下的蛋都打在平底锅里，做成了奶酪香草蛋包饭。

"他说是司界人？"

教授又一次自言自语，一边胡乱切开蛋包饭就往嘴里放。

"好烫！"

教授慌得把嘴一张一闭的，赶快接过琳德递来的水喝了一口。

"是啊，他说是司界人，说是看到司界人把那个女人吊起来。"

羽奈困惑地回答。

马蒂亚斯被教授、琳德和博士送回了自己家。母亲见到儿子，又是骂又是笑，折腾了好一阵。安稳下来之后，他应该会和父母一起去往自治委员的家。博士也一起去自治委员那里，商量今天的安排。

淳想象着贝克尔给少年看那只手套的场景。

这是你捡到的手套吗？

马蒂亚斯回答："不是。"

于是，净手盆里的水飞溅出来，他的衣服在半空中膨胀起来……

不不不，淳连忙拂去脑中的影像。

从昨天夜里开始，自己不管看到什么都会想象它膨胀起来爆炸的情形。

神汤的体验留下了太过强烈的印象。琳德说能让人分泌出一年的肾上腺素，淳很是同意。别说肾上腺素了，自己简直快成精神创伤了。

"司界人在厄纳得山犯罪？太荒谬了。他从来就不和厄纳得山的人接触，没有接触，就不可能有杀人动机。"

真理子耸耸肩。羽奈和真理子都对那个僧侣一样的青年男子抱有好感。他那样清朗，那样高洁，看上去那么不染尘俗。不能想象那样一个人会染指犯罪。

"也许，他具备坦然自若地做完那种工作的素质。"

教授上颚好像被烫伤了，小心翼翼地抿着红茶。

“不，那是偏见。那种工作是什么？您刚才说的那种工作？”

羽奈顶撞道。

“你不是说他把那个女人吊起来了吗？”

“我明明说过不是我说的，是马蒂亚斯看见的。”

“怎么办呢？能相信那个孩子的证言吗？会不会是这样：那孩子看到的不是他把女人吊起来，而是他要把那个女人放下来？”

教授环视桌子，好像想听听大家的意见。

“那孩子是任性胡闹，总把东西放到别人衣袋里，可是，他不是会撒谎的孩子。”

琳德慎重地开了口。

“他观察力怎么样？”

“他经常眼光敏锐地发现什么东西捡起来，从这点看，应该说是有观察力的。”

“那真的是司界人吗？”

吉米开了口，大家都看着他。

“他穿着斗篷，头被风帽遮得严严实实。如果别人穿上同样的衣服，看上去不就和司界人一样了？”

“嗯，我也这么想。司界人这身打扮给人印象很深，这个形象大家都记得。如果有人以同样装扮走在晨雾之中，别人都会以为是司界人的。”

淳表示同意吉米的意见，然后继续说：“不过，如果是司界人的话也是有可能的。他也不怕神汤。现在，在这座山里，不参加神汤的只有他了。”

说着，淳忽然想起昨夜进入礼拜堂之前感觉到的气氛。

“对了，昨晚，我感到他在礼拜堂附近。好像在观察我们。”

“那你是说往马蒂亚斯家玄关扔手套的是他了？他可不知道马蒂亚斯是什么样的人。”

羽奈反驳。

“是马蒂亚斯太引人注目了吧。只要观察一天就能知道，那孩子充满好奇心，到处乱跑，看到什么东西就捡起来。只要跟着那孩子，很容易就知道那孩子家住哪儿了。”

“他为什么把手套给马蒂亚斯？”

“也许，他是想知道神汤的情况。他自己也是第一次进入厄纳得山。”

“可是，他们比我们还崇拜灵力，他会去试验精灵的力量吗？”

看来，羽奈是打算一直支持司界人了。

淳不知为什么有些怏怏不乐。

“我问个实际问题，配发鸡蛋的人说过昨天早晨目击尸体的时间是吧？”琳德插话说，“昨天开始配发鸡蛋的时候，那人和司界人一起目击了一个女人被吊在那里，是四点半左右吧？那马蒂亚斯说没说，他看到司界人把那个女人吊起来是几点钟？”

羽奈侧头想了想：“这个，现在已经不清楚了，他只说，一大清早，离祈祷的钟声响起还有很长很长一段时间。”

"很长很长一段时间，是吗？如果已经开始配发鸡蛋了，还能把时间弄得再准确一点儿。毕竟，一直是这样的天气，那孩子也很难判断时间。"

琳德啜着浓酽的红茶，大脑在不停地思考。

"嗯嗯。"

教授摩挲着下巴，往红茶里放砂糖。像往常一样，放了一大勺。

"哎，教授，你放的砂糖越来越多了。"

琳德冷冷地看着教授手中的勺子。

教授鼻子里哼了哼："人早晨需要糖分。像我这样用脑这么多的，就更需要了。见过国际象棋俱乐部的比赛吗？巧克力在房间一角堆得像山一样。他们在比赛的时候还在吃巧克力，每时每刻都在给大脑补充糖分。这个先不说，"教授清清嗓子，环视大家，"我刚刚想到，司界人其实和警视厅是一样的。"

"警视厅？"

"哪里一样？"

大家一齐提出异议。教授轻轻挥了挥手：

"算了算了，我只是打个比喻。刚发现鸟居杀人事件的时候，大家还记得我说的话吗？"

"您说那尸体是假的，是警视厅为了介入亡灵节故意吊在那里的。"

真理子简短地概括了一下，教授满意地点点头。

"是的。按这个思路去想，这些条件是不是也和司界人正好契合？"

大家都陷入沉思。

"假设司界人希望潜入厄纳得山，但是，他们是与政权无关的、特殊的一群人。如果他们要进入厄纳得山，需要什么条件？在什么情况下他们可以进山？"

"当然就是他们作为司界人的时候，就像他们的称呼一样。"

真理子啜着红茶答道。

"是的。所以，如果把尸体吊到鸟居上，他肯定会被叫到那个地方。他宣称尸体是在境界线上，提出自己有必要进入厄纳得山。这样，他就顺利地获得了进入厄纳得山的权利，获得了在其中随意活动的自由。"

教授举起拳头。

大家惊讶地回味着教授的话。

"为什么他要在厄纳得山杀人？这起杀人事件，难道不是'嗜血狂杰克'所为？您不是说他就是'嗜血狂杰克'吧？"

真理子向教授投去怀疑的目光。

"我的确不认为他就是'嗜血狂杰姬'，不管怎样，我还是认为犯人是个女性。但是，想想吧，对于狩猎民族来说，割断对方的喉咙是他们最习惯的、最普通的一种方法。任何动物都是割断喉咙让血流干的。这样，可以在瞬间结束对方的性命，血短时间内就会流干，身体也没有其他伤痕。本来'嗜血狂杰姬'用的也不是什么特殊的杀人方法。”

大家头脑中浮现出司界人割断女人喉管的情景，场面那么逼真，更让人觉得他是一个谜一样的怪人。

“我们了解他们吗？”

吉米带着怒意缓缓低语。

听了这样的语气，大家都奇怪地望向他。

“各位都知道厄纳得山的形成过程有很多谜团吧。但是，有一件事是确定的。本来，这里是他们的圣地。我们是后来才到这里的，从他们手中夺取了圣地。他们在精神上比我们要成熟得多，遵循自然的道理过着自己的生活。而我们，一年一年远离了精神的要素。年轻人觉得亡灵节落后于时代，只是浪费钱，越来越不愿意参加。人们越来越不需要亡灵节了。他们隐隐感觉到这一点，于是想，既然这样就收回自己的圣地吧。他们有这种想法的话并不奇怪吧？”

“你是说，司界人为了夺回圣地而随机杀人？”

真理子依然抱着怀疑的态度。

吉米苦笑：“我并不是说他是一系列杀人事件的犯人。我只是说，也许有人怀着我们意想不到的动机。”

“我们意想不到的动机……”

教授呆呆地重复着吉米的话。

“嗯，这很有意思。的确，这些事件不像是一条线。现在也许应该虚心探讨一下动机的问题了。”

“这样的事，估计自治委员现在也在干了。”

琳德冷淡地说。

她在剩下的极浓的红茶里加了些热水。

“任何人听了马蒂亚斯的话都会怀疑司界人的。就是说……”

“就是说？”

“当然，对司界人也要调查询问。”

“不会吧？”

“自治委员也不得不这样做吧。马蒂亚斯的证言非常清楚。”琳德神色不快地望着大家，“马蒂亚斯的证言马上就会传遍这座山。人们如果提出要司界人参加今夜的神汤，我是不会惊讶的。”

司界人参加今夜的神汤。

令人惊讶的是，这件事一瞬间就传遍了厄纳得山，刚过正午的时候，基本上就可以认定是事实了。众人耳目之灵敏，琳德判断之精准，实在令人惊讶不已。

斜坡上一个小小的亭子里，淳、羽奈和真理子在悄悄地说着话。

三个人打破了亡灵节尽量独自行动这一不成文的规矩，聚在一起，无非是为了找到司界人。

羽奈和真理子支持司界人，对这件事义愤填膺，淳是被她们两个强行拖来的。两个女人一人抱着一只猫，好像是为了让桑尼和赛德习惯野外的环境。

“警视厅是不是发现昨晚举行神汤了呢？”

“恐怕是呢。现在厄纳得山外面不是二十四小时都有人巡逻吗？听说午夜零点以后烛光排成长列，今村署长不可能想不到吧？”

“会怎么样呢？我觉得他不会坐视不理的吧。”

“应该会和自治会交涉的吧，那就看谁厉害了。”

淳觉得自己和几天前简直判若两人。

“那，人们还是不允许出去是吧？”

淳想到这一点，问她们。

“是的，至少，今夜神汤结束之前应该是不能出去的。”

“他们在认真巡逻吗？”

“当然了，这可是滴水不漏的。首先，要是有人想从厄纳得山逃出去的话，其他人不会袖手不管的。”

真理子点着头。相互监视的体制似乎在这个国家根深蒂固。这一点，可能所有的共同体都一样，只是在一部分城市人群之间不起作用。

“可是，怎么找不到他啊。他睡在哪里呢？”

走在安静的道路上，羽奈和真理子东张西望。

对了，昨天自己遇到过他。淳想起了利特尔·福特摇着尾巴的样子和那副掉在地上的没有度数的眼镜。

萨曼莎。

忽然间，净手盆中的情景又回到脑海。同时，淳也想起了几天前有人说过的那句话。

“哎，羽奈。”

淳突然扭头看羽奈，羽奈一愣：

“什么事？”

“咱们来这里之前——坐上屋船之前，有一次，大家一起聊天，说我很像你们的一个亲戚。”

“啊啊，是肯特叔叔。”

“就是羽奈你说想见的那个人？”

“是的。”

“他死了吗？”

“不知道。我说过的，十年前，在亡灵节期间，他从厄纳得山消失了。”

就是他。

淳确信，自己看到的影像就是肯特。

那张憔悴的面孔。他是不是已经死了？

“他有妻子和孩子吗？”

“不，他是单身的。”

单身？这样的话，萨曼莎呢？不是他的孩子吗？

“怎么了，淳，为什么问我这个？你不会是……”羽奈忽然转头看他，“你不会是见到肯特叔叔了吧？你又遇到‘客人’了？你真坏，明明是我想见的。”

羽奈无理取闹地发泄不满，淳只有无奈地笑：

“不是，不是，我说过的，前天夜里见到的‘客人’是个小女孩。”

“怎么，不是啊。”

羽奈有些尴尬。

“嗯，那个小女孩看着我的脸，说她的爸爸跟我长得很像。”

“啊啊，明白了。不过，好奇怪啊，肯特叔叔是单身的。”

“不知道，也许他有私生子？”

真理子自言自语。

“不会吧。”

羽奈一笑置之。

但是，真理子却很认真：“肯特叔叔本来就是个神秘的人。”

真理子开始对淳讲：“肯特叔叔当时是所谓的单身贵族，流传着他各种各样的风流韵事，其中关系到有夫之妇的也有不少，可他就是不会让那些好奇心强的亲戚们抓住他的尾巴。”

“他可真厉害。”

淳由衷地感叹。

真理子表情古怪地笑：“是，他可坏了，喜怒不形于色，专门和人作对。和你长得虽然像，但性格正相反。”

淳一时不知道她是在夸自己还是在损自己。

“当时传言跟他有关系的女人还有那个黑寡妇——‘嗜血狂玛丽’呢。他是个天不怕地不怕的人，这是肯定的。”

“啊？”

羽奈发出惊异的声音看着真理子：“真的？肯特叔叔和那个‘嗜血狂玛丽’？”

淳想起了那个带着一个侍从，浑身包裹着黑衣服的高傲的女人。

“来到这里以后还没见过她呢。”

淳不经意地插口。

真理子冷笑：“她在家里服丧呢。她可不想到外面走动，万一遇上被自己杀死的丈夫时给别人看见怎么办。对了，不知道她有没有做完神汤，这可是自治委员问她有没有杀过人的好机会。”

“喂！他不会是被‘嗜血狂玛丽’杀了吧？”

羽奈叫道。

“你说肯特叔叔？”

“是的，如果不是她，也可能是她当时的丈夫，被妻子的外遇气得发了狂。”

“这不可能。这里是厄纳得山，在这里杀人，被害者立即就会回来的。”

淳一惊：“是啊，这次连环杀人事件的被害者也应该会回来，这样不是马上就能知道犯人是谁了吗？”

“要是这样就好了。可是，还没有听说‘嗜血狂杰克’的被害者回来过。”

“咱们来了以后就接连出事。还顾不上吧，他们也是，我们也是。”

“呃，我有一件事不明白，可以问吗？”

淳犹疑着开了口。

“可以啊，没问题。”

真理子点头。

“你们说‘客人’不会撒谎，他们的话会成为法律上的证据，是吧？”

“是的，我说过，所以我们有义务记录黑色日志。淳，之前的事你都记下来了吗？”

“当然，都记录了。”

“那你还有什么不明白的？”

“因为‘客人’不会撒谎，所以记录他们的话的黑色日志都可以成为法律证据。那么，如果记录者作假呢？”

真理子和羽奈都显得很意外。

“比如说，一个被谋杀的男人回来了，告诉妻子，我是被我的好朋友 A 杀害的。但是，他的妻子和 A 是情人，所以她在黑色日志里记下丈夫说是被好朋友 B 杀害的。结果，B 蒙受不白之冤遭到逮捕。是不是会有这种可能性？”

“淳，你好像还没有理解事情的本质。这是亡灵节。你也参加‘亡灵节记录启动典礼’了吧？我们必须遵守当时一起唱和的规则。否则就不称其为亡灵节了。”

真理子满不在乎地说。

淳却追根究底：“不过，也许会有这样的人是不是？也许有人来这里是为了隐藏自己的罪行，是吧？”

“是有黑寡妇这样人，不过，她也不会撒谎的。如果自己杀害的丈夫出现了，她也会一字一句地记录他说的话。她会来这里，是因为她有信心，因为她平时就很留心注意，知道她丈夫没有证据告发她。如果她在黑色日志里凭空捏造的话……”

真理子看着羽奈的脸。

于是羽奈接着回答：“蛋会破掉，会刮险恶的风，会有很异常的情况。人们在厄纳得山就待不下去了。”

“邻居也会马上知道。”

“那，为什么……”

淳注视着她们两个的脸：“为什么这一次犯人家里什么都没有发生？本来，住在附近的人应该早就发现的，是不是？”

“所以说是异常事态嘛。通常早就应该真相大白了，可到现在还什么都不知道。所以才说今年很奇怪。连神汤都搞了，就是因为这个原因。”

“嗯……我好像明白，又好像不明白。”

“哎，我忽然想到一件奇怪的事。”

羽奈的声音听起来很茫然。

“什么事？”

真理子问。

“他是不是有什么正当的动机？”

“正当的动机？”

“是啊，我正在想今天早晨吉米说的话。在鸟居和‘祈祷之城’被杀的两个人，是不是有被杀的正当理由？”

“杀人的正当理由？你又在这里作惊人之语。”

羽奈轻轻挥了挥手：“当然，这终归是从厄纳得山的角度来看的。神汤不也是这样吗？给玷污厄纳得山的人定罪。如果是对玷污厄纳得山的人施以惩罚的话，从厄纳得山的立场看来就是正确的了。”

“你是说，被害者有罪？所以才什么也没有发生？”

“可是，昨夜，精灵对犯人的东西作出了多么可怕的反应啊。”

淳不满地插口说。

“啊啊，是啊，的确是。”

羽奈又开始思考：“可是，我现在忽然有这种感觉，确实像吉米说的，动机这个问题还很有探讨的余地。”

三人来到船坞附近的森林。能看到小小的五谷神像零星散布着。

羽奈和真理子把抱着的猫放到草地上。

“没想到这里的森林这么幽深。”

淳自语。森林中的道路蜿蜒曲折，看不到尽头。

“森林占了厄纳得山的三分之一呢。不过，我们能进入的部分也就是森林的三分之一。”

“不能进入的三分之二是什么？”

“这个嘛，有人说有个秘密礼拜堂，除了自治委员以外其他人都不能进去。自治委员也轻易不进去的。好像，极特殊的情况下，会在那里举行秘密仪式。”

“秘密仪式？”

“据说在厄纳得山遇到真正的危机的时候才会举行。”

“哦。”

三人注视着密林深处。

苍郁的树木散发出一种神秘的气氛，似乎是在阻止入侵者。

淳脑海中浮现出带着黑狗行走的司界人的身影。

“司界人呢？”

“他到哪儿去了？”

“也许，司界人一直待在密林深处吧。他进入森林深处也不会受到谴责的，是不是？”

“啊啊，也许是的，他是超越的存在嘛。”

这样一想，森林深处更显得像谜一样。

“他真的会被叫去参加今夜的神汤吗？”

羽奈怯怯地自语。桑尼和赛德围着五谷神转来转去，扑腾着玩儿。

“现在马蒂亚斯的证言已经尽人皆知，自治委员就必须有所行动。为了司界人，也为了他们自己。”

“可是，我还是难以接受。用我们的方法去裁判他，这是不合道理的。”

“也许，是他们的方法呢。”

羽奈和真理子似乎都心绪不畅。

“能告诉我肯特叔叔失踪时的情形吗？”

淳装作没有发现她们的表情的样子，问道。

真理子“哦哦”点头：“其实也没有什么情况……总之，他就是一下子消失了。不过，很奇怪啊。只要水闸不开，厄纳得山本身就是一个大密室。”

“他留下什么东西了吗？”

“他所有的东西都留在原处。不过，就算里面有什么东西不见了，也没人知道。”

“比如说，他藏在山里的什么地方，在水闸打开的时候钻到谁家的船里出去，有没有这种可能性？”

真理子侧着头思索着：“这种可能性也不是没有，但我无论如何也想不出他有什么必要这样做。如果他想离开的话，就用平常的方式直接离开好了，他这个人本来就是来去如风，一下子来了，一下子又走了，这样倒好，谁也不会责怪他。”

“嗯嗯，真奇怪。”

“是吧？而且，别人最后一次见到他，是在那个中庭。”

“中庭？篠田教授家的中庭？”

“是的。那天下午，他说‘要在中庭冥想’，就一个人进去了，再也没有出来。”

淳想起隔着窗户看到的特里的背影。

在那个中庭？

“在那个中庭消失了？”

淳不由得声音嘶哑。

“是的，有人说他是在没人注意的时候出去了，可是琳德一直在餐厅，她说没人出去。如果琳德的证言是真的，肯特叔叔就是从双重密室中消失了，中庭密室和厄纳得山密室。”

"了不得，双重密室呢。"

羽奈陶醉地说，她身上喜好神秘事件的基因又活跃起来了。

"从那时候直到今天，再也没有人见过他。也许他去美洲了呢。我祈祷在厄纳得山不要见到他。"

真理子夸张地耸耸肩，呼唤着桑尼和赛德。

日落的钟声敲响的时刻又一次临近了。

下午虽然过得无聊，但大家想到夜晚即将来临，还是紧张而又期待。

电话照例响个没完。

犯人今天也没有自首。看来今晚还是要举行神汤。

人们之间到处传播着臆想和推测。

犯人今天也没有自首，那是因为犯人是司界人，司界人不怕神汤。

不知怎么，就传成这样了。

马蒂亚斯的证言放在雨衣里的手套，连这些事都传遍了。在厄纳得山，简直不可能有什么事瞒得下去。

时间在一点一点地流逝。

淳终于写好了给东京的苑子的信，投了出去。

羽奈昨晚没睡着，今天得补一补，在自己的房间里睡觉。琳德在专心地做炖肉。真理子在房间里读乔伊斯的作品，教授和吉米各自沉浸在自己的研究和学习之中，博士还没有回来，桑尼和赛德在餐厅的地板上闻着炖肉的香味打着哈欠。

还没有通知说今夜的神汤不举行了。也就是说，还没有人自首。

日落的钟声敲响了。时间又恢复了光彩。

人们陆续出门去酒吧。但是，还是有一种微妙的紧张感。特别是昨天做过神汤的人和还没有做过的人之间，似乎有一道冷冰冰的墙。从已经做过的人的立场看，剩下的人中就有杀人犯，还没有做过的人被别人这么想当然是不愉快的。

除了教授和真理子，还有没回来的博士，剩下的四个人今天晚上都不去酒吧，吃着琳德做的炖猪肉，慢慢喝着酒。淳以外的三个人都还没有做神汤，显得有些坐立不安。淳这会儿去酒吧的话，别人肯定会刨根问底，让他讲昨天夜里如何如何，所以他也不愿意出去。

司界人现在在哪里？

淳看着表，心里想。

过了酒吧关门的时间，大家陆续回家了，仍然没有消息。

尽管慢得简直让人恼火，表针还是指向了十二点。

各位居民，晚上好。

今夜的神汤按原计划举行。

昨夜没有参加神汤的人，
做好准备之后请到“祈祷之城”来。
各位居民，晚上好。
今夜的神汤按原计划举行。
昨夜没有参加神汤的人，
做好准备之后请到“祈祷之城”来。
从家里出来到回家期间严禁私自交谈，请遵守规则。
从家里出来到回家期间严禁私自交谈，请遵守规则。

大家都叹了一口气。

羽奈、琳德和吉米面无表情地站起来，开始准备。

“我们去了。”

“路上小心。”

送走他们，教授看着淳和真理子：“我们怎么办？在家里等吗？”

淳有些踌躇。

在家里等固然好，可是，又不愿意留在家里。

“有些不放心呢，跟他们走一段也行吧。”

“只要不排队就行吧。”

看来都是同样的心思，三人低声商量了一下，决定跟着去。

三个人什么也没拿就直接一起出门了。

好像昨夜的胶片又放了一遍。

暗夜的下面，蜡烛的火焰摇曳着，移动着。

感觉很不舒服。不出那样的事就好了。

淳努力拂去弥漫在心中的不祥的预感。但是，不管他如何努力拂拭，还是有一种黑沉沉的不安急剧地扩散开来。

人群默默无言，沿着坡道向上走。

和淳他们一样，很多昨夜做过神汤的人也夹在其中。看他们手里没有拿蜡烛就知道了。

坡顶上，能看到“祈祷之城”，能看到在那里排队的人。

淳咽了一口唾沫。他似乎又看到了经历过的场景。

走进去——把手放入净手盆——水变成雾。衣服膨胀，破裂。

人也变成雾。

半空中飘浮的纤维浮现在眼前。

发觉自己不知什么时候冒出了一身冷汗，淳一惊。

不行，怎么又想起来了。昨夜的事情已经深深埋在自己心底了。

我害怕那间礼拜堂。也许，我再也无法让自己走进去。

淳慌忙地甩头，揉了揉太阳穴。

马蒂亚斯在哪里？昨夜他应该也没有做神汤。他今天会做吧。贝克尔说没有例外，可昨天刚出了那样的事，今天又让他接受神汤，是不是太苛刻了？

这时，身后发出了一阵异样的骚动。

虽然谁也没有出声音，但是，不安的气氛却在黑暗中传递。

“看。”真理子压低声音说。

淳回头看去，不由得屏住呼吸。

一个颀长的身影沿着坡道缓缓上行。

司界人。

大家都让开道路。他像走在通向歌舞伎舞台的花道上一样，悠然地从中间穿过。

在他的身后，他的猎犬悄无声息地跟着。

他好像并不介意众人对他投来的好奇的目光，唇边浮着笑意，走上坡道。

淳他们三个站在路边，注视着司界人从面前经过。

经过淳面前的时候，他一眼看到了淳。

他对淳露出一个微笑。

淳有些局促。

那样清朗的笑颜。他想说什么？

一瞬间，他越过了队伍，敲响了礼拜堂的门。

贝克尔从里面出来，表情严峻。

“各位居民，晚上好。”

扩音器里传来贝克尔的声音，人们都驻足倾听，刹那间一片寂静。

贝克尔紧张地环视周围：“今夜我们继续举行神汤，请大家保持冷静，保持安静。而且，今夜……”

贝克尔小声清了清嗓子，看了一眼站在身旁的司界人。

“有一个史无前例的情况，最近数日在厄纳得山逗留的司界人也来参加神汤。这并没有特殊的意思。当初我们就说过，没有一个人例外。请理解这一点。”

最后一句是对着司界人说的。

当然，司界人和其他的人都清楚这背后的意思。谁都明白，现在如果司界人不参加神汤，就会被当作犯人对待。

人们都注视着司界人。

司界人缓缓地开了口：“各位，晚上好。”

听到这明澈清亮的声音，人们都是一惊，露出尴尬的表情。

司界人淡然地笑着，环视四周：“今天晚上能得到这样的机会，我非常荣幸。我期待着能见到你们大家的精灵。”

司界人微微低下头。

该怎么解释他的话呢？贝克尔以及其他人都露出了困惑的表情。司界人提醒贝克尔该开始了。

“那么，今夜就从司界人开始。大家请在外面排好顺序，安静等候。”

司界人跟在贝克尔身后走进了礼拜堂。门被关上了。

寂静。

捧着蜡烛的人们排在礼拜堂外，昨夜结束神汤的人们围在远处，所有人都注视着礼拜堂。

周围笼罩着异样的紧张感。

夜晚的空气本就凝重，此时似乎更增加了重力。

这是一种什么样的紧张感？几乎让人窒息。

淳拭去太阳穴上的汗水。

忽然，站在礼拜堂中的司界人浮现在眼前。

现在，司界人把手浸入净手盆。

贝克尔向他提问。

淳感到自己的心脏在扑通扑通地跳。

净手盆中的火焰，萨曼莎，和自己一模一样的萨曼莎的父亲。

司界人现在……

仍然是令人窒息的沉默。

忽然，淳发觉已经过了很长时间。

但是，沉默依然继续，礼拜堂的门根本没有打开的迹象。

淳看看教授和真理子，教授和真理子也看着淳。

不安的感觉在逐渐蔓延。捧着蜡烛排队的人，在旁边看着的人，都时不时你看看我，我看看你，表情僵硬。

太长了。时间太长了。就像昨天的自己。

淳感到自己心跳的声音越来越大。

“出什么事了？”

真理子突然低语。

“不知道。”

教授也像自言自语似地说。

所有人都再也难以忍受这样的沉默，只有那小小的、石头的礼拜堂，悄然立在那里，被寂静包围着。

忍受着如坐针毡的感觉，淳感到自己的头越来越重。

头痛了？感冒了？

太阳穴也觉得微微地疼。

为什么会这样痛？他不由得按住了太阳穴。

不，这不是痛，是重，是身体被加上了重力。

想起昨夜衣袋中的手套被拉扯的情形，淳检视自己全身，看看有没有什么特殊的东西受到拉力。但是，这次并不是身体的一部分，而是整个身体似乎向地面陷了下去。

同时，他发现自己在另外一个地方。

一直在一起的教授和真理子都不见了。起初他怀疑这是因为黑暗，但是，坡道上的人群都消失了，建筑物也消失了。

这是哪里？

淳抱住沉重的头，慢慢环视周围。

他在一个无声的空间。黑暗。周围似乎是露天的。

但是，这个无声的世界，却好像充满了巨大的声响。好像透明的海绵，或者是树脂一样的东西，塞满了自己的周围。

远处有声音。

是风声。唤起太古的恐惧的、使人心情躁动的风声。

忽然，他看到了礼拜堂——在同一个地方，比现在的还要气派得多。好像是有人说过，只有这座建筑建造时代是不同的。周围黑乎乎的，好像是附带的建筑群，连在一起。

淳感觉到背后吹来的风，把头转过去。

山丘，在山丘上面。他站在山丘上面，脚下的森林低低地绵延着。

不知是黎明还是薄暮，阴沉的天空和山丘的缝隙之间，太阳在缓缓移动。

不知是什么光亮一闪。淳的目光被吸引过去。

那是什么？森林中有光闪过。

仅仅是一瞬。之后，无论怎样凝神细看，也只有一片黑暗的森林在摇曳。

突然，一个低低的声音在背后响起。淳惊得一跳，回头看去。

昏暗的礼拜堂中，有一个人跪在那里。

谁？司界人？

他全身都起了鸡皮疙瘩。

是谁？

淳尝试窥探礼拜堂内部。

一个人，穿着黑色的衣服，好像是僧服，跪在那里，专心致志地祈祷。能听到连续不断的祈祷似的语言。

淳的目光停在僧服下面露出的腿上。

细细的，像红树枝一样——是鸟腿。

而且，是三只？

发现这一点，淳毛骨悚然从脚底涌起一股生理上的嫌恶。淳醒悟到，礼拜堂中正在进行着某种邪恶的祈祷。

不行，不能让他继续祈祷下去。淳全身冒出了冷汗。

风抚着他的头发，云在头上流过。微亮的世界，逆着光，淳淌着冷汗，一直伫立在那里。他知道必须阻止那个人的祈祷，可是，脚下却像生了根一样，动弹不得。

突然，他感到有人在看自己。不是礼拜堂中的妖魔。是有人从背后看着自己。

啊啊，怎么办？动弹不得，动弹不得，自己回不了头。身后却有一个更加邪恶的东西。

这时，忽然吹来一阵旋风。

这阵突如其来的风把他吹得一个趔趄，他就势转身向后。

山丘上站着一个女人。

黑色的礼服，黑色的面纱。但是，面纱中露出两只眼睛，锐利地盯着他，离得那么远也能感觉到。

她是……黑寡妇？

淳忘记了恐怖，凝视着她。

黑色的面纱随风飘动。她却挺直着身体，像雕像一样，一动不动。

这时，耳边传来狗叫声。

淳如梦方醒。

司界人的猎犬正对着礼拜堂的门大声吠叫，那样子十分骇人。刚才它还那么温顺，现在，却围着礼拜堂不安地绕着圈子，激动地狂吠着，似乎要用自己的声音填满夜的寂静。

司界人！他出事了！

周围的人们心中同时升起不祥的预感，马上就要骚动起来了。

就在这一瞬间，啪嗒一声，不是后门，而是正面的门被打开了。司界人面色坦然地走了出来。

刚要围住礼拜堂的人们措手不及，骚动的情绪一下子遭到阻挡，只好惊愕地注视着司界人。那脸色，就好像正要扑向盘子里剩的最后一块蛋糕，忽然，一下子，盘子被拿走了。

“哦哦，好了好了，没事的。”

司界人语调平稳，抚慰着那只仍然躁动地来回转圈并朝着礼拜堂中吠叫的狗，摩挲着他的身体。

人们忐忑不安地朝礼拜堂中窥视，却见三个自治委员脸色苍白，朝外面张望。

发生什么事了？他们为什么看我们？

礼拜堂的里面和外面交换着猜疑的视线。

“出什么事了？”

可能是忍不住了，不知是谁问了一句。汤姆士·贝克尔好像一惊，望向提问的男子。他的表情好像刚才根本没看到这个男子，这会儿眼睛才开始聚焦似的。

“啊……没有……什么事也没有。”

贝克尔声音干涩，轻轻挥了挥手。

“时间这么长啊。”

“就是，一定是出什么事了。”

接二连三地有人发问。大家都从贝克尔的表情中读出一种不寻常的感觉。的确，他们的脸色异乎寻常的苍白。

司界人看出大家的疑惑，开了口："对不起，我的狗刚才觉得不安了。它好像是被这独特的、庄严的、不可思议的气氛震慑了。请各位原谅。那么，三位先生，请继续吧。"

他语调平静，环顾四周，一一低头，让大家冷静下来。那语气那么平稳，与刚才一般无二。人们面面相觑，心中的跳动荡然无存。

司界人看起来精神抖擞，既没有受伤，也没有不寻常的变化。他通过了神汤的考验。

贝克尔清了清嗓子："是的，什么事也没发生。司界人已经顺利结束了。下一位请进。"

所有人都心有不甘地看着他，但又都放弃了。毕竟，神汤还要继续，犯人还没有找到。

开始聚拢过来的人们又无言地回到队列中。

茫然若失的气氛消失了，些微的紧张感又开始笼罩在周围。

司界人悠然走下坡道。

教授握紧了拳头："别瞎扯了，不可能什么事都没有。看看他们的脸色，好像看到了死神一样。以后我绝对要问出来。"

"就是，干吗那么装模作样的，告诉我们不就得了。"

真理子也不满地低语。

淳目送着司界人的背影。

一定发生了什么事吧？还有，刚才自己看到的是什么？

他悄悄拭去太阳穴的汗水。刚才出了那么多汗，后背和腋下都湿透了，感觉很不舒服。

刚才那么鲜明的亲临现场的感觉，现在感受着教授和真理子的呼吸，似乎只能认为自己站着做了一个短短的梦。可是，以前自己很疲惫的时候，偶尔在电车里站着打瞌睡，也做过梦，可不是这样的。我刚才的确是看见了。

淳竭尽全力回想刚才看到的景象。

那是"客人"吗？可是，又完全不一样。"客人"是日常生活的延续，刚才，是现有的全部事物（不，准确地说也不是全部）都消失，进入了另外一个世界。

他感到混乱。难道，在厄纳得山的亡灵节体验，从根本上改变了自己的精神构造？

"快看。"

听到真理子的声音，淳抬起头。

真理子意味深长地看了一眼淳，看了一眼教授，扬了扬下巴。

"另外一个意义上的好戏要来了。"

淳忽然感到惊惧。

他以为自己又在做刚才的梦了。

队列之中有一个苗条的身影。披着黑斗篷，带着黑面纱，穿着黑礼服。

黑寡妇。

淳仿佛看到了逆光中飘舞的面纱。

她刚才在看着我，在那座山丘上。

就在这时，黑寡妇朝这边看过来。

白皙的面孔上浮现出惊愕，那双像古老的肖像画一样的眼睛锐利地盯着淳。淳简直要以为他们两个头脑中浮起同样的影像了。但是，她马上移开目光，又看不到她的脸了。

刚才是怎么了？

“怎么回事？她好像看到什么了。”

真理子他们好像没发现与黑寡妇对视的是淳。

或者，她看的不是我？淳忽然没有把握了。

淳往四下看，来看神汤的不只他们。各处都有很多人，远远地站着。

虽然越来越没有把握，但淳心里总是觉得，刚才他们两个曾经四目相对。

那真的是她吗？

淳在心里比较山丘上的女人，和刚才与自己四目相对的女人，总是觉得她们是同一个人。那么，究竟是怎么回事呢？

淳想整理一下思路：

“呃，咱们还要在这里看神汤吗？”

“咦，你不想看看‘嗜血狂玛丽’的结果吗？”

“我觉得有点儿累。”

看到淳叹了一口气，教授也点点头：“是啊，还有好长时间。今晚的精彩场面好像已经结束了。嘿，还是回到有琥珀色液体等待我们的家里，等他们回来吧。”

“一直站着，确实腿都僵了。”

真理子虽然因为黑寡妇的缘故不舍得离开，但看她走路的样子，恐怕她也确实是想回去了。连续两个夜晚，夜不能寐加上极端紧张，身体的确是疲倦了。

“嗯，有什么事的话肯定会有人马上联络咱们的。还有羽奈他们在。”

真理子满心留恋，一步三回头地跟在教授和淳的后面往回走。

“啊，吉米。”

离琳德和羽奈有一段距离，吉米站在那里。风帽下面露出的脸孔表情僵硬，一直盯着自己脚下。就算知道自己没事，排在这个队列里也是很不舒服的。他站在那里也很不安吧。

如果站在那里的是特里……

忽然，这个念头涌上脑海。

淳想到，如果特里进入礼拜堂的话会怎样？

"'客人'能参加神汤吗？"

淳不由自主地问。

"什么？"

真理子凑过来。

"如果，这个队列里有'客人'混进来，那个'客人'能参加神汤吗？"

"这个嘛，还真没想过。"

真理子愕然地说："举行神汤本身就很罕见，'客人'参加的可能性应该是微乎其微的。首先，客人没有必要参加神汤。"

"为什么？"

"你忘了吗？'客人'是不会说谎的。"

"啊，是这样。"

"所以，他们没有参加的必要性。"

"是这样啊。"

淳连连点头。是自己想得太多了。

三个人沉默着慢慢走下坡道。

蜡烛的光亮在摇曳闪烁。等待参加神汤的队列向远处延伸。多么奇妙的光景。尽管淳已经不再为些许小事惊讶，但当再一次想到自己身处何地，还是几乎眩晕。在自己习惯理性思考的头脑中，似乎正在产生另外一种思考回路。但是，虽然以为自己已经习惯了，有时头脑还是会拒绝接受，会短路，以此来进行逃避。

在东京的时候，自己几乎不和不相熟的人喝酒，但是到这里来以后，不喝酒简直不行。看看手表，已经快要过一点半了。

唉呀呀，照这个样子今天也起不来了。

离礼拜堂越来越远，三个人被寂静包围了。

今村署长正在远处眺望这灯光吧。连续两晚举行神汤。警察不会善罢甘休的。

看到熟悉的房子，淳不由得松了一口气。

一直在不停地走，身上暖暖的。

"啊？"

好像看到有一个人晃晃荡荡地从家里走出来。

没有路灯，厄纳得山笼罩在夜幕之中。只有餐厅透出微光，映出他的身影。多亏眼睛已经习惯了黑暗，才能在这个距离看到他。

"谁？"

那身影似乎也发现了他们三个人，停下脚步，回过头来。

模模糊糊的，一张白净的面孔出现在夜色中。

"咦？那是……"

真理子小声叫起来。

长发。身体紧绷。

没戴眼镜的眼睛睁得大大的。刚才，在队列中看到过这张脸。紧张而不安，表情僵硬。

“吉米？”

淳下意识地招呼道。

对方肯定听到了。他全身一震。

然后，他咧开嘴，露出牙齿。

不……他在笑。

本应熟悉的面孔，却用一种陌生的表情看着三个人笑。

简直感到空气都变得苍白了。

淳觉得全身都起了层鸡皮疙瘩。是恐惧。三个人的恐惧扰乱了夜晚的空气，使它变得浑浊。

那影子一下子动了。

“啊！”

眼看着他从道路向斜坡的森林中跑下去，很快就看不见了。

“等一等！”

真理子喊道。三个人像被弹簧弹起来似地跑了出去。每个人都跑进那个青年消失的地方，拨开树枝寻找，却再也找不到了。

只有三个人在树丛中来来回回的沙沙声，被吞噬在黑暗里。

“为什么吉米会在这里？”

“刚才好像在队列里看到他了呢。”

拂拭着身上的落叶，你一言我一语地说着，三个人走到家门前。

“噢。”教授低语，“他是特里。你们看到了吧？他没有戴眼镜。上次淳把他的眼镜捡回来了。他在那么远的距离都认得出我们。”

教授低声说着。

淳心里其实已经想到这一点，但是听到这个名字还是觉得不安。

“他真的是……”

真理子把后半句话咽了回去。是“客人”？

淳偷偷看真理子的表情，她显得很茫然。也许是因为她今年还是第一次见到“客人”。

“‘客人’会出现很多次吗？不是出现一次就完了？”

淳问。

“这个也分人。有的就是会出现很多次，会很多年都出现。”

“真是毛骨悚然啊。虽然长得一模一样，可是其实一点儿也不一样，根本不像同一个人。吉米说得对，那家伙看上去很恶劣呢。”

真理子摩挲着胳膊，仿佛在驱赶寒气。

"'客人'真的存在啊……在夜晚的黑暗之中，映着餐厅的微光。"

淳茫然自语。

"是的，在这里，他们是真实存在的。"

教授一边回答淳，一边在思考着什么。

"吉米没在这里太好了。如果他看到那张脸，会变得更加神经质的。"

真理子小声叹了口气说。

教授耸耸肩："这次会面可不太有意思。"

"教授，您也是今年第一次见到'客人'？"

"是，第一次。"

两个人面面相觑。

"他来干什么？好像是刚从家里出来。"

淳望着中庭说。

"哦？我看他好像是从树丛中出来的。"

"我觉得不是呢，不是从道路对面过来的吗？"

三个人各执己见。看到的是同一个人，印象却有这么大的差异。

听大家这样一说，淳的记忆也模糊起来。他到底是从哪里出来的？脑海里只有他站在家门口那张白净的面孔望着自己这边的样子。

"算了，进去吧，还得记日志。"

教授低声说，叫他们进去。

"是啊。"

淳感觉特里好像还从那边窥视着这里似的，总是心神不定。开放式的房子没有防御设施，这一点很让人担忧。

"从餐厅看着点儿外面吧。虽然这么暗，可能看不清楚。"

似乎是出于同样的感觉，真理子压低声音说。

淳在桌边坐下，喝下一口啤酒，松了一口气："可是，那个特里好像很不好对付啊。"

"简直无法想象呢。都看到了吧，他那张笑脸。还是锁上门比较好吧？"

"这样的家伙，难怪吉米害怕他。"

那样邪恶的笑容。充满邪恶的表情。

餐厅的光感觉比平时要暗一些。以前这微暗令人感觉舒适，现在却觉得光线照不到的阴暗之处似乎隐藏着什么。也许，有人脸上浮起那样的笑，看着我们，抱着膝盖坐在那里。也许他马上就要站起来，看着我们笑。

包围着空荡荡的中庭的房子，那些没人的房间让人真不放心。会不会有人藏在哪个房间里？在我刚躺下的时候，有人弯下腰来带着那张笑脸看着我？

好像被胆怯俘虏的不只是淳一个人。

"这样下去，不喝点儿烈性酒简直受不了。"

教授打开柜橱，拿出威士忌的瓶子。

三个人像举行仪式似地，咕嘟一口喝下去。

好一段时间，沉默笼罩着桌子。只有大家各自往自己的玻璃杯里倒威士忌的声音。

胃里一股热流，全身都暖和了。

“嗯嗯。”

“‘嗜血狂杰克’会不会就是他呢？”

真理子盯着另外两个人问。

“不太可能，他只能在这里，只能在厄纳得山存在。”

“我说的就是发生在这里的案件啊。他犯了罪也不害怕神的惩罚，就是因为他已经死了嘛。对他来说那只是恶作剧，他是在模仿人间发生的案件。”

“那具吊在大鸟居上的尸体也是他干的？”

“是啊，他可以从境界线的这一边往上吊啊。他一定在笑着看人们有多混乱。”

真理子好像已经认定了特里的邪恶，一脸憎恶地啜着玻璃杯里的酒。

“‘客人’能对这里的居民下手吗？”

淳问。

教授想了又想：“也不是不能。虽然这是很特殊的事。”

“很特殊的事……有很多事我们还不了解，有没有人进行过科学的调查？比如说，调查‘客人’的身体，采集他们出现时的各种数据？”

听淳这样一问，教授和真理子都神情古怪地看着他。

“我知道你想说什么，但这是亡灵节，如果这样做，只会招来精灵的愤怒。”

教授用教训的口吻说。淳觉得自己好像说错了什么话，有些不知所措。羽奈和琳德有时也会用这样的表情看自己。今天下午，自己问如果有人在黑色日志上作假怎么办的时候，她们也是这样看着自己，好像在说“怎么这样的事还不明白”。

这些人虽然爽朗、知性、快活，可每当这个时候，淳就知道自己是个外人。有些东西自己还没有从根本上理解，还没有体会。

孤寂、恐怖的心情。对了，自己好像想起一件事——刚才自己想什么了？我是个外人。有些东西自己还没有从根本上理解，还没有体会——忽然有一句话脱口而出：

“刚才，在礼拜堂里，自治委员看到什么东西了吧？”

“什么？”

“啊，是啊，我都忘了，是司界人接受神汤的时候吧。”

教授轻轻拍了一下桌子。

是的，当时，我看到了一副奇妙的景象。我在一个奇妙的世界。礼拜堂中的鸟腿，山丘上的黑衣服女人。当时一心都在眼前的情景上，现在仔细想来，那个世界我是不是曾经在哪里见过？到底是在哪里？虽然感到不祥，却有一丝亲切。那好像是……

“啊，他们回来了。”

真理子看着窗户说。

琳德和羽奈裹着外面的空气走进来。

“啊，好累，我也来一杯。”

“我还是喝一杯浓浓的红茶好了。”

两个人面色憔悴，脱下外衣。

“怎么样？有什么事吗？”

真理子探起身问。

羽奈疲惫地摇着头：“什么事也没有。都是一些女人，我都神经质了，气氛真是异样。”

“黑寡妇怎样？”

“什么事也没有。她可理直气壮呢，真厉害。”

琳德从真理子手中接过一杯纯威士忌，一口气喝干。

脸上终于渐渐恢复了血色。

“神汤真是让人不舒服，简直减寿。”

琳德抚摸着自己的胃部。旁边，羽奈摊开双手：

“等待的时候，有的人痉挛，有的人昏倒，真够受的。”

“不过，周围的人竟然都那么冷淡。”

“那是因为他们觉得这些人想逃避神汤。”

“这些人神经真是受到伤害了呢。”

“虽然自己什么也没有做过，不过，在那种气氛下，就是会没来由地感到内疚。我现在能理解，为什么有的人被警察带走讯问时会承认自己其实并没有犯下的罪过。”

羽奈端出了剩在盘子里的饼干。大家都伸手去拿，放在嘴里嚼，不知什么时候猫也爬起来了，咚地跳到桌子上去嗅饼干的味道。

“你们真没礼貌。”

羽奈慌忙把它们抱下来放到地板上。

“吉米呢？”

“后面还有几个人才到，我们先回来了。太想早点儿回家了。”

“他不会找不到路吧。”

“不知是不是举行神汤的缘故，昨天和今天都没有风呢。”

一阵尴尬的沉默。

一瞬间，教授、真理子和淳视线交汇，却没有逃过羽奈的眼睛。

羽奈紧盯着淳：“哎，出什么事了？”

“不，没有。”

淳支支吾吾。

“与吉米有关？”

琳德也追问道。

“我来讲吧。”

教授清清嗓子，把三个人遇到特里的事告诉大家。真理子在旁边不断描述特里的穷凶极恶，琳德和羽奈都毛骨悚然。

“怎么办，得把门锁上。”

“可这是亡灵节啊，白天怎么办？”

“冷静点儿，白天不要紧。”

“有什么根据这么说？”

大家开始一起说话，吵吵嚷嚷，简直不像是深夜。

淳看着大家说话，想到从礼拜堂走出去的司界人。他也会把手浸入那个净手盆中吧？为什么用了这么长时间呢？自治委员会问他同样的问题吗？还是其他问题？

淳隔着袜子感觉到了猫的牙齿。

他慌忙用手把猫赶走，这时终于发现了一个插话的机会，于是向羽奈问道：“哎，自治委员没说什么吗？”

“说什么？”

“说司界人的情况，他进去的时候我们等了很长时间，是吧？”

“哪顾得上关心这种事，光注意自己怎么通过神汤了。”

“那倒是。”

羽奈马上就把淳的问题抛到脑后，加入到大家的谈话中去了。不知什么时候，话题从今后亡灵节如何防范犯罪，转到“为什么黑寡妇能平安通过神汤的考验”。而且，不知什么时候又开了一瓶威士忌，淳面前的杯子也和大家一样被斟上了酒。

“那也可以理解，这次举行神汤是为了找出‘嗜血狂杰克’。”

“就是说，她以前的罪行不会被追究？不管在外面把手弄得多脏，只要在这里老老实实的就行了？”

“现在是亡灵节，那是当然的了。”

“请问……”淳缓缓地说，“我能问一个问题吗？”

“可以啊。”

女人们静静地注视着他，淳不由得清清嗓子：“好像你们曾经对我说过，神汤是这样的：礼拜堂中有一个称为‘真实之口’的净手盆，把手放在里面的时候，如果撒谎的话，就会受到精灵的惩罚，是这样吧？”

“是，的确是。”

“所谓撒谎，也就是针对自治委员的提问撒谎，是吧？”

“是啊。”

真理子奇怪地看着淳。

“这样的话，神汤是不是存在很大的漏洞？”

“漏洞？”

教授立刻作出了反应。

“是，比如说，对所有人是不是问同样的问题，嗯，我进去的时候，他们好像是这样问的，虽然我记得可能不太准确。”淳集中精神搜寻着记忆，“你是不是心安理得地生活，你是不是遵守法律，你是否知道鸟居的杀人事件，你是否知道犯人是谁，你是否在厄纳得山杀过人，你是否要以犯罪手段玷污厄纳得山，另外还有几个，大体就是这样。”

“我基本是一样的。”

“我也是。”

大家都点头。

淳继续说：“有些问题非常抽象，撒谎是主观的，特别是这个问题，你是否要以犯罪手段玷污厄纳得山，如果本人不觉得这是犯罪的话，这就不成为问题——比如说，在别人看来是杀人，他本人或许觉得这是正义，或者是正当防卫。这类问题精灵怎么判断？再说一种极端的情况，如果自治委员不问，这个人就不存在撒谎的情况。如果是这样的话，即使‘嗜血狂杰克’本人到场，也可能顺利通过神汤，是不是？”

大家一齐表示反对。

“你说的那是诡辩，内心的真实才是真实的。精灵不是发现了你衣袋里的手套吗？很显然，不只是说谎不说谎的问题，精灵是综合地判断善恶的。”

羽奈态度激烈地说。

“不过，”淳踌躇着，还是提出反论，“根据你们大家所说的，黑寡妇平安回来了这件事——当然，这是在她犯下谋害亲夫的大罪的前提下——可是，精灵对她的罪行没有任何综合性的反应。你们说是自治委员没有问关于她杀夫之罪的问题，只问了关于在厄纳得山的犯罪的问题。那不还是说，精灵是根据那个人如何回答自治委员的提问来判定真伪吗？那样的话，只能认为，提问还是很重要的。”

淳环视大家的面孔。

“嗯嗯，有意思，我还从来没这么考虑过。本来神汤就近似于传说，非常罕见。”

女人正在考虑如何反驳的时候，教授开口了：“也许，淳想说的主要是这一点，如果自治委员知道犯人是谁，想袒护他，那么让他顺利通过神汤也不是不可能的。是吧？”

“如果自治委员是犯人的话，对吧？”

琳德干脆地说。

“是的，这种可能性也是有的。”

教授意味深长地点点头。

“自治委员不用接受神汤考验吗？”

“听说最开始时他们互相做过了。”

羽奈和真理子小声嘀咕着。

“可是，要是这样的话，就不称其为神汤了啊，大家白那么紧张了。”

“怎么说呢，也许，举行了神汤，这件事本身就是很重要的。我亲眼看到那件雨衣在我眼前变得粉碎，精灵是存在的，这件事本身的震慑力就是无与伦比的。自治委员可能是很好地利用了这一点。”

“淳到底是个学者啊。”

琳德叹了一口气。从她的语调听不出是倾心赞佩还是无话可说。

“对了，神汤应该全部结束了吧？”

羽奈抬头看钟表，已经过了三点了。

“吉米怎么还不回来？”

淳心里感到一阵莫名的不安。

大家似乎都有同样的感觉，你看看我，我看看你。

每个人都不说话，沉默笼罩着房间。就在这时，喵，喵，脚边响起微弱的猫叫声。它们是不是一直在叫，只是大家说话声音太吵，没有听到？

“桑尼？”

顺着叫声看过去，两只猫在餐厅的一角冲着外面叫，好像在呼唤着墙壁那一面的某个人。

“赛德？怎么了？”

羽奈说着，赶快走近自己的猫。

淳下意识地站了起来。

在外面。教授也同时站起来，冲出餐厅向外跑。

两人还想继续往外面跑，却忽然发觉脚下有东西。

一个软软的东西。

“吉米！”

吉米倒在门口。

他没戴风帽，头上冒出血来。

“喂，振作一点儿！”

教授扶起吉米，叫道。

“嗯……嗯……啊……”

听到吉米的声音，淳松了一口气。他还活着。

“他头部受伤了，最好别动他。”

“哦。”

两人慢慢让吉米仰面躺下，血都溅到吉米的眼镜上了。好像是头部受到重击，打破了太阳穴。

“他突然从背后……打过来……特里……”

吉米好像在说梦话。

淳和教授面面相觑，一阵战栗。

脑海里浮现出那可怕的笑容，不由得发起抖来。

什么样的人，这样对待自己的孪生兄弟。

“怎么了？”

女人们从里面出来了。从她们脚边，桑尼和赛德像滚毛线团一样跑出来，要舔吉米的脸。

“是你们发现吉米躺在这里的啊？”

淳低头看着猫。

“是我们说话声音太大了，没听见猫叫。对不起，吉米。喂，拿毛巾来。羽奈，神汤应该结束了，你去把戴维·青木叫来。他兼任诊疗所所长。噢，别一个人去，也许还有人潜伏在附近。”

“是。”

“等等，我去拿手电筒。”

羽奈点头，真理子冲进餐厅，马上拿了一个大手电筒过来，两人一起往外冲。

“哇……啊……”

突然，吉米开始使劲挥手，好像是在和谁搏斗。

吉米的手碰到教授的肩膀，教授微一错愕，连忙抓住吉米的手腕：

“吉米！没关系了，吉米，别动，你的头受伤了。”

教授弯腰伏在吉米耳边呼唤。

“好痛！”

突然，教授皱起眉头，放开了吉米的手。

“没事吧，教授？”

琳德过来一看，教授的手出血了。再一看，吉米的手上也有几处渗出血来，虽然量不大。

“怎么了？”

“好像是玻璃片扎的。”

“啊，是不是那个东西？”

淳指着敞开的雨衣里面，衬衫口袋里露出了一副眼镜。那是淳在斜坡捡到，交给吉米的。是那个可憎的特里留下的。不知是因为吉米摔倒了还是和特里扭打的关系，眼镜已经碎了。吉米胸口沾着破碎的镜片，闪闪发亮。仔细一看，周围的地面也散落着镜片。

“这太危险了，别动，我来收拾一下。”

琳德跑进餐厅，拿来桌子上用的小扫帚，小心地把吉米胸前的碎镜片清掉。

“教授，没事吧？手上没有扎上镜片吧？”

“没事，没事。”

“今晚真是不太平。”

吉米在昏迷中又说起了胡话，却听不清说些什么了。淳和琳德叹了口气，站起身来，向黑暗深处凝望。

只有寂静而浓稠的黑暗，什么也感觉不到。

第六章

古典文学的考察

第二天早晨又一次召开临时集会，祈祷的钟声又一次推延到了中午。

会场里笼罩着困惑的气氛。

汤姆士·贝克尔也是一脸困惑的表情。

昨夜，住在厄纳得山的所有人都参加了神汤。

而且，所有人都顺利通过，平安无事。

没有任何人触发精灵的怒气（除了淳的雨衣）。

听到这里，人们你看看我、我看看你，吵嚷起来。

怎么会有这样的事？那，谁是罪犯？是谁把死尸吊在大鸟居和“祈祷之城”的门上的？

“这样的话，教授的假尸体之说可能是真的了？”

羽奈悄悄对淳耳语。她眼睛下面微微显出眼袋。

淳无力地对她笑笑，他自己也是睡眠不足。

昨天晚上，戴维·青木来到家里给吉米治伤。大家轻手轻脚地把吉米抬到屋里时，已经将近四点半了。吉米头部受伤，出血量很大，所幸伤口本身并不深。他的脸色渐渐恢复，头上也出现了鼓包。因此青木只给他做了一些应急措施，让他安静地躺着，到天亮再做检查。

青木很惊讶“客人”竟然会袭击人，但听了教授和真理子的解释，总算不情愿地接受了。

“还是提问方式有问题吧。”

淳看着前方低声说。

“可能吧。”

“那也许不是‘杀人’。提问是‘杀人了吗’，其实，也许是把偶然因事故死去的尸体，以一种仪式化的方式吊起来。像猩猩这样臂力强大的动物，有时就会把尸体绑到树上。因为它们本来就住在树上的。”

“可从没听说过厄纳得山有‘森林中人’大猩猩，把这里当成莫尔格街可有些牵强。”

羽奈不服输地盯着淳。这种有优等生心理的女孩子，现在满面憔悴，眼袋都出来了，看起来更有女人的魅力。淳心想。

“我们得到了宽恕。我们当中没有罪犯。亡灵节继续进行。”

汤姆士·贝克尔用不容置疑的语气宣布。

人群嘈杂起来。可以理解他们的心情。厄纳得山中明明有惨死的尸体，自治委员却说这里没有罪犯。

“但是，”似乎是为了抢在众人提问之前，汤姆士立即继续说，“不可否认，有可能有恶人侵入山中。我们计划强化自主巡逻，搜查停泊的船只和山中各个角落。今天，在祈祷的钟声敲响之前，请大家一起检查自己住所的周围。检查一下最近没有使用的房间、亭子，看看是否有人生活过的痕迹。结束之后，请大家按照通常的方式度过亡灵节。请大家注意观察周围，如果发现入侵者的行迹，请立即报告。”

入侵者。

人们脑海之中浮现出模糊的形象。但是，那形象着实令人怀疑。

的确，能够藏身的地方要多少有多少，藏在船中，等进山检查完了之后潜入山中也是有可能的。但是，真的存在这个未知的入侵者吗？他现在藏在什么地方的树荫下面？或者，在谁家的粮仓里酣睡？

人们难以接受，再一次嘈杂起来。

“真有那样的家伙，司界人马上就会发现的。”

羽奈喃喃自语。

司界人。他怎样看待这骚乱？淳眼前浮现出昨夜神汤结束后司界人悠然走下坡去的背影。

森林怎么办？有人问。很明显，他说的是不允许居民进入的那部分神圣的森林。

“我们自治委员负责搜查。”

汤姆士不动声色地回答。

对了，没看见格雷博士。淳忽然想到这里，看了看台上。难道博士仍然在协助“自主的”调查？

淳四下张望，还是没有找到博士。

“怎么了，淳？”

“没看见格雷博士啊。”

“哎，还真是。一定是害怕大家都来找他，躲进‘祈祷之城’去了。”

“真同情他。”

淳脑海之中浮现出博士的窘态，为躲避不断打来的电话，一脸憔悴地陷在沙发里。

“我们必须维护这个神圣的场所的自治权，必须避免警察的干涉。”

汤姆士加重了语气。人群中响起了对于这一点表示赞成的拍手声。

但是，如果这个密闭的空间里混进了一个残忍的杀人犯，事情就另当别论了。一直以来，亡灵节期间居民们都是毫无防备的状态。如果让亡灵节保持通常状态，人们的人身安全就无法保证。

汤姆士看出了人们的担忧，在人们发问之前抢先发话了："犯罪发生都是在半夜到凌晨这段时间。白天大家都清醒，要做什么事说不定就被人从某个地方看见，犯人很难有所行动。夜间大家多注意，锁上门，尽量避免外出，不要一个人行动，应该就能在一定程度上避免被袭。"

汤姆士环视人群："这是神圣的场所，我们的亡灵节，我们的厄纳得山，必须由我们来保护我们自己。让我们自卫吧，让我们祈祷吧，我们经受了神汤的考验，精灵宽恕了我们。我们必须相信精灵和我们自己。"

汤姆士的话里蕴含着不容置疑的坚强意志，最初的温吞印象荡然无存。淳想起，有人说过，他在亡灵节的问题上是个铁杆儿的保守派。

众人慑于汤姆士的威严，没有人再提出异议。

汤姆士轻轻点头，最后说道："那么，请大家回到家里，一起开始检查。陛下荣光永驻，格言长存！"

格雷博士给淳打来电话，是在大家把家中和周围都检查完毕的时候。当然，根本找不到什么"迷之入侵者"的踪迹。

"啊，博士。搜查情况怎么样？是，当然会的。大家都虎视眈眈地等着机会大讲特讲自己的推理呢。神汤怎么样？对博士你来说是不是很有意思？"

琳德试探着搭话，大家都竖起耳朵。一片无序混乱之中，大鸟居的尸体事件几乎被抛到九霄云外去了。

"好，随时都可以，欢迎光临。什么？淳？请稍等。"

琳德向淳招手，淳颇为意外。

"哎，淳，博士想跟你说话。"

"跟我？"

"是的，快点儿。"

淳慌忙接过听筒：

"您好。"

"啊，淳，听说你的惊险体验了。"

传来博士诙谐的声音。淳明白他是指神汤。

"是，我都吓破胆了。"

"怎么样，你能来一下吗？我有话想跟你说。"

"去您那边？"

"我还是出不去。叫你过来很不好意思，请你到前台报我的名字，我跟他们说好带你进来。最好是在祈祷的钟声敲响之前。"

博士的口气虽然像聊天一样，但是淳还是感觉到一种紧迫的气氛。

怎么回事？为什么特地要我去？

“明白了，我马上去。”

“你一个人来，请不要带其他人。”

博士不放心，又叮嘱道。

“知道了。”

“好的，那我等你。”

电话挂断了。

“怎么了？”

四个人的目光带着询问，要淳马上回答。

“呃，博士说，想和我谈一些学术问题。”

“噢，那我也一起去。”

教授马上报名。

淳斟酌着说：“不，那个，怎么说呢，他的意思好像是我们两个外国人单独谈谈。”

“啊，这样啊，哎呀呀，真见外。”

教授好像很意外，一副混合着遗憾的复杂表情。

琳德啪地拍了一下教授的肩：“人家的心情也不是不可以理解嘛。淳是表现得很好，可是，从别的国家来到厄纳得山生活，肯定有很多地方一时难以接受。去吧，淳。”

淳微微点头，感谢琳德替自己说话。

可是，琳德又压低声音补充道：“不过，你可得把博士带回来啊，这屋子里的人都有一肚子话要问博士呢。”

居民们全体出动，在自己家附近东翻西找。

简直像岁末大扫除。其实仔细看看，很多人就是顺便在做清扫，所以这样联想也不见得没有道理的。照这样子，祈祷的钟声敲响之前能结束吗？走过这样热闹的地方，昨夜的神汤和见到特里时的恐怖简直像梦一样。

吉米还好吗？

今天早晨他情况好多了。他说自己能走路，没问题，一个人去诊疗所了。现在应该在接受检查。

天空依然凝重，好像不知道地上的变故，黏稠的云从天上流过。

微弱的光，颜色不定的云。

对时间和日期的感觉每天都在变化。蓦然惊觉，自己仿佛一直在这幽暗之中徘徊。

昨夜和前天夜里都曾经走过这条路，但是，现在，在白天，走在通往“祈祷之城”的坡道上，却觉得这里的风景充满了慈爱的气息。

吊着尸体的石门，已经恢复了它庄严的美。

通往玄关的小路曲折蜿蜒，山茶树茂密掩映，虽然没有多少距离，从道路上却看不到城的里面。

结实的拱形门廊里面是一扇大大的门。

叮叮扣响门环，过了一会儿，门开了。

“欢迎光临。”

一个态度一本正经的男子打开了门。眼前的大厅竟意外地宽敞。

柔和的光线从镶嵌着黄色玻璃的天窗透进来。

正面是狭长的过道，里面那一头好像是墙壁，走不过去。大厅约有三十多平方米。过道的右边是沙发和咖啡桌，两个老人坐在沙发里，在低声谈话。左边是一个小小的柜台，现在没有人。

“请问您有何吩咐？”

那个男子表情莫测地问道。他身材瘦小，留着两撇弯弯的小胡子，让人联想起大侦探赫尔克里·波洛。

“我来找乔纳森·格雷博士，我是淳一郎·伊藤。”

“哦哦。”看样子是博士跟他说过了，男子点点头，“让您久等了。走过正面的过道，出了中庭的回廊，从右边的楼梯上楼，在三楼最里面，象间。”

“象间？”

“是的，您看门的旁边就知道了。”

男子恭恭敬敬地点头，用手指着过道。

淳踌躇了一下，朝里边走去。

这座建筑让人丧失方向感。乍一看还以为迎面是墙壁，其实只是过道正面放着的一个屏风，那后面原来是环绕中庭的回廊。

中庭是传统的样式，和教授家的一样，围成十字形状。但是，这里不是教授家那种用墙完全隔开的，而是仅用栏杆隔开，是开放式的中庭。

淳看到一个中年女性的背影，她正在祈祷，于是蹑手蹑脚地从旁边走过去。

似乎是为了让住在这里的人互相之间难以碰面，楼梯也修得很狭窄。不过也可以理解，这里本来就不是旅馆。

走进走廊，边上是一排客房的门。门边上嵌着金属牌，看来这里是用金属牌上的图案来称呼房间的，而不是数字房号。开始以为都是国际象棋图案，细看又不是，有蔷薇，也有猫头鹰，还有红桃皇后，各种各样。

象，象。

淳一个一个地看着牌子。

这座建筑乍看上去很小巧，其实里面相当大。没有示意图，难以把握全貌。

淳终于找到了那个图案，略一犹豫，便伸手敲门。

“是谁？”

里面传来一个含混不清的声音。

“淳一郎·伊藤。”

“哦哦，你来得太好了。”

那声音近前来，格雷博士打开了门。他向走廊张望了一下，让淳进了屋。

“怎么样，您的调查有进展吗？”

“如你所知，天天都有事，简直顾不上。”

“的确，我觉得自己好像已经在这里待了一年了。”

“我同意你的意见。”

房间很朴素，但很有高级感。

小小的露台外面，能够看到繁茂的枝叶。

“大家都说让我把您带回去，说有一肚子话要问您。”

两人在露台的咖啡桌边的椅子里坐下。听淳这样说，博士无奈地笑了：“哎呀呀，大家都张着嘴等着我呢。”

咖啡的醇香飘满整个房间。

“昨天的船送来的。喝咖啡还是得用咖啡豆煮。”

博士到底是个美国人。

“咖啡文化和红茶文化到底是不一样啊。”

淳接过杯子，自言自语。淳感到，自从到了这个国家之后就浸润在鼻腔深处的红茶香气被一扫而光。

“喝咖啡有一种在处理事务的间隙休憩的感觉，以事务为主，咖啡终归是暂时的休息。但是，喝红茶是为红茶而休息，一天都是以红茶为主、在红茶的支配下的，其他的时间则隶属于红茶。”

淳发觉自己变得饶舌了。

淳也理解，确如琳德所说，作为这个国家以外的人，博士多想和自己说说话。

“嗯，本来他们也没有在处理事务的间隙休憩的必要。对他们来说，好像生存本身就充满乐趣，好像他们本身就爱好生存。也许这就是他们喜爱红茶的秘密。”

博士点着头，享受了一会儿香气四溢的咖啡。好久没有感到这样自在的感觉了。

“博士，您对神汤作何感想？”

“啊呀，说老实话，的确让人胆怯畏缩。”

“不过，您做的时候什么也没发生吧？我当时都觉得我活不了了。”

“啊啊，你那时候真是可怕。听说雨衣一下子消失得无影无踪了？真是一种无法想象的力量。”

“就算我是亲眼见到，也仍然难以置信。”

淳详细地给博士讲了雨衣在半空变得粉碎的经过。

“嗯，真想亲眼看一看。”

博士低声说，似乎很遗憾。

“如果留下影像记录就好了，可精灵是不会允许有人这样做的。”

淳这样不经意地说着。博士的表情瞬间凝固了。

发现淳奇怪地看着自己，博士一脸认真地开了口："我见过的。"

"什么？"

"在美国。"

"见过什么？"

"照片和八毫米电影。"

一阵沉默。淳目不转睛地看着博士："您不是开玩笑吧？"

博士苦笑："不是。那拍的是厄纳得山内部和亡灵节的情形，在学术圈里相当有名。"

博士站起身，又倒了一杯咖啡。

淳怫然不悦："是谁干的？这里是禁止照相和摄影的。"

"应该是偷拍的。好像是出身维国的人匿名提供的。我也只见过他本人一次，已经是五年前的事了。"

"出身维国的人，做下这样遭天罚的事，居然平安无事。"

"那个人好像从那以后再也没回过维国。确实，这种事败露的话会被当作通缉犯的。"

当然了，想想都觉得恐怖。

"那拍的是什么时候的亡灵节？"

"大概十年前的吧。"

"我也想看一看，纯粹是出于兴趣。"

"东京可能也有几个人看过。世界上有很多学者对亡灵节感兴趣。"

博士的表情意味深长，他不再说下去了。他一直看着淳，弄得淳坐立不安。为什么博士要叫自己过来？淳心中不禁又一次感到奇怪。

他想说什么？他好像不是单纯想和一个一同参加亡灵节的外国人一起聊聊。他叫自己来有什么特殊的原因吗？

博士若无其事地避开淳奇怪的目光，说道：

"我五年前见过那个带照片来的男人，其实，他长得和你一模一样。"

淳惊得目瞪口呆："什么？"

博士摆摆手："当然，我知道不是你。五年前你还是十几岁的少年，而我见到的那个男子当时已经四十多岁了。"

突然，在净手盆里看到的那个男子的面孔一闪而过。

"是肯特？肯特在美国？"

淳探出身子，语速很快地说。博士坦然地点点头："恐怕是的。我听说，他的亲戚中有一个女人经营电影馆，他受那个女人的影响，从小就喜欢影像。女人经营电影馆并不是很多见啊。"

"那就是说，您之前就知道琳德？您来教授家里也不是偶然？"

"我的确知道她是你的亲戚。不过，我也没有想到这么顺利就潜入到教授家里。多亏教授为人爽朗，没弄出麻烦。”

“肯特现在在哪里？还在美国吗？”

各种各样的疑问一个接一个地涌上心头，可只能一个一个地问，淳简直急不可耐了。

博士神情忧郁地摇摇头：

“不知道。没有人知道他的消息。”

“他在不在美国也没人知道吗？”

“是的，生死不明。我曾想他也许又回到这里了，可好像没人见过他。似乎有人认为他已经死了。”

“您是来找肯特的吗？”

“这也是原因之一。我有很多问题想问拍下这些影像的人，想写论文嘛。即使他已经死去，在这里的话，也有可能见到他。”

两人好像商量好了似的，同时啜了一口咖啡。

“博士，”淳惴惴地开口问道，“您来这里之前就相信亡灵会回来吗？”

“不。”博士毫不犹豫地摇摇头，“所以，我认为他拍的影像可能使用了某种手段。在影像里，本来已经死去的人都现实地存在着。可是，拍摄的手段也太过高明了。我当时认为维国是一个满是骗子和夸大妄想症患者的国度。”

博士毫不介意直白地说出自己的想法。淳心想，的确，这种话也只有对我能说了。忽然，淳又想到一个问题：“他们被拍到影像里了？”

听到淳下意识的低语，博士点点头：“是的，还有照片。”

“那就是说，他们的确是实际存在的。”

“是的。我以前一直怀疑这一点。我记得我上次还说过，亡灵节是在厄纳得山这个特殊的封闭的环境里才能看到的集团幻想。但是，他带来的照片和影像中，死者是作为物质的存在被拍摄到的。我想确认真伪。尽管他说这是死去的人又回来了，但我没有办法证实，我只有自己亲眼看一看。”

“您当时认为是用了某种手段的那个影像，究竟是什么样的？”

“我的朋友中有一个出身维国的学者，他几年前因事故死去了，死在美国。但是，肯特拍的影像中就有他。那不可能是他生前的影像，因为影像里的杂志和书都是在他死后出版的。”

“的确。”淳深深点头，“那么，现在您怎么认为？您相信亡灵会回来吗？”

两人目光相接，互相探究着对方心底。

“我不知道。但是，听说了第一天夜晚的事件，还有你经历的神汤，不能认为这只是集团幻想。当然，我已经进入了这里，被这里的磁场控制，也许是本想骗人反被人骗，我不免担心这一点。”

博士用探询的目光看着淳。

他好像在努力看清淳是不是相信亡灵回归。

“博士，您见过‘客人’吗？”

“没有，很遗憾。”

“我见过。丝毫没有恐怖，他们真的是那么理所当然地存在着。现在，我相信亡灵回归。我不能否定自己的亲眼所见。只是，我对这一现象形成的过程感兴趣。教授和其他人都没有想要去探究为什么会发生这种现象。他们只是全盘接受。但是，我想知道为什么会产生这种现象。我想，也许有些部分可以用科学道理去解释。”

淳斟酌着词句回答。

博士看着淳的表情，一直听着。

“嗯，我也认为的确是发生了什么。可能是集团幻想也可能是其他的什么，总之是能有合理解释的某种现象。”

“昨天晚上，吉米结束神汤回家时被人袭击了。”

“什么？”

“是特里干的。我、教授和真理子，三个人都亲眼看到了特里。”

“你们看到了‘客人’？”

博士半信半疑地问。看来要不是亲眼见到，他是绝不会相信的。

“是的，特里和吉米虽然长得一样，但完全是不同的人。那种邪恶的感觉，只有亲眼见到才会明白。”

想到那张脸，淳的后背又是一阵寒意。

“‘客人’是实际存在的。他们能反射光，他们有实体。也许，您即使见到‘客人’也不会觉察到。仅仅擦肩而过的话，会觉得他们和普通人完全一样。”

博士侧着头，似乎在搜寻记忆。他扬起脸，露出一个意义复杂的微笑：“你很单纯，没有先入为主的观念。与你相比，也许我太执着于自己的既有观念了。即使是维国的人，也不是所有人都能见到‘客人’的。相当多的人没有见到过。”

这次轮到淳无奈地笑了：“羽奈说，可能像我这样看起来傻傻的人会比较容易见到‘客人’。”

“也许像我这样的人，即使见到了也会在心底的某个地方否定它。”

“对了，杀人事件的调查进展如何？”

博士夸张地耸耸肩：“我毫无办法。大家都在讲自己的推理，可是几乎没有目击者。”

“您听说了吧，马蒂亚斯说，看到司界人把那个女人吊在‘祈祷之城’的城门上。”

博士点头：“听说了。但是，比较合乎逻辑的解释是，有人打扮成司界人的样子做下这种事。”

“我也这么想。而且，司界人昨晚顺利通过神汤了。在这里作案的凶手是震动首都的‘嗜血狂杰克’吗？”

“嗯，这种可能性非常大。”

“到现在还没有听说过‘杰克’的被害者作为‘客人’回来的。”

“自治委员一直关注着被害者亲属的情况。有的被害者亲属还没有到，可能等他们到了之后会出现吧。”

“可是，所有的人都参加神汤了，却没有找到犯人，这是怎么回事呢？”

淳把自己昨晚讲的关于“提问”的看法讲给了博士。

博士一直听着，最后点点头：“的确如此，有一定道理。自治委员统管亡灵节的一切，如果他们有什么不为人知的手段也不足为怪。你是说，是否被精灵大卸八块，就看他们的意图了，是吧？想想看，这真是强大的权力啊。”

“是啊。不过，自治委员也不可能完全控制精灵。从这个意义上说，这个地位风险很高，而且这个国家的人是这样的国民性，自治委员不得到大家的认可也坐不上那个位置。”

“但是，一旦得到这个地位，事实上就成为统治者了，甚至能够左右人的生死。”

“可这一次，他们没能找到犯人，这不是起了反效果吗？”

“你难道是说，还是把某个人大卸八块为好？”

“我不是这个意思……而是总觉得他们放过了犯人，好像给犯人判了个缓刑似的。”

“这就是反效果。好不容易举行的神汤都没有效果。如果能找出犯人，给犯人定罪，就会让人们感受到超自然的恐怖力量，这才有利于维持秩序。”

“如果犯人是自治委员的亲属呢？如果这样的话，公布真相对自治委员当中的某个人就是非常不光彩的，这种情况下会怎样？”

喝到第三杯咖啡，胃里开始觉得饱胀起来。

“我有件事拜托你。”

博士不经意似的说。

“什么事？”

淳坐正身体。

“如果肯特出现，希望你帮我问他一些问题，因为他们说‘客人’是不会撒谎的。”

“问什么？”

“什么时候在什么地方死的，什么原因死的，在美国或维国有没有留下什么东西，特别是有没有留下照片或影像资料。希望你帮我问问这些。”

淳咽了一口唾液。

如果见到肯特。

这个都说跟自己长得一模一样、但从没见过面的亲戚。什么时候在什么地方死的，什么原因死的。

净手盆中的面孔。如果能见到他，自己还想问他一个问题。

萨曼莎怎么样了？他和她是什么关系？她真是他的女儿吗？

“我知道了。”

“其实我更希望我自己能见到他。”

“请问，照片您没带过来吗？”

淳下定决心问道。他对肯特留下的照片抱有浓厚的兴趣。

博士摇摇头:“为慎重起见，我没有带到这里来。要是有人看见就糟了。而且，我是美国人。如果有人发现亡灵节的照片传到了国外，有可能会引起外交问题。”

“是啊。”

淳为自己的虑事不周感到不好意思。

“你在写论文吗?”

“不，还没有。写黑色日志就用去了我全部精力。而且，这几天连续熬夜，困得不行。”

“的确如此啊。”

“警察会介入这里吗?”

淳问了一个自己最担心的问题。

“现在还不会。”博士简短地回答，“但是，如果再发生什么事，今村署长绝对会进山干预的。”

“警察肯定知道山里举行神汤了吧?”

“知道，自治委员那儿有跟外面连接的热线，警察每天都在给他们施加压力。本来警察眼看就要介入了，是贝克尔好不容易阻止了警察。”

“估计是这样。”

“这几年，好像自治委员和警察之间的矛盾越来越尖锐。社会不太平，任凭自治会自治还是让人不放心吧。一旦出什么问题，担责任的毕竟是警察。”

博士点上一支烟，烟草的香气和咖啡的香气混合在一起，弥漫在房间里。

“博士，您觉不觉得贝克尔是个相当保守的人?”

“嗯，他好像是这十几年来最保守的要员。青木和斯科莱克还不至于完全像他那样。”

“自治委员之间也存在意见分歧吗?”

“不是铁板一块。实际情况是，贝克尔很强硬，其他两个人不得不服从他。”

“看似风平浪静的圣地，其实也存在政治纠葛啊。”

“参加亡灵节的人一年比一年少。哦，还有司界人他们那个原住民的问题。”

“吉米说，应该把厄纳得山还给他们。”

“是的。现在，有一股世界性的潮流，就是原住民的权利优先。如果亡灵节继续衰落下去的话，这种呼声就会越来越高。”

“司界人他们原住民人数有多少?”

“这个嘛，相当多的人已经同化于英国人和日本人了，还散居在这一带的有数百人吧。”

“司界人他们自己想怎么样呢?他们好像不是太主张自己的权利。还有，司界人这次为什么会来到厄纳得山呢?他说，他们本来不能进入这里，这次是为了阻止现世对圣域的干涉才来到这里的。这是什么意思?”

博士摇着头："很多问题现在还不明白。厄纳得山，还有山里的亡灵节，是经历怎样的过程演变成现在的样子，还存在许多我们不了解的空白。维国也是一个近乎禁忌的地方，国民对于调查行为强烈抵触，进行调查可能要花相当长的时间。"

"刚才您说，您曾经觉得这个国家的人是骗子和夸大妄想狂的集团，那么现在您怎么认为？"

听淳这样问，博士一笑："我还是有一半是这样认为的。"

这时，内线电话响了悠扬的声音。

博士起身拿过听筒："哦哦，知道了，我现在去帆立贝间，是吧？"

博士点头放下听筒，好像是和谁约好了。

"那我这就告辞了。我对大家说您要会见客人，这样即使我没能把您带回去，估计大家也能接受。"

淳才要起身，博士却伸手按住他："不，你也一起见一见。"

"啊？"

"我请你过来不只是为了托付你肯特的事，还有这件事也很重要。"

淳一片茫然："重要的事？找我？"

博士意味深长地点点头："是的，黑寡妇想见你。她托我介绍你们见面。请你和我一起去她的房间吧。"

黑寡妇的房间是个有两间屋的大套间。

看到门边帆立贝图案的牌子，博士敲了敲门，那个曾经见过的枯枝一样弯腰驼背的侍从打开了房门。

好像看一部旧电影似的，淳又一次感到自己的确来到了一个遥远的国度。

"请进。"

侍从殷勤地点头，带着两个人往里走。

黑寡妇坐在弧形腿的长椅上迎接他们。今天她仍旧穿着黑色的礼服，不过摘下了面纱。一张古董人偶一样的脸孔上，一双锐利的眼睛盯着自己。

淳觉得自己像个不受重用的宫廷画家，也许是因为她的坐姿完美得像一幅肖像画。直接加上金边画框，就是一幅无懈可击的构图。

"您好，温切斯特夫人。"

博士彬彬有礼地低下头。

哦，黑寡妇姓温切斯特。

淳发现自己还不知道她正式的名字。

"叫我玛丽就可以。我的姓变了很多次了。我已经听够了别人用我丈夫的名字称呼我了。"

她缓缓地开了口。

淳很惊讶。原以为她的声音一定很生硬高亢，其实她说话很像琳德，有礼貌，又十分干脆。

博士虽不动声色，但似乎也有些意外，有那么一瞬间，他带着惊讶的神情看了一眼玛丽。

“那就请坐吧，您也请坐。您已经喝腻了红茶了吧，这位美国先生？不过刚才您应该喝过咖啡了，那么，现在来点儿威士忌怎么样？”

玛丽随和地向两个人招手。

淳惊讶于她灵敏的嗅觉和卓越的观察力。她好像从两个人的衣服上嗅出了咖啡的味道。像是抱着同样的想法，博士看了淳一眼。

“安东尼，拿威士忌来。”

“哦，不，现在还是白天，而且，马上祈祷的钟声就要敲响了。”

博士推辞着，但那个侍从已经拿着玻璃杯像影子一样走近前来。

“那就稍微来一点儿吧。”

博士有些为难地接过杯子。

“给那位年轻的先生也斟上。”

说实话，昨晚喝得太多了，现在淳并不想喝威士忌，但看情形不好拒绝，淳只好不情愿地把杯子送到唇边。

“请问您二位的名字？”

喝干了第一杯以后，玛丽不经意似的问。

“我叫乔纳森，这位是淳一郎·伊藤。”

“谢谢您带这位先生过来。听说您二位都是从很远的地方来的。”

玛丽冷静地观察着他们两个的表情。

“我可以称呼二位乔纳森和淳吗？”

“当然可以。”

博士点头，淳也跟着点点头。

“淳，听说你住在篠田教授家里？”

听她这样轻言慢语地询问，淳明显很紧张。

“琳德，真理子，还有那个可爱的大学生，都在一起，是吧？你能告诉我她们是怎么说我的吗？”

玛丽面无表情，语气依然干脆。听她的语气，她明明知道别人是怎样说她的。

“呃，那个，那，不，我什么也没听说。我只听说您很不幸，失去了好几位丈夫。”

淳语无伦次。昨天晚上自己亲口说的“在她犯下谋杀亲夫的大罪的前提下”这句话在脑子里不停地回旋。

玛丽看了淳一会儿，扑哧一声笑出来，然后哈哈仰天大笑，声音爽朗而洒脱。

博士和淳惊愕地看着笑得直不起腰来的玛丽。只有那个侍从面无表情，站在餐具柜旁边。玛丽挥挥手，把玻璃杯交给侍从。侍从似乎懂得她的意思，为她斟上威士忌。

“好了，你不用担心我会介意。我早就知道她们怎样说我。我是个女蓝胡子，一个接一个地杀掉有钱的丈夫，每一个丈夫死去时都给我留下巨额财产。是这样吧？我简直能听见琳德的声音：她竟敢来参加亡灵节，她杀人的手段一定很隐蔽，如果她不来参加亡灵节只会让人更怀疑她。左不过就是这些吧？”

她说得太准确了，淳只有红着脸坐在那里。

“请问，您认识琳德吗？”

淳好不容易问出这一句，玛丽夸张地点着头：

“是的，我们很熟，我们从小学到高中都在一个学校，从小就认识。”

“原来是这样。”

淳非常惊讶，因为从琳德的话里根本听不出她们自幼相识。

“虽然琳德一点儿也不当我是朋友。”

玛丽略一耸肩。这个动作使她看起来像是个尊贵高傲的女人。可她的语气真的很像琳德她们。琳德她们讨厌她，也许是相似的人之间的排他反应？

“我一点儿也不知道。”

淳老老实实地说，搔着头发。博士好像也不知道该如何反应才好，只好浮起一个笑容，最后还是下决心开了口：“请问，您是有事是吧？或者是有什么话想说？如果您希望和淳单独谈话，我已经把他介绍给您了，那我就先回去了。”

玛丽立刻严肃起来，显得刚才的口无遮拦倒像是预先安排好的了。

“不，乔纳森，我希望您也听一听，我认为您一定会感兴趣的。如果您对厄纳得山有兴趣的话。”

玛丽坐正身体，博士和淳也跟着坐正。

“姑且不论我是否杀了我丈夫……”

她这样直白地说起外界对自己的议论，两个人都没想到。

“……问题在于，没有一个人回来。”

“什么？”

博士和淳同时不由自主地凑近了。

“他们没有回来。”

玛丽重复道。

“作为我，巴不得他们现在就出现在我面前，让他们说出哪怕是一句恨我的话。我每年都这样等待着。我穿好丧服，做好一个寡妇应该做的一切准备。确实，我本来就喜欢黑衣服。我穿的衣服每次式样都不一样。看得出来吗，先生们？”

“我也有十件黑色高领衫，只是织法和领子的高度有微妙的差别。”

博士知情识趣地答道。

玛丽嫣然一笑：“是的，黑色是很深邃的。”

“您说，他们没有回来，是说没有作为‘客人’出现在厄纳得山，对吧？”

博士小心翼翼地问。

玛丽点头：“是的。别说在我面前了，他们在任何人面前都没有出现过。”

“原来是这样。但是，我听说，来参加亡灵节的维国国民中有很多人从来没有见过‘客人’。所以，您是不是不必这样悲观？”

博士语气显得有些惊讶。他可能是在奇怪，这件事怎么会让她想到托自己介绍和淳见面。淳听着也不禁疑惑这跟自己有什么关系。

“是的，我知道，我认识的许多人都和我一样，感叹自己那么多年每年都来参加亡灵节，却没有‘客人’访问自己。”玛丽平静地低语，“可是，我是有些不同的。”

“怎么不同？”

还是理不清头绪。

“我的家族有原住民的血统。你们知道司界人吧？知道他们独特的宗教观和世界观吧？其实，他们具有很多奇异的能力。据说，我们所说的‘客人’，在他们眼中看来也是不一样的。曾经有一段时期，维国大力推行同化政策，政府积极鼓励本国居民和原住民联姻，我的家族也有了原住民血统。因为这个关系，有时，我们家族生下的孩子会具有奇异的能力。”玛丽淡淡地说着，“听说我的祖母就是其中之一。她从小就决不长期待在厄纳得山。她说，如果待的时间太长，会和这座山产生共鸣，被带到‘那边’去。”

“‘那边’？”

淳不禁重复着。

“是的，‘那边’。”

玛丽面无表情地又说了一遍，看了一眼淳。

淳慌忙移开视线。他还不习惯被金发碧眼的女性注视。

“她对我说，你有你的道路，你面前的道路已经出现。所以，访问你的‘客人’都会从你身边直接走过，去往‘那边’。我小时候她对我这么说的。”

一阵不自然的沉默。

博士和淳互相看了看，等待她继续下去。

不知是故意卖关子还是在等他们两个说话，玛丽好长时间没有开口。

“请问……”

淳等不下去了，刚一开口，就与玛丽视线相交。

“我们在那里见过面。”

“什么？”

淳脑中一片空白。

“昨天晚上，司界人参加神汤的时候。”

玛丽平静地说。

难道，她是指那件事？

“呃，”淳声音颤抖，“您说那里是指……”

“你记得的。”

玛丽的语气仍然平静。

“在那座山丘，那个礼拜堂，远处是神圣的森林。”

好像头部受到强烈的撞击，淳惊得合不拢嘴，全身都冒冷汗。

“山丘？”

博士完全不明白他们在说什么。当然了，那种体验只是淳内心的体验。

玛丽耐心地等待淳的回答。

淳努力调整呼吸：“这么说，那不是梦了。你确实站在那座山丘上。”

玛丽莞尔一笑：

“是的。当时，是我们站在那里。”

“那是为什么？”

“你也有自己的道路。”

“道路？”

“那里可能是太古的、刚开始形成的厄纳得山。”

“什么！？”

玛丽神色自若地回答，说的话却让人摸不着头脑。

“可……可是，我有好几次见到‘客人’了。昨天还见到了，是在山丘见到你之后。”

淳不知为什么觉得此事非同小可，认真地讲着自己的经历。

“在那之后？见到‘客人’？”

玛丽眉头颦蹙，陷入沉思。

“真奇怪。你应该有你自己的道路，因为，我在那里看到了你。”

然后，玛丽又像想到了什么，看着淳：“你来自遥远的地方是吧，是第一次踏入这个国度吗？”

“是的。”

“那么，你来厄纳得山，参加亡灵节，都是第一次吧？”

“是的。”

“所以嘛，你还处在混乱当中。可是，你真了不起。第一次参加亡灵节，就见到了这么多‘客人’，还在山丘见到了我。”

玛丽的神情渐渐严肃起来：“你很危险。”

“啊？”

淳愕然。

玛丽的脸色微微有些苍白：

“就像我的祖母，不，也许比她还要危险。”

这次，轮到淳脸色苍白了：“‘那边’是什么地方？”

“那对我来说同样是个未知的世界。”

“呃，对不起，我不太明白你们说什么。”

博士不安地问。他看到淳和玛丽好像突然心意相通，肯定感觉自己被晾在一边了。

“嗯，我不知道能不能对您解释清楚，乔纳森。”玛丽似乎在寻找合适的词句，“可能，这座厄纳得山，是死者经过的地方。大家说在这里死者会‘回来’，其实这里是去‘那边’的途中一个必然要路过的地方。维国的国民，由于场所的力量和习惯的力量，能够看到经过这个地方的死者。可是，在这个场所之外的地方就看不到他们了，也看不到他们以后会去哪里。以上这些，您能理解吗？”

“是，多少能理解一些。”

博士思考着，点着头。

“能理解这一点的人很少。如果不是身上流着原住民的血，并且具备他们那种能力的话。”

“那，我呢？我的祖先也是原住民？”

淳兴奋地问。

玛丽点头：“十有八九是这样。”

“那，然后呢？”

博士非常想听听玛丽下面的话。

“司界人他们这些原住民，从这个场所接收到的力量和传统行为方式的力量比我们的都要强很多，简直不能同日而语。他们并不是看到死者，而是下意识地与死者同化，和他们一起走向‘那边’。所以，他们通常不会踏入这里。如果踏入这里，他们身心都会很危险。也是在这个意义上，这里对他们来说是圣地。”

“那就是说，司界人现在是冒着极大危险留在这里的？”

“是的，所以说，一定是发生了某种异常的情况。”

玛丽对淳点头，然后转向博士：“所以，显露出原住民能力的人，就能够看到原住民所看到的、这座山的原型。就像我和淳。”

“原型？那是什么样的形态？”

博士好奇心大盛，不禁叫了起来。

玛丽和淳困惑地互相看看，不太有把握地尝试说明自己见到的景象。博士兴味盎然地听着，虽然可能无法全部理解。

“嗯，真令人吃惊。这座山居然是双重意义上的圣地。司界人看到的居然和我们看到的不一样。”

“正是如此。”

淳愈发混乱。光是“客人”已经超出自己的理解力了，现在自己的头脑还处理不了“圣地的原型”以及“那边”这些概念。

“那，您是为了告诉他您在山丘上看到他了，才请他过来的吗？”

博士想确认一下，玛丽奇怪地笑了。

淳感到胸口一阵躁动。最近他经常感到这样的躁动，而且，每次都应验。

她会不会拜托我做一件十分古怪的事？

“我对他有一个请求。”

玛丽格外缓慢地说。

什么事，快点儿说啊。

“希望你帮我找到经过厄纳得山的丈夫。”

房间里安静下来。

那个侍从仍然像物件一样站在餐具柜的旁边。

这里是帆立贝间。帆立贝游得非常快，在水中能喷出水来。船员们早就看到过帆立贝游过海上的情景，但是至今没有人把它清楚地拍摄下来。之所以会有帆立贝这个名字，就是因为这种贝打开贝壳像立起来的帆一样，乘着波浪游泳时，看起来十分美丽。

淳发现自己的思想在逃避。

对了，刚才，她好像让我做一件非常古怪的事。

“怎么回事？要怎么做才好？”

博士替淳问了出来。

“要是我在场，我丈夫就视而不见直接过去了，不会来见我。所以，如果你感觉到他要经过，请你叫住他，告诉我。”

“可是，也许他也会从我面前直接走过去。”

“不，你仍然被尘世羁绊着。因为，现在你和其他国民一样，仍然能够见到‘客人’。”

“我怎么才能……”

淳觉得自己又要语无伦次了。

“我不会让你为难的。我给你我丈夫的照片，希望你能尽早发现他。他应该会朝我的方向过来。我暂时把房间用符封上，让他进不来。”

“如果在前几天他已经从你这儿过去了呢？”

博士问。

“不，不可能。虽然不能见面，但是，他经过的那一瞬间我是知道的。他还没有到我这儿来。”

玛丽很有把握地说。

淳和博士面面相觑。

看着托马斯·温切斯特的照片，两人回到博士的房间。

淳简直不知该如何是好。玛丽的话让人摸不着头脑。虽然两人的确曾经在那座山丘相见，但没想到她会请自己做这样怪异的事情。

“真不好意思。我才刚拜托你一件事，现在又来了一桩。”

博士歉然地笑。

胃里咖啡和威士忌翻腾个不停，两个人什么也不想喝了，在露台的桌边坐了下来。

络绎不绝。

淳的脑海之中涌出这个词。

好像许许多多的死者——“客人”排着队访问自己。

“你也许觉得麻烦，可在我看来，我有些羡慕你。”

博士谨慎地说。

“我能够明白您的意思。”

的确，如果能自己亲身经历，就能收集第一手的数据，这再方便不过了。

“也就是说，她以前的丈夫们都是先来找她的，可是连和她说话的时间都没有，她就把他们都送到‘那个世界’去了。”

博士自言自语地说。

“她说她暂时把房间用符封上，是什么意思？您听说过吗？”

“听说过。关上房间的门窗，贴上符，这样一来，‘客人’就进不去了。”

跟日本一样，淳想。

“当然，亡灵节是方便‘客人’进门的节日，所以极少有人这样做。”

“这倒是。那么，她把房间用符封上，访问她的‘客人’就无法进门，在周围徘徊，这样其他的人就会看到了，是吧？”

“据她说是这样。”

“真的会那样吗？”

“你是说，会不会真的像她说的那样？你不是和她有共同的体验吗？”

“虽然有共同经历，但是和她说死者会直接从她身边经过，这跟那段体验不是一回事。这我并没有亲眼见过。”

“是啊，她会不会有什么企图？”

“她真的杀了她丈夫吗？”

“听上去真血腥。”

博士取出烟草。

淳看看时钟，马上就到正午了。自己得在祈祷的钟声敲响之前回去。

“哦，你该回去了是吧，我送你。”

博士也看看钟，站起身来。

“即使她没有杀她丈夫，但据她自己所说，她本身具有一种能力，引领人走上通往死者世界的道路，那么也可以这样解释：这种能力指引她的丈夫们走上那条路。”

这样说着，淳想起玛丽说自己“也有自己的道路”的那张冷静的面孔，不禁茫然。

你很危险，玛丽的声音在脑海中回响。

不会吧，怎么会有这样的事。自己在这里只待不到一个月的时间，以后大概也不会再来这里。不会发生这样不吉利的事的，不会发生在我身上的。

“不过，要是撒谎的话也太过荒唐无稽了。如果她真的杀了她丈夫的话，绝对不会想让其他人见到作为‘客人’回来的丈夫。她非常清楚，‘客人’的证言具有法律效力，她不会自己掐自己脖子的。”

“的确是啊。”

两个人沉浸在自己的思绪里默默无言，不一会儿来到了旅馆入口处。

“真奇妙。”临别之际，博士感叹道，“刚才你们说的厄纳得山的原型的样子。我总觉得在哪里看到或听到过似的。”

看到博士冥思苦想，淳惊讶不已。

没想到博士也有同样的感想。他清楚地记得，自己也是，昨天经历那种体验之后，感到一种奇妙的亲切感。

“我再想想。希望你把自己的体验详细地记录下来。虽然你经历了很多困难，但我还是羡慕你。”

博士轻轻一笑。

“不一起回去吗？”

淳半开玩笑地问，博士无奈地笑了：

“如果可能的话我会去拜访的。当然，是在日落的钟声敲响之后。”

“请您一定要来，否则他们可都要骂我的。那我就这样告诉大家了，您可一定要来啊。”

淳恳求道，博士手按胸口，保证自己会尽力。

走出“祈祷之城”的城门，祈祷的钟声响了。

周围已经没有人了。赶快，大家都已经进入祈祷时间了。

刚才上坡时的喧嚣好像不曾存在过似的。

自治委员呢？巡逻的人都在哪儿？这样的寂静，有些令人生畏。

淳加快脚步。

他盯着自己脚下往前走。

自己的影子那么淡，是阳光微弱的缘故吧。

耳边只听到自己啪嗒啪嗒的脚步声。

不知为什么，自己的心跳开始加快。

喂，怎么了？你没有理由感到害怕啊。

可是，尽管自己这样对自己说，脚步还是越来越快，心脏也越跳越快。

几乎是在小跑。

真蠢，真蠢。

淳在心里骂自己，可紧贴在背后的恐怖却不曾消失。

已经看到教授的家了，淳心里渐渐安稳下来。

哎呀呀，自己的被害妄想症也太过分了。

淳调整呼吸，擦拭着汗水，放慢了脚步。

就在这时。

“救救我。”

传来一个声音。

“什么？”

淳不禁叫出声，回头往后看。

没有人。

阴沉沉的白昼，只有无人的道路模糊地蜿蜒着。

灰色的风景，轮廓也朦胧，感受不到有生命体的存在。

心理作用？

淳想不明白，他又往前走。

“救救我。”

淳再次驻足，环视四周。

可是，依然只有朦胧的风景。

这声音是从哪里传来的？感觉好像是从耳朵后面。感觉好像是有人在脑子里直接对着自己讲话似的。声音很微弱，听不出是男人还是女人。

淳觉得有些害怕。

你也有你的道路。

玛丽的声音在脑海中回响。

我难道真的和死者的世界相连接吗？

淳慌忙打消了这个念头，快步向家中走去。

刚要进门，就听到“啊”的一声大叫：“怎么了，淳？”

餐厅里的羽奈在向他打招呼。

“我回来了。”

“小声点儿，钟声已经敲响了。”

“对不起。”

进入房间一看，大家都在餐厅，各自干着自己的事，可能是为了警戒吧。

但是，淳并没有加入其中，他快步冲向自己的房间。

他想起来了，自己为什么会有那种似曾相识的感觉。

那座奇妙的山丘。那太古的原型。

詹姆斯的《山坳之间》，十九世纪的小说，第一部描写厄纳得山的小说。其实，这是一部厄纳得山游记，当时却被当作幻想小说来看待。那部小说中有些叙述和自己经历过的非常相似。

怪不得自己觉得那么亲切。那本书自己已经读过很多遍了。

博士一定也读过那本书，所以听了我的讲述才会有同样的亲切感。

不过，自己虽然反复读过，却是很久以前的事了，内容也忘得差不多了。

自己应该是带来了。

淳跑进房间，打开行李。

把自己带来的书都倒了出来。

柳田国男的随笔，厄纳得山的传说记录，其中有一本破旧的小册子。

一本小小的发黄的书——《山坳之间》。

这里面应该有一些线索，有一些对生活在这个奇异世界的我有益的线索。

淳坐在椅子上，翻开书页，专心致志地读起来。

忽然，我发现自己到了一个陌生的地方。

那里是一片荒野，那么寂寞，却充满着一种强烈的气氛。我觉得我曾经经历过这种感觉，我伫立了一会儿，终于明白了。是在墓地。

我们去往墓地，那里埋葬着曾经与我们共同生活的、非常熟悉的、现在已经不存在于这个世界上的人。那时，我们不会感到那是一个空虚的无人之地。我们会感到那个人现在长眠在这里，我们知道有许多人在这里入土为安。我们心底知道，他们现在还在说着话，在另一个世界生活——即使有人嗤笑这只是生者的自我安慰或梦呓。

我孤独一人。刚才，我还在人流如织的坡道上，为什么会突然陷入这样孤独的境地，我不明白。

我向周围看去。

这里很像我所在的那座山，却又像另外一个世界。空气的触感和刚才并无太大变化，却略显清冷。

空中，云在静穆地移动。和平时的山丘一样，不透明的光涂抹在群青色的云的边缘，分不清是黄昏还是早晨。

山丘上风很大，没有建筑物也没有人影。此时的风景，在故乡的湖泊地区也能见到，但这里却没有追逐嬉戏的羊和狗。

不，建筑物还是有的——如果它能叫作建筑物的话。

山丘的高处，有一个用灰褐色的石头堆起来的东西。仔细观察，这里砌成了一座长方形的墙，内侧有一块四角形的岩石，像是基座，又像是祭坛。不知是后来安放在这里的，还是用原来就在那里的石头雕成的。不过，有人为的痕迹是肯定的。也许可以把它看成一个礼拜堂。或者，是用于举行某种祭祀或宗教仪式的地方。

我有点儿想散散步，于是在这荒凉的山中慢慢行走。

下面是一片黑色的森林。

淳在这里贴上了一个标签。

太像了。简直好像书中的这一段留在了自己的记忆之中。

作者哈里·E·詹姆斯来厄纳得山是1890年至1900年之间。至于他为什么会来到这里，书中并没有详细记叙，好像是因为他母亲的母亲出身于厄纳得山。他的经历几乎不为人知，也基本没有留下其他著作。有一种说法说他是伯恩茅斯的一个地方官吏，但并不确定。《山坳之间》最初是以个人私家版的形式问世的。

这本来是一本私人性的书。开始，人们认为它的内容具有幻想性。直到二十世纪前半页，维国的情况在宗主国还不为人知。在宗主国看来，维国既没有多大的市场，也不是主要的原料出口地，就像是帝国主义扩张的过程中得到的一个赠品似的。宗主国对此地并不太关注，只当是一个古老而封闭的乡村。

重新发现维国是在第二次世界大战以后。

异国情调，东方氛围，和平的社会中，民众总是在追求新的流行。他们去海外旅行，游山玩水，带回当地的特产装饰自己的房间。但是，维国依然无人关注。直到时代进一步发展，民族寻根、回归自然、地域特色这些东西受到重视以后。

最早发现的这里人应该是维国的电影导演塞缪尔·金田。

当时，他似乎是想在维国拍摄《瑞恩的女儿》。维国作为一个孤岛，乡气十足，落后于时代，经济水平不高，最适合全新的创意。他为寻找合适的原作，涉猎了大量书籍，包括一些很古老的材料。于是，发现了詹姆斯的《山坳之间》。

他用一个晚上读完了这部作品，认为它充满新奇的幻想和魅力，非常适合改编成电影。他到处奔走募集资金，从维国政府获得许可，进行了三周的全外景拍摄。

结果，电影没有引起什么反响，票房业绩也很惨淡。

但是，电影却起到了宣传作用，人们发现了维国。不，不是发现维国，是发现了谜一样的圣地——厄纳得山。

其实，电影拍到一半，金田导演就不得不放弃了拍一部虚构故事的意图，改为把《山坳之间》当作纪实作品来拍。这是金田导演的第二部作品，他自己写了剧本，但考虑到预算，避免多余的支出，剧本十分简单。在观众眼中，比起故事情节，第一次见到的维国人民和维国风俗更加引人入胜。

当然，厄纳得山本身并没有被拍进去。但是，最重要的是，电影向人们展示出詹姆斯的《山坳之间》并不是虚构，而是纪实性作品。影片中的人物读了他的书，坦然自若地肯定里面写的都是事实，实际上厄纳得山中就会发生这样的事。

观众惊讶不已，半信半疑。

在这个国家，是不是有巫师使用麻药一类的东西玩什么花样？这里的国民是不是单纯的集团性歇斯底里？或者这个国家只是一个骗子集团？

疑惑会传染，同时好奇心也在扩大，于是影片就成了宣传片。

于是，宗主国几次派来由许多考古学者、民俗学者、博物学者和心理学者组成的调查团进行调查，结果却是支离破碎的。因为，调查团成员回国以后的反应各种各样。有的盛赞这是一个神秘的国度，有的大骂这是一个恶魔之国，有的人丧失了意识，有的人一心想忘记自己的经历。唯一共同的地方是，他们都不愿意提交正式的报告。

宗主国还想再派调查团，这次，维国委婉而坚决地拒绝了。维国好像很后悔允许调查团进入他们的圣地。来的这些人，要么就叫嚣一定有鬼花样，要么就谩骂遭到了诅咒，要么就把这一带搅得一塌糊涂，总之只会大肆侮辱维国的国民。当初允许调查团进入的政府也感到非常不满。所以，宗主国为避免麻烦，不再派人来调查了。本来有没有维国都无所谓，有什么必要非得大老远地跑去惹上一堆麻烦，引起文化摩擦呢?

于是，调查以这种尴尬的形式半途而废了。但是，对维国以及圣地厄纳得山的种种臆测和偏见已经深深植根于人们心中，一直到现在。

淳翻看着《山坳之间》。

这本书并不是太长。现在自己在这里读它，能够理解这是一篇纯粹的纪实文字了。而不知道的人读来，的确会认为这是幻想小说或哥特小说。

他贴上标签的场面，是詹姆斯在听到祈祷的钟声之前去散步的时候，忽然困惑地发现自己来到一个“墓地”一样的地方。

詹姆斯的作品中没有很多关于亡灵节的规则的叙述，更像是在描绘一种抒情式的印象。因此，死去的外祖母在他面前出现的场面，也被看作是抒情的延续。但是，现在，淳惊叹于他的写实性，他像照相机一样精确的观察。的确，维国的人们当然会认为这是十分写实的。

淳仔细地翻看着，他要找一找还有没有关于那个奇妙的地方的叙述。

忽然，他的目光停留在一段文字上。

回到餐厅，我茫然地喝着已经变冷的红茶，贝尔玛送来了热水。

她问我怎么了，说我脸色不好，我把刚才自己看到的情景告诉了她。

她脸上露出一种古怪的表情，像是惊愕，又像是恐怖，还有新奇，她就这样长时间注视着我的脸。

你去了荒陵了？她说。她有这样的习惯，那双黑曜石一样的眼睛会长时间一眨不眨地盯着别人。

我问她荒陵是什么地方，她回答说那是很远的地方。

荒陵。

这个词映入眼帘。这就是那个地方的名字吗？当时人们已经知道那个地方的存在了吗？是的，黑寡妇，还有其他人，应该有相当一部分人知道那个地方。不过，黑寡妇没说过那个地方叫什么名字。

淳左思右想。回头问问教授吧。

他把书放在桌子上，躺到床上。好久没有这种回到本来的生活的感觉了。自从来到这里，就是一个接一个的惊愕，好久没有好好读书了。《山坳之间》的文字在头脑中回荡着。自己现在就在作者生活过的这个地方，这既让人难以置信，又让人欣喜不已。

血缘这一点，说实在的，只是自己为了来这里找的一个理由。血缘关系很远，回头想来，这一点真是幸运。自己只打算作为一个局外人，一个观察者。但是，在这个地方，自己却越来越深入到亡灵节之中。见到“客人”，神汤的考验，有人说自己有原住民血统——这些体验真是求也求不来的。

这样一想，淳心里涌起一股责任感，自己必须详细地做好记录。不只是黑色日志，还有当初计划要写的详细的日记。

淳从床上跳起来，再一次坐到桌边，打开日记，认认真真地开始记录。

只有短短几天，该写的东西却堆成了山。现在，自己的确在这里……

从这座石头房子中眺望自己已经非常熟悉的阴沉的天空，不由得感到儿时的记忆又回到眼前。

母亲读给自己的儿童文学中，英国总是充满着异域风情，让自己心驰神往。世界上最有名的兔子，数学教师洛丽塔，会在空中飞的家庭教师，燕麦粥和松饼，雾霭，泰晤士河，阁楼，西洋象棋，炸肉饼，魔女，神出鬼没的强盗，等等。

其间，在与众不同的位置闪烁着温暖的光辉的，就是维国。一个带着些微恐怖的、朦胧的、却又充满魅惑的世界。

维国是个什么样的地方？

记得自己曾经按着地球仪上的一个小岛，这样问过母亲。

母亲有些困惑，但还是回答了自己。那声音像唱歌一样好听。

是女王、皇帝和幽灵的国家。

自己一愣，母亲轻轻笑了：现在他们还在这个国家里共存呢。

当时自己还不懂“共存”这个词的意思，脑海中却浮现出了这样的形象：身穿鲜红色长袍的女王、皇帝，还有发白的半透明的幽灵并排站在一起……

想来，母亲自己也没有来过维国，所以对这里应该只有一些社会上一般的印象。在日本，对维国的印象也和在英国的近似。或者说，在日本，要更偏颇一点儿，更怪异一点儿。

但是，现在看来，母亲的印象却是正确的。不知母亲是从何处得到这样的印象的。

忽然，淳的头脑中有什么东西一闪而过。

淳停下正在写日记的手。

这是怎么回事？自己这是对刚才的哪句话起了反应？

淳沿着刚刚掠过的记忆往回追溯着。

母亲的印象是正确的。母亲从没有来过维国。母亲的印象。并排站着的女王、皇帝和幽灵。

女王、皇帝和……

忽然，他想到一句话。

你去了荒陵了？

这是《山坳之间》中的一句话。

皇陵。

突然，脑海中冒出了这个词。

陵墓。皇陵。皇帝的坟墓。

淳兴奋起来。是的，和神汤一样，荒陵也是从日语变化来的。但是，下一个瞬间，淳又陷入沉思。

为什么会有这样一个名字呢？那个圣地，是皇族或王族的墓地吗？确实，乍看上去像是古坟。但是，黑寡妇说，那是死者经过的地方。

为什么把这个地方叫作皇陵呢？

淳思索着。大家都说，厄纳得山的成立过程有很多谜团。自己在逗留期间，能在多大程度上解开这些谜团呢？

很久没有这样的感觉了，好奇和探求的激情止不住地往上涌，淳为自己自豪，不由得全身发热。

是的，自己是幸运的，可遇不可求的机会，现在就握在自己手中。以前自己只是为它所惊异，为它所左右，现在，既然自己已经身在亡灵节文化之中，正好抓住这个机会深入研究吧。

淳简直待不下去了，下楼往餐厅走去。

餐厅里空荡荡的，只有真理子一个人，她紧锁双眉，在读一本书。

看这样子，真理子还真像是一个严格的教师。

淳忍着笑，悄悄走进餐厅。

“干什么呢，还偷偷笑，讨厌。”

听真理子低声说了这么一句，淳颇为意外：“你看见了？”

“你以为我是谁啊？我班里有四十个小魔女呢。”

真理子眼睛一直看着书，说道。

“原来是这样。”

“你笑什么呢？”

虽然觉得说出原因会使真理子更生气，但淳还是照实回答：“我以前只看到你喝酒，现在看你读书的样子，觉得还真像个教师。”

意外的是，真理子眼睛看着书，嘴角一弯，笑了：“少敷衍我。给我也来杯红茶。”

“好。”

“哦，对了，等等，咱们来点儿我真理子特别调制的东西吧。”

真理子好像想起了什么，站起身来，轻轻跑上去，到自己的房间拿了一个大罐子下来。

“这是调配红茶？”

“是。来到这里以后晚上总是睡得很晚，睡眠不足，睡觉的时间也不规律，总是犯困。以前也有这种经验。这次我就自己专门调配了红茶带来了。”

“这个能赶走瞌睡，让人清醒？”

“是，这个很香醇，劲儿很足。”

“哇，这到底是什么味儿啊？”

真理子打开罐子盖，一种异样的香气飘出来，淳下意识地往后一退。

“嗯，的确很冲。这是肉桂、佛手柑油和胡椒薄荷，还有什么来着，总之，我就是把一些具有提神效果的香料混合起来了。”

淳不由自主地捏住鼻子。真要沏上这个，整个餐厅都会充满异样的味道。

“呃，那个，咱们还是喝普通的红茶吧。”

“这个不好吗？我想趁大家不在的时候试一试呢。”

真理子可能因为是自己做的，所以毫不在乎，迅速地拿了很多茶叶放进水壶。

“不用放那么多啊。”

“每人一份加上水壶里还要留一杯的量，这个我知道。”

“我也知道。”

结果，周围被可疑的香气笼罩了。淳觉得自己像坐在一个撒满了卫浴芳香剂的房间里。

“喂，尝尝。”

真理子若无其事地把嘴唇凑近杯子。淳的脸一到杯子上方就觉得快要窒息了，他装作不经意的样子把杯子放回桌上。

“嗯，相当不错。都要喝上瘾了。淳，你也好好尝尝，确实香味儿有点儿冲，但喝起来就没那么冲了。”

真理子一个劲儿地劝，淳只好屏住呼吸把杯子送到嘴边喝了一口。

“是吧？”

面对真理子那寻求赞同的目光，淳努力想给她一个答案，可是，他只感到自己喝进去的是一种颇为古怪的液体，极具冲击力，却尝不出任何味道。

“怎么说呢，这个，我觉得，里面放了太多气味强烈的香料，味道相互抵消了。”

说出这样的感想，淳已经竭尽全力了。虽然人的确是清醒了。

“对了，你刚才看什么呢？”

淳尽量把杯子放得远一些，他拼命想改变话题，目光投向真理子手里的书。

“日本古典文学。”

淳一看，原来是《源氏物语》的英译本。

“好不容易有这个机会，我想趁你在这里的时候学习学习日本文学。”

真理子好像是专教英国文学的教师。

在维国，日系人口大约占三成以上。虽说是混杂的，文化上还是更接近英国。即使像真理子这样做教师的知识阶层，具备日本文化常识的也是少数。

“但是，这故事太奇怪了。本想上课时用用的，还是算了吧。”

“在日本从初中就开始学这个了。”

“学这种色情故事？这个光源氏简直是变态。恋童，通奸，近亲相奸，什么都干得出来。就算当时日本是一夫多妻制，贵族也不用工作，他能过这样的生活，也真亏他身体顶得住。花言巧语，伤春悲秋，寄歌传情，哎哟，男人太闲了真不是什么好事。”

淳笑得有些难堪：“有些情节正如你所说，不过，《源氏物语》主题并不在于此。这样美貌高贵的男子，与各种各样的女性恋爱，留下多情的名声，可是，他依然是不圆满的。故事最终写的是因果报应，世事无常。其实，作者是把光源氏作为一个符号放在主人公的位置，真正想写的是光源氏遇到的那些女性，也就是包括作者自己在内的女人们。”

“我承认，作者观察女性很敏锐。”

“仔细想来，确实有的地方写得很过分。不过，我还是认为这是一部优秀的作品。”

“我听说，日本风俗产业很兴旺。”

淳直眨眼，不知道这和刚才谈的《源氏物语》有什么关系。

“我觉得，风俗产业在任何国家都有吧。”

淳战战兢兢地回答。

“不过，我听说，日本很重视幻想。”

“幻想？”

“是，有的地方，女性和客人都在表演，实际不发生关系，只享受独出心裁的想象。读了这本书，我觉得能理解了。”

“你是说《源氏物语》？”

“是。”

真理子自信地点头，咕嘟喝下一大口那可怕的“真理子特别调制品”：“是啊，哪个国家的贵族都装模作样，遵循繁杂的步骤进行恋爱。只不过，在日本必然有‘歌’。”

“是的。”

淳觉得兴味盎然，探出身子，但真理子的特别调制品的香气直冲鼻腔，他只好把脸扭过去。

真理子继续说：“‘歌’在里面好像是所有的步骤的黏合剂。人物总是习惯于通过‘歌’来看待自己。人物形象经常是双重的。就是说，连自己的存在，都是作为第三者看到的幻想去认识的。也许是把自己比拟成什么东西了。现实的自我意识和恋爱中的自我意识是有距离的。那就是幻想存在的空间。所以总觉得不真实，像是在游戏。难道说，这些人物扮演‘歌’中体现的自己的角色，也不觉得有疑问？说得再直白一些，就是习惯了不真实的自己，不再为虚幻自我与真实自我间的隔阂所烦恼。贵族的习惯一代又一代传下来，渗透到平民当中。可能是这种传统的贵族习惯绵延到了现代日本的风俗产业吧。”

这番话理论宏大，听来也有趣，但其实极为粗略，淳忍不住要反驳：“不过，这种情况在其他国家不也存在吗？在中国，在英国，恋爱的手段都是情书，贵族阶级文化教养是不可或缺的，引用过去名人的恋爱或者古典文学中的轶事来比拟自己的境遇，在欧洲以及其他国家都很普遍。使众所周知的、有名的爱情故事和自己的恋爱重重交叠在一起，沉浸在恋爱的幻想之中，这不是日本特有的现象。要论构筑幻想的能力，还是西方人更强。”

“嗯，构筑幻想的能力这一点我认为是一样的。但在那之后，日本人就不一样了。”

“之后？之后怎样？”

“西方人终归是现实的，可以说是动物性的。无论贵族还是庶民，无论是否履行繁杂的步骤，最后都承认自己是动物，只相信存在的、客观的东西。”

“可是，西方是有宗教的。那么，神的存在又该如何解释？”

“那是因为太知道自己是客观存在的缘故，出于某种需要而创造出来的。”

“哦哦，也许有一定道理。”

“但是，日本人能够把存在的东西——自己的肉体，甚至内心当时感到的情感都幻想化。可以说，日本人能把有看成没有。所以，在性这方面也是，可以将虚构的妄想毫无滞涩地融入进来。比如说，能把虫子翅膀的声音听成音乐，就是把没有的东西妄想成有。同样，也存在相反的情况。日本人能否定自己活生生的肉体，把它作为不存在的东西，所以才能够以只欣赏某种形象为乐。”

“嗯，有意思。那，真理子，你们是怎样的？”

“我？”

“真理子，你能和幻想同化吗？其实，我一直想问，你们信神吗？这个国家应该算承袭了英国国教会的传统吧？可是，以我的感觉，却更接近日本人的精神构造。更不可思议的是这里，是厄纳得山。如果相信神的存在，那厄纳得山该怎么定位呢？”

“你真是问到关键问题了，大才子。”真理子显得有些尴尬，“从几十年前，教会就很为此烦恼。也正因为如此，到现在，厄纳得山都是一个不受外界波澜影响的地方。一旦有所触犯，弄得不好的话，会动摇教义的根本，那就自找麻烦了。不过，我们并不太为此烦恼。英国不也是凯尔特文化与基督教文化并存吗？它们互相并不否定对方的存在。所以，我们也可以把厄纳得山作为生活的一部分。没有必要对所有的东西都给出一个统一的说明。”

“是，我同意。”

“太好了。没想到会和你谈起这个。不过，想想也是，淳是做这个工作的。要再来一杯吗？”

“啊，我还有，你自己来。”

一听让自己续杯，淳赶快拒绝了。但是，真理子还是盯着自己的杯子，似乎想给自己添茶。得快点儿再找个话题。

淳很焦急。突然，他想到了一个自己非常想问的问题：“真理子，你肯定读过《山坳之间》吧？”

“你当我是谁啊？”

又被吓了一次，淳不由得缩了缩身体。

“最近为了提高亡灵节的参加率，那本书成了这个国家每年的课题图书。读书就不用说了，那种垃圾似的读书感想我每年要看上几百篇呢。”

真理子好像对《山坳之间》抱有强烈的恨意。但是，淳可不能就此退却：

“关于作者，你知道得详细吗？”

“詹姆斯？”

“是的。”

“不了解的信息太多了。”

“在维国没有留下关于他的记录吗？”

“那可能是个假名字。描写厄纳得山和亡灵节，还要印刷出版，即便是现在都很困难，在那个时代，肯定是碰都不能碰的禁忌，哪能署真名啊。”

“那，他是故意抹掉自己的经历了？”

“有这种可能性。有一种看法，认为是同一时期另一个姓名首字母完全一样的作家写的。”

“首字母完全一样？是亨利·詹姆斯？”

“就是他。”

真理子满意地点头。

“那个大作家写的？”

淳回想《山坳之间》的文笔，觉得不像，在心中怀疑着。

但是，真理子竖起食指，解释着：“时期也相合。他也写旅行记，1895年上演的第一步戏剧作品评价非常低。据说，他可能是为转换心情隐姓埋名在维国待了一段时间。他发表幽灵故事《转动的发条》是在1898年。有说法认为他是以在维国的经验为基础写作的，也有一定道理。”

“不过，亨利·詹姆斯是生于纽约的美国人，他虽然入了英国籍，但他在维国有亲属吗？与维国没有血缘关系的人进入厄纳得山，在上个世纪，这很难做到吧？”

“相反，当时还没有现在这种进山许可证制度。当时英国有很多人是维国移民的亲戚，他喜欢在欧洲旅行，他对维国感兴趣的话，应该有人能帮他实现愿望？”

“听起来很有意思……如果是这样的话，为什么以私家版的形式出版呢？”

“还是因为禁忌吧。本来就知道不能发表的，但是当作家的，对某个题材感兴趣的话就忍不住要写。他想留下一些记录。所以就私人出了一本书，给朋友看。”

“那，说他是伯恩茅斯的地方官吏也是伪装了？”

“这个嘛，不知道多大程度上是真的。有各种各样的说法。有人说是维国的人偷偷写的，有人说是女王陛下的记录。不过，也许真的只是某个地方的公务员的退休纪念旅行记录呢。”

真理子耸耸肩。看来，她对“亨利·詹姆斯说”也不是特别积极支持的。

相反，淳却在暗暗思忖。

这样令人印象深刻而有趣的题材，没有留下任何记录才是不可思议的。这本来应该是作家、历史学家和研究者不惜为之奋斗终生的题目。

“维国不存在以亡灵节或厄纳得山为主题的文学作品吗？”

“你这么一说还真没有。或许是因为就在身边，每年都举办，觉得没有必要特意拿出来写。而且，比如说，美术课上让大家今天画写生，画自己喜欢的地方，没有人特意去画附近的墓地吧？”

“是这样啊。可惜，这题目那么罕见，那么有趣。”

“当然，政府做了各种各样的调查，包括地质调查，对司界人他们的听证调查之。不过，有关厄纳得山的数据都是作为国家机密的。”

“什么？那是为什么？”

“这个嘛，也许是为了不让亡灵节受到干扰。”

“是啊，这是传统节日啊。”

淳点头。的确，不知道物理原理也可以骑自行车。

“而且，比如说，如果你去坐个轨道飞车，会想到要写成小说吗？要是有人问你轨道飞车是什么，你肯定回答说，你去坐坐看就知道了。”

“啊啊，这样比喻我能够理解。”

淳低声说。的确，今年的状况真像坐上轨道飞车。简直不能冷静地记录。现在才刚刚开始翻开日记本。

“哇，这个香味是怎么回事？”

不知什么时候，羽奈来到入口。她抱着桑尼和赛德，不过这两只猫一进餐厅就从羽奈臂弯里跳了下来，跑到淳的脚边挤挤蹭蹭。

“这是我特别调配的红茶。”

真理子盯着羽奈。

“红茶？像药汤一样，这味儿简直气壮山河了。”

羽奈怯怯地看着周围。

“我特别配了提神用的。尝尝吗？”

“我可不要。”

羽奈吓得直摇头。

“淳也说好喝呢。”

真理子坦然地说，淳不禁看了她一眼，感到自己受了冤枉。不过，羽奈已经敏锐地看透了真实情况。

“我要速溶咖啡。红茶从早晨就一直在喝。对了，淳，格雷博士呢？”

到底是羽奈，与真理子相处多年，熟能生巧，已经应付自如，自己一边去拿速溶咖啡的罐子，一边不经意似地转换话题，马上就把真理子的注意力吸引过去了。

“是啊，淳，不是让你带博士回来的吗？”

这气氛可有些不对了。

“博士说他过后就来。他说，日落的钟声敲响之后，一定会来的。”

淳尽力给出一个答复，两个人却用怀疑的目光看着他。

“总觉得不太对劲啊。”

“当时为什么只叫你一个人去呢？”

面对两个人的逼问，淳又不由自主地缩了缩身子。

肯特把影像和照片带到美国这件事不能说，必须瞒下来。那，黑寡妇的事呢？

淳的头脑在快速地转动。这事自己一个人可应付不来，而且自己还有想问她们的事，那，这件事说说也没关系吧？

“黑寡妇和琳德是不是从小就认识？”

冷不丁听到这个名字，两个人无法掩饰惊讶：“你说，她们从小就认识？你见过黑寡妇了？”

羽奈圆睁双目，眼看又要喊“你真坏”了。

“哦，格雷博士介绍的。主要是她想叫我去。”

两个人表情越来越讶异：“为什么？她是不是看上淳了？”

“想让淳当她第六任丈夫？”

两个人这就开始面对面聊上了。

淳无可奈何地笑：“原因我正要说，她和琳德好像关系不好，可能是琳德讨厌她。她说，她们从小学到高中一直都在一起。”

“嗨，说是在一起，大概对于琳德来说是天敌一样的存在吧。在学习上，在任何事情上，两个人都在竞争。”

“是吗？”

羽奈仿佛也是第一次听到，很仔细地听着。

真理子咂了一下嘴：“真是的，可别跟琳德说是我说的。她们俩开始关系没那么坏，可以说是良性竞争伙伴。可是，渐渐长大以后，好像是喜欢上同一个男人，成了三角关系，结果大概是琳德输给了她。从那以后，就变成现在这个样子了。”

“咦，琳德会陷入三角关系？”

“而且是和那个黑寡妇？”

淳和羽奈一起叫了起来。

“可别说出去。”

真理子严厉叮嘱。

“不过，她叫我去是因为……”

淳清清嗓子，按顺序讲了一遍：等待司界人做神汤的时候，自己身处一个无人的山丘。在那里见到黑寡妇。她也知道她见到了淳。据黑寡妇说，这是有原住民血统的缘故。她身上的那种特质。她要把房间用符封上，会见丈夫。她拜托淳把她丈夫带过来。

两人一直听着，但脸上充满猜疑：“听起来好蹊跷。”

“凭什么淳要把她丈夫给她带过去啊。”

“淳是外面来的，她居然开口要淳去找自己丈夫的亡灵。”

两个人接二连三地表示不满，淳连忙劝解：“她不是你们说的那种摆架子、品性差的人，其实她很像琳德，是那种有些粗放的爽快性格。也许就是因为她像自己，琳德才不喜欢的吧。”

淳发现自己不该这样说。他支持黑寡妇，好像惹她们更不高兴了。

“看她把你笼络的。”

“已经死了五个人了，五个啊，你觉得这是偶然？”

看她们两个人生气，淳有些怕："可……可是，那种奇妙的体验是怎么回事？我真的是在那个时间去了那个奇妙的地方。她说的也不全是谎话啊。"

淳努力找出理由反驳。对于这一点，她们两个的确也提不出反对意见来。

淳给她们讲《山坳之间》里相似的叙述，那个地方被称为荒陵，他认为可能是皇陵一词变化而来的。

两人对此表现出了纯粹的好奇。淳回房间拿来书，指给她们看其中的段落。

"嗯，太古的场所啊。"

"遥远的地方，嗯，的确很遥远，从时间上来说。"

"原住民血统，为什么在淳身上能显现出来，在我们身上没有显现呢？"

"我们的家系也很复杂呢。这种情况，是不是叫隔代遗传，或者叫返祖现象？"

"怪不得，淳来了之后就不断地见到'客人'。"

看到两个人平静下来，聊起了天，淳终于松了一口气。

他轻声问道："把房间用符封上是怎么回事？"

淳很关心在门上贴符这件事。感觉像《没有耳朵的芳一》里面画符驱逐亡灵似的。

真理子想了想："我第一次听说有人这么做。"

"今年净是第一次。"

"但是，至少，在厄纳得山，把房间用符封住是相当危险的。"

真理子一边思考一边说。

"危险？"

"我们是为了会见'客人'来到这里的，在'客人'聚集的场所，我们特意让开路，好让他们走。我们一直在等待着见到他们。"

"是。"

"想象一下高速公路的收费站。大家都想过去，门被关上，人流都停滞了，等候的人会不会发怒？"

"你是说'客人'会发怒？"

"即使不发怒，也会困惑吧。难以想象他们会采取怎样的行动。"

"她这是让淳去冒险！"羽奈生气地叫道，"她说她丈夫会从她身边直接走到另外一个世界去，虽然不知道这件事是不是真的，可她为了自己去使唤素不相识的年轻男人，这性子我可看不上。也许她想证明自己的清白，想告诉大家：我没有杀我丈夫，是我丈夫不来见我。"

"想太多了吧。而且，她丈夫也不一定会来见我。这种事真要是实现了才怪呢。"

"可是，淳……"

听了淳的劝慰，羽奈还是不甘心。

"没关系的。"

淳笑道。羽奈不作声了。

"哇，怎么了，这个味儿？"

吉米回来了。头上缠满了绷带，看起来好痛。他刚做完检查回来。

“啊，吉米。”

“痛吗？”

“检查结果怎么样？”

三人同时说话，吉米有些错愕，然后不好意思地搔着头：“对不起，让大家担心了。出血很多，是因为头部受伤，血流得多，看起来挺吓人。检查结果倒是没有异常。”

“太好了。”

“昨天吓坏我们了。”

三个人让吉米坐下。

低头可能很痛，吉米面朝前方在椅子上坐了下来。

“没想到，那个诊疗所设备还挺齐全的。”

“如果有人受伤或生病，在救援到来之前，必须先处理一下，所以基本的东西都有。这里就像个野战医院吧。”

“野战医院。的确如此。”

吉米缓缓点头。

“可是，这是什么味道？又让我想起消毒药了。”

淳和羽奈面面相觑。真理子满脸不高兴地站起来，拿过水壶和杯子，不容分说给吉米倒了一杯红茶。

“哇！”

好像受不了这个香气，吉米直翻眼睛。

“这是镇痛剂。对了，用红茶来止血很好的，别客气，多喝点儿，是我特别调配的。”

“啊？”

“真的出血了，吉米，走路时出的血吧？”

羽奈指着吉米的太阳穴。那是昨天晚上他受伤的地方。太阳穴血液循环最好，所以容易出血。现在纱布里又渗出血来，就要流到眼睛里去了。

真理子也发现了，她也慌了。

“最好重新包一下纱布。”

“摘下眼镜，站起来。”

吉米似乎很高兴自己躲过了特别调配的红茶，连忙从座位上站起来。他摘下眼镜，放到桌上。

羽奈和真理子手脚麻利地带他到水池边上，用水洗掉血，重新包好纱布。可能是揭下纱布时有点儿疼，忙乱中传来“啊疼”“对不起”的声音。

这个特别调配红茶真够厉害的。

淳鼻子里哼着。自己从刚才一直闻着这个味儿，现在都闻不出来了。要是刚从外面进到屋里，一定非比寻常。

桑尼跳上吉米刚才坐的椅子，接着又跳上桌子。

“喂，快下来，真没礼貌。”

淳慌忙拿起吉米放在桌上的眼镜。因为桑尼差一点儿踩到它。

桑尼好像觉得无聊，喵喵叫着以示抗议。

“不行，小鬼，不许上桌子。”

觉得自己像对小孩儿说话似的，淳不由得脸上微微发红。桑尼跳到淳膝盖上，在上面打转，想去够淳手里的眼镜。它好像就是想要这副眼镜才跳上桌子的。淳连忙把眼镜举得高高的，让猫够不着。

“真没办法，小鬼，这不能给你。”

挥着挥着，淳忽然停住手，不动了。

自己发现了什么？

淳无意间朝手中的眼镜镜片望去。

刹那间，他明白了，为什么自己会觉得不对，停住不动。

一股寒意从后背直涌上来。

淳目不转睛地盯着眼镜，那镜片竟然没有一点儿度数。

第七章

一连串的疑问

日落的钟声敲响了，显得有些迟缓。

比起昨天和前天夜里举行的那样恐怖的神汤，这个黄昏显得如此闲适，简直是云泥之别。

也许是由于这个原因，人群一拥而出，带着一种安心和解放的感觉。这些好奇心旺盛、爱看热闹的人们，因罕见的神汤感受到了紧张和压力。现在，大家似乎都很庆幸，一脸放松的表情，涌到酒吧里的人比任何时候都多。

留下受伤的吉米在家休息，淳他们也在教授的带领下一齐奔向酒吧。

淳真切地感到，能够出门喝酒而不用担心生命危险是多么可贵。也许是心理作用，人们的笑颜看上去比任何时候都灿烂。

教授对着服务员送来的杯子一声长叹："这是生命的洗涤。逃离死亡的恐怖，最幸福的时刻就在我们眼前。玻璃杯中生命在闪耀。"

"教授你真夸张。"

琳德一副无可奈何的表情。羽奈笑出声来。

"今天晚上大家都是同样的心情啊。"

大家围着桌子热烈干杯。

"跳舞的九尾狐亭"里挤满了人。教授所说的逃离死亡的人们，正在讴歌玻璃杯中的生命。店门前的小广场上接连不断地摆出桌子椅子，接连不断地有人坐下来。关东煮和燕麦粥的香气，与广场的喧嚣融为了一体。

但是，其中却有一个人心绪不宁。那就是淳。

自从刚才在餐厅偶然看到吉米摘下的眼镜，心里就有一个地方憋得慌。

当时真受打击。

尽管自己不想承认，可是那情景就在眼前。

是错觉吗？不，那眼镜绝对是没有度数的。隔着眼镜看到的桑尼还是原来的样子，一点儿也没有扭曲变形。吉米说过，他近视很厉害的。

淳一边用啤酒干杯，一边冥思苦想。

那是利特尔·福特带着我捡到的眼镜。吉米虽然很害怕，但还是拿来放在自己的衬衣口袋里。

他回溯记忆中吉米的行为。

是的，当时，吉米的确把那副眼镜放到了自己胸口的衣袋里。然后直接去参加神汤。我、教授和真理子三个人不想待在家里，随后也出门了。然后，司界人结束神汤，我们往回返，在这个时候见到了特里。

当时他没有戴眼镜。那的确是特里。他没戴眼镜都能认出我们。

然后，羽奈她们回来了。又过了一段时间，吉米回来了。他被特里打伤了。当时，衣袋里的眼镜碎了。琳德拿来扫帚，把碎片扫干净。当时大家都认为打碎的是特里的眼镜，其实，特里的平光眼镜还好好的。也就是说，吉米把衣袋里的眼镜和自己戴的眼镜换过了。

为什么？

淳不由得全身发冷。他不敢再往下想了。

可是，答案只有一个。

淳在喉咙深处咽着唾沫。

在某一个地方，特里和吉米调了一个个儿。

这可能吗？淳拼命地思考着。如果这个结论正确的话，现在留在家里的就是特里。

特里现在在家里。

淳毛骨悚然。在家门口遇到的那个年轻人的笑容浮现在眼前。

在这里，“客人”是作为实体存在的。他们能接触物体。被光照到的话会有影子，能对人笑……

那，受伤呢？他们也会受伤吗？

从纱布下面流出的血，那是真的血。他们也会流血……也会杀人。

想到这里，淳心里一惊。

吉米呢？吉米现在在哪儿？

淳不由得回头看去。微暗的店里挤满了食客，觥筹交错，大家都兴高采烈。

我会被特里杀掉。吉米在屋船中对自己说的这句话，令人痛心地在耳边回响。

就在这时，淳忽然想到白天从“祈祷之城”回来时的那件事。

那一声微弱的“救救我”，难道是吉米的声音？难道说，当时，浑身是伤的吉米就在自己附近？

淳越想越觉得一定是这样，更加感到坐立不安。吉米会不会现在还在那个不为人知的地方，在斜坡上的草木丛中痛苦呻吟。白天，他的声音已经那样微弱了。从那时起已经过去了好几个小时。如果因为我的疏忽，导致吉米死了的话……

淳感到眼前一片黑暗。

为什么，为什么，自己怎么会那么愚蠢？为什么当时不再好好找一找那声音是从哪儿发出来的？淳仿佛看到吉米浑身是伤倒在草丛里的样子。

“怎么了，淳？不舒服吗？你脸色不好。”

旁边的羽奈碰了碰淳放在桌子上的胳膊，淳回过神来。

羽奈那双大眼睛正探询地看着自己的脸。

“从刚才你就不对劲儿。怎么了？”

真理子也看着自己。

大家都看着自己。必须得有个解释。淳慌了。

他们能相信吉米和特里调了一个个儿吗？如果是自己判断错误，那不就伤害吉米了吗？他现在已经受了伤，而且被特里吓得神经质了。自己也不想无端怀疑他，让他窘迫不安。

可是，如果，那个人真是特里……

淳的心很乱。现在，也许吉米正身处险境，而且，谁也不能保证已经潜入家中的特里不会加害他们其中的某个人。他伪装成吉米进入这个家，不可能没有任何企图。所以，必须趁现在告诉大家，趁现在他不在场的时候。

“喂，怎么回事？怎么不敢看我们？”

“真的有什么地方不舒服吗？”

琳德他们都探出身子注视着淳。

“你在担心什么？是因为白天的事吗？”

教授眯起眼睛。淳受黑寡妇之托替她留意她丈夫的事，教授和琳德已经知道了。《山坳之间》里提到的荒陵来自皇陵一词的推断大家也都知道了，现在，他们四个正在探讨这个问题。

“我觉得，淳神色不对是从吉米回来之后。”

羽奈随口说道。淳几乎要跳起来了。

到底还是女孩子厉害，太敏锐了。淳半是佩服半是惊奇。

“你对吉米有什么不放心的吗？”

“不，没有，只是在想，他一个人留在家里会不会有事。”

“你就从实招来吧，自己一个人烦恼没有好处。”

被琳德这样一说，淳终于下决心说出了自己的疑惑。这也是因为，他觉得，如果需要去找吉米，还是大家一起去比较好。

讲到在餐厅发现的眼镜是平光的，羽奈和琳德脸都发白了：“真的？”

真理子在桌子上握紧了手。估计她也想起了在家门口看到的特里的表情了吧。那张可怕的、邪恶的笑脸。想到刚才自己可能是在给那个人亲手换纱布，无法不心惊肉跳。

“我一点儿也没发现。当时认为他就是吉米。”

羽奈没把握地小声说。

“哎，‘客人’会受伤吗？”

淳和真理子有同样的疑问，不安地看着教授。

教授思考着："怎么说呢，我没有听说过'客人'受伤。但是，他们能够接触物体，在这儿有实际的存在，可能是会受伤的吧。"

"有人被'客人'杀死吗？"

羽奈留心着周围的人，压低声音问。

"啊啊。这也不是不可能的。"

"如果'客人'在厄纳得山受伤，那受伤以后会怎样？"

教授端起杯子朝上看："会怎样呢，我也不好判断。不过，他们只是在这里才有实体，离开这里之后可能就恢复到没有实体的状态了吧。"

"嗯。"

大家好像都在考虑这个说法。

"咱们得赶快去找吉米。"

淳越来越焦急。他在这里说着话，心里特别担心吉米有没有危险。

"为什么？"

琳德锐利的目光看过来。淳告诉大家自己白天曾经听到求救声。

"真的？"

"怎么会？"

"是不是别的'客人'？反正他们好像都爱往你这里来。"

大家都半信半疑。

"可是，如果那是吉米的声音的话，现在……"

看到淳苍白的脸色，教授一口干掉了杯中酒。

"好，大家都去找。与其以后后悔当时没去找，宁可先行动起来，然后发现什么事都没有。只是，有一个问题……"

"什么？"

琳德盯着教授。

"不管是找到还是没找到，以后怎么办都是问题。这个问题必须现在在这里解决，否则到时候一定会出乱子。"

"讨论以后怎么办，是吗？"

"是的。"教授压低声音，"比如说，如果找到吉米了怎么办？假设他如淳所说受到了特里的伤害。但是，找到以后，待在家里的特里怎么办？"

"待在家里的特里……"

说到这里，大家都毛骨悚然，面面相觑。

"不管怎么说他是'客人'，我们没有权利裁判他。只能接受他。"

"即使他用暴力对待吉米？"

淳不满地说。

"这里是厄纳得山，现在是亡灵节。"

“和自治会商量一下怎么样？”

羽奈提议。

“那是最后的手段。因为恐怕会对吉米的将来造成影响。”

“可是，如果找不到吉米不也是同样的结果吗？我们还是会疑惑，现在待在家里的那个人是不是特里。无论怎样，如果不能确定这个人是吉米本人的话，疑虑就无法消除。生活在一个屋檐下，提心吊胆地想这个人是不是特里，我绝对做不到。”

真理子摩挲着手臂，语气干脆地说。

“是啊，得确定我们的态度。”

“那怎么办才好？”

羽奈怯怯地问。

大家都显得很困惑。就连恨不得马上起身的淳，也无法动弹了。

待在家里的那个人，到底是吉米，还是特里？

周围喧嚣热闹，只除了他们以外。只有他们一桌人阴郁地沉默着。但是，他们必须作出决断。如果吉米受了伤，的确，剩下的时间不多了。

“如果，找到吉米的话，”淳不知不觉中开了口，“只有把他带回家，让他和特里面对面说清楚。”

“面对面说清楚？”

“是的。他们两个之间应该有很多隔阂和误解，我们应该作个见证，让他们开诚布公地谈一谈。我们只能这样做。只有这样才能让他们互相接受。”淳低声说，“要结束他们的亡灵节，只能这样做。不过，不能让他们单独在一起，否则又不知道会出什么事。大家觉得怎样？”

大家都默默点头。

“是啊，是否要报告自治会寻求帮助，大家一起协商决定就行了。”

教授也深深点头。

“如果找不到吉米呢？”

真理子认真地问淳。

“那时候也只能盘问他：你是特里，还是吉米。目前看到他的平光眼镜的只有我一个人。让他摘下眼镜来，大家都看看，要他解释是怎么回事。”

“也只能这样了。”

真理子叹息着说。

“等等，”羽奈突然抬起头，“还有一个方法，记得吗？咱们问吉米怎么能把他和特里分开的时候，咱们想过一个方法。”

羽奈眼睛闪闪发光，其他人也同时想起来了。

“是我说的那个，”真理子环视大家，“呃，好像是这么问是吧，‘对了，吉米，乔乔来信了吗？’”

大家都缓缓点头。

“那回答是……”

听真理子发问，羽奈答道：“‘乔乔去东京打柴草了，没有来信。’”

五个人互相看了看，喝干剩下的啤酒，推开椅子站了起来。

离开挤满休闲人群的广场，就像自动放弃了愉快的时光，觉得有些寂寞。本来，待在那里的话，就可以享受一天的结束了。

大家恋恋不舍地走下昏暗的坡道，周围笼罩着夜晚浓厚的空气。从喧嚣中平静下来，每往前走一步，就越发强烈地感到紧张和恐怖。

他在，还是不在？

到底是谁在那儿？

五个人忧心忡忡，黑暗不安稳地膨胀起来。

“在哪边？”

羽奈似乎是故意让声音显得明快一些。也许她是想，如果吉米在附近的话，让他能听到，好出声呼救。

“就是这里，就是在这儿，我听到有人叫‘救救我’。”

淳也跟着羽奈提高了声音。

希望他在这里，又不希望他在这里。

五个人有意弄出响动，进入道路旁边的斜坡的树丛。虽然是五个人，但夜晚进入这样的地方，心里还是有些害怕。

夜晚空气的气息刺激着鼻腔。

为什么，夜晚走在外面，自己的呼吸声会变得这么大？特别是走在大自然当中，自己的呼吸、心跳的声音简直是在震动着身体和头脑，这是为什么？

淳心里想着，调动起全身的神经，观察着周围。

那是因为，周围的树木也在呼吸。

有一个声音这样回答。

在白天，植物发生光合作用，听不到呼吸的声音。可是，到了夜晚，它们也会和人一样进行呼吸，排出二氧化碳。因为听到它们的呼吸声，所以对自己的呼吸也变得敏感了。

唰唰，唰唰，传来拨开树丛的声音。

大家都有意弄出声音，但是大家的声音越来越小，渐渐地不知道谁在什么地方了。

“听得见吗？有人吗？有人在这里吗？吉米？吉米，你在那里吗？”

淳有意提高声音，可是，声音被周围的树叶吸收，传不了那么远。

“喂——你在哪里？找到了吗？”

淳惊讶于真理子的声音听起来竟这样遥远。大家好像互相之间已经离得很远了。淳有一种不祥的预感。这样岂不是更加危险？

“大家不要离得太远，都到这里来。羽奈，琳德，教授，我在这里。”

淳提高声音，挥着手，但是，他根本不知道声音能传出多远的距离。

“怎么回事？”

“淳，你在哪儿……”

“大家不要散开，别离开附近的人。都先回到道路上来。”

淳朝着声音传来的方向喊着。

忽然，就在自己身后，树木剧烈地摇晃了一下。

咦？是谁离自己这么近？

淳下意识地回过头。

在自己的斜后方，低矮的树枝在摇晃。这不像风，是人为的摇动。

“谁？”

淳的声音都嘶哑了。

树木深处尤其昏暗，无论怎么仔细看，还是什么都看不到。

可是，听得到呼吸声，混在植物的呼吸之中。那不是植物的呼吸，似乎是其他生物。

“吉米？”

淳战战兢兢地问。

“你在那儿吗？吉米？你是不是受伤了？是我，是淳，回答我啊，你说不出话来吗？”

淳一直这样说个不停，是因为心里害怕。

那里确实有什么东西，那东西一直待在那儿，不肯离开。

“吉米？你没事吧？”

淳向前走去。树木深处的确有什么东西在动。

“回答我，你没事吧？”

淳朝着黑暗深处弯下身子，就在这一瞬间。

黑影动了。

黑影以惊人的速度动起来，其中一部分破裂开来，嗖的一声，擦着草丛从黑暗中直冲出去。

“哇！”

淳不由得一声大叫，一个趔趄。那个黑色的人影掠过他身边，跑了出去。

一瞥之间，淳已经看到那人头上缠着的白绷带，长长的黑发，白衬衫。

“吉米，你去哪儿？为什么要逃？等等！”

淳慌忙追过去，对着斜坡大叫。

“吉米在这里！吉米！大家都回到道路上去！”

远处传来惊讶的声音。大家都还在斜坡上。

“等等！吉米！你受伤了，不能跑！”

淳边跑边喊，很快就上不来气了。

可淳还是拼命追。吉米跑得真快。这么陡的斜坡，他竟然飞快地跑上去。

终于到了道路上，吉米在前面沿着坡道跑下去。

羽奈从侧面冲了出来，朝着奔跑的吉米喊了一声什么。

昨夜的场面掠过脑海。玄关前，房子里的灯光映照出他的影子。

现在，他又一次被那光线映照着，马上就要到教授家门前了。

他要去哪儿？

教授和真理子上气不接下气地冲出来。

“怎么回事？啊！”

吉米速度依旧飞快，他冲进教授的家。

是进了中庭吗？

“他为什么要逃？”

“怎么跑这么快？”

“年轻还是好啊。”

女人们呼呼直喘，懊恼地走上坡道。

“他好像是进中庭了。”

“嗯，大概是。”

调整好呼吸，五个人一起走到玄关前。

“玄关锁上了？”

琳德问，真理子点头：“当然，吉米受了伤，可别出什么事，我出来时锁了门的。”

“那是怎么回事？刚才看到的是吉米吧？他头上缠着绷带。如果是，他就是特意从家里出来到那个地方去的。为什么？为什么他看到我们要逃走？”

羽奈混乱地大声说。

“是啊，这得问他本人了。当然，我们不知道他是不是吉米。”

真理子有些怨气。她好像不喜欢那么快地跑。

“缠着绷带的不管是吉米还是特里，都是那个留在家里的人。这就是说，他是自己开了锁出去的。那么，现在玄关的锁应该已经打开了。”

“他也许会逃进家里以后从里面再锁上。”

“我们有钥匙，他锁上也没有用。”

“简直搞不懂。”

大家都不想往玄关里走。

“有人带手电筒了吗？”

“哦，我带着了。”

羽奈在她的手包里翻找，摸出一个细细的手电筒。

淳接过来，站在前面。

“门是锁着的。”

淳拉了一下玄关的门把，低声说。

“那他就在里面。”

真理子低声呻吟着。

“等一下，我去看看中庭。”

“淳，别一个人去。”

“我和你一起去。”

羽奈跟了过来。

手电筒照出昏暗的中庭，照出净手盆，照出墙壁。

“嘘。”

两个人停住脚步，侧耳倾听。

他们搜寻着可能有的蛛丝马迹，可是，中庭一片寂静。

“我去看看。”

羽奈小声说，慢慢绕着中庭转了一圈。

她尽量沿着周围的一圈墙壁走，和十字墙保持一段距离，用手电筒照着。

她屏息敛气，调动每一根神经，绕中庭转了一圈。可是，中庭里什么都没有。利特尔・福特当时躺的地方也什么都没有。

她向在玄关前等待的三个人摇摇头。

“没有人。”

“那就是说，他还是进家里去了。”

真理子咽了一口唾沫。

“那我来开门。”

“好。”

琳德从真理子手中接过钥匙，咔咔几声轻响，锁打开了。这是为了让里面的吉米知道，他们回来了。

吱，一声刺耳的响声，门开了。

每个人都默不作声，观察着家中的情形。

“喂，我先进去。”

教授一下子来到最前面，走进屋里。

餐厅仍然点着蜡烛，一个人也没有。也不像有人在附近的样子。

教授和琳德惊讶地互相看了看。

这时，走廊尽头传来啪嗒啪嗒的足音，大家立刻全身紧张起来。

“大家回来了，这么早。”

缠着绷带的吉米出现在大家面前。戴着眼镜，微笑着迎接他们，看起来那么自然，一点儿也没有不对劲儿的感觉。

大家都被骇住了，僵立在玄关里。

“太好了，我一个人留在这儿还是有点儿害怕，这样我就能放心睡觉了。不过，原以为你们会喝到闭店才回来的，没想到现在就结束了。怎么样？啊啊，肯定店里人很多吧？神汤结束了，大家肯定都出去喝酒。”

“吉米？”

琳德突然插了一句。

“怎么？啊啊，你们要在家里接着喝是吧？我就不参加了。看你们大家都回来了就好，我回去接着睡觉。”

“你一直在这儿？”

“是啊。”

吉米仿佛觉得有些奇怪。

“吉米……”

真理子声音干涩。

“怎么了？”

吉米似乎有些疲惫了。

“对了，乔乔来信了吗？”

吉米愕然。

大家瞬间感到紧张，他果然是……

可是，吉米咧开嘴笑了：“哦哦，我以为是什么呢。我记得，‘乔乔去东京打柴草了，没有来信。’是这样回答吧？”

大家发出了失望和意外混合的叹息。

吉米表情讶异，忽然又变得恐惧，他看看这个，望望那个：“怎么了？出什么事了吗？”

餐厅里充满阴沉的空气。

回到这里已经将近两个小时了。

当然，他们又喝上酒了——在对惴惴不安的吉米说别担心快去睡觉，于是吉米回到房间里自己的床上之后。

费解，还有不满，充斥着周围的空气。

大家沉浸在自己的思绪里，想起来的时候给其他人杯子里斟上酒。

“那眼镜，真的是平光的？”

终于，真理子盯着淳，点燃了导火索。

“当然是真的，你是说我在撒谎吗？”

淳可能也有点儿醉了，语气里带着攻击性。

“如果是你看错了，这事就能解决了。”

“不会的，”羽奈插口了，“吉米在撒谎。我们看到了，吉米或者说是一个和吉米一模一样的人进来了，没错吧？”

羽奈啪地拍了一下桌子。

“的确不假，我看见了。”

"我也看见了。"

教授和琳德不情愿地点头。

"可是，中庭没有人。我和淳从左往右转了一圈，都看了一遍。唯一的出口，教授、琳德和真理子站在那里。那么，就是吉米进入房子锁上了门。所以，他在撒谎。"

"为什么能这么断定呢？潜入家中的也可能是特里啊。"

真理子提出异议。

羽奈怀疑地说："特里有钥匙吗？"

"说不定他有啊。他到这里以后先把玄关门开着，把钥匙拿出去配一把，这种事谁都会干。"

"如果支持这个说法的话，特里现在就在这个家的某个地方。"

"他从一楼某个房间的窗户逃走了。"

"窗户全锁上了。第一天吹来险恶的风，之后就很注意门窗了。走廊上的采光窗很小，一个成年人不可能钻得出去。"

"那咱们看看？"

"咱们看看。"

真理子和羽奈瞪着眼睛站起来，绷着脸走到走廊。

"喂，喂。"

"随她们去吧。"

教授想叫住他们，被琳德制止了。

"也可能，特里还活着。"

教授低声说。

"你是说，他不是'客人'，而是真正还活着？"

"谁也不能否定。"

走廊里真理子和羽奈互相抱怨的声音渐渐远去。

淳茫然地抿着威士忌。

隔着眼镜，桑尼还是原来的样子。

在阴暗的斜坡上动如脱兔的人影。

站在玄关的吉米。

乔乔去东京打柴草了。所以，他没有来信。是这样回答吧？听到吉米明快的声音时感到的冲击，现在还没有从身体里消失。

为什么，为什么会发生这样的事？

淳揪着自己的头发。是自己弄错了吗？可是，大家都看到吉米从那个斜坡跑进家门……

过了一会儿，两人板着脸回来了。

"怎么样？找到特里了吗？"

听琳德这样问，真理子生硬地答了一声"没有"，就一屁股坐在椅子上。

“都是锁着的。这样，就可以证明吉米在撒谎了。”

“那可不一定。”

教授插口了。

“为什么？”

羽奈不高兴地看着教授。

教授摊开双手：“好了好了，别生气。假说可以有无限多个。要把它们一个一个推翻。”

“比如说？”

“比如说，吉米和特里共谋的情况。”

“共谋？为什么要共谋？”

“动机咱们先不管。总之可以为我们看到的状况提供一个合理的解释。”

“好啊。”

羽奈不情愿地点头。教授满足地点头。

“好的，那么，如果是吉米和特里共谋，那就好解释了。从斜坡回来的人跑进来锁上门，从一楼的某个窗户逃出去。另一个人锁上窗户，在我们打开锁的时候坦然出现就可以了。”

“是，我承认这就可以说得通了。不过，我认为吉米说谎是最自然的解释。”

羽奈展示了自己的大度，然后又一次强调了自己的观点。

“也许他不是撒谎。”

琳德摆弄着玻璃杯，突然来了一句。

“什么？”

用手托腮坐在桌边的真理子看着琳德的脸。

淳也被琳德的语调吸引，朝她看过去。

“也许吉米不知道自己在做什么。”

一瞬间出现了奇妙的沉默。

“琳德，解释一下吧。”

教授把手放在桌子上握着。大家都在留心听着。

“刚才我们进入玄关时看到他的样子，大家还记得吗？他很镇定。”

“是，演技真高明。”

羽奈应道。

琳德看了一眼羽奈，继续说：“我们惊愕地看着他，问他‘你一直在这里吗？’可是，他很镇定。他看到我们看他的眼神，凭直觉应该想到我们见到特里了。可是，直到真理子问他暗号，他也没有意识到，我们是想分清吉米和特里，我们怀疑眼前的吉米是特里。这不奇怪吗？他那么害怕特里，甚至感到了生命危险。可是，他为什么那么镇定？”

“你想说什么，琳德？”

真理子问。

“也许，特里从来就没出现过。”

“可是，都看见他那么多次了，淳在中庭也看到了。”

羽奈有些支吾。

“吉米希望特里出现，他心底希望特里来惩罚自己。所以，他就认为特里出现了。”

“那，你是说吉米一人饰演两个角色？”

“我觉得可能是这样。虽然我不知道他本人有没有觉察到这一点。也许他没有觉察到。也许他真的相信特里的存在。”

“不会吧。”

羽奈脸色苍白，无话可说了。

“一人饰演两个角色，倒是推理小说的常用套路。”补充了这一句，琳德低声笑了，“这样的话，刚才那件事也可以解释了。他自己跑进来上了锁，再若无其事地走出来。看到我们惊讶的表情，听我们问他暗号，他接受了自己是吉米。”

“那他的伤呢？他自己弄的吗？”

真理子问。

“是特里干的。特里让他受的伤，至少，他应该是这么认为的。”

“那么，那副眼镜呢？的确是平光的。他说了，自己深度近视，特里眼睛很好。身体条件应该是无法改变的。”

淳出声询问。

琳德微微摇头：“不知道。人认为自己能看到就能看到，认为自己不能看到就不能看到。我认识一个演员，平时很内向，也不擅长运动，可是，她演舞女的时候跳舞简直完美，演运动员时比自己平时身手矫健得多。这都是精神作用。”

“是吗？可是，无论怎么说，总不能连视力都改变吧。”

羽奈还是不能接受。

真理子说话了：“还是淳弄错了。你也眼睛不好吧，所以没发现那是有度数的。”

真理子这样揪住不放，淳有点儿生气：“那好，你现在就去吉米屋里看看他的眼镜。他应该睡了，不会发现的。你自己看看就好了。”

“算了算了。”教授插口，“明天早晨问问他本人吧。是吉米一人饰演两个角色，还是特里真的存在，我打算明天做一个小实验。不知道吉米会不会参加。但是，我关心的是……”

教授似有深意地打住了话头。

淳看着教授。

“为什么吉米会去那里。”

“那里？”

“就是刚才我们去找吉米的那个斜坡。”

“哦哦，按照琳德的说法，他认为自己是特里，潜藏在黑暗中。”

真理子带着揶揄的语气说。

“是这样吗？”

教授不争论，摸着下巴。

“总之，不管在那里藏着的是吉米还是特里，为什么他会在那个时间，到那个地方去？”

“他在找什么东西吧？或者是自己躲藏在那里？如果那是特里，就可以认为他要躲开我们藏在那里。这是以琳德的说法为前提的。”

“他找什么呢，在这座厄纳得山？”

寻找。在这座厄纳得山。一年一度的亡灵节。在其他时间不能涉足的、被封闭的圣地。

淳感到什么东西掠过脑海。寻找。在厄纳得山。到底和什么相关呢？

“好了。今晚放松一下吧。不管怎么说，我们通过了神汤，逃离了死亡。今天晚上好好休息，准备明天的实验吧，他应该自己会说实话的。”

教授以一种过来人的口吻说着，往杯子里斟酒。

“真实情况就是淳弄错了。”

真理子还是不肯放过这一点，淳已经懒得反驳了。

“什么实验？”

“这是秘密。有这么句话，欺骗敌人要从欺骗自己人开始。”

教授缓缓摇着头。

“哎，如果他是特里，今天晚上我们睡觉时被割喉了怎么办？”

羽奈环视大家，冷冷地说。

每个人都面无表情。

现在，在同一个屋檐下的是吉米还是特里，或是两个人，是“客人”，还是活着的人。淳头脑中一片混乱。

大家都沉默着。这时，就在刚才大家惊慌奔跑的暗夜的斜坡上，一个青年一声不响地挖着土。

只有一些微光，土壤的气息在黑暗中弥漫。

青年直起身体稍事休息，同时小心地向四周张望。

确认周围没有人后，他悄悄进入树丛之中，拖出一个沉重的东西。

一个已经没有生命迹象的物体。

刚才就差一点儿，自己藏的这个东西就被发现了。自己刚要挖土时，他们居然来了。

一个躺在地下，毫无声息的身体。

青灰色的脸，长长的黑发。青年面无表情地注视着这张和自己一模一样的面孔，过了一会儿，扑通一下把那个身体丢到自己刚挖的坑里，无声地开始往上盖土。

谨慎地做完这件令人忧郁、恍惚的工作，青年抬起头来，长久地凝视着黑暗中的“祈祷之城”。

终于，他脸上浮起一个讽刺的笑，转身回头，消失在黑暗之中。

结果，教授没能进行他的实验。因为，那天晚上，大家还是觉得不安，在睡前去看了吉米的房间。

当大家战战兢兢地走进去的时候，吉米房间里所有的东西都已经消失了。

只除了一样，那副没有度数的眼镜。

那天晚上，风声有些可怕。淳不知为什么听到有人讲日本“落语”段子《死神》，是左卜全的声音。

第八章

被封住的女人

石头房子的窗户那边，有两只麻雀在嬉戏。

它们在窗户下面凸出的、为“客人”准备的椅子上无忧无虑地嬉戏着。

全世界都一般无二的啾啾声，融化在静谧的风景之中。

淳停止写信，茫然地望着麻雀。

他正在给东京的苑子写第二封信。但是，这几天发生了太多的事，在脑海中打转，一个字也写不下去。东京，苑子，已经像一个遥远的世界。

淳数着到厄纳得山以来经过的日子。

今天是第五天。才仅仅过了四天。

难以置信，感觉在这里至少已经待了半年了。

淳长长地叹了一口气。

吉米（不，可能是特里）去哪儿了？

淳想着吉米已经空空如也的房间。

昨夜的情景浮现在眼前。

大家站在吉米房间的入口，默默无言地望着那副眼镜。

空荡荡的房间。整理得整整齐齐的床铺。一副眼镜孤零零地留在那里，好像在嘲笑他们。吉米（或者说是特里）早已看穿淳他们在怀疑他，在留意他的眼镜是不是平光的。他把眼镜留下来，似乎就是为了证明自己是特里。他走的时候没戴眼镜，说明他不用眼镜也不会感到行动不便。

可是，淳的脑海之中，琳德的话依然在回响。

吉米可能是希望特里存在。可能他自己不知不觉在扮演两个角色。

双重人格，在推理小说和电影当中经常出现，却没有真正见过，说老实话，自己很怀疑同一个人能这样来回改变自己的性格。但是，吉米有理性、温厚的一面，同时又因为双胞胎哥哥深深感到压抑和不安，非常神经质，非常不稳定，这也是事实。淳并没有全盘接受琳德的说法，不过，还是觉得琳德的话里有些真实的成分。

他为什么要走呢？想逃避我们？

他现在在哪儿？像司界人一样，在野外什么地方露宿吗？他想乘下一班船回去吗？他确实是受伤了，不需要治疗吗？

毯子和床单收拾得那么整齐。收拾成那样，似乎他是不打算再回来了。

比起他在的时候，现在那个房间更令人感到可怕。

家里有一个房间，行李都不见了，主人突然消失，想想就觉得身上发冷，心里不安。

大家惊讶于吉米的消失，之后，是令人不愉快的沉默。

等到大家坐下来吃早饭的时候，必须要商量一下是否要寻找吉米了。

与吉米和特里有关的事要不要向自治会报告，吉米是自己走的，还是被特里带走的，早餐桌上议论纷纷。

说实在的，大家对吉米的印象变坏了，这一点谁也没有否认。他到底是两个人，还是一个人？是吉米，还是特里装扮成的吉米？

看着留下的眼镜，他们思考着。

结果，大家决定向自治会报告，让自治会在告示栏上贴出吉米的照片寻人（他们没有吉米的照片，只好用《维多利亚死亡年鉴》上的特里的照片。虽然不愿意这样，但没有其他办法）。既然不能否定吉米被特里带走遭遇危险的可能性，就不能弃之不顾。他还是个学生，是为了参加亡灵节和我们乘一条船来的，虽然他已经成年，但他失踪了，我们不可能不闻不问。于是，教授和琳德去拜访自治委员，办理相关手续。

淳又一次叹了一口气，想把精力集中到写信上。

这个地方比自己想象的还要不可思议。

他想这样写，但是，又停住笔。需要思考的东西太多了，信上该写什么一点儿也想不起来。信纸还是空白的。

淳终于放弃了写信，把笔扔到一边。

麻雀的声音不知什么时候消失了。

淳打了个哈欠望向窗外，然而，他张开的嘴却合不上了，就这样愣在那里。

他看见两只手。

不，准确地说，是窗外凸出的石头上，出现了两只手的手指。

是有人两手扒在石头上，吊在那里。

淳全身都不能动了。他不能理解自己眼前看到的东西。那是两只手的手指，是有人吊在窗外，这个他知道。可是，这人为什么，又是怎么会吊在这样一个地方，这超出了淳的理解范围。

那人的手指十分用力，指甲都发白了。

淳不由得往后一缩，椅子嗒的一声轻响。

手指后面露出头发。灰色的，有些乱。不太像年老发白，倒像它本身就是灰色的。

淳无法移开目光。有人想爬到石头上，然后，进到这间屋子里！

淳想逃走，可是身体无法动弹。他喉咙里发干，连眼睛都不能眨。他知道自己的眼睛已经充血了。

“嗯。”

传来一声含糊不清的、混合着安心和叹息的声音，是一个中年男子发出的。

灰色的头发，灰色的胡子，冰蓝色的眼睛，这个中年男子爬上窗外的石台，叹了一口气，这才看见淳。

令人惊讶的是，刚才看到他的手指时自己心脏都要停止跳动了，但一看到他的脸，淳就忘了恐惧。

一种亲切感涌上心头。我认识他。就在最近，在什么地方见过他。

“哦，你好。”

中年男子随意地打了个招呼，费力地越过窗框进到屋里。

洗得发白的印度粗棉布衬衫，棉布裤子，看起来风度翩翩。

“呃，你好。”

淳下意识地回答，同时全力在记忆中搜索着。自己认识他，绝对认识，名字就在嘴边。到底在什么地方见过他？不只是年鉴，自己肯定还在别的地方见过他。

“不好意思，好像得请你帮忙。”

中年男子站在窗边，拂拭着膝盖上的灰尘，带着歉意看着淳。

“什么？”

淳慌忙站起来，身体总算能动了。

“对了，请问您怎么称呼？”

淳总算想起来问对方名字了。

中年男子低低地“哦”了一声，伸出手来：“失礼了，我是托马斯。”

握住对方手的瞬间，淳脑中一闪。

对了！他是托马斯·温切斯特！

淳清楚地想起了黑寡妇给他的照片，她死去的丈夫。她让自己拦住她的丈夫。那，她丈夫来这里是……

“我是淳一郎·伊藤。”

“你是日本人吧？”

托马斯点着头，环视房间，在床上坐下来，抬头看着淳。

一个飘逸的男子。似乎是感情不太外露的那种人。

“你能带我去玛丽那儿吗？我进不去那个房间。”

“那个房间？”

“她在‘祈祷之城’的房间。”

托马斯略微耸了一下肩。

“那里好像被符封住了，我无法和她说话。这是亡灵节，太过分了。她是不想见我吗？”

他应该会朝着我的方向过来。我暂时把房间用符封住，让他无法进来。

玛丽的声音在脑海中回响。

如果你发现他从你身边经过，请你叫住他，然后告诉我。

的确和她曾经说的一样。

但是，淳心里随之冒出了一连串疑问。

“我可以问您几个问题吗？我是请我的亲戚带我来的，是第一次参加亡灵节。”

淳惴惴地问面前的男子。

中年男子依然很随意的样子，略一颔首：“可以。”

“您说，玛丽女士的房间被封住了，您不能和她说话。那您是怎么找到我这儿的？”

中年男子眼望天花板，摸着胡须：

“这个很难解释。勉强要说的话，就是从那个房间有一条路通到你这儿。”

“有一条路？”

“是。我记得小时候听我母亲说过，有的人有引导‘客人’的道路，有的人没有，迷路的‘客人’会找到能引导自己的路。小时候不太明白是什么意思，现在自己遇到这种事，终于明白了。”

男子淡淡地说。

淳觉得不可思议。这个男子，坦然地接受了自己成为“客人”的事实。在淳见过的“客人”中，像他这样的还是第一个。

“是吗？那么，那道路是什么样的形态呢？您能看得见吗？”

“嗯，能够感觉到。一些闪亮的尘埃一样的东西飘飘荡荡地连成细细的一条，从玛丽的房间的门的下面一直飘到半空。我不由自主地跟着它们，来到了这里。它们连接到这个房间，我就进来了。于是我好像明白了，我应该找的人是你。”

“哦，是这样。”

想问的问题一个接一个地涌上来：“既然这样，您从玄关进来就好了，不必非从那里爬上来啊。”

淳看了看窗户。

“是啊，我没有想到。”

托马斯也看看窗户。

“它是连在窗户下面的。所以，我什么也没想，就跟着它从窗户进来了。”

“您说进不去玛丽的房间，那儿被符封住了，具体是一种什么状态？还是只感到一种结果？”

“被符封住是一个原因，不过，其实，也是因为窗户和门都是关着的，我们不会穿墙而过，所以就无法进入房间。”

“哦，是这样。”

“你是不是学者？虽然年纪很轻。有问题可以路上问，能不能先带我去玛丽那儿？”

男子委婉地表达着不满，淳连忙点头：“对不起，那咱们走吧。”

这样说着走出房间，淳心里怦怦直跳。

这样两个人走在路上，其他人也能看见他吗？

“这是谁家的房子？”

托马斯往四下看着，问道。

“是篠田教授的家。维多利亚大学的。”

“哦，怪不得，这房子真好，遵循着亡灵节的传统习惯。”

“您对这方面很了解吗？”

“我原来是建筑师。”

“啊啊，原来如此。”

淳心神不定地望着客厅，偏偏今天这个时候，一个人也不在。特意叫大家出来也有点儿不合适，而且也许会让托马斯感到不愉快。虽然很想让大家看看自己和“客人”在一起的情形，以证明这不是自己的妄想。

淳心焦不已，可家里却像没有人似的安静。

真理子和羽奈难道都在自己房间里吗？

结果，他们顺利走出门外，谁也没有看到他们。

是不是我见到的“客人”，其他人看不见呢？不，特里不是大家都见到了吗？现在，如果羽奈或真理子在这里，应该是能看见他的。

来到外面，周围十分寂静。

道路上没有人。

上午的厄纳得山，和自己到这里以来每天看到的一样，是阴沉的天空下的一座古城，一座静静地沉睡着的古城。没有一个人在外面走。好像今天上午大家都在休息。神汤平安结束，昨夜大家好不容易放松下来，都畅饮到深夜，可能现在所有人都在酣睡吧。

“请问，我可不可以问一个比较私人的问题？”

“什么问题？”

“我担心您听了会不高兴，那不是我的本意……”

“所以我问你是什么问题。我请你帮忙带我去玛丽那里，有什么尽管问。你看上去是个诚实的人。”

托马斯非常爽快。

“关于您的死因，大家都在作各种各样的推测。”

淳委婉地说。

“啊啊，原来如此。”

托马斯似乎马上就理解了淳的意思，点点头：“是说我被玛丽杀了，是吧？”

“啊，大体说来是这样。”

“不是不是。”托马斯摆着手，好像是说这样的猜测太无聊，“其实，我自己也曾经有一段时期这样怀疑过。我想过，她前面的丈夫都死了，也许她就是个女蓝胡子。

我觉得可以和她结婚，可能是因为内心深处觉得，如果她能让我轻松地死去，那也很好。”

“您怎么会这么想？”

托马斯说得毫不在乎，淳不由得反驳。

托马斯微微一笑：“我自己也是再婚。我工作很忙，妻子带着我们的孩子和父母去度假的时候，列车发生了事故。他们都死了，丢下我一个人。我对人生已经绝望了。我拼命工作、喝酒来逃避寂寞，最后连身体都搞坏了。我的衣袋里总是藏着硝酸甘油。所以，虽然我没告诉任何人，但其实我随时都有可能死去。不过，最后，我的死是由于事故。”

“那真是……”

请您节哀，淳刚要说，又咽回去了。他已经不是这个世界的人了。托马斯好像明白淳刚才要说什么，又一次微微一笑，啪地拍了一下淳的肩：“可是，我和玛丽在一起生活很快乐。她是个出色的女人，很聪明，和她谈话很有趣。我很感谢她陪我度过人生的最后一段时光。只是，我有一点想说的是，我觉得她太强了，一个人就足够应付一切，男人和她在一起，可能生命力会被她消磨掉。我觉得，以前死去的那些男人都是败给了她的力量。也包括我。不过，我并不后悔。”

淳发现自己对托马斯产生了好感。他直率，淡然，而又非常强大。

“我理解为什么社会上其他人会这样看待玛丽。玛丽决不愿意让人看到她的软弱。与其被看作一个连续遭遇不幸的可怜女子，宁可被认为是吞噬男人的毒妇，这样她的自尊心会更好过一些。”

淳想起自己第一次和玛丽说话的时候。

她和琳德她们所说的完全不同。

“是的，她非常有魅力。”

淳情不自禁地低语。

托马斯饶有兴味地看着他：“她会高兴的，你不带有色眼镜看她。你见过她？”

“是的。”

淳突然想起玛丽的话。

让托马斯和玛丽见面的话，一瞬间他就会经过玛丽身边到“那边”去。玛丽是这么说的。

“其实，玛丽女士跟我说过，请我等着您到来。”

“等我？”

淳把玛丽说的话给托马斯大概讲了一下。

托马斯不愧是个技术人员，一边听一边不时地提出一些关键的问题。当然，他的问题淳几乎都回答不上来。

“嗯，怪不得她把房间用符封住了。她以前的丈夫从来没在亡灵节出现过，原来是这个原因。”

“您没听玛丽说过这些吗？”

“没有，我今天第一次听说。当时也没有必要特意问她。”

托马斯一边慢慢地沿着坡道向上走，一边沉思着。

“这么说，我很幸运啊。”

“什么？”

淳感到托马斯说“幸运”有点儿奇怪，扭头看着他。

托马斯再一次微笑了，好像看透了淳的心思。

“因为有你在这里，玛丽才想到用符封住房间的。因为她相信你一定会遇到我，她才会这样做。她以前应该没有在亡灵节期间这样做过。她知道自己见不到丈夫，已经放弃了。”

“可是，玛丽女士要做什么呢？就算我在这里，也是玛丽女士的力量更强，您也会在一瞬间去往‘那边’。”

淳百思不得其解。说心里话，真希望托马斯在厄纳得山多待一阵子。“客人”好像会保持生前的性格。遇到这样理性而知性的“客人”一定很难得。即使是为了研究，也有很多话想跟他说。想到再也见不到他，不由得有些落寞。

“真想去天皇的国度看一看啊。”

托马斯似乎也在这短暂的交流中与淳产生了共鸣。

“你们国家没有这样的地方吗？亡灵节本来是你们国家的习俗吧？我听说，连HIGAN这个叫法都是从你们那儿传来的。”

托马斯似乎很遗憾，好像他希望能出现在日本似的。

“所谓灵场那样的地方是有几处。只是，在日本没有厄纳得山这样强烈的磁场。最多就是被称为巫女的女性说出死者要说的话，没有像这样以实体形态出现的情况。”

“原来是这样。”

淳想象着在青森县的恐山与托马斯再会的情形，不知为什么想笑。

嗯，这个真有意思。这个石头堆有什么意义吗？

脑海中出现托马斯淡然地向自己提问的情景。

“好久没看到那个大鸟居了。”

托马斯回了一下头。

他是说厄纳得山入口的大鸟居。

“鸟居在英语里的发音也和日语一样，TORII。每次想到这一点，我就觉得不可思议。”

“为什么？”

“鸟居是日本神道的象征吧？可是，又总觉得像西方的东西。”

“西方的？真的？我第一次听到有人这么说。”

淳很惊讶。托马斯很认真地淡淡说着：“我一看到那座建筑，就觉得它的名字TORII的这几个字母都在建筑里面。那么有特色的形状。你看，T、O、R、I，都在里面。这是偶然的吗？还有，‘TORI’这个词包含着数字三，‘TORIO’是三重奏或者三人组的意思。也许，鸟居是表示三，蕴含着三位一体的概念？”

“哦？真有意思。”

淳以前只认为鸟居是最具日本特色的象征物，听到这个解释觉得很新鲜。

“三位一体，我从来没想过。在日本人看来，基督教的三位一体是非常难以理解的概念。”

淳一边思考着一边陈述自己的意见：“我看到那样的建筑时，会想象成一个人张开双手站在那里挡住去路的样子。鸟居表示着前面是神域，换言之，就是禁忌的场所。所以，在日本，如果一个地方总有人在那儿小便，就会画上这个标志。”

“的确的确，这主意真不错。”

托马斯和淳都嗤嗤窃笑。

“或者，会联想到表示水井的汉字‘井’。神社里一般都有干净的水。”

三口井。忽然，淳的脑海中掠过这个词。

“您还有其他想见的人吗？”

淳问托马斯。

“我现在只想见玛丽。我父母、前妻和孩子应该以后就可以见到了。”

“是啊，今后可以在‘那边’见到吧。”

“应该是。我有预感。自己马上就要去他们那个世界了。”

淳感到一种奇妙的羡慕。托马斯有两个家。一个是自己原来的家，一个是和现世的玛丽组成的家。他有将来要去的地方，也有现在想见的人，让淳觉得有些莫名的欣羡。

“您能看见其他‘客人’吗？”

淳无法抑制涌上心头的一个又一个的疑问。

“嗯，不是能看见，而是能感觉到，能够感觉到那个人就在附近。有时也能看到。不过，感觉不是和其他的‘客人’处在一个完全一样的世界。就好像一座玻璃楼，人们各自都在不同的楼层。知道那个人在那儿，但并不是在同一地平线，用手并不能摸到。就是这种感觉。你能明白吗？”

“很容易理解。”

突然，托马斯一下子停住脚步。

“怎么了？”

“他在那儿。”

“谁在那儿？”

“跟我同类的……不，有些不一样。”

托马斯睁大眼睛，侧耳倾听，观察着周围的状况。

已经看得见“祈祷之城”了。

山丘顶部的那座城，不知为什么看起来那么阴沉。似乎和周围的森林同化了，变成了土壤。淳又想起去参加神汤的夜晚那沉重的脚步。

两个人久久地站在那里，像凝固了一样。

道路两旁树木葱郁，甚至感到有些昏暗。

云在流动。周围万籁俱寂。

淳冒出冷汗。空气那么凝重。的确，有什么东西在附近。

“托马斯？”

“嘘。”

淳小声叫托马斯，被对方断然制止。

突然，林中一个黑影蹿到他们面前。像刀锋一样锐利的气势。那是一头犀利地嚎叫着的野兽。

“啊！”

淳不由得叫出来。

这只黑狗……

紧接着，司界人冲了出来。

“司界人！”

淳叫道。

司界人惊讶地看着淳和托马斯。

他的狗依然身体贴着地面，用充满野性的目光盯着淳他们，发出令人胆寒的咆哮。淳全身发抖。简直无法想象，这就是那只像物件一样安静地躺在船上的狗。恐怕这才是这只狗的本性。

“原来是你。”司界人对淳说，又看看托马斯，“哦，我明白了。”

“司界人，我听说过，但还是第一次见到。”

两个人上下打量对方。

淳观察着两个人的表情。

司界人能像自己这样跟托马斯交流吗？淳很不安。

他听司界人说过，司界人看到的“客人”是流动的，是能量块一样的东西。现在他看到的托马斯是什么形象呢？还有，玛丽说过，司界人会和死者同化，一起去往‘那边’。

“黑防范的不是你。”

沉默了一阵之后，司界人说。

“噢，那太好了，我可不想被这狗咬上一口。这会影响我今后的旅途。当然，还不知道它能不能咬到我。”

托马斯仍然用超然的语气说着，摊开双手。

听了托马斯的语气，司界人似乎也消除了一些戒心。

“我听说，司界人进入这里是非常事态。”

托马斯看了看司界人和淳。

“是的。”司界人答道，“今年，险恶的风笼罩了这里。有人遭到杀害，还下了冰雹。其实，长时间待在这里，我在精神上和肉体上都感到不适，但是，没有办法。”

“这只狗是在追我吗？”

托马斯奇怪地看着黑。

黑好不容易安静下来，不再咆哮，却仍然在司界人和托马斯周围转来转去。

“嗯，准确地说，是在追围绕着你的黑影吧。”

司界人凝视着托马斯，好像要把他看穿。

“黑影？”

“是的。你是从‘祈祷之城’直接到这个年轻人家里去的吗？”

“是的。”

“在你的轨迹上，能看到那个影子。”

“影子？”

“像险恶的风一样的东西。”

司界人的话简直像禅机，托马斯也听不明白。

司界人沉思了一下，缓缓回过头去：“这就是说……”

淳和托马斯朝司界人看的方向看去。

“那个黑影围绕的并不是你，而是那个地方。”

司界人的视线停留在他们正要去的“祈祷之城”。

今天，“祈祷之城”看起来比平时要阴郁得多，似乎并不仅仅是天气的原因。

天空阴沉沉的，云层非常厚。好像今天早晨根本没有光线照进来。

树木和仅有的几枝花朵也失去了光彩，像古老的铜版画一样沉郁的颜色，使古城显得更加寒冷。

淳和托马斯忐忑不安地跟在司界人和他的狗后面。

司界人和他的狗表现出的紧张感是前所未见的。他们的每一根神经都如此敏锐，像噼啪闪烁的火花。

会发生什么事呢？

淳和托马斯悄悄对视了一下。

托马斯的表情依旧超然，可是看得出来，他对司界人非常感兴趣。

“为什么这么安静呢？虽然这是亡灵节的白天。”

托马斯自言自语。

“是因为它。你应该能看得见吧？”

“什么？”

托马斯不明白司界人话中的意思。淳踮起脚尖往前面看。托马斯也跟着踮起脚尖。

眼前是看到过多少次的“祈祷之城”和前院，和昨天来找黑寡妇时看到的一模一样。

可是，当时的景色是这样阴郁吗？就算没有阳光照进来，可是，空气怎么那样沉重？似乎充满恶意。

淳屏住呼吸，凝视着眼前的景象。但是，却看不到什么具体的特殊之处。司界人说的“它”是什么呢？

“啊哦。”

这时，托马斯发出了低低的声音，是发现某种令人生厌的东西的声音。

“看见了？果然是‘客人’先看到。”

司界人沉静地低声说。但是，淳完全不知道发生了什么。忽然，托马斯轻轻把手放在淳的肩上，用手指着修剪整齐的树篱。

淳忽然意识到托马斯的手的重量。温暖的、大大的手掌。确实，他在这里存在着。

淳感到一种奇妙的实感和触动，同时，他朝托马斯手指的方向看去。

开始什么也看不到，但很快，有某种东西吸引了他的注意力。

有什么东西在动。

淳发现了。

有一种东西在树篱上动。

淳不由得屏息敛气，注目凝视。

开始，他以为是云的影子。虽然是阴天，但也不可能完全没有影子。

但是，那影子在动……天空中厚厚的云层虽然也在缓慢地移动，但是，这个东西，却是一点儿一点儿的，像在滑动似的，在树篱上移动。

“那……那是……”

淳发出了和数秒之前的托马斯一样的声音，又和托马斯一样咽了回去。

影子在动。不是什么东西的影子。只有影子本身在那儿。

不可能。

淳几次抬起头望向天空，却没有发现有什么东西映在地面上。如果那是某种东西的影子，应该有一个东西在以同样的速度移动，可是根本找不到那样的东西。只有影子，像有生命的东西一样，在树篱上来回滑动。

看着看着，淳发现，那影子有好几个。

影子不只是一个。在这里，在那里，椭圆形的大影子在蠕动着。那是什么形状？像巨大的鸟的影子，但又有些不同。

“司……司界人，那影子是不是有很多个？”

“真是明察秋毫，的确是的。”

“所以看上去才那么阴暗吗？”

这异样的阴暗，像盖上一层黑色滤网，很多影子重叠着，给所有的景物蒙上一层淡墨色。

淳咽了一口唾沫：“那是什么？”

“就是你所见到的，影子。”

“它看上去好像活的一样。”

“是活的。但是，我认为它并没有意志。它只是对周围的东西或某个场所有反应才动的。”

黑把鼻子贴在地面，低低地咆哮着，嗅着气味。

“刚才黑跟过来，好像是因为影子的气味附在这位‘客人’身上了。”

司界人回头看了一眼托马斯。

托马斯用鼻子嗅嗅自己的衬衫，摇摇头，表示他闻不出来。

“如果被那影子笼罩会怎样？”

淳脸色苍白地问道。

“这个不清楚。感觉一定不会好。”

司界人淡淡地说。

“怎么才能进入‘祈祷之城’呢？”

“像平时一样穿过去就可以。被那影子长时间笼罩的话会受影响，短时间没关系。特别是你，似乎对这种东西具有耐受性。只要意识到它，就比较不容易受它影响。”

虽然司界人这样保证，但淳一时难以相信。但是，必须把托马斯带到玛丽那里。不知他能在这里待多长时间，估计不会太久吧。

淳感到不安和焦虑。有一种无法言说的恐惧，让他没有勇气穿过那影子。小时候看过的恐怖电影，那吃人就会变大的巨大的宇宙变形虫，在头脑中反复浮现，挥之不去。

“那到底是什么？”

倒不是为了磨时间，可腿动不了，嘴却在动。

“影子。”司界人淡淡地回答，“本来，影子就是实体。所谓星影，影就是指星星的光，水中的影子也是人或东西的实体，由于物质遮住光而在相反一侧出现的部分叫作影子。从光本身变成与光相反的黑暗，形态发生了改变。”

“那么，它是什么？可以说影子从实体中脱离出来了吗？”

问话的是托马斯。

司界人略耸了一下肩：“你讲的是一般说法。我们有自己的传承。原本就有‘影子’这种生物，它藏在光或物体的后面生活。可是，当光或物体到别处去了，它们就被留在这里。”

“那就是叫作‘影子’的生物？”

“亲眼见到还不相信吗？传承是正确的。”

“你说光或者物体到别处去了，是吗？”托马斯抱着胳膊，“那么，它是从哪儿来的？”

“这里。”

司界人指着地面。

“从厄纳得山？”

“是的。从这里被叫作厄纳得山之前的时代开始，这里就是死者的必经之路了。这个地方正处在光与影、生与死的界线之上。所以，光离开之后，这里就留下影子。”

“这影子会怎样呢？”

“和其他影子同化，或伏在地面等着和其他影子同化的机会。有的时候，影子也会像这样单纯以影子的形象出现。”

“那该怎么办？”

“让它回到地下，或者让它和其他影子融为一体，这是我们的任务。但效果经常并不太理想。我们也没有掌握影子的实体。而且，影子单独出现，往往是因为这个地方发生了异常的事态。”

“异常事态？什么样的异常事态？”

“我也不知道。所以，不知道该做些什么。”

司界人眼睛注视着“祈祷之城”，回答道。

“那影子对我也有影响吗？”

托马斯慢慢地问。

“这很难说。”

“试试吧。”

托马斯飞快地朝“祈祷之城”的入口走去。淳一时不知所措，但随即下了决心，连忙跟了过去。司界人赶上托马斯，让黑走在前面，走上通往玄关的小道。

这时，奇妙的事情发生了。

啊，这是怎么回事？

一瞬间，淳不知发生了什么事。

鸟居？

好像有两面镜子在对着照。

沿着小道，出现了一排红色的小鸟居。

为什么？

淳越往前走，鸟居就越多。

淳惊慌地看着周围。

他想到自己去京都伏见神社的时候。

山的斜坡上红色的鸟居排成一行。从那里穿过去，简直像在一个巨大的生物的肠子里穿行似的。

这里和当时是同样的情景。而且，这些鸟居被一种光芒笼罩着，闪亮着。与周围的幽暗相反，鸟居灿烂辉煌，像檐顶一样覆盖着小道。

而且，随着鸟居排列在一起形成隧道，覆盖道路的影子分开了。好像在为他们让路，影子一点儿一点儿地分裂开，退开去。周围像剥去了一层薄皮似的，变得明亮起来。

“简直就像给摩西让路一样。”

“《睡美人》里也有这样的场面。”

他们一边窃窃私语，一边快步向前走。

淳有些不明所以。托马斯和司界人好像并没有看到这些鸟居。

难道只有我自己看得见？

旅馆的入口也静悄悄的。这里平时就很安静，今天被比平时更加可怕的静寂笼罩着。

到玄关的时候，司界人轻轻叹了一口气。

黑立刻温顺起来，迅速坐在地上。

淳也如梦方醒。

“消失了。”

“影子消失了。”

司界人和托马斯环顾四周。

一下子，云中射出光来。

阳光从厚厚的云层间隙照射着，刚才阴暗的风景仿佛不曾存在过，树篱、树木，都开始熠熠生辉。

淳也长出了一口气。

他注视着树篱，刚才移动的影子已经不见了。淳甚至觉得，也许刚才的一切只是一场梦。

“那影子去哪儿了？”

“伏在地面，或者躲在别的影子的后面。”

“它会就这样消失吗？”

“不知道。”

司界人和托马斯低声交谈着，这时候，光已经使周围的一切温暖起来了。太阳是伟大的。

“我先去外面转一圈。”

司界人带着黑消失在庭院里。

看不到司界人，觉得有些胆怯，但看着四周变得明亮，淳也平静下来了。

他与托马斯对视了一眼，按响了门铃。

司界人和黑一起出了大门。

他没有告诉淳和托马斯，他是去追影子的。

影子暂时退去，但并没有完全消失。它还在附近。

他沿着墙壁围着“祈祷之城”转了一圈。前不久，就是在这里，他有生以来第一次参加了神汤。

那很有意思。的确有精灵存在。他与精灵产生了共鸣，精灵让他看到了厄纳得山的过去。自治委员应该也看见了。他们不知道发生了什么，司界人走出礼拜堂之后，他们好半天才回过神来。

精灵并没有告诉他凶杀案的犯人是谁。精灵的兴趣好像并不在犯人本身。

这个地方真的很复杂。来参加他们所谓的亡灵节的那些人也不一定能正确把握这一点。因此，过去的事情越来越难以明白。

本来，就算是我们原住民，也并不了解这片圣地。比起我们的历史，这座山的历史更为长久。这里从一开始就是圣地，是禁止涉足的。或者应该说，很多踏入圣地的祖先身体上都遭受了创伤，自然而然产生了这样的禁忌。

司界人脑海中浮现出淳的面孔，那个气质特别的年轻人。

他来自遥远的日本。奇怪的是，自己对他有一种亲近感。他聪明、淳朴，保持着一种不可思议的平衡。这是一种返祖现象吗？比起最近来的这些维国人，他更表现出我们原住民的某些特性。也许，他和我们一样，身上流淌着同一个祖先的血。我能理解，他们所说的“客人”为什么都集中到他那儿去了。

黑的身体突然紧张起来。

司界人脚下不停，沿着墙壁缓慢地走着。

很近了。

司界人的眼睛上下左右地搜索着。

为什么这样静？即便是许多人宿醉未醒，可是，看这情形，竟像这整座山都死了一样。

黑脚步沉重，贴着地面向前爬。

他也跟着越发放缓步伐。

黑朝着上面叫了一声。

司界人抬起头，他的表情极为惊愕，简直像在笑。他看到了难以置信的景象。

那不祥的东西。

司界人觉得自己的体温在下降。

城堡的一面墙壁上满是黑色的抓痕，像刻上的一样。其中一个窗户周围，抓痕十分密集，几乎全是黑的。那一定是黑寡妇的房间，司界人可以确定。

令人毛骨悚然的黑色抓痕。看去像巨大的鸟的足迹。

和昨天一样，又是那个像赫尔克里·波洛一样的服务员来开门，不过他今天态度要友好得多。令人吃惊的是，他对淳露出了一丝微笑。淳反而像做错了什么事似的局促不安了。

淳请他给玛丽·温切斯特传话。服务员看着淳的同伴，露出惊奇的表情。

至少，他可以看见托马斯。淳又是放心，又是遗憾，心情有些复杂。

服务员小心地偷看托马斯，似乎认识，却想不起来是谁。如果他认出托马斯是谁，一定会大叫起来。街巷热议的“嗜血狂玛丽”的丈夫，还从来没有在亡灵节出现过呢。凭着过去的经验，淳完全能够想象得到，维国的人们会多么兴奋，多么狂热。也许，因为我和托马斯在一起，一大群人都要涌到我这来了——想象在酒吧被众人提问围攻的情形，淳不由得心惊胆战。

可别让这位大叔想起来。如果他想起来了，可别让他说出去。

淳看着服务员，心里在祈祷。服务员一惊，慌忙背过脸。也许，他错以为自己盯着淳的同伴看让淳不高兴了。

“好久没到这里来了。”

托马斯环视旅馆，似乎感到很亲切。

“您来参加过亡灵节吗？”

“小时候每年都来。长大以后工作很忙，几乎就没来过了。”

一个年富力强的男人，可能的确难以分身吧。

“可是，您……”

淳支吾起来。托马斯看着他，示意让他说下去。

“您家人去世的时候，您没有来过吗？您要是来了，不就有可能见到他们了吗？”

托马斯沉默了一下。

“我没办法让自己来。我觉得恐惧、悲惨。就算我的家人能回来，我依然是孤独一人。想到这儿，我就无法坦然地到这里来。”

“哦。”

淳只能这样应着。

“不过，我感谢亡灵节。玛丽能来太好了。如果我来了，玛丽不在的话，我就失去和她见面的机会了。我当时可能让家人失望了，还是应该参加亡灵节的。”

托马斯眯缝着眼睛，望着中庭里正在祈祷的老妇人的背影。

他似乎想起了自己从前的样子。

“伊藤先生，伊藤先生，温切斯特夫人说，她想直接和您说话，请到前台这里来。”

赫尔克里·波洛一样的服务员来请淳过去。他还是对托马斯很感兴趣，上下打量他。

“好的。”

淳点头致谢，拿起前台的听筒。

“淳，是你吧？他是不是也和你在一起？”

话筒另一端传来声音，充满难以抑制的兴奋。

“是的，他和我在一起。你封住房间使他无法进去，所以他就直接到我那儿去了。”

“果然我的判断是正确的。他怎样？”

淳仿佛看到她在使劲儿点头。

“他很好。”

淳觉得这话有点儿怪，可也只能这么说。

“他非常想见你，怎么办？只要他一进入房间，就会到‘那边’去，是吧？那就根本没有说话的时间了。”

“是啊。”

玛丽忽然压低声音：

“问题是，现在，有一件很奇怪的事……”

她的声音越来越低。

“出什么事了？”

淳也跟着压低了声音。

“我不能打开封的符。”

“什么？”

“贴的符倒没有问题，是我现在出不去。”

“是不是因为神力形成了一道壁垒？”

“那当然会有，不过我说的不是这个。我觉得，好像有什么可怕的东西要侵入这里。其实，我是害怕出去。”

“到底是谁要进去？托马斯现在可就在这里呢。”

“刚才一直有什么东西在撞击窗户，发出一种奇妙的、可疑的声音。好像有人在咣咣地敲窗户似的，让人毛骨悚然。”

她的声音里带着恐惧。

“那个侍从呢？”

“把房间用符封住之前我放了他的假。虽然他好像很不满。”

那个侍从应该会不满吧，淳想。

“你吃饭怎么办？”

“现在还好，冰箱里还有很多东西，酒也有。我也不怎么活动，有一点儿就够了。”

“你有没有跟旅馆的人说过这件事？”

“还没有说。我想万一有什么事就让他们破门而入吧。”

“啊，那倒是。”淳脑子里灵光一闪，“我让托马斯先生接电话，通电话应该可以吧？你等一下。”

淳很得意自己想出的这个好主意，他把话筒交给托马斯，自己站在稍远些的地方。

不知道他们说些什么。但是，能看到那样超然的托马斯像个少年一样，脸上泛红，神情激动，对着话筒一会儿一句地说着。

对了，还没有听说过有人接到过“客人”打来的电话呢。

注视着满面微笑的托马斯，淳忽然想到这个问题。

玛丽以前的丈夫只要一来访问她，就一下子经过她身边走了。

不过，幽灵要来的时候也没有打电话预约的啊。

淳想到这里，扑哧一笑。

托马斯放下电话，一张泛红的脸看到淳，连忙调整了表情：“我想快点儿见到她。带我去吧，淳。”

那表情就是一个恋爱中的少年。

淳的心仿佛收紧了："她怎么说？让我们怎么做？"

同时，淳感到一阵奇怪的躁动。能让玛丽和托马斯见面吗？被符封住的房间……我害怕出去，有可怕的东西要侵入这里……

这样的躁动究竟是怎么回事？

"她说让我们先到房间去。她说，你先来房间，敲敲门。"

托马斯目光润泽。他多想快点儿到她身边，看看她的样子。淳能体会到他的心情，但是那种躁动却无法平息。

以前也曾有过这样的躁动——和那时候完全一样。

对了，是举行神汤的时候，和那时的强烈预感完全一样。

淳感到惊恐。不会的，不会的，怎么会那样。这都是我的心理作用，是我这个胆小鬼的心理作用。

"好的，咱们走吧。"

淳浮起一个态度含糊的笑容，向托马斯点点头。

但是，盘踞在胸中的不安感觉，越往走廊里走就越强烈。

也许，我在做一件不该做的事。也许，马上就会发生不幸的事。而我，可能正在促使它发生。

托马斯焦急地跟在后面。

是帆立贝间吧？房间入口处应该有帆立贝标志的。

这旅馆像迷宫一样。

淳循着记忆走过悄无声息的走廊。

好像是在这里。拐过那个拐角，在走廊的里面。

对了，格雷博士怎么样了？玛丽有没有和他说？结果昨天晚上他也没来。

忽然，一个想法掠过脑海。淳有一种想到博士那里去的冲动。他想向博士介绍托马斯。博士能看到托马斯吗？能相信他的存在吗？

淳转过拐角，要往前走。

就在这个时候，某种东西让他停住了脚步。不知为什么。

"怎么了，淳？"

"嘘。"

淳阻止托马斯，倾听着周围的动静。托马斯也止住了脚步。

黑暗。这个走廊是那么黑暗。昨天来的时候是这样黑暗吗？而且，感觉只有那个房间的前面是黑暗的——房门旁边有帆立贝的标志。

是玛丽的房间。

只有那里是黑暗的。

是照明的关系吗？抬头看看天花板，淳突然明白了原因。

是影子。只有玛丽的房间被影子包裹住了。困住她的，是刚才看到的，那些可怕的、移动的影子。

淳背后一阵发冷。

我出不去。是玛丽困惑的声音。

这房间从里面、从外面都已经封住了。

“是影子吗？”

托马斯好像也发现了。

“这是什么声音？”

淳竖起耳朵。

咣咣咣，咣咣咣，频繁的敲击声。

好像是在用一种尖锐的东西在钻孔。

玛丽的房间应该是连着的两间。两个门都被影子覆盖了。影子重叠着，一点儿一点儿地移动着。在门上摇晃着。

淳慢慢地接近帆立贝间。托马斯紧跟在后面。

玛丽在那个房间里。

一刻也不能犹豫了。淳冲到门前，用力地敲着门：“玛丽！玛丽，你没事吧？”

影子覆盖在门和墙壁上，好像贴了一层胶片似的。太多的影子重叠在一起，看起来竟然有些厚度。好像透过蒟蒻片看对面似的。

影子对淳的声音没有任何反应，仍然一点儿一点儿地移动着。好像坏掉的黑白电视机的画面，看着让人心焦。

“玛丽！”

淳又提高声音。

没有回音，淳越来越担心。

突然，门的里面传来一声长长的、骇人的惨叫。久久没有止歇。好像世界末日似的尖叫。金属似的、奇妙的声音。这是玛丽的声音吗？

“玛丽！”

托马斯吓得脸色发白，用尽力气敲着门——可是，却没有敲击的声音。

影子把托马斯的手弹了回来。真的像蒟蒻，淳想。好像在打蒟蒻的表面。拳头有稍微陷下去，然后又被弹回来。

惨叫突然停止了。

周围又安静下来。

淳和托马斯互相看了看。

司界人带着黑冲到旅馆的门廊。

他使劲按着门铃，门打开了，那一瞬间，远处传来了充满绝望的惨叫。

来开门的小个子男人被那惨叫声吓了一跳，趁这工夫，司界人冲进旅馆，朝着发出惨叫声的方向奔去。

黑迅速判定了方位，像一道黑色的闪电，疾掠过走廊。

司界人当然听到身后大喊大叫的声音，但他没有理会。

他的脑海里，清晰地浮现出旅馆中一个房间的窗户——无数的鸟的足迹。

它肯定是要侵入黑寡妇的房间。

我们自古以来一直叫作影子的东西，难道就是它？

他正沿着台阶往上跑，惨叫声戛然而止。不祥的预感充斥心头。

长长的惨叫声停止的时候，那就是……

他看到，前面有两个人，拼命地敲着门，拉拽门的把手，是那个年轻人和那个“客人”。

司界人的目光迅速转移，捕捉着在天花板上、地板上四散奔逃的影子。

是因为它们达到目的了吗？还是因为有人来了？

黑朝着逃窜的影子狂吠。影子一下子加快速度，瞬间消失不见。黑向其中一个影子追去，可就连黑也追不上它了。

“司界人！她在里面！”

那个叫淳的年轻人满脸惶急地看着他。

“先生！刚才的惨叫是怎么回事？”

长得像波洛的服务员气喘吁吁地追过来。

“喂，有没有柴刀或斧子？必须把门劈开。这门好像很结实。帮个忙，快去拿！”

司界人声音威严，服务员按他说的沿着来路往回跑，旋即传来他对楼梯下面大喊“拿斧子”的声音。

“玛丽！玛丽！”

托马斯脸色煞白，使劲敲门。三人合力拽着门把手，可门一动不动。

“斧子来了！”

服务员抱着一个大斧子跑来了，可能是太重，脚下有些踉跄。

“好，让开！”

司界人探出结实的手臂一把接过斧子，示意淳和托马斯后退。

二人往后一退，司界人挥起手臂抡圆了斧子，向门的中央直劈过去。

这一击劲道十分凌厉，只听咔啦一声巨响，门从中间裂开，出现一个边缘不规则的长方形裂口。

“行了！”

司界人又是几斧子劈下去，门的上方立刻被劈开了一个大洞。

司界人从洞中把胳膊伸进里面扭动门锁。

咔哒一声，门开了，木屑飞到半空。

“玛丽！”

托马斯大叫，黑、司界人、淳、托马斯和服务员，一股脑地冲进去。

可是，一股刺鼻的古怪气味袭来，所有人都下意识地停住脚步。

“唔！”

“这是……”

屋中光线幽暗。

只有写字台上的台灯是亮着的。

“我把灯打开。”

服务员声音颤抖，靠近墙边，打开了房间的灯。

房间里一下子亮起来，光线刺目。

下一个瞬间，所有人都发出了惊叫。

一片血海。

房间里正是一片血海。

“这……这……”

淳发起抖来。

他们被弥漫在整个屋子的血腥气包围了。这么多的鲜血，浸透了地板、沙发和窗帘各个地方，好像拿桶往上倒的似的。黑似乎觉得强烈的血腥气刺激了它敏感的鼻子，不安地来回转着。

“玛丽呢？”

托马斯声音干涩。

大家回头看看他，又四下察看房间。

这么多的鲜血，这里肯定发生了一起惨案，却找不到死者。黑色的面纱沾着血揉得乱七八糟掉落在地板上，面纱的主人却无影无踪。

“浴室呢？”

托马斯和司界人打开了浴室的门。

淳和服务员也一起往里看，里面却是干净的。当然，一个人也没有。

接下来他们又看了套间、壁橱，所有能待人的地方都察看完毕，可还是一个人影儿都没有。

“怎么会这样？”

大家茫然地站在屋中，四下张望。

“窗户呢？”

托马斯面色苍白地低语。外面的百叶窗是关着的，内侧的玻璃窗窗框上贴着一张符，跨着左右两扇玻璃。门上其实也贴了符，不过刚才司界人用斧子劈门时已经砸破了。

天花板的四角都贴上了符，不知为什么镜子和壁炉也贴上了。

淳盯着符看，他想知道用的是什么符。不过上面写的好像是梵文，读不懂。

嗯，用的是佛教系的符，没想到。

淳在心里记下一行笔记。镜子和壁炉上贴符是为什么呢？回头问一问吧。

“经理，有什么……”

这时，两个女服务员从这里经过，不经意地往里面看了一眼。正巧乔纳森·格雷博士也在，在她们后面往这边看。

“别进来。”

还没等司界人制止，两个女服务员已经发出骇人的惊叫，慌慌张张地往回跑，一头撞到格雷博士，于是又发出一阵惊叫。

“说了让你们别进来的。”

被称作经理的服务员苦着脸带走了两个女服务员。

“叫自治委员来。”

司界人对着他的背影说道，经理铁青着脸点点头。

“这里发生了什么？”

博士看看凄惨的房间，又看看淳。

“不知道。我们来见玛丽，就听见惨叫声。”

淳只能这样简短地回答博士。他自己也已经惊慌失措，那影子，还有托马斯……他没有把握能跟博士解释清楚。

“托马斯回来了，然后我把他带到玛丽这里。”

淳低声说着。

博士一下子双眼放光，抓住淳的肩：“你说托马斯？她的丈夫回来了？太了不起了，现在他在哪儿？”

“什么？”

淳看着博士那张充满好奇的脸，奇怪地半张着嘴：“你说他在哪儿？他就在那里啊。”

淳回头一看，发觉房间里只有自己、司界人和博士三个人（除了黑）。

不知什么时候，托马斯已经消失了。

自然，这天整个下午都耗费在自治委员的询问取证上了。

自治委员立即来到旅馆，先命令服务员不要外传，开了一个房间作为调查室，反复向淳、司界人和服务员询问情况。

玛丽·温切斯特的房间，这次由他们来封上了。从事件发生已经过了几个小时，本应在房间里的玛丽还是没有找到。活不见人，死不见尸。

兼任诊疗所医生的青木也没有起到太大作用。他只能证实现场的血是人血，是A型血。玛丽·温切斯特就是A型血。但是，仅凭这一点还是无法断定洒在房间里的血是不是玛丽的。

当然，被问话最多的是淳。和玛丽的约定、托马斯的出现、玛丽说她“不能出去”，特别是打电话时说的话，反复问了许多遍。

“他是托马斯·温切斯特？”

不用说，自治委员听到这个名字时情绪透着紧张。

“是的，他就是托马斯·温切斯特。”

旅馆经理终于想起淳同伴的名字了，兴奋地叫了起来。再加上司界人的证言，淳和“客人”托马斯一起来到这里这件事是得到了证明。可是，当淳讲到来这里之前的经过时，越说越显得荒唐无稽。

戴维·青木同情地望着淳：“不知道你运气好还是不好——这里发生的事件都与你有关，可你每次都能证明你的清白——只是运气不好呢，还是不尽如此，今后我们还要详细调查。对了，还有那个案子是吧，那个叫吉米的大学生的事。”

“是的。”

淳点头称是，有些担忧。的确，特里的事，今天这件事，与“客人”有关的事件层出不穷。至少，如果是教授或真理子他们，也许还能清楚一些，自己什么都不知道，即使陷入事件当中，也不能理解发生了什么。

自治委员虽然说话客气，但似乎已经开始怀疑是不是眼前这个年轻人在暗中操纵着什么。连淳自己都觉得，人家这么想也不无道理。

“把房间用符封住是很荒谬的。你不觉得，在亡灵节的时候封上房间，有可能会把精灵激怒吗？”

尼克·斯科莱克不满地说。

淳惊愕不已：“那……那……那是精灵干的吗？”

尼克理所当然地点点头：“你看，房间完全是密室状态，从里面锁上了，还贴了符。影子在外面守卫。精灵认为这是妨碍亡灵节，于是把她撕碎了。这样解释比较符合逻辑吧。”

“那玛丽的遗体在哪里？”

“想想礼拜堂里雨衣化作的尘埃吧。她也变成那样了。”

这么说，自己刚才就站在玛丽的残骸之中，淳觉得一阵恶心。可是，刚才屋子明明里只有血……难道骨肉和内脏也都变成了血……

淳又觉得恶心了。

没想到，自治委员竟然知道影子的存在。淳本来想象他们会嗤之以鼻，可他们听了淳和司界人讲的话，眉头都没皱一下，直接就接受了。

“托马斯已经消失了吗？”

尼克遗憾地说。

“是的。”

“他是个好人。我也想跟他聊聊的。”

他们好像认识。淳也觉得，就那样和托马斯分别有些遗憾。他大概是踏入令人联想到玛丽的死亡的那间屋子时受到的打击太过沉重，已经到“那边”去了。以后没有机会和他聊天了吧。

下面，淳担心的就是自治委员如何处理这一事件了。

没有尸体的杀人事件。他们会允许警察介入吗？

“好了，可以回去了。”

淳紧张得不行，汤姆士·贝克尔却淡淡地下了逐客令。

淳有些张口结舌："啊？那，警视厅怎么办？这次不能不叫警视厅了吧？"

淳一边说一边看看这个，望望那个，可三个人都是同样表情。

像日本传统戏剧用的面具"能面"一样，脸上冷冷的，看不出是什么态度。

难堪的沉默。

"为什么？"

汤姆士反问。

"怎么？"

淳也反问。

"为什么叫警视厅？"

"为什么？必须现场查证，必须调查房间里的血是不是玛丽的，发出那样的惨叫，一定发生了非同寻常的事。"

淳咕咕哝哝地说着，他觉得被三个人冰冷的视线刺在身上，说到最后，声音已经细得像蚊子叫了。

"她可是被精灵杀的。"

"亡灵节期间用符封上房间，本身就是自杀行为。"

"对于玷污亡灵节的行为，精灵这样反应并不奇怪。"

三个人连珠炮似地说。

"可是，那……总不能……就这样……"

淳试图抵抗。

不管怎么说，就这样结束也太过分了。

他想到玛丽大笑的面孔。和玛丽通着电话脸上泛红的托马斯。两个人就这样都从这个世界消失了。怎么可以是这样的结局。

"有什么问题吗？不是你们作证说，人为地进入那个房间是不可能的吗？房间完全是密室，还有灵力的作用。从里面出不来，从外面进不去。那，除了精灵以外，还有谁能杀得了她？"

汤姆士理所当然似地问。虽然觉得其中有些地方是诡辩，可是，淳又无法指出他到底是什么地方在诡辩。

"正式的决定我们现在开始商议。你不要对别人说多余的话。"

汤姆士站了起来，告诉淳这里已经没他的事了。

淳也只好不情愿地站起来。

被严正告诫要三缄其口之后，他获得了释放。或者，更准确地说，是体面地被赶了出来。

来到大厅，格雷博士和司界人并肩坐在沙发里，等着淳。

"亡灵节继续进行。不让警视厅介入。"

淳带着怨气把结果告诉他们两个。司界人耸耸肩，意思好像是"估计就是这样"。

淳不禁变了脸色：

“这样就完了吗？玛丽可能死了，也许还活着，受了重伤，难道就这样置之不理吗？”

淳的语气强硬起来，他控制不住。

“找个地方说话吧。”

博士小声对两个人说。淳很赞同。

“去哪儿？”

司界人低声问。

“去没有旅馆服务员的地方——还有，尽可能不让这里的居民听到。”

“不好找，我们三个人在一起本身就很显眼了。”

“博士的房间怎样？”

“从现在开始要在整个旅馆搜索玛丽。我也被赶出来了。”

结果，三个人来到旅馆的院子里。

说是院子，其实是在后院菜园里的马铃薯地里站着说话。这个地方，如果有人靠近想偷听的话立刻就可以发现，比树林里或亭子里都安全保密。

“再跟我从头讲一遍发生了什么事吧。”

格雷博士抱着胳膊，一脸认真地望着淳。

淳点头同意，司界人也帮助解释，一点儿一点儿地给博士讲了之前发生的事。

尽管已经讲了很多遍，淳还是觉得这件事令人难以置信。简直就像编造出来的拙劣故事。

“只要见到玛丽，就会马上到‘那边’去，是吗？”

博士望着马铃薯的叶子，低声问。

“她没有说谎。我们从这里感受到的力量是非常大的。”

司界人平静地说。

“那为什么你要待在这里？这不是很痛苦吗？”

淳担忧地望着司界人。司界人露出一个温和的笑容：“我接受过特别的训练，所以不要紧。再说，还有它在。”

他低头看着舒展四肢趴在脚边的黑。

“托马斯也许见到玛丽了。”

博士扬起脸。

“什么？你是说，见到那血，或是尘埃？”

淳战战兢兢地问。

“不是，我是说见到玛丽本人。所以，一瞬间，托马斯被她的力量送到‘那边’去了。”

淳惊愕莫名。不知道博士的话是什么意思。

“我认为她还活着。她和旅馆方面同谋，演出了一场戏。”

“同谋？和旅馆？为什么？”

淳紧追不放。

“这个嘛，具体的原因我不清楚。”

博士在衣袋里找烟，但想起日落的钟声响起之前是禁烟的，露出一脸痛苦的表情。不过，也许正因为不再想抽烟的事了，博士振奋了一下精神，又继续说了下去：“但是，只要认为她自己愿意消失，就容易解释了。”

“是的。”

司界人低声说。他似乎理解了格雷博士话中的意思。

“这是个简单的戏法。你和她通过电话，但并不知道她是从哪个房间打来的是吧？不一定是帆立贝间，在旅馆内的任何一个房间都能和你通电话。为你们接线的是旅馆的服务员，让你认为你是在和待在帆立贝间里的玛丽说话。”

博士摊开双手。

“哦。”

淳也理解了，那倒的确是的。

“房间封得像个密室。之前洒上血，丢下玛丽的东西。然后，就是惨叫。这个，放一盘录音带就可以了。这样，人们跑过来，敲门，发现房间被封上了，破门而入，发现满是鲜血，就认为发生了惨剧。就是这样。是不是很简单？”

“那影子呢？影子不可能作假吧？”

淳觉得有些不好意思，因而认真起来。

“影子应该是存在的。自治委员也说过，亡灵节期间用符封住房间，可能会招来精灵的愤怒。所以，反过来说，在没有人的房间里贴几个符，不就能招来精灵和影子了吗？”

“可是，房间里是用符封着的。”

“入口的门，还有门和墙之间的符，在托马斯来叫你的时候已经被弄破了。你们刚才从外面进去的时候，就会认为是你们打破门的时候把符弄破的，是吧？”

这么一说，好像的确很简单。

“嗯，的确。贴符的人到外面去，只把门锁上就行了。”

淳喃喃自语。

“听到惨叫声立刻赶来，居然已经是血流成河，这一点很奇怪。这就是证据，是把预先准备好的血洒上去的。”博士清清嗓子，“而且，还有一个方法。玛丽本人高声惨叫，然后逃到别的屋子里去。”

他冷静地补充着。

“你没有在她房间的其他屋子里找到才会这样说的。我们把浴室、套间都检查了一遍，连藏只猫的地方都没有。能藏的地方我们都找了。”

淳不高兴地说。

“如果这个套房是三间的呢？”

博士依然冷静。

“什么？那个套房是三间？”

“是的。你知道怎么识别这个旅馆的房间吧？”

“看门边的门牌，是吧？哦，难道是这样？”

淳的脑中也是灵光一闪。

博士点点头：“一般，门的哪边有门牌的话，人们自然就会认为，从这里到下一个门牌之间的空间是属于这个房间的。所以，如果这个套房有三间挨着的屋子，把门牌移到中间的门的左边的话，来访者就会认为这左边的两间房是连在一起的。所以，本来，应该在右边的门的那边还有一个门牌的。所以，使用这种心理上的手段，就可以让你们有先入为主的观念，你们就会认为已经把房间都搜遍了，没有发现任何人。”

淳竭尽全力回忆走廊的情形。门牌的位置变了吗？和昨天相比位置远了吗？

“可能玛丽逃到旁边的屋里去了——不过，她回来了。为了见托马斯。因为她必须把托马斯送到‘那边’。”

博士自信地说。

“为什么？”

淳自然而然地问。

“因为托马斯发现她还活着。他们不能说谎。所以，玛丽即使扮成女服务员也必须和他见面。”

淳想起朝房间里看一眼后尖叫起来的女服务员。

她们撞到博士，又一次发出尖叫，被经理抱着拖出去。两个人蒙着脸，年龄和容貌都看不清。

“她为什么这样安排，要让自己消失？这是真的吗？”

淳自语。他在头脑里大体验证了一下，觉得博士的话有他的道理。

“这个嘛，就是她自己的事了。不，也许，有更重大的原因？”

博士的声音很神秘。

“更重大的原因？”

“我对自治委员的态度很奇怪。发生了这么大的事，可他们却像早有预料似的。他们既没怎么慌张，也不太烦恼，你们不觉得奇怪吗？”

“是的，我也觉得。”

淳想到他们不容置辩的态度，说一定要让亡灵节继续下去。

他们想让玛丽这件事到此为止，但淳知道他们本来就是亡灵节的保守派，因为有这种先入为主的观念，对他们的态度并没有感到奇怪。

“难道他们也是同谋？”

“不知道。这终究是我的推测。可是，我一天比一天强烈地怀疑，他们隐瞒了什么重要的事情——比‘嗜血狂杰克’、比这里的凶杀案都要重要得多得多的事情。”

“重要得多得多的事情……”

淳茫然地重复着。

“关于这件事，也许你已经有所觉察了？”

格雷博士慢慢地说，直接问司界人。

司界人一直专注地听着他们两个说话，听博士这样说，微微露齿一笑：“这个嘛，我觉得事情没那么简单。虽然你的见解很有意思。”

“你是来找什么的？”

格雷博士直视司界人，司界人依然很平静：“我也不知道。我追寻险恶的风来到这里，见到了险恶的影子。我父亲曾经说过，自己的使命在一切都结束之前是不会完全清楚的。”

博士笑了出来：“你这是避而不答。可是，我觉得，你到这里来，有着不同于我们的想象的任务。”

“怎么想是每个人的自由。”司界人委婉地表示自己不会再继续说下去了。

博士也不再深究：“哎呀，一个下午这么快就过去了。毕竟发生了那样的事件啊。”

淳也一下子感到疲劳袭来。

“咱们回去吧，真想抽支烟。”

“您要回房间吗，博士？”

“怎么办呢？对了，今天去篠田教授家吧。”

一边看着手表，博士看看淳。

“您来吧，大家昨天就想跟您说话，都急得不行了。”

淳喜不自禁地往外走。这样真理子他们就不会再抱怨自己了。把博士带回去，受到集中轰炸的就是他了。

“司界人，你呢？来家里吃晚餐吧？”

淳问道。司界人那双左右颜色不一样的眼睛沉思着：“是啊，那就不客气了。我去做一下准备。”

“准备？什么准备？”

淳没听明白。

“去别人家里打扰的准备。”

司界人淡淡一笑，带着黑走了。

“哎呀呀，这个地方不可思议的事可真多。”

博士打了一个大哈欠。

“今天这件事不知道能瞒多久。”

“最多也就是今天一天。估计明天所有人就都知道了。”

两个人低声说着，拖着疲惫的双腿走出“祈祷之城”，缓缓走下坡道。

但是，他们估计得太乐观了。

当天下午，黑寡妇在密室惨遭杀害的事已经传遍整个厄纳得山。当然，篠田教授家的人也早就知道了这件事。两个人本想回来恢复一下一天的疲劳，可大家已经急不可耐地等着他们了。

第九章

世所罕见的奇妙晚餐

“在先史时代，不，还要更早……”教授自言自语地说着，“它就已经在这里了。它成为厄纳得山之前是怎样的形状，现在已经不可能知道了。不过，它似乎一直就是这样的形状。”

刚才下了一阵雨，不过马上就停了。只有那短短的一瞬，从云间射出淡淡的光束。

教授目光转向窗户，好像光线刺眼，眯起眼睛。

“在大殖民时代之前，我们的祖先已经移居到这里。基督教进入这里是下一批移民。再晚些时候，由于海流的关系，一些文化上已经有相当发展的人从日本漂流而来，开始在这里生活。”

“是黑潮的关系吧。”

真理子带着无聊的表情补充道。

“这个丘陵绵延的岛屿，宗主国的人叫它‘山地’，就是维国的前身。据说在日本叫作‘光音岛’。”

“正确的说法应该是‘观音岛’。”淳接着说下去，“日本的纪伊地区有观音信仰。海对面的普陀洛迦山，被认为是受观音保佑的乐土。他们一定认为这里就是那个地方。而且，厄纳得山形状又像日本伊势的夫妇岩，因此人们也叫它夫妇山，或直接按它的形状称为骆驼山。”

“结果，移民进入厄纳得山，发现了‘客人’的存在，在18世纪后半期，亡灵节成为现在的形式。”

教授像讲课似的来回踱着步。

“那座鸟居是在17世纪时建成的。有人说还要更早。说明日本神道传到了这里。”

真理子说。

“总之，日本移民接受英国统治，这里正式成为维国，是在英属印度帝国成立之后不久，19世纪70年代末以后。从那以后直到“二战”结束日本移民独立，时间不足70年。相比之下，那以前的历史要悠久得多。”

教授说完，和真理子一起意味深长地环视着围桌而坐的人们。

“那么，你们的圣地和我们有什么不同？”

“没有不同。只要是在神圣的场所这个意义上。”

教授显然很希望司界人能讲一讲，司界人却避而不谈，淡淡地岔了开去。

餐厅里，因为有格雷博士和司界人在，洋溢着一种难以形容的紧张和兴奋。

特别是当司界人踏入的时候，大家都不由得心中一凛。

在外面见面时不觉得，其实，他身上有一种独特的气场。当他进入房间，他那强大的气场立时就会改变屋里的气氛。他受到了热烈的欢迎，同时，大家说话都自然而然地收敛了一些。

看到这样的人，会情不自禁地感到自己和自然、和野性离得那么远，自己是一种多么习惯于被人工饲养的生物。

淳记得，请司界人过来时，他说去准备一下，可是看不出他和平时有什么不同，不知是作什么准备。

淳做出不经意的样子，仔细观察着司界人穿的衣服，手上拿的东西，却没有发现什么特殊的地方。

司界人察觉到淳在看自己，他看着淳，温和地微笑。淳不由得张皇失措。被他盯着看总是令人局促的。

格雷博士好像已经发觉在这座山里无法隐藏什么秘密，他把今天发生的事详细地讲给大家听。淳和司界人时不时作一些补充。

和黑寡妇在电话里的谈话，听到她临终时的惨叫，空无一人、到处是血的房间，听到这一段，琳德的脸色都发白了。就算再不喜欢这个人，也是自幼相识的伙伴，琳德心里一定很不平静。关于黑寡妇的消失，大家都跃跃欲试地要做出各种推理，不过还是想让博士先说完，于是都暂时保持了沉默，人人一脸古怪的表情。

但是，讲到覆盖在窗户和门上的“影子”，大家马上露出了怀疑的神色。“那是什么？”“从没听说过。”“到底是怎样的？”你一言我一语，问起来没完。

被问的人其实也很困惑。因为，不要说淳，连司界人也是第一次见到。人们再一次意识到，厄纳得山的确是一座双重乃至三重意义上的圣地。

博士讲完之后，话题主要集中在黑寡妇从密室消失这件事。这件事还比较容易讨论一些。

最大的争论点是黑寡妇是活着还是死了。

“房间里洒的血是不是她的？”

真理子毫不掩饰自己的怀疑。

“托马斯去哪儿了？”

这是琳德说的。

“和旅馆的人同谋应该是没错的。”

教授自顾自点着头。

“她有什么必要让自己消失呢？”

羽奈一脸认真。

博士讲完经过，放松下来，喝着咖啡。其实他是想抽支烟，但要坚持到日落的钟声敲响才行。司界人把椅子拉得离大家远一些，看着大家议论。

她是死了吗？淳看着大家，心里思考着。

那个富有魅力，善于言谈，与琳德自幼相识的女人，真的被精灵撕碎了吗？

膨胀起来的雨衣。飘荡在礼拜堂里的尘埃。

淳身上一哆嗦。能把人撕得那样粉碎的话，那么，在那个房间里，我们的确是见到了“曾经是黑寡妇本人”的物质。

“精灵的愤怒？因为把房间用符封住了？”真理子自言自语，“她说，有可怕的东西要侵入房间。这难道也是精灵发怒的一种方式吗？”

“以前有用符封住房间的例子吗？”

羽奈问教授。教授摸着下巴，搜索着记忆：“我听说过。某人生前夫妻关系不好，他死后，妻子虽然考虑亲戚们的面子来参加亡灵节，但还是不想见丈夫，就用符把房间封住了。或者是，亲戚们不太了解亡灵节，觉得害怕，用符把房间封住了。”

“当时有什么状况吗？”

“没听说有人被精灵大卸八块。要不就是‘客人’没出现，要不就是在别处出现了，左不过就是这些传闻。总之，用符封住房间并不是什么大不了的事。”

“用符封住房间有效果吗？”

“封得好的话应该是有效果的。”

淳忽然想起，那房间里的镜子和壁炉上都贴着符。

“为什么镜子和壁炉也要贴符？”

“壁炉贴符好理解，因为连着外面。”

听教授这样一说，想想也的确是这个道理，毕竟有烟囱呢。

“那，镜子呢？”

“镜子也是入口。知道刘易斯·卡罗尔写的故事吧？很早以前，镜子就被认为是魔鬼容易侵入的地方。镜子会映出影子，况且还是反着的。”

淳好像明白，又好像不明白。但是，镜子这种东西多少有点儿令人恐惧，这倒是真的。

“用镜子能够看到平时看不到的东西，是吧？”羽奈一手托腮，另一只手抚着杯子说，“自古以来，镜子就用于占卜和典礼，白雪公主的继母也有一面魔镜，她呼唤它‘镜子，镜子’，就能从里面看到本来不会看到的东西，比如看到并没在镜子前面的白雪公主。”

“其实，从镜子里能看到背后，这一点本来就很可怕。”真理子也同意，她接着说，“背后有什么本来自己是看不到的。但是一看镜子，就能看到自己背后的东西了。”

自己背后的东西。淳身子一震。

“她想让自己消失有什么原因吗？”

教授把话题拉回现实。

女人们你看看我，我看看你，个个都在冥思苦想。

“这种消失方式真够刺激的。”

“倒像是她干的事。”

语气依然很冷淡。她们好像都觉得，博士的看法是对的，黑寡妇消失事件像是一种手段，她本人还活着。

“至少她不是悲观厌世的那种人，这一点教授你也知道吧？”

琳德冷冷地说。

“不，这可不知道。自己的烦恼，旁人是无法理解的。不管她是多么坚强的女人，毕竟那么多次失去了伴侣。如果她觉得空虚，想到他们的世界去，也没有什么奇怪的。”

淳的脑海里回响起托马斯的话。

以前死去的那些男人们都是败给了她的力量。也包括我。

虽然时间很短，可是和托马斯相处真的很愉快。自己还有很多话想问他。得好好做一下笔记。

这样一想，淳觉得坐立不安。他想快点儿一个人打开黑色日志，可现在又不好意思退场。

“吉米，黑寡妇，到现在已经有两个人消失了。他们两个现在在哪儿呢？”羽奈掰着手指数着，叹了口气，环视大家，“还有以前的肯特叔叔，也是在密室状态下消失的。这里是不是有什么非同寻常之处？”

“当然有，这里是厄纳得山嘛。”

“我不是这个意思。”

忽然，淳的脑海之中灵光一闪：“这里用水怎么办？”

“什么？”

听淳突然提出这个问题，大家都看着他。

淳重复了一遍：“水管是从哪里引过来的？”

琳德说：“后面有蓄水池，存些雨水。从运河也能引水过来，还有井。几个水源同时使用。”

“嗯。”

“为什么问这个？”

“我是觉得，这样一座山，山里没有河流，要往‘祈祷之城’那样高的地方汲上水去，地下是不是有什么设施。这是一个运河环绕的丘陵，是不是有什么地下水之类的。”

“你是说地下有隐藏的房屋？”

“你是说有逃脱密室的机关？”

“这话可不妙，这是违反规则的。”

“不会是这样的吧？”

“我只是无意中想到的。”

淳连忙拦住大家的质问。如果，地下还有一个城的话……

淳把头脑中浮现的想法赶了出去。

“谜团越来越多了。就连我这个爱好推理胜过一切的人，都受不了一下子涌来这么多谜团了，而且是不同类型的谜团。推理、幻想、恐怖混在一起，我可不太喜欢这样。”

教授估计是代表大家抒发了一下感情。

司界人来到这里是将近五点，不知不觉时间渐渐过去，传来已经听惯的钟声。

不知从谁开始，有人长叹了一声，有人打了个哈欠。

“怎么样？今天咱们什么也别想了，好好喝一次？”

教授这样建议，大家都无言地点点头。的确，大家都思考得疲劳了。

“去‘跳舞的九尾狐亭’好吧？”

“赞成。”

“博士，你呢？”

“我也去，随便他们问什么。”

博士这次倒痛快。虽然知道自己进了酒吧就成了大家的目标，可他似乎已经厌倦了躲躲藏藏。

突然，犬吠声传入大家已经有些迟钝的耳朵，几个人都是一惊。

司界人一下子站起来。

“怎么了？”

几个人陆续走出餐厅。

薄暮之中，黑全身的毛都竖起来，不停地吠叫着。

“黑？”

大家顺着黑的视线看去。

从坡上走下来五个人，有男的，也有女的。

他们年纪都比较大，看样子是想在钟声敲响之后去喝一杯，表情很放松，一边说着话，一边朝这边走来。

这是每天这个时间都会见到的景象。

大家不禁面面相觑。

只是因为有人来了狗才叫的吗？

不可能。淳心里一惊。

这只狗有反应的时候是……利特尔·福特出现，带自己去捡特里的眼镜的时候。司界人参加神汤的时候。也就是说，他们是……

“‘客人。’”

“什么？”

听到淳轻声叫起来，大家又看看走过来的那些男女。

他们陆续经过教授家门前。

黑已经不再叫了，仍然全身的毛直竖，蓄势待发。

忽然，淳觉得自己曾经见过这些人。

在哪儿见到过？好像见过不止一次了。

大家好像同时产生了这种感觉。每个人都在搜索着记忆，努力要想起他们的名字。

这些人大概六十岁左右，看上去都很优雅，他们一边态度闲适地向淳他们点着头，一边随意地说着话，走下坡去了。

大家也点头还礼，目送着他们远去。

于是，大家同时想到了：“啊！”

“是他们。”

“居然是他们。”

大家嘴里叫着，恐怖和兴奋交织在一起，每个人都看着别人，嘴一张一合，那个词呼之欲出。

还是淳说出了大家脑海里的那句话：“他们是‘嗜血狂杰克’事件的五个被害者。”

嘈杂声越来越大。

这真是奇妙的队伍。

走下坡去的那些男女，竟然是震撼社会的连环凶杀案的被害者，这件事自然马上就在居民当中传遍了。

出门用晚餐的人们远远地跟着他们，陆续往前走。

好像游行队伍一样，五个人一边微笑着和居民们打招呼，一边往前走。人们好像被哈摩尔恩的吹笛人迷惑的孩子，半信半疑地跟在后面。

看居民的反应，这应该是史无前例的事情。

想想吧，平时见到一个“客人”都十分难得，这次一下子出现五个，一起走过众人面前。而且，还是那起轰动一时的事件的被害者。这样的景象绝对难得一见。

“是他们。”

“真的。”

“难以置信。”

兴奋和惊愕的低语，像涟漪一样在人群中扩散。其中有不少人是第一次见到“客人”。淳又一次感到自己是多么“幸运”。

可是，这五个人看上去一点儿也不像那么残酷的事件的被害者。

托马斯也是这样。这里出现的死者，好像都成了“佛”一样的存在。

“他们会去哪儿呢？”羽奈咽下唾沫，压低声音问淳，虽然他们根本听不见，“会不会是犯人的家？了不得，五个人一起去告发他，太了不得了。”

羽奈的兴奋也传递给了淳。

是的，五个被害者一起出现，也只能这么想。

“他们要复仇吗？”

“不会吧。”

嘈杂的群众渐渐安静下来，他们一定也和羽奈想到了同样的事。人们都屏住呼吸，看他们到底去哪儿。

“咦？可是，他们去的是……”

淳看着这五个人走进的地方，简直不敢相信。

五个人进了“跳舞的九尾狐亭”。后面传来人们叽叽喳喳的声音。不用说，一大群人都跟着这五个人进了店。

人们看着吃惊的店员颤颤巍巍地给他们五个人拿来啤酒杯。

淳他们几个和其他人也都跟着找座位坐下。很多人点了啤酒。真好，大家都看着这五个人，没有人来找格雷博士了。

这五个人仍旧神色怡然，谈笑风生。但是，他们坐的地方本来是为乐队演出准备的小型舞台。显然，接下来他们要做点儿什么。

“这是怎么回事？”

“不知道啊。”

“至少这里的服务员不像是犯人吧。”

淳他们也点了酒。店员的注意力都被舞台上的人吸引过去，格雷博士和司界人坐在这里也没有引起太大的骚动。

五个人喝着啤酒，吃着下酒的小菜，似乎觉得很美味。

这场面看起来那么自然，看他们美美地享受着食物，其他人也不由得食指大动，盘子一个接一个地端上来。人们本来是远远观察着他们，但不久就像平时一样热闹起来。

“难道他们只是来喝酒的？”

真理子很快喝干了杯中酒，眼睛一眨不眨地看着他们。

“是有这种感觉啊。”

“也许他们就直接回去了。”

不知道的人看到这情景，只会觉得是酒吧里再寻常不过的一个夜晚。

他们完全融入了这里的氛围，看上去那么快乐，谁也不愿在这时过去打扰他们。

将近深夜了。

“爸爸！爸爸！”

“爷爷。”

一个满脸通红、头发稀少的四十岁左右的男人带着一个十岁左右的小男孩跑进店里。

店里的人们一起看过去，酒吧里的喧嚣戛然而止。

下一个瞬间，食客们的目光都投向台上的五个人。

五个人停止喝酒，看着刚进来的男子。

男子站在原地，默默地望着台上，不一会儿全身发起抖来。

“爸爸，真的是你。”

男子顾不得这么多人在场，哇地一声哭出来，径直冲上舞台。

“噢噢，宽，好久没见到你了。”

舞台上一个人站起来，伸出双手迎接他。

“爸爸，爸爸，太过分了，是谁把爸爸……”

男子猛地抱住老人，像个孩子一样哭泣着。小男孩看着父亲的样子有些意外，呆了一下，也跑过去抱住祖父的腿叫着“爷爷”。

“小健，你好吗？”

老人抚着孙子的头，抚着紧紧抱住自己不松手的儿子的肩膀。

“宽，不要哭了。我当时一点儿也不难受，现在，你看，我还能和大家一起来到这里，喝着这么美味的啤酒。”

“母亲！”

“妈妈！”

估计是得到了消息，他们的家人一个又一个向台上跑去。不一会儿，台上就站满了儿子、兄弟、孙子，还有侄女。

一时间，酒吧里充满了啜泣声。人们受到感染，都跟着哭了起来。

淳也眼眶发湿，回头看看一桌人，大家也都在揩鼻子，擦眼睛。

是的，这样，大家就能够坦然地面对死亡了。

这个想法在脑海中浮现。

死亡的残酷在于，它来得那么突然，连告别的机会都没有，一切就都结束了。要是最后的时刻能说一句话该有多好，要是能好好告个别该有多好，这个世界上有多少失去亲人的人在这样期盼着啊。

如果能给他们一个好好道别的机会，如果能听即将离开这个世界的人说一句“我不要紧”“我爱你”，这对活在世上的人来说是多大的鼓励啊。

也许正是因为拥有这样的机会，这个国家的人才能毫不在乎地把与死亡有关的事当作一种茶余饭后的娱乐。

“好了，啤酒也喝了不少了，咱们也该说点儿什么了。”

第一个站起身的老人看了看其他四个人。

四个人都点点头。看到他们的表情，又哭又笑的家人们都自然而然地从台上下来站到墙边。

酒吧里鸦雀无声。现在要发生一些事了。

“嗨，请大家放松一些。这里是酒吧，而且，日落的钟声已经敲响，请继续欢乐吧，我也会的，请看！”

老人诙谐地举起双手，指着自己的空杯子，周围爆发出一阵笑声。服务员不失时机地端来新的啤酒，换下他手中的空杯，立刻响起一阵掌声。

“再说一遍晚上好。见到各位真高兴，没有比过一个愉快的亡灵节更好的事了。难得有这样的机会，大家干杯！陛下荣光永驻，格言长存！”

大家都应和着举起酒杯，气氛一下子放松下来，斟满酒的玻璃杯一个接一个送上来。

淳他们这桌也端来了酒。

淳忽然意识到自己处在一个多么奇妙的境地，与死者欢宴，与死者干杯，多么奇异的情景。

“嗯，下面时间还长，不好意思，我就坐下了。按理说现在已经不会觉得累了，不过出于生前的习惯，好像还能感觉到疲劳。”

老人坐在椅子上，大家自然都没有异议。

“各位想必都知道，我们几个都是今年最受关注的‘嗜血狂杰克’连环凶杀案的被害者。”

虽然细想起来是非常血腥的话题，但是老人说得那么淡然，又是大家在酒吧喝酒这样一个场合，事件的残酷性好像得到了某种程度的缓和。

“现在，我听说犯人还没有抓到。”

是的，是的，太放任了，不知警察都干什么了。人们你一言我一语地说着。

“我们几个是在厄纳得山第一次见面的。生前我们互不相识。我们正在谈，我们作为被害者的共通之处是什么，为什么我们会成为目标。”

台上的人互相看看，点着头。

“这个话题有意思。”

教授低声说。

“可以直接向被害者问话，就算世界再大，也只有在这里才可以。”

羽奈自豪地点头。

“我们现在已经是这个世界的居民了，那件事已经无法挽回了。”

台上一个老妇人谨慎地说。

“但是，犯人还没有找到，这是很严重的问题。我不能接受今后还有其他人成为牺牲品。”

“因此，希望能利用我们提供的线索，抓住犯人。这是今天我们来这里的目的。”

“是啊，还有，也想喝点儿啤酒。”

“还有，能见到孩子。”

台上的五个人又开始说起话来。

“好了，还是快一点儿吧，不知道我们能在这里待多长时间。”

最开始说话的老人劝阻大家。

就在这时，突然，教授站了起来，把淳吓了一跳。

“我可以问个问题吗？”

洪亮的声音响彻整个的房间。淳刚才就发现教授好像想说什么。他居然要在这个时候说吗？

“你在打扰人家，教授。”

“人家正要说到精彩的地方呢。”

有些人带着醉意数落着，教授却不在意：“好了好了，这几位是为了抓住可憎的连环杀人犯才一起出现在我们面前的，我是真心不想辜负他们的好意。我绝不会把事情搞糟的，请大家少安毋躁。”

教授挥手让人们暂时安静。

“要抓住杀人犯，最重要的是高效率地收集信息。如果可以的话，能让我来提问吗？尽量省略死亡年鉴和报纸上登载过的、我们已经知道的事情，用尽量少的问题揭露犯人的真面目。各位认为如何？”

这的确是个好方法。

刚才那些已有醉意的人可能也这样认为，没有太多的反对意见。

台上的五个人也爽快地同意了教授的建议。

“简单地说吧，犯人认识各位吗？”

人们都看着这五个人。

五个人一齐摇头。

最先说话的老人代表五个人回答：“不过我们知道犯人是谁。”

“唔？”

教授发出惊奇的声音，老人连忙摆手：“并不是说我们知道犯人的名字，而是我们大家谈论以后，发现犯人是同一个人，是一个上门推销的推销员。”

酒吧里发出“哦哦”的声音。

“原来是这样，所以这几位都是在家中被害的。”

“所以啦，虽然是陌生人，但也能进到别人家里。”

真理子和琳德小声说。

“犯人是推销什么的？”

教授点头，提出下一个问题。

这次是老妇人回答：

“是书，一套诗集，非常精美，小小的特装本全集，说是手工制作的，非常漂亮，让人看到就情不自禁地想拿在手中。”

老妇人握住双手。

“是的，是的。”旁边的男子也表示赞同，“诗集放在木盒子里，那盒子也是精工细作。”

“书本身非常棒，日本和英国两个国家的诗按照不同的主题归纳在一起，诗选得很有眼光，还配有插图。”

“我正觉得非常喜欢，翻着书页的时候，他就绕到我后面……”

男子一下子用手按住自己的喉头。

仔细看看，他们都用围巾或披肩遮住了脖颈。

淳忽然注意起那个地方。

那是被“嗜血狂杰克”割断的地方。围巾或披肩下面是什么样子？这是为了掩饰伤痕，还是单纯因为冷？

“是的，大家都被人用同一种方法杀死了。在玄关，他给你看一眼那套全集，你表现出兴趣，他就进到家里，拿出书给你看。然后转到你后面，一下子按住你的头，勒住你的脖子。一瞬间，就没有意识了。”

忽然传来啜泣声。

是站在墙边听他们讲话的家人。唤起案发时的记忆一定很难过吧。淳觉得很内疚。

“那么，就是说，杀害各位的是同一个人，而且，各位都不认识他，是这样吧？”

教授接着问下去。五个人点头。

“犯人的特征呢？是男人吗？年龄呢？”

对这个问题，五个人稍微有些踌躇，互相看了看。

他们中似乎是年纪最轻的一个五十岁左右的男子说话了：“我觉得是男人，很年轻。声音温和，知性，彬彬有礼。他很瘦，没有任何威压感，因此我才会让他进入家门。”

淳忽然觉得这些形容词在哪儿听到过。

到底是在哪里？

“嗯，我觉得是男人，没有什么太显著的特点，也可以说给人以中性的印象，年轻倒是很年轻，说是个穿男式衣服的女人也可以。”

人们都忘了喝酒，认真地听着。

“他很有魅力。”

“如果那部全集是他亲手制作的，那相当有教养。”

教授似乎是一边分析一边提问，语速很慢：“明白了。那么，犯人是一个人吗？他是乘车来的，还是独自来的？”

五个人又互相看了看。

“这一点我们也讨论过，情况各不相同。”那个老人答道，“我认为是一个人，也有人认为是两个人。”

“进家门的一直都是一个人。”

“车就不一样了。有的是白车，有的是灰车，都是很普通的小轿车。不是小型货车，也不是轻型卡车。”

“我看见的是白色轿车。”

“我看见的是灰色的。”

五个人各自说着。

“我觉得车里还有一个人。”

“我看见有人在里面了。”

在下面听的人们也交头接耳。大家又想发表自己的推理了。

“明白了。犯人的容貌呢？有没有什么身体特征？有没有口头语或方言？说话的内容有什么特殊的地方吗？”

教授继续提问。

而那五个人却一下子沉默了。

简直好像商量好了似的。

教授颇为意外地望着他们。

五个人都显得有些尴尬。

“怎么了？有什么不对吗？”

教授催促道。

那个老妇人“嗯”了一声：“这件事非常不可思议。”

“不可思议？”

老妇人犹豫了一下，开口说：“我不记得他的脸。”

“嗯？”

她说得声音很低，教授又问了一遍。

“不记得了。记忆中他的形象，只有面孔的位置是空缺的。”

“我们也是一样。”

老人接着说：“大家都只记不起犯人的脸，这是我们共通的地方，所以就没法画出犯人的肖像了。不知道这是为什么。”

“记不起犯人的脸？”

教授惊讶地问。

“是的，不可思议。”

“他戴着帽子吗？戴着太阳镜吗？他把面孔遮住了吗？”

“不，他既没有戴帽子也没有戴太阳镜，这一点是一致的。能记得他戴着一副褐色的皮手套。应该是避免手上的油脂弄脏书本，还有拿木盒子的时候戴着手套不容易划伤，这倒是能够理解。可是，想不起他的脸长什么样子。”

“各位没有看他的脸吗？”

“不，看了，当时肯定是看见了。”

“但就是想不起来。”

“只有脸想不起来是什么样。”

周围又是一片交头接耳。

这是怎么回事？只有脸想不起来。当时明明看到了的。

没有脸的男人。

“他的声音怎么样？”

教授问。

“没有什么明显的方言音，声音很低，很平静，很有礼貌。”

“是日裔还是英裔也不知道？”

“想不起他长什么样子，所以这个就难说了。”

教授的脸蒙上一层阴云，他抱着胳膊，开始摇晃身体。

淳理解教授的心情，不知道犯人的容貌，声音也没有特征，要找到犯人太难了。可是，这是为什么？

“犯人来访时说什么了？是不是有人介绍的？请尽量真实地复述一下犯人说的话。”

老人努力回忆着，终于一点儿一点儿地开始说了：

“嗯，他说，有手工制作的书，如果您感兴趣的话不妨看一看。他不像个推销员，怯生生的，因此反而让人觉得想看看了。他没有说很多话，只说，您看看就知道了。”

“是呢，他说推荐给爱书的人。”

“他说花了好几年功夫才完成的，库存并不太多，卖完之后再做一部别的全集。”

“说实在的，那书做得非常好，让人忍不住想拥有，简直像宝石一样。”

“我到现在都有点儿想要。”

“他说，您能喜欢我非常高兴，您能欣赏这套书我非常高兴。”

“他先在玄关给我看了扉页，画着太阳和月亮。”

“是的是的，画得非常美。”

教授的胳膊抱得更紧了。

桌子上交头接耳的声音也更大了。

教授又执着地问了犯人的服装、身材等问题，都只得到了含混暧昧的回答。其他人也问了几个问题，依然没有得到什么有价值的回答。

气氛有些滞涩。

“只有这一点儿信息，不好意思。”

“事情来得太突然了。”

“真的就是一瞬间。”

台上的五个人显得很不好意思。

“不，这里面一定会有些线索的。各位有这样勇敢的行动，犯人一定很快就会被逮捕。”教授振作起精神，安慰他们，“占用了各位宝贵的时间，多谢了。如果各位能回忆起什么事，请务必告诉您的家人。也谢谢各位家属的合作，请和家人慢慢聊吧。”

酒吧里响起了掌声。

五个人在大家的鼓掌欢送中走下台，和等在一边的家人一起走出门去。

“他们到底能在这里待多长时间？”

淳一边拍手一边问羽奈。

“这可不知道。也许能待一段时间，如果觉得已经达到目的了，也许马上就会消失。每个人都不一样。”

的确。淳见到的“客人”都是很快就消失了。待得最长的要数托马斯了。

“希望他们能和家人多待一会儿。”

“是啊。”

五个人走后，紧张感也一并消失了。

新的酒和盘子又端了上来。

感觉人们一齐张开嘴说起话来。

他们一定是在谈对刚才的事的感想，对连环凶杀案的推理。

教授回到桌边，一屁股坐下来。

好像是说话说累了，他把玻璃杯里剩下的啤酒一口气都喝干了。

“辛苦了，教授。”

“推进得不错嘛。”

“可是，没什么实际效果啊。”

教授发出疲惫的声音。

“我魂都吓飞了，没想到居然能看到。”

格雷博士睁圆了眼睛，叹了一口气。大家也跟着吐出一口气，把杯子送到嘴边。

“怎么样，看到‘客人’们之后感想如何？到这时候，您总不会再说这是幻想了吧？”

真理子恶作剧地探身询问。

博士尴尬地笑：“我不会那样说的。我亲眼见到他们在活动，和家人拥抱，还在说话。”

“司界人，你觉得怎样？”

羽奈看着司界人，他依然静静地坐在那里。大家也像刚想起来似的看着他。

他淡淡一笑：“有意思，没想到在我有生之年会遇到这样有意思的事。”

“司界人和我们看到的形象不一样，是吧？你好像是说，看到的是能量块儿一样的东西？”

淳想到司界人说过的话，于是问道。

司界人略一耸肩：“哦，我无法准确地描述出来。”

看上去司界人不想被人问太多话，淳就没有继续说下去。

不知道那五个人在他眼中是什么样子的。

“这真是前所未有，连环凶杀案的被害者一同举行记者招待会。”

真理子举起双手，语气依然带着兴奋。

“嗯，现在还觉得不像真的。”

教授用手帕擦着额头。就连教授，向五个“客人”提问时似乎也很紧张。

“肚子饿了，要点儿炖菜吧。”

“还有香肠。”

大家刚才可能都太紧张了，这会儿一个接一个地点菜。店员手忙脚乱。

好一段时间，大家无言地享受着酒菜。五个人已经从台上消失了，只觉得刚才是在做梦。司界人也静静地吃着东西，喝着酒。他似乎也不是禁酒主义者。

“可是，这到底是怎么回事呢？五个人做出那样的证言。”

博士看准时机开了口。

大家对此似乎都有感触，各自喝着酒，思考着。

“其他的事都记得非常清楚，只有脸孔想不起来。五个人都一样。有这样的事吗？”

淳也提出疑问。

“是不是商量好了作伪证……哦，‘客人’不会撒谎是吧？”

博士话一出口就发现女人们不满的目光一齐看过来，于是赶紧改口。

“是的，你知道得很清楚。”

在琳德的注视下，博士不好意思地清了清嗓子。

“这至少能说明一件事。”

羽奈信心十足地开了口，大家都看着她。

“那五个人真的都不记得犯人的脸。”

大家立刻发出不满的声音：“那当然啦，什么嘛。”

“摆出那么一副一本正经的样子，还以为你要说什么呢。”

羽奈笑着摆手：“好了好了，我是说，大家都忘记了本来看到过的东西，那一定是有什么力量让他们忘记了。”

“让他们忘记了？”

“是啊。”

“是不是被施了催眠术？”

“就是啊。”

“不会吧。”

真理子鼻子里一笑，羽奈倒不在乎：“你想想，连环杀人犯是知道厄纳得山的，他知道被害者会回来作证的。从被害者的证言来看，犯人相当知性。他难道没有可能暗示他们忘记自己的脸吗？”

“嗯，这说法真是奇谈。”

“但是，可能性总是有的吧？”

羽奈反驳琳德的话：“你们想想那五个人的证言，犯人先在玄关让被害者看书，看太阳和月亮的画，画得很美，是这样说的吧？”

大家点头。

“这是催眠术的第一步。让人先盯着某个地方，把意识集中在某个摇晃的东西，或者圆的东西上，给人一种暗示。这不见得是奇谈怪论吧。这样就能解释为什么大家都只忘记了他的脸。难道有其他理由可以解释的吗？”

听羽奈这样讲，确实很难正面反驳她。

“不过，我有一个地方不明白。”

真理子插口。

“什么地方？”

羽奈不满地嘟起嘴巴。

真理子摇头：“不是针对你的奇谈的，是关于他们说的犯人。”

真理子支吾起来。她已经喝了不少，要是平时，正是显露攻击性的时候。

“怎么了，你在避讳什么？你这样可真少见。”

琳德催促着。

“那个，他们说的那个犯人，像不像吉米？”

大家都是一惊。淳也心头一震。

“他的名字首字母就是J。现场有血字的，是吧？”

对了，刚才听到他们的证言，自己心中涌起一种似曾相识的奇妙感觉。想来真理子也有同样的感受。

彬彬有礼，身材纤细，年轻、知性、有魅力。

“像吉米，不是特里？”

“或者，两个人都像。”

教授低低地说了一句。

桌上一阵尴尬的沉默。

吉米消失整整一天了，既没有人看到他，他也没有任何联络，无影无踪。想到他，每个人心里都像堵了一块儿什么东西似的。

“等等，那五个人都不记得犯人的脸啊。年轻、知性、有魅力的男孩子有那么多，为什么偏偏是吉米呢？”

羽奈似乎有些生气地反驳。

真理子耸耸肩。

“那倒是，我只是不由自主地想到吉米。他应该很受年长者的喜欢。而且，我还注意到，那五个人的证言中说，也许有两个人。”

她说到这里，看看其他人。大家有的同意，有的困惑，显然都想到了同一件事。

“吉米和特里，关于他们两个我们什么也不了解。琳德认为是一个人饰演两个角色，我倒认为真的有这么一对双胞胎。我觉得他们两个人是一种互为表里的奇妙关系，像杰基尔和海德，分担善与恶——孪生兄弟本来就很不可思议。”真理子眼睛直视前方，神情严肃，叹了一口气，“如果‘嗜血狂杰克’是两个人，就能解释得通了。两个人一定都有自己的车，轮流把车开出来。虽然不知道他们中哪个人具体实施了犯罪，还是轮流实施。我只是觉得，如果犯人是他们两个，情况倒是吻合的。有那么一模一样的两个人，也能想办法提供不在现场的证明。两个人都很知性，有教养，讨人喜欢。这些条件跟他们两个很一致。”

这样说着，真理子喝干了杯中酒。

今天她喝得速度比平时都快。这很危险。淳全身紧张。

沉默了一阵，大家面前的杯子都空了。

博士又开口了："我还注意到一件事。"

"嗯哦，洗耳恭听。"

教授脸上有些泛红。也许是提问时太紧张了，他好像也比平时醉得快些。

博士舔着嘴唇，两眼放光："他们五个人是这么说的吧，已经讨论过，我们之间没有共通点，可能是随机杀人。这是真的吗？"

博士怀疑的语气帮助大家醒了酒。

"你是说……"

真理子问。

博士抚摸着脸颊答道："犯人是上门推销诗集。诗集的特装本全集。这个国家的人都爱好文化、喜欢推理，这我知道。但喜欢诗的应该说比较少，是吧？"

"是啊，至少，我教的学生中，喜欢文学的一个班里最多也就一两个。"

真理子点头。

"是吧。这样的女孩子，很可能她父母就喜欢文学吧。"

"是的。她们的父母不是学者就是教师，要么就是出版业的。"

"和我的感觉一样。"博士频频点头，"那位老妇人也说了，犯人说'推荐给爱书的人'，我觉得这句话就是线索。如果这个人本来对诗集就没有兴趣，犯人就无法进入这个人的家，更不用说转到背后勒住这个人的脖子了。某种程度上说，他是锁定了目标的。就算他是胡乱撞上了猎物，从另一个意义上说，他也很厉害。不管怎么说，上门推销手工制作的诗集，在这里应该很罕见吧？"

"很罕见。"

真理子好像生气似的说。

"等一下，博士，特里死的时候是今年春天，会是他做的吗？"

教授做出阻止的手势打断了博士的话。

博士耸耸肩："可是不知道他是不是真的死了，是吧？总之，我认为，犯人是在某个地方得到了被害者的信息，也许是大型书店的顾客清单，或是看到了有人申请购买某种文学全集。应该找一找能够得到这些信息的人。"

"哎呀，噢噢，难道还是那对孪生兄弟掌握着关键？"

"不知现在人在哪儿呢？"

"也许什么地方有个爱丽丝跳进去的洞，正聚在一起开茶会呢。"

大家的酒劲好像都上来了。

那五个人现在在做什么？还和家人在一起吗？

淳用微醺的头脑思考着。不，等等，还差两个。在厄纳得山被杀的两个人难道不是"嗜血狂杰克"所为？来这里之后酒量倒是一天天增加，脑子可不够用了。

大家决定，在博士和司界人被别人注意到之前先回家去，再慢慢喝。

他们不知道，很快就要发生一件事，让大家的醉意一下子消失。

“嗜血狂杰克”到底是谁，消失的黑寡妇和吉米到底在哪儿，他们把几个话题混在一起讨论着走回家，喝着日本茶稍事休息。

维国虽然也有日本茶，但淳在母亲的劝说下带来的日本茶清香怡人，就连挑剔的女人们也赞不绝口。

教授也夸赞这茶提神醒脑。

司界人似乎第一次喝日本茶，饶有兴味地吸着它的芳香，慢慢地啜着。看他点头的样子，似乎很欣赏。

“还不到一星期呢，今年真是丰富多彩。”

琳德茫然自语。

“淳能一下子都体验到，真是幸运呢。是吧，大才子？”

羽奈说着对淳挤挤眼睛，淳苦笑，也对她挤挤眼。

确实，这经历太宝贵了，即使来多少次也不一定能有这样的体验。不过，是否应该高兴，这可另当别论。

自治委员认为黑寡妇死了吗？这种情况下，她会上明天的快报吗？当时他们的态度真是不可理解。

“好了，清醒了，接着喝吧。”

真理子开始给大家发杯子。淳已经厌倦了，可又懒得拒绝，自己也有点儿想喝。这时很理解喝酒为什么会上瘾。

博士从自己的包里拿出杰克·丹尼威士忌。

真理子心花怒放：“太棒啦，我也要。”

“新大陆的威士忌你喝吗，小姐？”

“当然，美酒无国界。”

“这句话可以作为名言了，我赞成。”

大家一点儿一点儿地喝着。淳觉得浓香扑鼻，有些刺激。

“我原来以为你不喝酒呢。”

羽奈望着端起小玻璃杯的司界人，觉得有些奇怪。

“我喝酒，只要不损害我的感觉。喝酒可以暖身，可以放松，还是有用的。”

司界人平静地回答。

“刚才你说来这里要准备一下，那是什么意思？”

听淳一问，司界人似乎有些意外。他一定是惊讶淳竟会记得这种事。

“你记得真清楚。”

司界人说着，从自己身上的斗篷里取出一样东西给大家看。

是一块红色的石头。

大家的目光都被它吸引住了。

“这是什么？”

“是石头？”

“是的。”

司界人肯定地点头。

他从斗篷下面拿出一个皮袋，看来很重，里面有石头磕碰的声音，好像装了很多。

“这红的是什么？是染料，还是颜料？”

琳德问。

“是我们族中使用的染料，附着性极强，不易脱落。”

司界人用手指摩擦石头给大家看。

“好像是印度红。”

淳也把石头拿在手里，他发现上面好像有字，可马上就被教授拿走了。

“印度红是什么？”

教授问。

“日本建筑物经常使用的颜料，可能是氧化铁。这种鲜艳的红色，用在日本的鸟居或格子窗上。”

“噢噢，是这样。”

这红色那么鲜艳，带着一丝不祥的感觉。

“为什么要带这个？”

羽奈探询地望着司界人的眼睛。

司界人仍然盯着石头：“我预感到它会有用。”

他两只不同颜色的眼睛盯着石头。

映在他眼睛里的红，和我看到的一样吗？

淳无法想象。

“它是用来做什么的？”

司界人没有正面回答：“我只是有这种感觉。”

他笑着从大家手中收回石头。

“真是个不可思议的人。”

“这是你上的色？”

淳看着教授把石头放入司界人拿出来的皮袋，问道。

“是，我找些石头，涂上颜色，生火烘干，然后带着它们来到这里。”

司界人似乎不想再多说什么了。

大家也都礼貌地沉默了。

“我想先去休息了。”

司界人慢慢地说着，站了起来。

“任何一个空房间都可以。”

“可以的话，我想住那个年轻人的房间，那个叫吉米的年轻人曾经住过的房间。”

“你真好奇。好，我带你去。”

琳德也站起来，带着他走了。

“真是一个不可思议的人，一个灵性的存在。”

教授对博士耳语。

博士也点头同意：“是，非常有意思。有对他们进行调查的可能性吗？我非常想近距离接触他们的生活，了解他们的精神世界是怎样形成的。”

“那真有意思。如果实现的话，一定要叫上我。”淳跃跃欲试。

“如果能和司界人一起进行田野调查，那太有意思了，那是文化人类学研究者的梦想啊。”

淳眼前浮现出自己和司界人并肩走在草原上的情景。微明的山丘。

还有黑摇着尾巴跑过去。

“是啊，淳肯定没问题，他好像很喜欢淳呢。”

羽奈有些讽刺地说。她好像对淳能遇到各种事，接触各种人有些不满，起了一种奇妙的竞争心理。

“他喝酒很厉害的，刚才我就注意到了。他大口大口地喝，可一点儿醉意也没有，一定是体质的关系。”

真理子指着司界人留下的玻璃杯说。

“和死者干杯，和原住民干杯，这样的机会不会再有第二次了。”

教授把杯子举到头顶，一口喝干了杯中香醇的杰克·丹尼威士忌。

“好酒！为新大陆干杯。”

博士也亮出杯底示意。

“那石头到底是用来做什么的？有点儿可怕。”

“红色是驱魔的颜色。”

“他说，他特意找来石头涂上颜色带来的，是为了到我们家来才准备的，那是要在我们家用的了？”

真理子眉毛上扬，向走廊看去。

“对了，那石头上刻着字呢。”

淳低声说。

“刻的什么？”

羽奈似乎已经进入纠缠模式。

“不，我只是……”

“只是什么？”

真理子也进入纠缠模式，凑过来逼问，淳无奈地笑。

他抬眼看了一下刚回来的琳德：“我觉得好像在哪里见过似的。”

他知道自己无意中说出的这句话的真正意义，是很久之后的事了。

黑像往常一样，一动不动地伏在地上。

只不过，不是在外面，而是在餐厅的一角。

桑尼和赛德也习惯了黑的存在，躺在它身边打盹儿。

那六个人仍然围在桌边喝酒。

黑知道主人不在自己身边，不过它非常清楚，主人和自己在同一个建筑物里。

这里虽温暖、舒适，但并不安稳，它的耳朵从刚才就注意着某种声音。

它全身的毛一点儿一点儿竖了起来。

似乎是感觉到了它的紧张心情，那两只猫也开始不安地活动起来，在黑的身边来回打转。

那东西在一点儿一点儿接近。从遥远的地方，一点儿一点儿包围过来。

黑一直一动不动，直到最后一刻。因为它知道，吠叫根本不足以形成警告。

寒意像静电一样包裹了全身。它全身的毛现在已经完全竖起来了，仿佛稍一触碰就会闪出火花。

有一种东西，在一步一步地逼近。

黑突然站了起来。

眼角的余光看到一个黑色的东西在动，淳惊得扬起脸。

“怎么了，淳，你吓我一跳，你在听我说话吗？”

真理子直着眼睛，好像不喜欢淳把视线移开的样子。她已经完全进入说教模式，表情很可怕。

“黑，是黑。”

“黑怎么了？”

“黑情况不对。”

“你这人，总是这样，一会儿黑这样了，一会儿谁谁又那样了。”

“黑站起来了。”

“它有脚，当然会站起来。”

忽然，桑尼和赛德神经质地喵喵叫起来。

“怎么了？”

羽奈站起来走过去，那两只猫扑到羽奈脚边，用爪子抓着她的腿。

羽奈皱起眉头：“安静点儿，这是夜里，到底怎么了？”

“糟了。”

突然，琳德冒出一句。

“什么糟了？”

“一直这样安静，我们都疏忽了，忘了第一天刮过那么厉害的风。”

琳德的眼神已经从醉意中完全清醒过来。

她目光望着天花板，侧耳倾听。

“难……难道，又是……”

“嗯，有什么东西来了。有声音。”

大家都从座位上站起来，欠身听着。

“关窗户吧。”

“嘘。”

真理子要去，被琳德制止。

从远处传来一种声音。

每个人都咽着唾沫，倾听着。

刚才愉快的谈笑宛如梦境，现在大家都神情严肃，默不作声。每个人的脑海里都浮现第一天夜里大骚乱的情景。

淳的耳朵里也捕捉到了那种声音。

像收音机的杂音，有些刺耳，好像在哪里听到过。

“那是……”

是的，自己知道这种声音，很早以前就知道这种声音。

“这简直就是……”

博士在低语。

“海潮。”

教授接着补充完整。

是的，海潮的声音。波涛汹涌，从遥远的太古时代，岁岁年年奏响在岸边的生命的摇篮曲。

“怎么会有这样的事？”

“为什么在厄纳得山会听到潮水声？”

“那你说，听到津轻三味线和《美国巡逻兵》是不是也很奇怪？”

“不会是真的吧？”

“我知道，把红小豆放在箱子里摇晃就能造出这样的音效。”

“你是说有人在外面摇晃红小豆？”

每个人都叫喊着，已经陷入混乱状态。

就在这时候，哗……哗……很明显，潮水的声音越来越大，而且，越来越近。

黑开始汪汪地吠叫。

潮水声越来越大。

淳的头脑中一片空白。

“啊！”

抱着桑尼和赛德的羽奈突然惊跳起来。

“怎么了？”

“水，有水……”

水从门的下方一点儿一点儿地渗了进来。

“怎么会有这样的事？”

“这是洪水？是海水？在山上怎么会有水？水是从哪儿流进来的？”

真理子尖声叫喊。

哗……轰……那声音带着起伏的回响逼近。房子好像一艘大船，被抛到了波浪之间。

“这水是假的！”

突然，传来司界人的声音。

像闪电一样严厉的声音。

众人猛然惊觉，回头看去，司界人已经冲进餐厅。

但是，他的声音也被轰鸣的潮水声吞没了。

大家战战兢兢地你看看我，我看看你，看着涌到脚边的水，又看看站在门前的司界人。

现在，水已经涌到餐厅里，哗啦哗啦地冲刷着桌腿。

这是假的？

淳低头看着，水已经弄湿了他的鞋。

能看到水面边缘的泡沫，能看到泡沫映出的影子。这怎么会是假的？

潮水声已经像爆炸声一样大了。

像第一天夜晚一样，嘎啦嘎啦地震动着墙壁。

到外面去的话会怎样呢？

虽然觉得恐怖，但是淳心中还是产生出强烈的好奇。

突然，司界人一把推开门。

可怕的轰鸣。

淳下意识地闭上眼睛，堵上耳朵。

水一浪一浪地拍打过来，又退回去。

别人家怎么样了？所有人都能听到同样的声音吗？

疑问一个接一个地涌上来，可那轰鸣声太过骇人，淳无法稳定心神进行思考。

“司界人，你去哪儿！”

羽奈叫着，司界人和黑已经一起向外走去。

大家也不由自主地跟了过去。

“司界人！”

“快下来！”

司界人回头森然一望，大家都不由自主地停住脚步。

前方的情景映入眼帘，大家都堵住耳朵，僵立在那里。

“那是什么？”

博士呆呆地叫道。

海。

那的确是海。

海，或者叫波涛。

每个人都哑口无言，互相依靠着，注视着。

那里是平日夜晚的厄纳得山。

可是，已经成了一片海。只能这样形容。

道路上，斜坡的树木之间，汹涌的波涛席卷而来。奇妙的是，水面沿着地面流动，地面是斜的，水面也是斜的。波浪向各个方向拍打着。

波涛上面露出的树木剧烈地起伏着，摇晃着。树叶落下来，浮在水面上，一圈一圈地打着转。

海水保持着不可思议的均衡。拍打着的波浪只到房子边上，虽然有少量的水哗啦哗啦地流进来，但是好像有一条界线，水不会无限制地涌进去。

不过，波涛澎湃的时间并不长。

司界人手持红色的石头，一个接一个地朝着波涛扔过去。

石头滚落在黑暗之中。

石头落下的地方，波涛停止了汹涌。虽然落在地面的只是一块小小的石头，却似乎放射出奇异的红色光芒，阻止波浪继续向前。

但是，淳他们并没有一直盯着波浪，他们的注意力很快就转移到别处去了。

海上有人。

有很多的人。

正确地说，是很多的人悬浮在海面上。

不知为什么淳脑海里浮现出“临终接引”这个词。

他脑中浮现出佛菩萨驾着云腾空而来，佛光万丈的样子。

最引人注目的，是站在众人前面的一个老人。他仪表堂堂，身着日本传统的和服正装，身姿挺拔，眉下双目微启，给人以深刻的印象，白发齐肩，迎风飘舞，充满一种异样的威严。

“啊，那是……”

“仁左卫门爷爷。”

“父亲！”

真理子嘴巴一张一合。女人们都叫起来。

那就是……

淳抬头望着那目光锐利的老人。

怪不得，那样的威严。

老人看到女人们，目光一动，注视着她们：“噢噢，琳德，真理子，羽奈，你们都在。”

洪亮的声音从天而降。

“刮这样的风的时候到外面来，这很危险，在你们小时候已经说过很多次了。啊？有什么东西在阻止我们。”

仁左卫门站立的地方在二十米之外。

尽管波涛轰鸣，仁左卫门的声音却听得清清楚楚。

“父亲，您为什么白天不来呢？去年、前年，我们一直都在等您。”

琳德抱怨道。真有胆量。

仁左卫门鼻子里“哼”了一声。

“对你们我没什么可担心的，我觉得没有必要来。”

“太冷淡了。”

仁左卫门不理会女人们的不满，目光转向站在大家前面的司界人。

“那就是司界人？怪不得你们不怕到外面来。出什么事了吗？”

“是的，今年刮的风非常险恶。”

司界人喊道，他的声音同样强有力地穿透潮水的轰鸣。

“嗯，发生了一些异常情况啊。”

仁左卫门平静地点点头。

“您知道什么吗？”

司界人问道。

“是它。”

仁左卫门用手杖指着远处漂浮在水面上的大鸟居。

“是鸟居吗？”

“是的。就是因为它的缘故，现在我们不能接近这里了。”

“怎么会？为什么？”

“好好看看它。”

大家看着大鸟居，都惊叫起来。

远处一道闪电劈开夜空，映照出了鸟居的形象。

鸟居已经被破坏了。

两根柱子上架着的两根横木中，下面的一根中间出现了一个巨大的裂缝。尽管离得很远，但也看得出，鸟居整体已经扭曲变形。

淳毛骨悚然。忽然，他明白了，海上这些人都是“客人”。

“也许不会再有亡灵节了。我们即使想接近这里，也会被那个裂缝驱赶回去。能接近的人越来越少，尤其是自从那具尸体吊在下面之后。必须尽快修好鸟居。”

“都是邪教的缘故。”

突然，仁左卫门身边一个一直默默无言的老人说话了。他一副英国绅士的派头，高高的个子，像根细长的铁丝。

“你说什么？”

仁左卫门瞪着那个刁钻古怪的老人。

“竖起那种异国邪教的柱子本身就是错误的。”

“你说那是邪教，那你是否定亡灵节了？你不愿来这里？不想见家人？”

“我没那么说。我是铁杆的英国国教会信徒。”

“跟那没关系。你都来参加亡灵节了。你这家伙，都到这里了你还要顶撞我，你这个区特威克商会的小子。”

两个老人互相怒目而视，剑拔弩张。

看到这个阵势，其他的“客人”和淳他们都有些畏缩。

“那是谁？”

淳悄悄问琳德。琳德压低声音答道：“我父亲最大的商业竞争对手，英系企业区特威克商会的会长。本来他们两个水火不相容，可我父亲死了以后，没了对手，他好像也提不起劲儿了，一下子衰老了下去，紧跟着也去世了。”

“这么说，其实他们关系很好是吧？”

“也许吧，看那样子。”

羽奈看不下去，喊了起来：“爷爷，不要啦，现在不是吵架的时候嘛。”

“是啊，怎么办才好呢？”

“问问跟你们在一起的司界人，还有自治会，他们应该知道办法。”

“今年出了好多事呢。发生了连环凶杀案，举行了神汤也没有找到犯人。警察马上就要介入了。”

“嗯，确实有点儿奇怪。”

仁左卫门皱着眉，忽然，他看到了淳。

他一下子睁大眼睛，目光锐利地盯着淳：“他是谁？长得和肯特一模一样。”

“淳一郎·伊藤，是我们的亲戚，从东京来的。”

“噢噢，是吗，我听过这个名字。”

“初……初次见面，请多关照。”

淳下意识地低下头。当他战战兢兢地抬起头时，发现那冷静而透彻的目光依然在注视着自己，似乎能看穿一切，不觉有些畏缩。

“我女儿她们都交给你了。”

老人说得郑重其事。

“是，是。”

其他的客人虽都你一言我一语地喊着，但听不出在说些什么。仔细看去，他们的形象都模糊不清。

仁左卫门环视身侧，做了个手势阻止大家：“不行，不能再靠近了。我本来想，趁着暗夜，乘着风，也许还有办法的……拜托了，司界人，把‘月之井’……”

“父亲！”

“仁左卫门爷爷！”

波涛又一次变得汹涌，仁左卫门的形象变得昏暗起来。

“看！波浪开始后退了！”

教授叫道。

“等等，要把‘月之井’怎么样？”

羽奈大叫着跑出去。

“别动！”

司界人高喊，羽奈一惊，停住脚步。

“啊……看不到了。”

琳德茫然低语。

潮水开始后退。

淹没了道路和斜坡的水，像电影回放似的眼看着退去。真是奇妙的景观。

“爷爷！”

羽奈喊着，可是“客人”们已经和波涛一起消失了。

或者说，是被黑色的雾霭一样的东西裹住，什么都看不见了。

周围能看到的，只有荡漾着向后退去的波涛。

刚才那样汹涌的潮水，正在渐渐远去。

不久，变成了红小豆的效果音，收音机的杂音。

然后，就连这个声音也消失了。

寂静笼罩了周围。

回过神来，又是那个一如既往的宁静的夜晚。

森林在黑暗中静静地绵延。

昏暗的夜空被云层覆盖。

“亡灵节不能继续了，这怎么可能？”

教授喃喃自语。

“这里到底发生了什么？”

真理子茫然地望着大家。

可是，谁也没有动，谁也没有回答。

大家长久地伫立在那里，处于虚脱状态，一直凝视着夜色中刚才波浪拍打过的坡道的尽头。

第十章

圣者和死者的幕间

眼前的场面太过出乎意料，人们惊骇莫名，久久伫立在原地，动弹不得。甚至，直到所有的一切都已经消失，厄纳得山一如既往的平静夜晚再次降临，人们都没有觉察到。

司界人先往家中走去，大家默默无言地跟在后面进门，重新围着餐厅的桌子坐下来。

结果，又开始喝了。这次有的喝酒，有的喝咖啡。

因为谁也不想回卧室。

“我父亲还是那么冷冰冰的。”

琳德一口气喝干博士的杰克·丹尼威士忌，冒出一句：“看起来爷爷在那边也是众人的首领啊。”

真理子以手托腮，点着头。

仁左卫门，一个多么强大的老人。

淳的脑海中浮现那个身着和服、目光锐利的老人的面容，像风神、雷神一样的威严。

他的目光从那么远的地方看过来，仍然具有强大的穿透力，像雷达一样射穿了他。那老人生前一定是神威凛凛。不，现在也是。

“重大的事件正在发生，‘客人’召开记者招待会，刮起险恶的风，多么丰富多彩的夜晚啊。”

教授小口喝着威士忌。

连一向比任何人都充满活力的教授，也被刚才的景象吓住了。

“‘月之井’是什么？”

羽奈轮流看着教授和琳德。

“啊啊，我父亲刚才说的，把‘月之井’怎样的话。司界人，好像是对你说的，那是什么意思？”

琳德望向坐在角落里的司界人。

“那个地方你们的自治委员知道。我听说是一个很少举行的仪式。”

“但是，我父亲是看着你说的，你也知道吧？”

琳德对司界人的回答并不满意，继续追问道。

司界人脸上又露出平时那种微笑：“在我们中间有这样一个传说。”

他唱起歌来，舒缓而又低沉：

在开始的底部 有一个开始的房间
光和影这对双生子 在开始诞生
脐带 从森林中伸出来把梯子架到天空
升到星星上的 那是谁
直到雷 把脐带断开的日子
升到天空的 那是谁
直到光和影这对双生子 把开始分开

大家呆呆地望着司界人。

“太惊人了，声音这么好。”

“好让人陶醉啊。”

“他的声音里好像放出了超声波呢。”

博士和女人们发出感叹。

的确是一种不可思议的声音。淳想。

司界人的声音除了具有一般的音响和音波，还有让人听了心情舒畅的波长。他歌唱的时候并没有发出很大的声音，准确地说，更像是耳语，仿佛是从腹中发出的震动。而且，他的气很长，几乎没有换气，可见肺和腹肌都非常强韧。

蒙古以及中亚地带流传一种传统的歌唱方法，通过震动使声音传播到远方。司界人的歌唱就近似于这种唱法。可能他们生活在草原上，这样发声便于互相交流。

“嗯。”

琳德运笔如飞，记录下司界人唱的歌词。

“淳说的话也不是完全没有道理啊。”

琳德说着，看了淳一眼。

“哦？”

“刚才去酒吧之前，你不是说厄纳得山可能有地下设施吗？现在看来有可能啊。”

“是吗？”

淳一愣，琳德用铅笔敲着笔记：“‘在开始的底部有一个开始的房间’，好像是说厄纳得山。是不是在山的下面有一个空洞似的地方呢，然后说‘光和影’从那里诞生。‘脐带从森林中伸出来’，好像和我父亲刚才说的有关。‘脐带’可能就是井，井连接着地下的空洞，起到脐带的作用。是这样吗，司界人？”

司界人只是淡淡一笑，既没有肯定也没有否定。琳德不太满意。

“哎呀，这次该去地下旅行了。”

教授夸张地叹着气，摇着玻璃杯里的冰，看着大家。

“关于‘月之井’要探讨的东西太多了。不过，在此之前，得把刚才他们说的话告诉自治委员。在森林中举行仪式的毕竟是他们。”

“那究竟是个什么仪式？”

博士问道。

教授也不知如何作答：“详细情况还不了解。只知道，那是一个只有自治委员举行的秘密仪式，方法是自治委员一届一届口耳相传的，只在厄纳得山遭遇真正的危机时举行。”

“危机，的确是危机。‘客人’不能来，亡灵节就失去了意义。”

真理子低语。

“那是真的吗？”

羽奈不安地问真理子，真理子很快地点了一下头：“刚才你也在这儿，是仁左卫门爷爷说的，不会错的。”

“可是，‘嗜血狂杰克’事件的五个被害者不是来了吗？”

“恐怕那是最后的‘客人’了。”

“还不知道‘客人’是不是真的不能来了呢。”

羽奈冲着真理子说，不知为什么有些激动。

“你为什么生气啊？”

真理子很意外。

“我……我这些年，根本没有见过‘客人’。我小时候也像淳一样，见过许多‘客人’的。可是，‘客人’居然不能来了。”

真理子扑哧一声笑出来：“你是为没有‘客人’来见你而生气啊。怪不得你嫉妒淳呢，真可笑。”

“淳是初次参加，不是都这样说吗，生手有好运。”琳德插口道，“越想见，越等着见，就越不来。倒是什么也不想，多少有点儿呆呆傻傻的那种人，‘客人’容易来见他。就是这样的，每个人都是小时候见的‘客人’多。”

多少有点儿呆呆傻傻，我就是这样啊，淳内心有些受伤。不过想想看，也觉得自己可能就是这个样子。

“不过，羽奈说的也有一定道理。如果‘客人’真的被那座大鸟居阻挡，那以后谁也不会见到‘客人’了。确认这一点以后再向自治委员报告也不迟。”

教授煞有介事地点着头。

可是，琳德瞪着教授：“教授，你有什么图谋吧？你不想早点儿告诉自治委员是不是？”

“没有没有，就是我刚才说的原因，我只是不想给已经陷入混乱的亡灵节增加太多的课题。我是一片好心。”

教授不断地摸着下巴。

“想什么呢？快说。”

大家都盯着教授。

教授挨个儿看着大家：“其实，我只是想做个实验而已。”

“实验？什么实验？”

“做个实验，刚才的事就能确认效果了——仁左卫门老爷子也说了，‘有什么在阻止我们’，是吧？”

“确认效果？”

“用这个。”

教授从上衣口袋里一下子掏出一块儿红色的石头。

是刚才司界人抛到波浪里的奇异石头，不知什么时候，教授捡回来一块儿。

每个人都不由得盯住教授的手。

“这石头好像有护身符的作用，我想，它对精灵或许也有效。”

教授低声说着，煞有介事地眯起一只眼睛。

“你，不会是……”

琳德脸色变了。

教授倒很平静：“琳德，其实刚才你也想去的，对吧？不，应该说，你现在仍然想去。”

“去哪儿？”

真理子满脸讶异。

“去找‘月之井’，”教授神色自若，“拿着这块儿石头，到森林深处去找那口神秘的井。”

这个时间，走在外面，不由得想起举行神汤的那一夜。

好像已经是很久以前的事了。

厄纳得山的夜晚。虽然是夜晚，却有些微微的亮光。淳以前所知的夜晚，是明确的黑暗。但是，这里的夜晚却与白昼相接，是朦胧的夜，总能感到地平线上的微光。

一行人无言地走下坡道，淳注视着遥远的地平线。

回到东京，想起厄纳得山的时候，眼前最先浮现的一定是这般光景。淳有这样的预感。

运河横穿森林的海洋。

夜晚的空气是湿润的。走在前面的羽奈，头发上闪耀着润泽的银光。

厄纳得山的记忆，将与眼前的景色，与浸润肌肤的夜晚的空气，一起刻进我的细胞里，沉淀在遗传因子的深处。

似曾相识的感觉，梦幻一样的感觉。也许这样的感觉正是自己所寻求的，也许自己正是为了体验这样的感觉才来到厄纳得山的。

一开始大家都反对教授的提议，可结果还是好奇心占了上风。

虽然没有人说出口，可是，仁左卫门的话给每个人都留下了强烈的印象。淳也感到，那个“月之井”充满神秘的魅力。

从进入厄纳得山开始，淳就被那苍郁的古老森林所吸引，自然而然地想深入其中。

而且，司界人也在一起，这也让大家信心大增。有司界人在，感觉禁忌的森林也没那么可怕了。

为什么他会同意一起来呢？

淳看了一眼走在斜前方的司界人。

司界人能够敏锐地感觉到别人的视线，好像他全身都长着眼睛似的。这时，他好像回应淳的目光似的，回头看着淳。淳又局促起来。

司界人微笑了。淳最受不了他这样微笑，感觉自己像个小孩子似的。

“你是想问我，为什么会答应来这里，是吧？”

司界人低声问淳。事实如此，淳点头承认。

“这是破坏规则的吧？”

“是的。”听到淳忐忑不安地问，司界人坦然自若地答道，“不过，要说破坏规则的话，我在这里本身就是破坏规则。而且，今年从一开始就是异常事态，还举行了神汤。”

“是。”

淳望着司界人端正的侧脸，不由得感到自己是那么的野蛮粗俗。

“那位穿日本服装的老人是你的亲戚吗？我对他非常感兴趣。”

他是在说仁左卫门。在司界人看来，那位老人也是令人印象深刻的。

“你对他什么地方感兴趣？他的外形？他的威严？”

“他的全部。”

“你为什么和我们一起来？”

“很简单。我也没有看过，所以想看看。我感觉，最好在天亮之前能看一看。”

虽然得到了回答，但依然不能把握他真正的意思。

穿过住宅区，看到了拴在运河上的船。

黑色的水面泛起些微涟漪。

教堂的那一边，是一片黑色的森林。

黑像影子一样贴在司界人脚边。这只狗和主人简直是浑然一体。

昏暗的森林中，可以看到星星点点的祠堂，那是祭祀五谷神的地方。

森林令人毛骨悚然，白色的祠堂也十分骇人，不知为何，似乎只有祠堂那里显出朦胧的光亮。

进入森林，教授取出一个小小的手电筒。他应该是觉得，用小手电筒的话比较隐蔽，外面的人不会看见森林里有光。

大家跟着手电筒射出的摇曳的光向前走着。

森林很古老，却给人一种养护得很好的印象。地面很平滑，杂草不多，供奉给五谷神的蛋包饭在光影中浮现。

大家不由得心里紧张，好像背着大人做坏事的孩子似的。

森林很深。

记得有人说过，森林占了厄纳得山的三分之一，而除了自治委员，其他人可以进入的区域又只占这片森林的三分之一。

奇怪的是，森林之中有些微的明亮。没有颜色，却能清晰地看到物体，好像进入了黑白电视。

大家都静悄悄地、敏捷地走着，简直不像七个人一起在走路。维国的人虽然平时饶舌得很，但做起事来真是一丝不苟，这种性格还真让人有些佩服。不过，现在是进入禁忌区域，收敛心神也是理所当然的。

“哎，教授，您知道在什么地方吗？”

忽然传来真理子的低语。

“我知道大概的方向。”

“真的？感觉已经走到森林深处了。”

“要不要回去？”

前方传来女人们的窃窃私语。越往深处走，越不能忍受沉默。的确，前后左右都是森林，方向感都消失了，心里觉得不安。连语声也被树木吸收，听来细弱得很。

奇怪的是，这里居然不完全是一片黑暗。世界染上一层朦胧的银色，物体的轮廓现出微光。

夜间走在外面真是不可思议。和明亮的街市中不同，呼吸和心跳也一同融解到空气中，感觉似乎只有自己的意识在移动。

每一次呼吸，都感到森林进入自己的肺。不久，细胞和森林融为一体，意识与森林同化——是森林的意志进入了自己的身体。

忽然，淳看到司界人身后站着一个年轻女人。

或者，更准确地说，是觉得自己看到了。

因为那个女人是透明的。

不知该怎么描述这种奇妙的状态。

这和在太古的厄纳得山遇到黑寡妇不同。当时，自己完全是在另外一个世界，周围的空气、景色也是另外一个世界的。但是，现在，自己仍然可以看到走在前面的羽奈和司界人他们，能看到周围的树木。这种感觉，好像两张拍了不同东西的胶片被错误地重叠到了一起。

一点儿也不可怕。那影像很淡，而且，那女人看起来很温柔，很美。

她不是“客人”，那么，她是什么人？

淳一边走，一边注视着那个影像。随着淳往前走，好像那女人的形象也跟着移动，和淳之间保持一定的距离，大小也没有变化。

她头发长长的，从额头中分，身披长长的衣装，好像是一件长袍，完全遮住了身体。好像在哪里见过……她像一个人……

就在此时，司界人猛一回头。

就在同时，那女人消失了。

淳心里一惊。因为，他发现，那女人的容貌很像司界人。

是的，自己觉得像一个人，是觉得像司界人。这是谁？是他的家人吗？为什么会来到这里？

淳很奇怪自己还能冷静地分析。连续出了那么多事，可能承担惊讶功能的神经已经麻木了。算了，回头问问司界人吧。

“等等。”

走在最前面的教授停住脚步，让大家也停下。

大家就像玩木头人游戏似的，立时停住，一动不动了。

“真怪，好像除了我们以外还有人似的。”

“什么？”

“看，前面有亮光，有人。”

教授指向森林深处。

大家聚在一起，朝教授指的方向看去。

树木的间隙中透出光来。

那儿好像不止一个光源，轻轻摇曳着，似乎是蜡烛的火焰。

“安静，别出声。”

教授压低声音。

大家都弯下身子，缓慢行进。到这时候，大家也没有想要逃走的意思，仍然要一探究竟，这真符合他们的性格。

那光在很幽深的地方，大家还能在低矮的树木的遮掩下前进。

“那是什么？”

“那是井？”

琳德和真理子在窃窃私语。

淳从两个人之间向前方窥探。

那里有一个像井一样的东西——圆圆的，石头的井。没有吊桶，没有其他任何东西，单单只有一口井。靠着井边，放着一个石板盖。

围着这口井，有四根石柱，差不多有小孩子那么高。柱子顶端被当作烛台，燃着四支蜡烛。四根火苗轻轻摇曳，在井的周围映出复杂的影子。

这时，响起脚步声。

烛光中出现了披着长袍的身影。

有三个人，是那三个自治委员吧。虽然很想看看他们的脸，但他们的头都蒙在风帽里，根本看不到。觉得应该是男人，但也不能确定。

三个人搬来了一个什么东西。一个用布包着的、细长的东西，像一个成人的尸体那么大。

三个人口中念念有词，好像在吟唱咒语。声音很小，还是听不出性别，既像男人，也像女人。

三个人来到井边，把带来的东西投到井里。

那东西好像很重。

但是，落下去却没有发出声音。如果落在水里，或者落在井底，应该都会有声音，可是，它被无声无息地吸到井里去了。

三个人围着井，反复行礼，仍然吟唱着咒语。

最后，三个人施了一礼，双手合十，然后一起把井边靠着的石板抬起来，放在井口，正好把井口堵住。

三个人四下张望了一阵，吹熄了蜡烛。

周围一下子暗下来，什么都看不见了。眼睛习惯了火焰的光芒，越发觉得昏暗。

淳有些慌张，努力抑制住自己想要有所动作的冲动。周围的其他人也是一样。

只听到三个人悄悄离去的脚步声。不久，就连脚步声也听不到了。

大家一直屏住呼吸蹲在那里，直到眼睛重新习惯黑暗。

渐渐地，刚才的银色世界又回来了。

最先站起来的是司界人。大家也跟着站起来。教授用手遮挡着打开了的手电筒。

“教授。”

“这样在远处不会看到光吗？”

“像这样贴着地面照应该不会有问题。”

教授弯着腰，慢慢接近井。

“那是自治委员？”

“大概是的。”

“他们还真在这里做了些事。”

大家都提出疑问。

“喂，这是什么？”

博士的声音有些嘶哑。

大家都看着博士。

博士不说话，指着地面。

井口已经被石板封上，石铺的地面环绕在周围。井的直径有一米左右，石铺地面的面积大约不到五平方米。

石铺地面是全黑的，有什么东西长年浸透在里面。

大家同时想到一件事，一瞬间，紧张的杀气弥漫开来。

因为，那看上去像是血痕。

“这，这是什么？真可怕。”

真理子发出惊惧的声音。

“回去吧。”

司界人说。

“我想看看井里面。淳，来帮我一下。”

教授把手搭在盖在井口的石板上，向淳招手。

司界人立即摇头：“不行。放下，离开这里。”

“但是，不看看里面是什么，来这里还有什么意义？”

教授仍然把手扶在石板上，不愿离开。

“不，我们被发现了。”

“啊？”

教授一回头，司界人已经一下子动起来：“教授，关掉手电筒。大家别说话，跟我来。”

又是一片黑暗。

远处的树木缝隙中，透出手电筒的亮光。

那不是教授拿的那种小手电筒，而是工作用的大手电筒，有三个，大概刚才的三个人一人拿了一个。那光像探照灯一样射进森林。虽然隔了很远，但还是能看出来，他们在朝这里移动。

“这边来。”

司界人的声音一直传到后面。

即使在暗处，他似乎也能行动自如。他目力一定非常好。

“排成一队，跟着我。”

那声音在远去。大家全力快走，以免自己被落下。

淳能看见前面羽奈的头，他紧跟其后。

森林中，三束光急急地来回晃动。

一行人在森林中奔逃，躲避着那光束。

司界人在森林之中迅速地穿行，行动敏捷，毫不犹豫，简直不像第一次来到这里。

他好像在黑暗之中也能看到东西，动起来没有丝毫羁绊的感觉。

“大家都跟来了吗？回答我。”

司界人回头招呼。

大家都回应，一共是六个声音，没错。

“前面没有路了，小心点儿，跟上我。”

司界人不是朝着船坞，而是朝着斜坡冲了过去。

只见他巧妙地穿过繁密的灌木，攀上斜坡。

“难道他想从这儿一直攀到家？”

“是为了抄近路啊。”

真理子和羽奈窃窃私语。

攀上一段，回头一看，森林中手电筒的光还在来回晃动。

他们还在搜索入侵者。

“快点儿，现在如果手电筒照到这里，咱们可是一览无余。”

博士说得语速很快。

真理子他们不再说话，连忙往上攀爬。虽然斜坡很陡，但是后有追兵，大家都爬得很快。

走在最末尾的淳，虽然对陡峭的斜坡望而生畏，但也紧咬牙关，跟着前面人的后背不停地爬上去。一想到手电筒要照到自己的背上就心神不安。大腿后面酸痛得不行，急促地吸气呼气，淳还是一刻不停地向上爬。上面传来同样急促的喘息声。

“马上就到了。”

是司界人的声音，能听出来他在上面很远的地方。

什么也不要想了，先爬吧。听到羽奈气喘吁吁的声音，淳循着这个声音往上走。

避开树枝，嗅着树叶的气息，全身被汗水浸透，穿过银色的夜晚，朝着上面一直攀爬上去。

忽然，眼前一片开阔。

一下子来到平坦的道路上，淳不由得呆住了。

汗水浸到眼睛里，有一瞬间什么都看不见。

等他扬起脸来，眼前赫然出现了熟悉的教授家。真理子和羽奈正喘着粗气，蹒跚地走进家门。琳德和教授正抚着胸口蹲在那里。

天哪，终于安全了。作为深夜的散步，这运动量也太大了一点儿。

清晨，祈祷的钟声敲响了，可是，谁也不想起床。

家中一片寂静。

可以理解。昨天夜里发生了那么多的事，喝了酒之后进行了一次那样的大冒险，现在，所有人都在床上酣眠。

淳向来不是早晨贪睡的人，尽管身体很疲劳，但听到钟声，还是下意识地坐了起来。脑子里还是昏昏沉沉的，半是习惯性地下了床，开始穿衣服。

餐厅里冷飕飕的，没有一个人。黑也不在，应该是和司界人出门散步去了。对他来说，昨晚那样的运动量应该不算什么。到底他是适应着自然规律行动的。

烧上水，沏上红茶。

在热热的水汽中清醒过来。

淳本来并不是红茶党，但这里的红茶的确好喝，在这里生活自然就会想喝。也许是因为水的差异。

桑尼和赛德不知从什么地方跑了过来，一只跳到淳的膝盖上，一只蹭着淳的袜子，喵喵叫着要东西吃。

羽奈给它们吃东西了吗？

淳在两只猫的纠缠下在食品柜里翻找，找到了猫粮，全都倒进地板上的盘子里。两只猫争先恐后地凑了过去。

今天早晨似乎比平时都安静。也许是大家都没起床的缘故，但还是觉得这里充满了异样的宁静。

“早上好。啊，谢谢你，帮我把猫粮拿出来了。”

入口传来睡意蒙眬的声音。

羽奈站在那儿，脸上有些浮肿。

“睡得好吗？”

“梦见在那口井边玩‘小海鸥小海鸥’的游戏。啊，太好了，你把水都烧好了。”

“喝红茶行吗？”

“好的，谢谢你，淳。”

淳在羽奈递过来的杯子里倒上红茶。

白色的杯子里盛满琥珀色的红茶，洋溢着充实的感觉。

羽奈双手抱着杯子喝着红茶，像个孩子一样可爱。睡得变了形的头发看上去也那么让人怜惜。平时她总是显得那么聪明，所以没太注意过，此时看上去，真是一个不折不扣的美少女。

淳脑海中浮现出苑子的脸。在见到羽奈之前，自己居然都没有想起苑子，淳觉得有些内疚。苑子要是知道这一点，一定会发怒的。要是看到自己这样和羽奈面对面喝着红茶，说不定就要和自己断绝关系了。

淳悄悄地仔细观察羽奈的脸。苑子也是美少女，不过，线条要柔和一些，不像羽奈这样给人鲜明的感觉。

“让我猜猜你现在在想什么，好吗？”

忽然，羽奈脸上浮现出古怪精灵的笑意，看着淳的脸。

淳直眨眼，有些不知所措。

“你在想留在东京的女朋友吧？”

羽奈一语中的，淳越发张皇起来：“没……没有。”

羽奈嗤嗤窃笑：“淳，你这个人真是一眼看到底。”

桑尼和赛德吃完东西，心情也好了，咚地一声跳到桌子上，开始梳理毛发。淳为了掩饰自己的不安，抚摸着桑尼的喉头。桑尼好像觉得很舒服，喉咙里咕噜咕噜地响。赛德也把头凑过来，想让淳也摸摸自己。

“它们对你可真亲。”

羽奈好像很佩服似的，戳了一下猫的额头。赛德发出撒娇的声音。

“我难道就是这样，什么都会写在脸上吗？”

“比你自己想的还是。”

“或者，不如说，这里的人特别善于观察别人的表情。我自从来到这里以后，人家总能从我的表情中看出点儿什么来。”

羽奈侧了一下头：“维国的人，爱人胜过爱任何其他事物。”

“也可以这么说。”

“让我猜猜她是个什么样的女孩子，好不好？”

羽奈咕嘟咕嘟喝完了杯里的红茶。

“猜谁？”

“你的女朋友啊。”

“那怎么猜得中，你不可能知道她什么样。”

“是吗？”

羽奈把杯子放到桌子上，托着腮，一直抬眼盯着淳。

淳觉得自己要被那双又大又黑的眼睛吸进去了。

淳有些不知所措。自己来自一个把不看别人眼睛作为美德的国家，这个国家的人却经常直视别人的眼睛，简直可以说是毫不客气。

“一定是个可爱的女孩子。”羽奈低声说，“嗯，她身材苗条，身高和我差不多。皮肤白皙，头发的长度在肩部以下，总是露出额头，用发卡之类的别住一部分头发。眼睛很温柔，总像是在笑，看上去是典型的日本女孩。应该算是比较安静的那一类，不喜欢艳丽的装扮。不穿裤子，总是穿裙子。说话声音也不是很大。怎么样？”

淳大吃一惊。

太准确了，几乎所有的方面都说对了。

“不过，”羽奈竖起食指，“这些都是表面现象。她一定是特别受男孩子喜欢的那种类型，有很多男孩子想和她交往。因为她举止柔和，看上去很温顺。不过，实际交往以后就不一样了。”

淳越来越吃惊。难道羽奈认识苑子？

“实际交往以后，掌握主导权的往往是她。她就像你妈妈似的，经常要检查你的行为、语言，提出各种要求。她的内心很强大。另外，相当节俭。虽然作为女孩子也有一时冲动的时候，但感情基本不太外露，想法合理而现实。”

“你，认识苑子吗？”

淳战战兢兢地问。

羽奈嘻嘻一笑：“哦，原来她叫苑子。”

“太惊讶了，非常准确，她就是你说的那种女孩子。”

“果然如此。”

羽奈深深点头。

“那，你是怎么认识她的？”

淳奇怪得不得了，禁不住又问了一遍。

“我不认识她啊，怎么可能会认识，我又没有去过东京。”

“那你怎么知道得这么清楚？”

羽奈眯缝着眼睛看看淳，意味深长地笑了：“我就是知道，知道你喜欢什么类型的女孩子，或者说，什么类型的女孩子会喜欢你。我还知道苑子是怎么接近你的。你可能觉得是你先喜欢上她的，其实正相反，是苑子先喜欢你的。她在你周围布下网，让你喜欢上她，让你先提出来。”

“什么？”

淳被彻底惊到了。虽然知道羽奈的直觉和洞察力非常敏锐，可是没想到她竟然连这样的细节都能了解到。

但是，羽奈充满自信的声音还在继续：“女孩子本能地知道怎么才能让对方向自己求爱。她非常了解你的性格。你性情温和宽容，但不喜欢别人强迫自己。你的温和，是为了实现自己想做的事，下意识地避免与他人产生摩擦。她知道这一点，所以，她不会自己先向你表白，而是策划得让你觉得是你自主选择了她。”

淳真是佩服。虽然不知道苑子是否真的用了这些手段，但羽奈对自己性格的分析真是丝丝入扣。

“你真了不起，羽奈，你可以当个心理学专家了。”

羽奈皱着眉摇摇头：“哪里有，是个女孩子都知道这些事。”

“女孩子在这方面很成熟啊。”

羽奈有些意外似地看着淳：“你性格真好。你的家庭一定很有教养。或者说，在东京长大就是这样？”

淳难为情地笑：“我可没你说的那么好。我缺乏一般的社会常识，人又很迟钝。你们叫我大才子，其实我只不过是处在一个狭小的世界里。维国的人们都正视自己的感情，享受着人生。开始我觉得手足无措，现在，我很羡慕你们。”

“一直都正视自己的感情，这样生活也要付出相应的辛苦。”

羽奈很老成似的说。

淳看了羽奈一眼：“羽奈，你没有男朋友吗？”

“我？没有啊。”

这一试探，羽奈的表情一下子显得僵硬了。

“真的？不可能，像你这么漂亮的女孩子。”

淳露出吃惊的表情，羽奈一下子红了脸。

淳有些奇怪。羽奈把他分析得那么透彻，轮到她自己怎么完全不行了？

羽奈发现自己脸红，慌忙背过脸去：“真的没有嘛。”

“我知道了，因为你太聪明了，男孩子都畏缩不前。”

“没有的事，我一点儿也不聪明。”

羽奈好像生气似的说。

“是吗？男孩子不像表面那样强，其实很软弱的，你那么聪明知性，光彩夺目，男孩子会觉得，她才不会理睬我这种人呢。难道不是吗？”

羽奈好像很意外似的："我看上去是那样吗？"

"对我来说是。其他男孩子我不知道。维国的年轻男孩子我只认识吉米。"

说出这个名字，两个人都是心头一震。

吉米和特里。

他们究竟是怎样的人？他们到底是不是"嗜血狂杰克"？这一阵子竟然完全忘记了这件事，不禁觉得内疚。不过，两个人都没有把这种感觉说出口，总觉得这和两人现在谈的话题不相称。

"我们两个谈论这样个人的话题，还是第一次呢。"

羽奈低语，淳也点头："是啊，一直都在关注厄纳得山和亡灵节的事，根本没有这样的时间和精力。来到这里以后发生了太多的事，可是，数一数，今天才刚第六天。"

淳掰着手指给羽奈看，羽奈一脸无奈："才过了这么几天？我觉得好像已经在这里待了一个月了。"

"我也是。出的事真是太多了。一到这里就发生了凶杀案。"

"是啊，神汤，仁左卫门爷爷，那么多给人强烈冲击的事情，感觉本来要说的话总是被挤到一边。连环凶杀案的搜查现在不知进行得怎么样了。"

"肯定没什么进展。"

淳下定决心，今天一定要好好写日记。现在不赶快记录的话，记忆都要混乱了。忽然，羽奈走进餐厅时说的话浮现在脑海："对了，羽奈，刚才你说梦见玩'小海鸥小海鸥'的游戏，那是什么？"

"那是日本的儿童游戏，你也玩过吧，中间的孩子蒙着眼睛，边上的孩子围着转圈。"

"是'小筐眼小筐眼'啊。"

淳再一次惊讶于日本文化以奇妙的形式在这里得到传承。

"是不是这样唱？"淳唱给羽奈听，"小筐眼小筐眼 筐子里面有小鸟 什么时候能出来 在那黎明的夜晚 仙鹤乌龟溜倒了 身背后的那是谁"

羽奈认真地听着，侧着头想：旋律基本一样，不过歌词有些差异。我们是这样唱的："小海鸥小海鸥 小海鸥的小蛋蛋 吃几个啊吃几个 趁着黎明天光亮 罪和影子下来了 身背后的那是谁"

"啊，有意思。我去去就来，好吗？"

"你去哪儿？"

"去拿笔记本，把你刚才唱的歌词记下来。"

淳求知的好奇心被激发出来，觉得自己完全清醒了。

他很快拿了本子回来，让羽奈又唱了一遍。不仅歌词有差异，旋律也略微悠长了一些。

"嗯，有意思，和日本的音阶有些不一样。"

"对了，把原来的歌词也写给我看看。"

淳在本子上写下日本的歌词“小筐眼小筐眼”。

“‘小筐眼’是什么？”

“是篮筐的洞眼。”

听到羽奈的发音，淳觉得能理解为什么歌词会发生变化了。

在维国，人们虽然能读写日语，但主流还是英语，很难准确发出“小筐眼”的音，因为其中有一个音和英语的“GO”近似但不相同，需要用鼻音。渐渐地，“小筐眼”的发音发生了变化，原本的意思也逐渐失传，变成了在维国繁衍生息、人们经常见到、又易于发音的“小海鸥”。“鹤”也不在维国栖息，人们没有见过，就这样都换成了别的词。

羽奈盯着淳写下的歌词，认真读着。

“好难懂啊，‘在那黎明的夜晚’是什么意思？”

“这个吗，童谣的歌词有很多都不知道意思。”

“‘溜倒了’是什么？”

“应该就是‘滑倒了’变化而来的。这首‘小筐眼小筐眼’谜团特别多。也许，就像‘永远的结束’似的，故意把意思相反的单词连接到一起，追求语言的有趣。”

“说不定就是一种语言游戏。”

“嗯。游戏的玩法就像你刚才说的，一个孩子蒙着眼睛当鬼，一群孩子在他周围唱着歌转圈，唱完的时候让中间的孩子猜身后的是谁，猜中的话，被猜中的孩子就代替中间的孩子当鬼。有人认为这首歌最初是一种咒语。”

“哦？什么咒语？”

“不知道。对了，筐眼是这个样子的。”

淳在本子上画了两个正三角形，一正一倒重叠在一起，组成一个星形。

“啊，是六芒星的形状。”

羽奈点头。

“是的。这大概是全世界共通的驱魔的符号了。在日本也是，人们认为这个记号可以阻挡恶灵进入。这个星形也是。”

淳又画了一个五角的星。

“五芒星。”

“在日本，史上最强的阴阳师使用这个纹。”

“阴……什么？纹又是什么？”

“阴阳师，日本有史以来最强的魔法师。纹类似于西方的徽章。有的地方在婴儿的贴身衣物上印上这种纹。”

“是这样啊。”

“这都是驱魔的纹。所以有人说这首歌是用于这方面的。最初可能是一首葬礼的歌。”

“有意思。”

淳把刚刚记下的羽奈唱的歌词又读了一遍。

“维国真是一个蛋之国。”

“嗯，是啊。”

忽然，淳的眼睛停在“罪和影子下来了”这一句。

这一句在哪里听到过。

淳一惊。昨天晚上司界人唱的歌里是不是也有类似的一句？这仅仅是自己的心理作用吗？

“昨天晚上，那三个人扔到井里的到底是什么？”

淳听到羽奈压低声音问，于是抬起头来。

“那口井周围的痕迹，太像血迹了。”

“嗯，光线很暗，看不清楚。”

淳避免断定。银色的森林，摇曳的蜡烛的火焰。淳觉得昨天夜里的事好像是一场梦。

“我觉得那好像是黑寡妇的尸体。”

“什么？”

羽奈一下子探出身子：“自治委员在背后做了手脚。‘嗜血狂杰克’事件，他们也是参与了的。”

“不会有那样的事吧。那，在这里最先被杀的那两个人呢？难道在鸟居吊上尸体的也是他们？这样警察可能会介入的。他们希望亡灵节自治，为什么要这么做？”

“不知道啊，不知道。”羽奈缓缓摇头，“不过，一定有什么阴谋，有我们想不到的理由。现在，在这座厄纳得山，有什么事正在进行着。”

这一天过得十分安静而平稳。

过了中午，大家陆续起床了，各自随便拿了些零食，做些自己想做的事情。博士自己回了“祈祷之城”。

淳写日记花费了很长时间。虽然趁着记忆鲜明的时候记过简单的笔记，但字迹太过潦草，难以解读。平时别人都说自己写字很工整的。可以看出，在这里经历的这些事让自己的心情多么不平静。现在的自己真令人欣慰。只过去了整整五天，自己好像已经变成了一个和以往不同的人。

下午，司界人回来了。

淳没有问司界人到哪里去了，不过，他嗅到了青草的气息。

司界人似乎很喜欢待在淳的身边，淳也非常高兴。可是，司界人和黑一直坐在淳房间的入口，劝他坐到床上去却被他坚决拒绝，这让淳很为难。

“地上不冷吗？”

“没关系，坐在这里更安心。这样打扰你工作吗？”

“哪里，一点儿也不。”

“这样‘客人’会不会进不来了？”

司界人环视着走廊和房间。

“无所谓，我已经见过很多‘客人’了。再说，如果他们要来，从窗户也可以进来的。”

“是啊。”

“对了，司界人，给我讲讲你们的生活吧。我来这里之前几乎不知道你们的存在。”

淳把椅子调转了一下方向，面向司界人坐好。

司界人轻轻点头。黑可能是睡着了，一动不动。

“你们应该是不知道的。我们的祖先没有文字，没有留下任何关于他们生活的记录。”

司界人好像在自言自语。

没有文字，没有留下记录。在有些铅字中毒倾向的淳看来，这样的社会简直无法想象。

“那么，用口耳相传的方式进行传承吗？”

“是。几乎都是唱歌，口耳相传。”

淳下意识地拿出笔记。

“维国或英国人和你们一起生活过吗？”

“没太听说过。这个国家本身都几乎被宗主国遗忘了，没人对我们感兴趣。”

“不过，黑寡妇说，她和我身上都有你们的血统。你们曾经有某个时期和外边的人通婚吧？”

“有的，有一个时期实行同化政策。不过，在比那还要早得多的时候，可以说是遥远的过去，你们国家的人经常来到这里，和我们交流。”

“是吗？日本人？”

淳很惊讶。

司界人肯定地点头：“是的。我听族中长者的歌中唱过，有的时候，日本人会顺着潮水漂流到我们生活的地方。所以，在很久以前，我们就知道你们的国家，有的人还有你们国家的装饰品。”

“在那么古老的时代就有交流啊。”

“也许其中就有你的祖先。”

“有可能。”

淳一时沉浸在古代的浪漫之中。脑海中浮现出在辽阔的海边，司界人和身着和服的男子们在一起的情景。

即使两国之间远隔万里，也有大海相连，航路相通。

忽然，昨夜森林中的所见在脑海中苏醒。

淳不经意似地问：“司界人，你有姐妹吗？”

司界人全身一震，面无表情地盯着淳。

发现那两只颜色不同的眼睛盯着自己，淳不由得挺直了脊背。

“为什么这么问？”

司界人声音干涩。

“这个，呃……”

淳支吾起来。

他觉得那奇妙的现象难以说出口。但是，司界人目不转睛地等着他的回答，他只好开口：“我看到了。”

“看到什么？”

“昨晚，在森林里，一个女人站在那里，她很像你。”

“你说什么？”

司界人一跃而起，抓住淳的肩膀。

他的动作迅猛至极，淳猝不及防，面对那异常严峻的神色，只觉得全身僵硬，被一股霸气逼得直起鸡皮疙瘩。

司界人的双眸就在自己眼前。

右边是褐色，左边是深绿色，正像羽奈说的那样。淳不知为什么想起了浅田喉糖，肉桂口味和清凉口味，正好是这两种颜色。

那两只眸子之中莹莹微动，司界人转过头去，松开淳的肩，又回到原来的位置，坐了下来。

“对不起。”

“没关系。”

淳松了一口气，答道。同时也不由得想到，一旦遭遇危险，司界人一定会像刚才那样，迅捷无比地制住敌人。

“她，看上去是什么样子？”

调整了一下心绪，司界人平静地问。

“不是很清晰。看上去是透明的。好像在森林中放投影一样，其他人的样子也都能看见，看上去是双重的。”淳字斟句酌地说，“头发从额头中间分开。穿的衣服很长，和你的一样，完全裹住身体。”

司界人一直在听着。

“她非常美，看上去温柔，优雅，高贵。我正在想，她像一个人，这时你回过头来，就在那一瞬间，她消失了。几乎就在同时，我发觉，原来，她像你。”

司界人发出一声低低的叹息。

一阵不明就里的沉默。这次轮到淳等待了。

“那座森林，看来连人的意识都能具象化地体现出来。”

“哦？”

“当时，我在想我的姐姐。你看到了。”

“什么？”

淳一下子都不知道自己是为什么而惊讶了。既惊讶于司界人的意识能够具象化，也惊讶于自己看到的是司界人的姐姐。不过，要说还是对看到司界人的姐姐这一点反应更强烈。

“那，她是你的……”

司界人轻轻点头：“我的姐姐。她也是一个司界人。”

“女人也可以做司界人吗？”

“男女没有区别。或者不如说，在这方面，女性往往更卓越。”

是不是像日本巫女一样呢？的确，灵感方面是女性更强一些。

淳觉得，那样的女性穿日本巫女的衣服一定也很相配。

“我们族中的人，眼睛都像我一样。”

司界人指着自己的眼睛。

“都是两只眼睛颜色不一样吗？”

“是的。我姐姐的颜色和我正好相反，右边是绿色，左边是褐色。”

“呃，我一直觉得奇怪，左右眼睛颜色不一样，看到的东西是什么样的呢？”

淳问了自己很久以来一直疑惑的一个问题。

司界人思考着：“应该和其他人没有什么不同。我自己一直就是这种颜色的眼睛，其他颜色的眼睛看东西什么样我也不知道。”

“对不起，那的确是。”

淳觉得自己问了个蠢问题，直搔头。

“我姐姐曾经比我强得多。”

司界人冒出一句。

淳眼前浮现出那温柔优雅的面容。她和司界人姐弟两个站在一起，一定是美丽而又威严的。

“你说，曾经强得多？”

淳注意到，司界人用的是过去式。

司界人没有看淳。

“她被召唤到这里是几年以前的事了。具体情形我不清楚，好像是这里发生纠纷，需要作出裁断。”

“纠纷？什么纠纷？”

“这个我不太清楚。我们接到召唤就必须出面，因为，守护圣地是我们的责任。所以，我姐姐出发了。”

“然后呢？”

淳惴惴不安地问。他预感到这个故事的结局不会太好。

“她没有回来。”

司界人简单扼要地回答。

一阵难挨的沉默。

“她去了厄纳得山，就一直没有回来。好像是在这里消失了。”

淳不由得扫视了一下整个房间。

“是的，就在这座山里的某个地方消失了。”

“直到现在还没有找到吗？”

“是的，无影无踪。”司界人缓缓扬起脸，用平时那种平静的目光看着淳，“而且，我调查过，不知什么缘故，她好像是和你那个叫肯特的亲戚在同一天消失的。”

安静的下午过去了。

说实在的，这个下午太过安静了。不只淳一人这样想。

恐怕厄纳得山的大多数居民都是这样想的。

这样异样的宁静，催生了大家的紧张感。

每个人都想今天看看情况。

昨夜不只淳他们听说“客人”因鸟居毁坏无法靠近，其他人也得到了消息。

亡灵节将不复存在。

“客人”将不能再来。

听到这样冲击性的消息，大家都很担忧。但是，大家还不肯完全相信，想再过一天，看看情况。

令人心焦的一天过去了。日落的钟声一敲响，大家就开始互相交换信息。有“客人”出现过吗？有人接触过“客人”吗？

不到一个小时，大致的情况已经清楚了。

这一天，谁也没有接触过“客人”。

甚至没有一个人看到过“客人”。

这是前所未有的。

一个“客人”也没来。

这已经不是亡灵节了。

恐慌感蔓延开来。

“客人”不来了。

不能庆祝亡灵节了。

居民们都陷入这样的担忧。为了消除担忧，他们在傍晚时分一起开始做了一件事。

第十一章

提灯和罐头

自从来到这里已经迎接过几个黄昏了，可现在，马蒂亚斯还是在储藏室里翻找着。

他这个年纪，正是长身体的时候。厄纳得山的白天太过烦闷无聊。而且，食物大都考虑老年人的口味，他吃不到什么可口的东西。

父母说，这是亡灵节，没办法，安安静静地吃简单的食物，这就是亡灵节，我们小时候就是这样的。

所以，他悄悄地在储藏室里的食品架上找，找到咸牛肉或金枪鱼罐头，就着自己藏起来的面包，躲在自己屋子里或亭子里吃。

可是，无所事事，闲极无聊，肚子总是很快就又觉得饿了。都说人运动的话肚子会饿，其实，人真的运动起来就忘记吃东西了，反倒是闲的时候肚子饿得快。因为没有别的事可想嘛。

每个学校在亡灵节期间都会留特别作业。据说这里对静心思考最有利。但是，马蒂亚斯脑子里根本就没有作业这回事。他一边对自己这样说着，一边把手伸到食品架深处。最低的地方，必须要跪在地板上才能够得到。他拿出一个又一个铁的、玻璃的罐头，有的东西都不知放了多少年了，看起来还是不要吃为好，这些陈年旧货早该扔了，这样就能腾出地方放新罐头了。

马蒂亚斯不满地皱着眉头。

因为把别人扔进玄关的手套放到那个傻乎乎的家伙的雨衣口袋里，马蒂亚斯被父母和自治委员狠狠训斥了一番。当时他的确老实了一阵子，可他的抗挫折力比谁都强，现在早已经忘光了。当然，他的父母可没忘，一直严格看管着他，不让他出门闲逛。

今天的收获很少。等妈妈下次买完东西之后再来看看吧。

马蒂亚斯轻轻咂着舌头，手上只拿了一罐油渍沙丁鱼向后退去。

这时，马蒂亚斯的脚碰到了一个什么东西。

马蒂亚斯感觉到了，回头一看，脚已经到了墙壁。刚才碰到的那个东西是一个小小的合页。微暗的储藏室里，涂成黑色的合页，乍看上去谁都不会注意到。

有合页就应该有门。

马蒂亚斯顺着墙壁摸去。在食品架的背后摸到了门的金属把。这做得很巧妙。谁也不会想到在这种地方会有一个带门的橱柜。

马蒂亚斯嗅到了秘密的气息。这也是他最喜欢的东西之一。

他悄悄把手伸过去，要打开这个橱柜。

但是，柜门开不开。

好像上了锁。

马蒂亚斯觉得不满，同时又很兴奋。这种地方竟有一个上了锁的、想掩饰它的存在的橱柜。里面到底装着什么？马蒂亚斯在储藏室里四下张望。

钥匙。在哪儿呢？如果是从前一直有的，那就应该是挂在墙壁的挂钩上，或者在厨房的一串钥匙当中。

储藏室的墙上挂着绳子啦、扳手啦各种东西，没发现钥匙。还是在厨房吧。

马蒂亚斯忘了肚子饿，把沙丁鱼罐头塞进衣袋里，心神不安地出了储藏室。

厨房里，父母和亲戚在小声说着什么。

虽然不太清楚，但马蒂亚斯也知道今年发生了很多奇怪的事。自治委员总是召开会议说明些什么，大人们经常凑在一起窃窃私语。

所以，当马蒂亚斯进入厨房，只听到了一声惯常的嘱咐：“不能出去啊，马蒂亚斯。”他问“我可以喝点儿红茶吗”，大人只心不在焉地答了一句“在那边”。

马蒂亚斯从热水壶里倒了些红茶，顺便拉开抽屉，掏出了那串旧钥匙。大人们只顾着说话，谁也没发现马蒂亚斯拿走了什么东西。

回到自己的房间，马蒂亚斯一边喝着红茶，一边检看那串钥匙。刚才自己用手指量了一下那橱柜上钥匙孔的大小，大概符合这个大小的只有两把钥匙。

马蒂亚斯捏着这两把钥匙，再一次进入位于家中角落里的储藏室。

他悄悄接近橱柜，用钥匙试着开门。第一把钥匙就插进去了。

太简单了。

他品味着快感，转动着钥匙发出咔哒声。

轻轻打开门。

开始一片黑暗，什么也看不清。

他耐心等待眼睛习惯黑暗。

模模糊糊地看到有什么东西放在那儿。是一些很旧的小玻璃罐。

是罐头？放西式腌菜的？

马蒂亚斯悄悄把手伸进去，拿出来一个玻璃罐。

玻璃罐里是水一样的液体，里面有小小的、白色的东西。

这是什么？

马蒂亚斯把玻璃罐拿到眼前，目不转睛地盯着它。

外面一片骚乱。

很多人一起到外面来了。但是，这种喧嚣明显带着一种不安定的气氛。

又有许多电话打给教授或琳德。每一通电话对方好像都很兴奋，久久不肯把电话放下。

电话终于告一段落的时候，已经过了将近一个小时。

“真服了，他们真要这么干。”

琳德叹着气。

“做什么？”

淳惴惴不安地问。

“提灯游行。”

教授答道。

“啊？”

一瞬间，淳以为自己听错了。

“您说什么？能再告诉我一遍吗？”

琳德和教授互相看了看。

“你知道的吧，本来是日本的仪式，名字也完全一样。提灯游行。日本也这么说吧。”

教授摊开双手看着淳。

自己没听错。

“是，日本的确是有提灯游行，但为什么要现在搞这个？”

淳小心地问。

“因为亡灵节不能继续了，‘客人’不来了，要追究自治委员的责任。”

琳德淡淡地说。

淳有些混乱。

“说得再明确些，就是大家一起追究自治委员的责任。”

真理子想帮助淳理解，可淳越来越混乱。

“在日本不是这样吗？”

羽奈忽闪着那双大眼睛问。淳这才发觉，虽然使用的是同一个词，但目的截然不同。

“在日本，提灯游行是喜庆的活动。而且，大多是在发生值得举国庆贺的大事的时候。比如，赢得战争胜利，天皇家诞生后代，等等。”

“真的？”

“原来是这样啊。”

“有意思。”

大家都眨着眼睛。听他们的口气，显然，这里的提灯游行不是什么喜庆的事情。

“我们这里，提灯游行大多是用来表示生气、愤怒、不满和抗议这一类感情的，近似于游行示威。好像是说，这就去找你算账，你给我等着，就是这种感觉。”

琳德思考着说。淳不禁苦笑。

那真是一点儿也不可喜可贺，自己可不想成为当事人。

有些词语就是这样，经历了长久的岁月，或者传播到遥远的地方，意思会变得完全相反。看来这个词也是这样。好比在日本从前“贵样”是尊称，现在是骂人的话。又比如在英国“去看铜版画吧”曾经是最无趣的约请，现在变成了想和对方发生性行为的意思。

“那是要……批判自治委员？”

“好像是。”

“理由呢？”

“这次亡灵节所有的事吧。‘嗜血狂杰克’的事也没有任何解决办法。组织管理亡灵节活动是自治委员的责任，指责他们处置不当也可以理解。”

“可以把他们免职吗？原本是谁任命的自治委员呢？”

疑问一个接一个涌上来。

“原则上，亡灵节期间是不可以罢免的，不过本人可以辞职，并指定继任者。自治委员是运营委员会投票决定的。实际上，运营委员会里的人都是有些社会地位的。”

“原来如此。”

“所以，提灯游行也没有什么制约力。只不过，任期当中发生了这样的事，对自治委员来说的确是一种耻辱。”

“是这样啊。”

“教授，您也参加吗？”

真理子冷冷地问。

“我还在犹豫。”

教授挠着鼻子。

“琳德呢？”

“我不参加。今年的事，不可抗力太多了。”

琳德耸耸肩。

“那些真的是不可抗力吗？”

羽奈意味深长地低语。

“你是什么意思？难道说，全都是自治委员的阴谋？”

“怎么说呢，现在还不知道。”

真理子把话往外引，羽奈却滴水不漏。

“博士和司界人呢？”

“又都不在。”

“晚饭怎么办？”

“外面提灯游行一定很乱，今晚吃点儿家里的东西吧。”

在女人们窃窃私语的时候，外面越发喧闹了，要进行大批判的气氛越来越高涨。

如此明显的不满情绪，一旦有个火星，很容易燃烧起来。这里本来就是封闭的环境，以维国人的性格也很容易在某种气氛下做出过头事。

“怎么样，淳，去看看吗？你也想看看吧，看看你们国家的提灯游行在这里是怎么进行的。”

教授向淳使了个眼色。虽然已经决定不参加了，可他还是想看看。

淳点头同意。

“是，可能的话很想看一看。”

“那你们在家，我们两个出去看一下。”

“好吧，路上小心。”

“你们先吃吧。”

“好的。”

淳走出门外，情不自禁地小声“哇”了一声。

到处都是粉色的提灯轻轻摇曳着，洋溢着梦幻的气氛。

真美。

淳看得入神，简直忘了提灯意味着什么。

提灯，是提灯。形状略微竖长，带着一个提手，就像古装剧里面出现的官府用提灯。淳不由得想起四角玻璃灯。颜色是略微发紫的粉色，透着朦胧的烛光。这样的提灯不计其数，在坡道上摇曳着。

提灯的光，映着沉浸在薄暮之中的暗绿的森林，映着淡墨色晕染的天空，颜色十分协调，好像是个美丽的梦。

“很美吧？”

教授低声说。

“是，原来是这样的。”

“虽然是要搞大批判，但往往都是这样，拿着提灯走着走着就兴奋起来，最后就好像节日狂欢一样了。”

“要是这样就好了。”

淳看看走在道路上的人。大家都在高声地说着话，气氛相当可怕。看来大家的确是去“大批判”的。

“大家都在朝着自治委员家里去吗？”

“是‘祈祷之城’吧。自治委员每天都在礼拜堂召开反省会。”

忽然，去参加神汤时的恐怖又在身体里苏醒。

礼拜堂。粉碎的雨衣。

精灵。精灵和“客人”不一样。这里像耶路撒冷一样，不同的世界都把它作为自己的圣地。

他们的世界难道不会重合吗？

忽然，淳想到这一点。精灵有没有遇到过“客人”？他们之间会不会相互排斥？精灵、“客人”和司界人，他们能够在一个地方共存吗？

淳想到黑寡妇回来的丈夫说的话。他说，感觉像有一座玻璃楼，每个人在不同的楼层。也就是说，尽管在我们看来他们好像在同一层，但“客人”与“客人”之间却不是这样的感觉。他们虽然能够感觉到对方的存在，却不能接触对方。

光的集合一直向上移动。

那情景就像无数的萤火虫向天空飞去。

但是，与充满幻想气氛的景象相反，包裹在这景象外层的声音大了起来。声音里的不安定因素越来越强。

“不会有事吧？不会演变成暴力冲突吧？”

淳担心地说。

教授摇摇头：“不会，不会。”

语气里充满自信。

真的那么有把握？淳半信半疑。

“祈祷之城”的亮光浮在空中。提灯淡淡的光芒被阻挡在石墙之外，道路上撒满粉色的光。

让自治委员出来！让他们说清楚！亡灵节不能继续了是怎么回事？人们的喊声像怒涛一样响彻天空。

“今年的亡灵节从一开始就很异常！”

一个年轻的红脸男子跳上石墙，对众人高喊。

群众中发出同意的声音。

“鸟居上挂着死尸，警察和司界人都来了。那个时候就应该中止今年的亡灵节！”

这次，同意和疑问各占一半，同声吵嚷起来。

有人说正该如此，有人说那不一定，各种声音混在一起。

“凶杀案还在继续，又出现了一起。犯人就在山里，却抓不到他。”

男子又提高声音，挥舞着提灯。

群众中发出呼喊声：是自治委员的责任，把他们罢免，让大家投票要不要继续亡灵节，投票，投票。

在群众几乎被狂热的波浪吞没的时候，有人叫了起来：“那神汤呢？神汤的判断应该是正确的。我们当中没有杀人犯。”

群众的温度降下来一些。对他们来说似乎神汤是具有绝对权威的。

不，对我来说也是。淳修正了自己的想法。

那对任何人来说都是具有绝对权威的。

另一个男子跳上石墙，无形中和刚才的男子形成了一个交换。

这次是个结实的中年男子。

“所以，这完全是谎言。根本就没有‘嗜血狂杰克’。那是警察为了介入亡灵节布下的局。自治委员嘴上说不让警察介入，其实也是同谋，故意制造出不可收拾的状态，目的是让大家觉得无法不让警察介入。”

鼓掌和怒号混杂在一起包围了这一带。

很像教授曾经的说法。

淳望着石墙上热情演说的男子。不少人在鼓掌，看来教授那种想法相当有市场。反过来也可以看出，警察和厄纳得山之间有多么深的隔阂。这种活动和政府机构之间确有不相容之处。

接下来，人们一个接一个地上来发表自己的推理。

不久，石墙上变成了唾沫横飞的讨论会。

听着这些人侃侃而谈，不时说出一些牵强附会的话，淳终于理解了。

刚才教授说“没事”，原因即在于此。他们主要是想发表自己的意见，提灯游行终归是个工具而已。

“我明白您那样说是什么意思了。”

听到淳这样低声说，教授一笑：“主要是，我们什么事都可以拿来追求乐趣。知道我们国民的能力了吧？”

“是的，完全了解了。”

淳老老实实地点头。

“能让我说几句吗？”

在兴奋的声音之后，听到这样一个沉着的声音，大家都心头一震，朝着声音的来处望去。一个矮小的影子轻快地跳上石墙。

是一个看起来很有涵养的老人。

我见过这个人，淳想。

啊，对了，自治委员宣布举行神汤的时候，就是这个老人，委婉地建议最好不要举行。

他的手里没有提灯。看来，他不是来批判自治委员的，而是和淳、教授一样，来看看情况的。

“现在的问题是‘客人’不来了。刚才大家说了很多，但现在最重要的是这件事。”

老人用平静的目光望着众人。

刚才围绕“嗜血狂杰克”事件以及自治委员和警察的阴谋进行推理大战的人们，一下子都说不出话了。

的确是这样。昨夜大家听到“客人”宣布无法接近厄纳得山，今天才举行了提灯游行。的确，现在最重要的课题是，亡灵节不能继续，无法见到“客人”，这样的事态如何解决。

是的是的，人群中发出同意的声音。

“为什么‘客人’不能来了，有没有解决的方法，自治委员有没有什么途径，这些都需要弄清楚。”

老人的声音虽然不高，却传得很远。

人群中再次发出同意的声音。淳也点头赞同。

“自治委员应该有他们的考虑，一定会做些什么的。”

老人话锋一转。

大家脸上都现出讶异的表情。大家都感到，似乎老人的目的不是向自治委员逼问刚才的问题。

“那么，我们作为民间人士有没有可以做的事呢？”

老人环视众人，似有深意。

众人脸现困惑，当然，其中也包括淳。

你到底想说什么，有人叫起来。

老人微微一笑。他确实很善于调控众人的情绪。

“其实大家都知道这个民间传承。现在虽然不太用了，但是，我觉得值得一试。如果‘客人’真的不来了，想把他们召唤回来，就更应该试一试。”

到底做什么，好几个声音同时叫起来。

大家焦急地等待老人说下去。让众人心焦也是集中他们注意力的一种方式，看来老人很懂这一点。

“大家小时候都玩过吧？野外夏令营的时候，在露营的篝火旁，每个人轮流的，至少有过一两次经验吧。”

众人急于知道答案，已经急不可耐。

于是，在被这些人杀掉之前，老人赶紧说了出来：“‘百人讲’。”

“‘百人讲’？”

这样重复的不只淳一个人。旁边的教授也在重复。

周围的人们可能是觉得意外，也在嘴里呢喃着。

“教授，这个难道是……”

“和提灯游行一样，在日本也有。”教授小声说，“在日语里好像是叫‘百物语’。”

淳又吃一惊：

“‘百物语’？真的就是‘百物语’？”

他睁大眼睛望着教授。

“是啊。”

“就是那个，讲鬼怪故事，然后吹熄蜡烛的火焰，是吗？”

淳谨慎地问，心想恐怕又是意思不一样。

“是的，100个人坐在一起，讲一晚上。”

“哦，在日本也是这样。”

“传说，100个人讲完之后，大家的愿望就会实现，焦急等待的人就会出现，是这样吧？”

教授信心十足地说着，淳都不由自主地要点头同意了，忽然发现不对，连忙摇头：

“不是的。在日本，最后一个人讲完之后会变成一片黑暗，然后就会发生怪异的事情，会出现不祥的东西，可怕的东西。”

“那样的话，结束的感觉很不好吧？”

“不过，在日本就是这样。人们习惯在夏天炎热的时候，为了凉快讲鬼怪故事。”

原来，这也是相反的。

讲完故事以后大家的愿望就会实现，变成这种积极正面的结果，倒也很符合维国人的性格。

“怎么样？说实在的，我很想在厄纳得山来一次‘百人讲’。亡灵节今后怎样还不知道。也许‘客人’以后就不再来了。也许这就是时代潮流。这样的话，我们能做什么就试一试，如果愿望能实现的话，就会有‘客人’回来。”

老人热情地鼓动着。

人群中响起掌声，还有喝彩声。

难道人们真是想这么做？淳愕然。

是不是神汤的苦头还没吃够？这里的人怎么这么喜欢做这种既麻烦又危险的活动？是不是闲得无聊，只要能消磨时间什么都行？

“咱们干吧。”

“有意思。”

“长大以后还没做过呢。”

“我都忘了。”

刚才的愤怒飞到九霄云外，人们满脑子想的都是新的活动。就连旁边的教授也喝起彩来。

暴力场面之后就是鬼怪故事？淳一个人叹了一口气。

真是有几个心脏都不够用的。

“百人讲”的传统方式是这样的：

在讲故事的人的顺序安排方面要尽量减少人为因素。准备好要抽的签，给可以讲故事的人每人发一个，有的写着数字，有的没写数字。比如说做 120 个签，其中有 20 张是白纸，抽到白纸的人不讲故事。另外 100 张上写着从 1 到 100 的数字，按数字从小到大的顺序讲。

“百人讲”的仪式在一个宽敞的大房间里举行，要所有人都能够一眼望到头，房间的四个角放好蛋，扣上碗。大家围成一圈坐下来，中间留出空地。可以喝水，不能吃东西。当然也不允许交头接耳。夜里十二点整开始，天亮前必须结束。

教授和淳一边讲着一边回到家。

在日本江户时代流行“百物语”，不仅是庶民阶层，在将军家的内宅这样的上流阶层也很盛行。可能是天下太平了，人们开始有了讲鬼怪故事追求乐趣的心情。

英国本来就是幽灵故事之乡，日本的鬼怪故事会也以这样的形式得到了传承。

可是，毕竟没想到，在维国会有“百物语”。

回到家里，那些消息灵通的女人们已经知道“百人讲”的事了。

“好亲切啊，我在夏令营时参加过。”

琳德和真理子眼神恍惚。

今天的晚餐主要是罐头食品，开了几个鱼和肉的罐头，做成了炖菜和沙拉。

淳一下子觉得饿了，喝着啤酒吃上了炖鱼。

“我也曾经参加过，为了祈祷住院的朋友早日康复。”

羽奈说。

“啊？用‘百物语’祈祷康复？”

淳表情复杂。

“是的，现在也有这样做的，是吧？”

羽奈点头，看着真理子他们寻求支持。

真理子也轻轻点头：“是，还有祈愿事业成功的，盖房子时也有做的。”

这时不是应该参拜神社，或者折千羽鹤吗？怎么都用鬼怪故事来解决？

“这样真的能成就愿望吗？第 100 个人讲完的时候，会发生什么事吗？”

淳觉得感兴趣，问羽奈。

羽奈一个劲儿摇头：“哪里有。我那个朋友后来的确痊愈了，但也不是讲完故事一下子就好了。”

“那倒是。”

一边点头，淳又想起一件事：

既然有五谷神……

“对了，在维国有没有‘狐狗狸’？”

“那是什么？”

“在日本也叫‘丘比特’，在纸上写上文字或数字，两个人把手指按在上面，呼唤狐狸或天使，和他们说话。从前本来是三个人用三根竹子绑起来顶着一个盆，等着盆动起来，以此来进行占卜。后来逐渐简化，就成了现在的形式。据说，迄今为止有很多次成为流行游戏。在欧美好像是叫占卜板。”

“哦，就是那个啊。”

真理子的口气一听就没什么兴趣。

“我听说过，但没试过。在英国还是降灵术更普遍。”

琳德喝着威士忌答道。

“为什么？在维国做的话效果一定非常好。”

淳这样一说，大家都笑了。淳不知道大家为什么笑自己，看看这个，又看看那个。

“因为没有必要。你现在在哪里？”

羽奈摊开双手。

“在哪里……”

淳支吾着，羽奈温柔地笑了：“我们在这里就可以见到他们，他们都会来这里，没有必要再特意召唤他们。来厄纳得山要有意思得多，也用不着那种社会上很抵触的手段。”

听羽奈这么一说，觉得的确如此。这里是厄纳得山。是精灵和死者出现的地方。

淳有些混乱，有些恐惧。本来觉得自己已经完全适应了这里的生活，可还是没有摆脱掉原来的常识。自己就这样矛盾地接受了矛盾的现实。这是一个研究人员该有的心态吗？

“不过，要是‘客人’不来厄纳得山了，将来也许会流行的。希望不要变成这样。特地跑来厄纳得山，在窗边玩占卜板，这不是亡灵节。”

真理子也换成威士忌了。

“下次试一试吧。和淳一起做也许会有意思。”

羽奈抚摸着猫的喉头。看她的眼睛，也不完全像是开玩笑。

这是他们的骄傲，淳想。

亡灵节是他们的精神支柱，文化遗产。

不知为什么，在这一瞬间，淳感到，来到这里真好。

如果自己没有在这里生活，只会觉得维国和厄纳得山都是奇妙的地方，这里的人都是一些奇妙的人。

人是多么不可思议。虽然是极为物理性的存在，却仍然是大自然的一部分，与身体这个皮囊相比，人的精神活动更接近超自然。追求现实性的精神经常在矛盾中被撕裂开来，却仍然沿着那取得微妙平衡的一点向未来发展。

会自然而然地想到这种问题，也是由于待在这个地方的缘故。

淳细细品味着这个事实。

如果在东京说出这种话，不是被当作傻瓜，就是招来善意的担忧。那里的人只会认为，物理性的人只会从物理性的一面看待事物，超自然的人只会从超自然的一面看待事物。其实，两方面都具备才是人的特点。

“‘百人讲’。‘客人’如何姑且不论，不知精灵会如何反应呢？”

真理子低语。淳也担心这一点。在厄纳得山讲“百物语”，真不知会出现什么。

“总之，人们找到了新的乐趣，这一点是确定无疑了。”

教授一眨眼就喝干了两杯啤酒，用面包抹着盘子里的炖菜汁。

“是啊，在找乐趣这方面，维国的人们真是天才。”真理子点头，“即使知道不一定有好结果。”

那天晚上，酒吧闭店的时候，已经有手脚麻利的人做好了所有人的签。居民们听说在邮局前面的广场上抽签，陆陆续续地过来，取走箱子里的纸片。淳他们也带着些微的酒意去抽了签。真理子简直恨不得对人家说“必须得让我抽中”。没来抽签的人，据说会有人第二天直接到他们家里去，让他们抽剩下的签。

回到家打开签一看，这个家里所有的人都中签了。最早的是琳德，下一个就是真理子。羽奈和教授是中间靠后一点儿，最晚的是抽到95号的淳。

时间定在明天夜里十二点，“跳舞的九尾狐亭”营业结束之后，收拾一下当作会场。这里的人办这种事真是快。

回到房间，淳盯着自己抽到的号码。

鬼怪故事。在厄纳得山讲“百物语”，感觉真黑暗。

茫然眺望窗外，想起小学时代放学后在教室里玩“丘比特”的情景。

打开窗户，紧张地坐在椅子上。桌子上，东倒西歪地写着日语的五十音和数字，还有“是”“不是”的文字。

“狐狗狸”是可怕，不过“丘比特”不可怕。

孩子们之间流传着这样的说法，经常放学之后留下来玩“丘比特”。

那究竟是怎么回事呢？自己经历过几次，真的，谁也没有用力，硬币却飞速地在文字上滑动。这种游戏很早以前就在全世界流行，很多人都有同样的体验。不可能是主观用力推动的。那种能量到底是从什么地方来的？是从宇宙中来的吗？还是无意中从身体内部散发出来的？或者是从按住硬币的两个人之间散发出来的？

淳觉得，窗外的天空仿佛连接着遥远的幼年时代小学放学后的天空。

第二天。

没有“客人”到来的亡灵节仍在继续。

这件事关系重大，关系到亡灵节是否能存续下去。

但是，这件事被居民们暂且束之高阁了。

自治委员也什么话都没有说。他们应该已经发现异常了，可能正在讨论对策，总之没有在居民面前出现。

表面上，亡灵节平安无事地继续着，居民们的心思都在夜里的“百人讲”上，和平暂时笼罩着厄纳得山。

教授家中也一样，大家都在认真地做着笔记，或沉思着什么。

大家都要讲故事，所以在各自准备今夜的讲稿。

能够对这种事一丝不苟，满腔热情，真是这个国家的人了不起的地方。

就连淳，也写下了好几个故事，作为今晚发表的备用选择。

“淳是不用费脑筋的，讲日本的鬼怪故事就可以了。”

餐厅的桌边，坐在淳身边写着笔记的羽奈叹了一口气：“真理子是学校的教师，讲学校的故事就可以了，琳德可以讲电影院的故事，教授反正博学多才，不用担心。我可什么都没有，怎么办呢？”

她扔下铅笔，打了一个大呵欠，她身边的两只猫也打上了哈欠。好像人的哈欠也会传染猫。

“这里的人喜欢什么样的故事呢？是怪诞的，还是伤害型的，或者是黑色幽默的？”

淳的首选是《没有耳朵的芳一》，但不知道听众的趣味，决定先来个问卷调查。

“这个嘛，能让人笑出来，细想又觉得毛骨悚然的，这种类型最受欢迎。”羽奈侧着头想着，“从这些人的国民性来看，感觉差不多是这样。”

淳点着头，查看刚才写下的故事目录。《没有耳朵的芳一》里面没有令人发笑的内容，也许应该换一个？

“不过，我觉得，你讲的话，只要表现出异国情调就 OK 了。大家应该也盼望从你那儿听到这种东西。日本的古典故事就好吧。”

“是啊。”

这么说还是《没有耳朵的芳一》最有冲击感吧。

“羽奈，你讲什么故事？”

淳放下笔记本，问道。

“哎呀，我这方面一点儿也不行。UFO 我也没有见过。”

“我也不行。”

“可是，你都见了这么多‘客人’了。”

羽奈又要开始不高兴了，淳赶紧试图分散她的注意力。这感觉好亲切。是不是因为自己习惯了和苑子相处的感觉呢？

“你讲讲小时候的事，或者朋友的事，都可以吧？”

“不，我还是想讲大学里的事。”

羽奈也没有太纠结，顺着淳的提议改变了话题。

“大学里的事？是维多利亚大学的事吗？”

“是那种所谓都市传说似的故事。这半年大家一直在传说，图书馆里可能有什么东西。”

“会不会是无家可归者之类的？”

“那就不是鬼怪故事了。这半年总是发生藏书被盗的事件。而且，丢书的第二天早晨，总会发现图书馆的地板上有血迹。”

“为什么会有血迹？”

“不知道啊。后来有人调查，说不是人的血，是什么动物的血。”

“真吓人。这是真事，不是传说？”

“是真事，报纸上都登了。”

两个人不由自主地压低了声音。

“真奇怪，难道说有什么动物偷书？”

“只能这样想了。”

“会不会有人利用动物偷书？白天在自己看中的书上涂上那种动物喜欢的气味，夜里让动物把书偷出来。”

“有可能。这样一想，就不是鬼怪故事，是犯罪了。”

犯罪。

听到这个词，淳脑子里灵光一闪："犯罪。也许……"

淳不禁提高了声音。羽奈连忙提醒他，他才慌忙又把声音压低。

"你想说什么？"

"被偷的书是什么内容？"

"这我可不知道。好像是文学方面的。"

"是不是诗集？"

"诗集？"

"我在想'嗜血狂杰克'。记得那些被害者说的话吗？"

羽奈这才明白淳为什么这样说。

"犯人推销的是自己制作的特装本。他是不是从维多利亚大学把书偷出来，当时就自己装订的呢？用自己带来的动物的皮。"

"嗯，这不可能。做书的封皮的话，必须要鞣皮、晾干，不可能用带血的皮的。"

"是这样啊。"

淳沉浸在自己的思绪里，默不作声了。

可是，羽奈的眼睛开始闪出光来："不过，你的想法很有意思。犯人是用诗集骗取对方的信任，完成品只要有几本就行了，因为他不是真的要卖。为了避免别人从诗集入手发现什么线索，他用了偷来的书。这样就说得通了。"

"也许，他会带着狗去望风。也许有时也是为了赶走警备员。如果狗很凶，为了让它安静，就会带些食物，偷书的时候给狗吃。地板上的血迹，也许就是狗吃的小动物的血迹。"

"这推理不错。"

两人互相点着头。

"要是这样的话，难道犯人是维多利亚大学的学生？"

羽奈这样一说，两人同时沉默了。

两人脑海中都浮现出失踪的吉米的面孔。

"那不一定吧。图书馆的话，已经毕业的学长，还有研究人员都能进去吧。"

"是的。但是，我觉得犯人不会进入自己不熟悉的地方。要是我的话，肯定会选择平时熟悉的地方作案。"

淳试图提出反论，但被羽奈言之有理的看法击得粉碎。其实，淳自己也和羽奈有同样想法，但心里害怕这个人是吉米，不由得提出了反对意见。

"他现在到底在哪儿？"

淳说出了自己思考过很多次的疑问。

"不知道。也许，他已经离开这里了。"

羽奈慢慢地说着。倒不如说这是她的希望。

"不用联络他的父母吗？"

"他父母在英国吧，很难联络上。"

虽然不知道真相如何，但想到这对父母回来时听说另一个儿子也不知去向，真的同情他们。

“虽然我最喜欢推理，可要推理的事太多了，脑子都混乱了。啊，现在先得想故事。这个题材不能用了。”

羽奈叹了口气。

淳的脑海中浮现吉米蹲在森林里一直盯着厄纳得山的建筑物的样子。他手里握着一把磨得锃亮的刀子。

不行不行，这才是都市传说，是鬼怪故事。

淳拼命摇头，把那个场面甩掉。

黄昏再次迫近的时候，教授、琳德和真理子都一脸满足地来到餐厅。

三个人好像都已经准备好了今晚要讲的故事，信心十足。

“大家怎么好像都这么有信心呢。”

羽奈到现在还没决定要讲什么，说话有点儿酸溜溜的。

“哼哼哼，今天夜里我要公开我的秘藏故事。”

教授摸着鼻子，看来心情很好。

“我那个电影馆可是幽灵宝库哟。”

琳德根本不把教授放在眼里。

“鬼怪故事的发源地可是学校。”

真理子也悠然自得地斜了一眼教授。

真搞不懂，这种对抗意识是从哪里来的。淳真佩服他们的活力。

“那么，为了今夜的仪式去加一些油，让我们的舌头转动得更灵活些吧。”

教授鼓动大家去酒吧。

“喝太多的话，还没轮到自己就睡着了。”

“是啊。”

“喝了酒以后先小睡一下好不好？”

大家一边说着一边往外走。其他居民好像也一直在谈论今夜要讲什么故事。恐怖故事真是可以令任何国家的人沉迷其中。

“要是恐怖得能让人没有困意就好了。”

真理子毫不在乎地说。

淳可不喜欢恐怖的事，他心中暗暗祈祷，希望今夜平安度过。

不久，过了十一点，所有的酒吧都准备闭店了。就连平时总是一直磨蹭到最后的酒客今天也格外痛快，起身就走。

从“跳舞的九尾狐亭”传来一些年轻人收拾桌子的声音。

“他们正在收拾呢。”

“好兴奋哦。”

大家互相点着头往家里走。路上，淳看到了那个上次制造出大骚乱的少年。

他是叫马蒂亚斯吧，那个满脸雀斑的淘气鬼。虽然这小家伙把那只手套塞到自己衣袋里，淳倒一点儿也不恨他。

少年穿着一件肥大的上衣。是他爸爸的吧，要么就是他哥哥的。

他的衣袋里似乎放着一个很重的东西。扫了一眼，好像看见了一个玻璃罐头瓶的盖子。

今天他衣袋里装的是什么呢？

淳不经意地想。

与神汤的时候完全不同的兴奋感笼罩了这个夜晚。

那次是强制性的，是恐怖的，但是，今天洋溢着娱乐的气氛。因为是“民间层次”的仪式，自治委员也不来干涉。

好像是去看戏或者看电影时的那种兴高采烈。这样的气氛，在厄纳得山还是第一次体验到。

的确，虽然同样是恐怖的，但鬼怪故事是人们的娱乐。

淳走在坡道上，这样想着。

兴奋的嘈杂声包围了“跳舞的九尾狐亭”。

里面的灯光比平时要暗得多。到“百人讲”开始的时候，灯就会全部关掉，把照明的任务交给那100支蜡烛。

桌子都放到外面去了。微暗的店里，椅子摆成圆形。好像从别的酒吧里也借了些椅子过来，虽不整齐，看上去却充满生活气息。

中间是一个圆圆的空场，不知为什么看着有些令人不安。

抽到空签的一大群人们坐在店外。表情既像是遗憾，又像是安心。他们是最轻松的看客。

房间的角落里，碗已经扣好了。

座位没有顺序，空着的座位随便坐。

不知什么时候，屋子里弥漫一种紧张感。刚才还谈笑自如的人，现在也都压低了声音，窃窃私语。

“嗨。”

羽奈发现格雷博士轻快地走进屋里，在围成圈的座位中找了一个坐下来，于是向他挥手。

博士也笑着点头。他也抽中了。

博士彬彬有礼地向周围的人点头致意。这个场合，大家总算没有找他问话。

外面，司界人不知什么时候来了，在空签座位的一角坐下来。

淳向他点头，他也向淳微笑。

演员都到齐了。这句话浮现在脑海。

“各位，现在要关掉房间的灯，请大家把自己带来的蜡烛点燃。”

那位在石墙上策划这个仪式的老人从椅子上站起来，向众人说道。

他也抽中了，坐在圆圈最外围的一把椅子上。他会讲什么呢？淳很感兴趣。

大家都一脸兴奋，取出蜡烛，用打火机点燃。

顿时，摇曳的火焰改变了房间气氛，生出一种不可思议的感觉。

火焰有一种让人沉默的力量。火焰在摇曳，这就足以充满整个世界。

不知什么时候，房间的灯熄灭了。

“各位，马上就是午夜零点了。哪位是第一个？”

黑暗中传来老人的声音。

有人举手了。

“到时候请大声讲，让所有人都听清楚。”

老人的声音消失以后，整个大房间一片寂静。

这片寂静越来越浓，越来越重，让人连咳嗽和呼吸都不敢发出声音。寂静这样深，反而感觉房间里充斥着某种巨大的声音。寂静得让人感到喧嚣。淳的脑海中浮现出这样的句子。

“那么，现在开始吧。陛下荣光永驻，格言长存。第一位，可以讲了。”

老人的声音在屋中回响，之后响起咳嗽和叹息声。

寂静刹那间被打破，很快又恢复到寂静。

寂静再一次降临，比刚才还要浓重。

那是一直一直充满着深邃的凶暴声音的巨大寂静。

于是，第一个讲故事的人带着紧张的情绪开了口：“呃，不知道这算不算鬼怪故事，请大家听我讲吧。”

说话的好像是一个中年男性。

他虽然紧张，但说话很稳重，让人听来心情放松。感觉作为打头阵的人很合适。

“这是我上高中的时候，有一次和朋友一起去郊游。因为听亲戚说，去芒特富士的路上有一个很好的露营地。”

大家都有同感似的，轻轻点着头。空气在流动，火焰在摇曳。

芒特富士。那就是维国的“富士山”啊。有机会真想去一次。记得有人曾经对自己说过，从芒特富士也能看到厄纳得山的灯火。

“那是一个工作日的白天。不过，现在想来，那天从早晨起来就不太对头。到达露营地的时候，周围一个人也没有。”

大家都非常安静地听着，男子声音虽然很低，也听得十分清楚。

“开始我们没觉得奇怪，倒觉得没有人正好，真幸运。”

男子挠挠鼻子。他看上去很温和。

“可是，我们渐渐有些感到奇怪了。一片很大的牧场，修整得非常好，可就是一个人都没有。我们有点儿害怕，但我朋友和我都觉得，这种话如果说出口，就怕坏事真的应验，于是什么都没有说。我们两个人‘快点儿回去吧’这句话已经到了嗓子眼儿，可是，或许也是出于少年人特有的虚荣心吧，结果谁都没有说出口，只是沿着坡道一个劲儿地向上攀登。”

男子停顿了一下。

大家都被他的故事吸引住了。

啊，就是这样的感觉。淳忽然感到一阵亲切。

听别人讲什么事情，听别人讲一个虚构的故事，好久没有过这种体验了。自己是文化人类学专业，也听过古老的传说，但是，像这样什么也不想地听一个人讲一件事，不用考虑是否有用，是否对工作有益，单单只是为了乐趣，真的很久都没有过了。

淳发现自己很兴奋。这种近似恐怖的快乐让他有些起鸡皮疙瘩。

也许，这种形式里包含人类传承的起源。在过去，人们都是用口耳相传的方式来传承故事。这种古老的口耳相传的方式为“百人讲”所承袭，直到今天，人们依然被这种形式吸引。一定是这样。

“周围仍然一个人都没有。如果是个荒废的牧场倒也可以理解，可是，四下望去，没有任何杂草，就像高级住宅区的院子一样，修整得非常漂亮。”

下面有人发出轻轻的笑声。好像对“像高级住宅区的院子一样”这句话产生了共鸣。这里的人喜爱摆弄庭院这一点是跟英国人学的吧。

“就是说，这里有人的气息，看得出有人精心维护这个地方，把这片广阔的牧场管理得非常好。但是，就是没有一个人。”

真像迷途之家。淳想。

柳田国男的《远野物语》里也出现过。他如果也来到这里的话，一定会发现很多共通之处，从而感到兴奋的。

迷途之家的故事是这样的：有人在山里走，迷了路，发现一座没有人的房子。房子的主人似乎生活很富裕，屋里有许多高级的居家用品。屋里的情形仿佛几分钟之前还有人在似的，可是，哪里都找不到人。那人觉得害怕，逃出房子，发现了回家的路。可是，以后再到这个地方来的时候，却怎么也找不到这所房子了。还有的故事里说，迷路的人从奇妙的房子里拿出碗筷带回家，变成了大富翁。

现在这个男子讲的故事就像是维国版的迷途之家。

“我们心里越来越茫然，只是一个劲儿地往上走。走着走着，忽然，我们感觉到人的气息。大家可能都有过这样的感觉，在运动场，在体育馆，感觉附近有很多人。”

大家都点头。蜡烛的火焰一齐摇动。

“我们朝着感觉有人的方向走去。如果很多人聚在什么地方举行某种仪式或活动的话，就能解释为什么其他地方一个人都没有了。我和朋友都希望看到这样的情形，于是走得越来越快。很快，我们来到一个开阔的地方。”

男子喘了一口气。

听众们咽下嘴里的唾沫，等着他继续说。

"那里像是山丘的顶部。从周围往那里看，像是一个高台，上面像桌子一样平坦。而且……"

男子咕噜一声咽下一口唾沫，声音很大，周围都听得见。

"它们就在那儿。"

火焰在摇曳。

"不是人，是马、牛、羊。一个人也没有。只有数不清的马、牛、羊聚集在山顶，一动也不动。它们就像今天在座的各位一样，围成一个圆圈，头都朝向圆圈的中心。就好像有人把它们排列好了似的。又好像中央有饮水处，它们都排队等候着。可是，根本没有水，不知它们是朝着什么东西排列的。我们害怕了。它们聚集在那里一动不动，像动物标本似的。我和朋友惊得张大了嘴，从远处看着它们。"

男子发出一声无以言表的叹息。

"不知就这样过了多长时间，是一分钟，还是十分钟，忽然，天空刷地出现一道亮光。如果是闪电，那也太奇怪了。那天，天空万里无云，十分晴朗。可是，的确是闪过一道光，就是一瞬间。然后……"

短暂的沉默。

"突然，动物们动起来了。好像听到了号令，它们一齐动了起来，一齐望向天空。真的，马、牛、羊，都一齐望向天空。"

男子的声音颤抖起来。

"就在那一瞬间，有什么东西弹了起来。在那之前，我们的神经好像有一部分被麻痹了，直到这一刻，才好像有某种东西从某个地方喷涌而出。不知我们俩是谁先喊出来的，总之两个人都飞快地跑着离开了那个地方。"

紧张稍微缓解了一些。大家都知道故事最重要的部分已经过去了。

"过后，我和朋友好几次谈起这件事，不知我们当时究竟看到了什么。过了几个月，我们两个人又去找那个地方，结果，什么也没有找到。那么大的一个地方，竟然再也没找到。我的故事讲完了。"

传来吹熄蜡烛火焰的声音。第一个故事结束，一支蜡烛的火焰消失了。

大家都长出一口气，屋里的空气受到震动，形成一股小小的气流。

淳一点儿也不觉得困。

这真是一个可遇不可求的机会。在这里，能够收集到维国传承的样本。刚才这个故事和日本民间传承很类似，又有维国自己的特点。这里有不同年龄层的人，一定能听到各种类型的故事。

淳悄悄从衣袋里取出笔记本，把故事的关键词记下来。迷途之家。修整得很好但看不到人的牧草地。

又一次回归寂静。

一声轻咳，好像是一个上了年纪的女人发出的。

"下一个是我。"

一个优雅的高音打破了沉默。

"我也不知这算不算鬼怪故事，和刚才这位先生的故事一样，要算的话，可能应该算不可思议的事吧。"

声音很平静，感觉很知性。

"我是个养女。我父母家里世代经营旅店，已经有了三个男孩子，很想再要一个女孩子，于是就收养了我。我小时候就知道这件事，父母也非常疼爱我。所以，我下面要讲的事和我父母没有什么关系。"

又是一声轻咳。

"不知各位是否曾经有过这样的想象，存在另外一个自己，而且什么都会替自己做。麻烦的事可以交给自己的分身，自己只做喜欢的事。我小时候很喜欢一个人遐想，觉得和人说话是一种痛苦。那时候，我总是想，要是再有一个自己就好了。需要和人说话时她就来，替我得体地应付场面。"

大家都点头表示同感。

奇怪的是，和着大家点头的节奏，蜡烛的火焰也一齐摇动。

围坐的听众之间产生了具有一体感的"场"。

"没想到，后来我渐渐长大，真的出现了另外一个我。星期一我到学校去，别人会对我说，昨天在某某地方见到你了。有时别人会说，你上次是在某某地方吧，我看到你了，但那个地方我根本没有去过。走在路上，会有不认识的人热情地跟我打招呼。我觉得很害怕，很烦恼，不知道是自己患了梦游症，还是真有一个自己的分身存在。有一个时期，我的情绪极为低落，让父母非常担心。我无法告诉他们实情，因为我觉得可能是自己有问题。但是，有一天，我终于下决心向父母说出实情。我父母给一个地方打电话调查了一下，原来，我有一个孪生的姐姐。"

老妇人继续淡淡地说着。

"成年之后，有一天，我第一次见到了我的姐姐。我无法忘记那一天。真的像照镜子一样。我们用的化妆品，虫牙的位置，第一次买的唱片，喜欢去的时装店，全都一样，简直像事先商量好了似的。我们的容貌、身材也完全一样，在同一家店里买同样的衣服，用同一个牌子的化妆品，我的朋友和她的朋友都不可能看出我们是两个人。我们互相看着对方，多年的疑问终于烟消云散。她说，她也曾和我一样怀疑自己患了失忆症。我们互相都不知道对方在哪里，很长时间都不知道对方的存在，也不可能知道对方的喜好。第一次见面时，我们都已经结婚了。我们结婚的日子，丈夫的职业，丈夫的眼睛和头发的颜色，还有身材，竟然都一样。知道这些的时候，我觉得很恐惧。本以为是自己选择的人生，原来竟是遗传因子的操纵。"

大家发出惊叹的声音。

虽然听说同卵双胞胎经常会发生这样的事情，但这么多情况完全一致，确实令人感到恐惧。难道连人生也同卵了？

"后来，我们在同一时期生下女儿，那段时间忙于照顾孩子，我们互寄卡片，一年见一次面。这样过了许多年。直到去年。”

大家好像变成了同一个生物的耳朵。

都以同样的心情听着她的故事。

“接近年末的一天，我在国道上遭遇了事故。我从购物中心出来，下着雨，一辆小型卡车方向盘转动时打滑，直冲过来。我左腿受了伤，在医院住了三个月。当我终于出院的时候，我收到了一张讣告。”

她沉默了一下。

“是她的讣告。”

听众的声音混合着紧张和同情。

老妇人依旧淡淡地说着。

“我姐姐和我在同一天，在相隔数百里的地方遇到了交通事故。姐姐也和我一样，左腿受伤，可是她伤口感染，引起了严重的肺炎，最终去世了。我们从生下来就过着几乎同样的人生，终于，在这里，我们的人生分开了。我觉得不可思议。也许，我本来也会一起死去的。也许，姐姐做了我的替身。不，也许正相反。也许我是姐姐的替身，是在替姐姐活下去。我每天都这样想着。这次亡灵节，我还没有见到我姐姐。在姐姐看来，可能觉得只要我还活着就好。可是，如果可能的话，我想再和姐姐见一面，再和她说说话。所以，尽管这次发生了各种各样的事情，我还是希望亡灵节能够进行下去。我的故事讲完了。”

啊，听众中发出一阵声音，不知是感慨还是惊叹。

真不可思议，而且，真是个好故事。淳想。

亡灵节真是个难得的活动。他真心这样认为。上次见到“嗜血狂杰克”的被害者时他也是这么想的。在这里，保证死者和生者能有机会在一起说说话，这是多么大的慰藉。

噗，轻轻一声，又一支蜡烛吹熄了。

不过，这密度真够大的。以这样的密度，保持这样的集中力，一直到“百人讲”结束，人一定都累得筋疲力尽了。现在只讲了两个就已经这样了。

另一方面，淳也觉得很充实。大家讲故事都很拿手。自己不知能不能讲得那么好。而且，大家内容也都很有意思。

一阵探询的沉默降临。

催促下一个人讲话的沉默。

大家都看着周围的人的脸，刚才燃烧成同样颜色的火焰，摇曳着扭歪着，变了颜色。

原则上，一旦开始，还没轮到的人就不可以插口了。

第三个是谁？

雄辩的沉默，像是困惑，又像是焦躁，笼罩着周围。

下一个人怎么回事？已经传来等得不耐烦的窃窃私语。

正听到兴头上，却中断了。大家对第三个人都很不满。

“呃……”

突然，一个孩子高亢的声音把听众拉回到现实。

是那个叫马蒂亚斯的孩子一下子从椅子上跳了起来。

“下一个是我，可是，我不知道什么恐怖故事。”

那张满是雀斑的脸上写满困惑。

连这个孩子都抽到签了。不对，这孩子好奇心这么旺盛，肯定是他自己非要抽的。

不让小孩参加就是了，把他跳过去，让一个抽到空签的人替他讲。旁边的大人在交头接耳。

马蒂亚斯没有准备故事，感到有些气馁，但要说把这个机会让给别人，他又不情愿。他脸上似乎很不高兴，突然，从肥大的上衣口袋里取出一个东西：“那好，看看这个。”

他把手里的东西高高举到半空。

大家的目光都被吸引过去。

“这个总可以吧。这是我今天发现的。”

马蒂亚斯自豪地宣布。

玻璃罐头？

淳紧紧地盯着它。那好像是个保存腌菜的玻璃罐头。罐子上映着蜡烛的火焰，火焰反射在玻璃上，闪闪发亮，看不清里面是什么。

只能勉强看清里面有白色的、圆圆的东西。

大家都盯着那个玻璃罐。终于，他们看清楚里面是什么东西了。

僵硬的沉默。

不会的，不会的，怎么会有这样的事，那东西难道是……

有人发出了骇人的惊叫。惊叫一声又一声，许多声惊叫重合在一起。人们纷纷起身离开椅子。

“不可能，这怎么会？”

淳声音颤抖。

那满脸雀斑的少年神色自若地打开罐子。

在罐子里的液体里漂浮着的，是两颗带着绿色和褐色虹膜的白色的眼球。

第十二章

前往地下之旅，始于地下之旅

下雨了。

可能是因为没有风，雨下得安静，却也充分。

在这里，还是第一次在雨中迎来清晨。来到厄纳得山的第八天，第一场真正的雨。之前虽然天一直是阴的，却没有下过一场像样的雨。

雨是沉静的，给人安稳的感觉。有时，太过安稳，也会让人沮丧。

望着窗外茫然沉思的淳猛然回过神来，悄悄环视餐厅。

如梦如幻的心境一下子消失了。

这是一个怎样的早晨啊。

非但一点儿也不安稳，简直阴郁得无可救药。

大家都在餐厅里，穿着睡衣，裹着毛毯。除了司界人。大家就这样坐了整整一夜，谁也没有上床去睡觉。现在，天都亮了。

大家还是第一次这样连话都不说。每个人都沉默不语，谁也不想开口。

淳在大家的眼睛里读出了恐惧。

那恐惧互相传染着，扩大着。

以前，不管发生什么样的事，大家眼睛里从来没有露出过这样的神色。举行神汤，发生凶杀案，这些似乎都在厄纳得山的包容范围内。人们心中自有一种豁达，似乎认为发生什么事都不奇怪。

但是，昨天夜里大家看到的那个东西……

惊叫声，人们从椅子上站起来时杂乱的碰撞声，直到现在还在脑海里回响。

烛火的映照下，少年手里捧着一个打开的玻璃罐。里面漂浮着两颗白色的球体。外面，司界人起身拨开人群，扑到窗前，紧盯着那个罐子。他的脸色白得吓人。

淳狂乱地搓着自己的脸。

司界人不在餐厅。那场大混乱之后，他还没有回来。

淳的头脑中又一次浮现出那个念头，这让他痛苦不堪。自从那个瞬间之后，他一直拼命要打消它。

如果那对眼球是司界人的姐姐的……

自己的胸口仿佛被紧紧揪住，透不过气来。

不可能的，不可能。

淳独自摇着头。可是，司界人不是刚刚说过吗？他们一族都是这样的眼睛，左右颜色不一样。他姐姐也是这样的。她失踪了，和肯特在同一天。

司界人的姐姐被杀害了吗？

成为猎奇犯罪者的牺牲品，眼珠被取了出来？

淳不由得全身一哆嗦。

不，那不会的。

淳悄悄地叹了一口气。

其实，任何人只要看出眼球的颜色不一样，就会想到那被害者可能是司界人的亲族。所以，大家才感到那么恐惧。如果连司界人他们都那么容易成为被害者的话……

淳拼命阻止自己去想那个打开的玻璃罐。只要想到那眼球怎么会被装到玻璃罐里，就觉得后背发冷，肌肉发抖。

太可怕了。

淳不由得紧紧抱着胳膊。

他第一次想要逃离。他觉得，这雨，这石头房子，连同厄纳得山的全部，都充满了恶意。这些传承、习俗，都太可怕了。

周围那些瞌睡的人，看起来都像陌生人一样，像人偶一样。

无以言表的憋闷感觉。他有一种错觉，似乎天花板和墙壁都向自己压迫过来。

“百人讲”不得不中断，演变成一场大混乱。

不知道是谁收拾的残局。好几个女人都吓昏过去了，椅子东倒西歪，有人摔倒了，所有人都在喊叫。淳看到提议“百人讲”的那个老人和他的同伴围住少年，把他带走了。然后就是不欢而散。从那里离开时，所有人脸上都满是恐惧。淳他们也惊恐不安，像每次出事时一样，都聚集到餐厅。谁也不愿意回到自己那没有门的房间。

淳实在待不住了，站了起来。

他拿过水壶，准备烧水。喝点儿热的东西吧。一直这么坐着，都快变成石头了。

窗外那么幽暗。也许是因为下雨的缘故，简直像身处中世的世界。

淳全身一颤。

为什么那东西会被保存下来？

动起手来，终于开始有心思理性思考了。淳站在水壶前，抱着胳膊思索。

那是战利品？不过，想来不是“嗜血狂杰克”干的。如果那是司界人的姐姐的，应该是十年前被杀的。玻璃罐一看就很旧，和这次的连环凶杀案应该没关系。

十年前的凶杀案。那么，肯特怎么样了？

雨拍打着玻璃窗。

他也被杀了吗？

淳绞尽脑汁。他觉得不应该是这样。

那么，是肯特杀了司界人的姐姐？

淳被自己的想法吓了一跳。

是的，所以他逃到美国。这样就能解释为什么他一直没有在维国出现了。

但是，如果是这样的话，肯特为什么要杀司界人的姐姐呢？

真是一个恐怖的想象。淳又一次全身发起抖来。

自己该怎么面对司界人？他愧疚难耐，如坐针毡，仿佛连自己的胃都沉重起来。

“给我也来点儿什么吧。”

刚才一直趴在桌子上的真理子正迷迷糊糊地看着淳。

“把你吵醒了吧？对不起。”

“没有，我是自己醒的。我梦见自己在批试卷。”

“你是枕着胳膊睡的吗？胳膊不疼吗？我都是把额头顶在桌子上睡。”

“那多难受啊。额头不会淤血吗？”

“我习惯了，没关系。而且，这种不舒服的姿势不会睡过头，时间不长就能醒。”

“枕着胳膊睡也一样的。胳膊一麻，人就醒了。”

两人低声说着话。

真理子整了整披在身上的对襟开衫，托着腮望向窗外：“下雨了啊。”

“是，虽然下过雹子，但自从我到这里来，下这么大的雨还是第一次。”

“司界人还没回来吗？”

真理子四下张望着。

“可能是。”

一阵难挨的沉默。

“咱们昨晚看见的，是他的亲人吧。”

“我觉得是。你也注意到了。”

“当然了。他当时脸色煞白，好像想到那东西有可能是谁的了。”

真敏锐。当然，司界人那副表情，任谁看了也是心中雪亮。

“也许，亡灵节的消逝是无可避免的了。”

真理子灰心丧气地低声说。

“啊？为什么？”

淳很惊讶，没想到真理子会说出这样的话。

“先不说‘客人’怎样，这里的确是迷信的温床。大家其实都不知道这背后有什么。也许它有一段受诅咒的历史，很血腥，不可言说，我们自己也不知道。也许亡灵节掩盖了这些东西，人们只把它作为自己国家的传统节日来看待。”

这样冰冷的语气，让淳没来由地焦急起来：

“那怎么可以？亡灵节不是维国的骄傲吗？”

真理子扬起一边眉毛，看着淳：

“淳，你赞成我们搞亡灵节吗？”

“当然。”

“尽管遭遇了那么多事？”

“但是，亡灵节就是亡灵节。它很宝贵，全世界再也找不到第二个这样的地方，当然值得骄傲。”

淳不知自己为什么那么认真。

“淳，水开了。”

真理子用下巴示意，淳连忙关上火。

“喝什么？”

“你带来的日本茶。”

热腾腾的水汽往上飘，绿茶的馨香在整个房间弥漫，其他一动不动睡着的人也吸着鼻子醒了过来。人们开始打哈欠，伸懒腰，新的一天要开始了。昨夜的恐怖气氛也终于淡薄下来。

淳给大家倒上日本茶。桑尼和赛德也起来了，围在他脚边。猫喝日本茶吗？淳想。

“以后会怎样呢？”

琳德一脸疲惫地说。

“无法可想。”

教授也情绪低落。

“什么叫无法可想？”

“如果我们自己不能解决问题的话就无法可想。”

琳德一脸愕然：“你现在还这样说？你觉得我们能解决得了吗？”

“当然。”

教授执拗地点着头。

“要解决的事情实在太多了。”

羽奈啜着茶，屈指计算：“‘嗜血狂杰克’是谁？厄纳得山的连环凶杀案是不是他干的？为什么他要在厄纳得山杀人？吉米和特里是同一个人吗？吉米现在在哪儿？特里还活着吗？吉米是被特里杀死了吗？黑寡妇现在在哪儿？旅馆里的血是谁的？她从全封闭的房间消失到哪里去了？自治委员和这些事有关系吗？亡灵节以后会怎样？为什么‘客人’不能接近这里了？”

羽奈长出了一口气。

“才说到这儿就已经这么多了。要是推理小说的话，足够写上三大本了。还有昨天晚上的事。过去的凶杀案都牵扯出来了。”

“司界人是不是知道那东西是谁的？”

教授环视房间，说道。听他的语气，好像觉得这么问是很正常的。

淳心里一惊。可是，他实在无法说出那东西可能是司界人的姐姐的。感觉像是对司界人的一种背叛。

“司界人受了那么大的刺激，他可能不会回来了。你们看见他的表情了吧？那也许是他的亲人，想想他的心情吧。居然被那个淘气鬼找到那东西，他肯定深受打击。”

真理子低声说。教授这才意识到自己不该这么问，表情有些愧疚。

“那东西是真的吗？太小了，看不清楚。也许是个假的玩具？”

羽奈看着天花板，思考着。

要是个玩具该多好。淳多希望羽奈说的是真的。

突然，电话响了。餐厅里所有人都全身一震，连猫都逃到房间角落里去了。

大家都看着电话。

教授慢慢地拿起听筒，“喂”了一声，接下来“嗯嗯”“噢”地应和着，一看就知道山里有人传来了新的消息。

教授把听筒往回放的时候，大家都全神贯注地盯着他。

“嗒”的一声，教授把听筒撂到原处，环视大家：“据说，那是真的眼球。”

一声难言的叹息。

“不过，时间相当长，好像是20到30年前的了。”

“啊？”

淳情不自禁地大叫出来。

“你怎么了，淳？”

“真的吗？真的有那么长时间吗？”

“听说是带到青木的诊疗所去检查的。可能不是很精确，但肯定不是最近的。”

“也就是说，和‘嗜血狂杰克’没有关系了？”

羽奈插口道。

这样的话，至少不是司界人的姐姐的。

这样想着，淳稍微松了一口气，得告诉司界人一声。

“还有，这东西是在马蒂亚斯家的储藏室里找到的。”

“储藏室？谁这么恶心。跟腌菜放在一起的？”

琳德皱起眉头。

“不是，好像有一个隐蔽的橱柜，是放在那里边的。马蒂亚斯的父母都不知道有这么一个橱柜。马蒂亚斯家是公共的房子，以前也有很多人家住过，很难查清楚到底是谁放进去的。”

“嗯，就是说，是一个吓唬人的纪念品了？另外两个自治委员也听说昨晚的事了吧？”

“是。他们两个人在检查眼球时也在现场。”

“真羡慕。有什么进展吗？”

“没有，但发布戒严令，禁止外出了。”

“哦？”

“其实和亡灵节的一贯做法也没有太大区别，就是已经下了通知，今天一天，日落的钟声敲响之前不能出门。”

“他们打算在这期间做些什么吗？”

“不好说，也许在准备选举下一届的自治委员吧。”

教授冷冷地哼了一声。

那眼球不是司界人的姐姐的，这件事让淳放下心来。可是，也不能说状况有什么改善。具有那样明显特征的眼球，只能是司界人他们一族的。无论如何，是他身边的人遭遇了惨祸。

电话打来之后，有线广播开始播放，正式通知大家不能外出。昨夜出了那样的事，加上下雨，本来大家也没有心情到外面去。

阴郁的早餐过后，大家都疲惫地回到自己的房间。虽然因为下雨显得昏暗，但是感觉白天的话一个人待着应该也不要紧。但是，淳发现，离开的时候，大家都在用余光确认大门有没有锁好，虽然都做出不经意的样子。

淳很想跟司界人说说话，但想到他也许不愿意出现在大家面前，又觉得不好去找他了。

大家对自己有些疏远，是自己的心理作用吗？难道是像真理子所说的，因为对厄纳得山的亡灵节感到嫌恶和羞愧？

淳忧郁地回到自己的房间，打开笔记本。他想接着记下厄纳得山发生的事，却很快停了笔。

我想回东京。

突然，这句话浮现在脑海里，淳一惊。之前，不管遇到什么事，自己从来没想过要回去。

自己依然是个外人。虽然有着共同的祖先，可是，自己依然无法习惯这里。淳在桌子上扭着手指，咀嚼着自己的痛苦。

“你怎么了？这样无精打采的。”

背后传来一个声音，淳屏住呼吸。

难道……

淳战战兢兢地回头看床上。

那个小女孩——萨曼莎正坐在那里。

和第一天晚上来的时候一样，她穿着黑色运动衫，绿格裤子，头发编成辫子。没错，就是那个小女孩。

“萨曼莎？”

淳小心地说出这个名字。他担心，自己太过急迫或慌张，她会一下子消失不见的。

“你记得我的名字呢，淳。今天没有花吗？”

萨曼莎四下张望着。显然，她记得上次淳把花给她插在发辫上。

“萨曼莎。”

淳离开椅子，轻轻跪在小女孩面前。

她出现得太突然了。

淳的头脑已经停止了思考。他有那么多事想问她，可是，一件也想不起来。镇静，镇静，一定要留下她，一定要问问她，可是，从哪儿开始呢？

“你没事吧？要打起精神来哦。”

“谢谢你，萨曼莎。”

淳勉强一笑。自己竟然需要“客人”来安慰。

就在这一瞬间，一个重要的疑问浮了出来。

为什么她能来这儿？现在，“客人”不是无法靠近厄纳得山吗？

“萨曼莎，为什么你能来这儿？你那些伙伴，现在没法来这儿吧？”

淳斟酌着词句，慢慢地问。

萨曼莎一愣，不过好像明白了什么似的，点着头：“是啊，你这么一说，的确是的，谁都不在。这是怎么了？上次我看到了那么多鸟儿，今天却什么也没有。”

她又一次朝四下张望着。

“你是从哪儿来的？”

这问题虽然有些蠢，可淳还是不得不问。

“从哪儿……从那里啊。”

小女孩做出一个奇妙的手势，她指着地面。

淳很诧异，不由得看向石砌的地面。

没想到。原以为“客人”是像仁左卫门他们一样，从空中飞来的呢。

淳咽了一口唾沫，疑问一个接一个溢出头脑。

“萨曼莎，你原先住在哪里？”

别消失，千万别消失，淳在心里祈祷着，我还有很多问题要问你。

“是维国，还是英国，或者，美国？”

“当然是美国啦。”

萨曼莎答道，那口气似乎在说，你怎么问这么显而易见的问题。

美国，真的是美国。

“在哪个城市？”

“洛杉矶。你的问题好奇怪。”

是西海岸。下一个是什么？对了，问出一些线索，能知道她身份的线索。

“你来这里之前，发生了什么事？你记得自己最后在什么地方吗？”

淳慎重地斟酌着词句。如果，这个小女孩真的像自己上次在水中看到的那样死于非命，那么，她会不会记得那情形？她会不会记得那个杀害她的犯人？

“嗯……一直待在一个黑暗的地方。”

萨曼莎侧着头在想。

“黑暗的地方？那是哪里？”

“不知道。”萨曼莎天真地摇着头，“那里黑暗，温暖，安静。天一直不放晴，好像是一座很大的山丘。我一直在找爸爸，可是找不到。然后，我就看见你在这里。”

“从哪里看到我在这里？”

“从山丘上，从那里。”

萨曼莎又一次指着地下。

山丘。黑寡妇站立的，吹着那样的风的山丘。当时的情景在淳的脑海闪过。

“对了，萨曼莎……”

冷汗顺着脊背流下去。脸上像火烧一样，全身的皮肤却感到寒意，身体里异样地冰冷。

淳觉得自己喉咙发干。但是，这个问题必须问。

“你爸爸叫什么名字？是不是……是不是叫肯特？”

“不是啊。”

小女孩平静地否定了。淳全身都没了力气。

不是啊，不是，不是肯特。全身的汗一下子喷涌而出。

小女孩缓缓地站了起来。

“我要回去了。”

小女孩看着淳的眼睛宣布。

淳慌了:“你回哪里去？”

“那里。我觉得，有讨厌的影子过来了。”

小女孩指着地面，又张望了一下周围，毫不犹豫地哒哒哒走到走廊。

“等等。”

淳慌忙追上去。

小女孩忽然止住脚步，回头看着淳，淳一愣。

“他叫乔纳森。”

“什么？”

“我的爸爸叫乔纳森。”

说了这么一句，小女孩回过头去，一下子跑起来了。

淳也随后追了过去。

但是，小女孩跑得很轻快，刹那间已经穿过走廊，顺着楼梯下去了。淳全力追上去，眼看着小女孩从一楼走廊的采光窗跳到外面去了。淳还想跟着她往外跑，可他的身体没法从采光窗钻过去。

淳赶紧转到玄关，打开锁来到外面。他顾不得雨水，径直跑进中庭，查看着空荡荡的中庭的十字墙壁。

一个人也没有。

中庭空空如也。淳凝视着刚才小女孩跳出去的那个窗户，当然，那里也没有小女孩的踪迹。

淳茫然地站在中庭，雨水淋湿了他的身体。

但是，他丝毫感觉不到雨水的冰冷。小女孩的话在他脑海里反复回响。

我是从那里来的。我的爸爸叫乔纳森。

不会的……不会的。

淳双手捂住了脸。

那一天，雨一直在下，没有间断。

整座厄纳得山万籁俱寂，屏气敛息。

这座山平日里被柔和的光勾勒出轮廓，现在被雨水冲刷着，沉浸在一个没有色彩的世界里。

仿佛整座山都在服丧一样。

以前，亡灵节一直是值得庆祝的节日。虽然，大部分是祈祷的时间，是死者的世界，对来到这里的人来说，仍然是值得庆祝的节日。

死是娱乐，是慰藉。

人们的认识是一致的。吊唁也是娱乐，是庆祝节日。将生者与死者分隔开来，无谓地害怕死者，对双方都是不幸的，是不自然的。曾经，亡灵节与人们日常的世界毗邻，是生活的一部分。

多么非日常的事，在这里都是日常。只要理解了这一规则，在这里生活可以说就像是一个游戏。不管出现多么异样的事，只要习惯它，就不会惊异。他们就是这样生活的。不管别的国家的人怎样说，这就是他们的日常。

反过来说，人是惧怕变化的。惧怕抛弃自己熟悉的、亲近的东西，惧怕自己不知道的东西，不了解的日常。不管维国的人们多么喜欢猎奇，多么喜欢推理，多么喜欢恐怖，那都是一些微不足道的偶发事件，决不意味着他们要脱离祖先世代习惯的日常。那些只不过是装点他们日常的娱乐。

但是，现在，情况发生了变化。

人们敏感地嗅出了厄纳得山内外变化的征兆。

人们都感到了一种从未有过的、对变化的畏惧。

这一切让雨更加冰冷，更加沉默。人们的不安和畏惧融进从厚厚的云层中降下的雨中，让厄纳得山看起来简直像化石一样。

可是，在这座山中，有一件事依然正在进行。

变迁的世界。变迁的圣地。

人们见证这一切的时刻已经悄然临近。

日落的钟声马上就要敲响了。雨仍然在下，家里冷飕飕的。餐厅里空无一人。猫儿们可能是和羽奈在一起，也不见踪影。

只有淳一个人站在那里。

淳真的感觉，全世界好像只剩下自己一个人。他的手指，他的身体，都像冰一样冷。

淳知道，自己的脸色苍白得吓人，几乎就要倒下去了。

可是，他终于把手伸向了餐厅的电话。

本来，钟声响起就意味着戒严令解除了，可是，却没有人出门去酒吧。雨依旧在下，大家的心情依然忧郁。

大家磨蹭了一会儿，觉得冷，吃什锦锅又简单，于是又围着锅子坐了下来。

“这雨真烦。”

真理子吹着烟圈，自言自语。

“喂，你别一边吸烟一边吃好不好？好不容易做好的什锦锅，吃到嘴里都变味儿了。”

琳德斜了一眼真理子。真理子尴尬地笑。她正右手拿着烟，左手拿着叉子。

“不好意思，今天真的是特别特别想吸烟。白天我都快憋死了。”

“心情烦躁嘛，可以理解。”

羽奈同情地说。

教授默不作声地喝着啤酒，这倒真少见。

淳忽然想到一件事：“昨天晚上，如果‘百人讲’继续下去的话，大家想讲什么故事？”

大家面面相觑。

“想什么呢，淳，你想吃着什锦锅讲鬼怪故事啊？”

真理子瞪着淳。

“不，也不是。”淳连忙摇头，又小心地补充道，“不过，看昨晚的情形，大家都对自己要讲的故事很有信心的样子，不由得就想知道到底是什么内容了。”

教授停住手，望着天花板：“嗯，也许，这能助助兴，总觉得有些沮丧。我的推理也停滞了，厄纳得山被不幸的阴影笼罩。外面下着雨。鬼怪故事加什锦锅，说不定别有一番趣味。”

教授似乎来了兴致，探出身子。到底是喜欢说话的人，总是待着估计也厌烦了。人一直心情郁闷也会厌烦的。

淳看自己的提议奏效，内心松了一口气。在迎接夜晚来临的时候，希望气氛能和谐一些。他提到“百人讲”的时候，心底是这样盼望的。

淳悄悄看了一眼钟表。

到他来之前应该还有时间。

“羽奈，怎么样？你打算讲什么的？”

教授想引出羽奈的话。

羽奈跳起来：“什么？从我开始啊？我才觉得幸好没轮到我，松了一口气呢。”

“所以啊，让你赶快讲完就完了。”

“真过分。”

羽奈嘟起嘴巴。不过，她夹了一块鸡肉，开始讲了。

“这……”羽奈眼睛转了转，“开始我想讲大学里的故事。不过，学校的故事真理子肯定会讲的。”

“当然。”

真理子深深点头，向天花板喷了一个烟圈。羽奈耸耸肩。

“所以，我就换别的了。是我小时候的事，以前没讲过。上次和淳讲‘小海鸥小海鸥’的歌词时想起来的。”

“真的？”

淳看着羽奈，羽奈点点头。

隔着锅里的热气，羽奈开了口：“小时候，玩‘小海鸥小海鸥’的时候，有一个小女孩每次都出现，但只在玩这个游戏时。”

“哎呀呀，受不了。”

好像预感到故事的结局，真理子皱着眉。羽奈自顾自地继续讲。

“玩‘小海鸥小海鸥’一般都是很小的时候，是吧？在一起玩的也都是附近经常一起玩的小孩子。可是，有一个小女孩，只在玩‘小海鸥小海鸥’的时候出现，不知道她的名字，也不记得跟她玩过别的游戏。她总是微微笑着，头发黑黑的，像个日本娃娃似的，非常可爱。她也不说话，和大家一起围成圈。谁也不知道她的名字。有一次，我问大家知不知道那个小女孩是谁，大家都显得很奇怪。”

羽奈脸色都变了。

“他们说，好可怕，不可能，哪有这么个小女孩来过啊，你看错了吧。”

“要真是我看错就好了。可我清清楚楚地记得，我没跟她说过话，也没玩过别的游戏，也不知道她住在哪儿，叫什么名字。其他孩子每个人我都记得他们住在哪儿，名字叫什么。”

“是不是转校生？”

“是我上小学以前的事。”

真理子一脸吓得不行的样子：“只有围成圈的时候她在？”

“我记得是这样。”

“‘小海鸥小海鸥’开始的时候她就在那儿吗？”

“这个不知道。”羽奈苦苦思索，“我印象中，游戏开始时她并不在那儿。大家开始转圈时，她就会在我对面，或者在我旁边。开始转的时候我是和其他孩子拉着手，不知什么时候就变成和她拉着手了。”

“咦？哎哟，羽奈，没想到你讲得这么恐怖。”

真理子耸耸肩，咕嘟灌了一口酒。她不知什么时候喝上威士忌了。

“怎么了，真理子？你听这种故事怎么会害怕呢？”

羽奈一脸意外。

“好像正戳到我的恐怖点上了。不行不行，今晚我要睡你房间里。”

真理子慌慌张张地夹着鱼肉。

“这就是‘座敷童子’啊。”

淳插口道。自己觉得“百人讲”对民俗学的田野调查是有用的，果然没错。现在连座敷童子都出来了。

“什么是‘座敷童子’？”

琳德啃着一块带骨的鸡，问道。

“在日本东北地区流传很广的一种传说。是家庭的守护神，是个小孩子的模样。孩子们一起玩的时候，不知什么时候多了一个人，一会儿又不见了，这时人们就会说‘童子来了’。”

“有这样的传说啊。”

“羽奈，你是在哪儿听的这个故事吗？”

“不是啊，从来没听过这样的传说。这是我记得的事，我也不能确定是不是真的发生过。”

羽奈认真地反驳。

“说到家庭守护神，维国有的地方把勺子粘在门上呢。”

“在日本也是，有的地方把盛饭的勺子粘在大门上。”

“好有意思啊。”

“嘿嘿，这个头开得好。雨夜的‘百人讲什锦锅’，不错嘛。要是我们就这样讲100个故事，说不定会有好事发生哦。”

教授喜上眉梢，频频点头。

“哪有那么多故事啊。”

“开个玩笑，我开玩笑的。”

“教授一说就不像开玩笑了。”

的确，吃着什锦锅讲鬼怪故事觉得有点儿奇异。可是，另一方面，又觉得很适合这里的氛围。这个国家与传说相配。和大家一起围着桌子讲古老故事，感觉这场面与这里的风土十分和谐。

“真理子，你来，报复一下羽奈。”

琳德兴味盎然地看着真理子。

真理子一口喝下第二杯威士忌：“好，我来。”

“不要啦，我可不喜欢恐怖故事啊。”

羽奈大叫。

“不可怕，不可怕，我的故事其实和你的很像。”

真理子擦了擦嘴角，真有个千杯不醉的样子。这动作太酷了，淳忍不住想笑。

“你说，和我的很像？”

“多余的答题纸的故事。”

“是你的职业病吧？”

“别取笑我。”

淳觉得亲切，不由得想起小时候一家团聚享受天伦之乐的情景。

“不光是我，有好几任教师都经历过。”

真理子从锅里舀了一勺汤。看起来很好喝，淳也跟着舀了一勺。琳德拿来了面包。

“我们学校从很早以前就有一个叫 E.B. 的学生。”

“E.B.？是什么的省略？”

“这个嘛，因为她只写字头，没人知道。艾莉·波顿，埃伦·贝里，爱美子·巴特勒，都有可能。我们是女子学校，艾德、艾迪之类应该不会有。”

“是写在答题纸上的名字，是吧？”

“是。”

真理子眼眶发红，隔着热气凝视着对面。

“也许只是个恶作剧。可是，字体每次都一样。也许是模仿的，但看上去绝对是同一个人的笔迹。”

“是混在其他答题纸当中吗？”

“是的，每隔几年就有这么一次。收好答题纸判分数的时候，突然会出现一张名字是 E.B. 的答题纸。她好像很喜欢诗，会在答题纸上写下一节诗，叶芝的，丁尼生的，波德莱尔的，都有。”

“那就多出一张答题纸了？”

“是啊。每次都数，就是多一张。当时大家就会特别奇怪。因为每次答题纸都是按人数发的，要在里面加一张，这恶作剧也太复杂了。这得事先拿到答题纸，可那不就等于告诉别人自己要干坏事了？谁也不可能这么干。”

“只有英语考试是这样吗？”

琳德问。大家食欲都很旺盛，同时听得又很认真。

“不是。”真理子摇头，“不只是英语，数学、化学、地理，不管什么科目，每个教师都是，隔几年就会遇到一次 E.B. 的答题纸混在里面的情况。教研室的角落里放着一个‘E.B. 文件夹’似的东西，每一任教师都把她的答题纸放在里面，都是相同的笔迹。”

“是吗？有多少份？从什么时候开始的？”

“大概有 30 份了。不过我不知道从哪年开始收集的。”

“有那么多了？”

“……这个事啊，”一直没说话的教授凑了过来，“肯定教师里面有一个是犯人。”

“可这么干有什么必要呢？”

真理子不满地撅起嘴。

“无聊啊。作为郁闷的日常生活中的一个小小冒险，把自己受挫的自我显示欲用这种形式彰显出来。”

“那怎么做到的？”

羽奈问。

教授显得很得意：“教师可以随意出入教研室，接近判了一半的答题纸也不是难事。比如装出有事找你的样子，和你搭话的样子，悄悄把答题纸塞在里面就好了。”

“有这么容易吗？虽然教师可以待在教研室。”

“谁资格最老，谁最严谨正直，谁就是犯人。因为，她平时必须作出表率，必须严守规则，她这样已经厌倦了。”

“那还用偷偷摸摸地藏答题纸？打打网球，写写浪漫小说，不是要痛快得多？”

“这种人不会直接消解压力，所以才会用这样的方式发出心灵的呼喊。我在这里，看看我，她在这样呼喊着。真可怜，她做这件事竟然做了这么多年。这样不闻不问的话是很危险的。”

教授半是认真半是演戏地说。女人们同时苦笑起来。

看她们苦笑的样子，表情真的很相似，到底是亲戚。淳在心里暗笑。

“嗯，究竟哪个更恐怖呢？是住在学校里的幽灵女生，还是心理阴暗、把写着首字母和诗的答题纸混在很多答题纸里的女教师？”

“我觉得女教师更可怕。”

羽奈认真地说。

“是啊。”

琳德看着羽奈。

“这故事真好。”

教授点着头。

真理子表情复杂：“是吗？我觉得方向有点儿跑偏了。向精神恐怖方面发展，我可不太喜欢。”

她一边说，一边去捞锅里的鸡肉。

教授不管她，看着琳德：“下一个你来？”

“你这人，就想自己压轴。”

“我的秘藏故事，当然要最后讲了。”

“真够可以的。那好吧。”

琳德从旁边拿过真理子的酒杯咕嘟喝了一口。真理子一声惊叫，像个小孩子似的一脸惋惜。喝酒的人也不知是吝啬还是豪爽。

“列位请听，我要讲的是国民电影的故事。”

“哎，是不是那个……”

这是真理子的声音。

“是‘山坳之间’。”

“哇，不要在我面前讲那本书嘛。”

“你们学校里讲的是小说，我讲的是塞缪尔·金田的电影。”

“内容不都一样吗？”

“完全不一样。”

“好了，快讲啊。”

羽奈看她们两个你一言我一语，有点儿着急。

琳德点点头：“塞缪尔·金田把哈里·E·詹姆斯的小说《山坳之间》拍成了电影。最初他想按照原作那样拍成幻想式的，可进行到一半，变成了描写维国风土的纪实片。因此，电影的内容可以说介于纪实和幻想之间，真伪混杂。也正是因为这一点，后来电影的内容引起人们很多争论。尽管第一次上映时并没有太大反响，但由于其他地方的人对维国的好奇心，之后这部电影在全世界反复上映，在我国也重新受到关注，在专门放映优秀老电影的电影馆上映。”

“这些大家都知道的。”

真理子打岔。

琳德不为所动：“是的，这些大家都知道。可是，有些事是大家不知道的。其实，在我国上映的版本和其他国家上映的版本不一样。”

“啊？”

“真的？”

听到大家发出惊讶的声音，琳德满意地点着头：“是的，不一样。是重新编辑过的。”

“哪里编辑过？都不知道呢。”

“为了让淳了解，我预先声明一下，那部电影其实是有相当的幻想成分的，虽然当时在全世界都很热门。电影拍得相当有纪实性，由真人演出，这些是事实。但是，他拍得好像死人在哪儿都能复活似的，我们国家的人一看就知道是基于事实的幻想。问题是……”

琳德停顿了一下，舔舔嘴唇：“那里面，有一部分是厄纳得山的亡灵节的影像。”

“怎么会？”

羽奈怯怯地说。

“那不可能。”

真理子好像很生气。

“可能的。那时的人对摄影机之类的东西还没有警惕性，谁也没考虑过上映以后会怎样。”

“也就是说……”

教授平静地插口。大家也好像知道琳德下面要说什么了，互相看着。

琳德接了一句：“被拍摄到了。”

“被拍摄到了，是指……”

淳情不自禁地插口。

琳德面无表情地点点头："是的，'客人'，'客人'被拍摄到了。认识的人看到之后发现了，于是，在我国上映的版本就把'客人'那一段剪掉了。这很容易看出来，我们国家的版本短了七分钟。"

"那在别的国家上映的时候呢？"

"大家都会看到'客人'。"

大家都沉默了。

"这是故事，还是什么，这个……"

淳语无伦次，不知说什么好。

"这是事实。"

"我一点儿也不知道。我从小就看过，当时还笑呢。"

真理子慌张地说。

"你真的昨晚就打算讲这个？"

"不是。"听羽奈一问，琳德立刻否定，"哪儿能啊。不能在那种场合说啊。"

"是啊，会酿成大骚乱的。"

羽奈抚了一下胸口，好像放了心。

"这在放映员当中是很有名的段子，一般人不知道。这是跟你们我才说的，以后你们也要保密。淳，你也是啊。"

被琳德盯着，淳自然而然地低头应着"是"。

"琳德，你看过没剪辑过的版本吗？"

教授一脸羡慕地问。琳德沉默了一下，低声回答"看过"。

"什么样的'客人'？"

教授小心翼翼地问。

琳德仿佛不经意似地避开教授的目光："我也记不清了。人物面部很模糊。只记得是一个小孩子和一个老人。"

琳德的回答很冷淡，教授也没有深究。可能教授也感觉到琳德不愿多说了。

被剪掉的七分钟。那里面拍摄了什么呢？

萨曼莎，托马斯，摇着尾巴的小狗，淳的脑海中浮现他们鲜明的形象。他们就是这样作为理所当然的存在被印在胶片上的吗？

仿佛听到咔哒咔哒咔哒转动胶片的声音。

"事实我可有点儿接受不了。"教授搔着鼻头，"能不能讲点儿像样的鬼怪故事？有很多啊，在死人的忌日总是坐在同一个座位上的白衣婆婆，拍得出来却洗不出来的灵异照片。"

琳德淡淡一笑。

"这些也够瘆人的。"

真理子皱着眉。

"淳，你的故事呢？"

羽奈催促着，淳耸耸肩："本来我想讲日本鬼怪故事'没有耳朵的芳一'，但仔细想想有点儿血腥，要不我别讲了。"

"这题目好吓人。你说它血腥，是讲人没了耳朵的故事吗？"

"哦，大体上是的。"

"那，大概讲一讲？"

"日本的中世时代，有一位双目失明的演奏琵琶的乐师。琵琶，就是一种日本传统乐器，形状像曼陀林。这个乐师发现，每晚让自己过去演奏的人原来是妖怪，于是请一个法力高强的高僧给自己驱邪。驱邪的时候要在全身写满经文，但耳朵上忘了写，妖怪就把他的耳朵取下来了。"

"哎呀，听着就疼。我也听不了血腥的故事。"

羽奈在发抖。

真理子认真地问："那，这个故事说明什么道理呢？"

淳冥思苦想："道理嘛，其实，这故事的结局我都想不起来了。"

"你打算讲这个的吗？"

"嗯，也许不讲了正好。"

淳尴尬地笑。

"现在，终于轮到我出场了。"

教授喜滋滋地搓着手。看上去他对自己讲的内容很有自信。

教授说的，内容可能很有意思，不过估计也很长。

淳半是期待半是疲惫，在心里无奈地笑。女人们还没听就已经露出了厌倦的表情。

"好，就让你们听听我的秘藏故事。当时我还是一个风华正茂的大学生。我刚进大学那年的夏天……"

有什么动静拦住了教授的话头。

大家也都僵住了。

不知什么原因，大家脸上现出混乱。

怎么觉得雨声忽然大起来了。

大家都下意识地朝玄关望去。

那儿有人。

有人在礼貌地敲门。

"谁？"

琳德喊了一声。

教授立即起身过去，随后就听到"怎么是你啊，别站在那儿了，快进来"，一阵消除了紧张之后的寒暄。

"现在我正好刚开始讲。我们几个正在重现昨夜的'百人讲'。讲得很有意思，你没能听到，真遗憾。"

看到格雷博士进门，女人们也都放松下来，招呼着"欢迎欢迎"。

但是，博士的表情却是僵硬的，平时那游刃有余的自信不知到哪里去了。

博士只盯着一个人看。

他只盯着围桌而坐的人们中的一个，淳。

淳迎着他的目光看过去，他也直直地盯着博士。

其他人发现了，淳和博士在互相注视着。

两人之间有一种奇妙的氛围。

“怎么了，淳？”

羽奈讶异地问淳。

淳没有回答，他站起来，拉过一把空椅子，请博士坐下。

“一起吃什锦锅吗？——肯特叔叔。”

“什么？”

教授呆住了。

“你刚才说什么，淳？”真理子不安地问，“我没听错吧？”

她又慢慢转头看向博士。

“我说，一起吃什锦锅。”

淳声音干涩。

“之后呢？”

真理子继续问。

淳默然不语。

“肯特叔叔？真的是你？”

羽奈喊了出来。

大家凝视着博士，渐渐地，他们的表情变成了惊愕。大家都知道了，羽奈说的是真的。

博士没有说话，伸手递过一张便条，大家探身去看，那上面写道：

肯特叔叔：

我要和您谈一谈关于您女儿的事，请您今晚前来，我在家里恭候您。

淳一郎

“你是什么时候知道的？”

博士……不，是肯特，一动也不动，问道。

大家回头看淳，淳略低着头：“今天早上。”

“唉呀呀，一个人饰演两个角色不是推理小说的经典桥段吗？没想到啊没想到，人家年轻人竟然都看破了，不甘心啊。”

教授双手捂着脸，仰天长叹，甚是夸张。

淳连忙摆手："不，不是的，我不是推断出来的，也不是看出来的。"

"那，你是怎么知道的？"

肯特依然盯着淳，不肯移开视线。

"今天早晨，萨曼莎在我这里出现了。"

"萨曼莎？今天早晨？"肯特神色大变，一下子逼近淳，"为什么她能来你这儿？"

"我不知道。我感觉，她和其他的'客人'好像有些不一样。仁左卫门爷爷他们是夜里乘着波浪出现的。可是，我问她'你从哪儿来的'，她指着地面说'是从那里来的'。"

淳像那个小女孩一样，用手指着地面。

大家都看着地面。

"这是什么意思？"

羽奈和真理子面面相觑。

"淳，你说今天早晨，当时你是在二楼，你自己的房间里是吧？"

教授摸着下巴问。

"是的。"

"这样的话，也许不是地面，而是一楼，是你下面的房间？"

"是，的确有这样的可能性。可是，她走的时候我连忙追出去，看到她跳进中庭，然后就消失了。和肯特叔叔一样，在那个中庭消失了。"

淳看了一眼肯特。

"还有呢？"

肯特催促淳往下说。

"上次参加神汤的时候，我在水中看到一个小女孩在逃跑，是萨曼莎。她在一个漆黑的地方跑着，然后不知从哪儿掉下去了。然后，我就看到了我自己，不，应该是一个和我长得一模一样的男人。我自然而然地想到肯特叔叔。虽然没见过面，但大家都说我们很像。萨曼莎以前来我这儿的时候，也说我长得像她父亲。所以，我就想，她的父亲也许就是肯特叔叔。"

"我女儿以前也到你这儿来过？"

肯特简直说不出话。的确，淳曾对格雷博士说过自己见过"客人"，但没说见的是一个叫萨曼莎的小女孩。

"你是说，那个小女孩又来了？"

羽奈似乎在忍着怒气。糟了，淳心想，各种各样的人都来访问自己，羽奈又要不高兴了。

我也不想这样啊，淳一边在心里向羽奈解释，一边继续说下去："是的，她又来了，就在今天早晨。我问她，你爸爸是叫肯特吗？她回答说，我爸爸的名字是乔纳森。于是，我才明白，肯特叔叔和乔纳森·格雷博士是同一个人。"

淳看着肯特，肯特的表情看来好像终于接受了这个解释，轻轻叹了口气。

屋子里一片寂静。

肯特凝视着半空中的某一个点，好长一段时间，终于颓丧地低下头。

“她为什么不到我这里来……我一直在等她。”

他的声音里终于有了感情。大家都松了一口气。

“坐吧，肯特，吃点儿什锦锅。”

琳德说，肯特点头坐下。大家也都坐回了椅子上。

锅里的热气温暖着一桌人。

“肯特，这是真的？”

琳德注视着肯特的脸。

“不过，你的演技可真好。直到现在，我都没有把握你真的是肯特。”

琳德讽刺道。

肯特轻轻一笑：“我把头发染了，其他地方也都改变了，整个人都不一样了。再说，我在美国一直努力变成另外一个人，十年之后再回到这里，我的心情就是一个异邦人。”

教授给肯特递上啤酒：“嗯，十年了啊。你离我这么近，还坐了同一条船，我竟然……唉，这是我干的事吗？悔不当初啊，太丢人了。”

教授好像对自己没能看破肯特的身份这一点特别耿耿于怀。

羽奈和真理子眼睛瞪得圆圆的，盯着这个刚才还被称为格雷博士的男人。

“你为什么把名字改了？一开始，你为什么要用那种方式消失？而且，你为什么又特意回来？”

琳德连珠炮似地问。这都是很自然的问题。

肯特一瞬间表情困惑。

“也许，这件事，”淳惴惴不安地问，“和司界人的姐姐有关？”

肯特一声长叹：“你连这个都知道了。”

大家互相看着。

“什么？司界人的姐姐？这是怎么回事？”

羽奈的情绪越来越糟，怒气冲冲地瞪着淳。

淳有些畏缩，虽然自己也没做什么坏事。

“下面的事，请他一起来听听吧。”

肯特摊开双手，走到玄关，打开门。

一阵雨声，黑冲了进来，随后，司界人像影子一样闪身进了房间。外面的冷空气一起卷了进来，淳一下子眼前一亮。

“司界人！你一直都在哪里？”

淳想站起来，被司界人优雅地制止。司界人想坐在餐厅的角落，肯特连忙把他拉到桌边。司界人似乎并不愿意，但也没有推开他的手。

“怎么回事，刚才一起进来多好。”

真理子抱怨道。

“因为还不知道淳了解多少。”

肯特耸耸肩，让司界人坐在椅子上，自己也坐下来。

“事情其实很简单，但有点儿不太好说。”

肯特搔着鼻子，垂下眼睛。

司界人浮起一个微笑，望着肯特，好像在鼓励他说下去。

他们两个人之间好像已经达成了某种默契。

“那一年，我在这里遇到了她——他的姐姐，阿须那。当时发生了一些纠纷，她作为司界人来到这里——简单说吧，我和她相爱了。”

淳眼前浮现出在森林里看到的那个女人的形象。那么美的一个女人，和肯特相爱了。

这样一想，淳有些不知所措。那样一个美丽的女人和一个与自己如此相像的男人在一起，觉得又像是荣幸，又像是落寞，心情有些复杂。

周围发出惊叹的声音。

“肯特叔叔会和一个女人相爱？传出那么多风流韵事，最后抛弃了所有人，一点儿也看不出他的真心，他居然会？”

“上了年纪以后的初恋是最深沉的。”

羽奈和真理子各自加上一个符合自己性格的注解。

肯特有些难为情地挥着手：“好了，不谈这个了。但是，她那边有很多的羁绊。她生活在这片土地上，还有家人。和我在一起，双方的家人都会强烈反对。因此……”

肯特有些不知如何说出口。

“你们就私奔了。”

羽奈简单地下了个结论。

“而且去了美国。”

真理子补充道。

肯特尴尬地笑着点头。

“是这样。我们想去一个没有维国的习俗束缚的地方。我们两个人都知道，如果我们留在维国，即使能够在一起，以后的生活会多么辛苦，人们会怎样说我们。”

“那，你至少也得来封信啊。”

羽奈抱怨着。

“我觉得我们不能回来了。”

肯特的声音很平静。听他这样的语气，大家都看着他的脸。

“我抛弃了家人。”肯特盯着桌子的一角，“但是，阿须那失去的更多。她抛弃了自己的一族、祖先，还有土地。她抛弃了一切，和我在一起。我们不能回头，也不会得到原谅。”

大家都沉默了。

“那么，那个罐子里装的是……”

淳看着司界人，司界人也看看淳。

“那应该是我祖母的。我祖母的时代还在实行同化政策，关于我们一族的特征要进行科学性调查，我们也提供了协助。眼睛颜色不同的这一点最特别，我听说，我祖母同意在死后捐出自己的遗体。可能是解剖之后把眼睛做成了标本。”

司界人淡淡地回答。

就算是经过同意的，自己的亲人被做成标本，那是什么样的心情？想到昨晚司界人在那家店里看到那个罐子的心情，淳的心隐隐作痛。他把目光从司界人身上移开，看着肯特。

“我在美国找到了工作，决心作为美国的一个市民生活下去。我们生下一个女儿，就是萨曼莎。”

肯特望着淳。

“萨曼莎……还有你的妻子，她们怎样了？”

琳德责备地看着淳，她觉得肯特的妻子女儿可能已经不在人世了。

但是，淳不管这些，继续说着：“为什么萨曼莎能来我这里，那是因为，她不是‘客人’。她没有死。萨曼莎指着地面说自己‘从那里来的’，我问她在哪儿，她说‘在山丘’。”

淳的视线和肯特相遇。

看到肯特的目光，淳更加确信，是的，肯特也是知道的。

“那座山丘。我在那儿看到黑寡妇的那座山丘。那里是死者的‘必经之路’，但不是死者的世界。萨曼莎是不是在那里？”

肯特轻轻晃着头：“生下萨曼莎以后，过了几年，阿须那说，无论如何想回家看一看。”

司界人一直看着肯特，目光平静而安稳。

“我是反对的，可阿须那说‘孩子都已经生了，都懂事了，家人不会要我回去的’，一直坚持要来。她可能是非常有把握吧。最后，我让步了。我没有回来，我的妻子和孩子两个人来了厄纳得山。”肯特看着自己放在桌子上的手掌，“我不该让她去——至少，我应该一起去。”

那声音中充满深深的悔恨，谁也无法开口。

还是肯特自己调整了心情，扬起脸：“其实，阿须那想回家看看，还有一个原因。”

肯特看看司界人。

两个人之间仿佛交换了一个无言的了解。

“她是一个灵感或者叫作精神感应力非常强的人。即使身在美国，故乡的情形也像回放录像似的，萦绕在心。从说要回家的几年之前开始，她就非常不安。她说，她的故乡，厄纳得山，正在发生某种变化，她感到圣地正在发生动摇。与其说她想回家看看，不如说，她想对这种变化做些什么，想亲眼见证这种变化。她经常半夜里突然起身，叫道‘回不来了’。”

“回不来了。”

淳茫然地重复着。

刮着风的山丘。

空荡荡的、凄凉的山丘。

僧服下面露出的鸟腿。

淳没来由地毛骨悚然，浑身颤抖。

“于是，她就像自己说的那样，再也没有回来。”肯特好像在自言自语，“女儿也和她在一起。她们两个人都失踪了。我难以相信。我无法忍受。”

他的眼睛望着远方：“我做了一个梦。我身上似乎也残留着一点儿力量。听说，我的祖先也有一点儿司界人的血统。现在，就像返祖现象似的，就像淳那样，梦的力量苏醒过来。”

肯特看了淳一眼，淳一愣。肯特好像没有注意到他的表情，继续往下说：“她们两个在黑暗的山丘。在死者的‘必经之路’上徘徊。她们出不去，在梦中，阿须那这样说。她说，我们在厄纳得山下面。我不知道那是不是仅仅是一个梦。我极其烦恼。如果那只是一个梦，我重新回到维国这个地方就太愚蠢了，因为我已经下定决心绝不回头。但是，如果这是真的呢？我好几个月做着同样的梦。在梦中，我的妻子和孩子在呼唤我。于是，我终于下决心回到维国，进入厄纳得山。”

听到这里，大家同时叹了一口气。

“今村署长，自治委员，他们和你是同谋吗？”

淳问。

“不是。”肯特断然否定，“我一直以美国大学教授的身份和他们接触，寻找进入厄纳得山的机会。今后，我仍然会以乔纳森·格雷的身份生活下去。救出阿须那和萨曼莎之后，我们三个人还会悄悄回到美国去。”

“那，现在呢？”羽奈不安地问，“大家已经什么都知道了，你还要回到美国去吗？”

羽奈脸上明明写着：希望你留下来。对羽奈来说，似乎肯特叔叔就像偶像一样。

肯特沉默着，好久没有说话。

终于，他不情愿地开了口：“这要救出她们两个之后再决定。”

大家又一次沉默了。

救出她们。从那座山丘。怎么救？

淳感到一种莫名的不安。僧服下面露出的鸟腿。那地方不知为什么让人感到害怕。空气里充满着原始的、阴森的恐怖。

忽然，淳想起一件几乎已经忘却的事。

“那，黑寡妇到哪里去了？”

琳德一惊，向淳看过来。

“旅馆里出的那件事，是怎么回事？”

当时，肯特对自己说那是用房间门牌玩的把戏，说是她本人自己想消失的。

“可能，她也和她们两个在同样的地方，回不来了。”

“回不来了……”

淳想起黑寡妇在旅馆电话里说的话。

——好像有什么可怕的东西要侵入这里。其实，我是害怕出去。

她当时是这样说的。当时，房间里到底发生了什么？那么多的血。

淳忽然感到不安，觉得腿在往下陷。

“你们说的山丘，到底是什么？”

羽奈好像也传染上了不安的感觉，战战兢兢地问。

“要怎么做，才能救出她们？”

真理子也看着淳。

奇妙的沉默。

大家都一样沉默，互相看着对方的表情，隔着桌子交换着视线。那气氛好像要在战场上抓住稍纵即逝的战机。

“怎么来就怎么去。”

肯特仿佛下定决心。

他慢慢坐好，正面看着淳。淳不明白他的意思，有些踌躇。

“什么意思？”

琳德扬起眉毛，问道。

“去那座山丘，把他们带回来。”

肯特在桌子上扭着手指。

什锦锅还在煮着，可现在谁也不想吃。汤里发出清脆的噗噗声，和现在的气氛是那么的不协调。

“我、淳和司界人到那里去，再加上大家的帮助。我们应该有那种力量。是吧？”

是吧？哦，这句话是对自己说的，淳一时都没反应过来。

我、淳和司界人到那里去。

这句话在脑子里反复回响，淳终于反应过来，自己也包括在这个营救团队之中。

“啊？”

淳嘴里发出的是这样呆呆的一个词。

肯特看着淳，安静地笑了：“这次我们从这里去，去‘那里’。”

他像淳早晨见到的那个小女孩一样，轻轻伸出食指，指着石砌的地面。

“可，可是，怎么才能……”

淳语无伦次地喃喃自语。

他没想到，看穿乔纳森·格雷博士就是肯特叔叔之后，情况会变成这样。

“那很危险吧？”

真理子脸色苍白地说。

“也许。”

为了缓和大家的不安，肯特平静地点点头。然而，当他再一次扬起脸来，语气却变得决绝：“但是，我就是为了这个才来到这里的。已经不能再拖下去了。”

“什么时候去？”

教授问。

“明天早晨商量一下，下午去。”

肯特语气很坚决，可见他的决定已经不容更改。

“是吗？今晚喝一点儿吧——今晚也不行吗？可我还有很多话想问你。我们又不能一起去。那，今天好好吃一顿热腾腾的什锦锅吧。”

教授耸耸肩，把肯特和司界人的杯子拿到近旁。

“我想知道你是怎么失踪的。当时可是密室状态，中庭也是，厄纳得山也是。”

羽奈说得很快。

“是啊，说给我们听听吧。”

琳德也点头。

肯特苦笑：“就算是密室，那时候大家又不是一直都在监视我。正因为都认为是密室状态，后来大家才传说我像烟一样消失了。”

“可是，从中庭出去的路只有一条，这条路根本没有人走过。你是从什么地方走出中庭的？”

“等等，最根本的问题是，为什么你要一下子从厄纳得山消失？你像往常一样，说一声我走了，然后大摇大摆地走出去，那不就行了？为什么要用一种离奇的方式让自己失踪呢？你先讲讲这个。”

琳德摊开手掌，紧盯着肯特。

“还真是，就算你要和阿须那小姐私奔，也可以用普通的方式离开厄纳得山啊。为什么要那样做？”

真理子摩挲着玻璃杯，问道。

“因为没有时间了。”肯特叹着气，低声说，“阿须那必须离开厄纳得山了，要带她走，只有在那个时点。”

“那个时点？”

“她的家人已经发现她的情形不对，一直在监视她。”

忽然，淳的脑中浮现这样的情景。

那样感觉敏锐的一族。那个美丽的女子阿须那，当时还是个如花蕊初绽的年轻姑娘。她抛弃家人，和一个维国男子在一起，是需要极大的勇气的。她还那么年轻，不可能完全掩饰住内心的波澜，她的家人可能隐约感觉到了什么。厄纳得山的夜晚。一对恋人悄悄地躲在斜坡的树丛中相会。

“有一天，她的家人已经来到附近，要把她带回去。我们只有逃走。阿须那准备了一只小船，等在那里——虽然咱们只能从水闸那儿的水路出去，但对于阿须那来说，厄纳得山外就是她的天下。只要出了厄纳得山，周围复杂的湿地她了如指掌，足可以甩掉追兵。”

“嗯啊，”教授叫好，“原来是心理上的密室。我们一直以为肯特是自己失踪的。的确，在我们看来，厄纳得山外面是另一个世界。我们不是原住民，不会想到从这里出去。”

“那，你是怎么从中庭这个密室离开的呢？”

羽奈催促他往下说。

“中庭不是密室，只不过看上去是而已。”

肯特缓缓地摇着头。

“这是什么意思？”

“我说‘要到中庭去祈祷冥想’，然后我就进入中庭。我向待在餐厅的琳德打招呼，引起她的注意。当时，发生了一件对我来说非常幸运的事。”

“非常幸运的事？”

“琳德一直认为看到了我进入中庭的背影。就在那一瞬间，我瞅准机会溜到外面。大家都没想到我打过招呼以后马上就会出去，就认为我一直在中庭。其实，我也并不是想玩一个密室失踪，只是想让大家认为我整个下午都在中庭，从而争取时间，免得有谁来找我立刻就会发现我不在。”

“啊？就是这么简单的把戏？可是，你在中庭被看到好几次了，有好几个人说看到你在祈祷了。”

琳德似乎很生气。

肯特一笑：“喂喂，你说什么呢？这里可是厄纳得山啊。这可不像自夸有一双慧眼的琳德说出来的话。”

“怎么？”

“啊，难道是……”

羽奈大声说，“我好像明白了。”

肯特向羽奈轻轻挤了一下眼。

“那是‘客人’，是不是？”

羽奈叫道。

肯特点点头：“是的。现在我也不知道是谁，总之，我发现了‘客人’，利用他溜了出来。琳德看到一个和我同样身材的‘客人’待在中庭，根本没注意到我出去了。其实我本来也没想到能这么顺利。总之，结果就是，我成了从不可思议的状态下消失的肯特叔叔。”

“嗯啊，”教授再次叫好，“这真是只有在厄纳得山才能成立的密室状态！哎呀，这种状况还真是没想到。”

“这把戏太没意思，我都有幻灭感了。”

真理子似乎觉得很扫兴，喝着杯中的酒。

“不过，太棒了。两个人驾着小船，就这样逃离了厄纳得山。好浪漫啊。”

羽奈轻叹一声。她眼中出现微明中在湿地穿行的小船，还有坐在船上的一对恋人。羽奈到底是女孩子，似乎对这种戏剧化的场面很憧憬。

“还好吧。现实也并不总是那样浪漫。不过，当时的确是如在梦中，无比幸福。”

肯特露出一个自嘲的笑容。

“你的幸福已经是过去时了？”

琳德冷冷地问。肯特一愣。

他沉默了一下，低声回答：“是的，在救出她们两个之前。”

冰冷的雨继续下着。

亲人们久未谋面，有说不完的话。直到夜深了，才终于各自散去，回到自己的房间。

这么短的时间里，发生了太多的事。

淳简直应接不暇。头脑发昏，估计不会马上睡着的。

而且，明天……

“可以进来吗？”

传来一个彬彬有礼的声音，淳一愣。

肯特站在入口。

“啊，请进。”

肯特环视着淳小小的房间：“萨曼莎就是在这里出现的？”

“是的，她坐在那张床上。”

肯特轻轻在床上坐下来。好像萨曼莎就坐在那里，而他坐在她的身边。

“从一开始，我就觉得和你有一种不可思议的缘分。”肯特好像在自言自语，“容貌那么相像，我好像看到了过去的自己。我想，如果有谁能看破我的身份，那就是你了。”

淳凝视着肯特的侧脸。之前，一直觉得他是个冷静而有才华的美国学者，现在却觉得，他脸上波澜壮阔的岁月痕迹更加动人心弦。

“我能问你一个问题吗？”

“问吧。”

淳有一件事一直压在心头：

“上次，你对我说的那胶片的事，说有一个和我十分相像的男子，把厄纳得山的影像资料带到美国去。”

“哦，是这个。”

“你为什么要对我这么说？”

肯特沉默了一下。

“也许是因为感伤。”

“感伤？”

“我原本下决心绝不回来，可是现在，我又一次回到了厄纳得山。我的心情非常复杂。我对维国，对厄纳得山是爱恨交加的。很奇怪，我既为成功蒙蔽琳德他们而感到快意，又为没有人发现我的身份而感到落寞，两种感情交织在一起。我一到这里，就要协助调查毫无头绪的事件，意外的事一件接着一件，我的内心几乎要分裂了。扮演一个美国学者，我感到太大的压力。”

肯特取出烟：“我可以抽烟吗？”

“可以。”

窗外是淅淅沥沥的雨声，屋里满是烟草香。

雄辩的、密度浓厚的沉默。

“也许，我是在向你求助。希望你发现我是谁。同时，我也想试探你，看你在多大程度上了解真相。我想套你的话。你不是那种在肚子里打算盘的人，我马上就知道，你还什么都没发现。”

“是的，当时我一点儿都没有怀疑，只知道你是乔纳森·格雷博士。那么，影像资料的事是信口开河吗？”

肯特这次经过了长时间的沉默不语。

“不是。”

“什么？那件事是真的？”

“但不是八毫米电影。刚才我听了一点儿，琳德说这里上映的电影版本比别处的短，是吧？”

“是。”

那是“百人讲”的继续。肯特可能从那时就已经在听了。

“可能那就是剪掉的部分。由于一个偶然的机会，那部分有问题的胶片到了我手里。”

淳低声叹息着。那部分有问题的胶片。拍出真正的“客人”的胶片。

“我把它带到了美国。也许是出于感伤。我以为我已经把维国全部抛弃，但是，我没能扔掉那些胶片。也许，我是想在某个地方留下一些证据，一些证明自己和厄纳得山的关联的东西。”

“胶片现在在哪儿？”

“放在美国了。就算我有任何不测，有人在我的遗物中发现并公开它，对于维国以外的人来说，那也只不过是一些残缺的胶片而已。”

“的确是这样。”

“我想谢谢你。这次的亡灵节，你才是关键人物。”

肯特向淳伸出手来。

淳握住他的手，胸中的不安却挥之不去。

为什么，这感觉竟好似今生的诀别。

“明天会有多危险？”

淳惴惴不安地问。

肯特耸耸肩："这个嘛，那种力量能阻拦阿须那和玛丽，让她都无法回来，想象不出会发生什么事。不过，我答应你，我们虽然需要你的帮助，但绝不会让你受到伤害。我和司界人已经商量过了，一定要让你平安地回到东京的恋人身边。"

淳一下子想到了苑子。这太过唐突，连自己都慌乱起来。

他已经完全忘记了苑子的存在。对自己的厌恶和狼狈不堪的感觉交织在一起。看着淳的表情，肯特含笑道："可以理解，你毕竟还年轻。将来你回到东京，会觉得这里的事就像一场梦。一见到你的恋人，你就会回到现实。"

肯特淡然地说。

淳不能否定他的话。

梦和现实。回到东京，就会立即忘记厄纳得山。

他眼前浮现出在东京忙于日常杂事的自己。

人是健忘的生物。现在，自己在这里，厄纳得山就是世界的全部，可爱的恋人像是另外一个世界的陌生的生物。可是，离开这里的话，眼前新的现实又在等待着自己。虽然残酷，但这就是事实。

"不过，我很庆幸能来这里。"

"听你这么说，我就放心了。"

肯特平静地微笑着。

淳有些不知怎么说才好："那，明天到底怎么去那里？我上次去那里只是很短的时间——不，不是去过，只是看到了——当时是非常偶然的。让我再去一次，我怎么才能去呢？"

"方法我已经想好了。"肯特简短地说，"我们需要你的帮助。明天继续说吧。"

继续——昨天的继续是今天，今天的继续就是明天。

今天是在继续着吗？明天会延续到哪里呢？

冰冷的雨敲打着森林，敲打着屋檐。

淳做了一个阴郁的梦。

肯特回去之后，淳好久睡不着。心里一直想着，明天有非常重要的工作，必须早点儿睡，就在焦躁万分之中，梦和现实的界限模糊了。梦境和现在自己生活的石砌的房子连成一体，淳不知道自己是真的睡着了，还是太过疲倦，只有身体睡着了。

没有什么具体的东西。深褐色的黑暗包裹着，挥之不去，自己无法从当中逃脱出来。腿深深地向地面下沉，胸口像压了一块石头，憋闷难耐。

空气为什么会这样冰冷？身体为什么会这样沉重？

淳艰难地喘息着。救救我。太沉重了。对于我来说太沉重了。那样的任务，我无法承担。那样沉重的工作，我无论如何也……

淳醒了——他觉得是。

黑暗。异常的黑暗。这样想着，淳揉揉眼睛。

于是，他的目光和什么人相遇了。

目光相遇？

淳一瞬间全身都僵硬了。

有两张脸，从床的上方往下看着他。

只是影子，看不清，但那脸是他熟识的。

自己见过的脸，两张同样的脸。

“你……难道……”

淳的嘴里发出干涩的声音。

“嘿嘿嘿。”

“哈哈哈。”

这两张脸笑得肩膀直抖。

淳脑海中一片空白。全身一下子热起来，又一下子冷下去。

“你们以为我们是一个人？”

“以为一个人演了两个角色？”

“推理爱好者们也该歇一歇了。这些人唠唠叨叨，真让人厌烦。”

“我们是两个人。我们关系非常好。你们居然喋喋不休地说了那么多，全都是胡说八道。”

特里。吉米。身体还是一动也不能动。

“来抓我们啊。你要是能抓住我们，就向你奉上我们的诗集。”

“在枕边吟唱给你听好不好？”

这是怎么回事？这一定是梦。自从来到这里之后做了那么多奇怪的梦，多少次惊醒之后发现那是梦境。

但是，这冷汗，这心跳，这不是梦。这怎么可能？现在，我在厄纳得山的床上，特里和吉米，居然在盯着躺在床上的我。

一下子，两张脸都消失了，视野一下子明亮起来。

不由得深吸一口气。

“哈哈哈。”

“嘿嘿嘿。”

从喉间发出的笑声。淳下意识地跳起来。

这时，他感到喉间一阵疼痛，不由得皱起眉头。他伸手去摸喉间，手湿了。

指尖沾着血，淳一惊。喉头有一个小小的划伤。

回头一看，房间入口处站着两个人，脸长得一模一样。

微暗的房间。充满早晨的寒意的房间。

“来抓我们啊。”

“否则就要杀了你哦。”

两个人都没有戴眼镜。穿着同样的衬衫，根本无法区别。连拿腔作调的嘲弄语气也一模一样。

“我怎么没想到有可能他们两个人眼睛都很好？或者，戴平光眼镜的是腼腆的吉米？”

淳还在怀疑，这是梦境还是现实。尽管已经感到喉头渗出血来，尽管已经感到腋下渗出细密的汗珠。

“不管是神汤还是‘精灵’，你们以为我们会害怕？要撕碎我们就让他来吧，这样我们就可以——”两个人互相看了看，哧哧笑着说，“把他撕碎。”

那手中寒光一闪。

淳紧盯着他们的手。

戴着皮手套的手。手里握着磨得吹毛刃断的细细的刀。

“淳，醒来时没有被杀，感觉好吧？”

“啊哈哈。真傻，被杀了的话，就不会醒来喽。”

“那倒是啊。”

“你捡了一条命。以后你每次醒来，都要感谢自己的幸运，没有被我们杀掉。”

“走吧，还有别的事。”

“是啊。”

两个人笑着消失了。淳全身发抖，听着那笑声越来越远。

他颤抖的手再一次摸向喉头。血已经止住了。这伤口一定是那两个人用刀子划的。

想到那两个人带着恶意的笑，拿刀子贴在睡梦之中的自己的喉头，淳又一次恐惧得全身发抖。

自己差一点儿就被杀死了。

全身的颤抖无法停止。

腿终于能动了，淳在床上坐了起来。一移动身体，就有一种错觉，觉得自己什么地方被割开了。

心脏怦怦地跳，淳努力想让它平静下来。

心里还是慌张，他手忙脚乱地穿上衣服，悄悄向走廊望去。

走廊里一片寂静。雨已经停了，但没有阳光，望过去，是一片阴沉的幽暗。

为什么这么安静？大家都还睡着吗？

淳有一种不祥的预感。死一般的寂静。这个词浮现脑海，他慌忙打消这个念头。为什么会想到这个词？

忽然，他的视线停在地面。

黑色的痕迹。淳怀疑自己的眼睛。

是血痕。血痕一直延伸出去。

淳咽下一口唾沫，慢慢挪动脚步，沿着地上的血痕来到走廊。

血痕顺着楼梯延伸下去。不祥的预感越来越强烈。

为什么这么安静？难道……

脑海中，一把刀握在戴着皮手套的手里，闪着光。

天哪，千万不要发生那样的事。

心脏又开始怦怦直跳。

一楼悄无声息。根本不像有人的样子。

血痕面积越来越大，已经不能说是血痕了。楼下这里一摊血，那里一摊血，正在凝成紫黑色的黏液块儿。

到底是谁的血?

淳拼命压抑着自己要喊叫出来的冲动，朝餐厅走过去。

餐厅没有光。没有点蜡烛，也没有人。

淳屏住呼吸。

门半开着。门把手和门的下半面都是黏黏的血。

淳停下脚步。

那里面，那里面，有什么可怕的东西。

淳一步一步走近，轻轻推门。

吱……随着低低的声响，门慢慢打开了。

餐厅一片昏暗。一瞬间，淳的眼睛不能适应，眨了一眨。

地上有什么东西。

淳胆战心惊地走进去。

桌子下面有什么东西，似乎很重。

一股腐烂的气味直冲鼻子。

淳睁大眼睛。他看清楚那是什么了。

是尸体。满身是血，一个叠一个地摞起来，已经开始腐烂了。

这次，淳终于爆发出惊叫，他冲到走廊。

突然，他撞到一个飞奔而来的黑影。淳完全错乱了，眼前一片漆黑，又一次发出恐怖的叫喊。

“淳，镇静！”

这个严厉的声音让淳惊醒了过来。

他感到了温暖的毛，温暖的气息。

眼前是那只黑狗。

淳正坐在走廊里，司界人的狗在他面前摇着尾巴。

司界人突然从玄关走了进来。

“这，这……那尸体……”

淳用颤抖的手指着餐厅，门上的血浆看上去令人毛骨悚然。

“变化来得比想象的还要快。这里已经不是我们到昨天为止一直待的厄纳得山了。”

司界人神色严峻，环视着周围。

“大……大家到底都去哪儿了？”

“我想就在附近。那些尸体不是他们的。那些尸体是在这个世界被杀的人。”

“这个世界？”

“过来看看。”

司界人以目示意，让淳过去。

淳踉踉跄跄地站起来，跟着司界人来到外面。

空气湿漉漉的，有一股霉味儿。这样的霉味儿。果然，不是梦。

周围是看惯的景色。但是，还是没有人的气息。

这个世界——这个世界是什么意思？

司界人一直盯着一个地方。淳不由得顺着司界人的目光望去，大吃一惊。

的确，这是到昨天为止一直见惯的厄纳得山的风景，建筑、森林、“祈祷之城”，但是……

淳睁大了眼睛。

“祈祷之城”的那一边，有什么东西耸立在那里。

天气不好，雾气笼罩，看不清楚，只能看出是一幢黑乎乎的建筑。

似乎觉得很熟悉。这是哪里？

“你看到过它吧？”

司界人低语。

淳的脑海中有什么东西闪过。

鸟腿。黑寡妇。

“那是，死者经过的山丘。”

“好像是的。我也是第一次看到。”

“那，这里……”

淳看着周围，明明看起来没有任何改变。

“是过去的厄纳得山？”

“或者说，是异质的厄纳得山。”

“你是说，我们超越了时间？或者说，厄纳得山超越了时间？”

“不是的。”司界人摇头，“厄纳得山同时存在着过去和现在这两种异质的世界的时间。现在我们在这里这样说着话，同时，教授、琳德和真理子可能在同一个地方说着话。好像多元宇宙一样，不同的世界重叠在一起，有人能够在这其间来往穿行。”

司界人寻找着合适的词句：

“是的，就好像几张不同颜色的透明纸重叠在一起，颜色看起来就浑浊了。厄纳得山远看是灰色的，那是因为几种颜色的世界重合的缘故。你们所说的‘客人’能够在红色和黄色的透明纸之间来往，我们一族还可以到另一张绿色透明纸的世界里去。但是，在这里，还有其他几张别的颜色的透明纸重叠着。”

“萨曼莎她们就在这里吗？”

“很有可能。”

“肯特在哪儿？”

淳四下张望。

“他去找船了。”

“船？”

“他说，有一个地方，他和阿须那从这里逃出去的时候知道的，乘小船能够到达。”

司界人的语气带着些微讽刺的意味。是自己的心理作用吗？

他是不是还没有原谅肯特？这个念头一闪而过。

“还有一件事，我刚才看到他们两个了，吉米和特里。他们果然是两个人，他们割伤了我的喉咙。他们也在这里。”

“我也看见了。”司界人简短地回答，“他们两个人也在变化，那更可怕……”

低声说了这句话之后，司界人没有再说下去。

更可怕？

淳想象着司界人咽下去的后半句话，却只感到一阵朦胧的不安。

要说可怕的话，这里是多么可怕啊。为什么睡着睡着会变成这样呢？

淳感到了杀伐的气氛，一阵战栗。

虽然是同一个场所，但这里根本不像大家围着热气腾腾的什锦锅的那个家。在这里被杀掉的是些什么人呢？

也许，是特里和吉米杀死的？

皮手套。闪着寒光的刀。

淳想起他们刚才说的话。他们两个真是“嗜血狂杰克”？以推销特装本诗集为掩护做下连环凶杀案的就是这对年轻的孪生兄弟？

自己竟然和那两个人身处同一个世界。

淳又一次感到毛骨悚然。他们待在这样的世界也满不在乎。

“在家里等着吧。不知道还有其他什么人。暴露自己是危险的。”

“在这种地方，阿须那和萨曼莎不要紧吗？”

司界人面无表情，淳觉察到自己失言了。

“对不起，我不该这样问。”

“没关系。阿须那不是一般的女人。”

司界人好像是说给他自己听的。

是的，她也是司界人。淳在心底呢喃。出现在自己面前的萨曼莎，不是很好吗？她不像遇到恐怖的事情的样子。

那么，阿须那呢？为什么阿须那没有出现？

想到这里，淳觉得迷惑不解。阿须那有那么强的力量，应该比萨曼莎更频繁地出现才对。

不祥的预感又一次涌上心头。这一次，淳没有说出口。

司界人进入中庭，似乎是要在这里等待肯特回来。

淳战战兢兢地跟在他后面。

他瞟了一眼玄关。

那摞成一摞的尸体。他不想进入餐厅，可是又想喝一点儿热的东西。

咖啡，红茶，这些东西在这个世界的家里好像已经没有了。不过，热水总是可以烧的吧。

"淳，做什么？"

"我去烧些水就来。"

"要小心。"

听司界人这样说，淳悄悄走进家里。

仍然很暗。淳尽量不去看走廊的血迹，他走进餐厅。

"淳！"

突然听到有人叫自己，淳直眨眼。

眼前站着身穿黄色线衣的羽奈。

明亮的餐厅，和昨天一样。

"羽奈！"

淳不由得叫起来。

"淳，你去哪儿了？司界人和肯特叔叔也消失了！大家从一大早就乱成一团，都去外面找你们了！"

"羽奈，你什么时候到餐厅的？"

"什么时候？我从一大早就一直待在这里啊。"

淳环视餐厅。刚才的死尸已经无影无踪了。

"淳，这是怎么回事？"羽奈奇怪地看着淳，"刚才你从哪儿过来的？我一直看着走廊的窗户，没看见任何人。突然，你出现了。简直，简直就像'客人'一样。"

羽奈低声说。

"羽奈，我们在另外一个世界。可能，应该叫异质的厄纳得山。现在我们三个人去找阿须那和萨曼莎，你告诉大家。"

"什么？怎么不知不觉你们就走了？到底是怎么回事？"

"我也不知道。我早上醒来就到那个地方了。"

"好奇怪。"羽奈两只手握在一起，"我们也是，早上醒来就发生了一件怪事。'祈祷之城'那边建起了一座漆黑的塔。"

"啊？"

淳大吃一惊。

"从没见过这座塔。大家现在正在争论，要不要到里面去看一看。不知道为什么会突然出现那样一个东西。"

"塔，你说是塔，有多高？什么形状？上面是四方的？"

淳想起刚才看到的山丘上的建筑物。

羽奈摇头："不是，是一座很高的塔，哥特式的那种尖塔。"

"哦，是这样。"

好像是建筑的时代不同。"透明纸"好像有很多地方破了，不同时代的"厄纳得山"混合在了一起。但是，淳看到的塔和羽奈看到的塔，虽然有时间的间隔，但应该是同一个物体。

"羽奈，给我拿点儿热的喝的东西。最好装在暖水瓶里。还有，拿点儿吃的。"

"有红茶和饼干，可以吗？"

"嗯，快点儿。"

羽奈表情依然混乱，但动作很快，找出一个不锈钢的暖水瓶，灌上热红茶，把饼干装到几个纸袋里，递给淳。

"淳，你会回来的吧？司界人和肯特叔叔会平安无事吧？"

羽奈一双眸子充满不安地望着淳。

淳下意识地深深点着头："嗯，没问题，绝对会回来。一定会带着阿须那和萨曼莎一起回来。"

"是啊，一定会平安回来的。"

羽奈不自然地点着头。

淳差点儿就要把特里和吉米的事说出来了，好不容易才忍住。说出来的话大家一定会担心的。

现在更重要的是，要是自己无法回到司界人那里可怎么办？

"我走了。"

淳一下子担心起来，焦急地奔向走廊。

但是，冰冷的空气和血腥的气味直冲鼻子，淳不由得皱起眉头。

"啊。"

回头一看，餐厅又一次阴暗下来。

羽奈不见了。门上刚才看到的血浆已经开始凝固了。

淳不由得叹了一口气，也不知是安心还是绝望。

现在，淳又开始担心自己能不能回到羽奈他们那边去了。还能回到那个温暖舒适的餐厅，和大家一起围着桌子吃什锦锅吗？

淳恋恋不舍，慢慢地走到中庭。

司界人和他的狗回过头来。

"我见到羽奈了，在餐厅。"

"羽奈？"

"这里果然是重合的。而且，在羽奈他们那里，'祈祷之城'的那边也出现一座高塔。"

"原来他们那儿也有。"

司界人沉思着。

“地点跟我们刚才看到的一样。虽然好像建筑的时代不同。”

“竟然会这样。”

司界人眼中显出焦急的神色。

“这是红茶和饼干，羽奈给的。”

“太好了。”

两个人在中庭坐下，默默地喝着红茶，吃着饼干。热热的，真好吃。

这时，肯特慢慢走了进来。

淳看到他的脸，惊讶于他神情竟如此憔悴。虽然憔悴，神经却绷得紧紧的，有一种动人心弦的感觉。看得出，他心里充满了一定要救出妻儿的责任感。

“船准备好了。”

他说着，在两个人身边坐下来。

“喝点儿红茶吧。”

“谢谢。”

肯特并不多说话。他是觉得，三个人怎么会在这里的缘故，司界人肯定已经说过了。

“怎么去那个山丘？乘船到哪里去？”

“要先从厄纳得山出去。”

肯特坚决地说。淳觉得司界人好像否定似地看了肯特一眼，不由得紧张起来。

“从厄纳得山出去？怎么出去？”

“沿着我们曾经走过的路。现在山里都是一些危险的人，从山里过去很危险。走外面的水路，绕到山丘背面。”

肯特的意志很坚定，他脑海中已经规划出路线。

“出发吧。”

肯特站起来。

淳和司界人也站起来。

“要准备什么工具吗——比如，武器。”

淳低声询问，最后加上了那个词。

武器。估计马上就要和什么人或者什么东西进行战斗了吧。

“没有太大必要吧。”

肯特缓缓摇头。

三个人悄悄走出中庭。

可怕的寂静笼罩着周围。

“要小心，尽量别引人注目。”

“船在哪里？”

“在神圣的森林的深处。”

三个人寻找着隐蔽的地方，一路前行。连脚步都是静悄悄的。不知什么人藏在什么地方，特里和吉米也许正拿着刀窥视着他们。今天早晨他们两个不知是心血来潮还是怎样，让自己捡了一条命，否则的话，自己现在也许已经躺在床上，浑身是血，气绝身亡了。

这样一想，连建筑和树木遮蔽的地方也觉得可怕起来，淳不由自主地东张西望。

很多地方都有燃烧过的痕迹。

有的地方有烧剩下的骨头。

烧的是什么呢？是动物，还是人？淳尽力不让自己去想这些，但刺鼻的腥臭阵阵袭来，心情也阴郁起来。不知这是什么时代，总之是个杀伐的世界，真想赶快离开这里。

突然，几只乌鸦扑棱棱地飞起来。三个人蜷缩起身体。

黑色的鸟群划过天空。

那振翅的声音，似乎预示着前途无比艰辛。

终于到了水边，进入葱郁的森林。

那天夜里来到这座森林，好像是很久以前的事了。

三个人无言地在森林中走着。狗也乖乖地跟着。

不知道是白天还是夜晚。是在哪儿的森林里？是什么时代的森林里？是梦？还是现实？

“在那里。”

肯特低声说。

森林深处，有一个微亮的地方。

有一艘小小的、白色的船。

森林中有河的源头。似乎有泉水涌出，小船在上面轻轻荡漾。

一弯只有两三米宽的美丽的流水，蜿蜒着进入密林深处。

“来，上来。”

肯特回头招呼他们两个。

司界人无言地上了船，坐在后面。狗跳进来，在他身边蹲下。

自然，淳就坐在中间了，因为肯特要在前面掌舵。

“走了。”

肯特声音很低，两个人几乎听不到。

淳和司界人都没有回答，只是一脸紧张的表情，凝视着流水在森林深处消失的地方。

第十三章

在黎明的夜晚

船缓缓地，按着一定的节奏向前划。坐在这条小船上，感觉到厄纳得山以来的时间简直就像梦境。短短一个星期，自己经历了怎样的体验，简直难以置信，甚至动摇了自己根本的价值观。

呼吸着寂静的森林中几乎令人窒息的氧气，淳仿佛觉得，自己还没有来到厄纳得山，而是现在开始出发朝那边去。在自己的脑海里，能够看到之前在这里发生的事，就像看着预知未来的梦境，那些都是自己现在还没有经历、以后将要经历的。

三个人都没有说话，一动不动地待在狭小的船上。肯特默默地划着船，前方阴郁而幽暗，时间应该是在上午，却丝毫感觉不到阳光透射进来。

呜咕，呜咕，远处传来的似乎是猫头鹰的叫声，但听不真切。声音刚传到耳朵里，马上就被森林吸收了，结果，自己都没有把握是不是真的听到了什么。

“小心，低下头，这一带树木繁茂，很难找到水路。”

肯特对两个人悄声说。

的确，前方树木十分茂密，枝桠低垂，阻塞水路，让人不由得担心前方是否已经不通了。但是，肯特巧妙地操着桨，弯下身体，用手拨开树枝，一直向前划。

淳和司界人也同时弯下腰，低下头，躲避着树枝，把身体蜷缩在船里。黑像平时一样，伏在主人身边一动不动，表现出极强的耐力。

肯特准确地循着记忆划着、划着。途中有几次遇到岔路，还有的地方看起来没有水路，实际上水却仍在底下流淌。随着船只前行，水面渐渐宽阔起来。

刚出发的时候，船身几乎要触碰到两边的水岸，现在，即使迎面驶来一条同样宽窄的船也足以错开。肯特依然稳稳地操着桨。

这片森林是多么的广大，淳再一次感叹。

水路在森林里蜿蜒，前进，前进，可是，前面还是森林。依然没有离开厄纳得山，也丝毫没有接近城墙的感觉。

黑暗的深处……这个词浮现出来。是康拉德的小说。走向丛林深处，再深处。去往河流的上游。那里有什么？

淳觉得好像永远出不了这片森林了，不由得郁闷难耐。

会不会一直就这样在幽暗的森林中划着，划着，永远在这里彷徨？

淳试着咽了一口唾沫，发出一种奇妙的声音，淳下意识地捂住嘴。

这时，身后响起摇动树枝的声音，淳连忙回头。

突然，几只乌鸦扑棱棱地飞出来，从头上掠过。

“哇！”

“小心，这一带大概有乌鸦巢。乌鸦会攻击人的。”

肯特小声叫道。

淳抱住头，弯下身子。

呱，呱，呱，乌鸦的一声声鸣叫渐渐远去，淳松了一口气。

“马上就要离开厄纳得山了，之后会进入一个狭小的隧道，小心头。”

刚有一刻的安心，船又进入更葱郁的树丛之中。湿漉漉的空气触到脸颊，一股腐烂的臭味儿直冲鼻子。

黑暗。令人怀念起刚才的幽暗。

人的轮廓很快消失了。黑的身体融进了黑暗。

古老的森林。树木的存在感是浓厚的，树梢的叶子是沉重的，带着质感逼近。

啪，啪，只听见划桨的声音，偶尔有一瞬间感觉看到了水面，除此之外，什么都看不见。什么时候进入隧道呢？

“低头。”

忽然听到这个声音，淳一愣，赶快伏低身体。

显然已经进入隧道了。迎面而来的空气很生硬。

这个隧道应该建于相当古老的时代。顶部很低，和水面的距离勉强只到一个成年男子坐着的高度。

这里有一种和森林中不同的霉味儿，呼吸的时候简直感觉肺里都生了霉，不由得想止住呼吸。

啪，啪，微弱的水声反射到隧道顶，仿佛传到了遥远的地方。这隧道好像很长。

淳有一种冲动，想从外面确认一下隧道的形状和位置。其实，这来自于一种恐惧感，想从低矮的顶部带来的压抑感中逃离。淳竭尽全力抵受着自己头顶上沉重的质量带来的威压。

不知到底过了多长时间，不知到底行驶了多少距离。

到什么也感觉不到的时候，视野模模糊糊地明朗起来。

正面有一个半圆形的白色空间。是出口。半圆形越来越大，终于能够看清隧道的样子了。身畔拱形的古老石砌十分致密，历经岁月，依然坚实。

外面的空气一点儿一点儿地进来了，呼吸终于顺畅一些了。

虽然依然见不到太阳，但比起刚才的黑暗，已经明亮得多了。

“要出去了，安静。”

好久没听到肯特的声音了，淳下意识地答了一声“是”。他也好久没听到自己的声音了。

空间一下子开阔起来。

一种解放感，几乎让人觉得来得太过容易。

两岸依然是森林，透过树梢，可以看到阴沉的天空。显然，树木的种类和进入隧道之前是不同的。

淳深深吸了一口气。也许是心理作用，这里的空气也和厄纳得山的不一样，有一种奇异的甘甜。

水的颜色也不一样。水底摇曳着各种藻类。

水路转了几个小弯，终于出了树林。

“哇。”

淳情不自禁地发出感叹。

厄纳得山的外面。

因为在闭塞的厄纳得山已经生活了一段时间，这种解放感中夹杂着一半的恐惧。

的确，来的时候也是从湿地中经过的，但因为是从河里乘船而来，就像只走了主干道似的，对湿地没有太深的印象。

这里是那么不可思议，又那么令人感怀，好像小时候读过的故事中的景色一样。

地平线与天空的颜色微妙地分开。湿地上无数的细流像网格一样交错分布。低矮的树木到处生长着。时而会有平缓的丘陵和石头的小山，像倒扣的杯子在地面留下它们的影子。可能因为没有阳光，所有的一切都是朦胧的灰色。事物的轮廓都是模模糊糊的，没有清晰的线条。到处可见鸟群在低空盘旋。

目之所及，活着的人好像只有他们三个。

没有风，只能感觉到微微湿润的空气在缓缓流动。

“司界人，你们一族住在哪里？”

淳在不经意间问道。

“还要更远一些。从这儿再走过去，湿地到了尽头，有一大片丘陵地带。那里有一片古老的牧草地，我们在那里游牧。”

“哦，从这里看去，好像世界只有这片湿地似的。”

“对于我们来说，这片湿地就是世界。”

虽然听不出他是开玩笑还是认真的，但他说的话在某种意义上应该是事实。他们从遥远的古代开始，就遵守着特殊的传承和传统，一直在这里生活。

然而，阿须那抛弃了这里。她抛弃了这里的一切，和肯特奔向新天地。可现在，她被囚禁在这座山丘之中……

回首望去，一座异质的山丘在那里耸立着。

厄纳得山明显地与众不同。它是异形的。的确，任何人看到它都会认为这是一个特殊的地方。那黑色的块垒就像是自然生成的要塞，只能认为，是有人为了实现他的不良企图而安放到这世界上的一个魔物。

“我来替你吧。”

忽然想起肯特划船已经划了好长时间，淳这样提议。既然出了厄纳得山，视野已经开阔了，水流也变得平稳，只要知道方向，自己也应该能划的。

“不用，现在还不用。这里藻类很多，看起来容易划，其实很难。”

肯特摇头。

于是，司界人站了起来：“我来吧。把船驶离厄纳得山你已经费了很大力气，休息一下吧。以后还有的是艰难的事。”

肯特没有拒绝。这里算是司界人的家门口了，司界人应该很熟悉水路。虽说自己是无能为力，但淳还是感到不好意思。自己最年轻，力气活儿却帮不上忙。

“不必介意，等到那边以后，就看你的了。”

好像看透了淳的心思，肯特坐下来对淳微笑：

“你对‘影子’有免疫力——我看到了，在‘祈祷之城’。”

淳一愣，抬起头，与肯特四目相对。

“影子”。“祈祷之城”。红色鸟居。

“你是我们的护身符。”

肯特轻轻地说。

淳从暖水瓶里倒出红茶，递给肯特。

广阔的湿地，到处生长的树丛，成为绝妙的掩体。隧道的出口也被遮住，不知道的人根本想不到那样的地方会有个出入口。虽然没有人活动的迹象，淳还是不知不觉压低了声音：“不知厄纳得山现在是一种什么状态呢？”

“嗯，我觉得是一个从未有过的变化期。因为世界在不断变化。我在美国切实感到，一个人类从未经历过的时代已经到来。”

“是宇宙时代吗？”

听淳这样问，肯特含笑道：“不是的。可以说，是把所有的东西从黑暗中拉出来的时代吧——以前，人们会说‘以前一直是这样，所以就是这样’，或者说‘大家都是这样的’，就算给出了解释。但是，现在，单是这样解释已经渐渐行不通了。就是说，从不必去了解变成必须去了解。淳，你觉得这是幸福吗？”

“我觉得，应当排除迷信和不合理的东西。”

淳斟酌着词句回答。

“是啊。有很多人为此而痛苦。”肯特平静地点头，“那么，亡灵节怎样？厄纳得山又怎样？”

肯特这样问，淳有些不知如何作答：“亡灵节不是迷信。它有实体，大家也都相信……”

这么说着，淳却支吾起来。

“有实体。”

肯特自言自语似地重复着。

“的确，我们知道这一点。但是，在外人看来，这就是不合理的迷信。你是从东京来的，应该很清楚，人们就是这样认为的。在英国这个宗主国看来，亡灵节也是近于异端邪教的东西。现在，国教会中反对亡灵节的势力一年比一年强大起来，亡灵节已经是应该取消的事物中首当其冲的一个了。”

“在维国也是这样？”

淳听着肯特冷淡的语气，不由自主地想反驳。

肯特轻轻点头：“在维国也是。或者说，维国的人对亡灵节越来越敬而远之。许多年轻人认为，特意来到这样一个不方便的地方，过着禁欲的生活，等待逝去亲人的亡灵来访，是古旧而烦琐的习惯，如果可能的话，希望把它废除掉。从现实的角度来说，这很花时间，又需要费用。再经过一代人，参加亡灵节的人一定会急剧减少。维国也开始向小家庭化发展了，不管有多少优惠政策，年轻夫妇都有各自工作的情况下，参加亡灵节在实际生活中会造成很大的负担。现在，人们因为从小就参加这个仪式，还不愿意废止它。不久的将来，人们就会变得不愿意考虑死者的问题了。”

听着肯特平静地陈述自己的意见，淳看了一眼划船的司界人。

那背影十分坚定，熟练地划着桨，操纵着船向前驶去。

他也应该听到这番话了。他对肯特的意见怎么想？

——对于我们来说，这片湿地就是世界。

司界人刚才说的这句话掠过脑海。

“死者从这个世界消失。以后，这个世界只属于生者。”

肯特眼望湿地，补充道。

淳注视着他的侧脸。经历了漫长的岁月，亲戚都已经认不出他了。他身上已经看不到当初那个肆意妄为的单身贵族的影子。

“肯特叔叔，你希望变成这样吗？”

肯特仿佛有些意外，回过头来。

“你是不是……当然也有阿须那的关系，憎恨这个充满传统习俗的厄纳得山？”

“憎恨，”肯特自言自语似地重复了一句，继续说道，“也许是的，虽然我没有意识到。我曾经抛弃了厄纳得山，远远地逃离了维国。如果说我没有憎恨的话，那是撒谎。”

“而我，来到维国之后，觉得非常羡慕。”淳踌躇着说，“在这里，你不会和生命中重要的人突然离别，不会有这样残酷的事。这个世界上有那么多的人，他们想，哪怕只说一句话也好，不管做些什么都可以，只想和死去的人再见一面。在厄纳得山，这是能够实现的。在东京，死去的人一个又一个地消失不见。家人在医院里死去，从孩子的眼中，从街市中，彻底地被隐藏起来。但是，在厄纳得山，死者不会受到区别对待，人们不会隐藏死亡。真理子也说过，死亡是一种仪式，是日常的延续，只能和死者一起享受这乐趣。开始，我觉得这很过分，很低俗，现在看来，这样才是更为健全的。我希望，亡灵节能存留下来，延续下来。虽然，我遭遇了许多恐怖的事情。”

淳抚摸着黑的脊背。黑微微一动，向淳瞟了一眼。

“我终归是个看客，把它传承下去的人们要经历许多的艰难，但是，我切实体会到了，我的根在这里。现在我依然是这样的感觉。”

听了淳的话，肯特微笑了。

“你身上的确流着维国的血。”肯特的目光很温柔，“毫无疑问，我也是，虽然有憎恨的成分，但依然爱着这片土地。听了你的话，我发现我也是这么想的。但是，事实是，世界正在发生变化。我想说一说对于现在的变化的一些思考。”

“请讲。”

肯特略一踌躇，开了口：“在我看来，这是因为大家的信仰在动摇。”

“信仰在动摇？”

淳不明白他的意思，反问道。

“当然，他们还是相信的。每年，他们来到这里，与‘客人’日日相对。在这一点上，国民性没有变。但是，许多信息从别的地方传到这里，许多人从别的地方来到这里，于是，人们逐渐了解到，这个世界上存在着各种各样的想法。对于亡灵节的存在，人们心中逐渐滋长了一种怀疑的情绪，怀疑这种状况是否成立，是否可以一直延续，这种状况的存在是否理所当然。虽然没有说出口，但是，在无意识的状态下，大家不约而同地对亡灵节的‘客人’产生了某种猜疑之心。我觉得这一点很重要。”

是的，肯特是个学者。淳又一次切实感受到这一点。他离开了自己的祖国，却在另一个地方分析着自己的祖国。

“就是说……”

“你也知道安慰剂效应吧。试剂里面其实不存在有效的药物成分，但是，只要患者相信这种药物对病情有效，就能在患者身上产生很大的效果。但是，一旦患者对这种试剂效果产生疑问，药效也就消失了，就像魔法被解除了一样。”

“肯特叔叔，在你是格雷博士的时候，你也说过，亡灵节和‘客人’是集团幻想。那是为了掩盖自己的身份说的吗？还是你本人的意见？”

淳想起第一夜“客人”降下冰雹的事情。他一直坚持，这是共同幻想导致的集团性歇斯底里。不知是他本人真的这样想，还是他的演技？

肯特久久地思索着，然后无奈一笑：“其实，我也不明白。我经历长期的美国生活之后回到这里，觉得越来越不明白。亡灵节真是不可思议。离开它的时候，它完全像个梦境。你将来回到东京，就会明白我的意思了。你会觉得，不可能发生那样的事。特别是，在一切毫无包藏的、原色的、没有阴影的美国做学者的日子里，渐渐就会觉得维国的日子不像是真的。我带着那些胶片，也许是为了保险。因为，一直在美国生活的话，自己会不再相信亡灵节。也许，我预感到这一点，为了给自己留一个证据，把那些胶片带了出去。不过，一旦回到这里，我又切身体会到，这就是普通的日常。

人到底是适应性强，还是善变呢？”

肯特以自嘲结束了他的话。

的确，也许是这样。淳想。

现在，厄纳得山的日子已经像梦一样。将来回到节奏极快、瞬息万变的东京，更会觉得像一场梦吧。

人所说的“合理性”，其实本身就含意模糊，无法确定。因为，作为一个人，只能从自己的内心去看待事物。

就像眼前的景色。

暧昧的光景。淳脑海中浮现这样的词。

这片湿地融进灰色里，界线和轮廓都是模糊的。在这上面，船慢慢地、像滑行一样地前进着。司界人划着船，水溅起飞沫，船稳稳地前行而去。

“不相信的话就没有效果。那是不是说，什么时候大家不相信亡灵节了，‘客人’就不会出现了？”

“这次不就是这样吗？”肯特说，“大家都很不安，陷入亡灵节可能会消失的被害妄想。于是，谁也不来了。这样的情况，不是信仰危机又是什么呢？”

“那就是说，这样的情况也是大家无意识当中酿成的？”

“我只是说，这样更容易解释。”

肯特似乎想避免断定的说法。

“这就进山吧，走哪条路？”

司界人平静地问。

两个人和黑同时扬起脸。淳这才想起，竟然完全忘了现在几个人正以身犯险，不由得苦笑。

我可真够悠闲自在的。不知前面有什么在等待自己，还觉得如梦如幻。

淳不由得伸手摸摸自己的喉头。血已经凝固了，利刃划下的伤痕还在。

“看得到塔吗？”

肯特单腿膝盖撑了一下船底，支撑自己站起来，尽力向远处望去。

“在那里。”

司界人指着远方。

不知什么时候，已经绕了厄纳得山一周。

保持着一定的距离，没有靠近，也没有离得很远。

那座异形的山丘依然耸立在那里，散发着不祥的气息。

在“祈祷之城”的位置，看到一个高高的黑影。

“奇怪，好像和刚才看到的形状不一样。”

肯特眯起眼睛。淳也从船中探出身子，注视着那个建筑。

“怎么回事？”

那是一座奇妙的建筑。

在淳今天早晨看到的四方形黑塔的旁边，多了一座哥特式的尖塔。

“怎么可能？”淳低语，“从刚才已经过了很长时间，难道，真的，不同的世界混杂在一起了？”

在餐厅遇到羽奈的情景浮现在眼前。简直——简直像“客人”一样——早上醒来就发生了一件怪事。‘祈祷之城’那边建起了一座漆黑的塔。哥特式的那种尖塔。

“羽奈他们看到的就是那座塔。”

“原来是这样。也许，已经开始融合了。”

司界人低语。

融合？

淳不明白其中的意思。但船渐渐接近山丘的城墙，大家开始做上岸的准备，也就顾不上了。

曾经一度变得宽广的水路再一次渐渐狭窄起来。司界人留心不让水藻缠住桨，沿着狭窄的水路缓缓前行。

水路在低矮的树木之间延伸。虽然看不见出入口，但似乎任何地方都可以靠到岸边。

谁也没有说话，大家都越来越紧张。

“祈祷之城”是厄纳得山最高的地方。所以，和从维国到厄纳得山登岸时不一样，从这里看去就像绝壁。本来就已经在山的最高处了，逐渐接近眼前的塔又在更高的地方，简直像巴别塔一样直入云霄。

“真高啊。不知里面是怎样。”

肯特也不由得感叹。

“这里也有隧道吗？”

“不，这里应该有一处石阶。”

“肯特叔叔，你不知道这里的路？”

“我听阿须那说，‘祈祷之城’的背面有一处下到外面的石阶。”

“有的。”

司界人简短地说。他慢慢地调转船头，靠近一处不起眼的岸边。

那里也是树丛环绕，看不清楚，但石头的排列让船能非常方便地靠近，有一条被踩出来的窄道。也许，从很早以前，这里就是一条秘密通道。

在船上待久了，刚一上岸，身体摇摇晃晃，地面的感觉很亲切。司界人悄悄把船藏在水边茂密的树丛下面。

“你知道路吗？”

“大概在那边。”

低声交换着简单的话语，三个人走上这条似乎是野兽踩出来的小道。

周围依然阴沉而寂静，没有时间的感觉。

只看到一群乌鸦在尖塔的上空盘旋，这世界好像只剩下三个人和一只狗。

在水上看过来，只是一片绝壁，现在跟着司界人走，才知道有一条勉强可容一人通过的窄道，隐在树木之间，向前延伸。

终于看到了石阶，它被石壁包围着。

“就是那里。”

“石壁很高，从远处看，看不出有石阶。”

肯特和司界人四目相对，点点头。

司界人带着黑轻快地上了石阶。他走得很快，淳和肯特必须加快脚步才能跟上。

“哎呀，我可得好好锻炼一下。”

肯特叹着气，在石阶上攀爬。淳也有同感。城市人和游牧民族比体力，从根本上就是错误的。

“这石阶通到哪儿呢？”

“我觉得是到‘祈祷之城’的院子里的什么地方吧。”

两个人气喘吁吁，低声说着。

石阶仿佛没有尽头。不知上到什么地方了。只觉得膝盖直发抖，应该是上得很高了。

一直喘气，全身热得不行。向下一看，水路在那么遥远的下面，不由得一阵眩晕。

上到高处，起风了。

不稳定的，潮湿的风。前面是什么在等待自己呢？羽奈他们现在在干什么呢？大家现在都在做什么呢？世界现在变成什么样了？

各种疑问和不安在头脑中盘旋，可现在只有一个劲儿地向上爬。

感觉云彩逐渐变得清晰起来。

“马上就到了，保持安静。”

司界人冷静的声音总是让自己心中一凛。

同样都是人，但总感觉他们更高超，也更美。那么，他们遵循古老的习惯和传承，执拗地守护着传统，难道是“不合理”的吗？

不行不行，现在可不是想这个的时候，现在是去一个危险的地方，不知是什么东西在等待着自己。

淳努力绷紧自己的神经，调整呼吸，放慢了脚步。

司界人的步伐也变得慎重。三个人都自然而然地伏低了身体。

又是一个狭窄的隧道，张开嘴等在那里。只能容一人通过。

进入隧道之中，干燥的风吹了过来。

里面时而有亮光，那是开凿在隧道壁上的四方形采光孔，小得像枪眼。

这个隧道同样蜿蜒曲折，不一会儿就失去了方向感。但既然只有这一条路，就只能往前走。有的路段是下坡，让人心里疑惑，不过总是很快又变成上坡。

前方似乎明亮了起来。

因为，已经能够看清司界人的背影了。一些木箱、空葡萄酒瓶一类的东西散落在地上，散发着人类活动的气息，好像确实离人的居住地越来越近了。

“最近好像有人从这里走过。”肯特冒出一句，“有烟味儿。”

忽然，那气味儿掠过了淳的记忆的某个地方，走着走着，也就烟消云散了。

隧道里越来越光亮。现在能看到每个人，连黑的鼻子都能看清了。

人的气息。这个词浮现脑海。这个地方有人的气息。淳切实感到自己又回到了厄纳得山。

忽然，隧道分成两股岔道。

其中一处，前方就到头了，隧道壁上有一架梯子，能看到梯子上方是个出口。淳和肯特自然而然地朝那里走去，却被司界人制止：

“你们在这里等着，我去看看有没有危险。”

淳和肯特停下脚步，黑在主人和他们俩之间等着。淳再一次为司界人和黑之间的默契而感叹。

司界人迅速攀上梯子，观察了一阵，悄悄打开了出口的挡板，上半身探了出去，就此停住不再向上攀。

两个人屏住呼吸等着，不一会儿，司界人钻了出去。

紧张，寂静。

忽然，司界人在出口露出头，向他们招手表示可以上来。两个人这才松了一口气。

抱着黑交给司界人，淳和肯特随后跟上。

淳探出头，对着这个无人的小小空间，直眨眼睛。

“这里是……”

淳记得这个小小的空间。黑色的净手盆，蛋形的天花板。

“这不是‘祈祷之城’的礼拜堂吗？”

从出口钻出来，淳站在地板上喃喃自语。

不会忘记的。这里是举行神汤的地方。淳现在还能感觉到，那件雨衣碎成的尘埃在半空中飘荡。

司界人和肯特在里面转了一圈，察看外面的动静。

出口的挡板就在举行神汤时三个自治委员站立的祭坛后面的地面上。他们肯定知道，这里有一条通往外面的路。

挡板上有一个闩，可以在礼拜堂里面把它闩上。但刚才司界人很轻松地就把它打开了，应该是没上闩。这里应该是有人出入的。

“太过安静了。”

“既然已经融合了，大家应该都在这里才对。”

肯特和司界人低语着，悄悄打开礼拜堂的门锁，向外走去。

淳和黑也向外走去。

周围的景色完全变了样。

“真惊人。”

三个人和一只狗，茫然地望着天空。

融合。的确，只能用融合这个词来形容。

这里，有三座城——或者说塔，像有机物似的合体成一个建筑，仿佛日本的战斗机器人，离奇而怪诞。

它太过庞大，庞大得超出了人的视野，无法用语言形容。

欧洲的古城堡，有许多就是在古代异教徒建筑的基础上直接添加自己的宗教样式，眼前的建筑也正是如此。不同时代的三种建筑形式混合在一起，简直像狮头羊身蛇尾的怪兽奇美拉。

“祈祷之城”的院子里耸立着一座哥特式的尖塔，它的底座边上生出一座古代样式的朴素的四方形塔，“祈祷之城”和哥特式礼拜堂的墙壁像补花贴布一样犬牙交错。

“好像在做噩梦。”

“里面不知怎样？”

“进去之前，是不是应该先在厄纳得山里走一走？这里太过安静了。既然羽奈他们看到的东西和我们看到的东西合体了，这些人是不是也应该在同一个世界了？”

“那倒是。”

“那好，跟我来，咱们几个别分开。”

司界人和黑又一次走在前面。

在可怕的寂静之中，他们走下坡。

居住区倒没有想象中那么大的变化。也许是因为那塔的变化太具有冲击性，再看到些微的差异已经不足以让他们惊讶。

也可以理解，古代的山丘除了那座黑色建筑，其他什么都没有。没有变化也是当然的。

但是，那奇异的焚烧的痕迹，那骨头，还是四处散落着。

对了，那些尸体呢？

淳想到摞在餐厅的尸体，毛骨悚然。那些东西一下子出现在眼前，羽奈他们一定吓破了胆。

“一个人也没有啊。”

“看看房子里面？”

一直非常安静，没有遇到任何人，走着走着，脚步声也就大起来了。开始说话时都尽量压低声音，后来也不那么在意了。

“喂——”

“有人吗——”

最后，他们甚至高声呼喊起来。

他们等着有什么反应，却没有任何回音。

“不可能都躲起来了啊。有人吗？失礼了。”肯特一边说着，一边去敲各家的房门，进到里面看看，又摇着头出来，“一个人也没有。而且，没有发生了什么特殊事件的感觉。”

“不可能，那，大家都到哪儿去了？”

三个人分头从近处开始一家一家地找。

但是，还是一个人也没有。房子里没有什么异样，就是普通人家生活的样子。

最后，三个人回到了今天早晨离开的教授家。

不会的。不会的。羽奈他们也不见了？教授和琳德也不见了？

每走近一步，就增加一分担忧。

淳脸色苍白地冲进家门：

“羽奈！教授！你们都在哪儿？”

他一进玄关就大声喊着，家中却一片寂静。

他发现，黑贴着他的脚边一起进了门，好像是要保护他。

他战战兢兢地朝餐厅看去。

从走廊的窗户可以看到，餐厅里还是往常的样子，今天早晨看到的尸体堆没有了，但也不见羽奈他们。

桌子上，洗好的杯子摆在托盘里，抹布搭在旁边。和别的人家一样，没有任何异常的情形，一切一如既往。那么，大家都到哪里去了？

淳呆呆地站在餐厅，司界人和肯特看过其他房间，也都回来了。

他们你看看我，我看看你，都摇着头。家里一个人也没有。

“大家到底都去哪儿了？”淳胆怯地看着另外两个人，“好像被神仙鬼怪掳走了似的——所有人，整个厄纳得山——全都消失到时空的那一端去了。”

淳自己都觉得这话太过荒唐无稽，可是，肯特和司界人都没有笑。

淳反复思索肯特刚才说的话。

如果大家都不相信了，也就不存在了。

所有人都对亡灵节抱有怀疑，不再相信自己的传统习惯，结果，它自身也就消亡了——如果厄纳得山的“场”的力量是这样运作的话。

这是一个离奇的想象，但是，淳有些相信了。

所有的一切都消失了。连同亡灵节的习惯。连同“客人”。厄纳得山向所有的人复仇了。厄纳得山“不再相信”这些不能相信圣地的力量的人们。

“是刚才那座塔。”

肯特低语。

“不会的。你是说所有人都在那里？”淳绝望地叫着，“所有人，所有人都消失了——‘客人’也不来了，参加亡灵节的人也一起消失了。”

“不是这样，我们不是还在这里吗？”

肯特反驳道。

“那是因为我们刚才离开厄纳得山到外面去了，所以厄纳得山的力量不能左右我们。那时候，混乱就已经开始了。当时如果再在这里待一会儿，我们一定也会一起消失的。”

淳摇着头。消失了，所有人都消失了。

心情太过混乱，淳简直不知道自己在说什么了。

“镇静，淳，我们去塔里看看。”司界人的声音像往常一样冷静，“至少，到那里去应该会知道发生了些什么。”

“消失了——所有人都消失了。只留下我们。”

淳摇着头，自顾自地说着。

羽奈，真理子，桑尼和赛德，那两只猫也一起走了吗？

“先别急着下结论，快，回去看看。”

肯特抱着淳的肩，催他快走。

淳迈出了步伐，一半是出于惯性。

消失了。“客人”和亡灵节都消失了。维国的传说到今天为止结束了。

和刚才截然不同，三个人和一只狗脚步沉重，沿着来时的路往回走。

前方是那座里出外进的塔，像怪兽奇美拉。

那景象滑稽得让人几乎要发笑，同时，又生出一种无法言喻的异样感觉。

如果那里也没有的话——不，不在那里，那里没有人活动的迹象。不可能厄纳得山的所有人都集中在那里。那里一定是空的。

淳的脑海中浮现自己站在空荡荡的大房间里的样子。

想象着那种绝望，淳觉得自己的胸膛都要炸开了。

胸口发闷，喘不上气。

居然再也见不到大家了。就这样回到东京，对家人说什么好呢？对苑子说什么好呢？

忽然，苑子熟悉的面容浮现脑海。笑起来像糖果一样甜。

淳战栗了。想到自己回到东京和苑子面对面的情形，淳觉得无比的恐惧。自己已经不是以前的淳一郎，已经成了另外一个人了，成了一个和苑子的天真无邪毫不相称的人。

淳低着头，步履蹒跚。

不知是不是心理作用，司界人和肯特看上去也是神情忧郁，动作迟缓。想想看，他们两个划了船，又攀上石阶，付出了那么多体力。自己最年轻，运动量最少，却比他们两个都要憔悴，真是惭愧。

忽然，一个小小的祠堂似的建筑映入眼帘。

我记得的。

淳愕然停住脚步。

是它。我见到黑寡妇时，那座山丘上……

淳悄悄向这古旧的建筑中望去。

一件僧服扔在那里，淳不由得往后一缩。

果然是的。那么，也许，当时看见的……

他战战兢兢地把视线移到僧服的下摆部分，那里露出的是鸟腿。

“哇——”

淳惊叫着跳起来，退开去。

司界人和肯特急忙回头，冲到淳身边：“怎么回事？”

“鸟腿，鸟腿。”

两个人一边安抚着紧紧抱住他们不放的淳，一边向那破旧的建筑物中张望。

“的确是鸟腿。”

司界人轻轻掀开僧服的下摆。

那是一只巨大的鸟的尸体。

可是，这能叫作鸟吗？

淳睁大眼睛盯着它。

它有三条腿。

那已经七零八落的黑色尾羽下面，露出三条干瘪的鸟腿，爪子蜷缩着，像在半空中抓着什么。

“它有三条腿。这是什么东西？”肯特厌恶地皱起眉头，“中国人会把这鸟腿也炖了吃的。”

司界人掀开僧服的头部，一个干瘪的喙。这只巨大的黑色的鸟已经死了有一段时间了。

“这是怎么回事？越来越更让人费解了。”

“这……这是八咫乌，我……我在神汤的时候，和黑寡妇在过去的厄纳得山相遇，那时候，我看到了它的脚。”

听淳的声音就知道他仍然胆战心惊。这个世界到底是怎么了？这场噩梦要持续到什么时候？

“八咫乌是什么？”

肯特问。

“是传说中的鸟，一只乌鸦，传说是它引导着被尊为军神的神武天皇获得了胜利。”

淳的喉咙发干。为什么八咫乌会在这里？这和影子有什么关系吗？啊，真想再和大家围在那张桌边喝一次啤酒。自己多么盼望那一刻啊。

司界人和肯特凝视着鸟腿沉思着，最后还是轻轻把它放到地上，又把淳夹在中间接着往坡上走。

“那里应该会有答案。”

肯特低声说。

答案。会有答案吗？已经是这样的不安、混乱和绝望了。

淳在心里哭诉。而且，答案已经不重要了。现在大家都消失了，要答案又有什么用处？

三个人各自想着自己的心思，拖着沉重的身体，朝着山丘上面那座等待着他们的奇形怪状的塔走去。

最先作出反应的还是黑。

自从来到这里之后，黑，还有别的动物，它们的反应给了人们多么大的帮助啊。它们能够感觉到眼睛看不见的东西。

感觉到眼睛看不见的东西，也就是说，相信眼睛看不见的东西。不用说，动物们相信，有些东西是不能单凭视觉来认知的。它们能通过氛围、气息轻易地证明这些东西的存在。

相信，还是不相信，自己什么时候这样认真地思考过这个单纯的二选一的问题？对于厄纳得山这个场所的存在，自己感到怀疑，感到兴趣，却没有考虑过，自己是相信还是不相信。

那么，“客人”呢？的确，用眼睛可以看到，用手可以触摸到，还可以和他们交谈、沟通。这是用眼睛能看到的，应该相信。

可是，经过刚才和肯特的交谈，以及自己过去的经验，总是觉得，能因为看得见“客人”就单纯地断定“相信”吗？对此，自己还是感到有些踌躇。这踌躇究竟是出于什么缘故呢？

淳因为太过绝望，感情已经完全麻痹，来到这混搭风格的塔的脚下时，表情已经松弛下来。只是出于惯性，跟着伸到前面的腿顺着坡走了上来而已。

所以，当黑突然竖起全身的毛，飞快地冲出去的时候，淳只是慢吞吞地将视线跟着移了过去。

司界人和肯特跟着黑跑过去。淳好不容易回过神来，跟着追上去。他甚至都没有打算想一想，黑究竟是发现什么了。

司界人在前面止住脚步。

“有光。”

“啊？”

顺着司界人指的方向看过去，的确，那哥特式建筑的门中透出柔和的光来。

“真的。”

“谁会在里面？”

三个人互相看看。淳仍然是一副失魂落魄的表情，没有什么正常反应。

黑摇着尾巴站在门前，那样子和刚才迥然不同。

“它在摇尾巴？”

肯特怀疑地说。

三个人都莫名其妙，走到黑身边。

黑一副毫不设防的表情回头看着司界人。那表情仿佛在说，快点儿进去啊。一向以来，只有身边是它熟识的人的时候，黑才会有这样的表现。

三个人又一次互相看了看。这次，淳也终于能够露出讶异的神色了。

司界人点点头，一把推开门。

灯光出奇的明亮。

里面那样闷热。

感觉有很多的人在里面。人数非常多。

淳眨着眼睛，看着眼前的情景。

有那么一瞬间，他不能理解自己看到了什么。

“这，这到底是……”

淳发觉自己说的话也太傻了，可是，这是对命运拨弄的感叹。这是他到厄纳得山以来多次体会到的。

司界人和肯特也愕然无语。

里面都是人，挤得满满的。

这么多的人。

建筑物中连立锥之地都没有了。长桌周围，人们或坐或站，或倚墙，或靠窗。

肯定是厄纳得山所有居民都集中到这里来了。不过，人也太多了。“百人讲”和神汤的时候，也没有这么多人。

淳努力运用自己所有的感官，想要获得一些信息。

人数太多了，不知为什么觉得有点儿奇怪。

说不清的迷乱的感觉，令人有些焦躁。

“淳！你来晚了，快到这儿来。”

这是羽奈的声音。淳心头一震。

羽奈在房间的一角向他招手。教授、琳德和真理子也在，都苦着一张脸，很不高兴的样子。

到底出什么事了？

淳向四下张望。司界人已经恢复了往日的平静。肯特还是说不出话来。

直到几分钟以前，绝望和悲怆还在困扰自己。现在这种感情已经退去，换成惊愕和混乱在身体里来回奔突。

“你们从水路绕过来的话，本以为你们会早点儿到的。”

汤姆士·贝克尔面无表情地看着他们。

三个自治委员并排坐在正面的桌子那里。好像大家正在开会。

“不好意思，放有线广播的时候，你们好像已经穿过森林了，我们等了你们一段时间，后来等不及，就先开始了。”

汤姆士·贝克尔淡淡地说。戴维·青木和尼克·斯科莱克也郑重其事地一起点头：“不好意思了。”

“不过，我们把礼拜堂挡板的闩拔下来了。我们想，你们早晚会到这里来的。”

两个人低声说着。

原来，那段时间挡板上的闩是特意拔下来，让他们能出来的。

“对不起，我们先到居住区看了看情况。”淳不由得开始道歉了，“真是大吃一惊，所有人都消失了……我还想，难道是被神仙鬼怪掳走了，伤心极了。”

淳想到刚才的担忧，又觉得难为情，眼泪直在眼圈里打转。

“不好意思了。”

汤姆士・贝克尔叹了一口气，又一次表示了歉意。

“总之，事情的发展远远超出我们的想象。”

贝克尔注视着另外两个委员，发出疲惫的声音。

还是有一种不协调的感觉。为什么会有这种感觉呢？

淳心里不安，看着周围，努力想弄清自己为什么会觉得不协调。

“肯特，好久不见。我一点儿也没发现你是肯特。你真高明，把我们都骗了。”

尼克・斯科莱克半是感叹半是讥诮地对肯特说。

大家丝毫不以为意，一看就知道，乔纳森・格雷博士就是肯特这件事已经暴露了。看大家的表情，好像是打算这件事以后再找机会问个清楚，现在有更重要的事。

大家都在关注什么呢？当然了，在山顶突然出现那么一个奇怪的建筑，这才是大问题吧。

“噢，别一直站在那儿，能坐的话就坐下。墙角有椅子。这才刚开始讲。再从头给他们讲一遍。”

这时，传来一个极具威严的声音，淳他们都循着声音望去。

锐利的目光。艺术家似的蓬乱的头发。

手握一根大手杖，庄严地坐在那里。

“仁左卫门老爷子！”

肯特高声叫起来。

“真的是仁左卫门爷爷！”

淳也跟着喊了起来。

他怎么会在这里？那个身穿和服从昏暗的天空俯视人间的老人，现在就在同一间屋子里，坐在桌子的对面。

于是，淳明白自己为什么觉得有些奇怪了。

所有人都来了。

是的，所有人。那天晚上，跟在仁左卫门身后的众多“客人”，“嗜血狂杰克”凶杀案的被害者“客人”，他们都坐在那里。两个长得一模一样的老奶奶紧紧握着手坐在一起，觉得好像在哪里见过。仔细一看，就是那个老妇人，那天“百人讲”时，她讲了在不同环境下长大的孪生姊妹的故事。她们姊妹重逢了。

很多“客人”都来了，和居民们坐在一起。所以，这么多人把礼拜堂挤得满满的，乍眼一看就觉得人多得不行。淳总算明白了。

肯特和淳同时长出了一口气。

司界人和黑一起坐在门前的地上。近旁的居民请他坐椅子，他却说这样舒服，礼貌地拒绝了。

肯特给自己和淳拿来椅子，坐到司界人旁边。

“你想过会是这样吗？”

肯特悄悄问司界人。

司界人面无表情，略微耸了一下肩：“我没有完全预料到——只认为，会是融合的。”

融合。

这就是融合吗？厄纳得山的过去，像透明彩纸一样重叠的时代，都像糯米纸一样溶化，合为一体了吗？

“继续说吧。”

“这哪儿行啊，来点儿啤酒吧，清醒的时候可听不得这种话。”

到处都响起了不耐烦的声音。和平时开玩笑的语气不同，声音里透着认真，让人听了害怕。

“我也这么想。”

汤姆士·贝克尔一本正经地深深点头，大家倒愣住了。

“说实在的，不喝醉了的话，我都觉得讲不出口。这种事，不知怎样才能让大家接受。但是，现在还不能喝。首先，这么小的地方，给每个人都发一个杯子，这太费时间了。”

不知他是开玩笑还是认真的，总之，居民中间有人轻轻地笑了。

气氛一下子缓和下来。

忽然，淳感觉有人在看着自己。

不是那种令人讨厌的注视，好像是希望自己发现对方。

淳顺着那目光看过去，发现有一对男女正在向自己微笑。

“啊！”

淳不由得叫出声来。

并排坐在那里看着自己的，正是黑寡妇和托马斯·温切斯特。托马斯向他轻轻招手，让他看自己右手和黑寡妇的手十指相扣。

淳深深点头向他们打招呼，黑寡妇也对他笑。

他们相见了。不知是在什么地方，总之，他们相见了。

淳胸口一阵发热，深深为他们欢喜。他们那样并排坐着，多般配的一对儿。

“现在，重新开始，呃，从哪里开始讲呢？”

贝克尔仿佛很困惑，扶着额头。

大家都面色凝重地注视着贝克尔。

他究竟为什么这样欲言又止？

半途进来的淳不知道原因。从人们认真的表情——不，从教授和琳德他们不悦的表情，无法读出是什么原因使他们显出这样的脸色。决定举行神汤的时候，是另外一种完全不同的紧张感弥漫在建筑物之中。

“的确，这几年，厄纳得山在改变，也就是说，亡灵节在改变。大家可能都有这样的感觉，但真正觉察到发生了什么事的人其实是很少的。也许，有人无意中感觉到了变化，不过恐怕没有作为一个严重的问题去考虑。”

贝克尔低声开始了他的讲话。

“但是，我们注意到了。厄纳得山特别历史地区的警察也注意到了。这是不能向国民公开的，对外国更是绝对不可以公开。这个问题必须依靠自己解决。”

还是听不出到底发生了什么事。

肯特和淳互相看了看。似乎肯特也不明白。

贝克尔看了他们一眼。他知道他们两个不明白。

“你知道胡蜂的巢吧？”

贝克尔突然问淳。

淳有些不知所措，但还是答道：“我见过，表面有大理石一样的纹样，很大。”

贝克尔点头：

“正如你所说。胡蜂的巢非常漂亮。可以说很艺术。有很多收藏家收集胡蜂的巢作为创造现代艺术的材料。至于为什么有人能收藏胡蜂的巢，是因为胡蜂每年都会抛弃旧巢另筑新巢。如果胡蜂还住在巢里，不管那巢作为现代艺术的素材是多么出色，收藏家也没有那么多性命去换。”

贝克尔自顾自地说下去，淳还是不明白其中的含意。

“胡蜂的巢最初由一只女蜂王开始建造，之后她的家人工蜂继续添补，直至最后完工。度过冬天之后，巢里会生出几只新的女蜂王，蜂巢就饱和了。她们必须抛弃旧巢去寻找新的天地。于是，蜂巢就这样废弃了。”

维国的人们居然都在安静地听着。要是在平时，他们是决不允许这种拐弯抹角的解说继续下去的。淳的直觉告诉他，人们这样一直听着，是因为贝克尔现在所讲的与一件非同寻常的事有关。

“我们认为，与之类似的事情也在厄纳得山发生。圣地可能已经处于饱和状态了。”

终于出现了一个模糊的线索。

难道他是说，圣地的负荷超过了能够承受的限度，负担压迫鸟居，把鸟居损坏了？

想到这一点，淳看了一眼坐在正面的威严的仁左卫门。

既然这样，为什么大家能待在这里呢？

“但是，并不是这样。”

贝克尔又把刚才的说法收回了。他还没有把秘密透露出来。

“各位都知道，厄纳得山有几个时代。原住民的先史时代，初期的基督教圣地，成为殖民地和日本文化混合之后一直到现在的亡灵节时代。虽然还没有进行详细的调查，但有一点很清楚，在任何时代，这里都是‘圣地’。”

贝克尔带着苦涩继续说下去。

“在厄纳得山，流淌着与所谓的科学性现实不同的时间，这一点作为经验我们是了解的。因此，我们可以与‘客人’交流，世世代代在这里举办亡灵节。”

不同的时间。

看不到的时间。只相信亲眼见到的东西。那，“客人”呢？

“而且，这种不同的时间轴不止一个。曾经，把这里作为圣地的不同时代的时间，在重叠着流淌。关于这一点，尽管不像亡灵节那样有实感，但大家也能模模糊糊地觉察到。有这方面的记录留下来，也发生了一些事让人联想到这一点。”

贝克尔喝了一口已经凉了的茶，清清嗓子。

“不管这是不是事实，都解决不了问题。因为，厄纳得山以及亡灵节本身，和我刚才说的这些是分离的存在。因此，我将基于我们的经验所了解的事实来进行叙述。”

他说话像是辩解。为什么要这样遮遮掩掩，迂回不前？是什么事这样难以出口？

淳看了看坐在一旁同样是满脸苦涩的青木和斯科莱克。

“这几年的变化，是由于具有不同时间轴的世界开始混合。混合的结果，就是我们现在所在的这个地方。”

贝克尔抬头向哥特式的高高的天花板望去。

长长的纵向直线给人一种错觉，好像能一直延伸下去。

不同的时间轴。正像是这个哥特式风格所体现的。那个时代，每个人都梦想着天上存在着另一个世界，祈祷自己能到达那里。

“我们一直没有觉察到这一点。先史世界、中世和19世纪以后的世界连接起来的时候，究竟发生了什么？有时，我们认为这是厄纳得山的特性；有时，我们认为这是这个地方的另外一种功能。其实，这些都是先兆。”

贝克尔又开始语焉不详了。他好像非常不愿意说出下面的话。

“这里，在任何时候都是死者的‘必经之路’。有时仅仅作为死者的‘必经之路’存在，有时在这里生者和死者可以交流。这个地方具备这两种功能。换句话说，有的时候生者和死者能够同时在这里存在，有的时候不能。”

礼拜堂中鸦雀无声。

静得让人害怕。每个人都咽着唾沫，盯着贝克尔的嘴。

“应该有人听家里的老人说过‘道路出现’这句话。”

贝克尔像叹息似的说着。

“现在的厄纳得山正是处于这种状态，就是说……”

一瞬间，陷入生硬的沉默。

“死者可以到现代——到外面的世界——到生者的世界去。”

人们中间发出一声无以言表的叹息。

淳混乱了。死者可以到生者的世界去。这就意味着……

贝克尔又看了淳一眼。好像是看淳是否理解了刚才自己说的话。淳的眼神表现出他已经理解了吗？

“我们秘密地和厄纳得山特别历史地区的警察，还有警视厅，一起进行调查。进行得非常隐秘。我们不知多少次想，如果这是假的，是梦幻，该有多好啊。”

贝克尔心有不甘似地喝干了面前的红茶。

忽然，淳觉得喉咙干渴，想喝红茶了。可惜暖水瓶放在船里没带来。不，他现在更想喝一杯啤酒。

贝克尔一脸疲惫地环视着人们。

他看上去一下子苍老了很多。

“各位已经知道我要说什么了吧，如果你是贤明的维国国民的话。”

他又看了看大家。没有人接着他的话往下说，大家都仍然看着贝克尔的嘴。

贝克尔不再指望大家了，他决定自己揭开谜底：

“‘嗜血狂杰克’在这个世界上不存在。他是从死者的世界经过厄纳得山来到我们的世界的。”

这一次，人群中发出了呻吟之声。

淳张大嘴巴，看着贝克尔和人们的表情。淳虽然不知道，但好像其他每个人都已经预料到了答案。

这，这怎么会？怎么可能？死者经过厄纳得山来到维国杀人？

说实在的，因为太过混乱，淳已经不知道自己是什么感觉了。

“吉米和特里的事，我们调查过一些。现在知道，他们两个人从入学时起就在大学生协会的书店打工，能够接近购买文学类书籍的顾客清单。”

贝克尔还是看着淳的脸，一边说着。他似乎觉得，比起看着其他人，看着淳，要讲的话更容易出口。也许是因为淳在神汤等一系列事件中给他留下了深刻印象，而且他觉得淳和吉米也比较亲近吧。

“那……那就是说，是他们两个人一起杀的人，他们是两个人，是这样吧？”

“是的。”

淳语无伦次地问，贝克尔深深地点着头。

问过之后，淳心里不由得一惊。

他们在哪儿？这里有这么多“客人”，他们肯定也隐藏在某个地方。一定就在附近。

这样一想，淳突然觉得恐怖，几乎要站起来。这不，就在自己身边的墙壁背后，两个人手里拿着刀，正在冷冷地笑呢。

贝克尔看到淳的样子，缓缓地摇头：“他们两个人都死了。”

“啊？”

自己怎么这么傻，淳脑海中不由得浮现这样的感慨。

从刚才开始，自己就跟鹦鹉学舌似的，不是“哎”就是“啊”，都是东京大学的博士生了，希望不要破坏人家对我的母校的印象。淳头脑中某个角落里回旋着这些多余的问题。

等等，等等，刚才贝克尔说什么？

他们两个人都死了？

贝克尔面无表情地继续说："刚才，我们在厄纳得山的斜坡发现了埋在那里的吉米的尸体。"

人们嘈杂起来。

两个人都死了。那，我们看到的吉米是……

"很可能，他们之间的事情是这样的：在特里生前，吉米一直受到特里的欺凌，吉米忍无可忍，是起了杀心还是出了事故，这个无从知晓，总之，他使孪生哥哥掉到河里淹死了。但是，特里回来了。'客人'是不撒谎的。特里抓住这一点，威胁吉米说，我是被你害死的，你要是不想让我说出真相，就必须跟我合作。于是，他就成了'嗜血狂杰克'，让吉米协助他。在厄纳得山，特里也继续犯下罪行。参加神汤的是吉米，于是没有一个人出事，精灵没有反应。可是，神汤结束之后，特里又杀了人，杀了自己的弟弟吉米。这样，两个人就都成了'客人'。"

居然会发生这样的事。

淳毛骨悚然。如果这是可能的，其他怀有杀心的死者不是也可以随意犯罪了吗？

人们的脸色都很苍白。

能和死者接触的亡灵节。能和死者交流的厄纳得山。只有在这里才能实现，只有在这个特殊的地方才能实现。在这个前提下，人们才会认可死者重归的事实。

"境界线上吊着的死尸，'祈祷之城'上吊着的死尸，都是特里准备的，是厄纳得山与中世连接的结果。那都是特里从另外一个世界带来的尸体，经过尸检，已经判定现在的户籍中没有这样的人。我们看到的死者，其实是已经不存在的人，是数百年前的中世的死者。所以我们必须内部处理。从我们的立场来看，他们就是幽灵。"

境界线上的杀人事件。

被吊起来的死尸。听他这么一说，也觉得死者的衣服的确显得很古旧。因为满身是血，看不清楚。仔细看的话，也许可以看出穿的是中世的服装。警察当时急着把尸体卸下来，原来是因为怕被人们看出这一点。

"各位现在明白了吧。今村署长不容易，我们也不容易。并不是'嗜血狂杰克'侵入厄纳得山，而是'嗜血狂杰克'从厄纳得山走出去，这一点正是警察和我们最担心的。"

人们又一次发出了大声的叹息和呻吟。

这次，混杂着表示接受和觉得自己上当受骗的感情。

居然会发生这样的事。

淳又一次呢喃。

杀人狂魔是从内部来的。不是外部，而是内部。

发生这样的事，世界都要混乱了。死者侵蚀到现实当中，不久，就会取而代之。

一种非现实的感觉顺着肌肤爬了上来。

仁左卫门，黑寡妇旁边的托马斯，他们的形象都扭曲起来，看上去活像妖怪。

他们不久要取代我们？

嘈杂声越来越大，大家都时不时看看“客人”。

这世界正在发生什么？今后会怎样？

融合。

“请大家保持镇定，今后不会任由杀人狂魔为所欲为的。”

贝克尔看着大家的表情，举起手，制止了嘈杂声。

“我们也非常担心，今后，这三个时代继续混合的话，是否会出现这样的事态。如果发生这样的事，别说亡灵节了，连维国是否能继续存在都是未知数。”

贝克尔稍稍加快了语速，大家都安静下来了。

“什么时候会发生‘融合’，会以什么样的形式结束，谁也不知道。因为谁也没有经历过。”

淳想起这些自治委员顽固的态度。一切都是秘密主义，不允许和外部接触，多次作出谜一样的行为。

“特别是，特里的出现出乎我们的意料。他那违背常理的品性使他突破了鸟居。”

“违背常理的品性？”

淳问道。

贝克尔神情十分苦恼：“这就是克里特人的悖论啊。‘客人’不撒谎。可是，对特里来说，‘撒谎’就是真实。他超越了厄纳得山的规范。对他，谁都无法判断真伪，即使是精灵。过去，司界人也曾到过厄纳得山，就是因为出现了像他这样品性异常的人。”

特里那张冷酷无情的脸浮现在眼前。

“‘融合’虽然构成了威胁，但是，也带来了幸运。有的人曾经待在不能自由往来的地方，现在又能够出现在厄纳得山了。多亏这一点，我们得到了一个强援。”

贝克尔又开始用那种意味深长的口气说话了。

他是这个舞台的主角。他一个人吸引了所有看客的注意力，所有人都迫不及待地想知道下面会发生什么。

“让我来介绍一下，原住民阿须那。”

肯特一下子抬起头来。

窗帘后面，有人站在那里。

一个颀长的身影。

“阿须那。”

肯特欠起身子，司界人也几乎要站起来。黑小声吠叫着。

她穿着普通的衣服，所以，一开始，淳没认出是她。

那天在森林中看到的透明人影，那个身着传统衣装的女子，已经深深地印在脑海之中。

她的头发松松地挽起，穿着一件薄薄的针织衫，一条牛仔裤。只有她的眼神，依然流露出刚毅果决。

“是你。”

她低语，微带羞涩。

还没等肯特完全站起身来，一个小小的身影一下子冲了过来。

“爸爸！爸爸！”

“萨曼莎。”

小女孩懂事地扑到肯特怀里。

就是那个淳曾经送给她一朵小蓝菊的小女孩。

感觉她比记忆中的更像个大姑娘。她坠落到什么地方的那个影像，一定是在厄纳得山的事。

看着他们父女相拥，人们在一瞬间忘却了现实的杀伐，沉浸在感动之中。阿须那也走过来，一家人拥抱在一起。

忽然，淳发现，在肯特的臂弯里，萨曼莎的眼睛正看着自己。

“咱们又见面啦。”

“你好。”

“你真像我爸爸。”

小女孩甜甜地笑着。她能理解这中间的过程吗？不，也许她还是不知道为好。

“正如各位看到的，这两位是肯特的家人，特意从美国赶回来的。”

阿须那看着淳，可能听说他是肯特的亲戚，眼眶里含着泪水，对淳莞尔一笑。

淳心里酸楚和甘甜交织在一起。不特意去看的话，是不会发现她左右两只眼睛颜色不一样的。淳不经意地看了司界人一眼。司界人移开了视线。

淳感到些微的不安。

他一定很喜欢这个美丽的姐姐吧。如今见到当年抛弃了他和他们的共同体前往美国的姐姐，他的心情一定很复杂。

“感动的场面暂时先到这里吧，总之，由于她们守卫着‘必经之路’，防止了最坏的事态的发生。在这期间，‘融合’一直在不断进行，终于，在今天早晨，出现了这样超出常规、世所罕见的奇异光景。”

贝克尔自嘲似地说。这是因为出现了自己也没有预料到的事情吧。

“这里一直都会这样吗？”

总算有人提了个问题。

“不知道。可能，目前是吧。”

“为什么今天早晨会有这么多‘客人’出现？”

“我也不知道，是‘融合’的结果吧。是这样，”贝克尔拿起杯子，摊开双手，“这杯子是厄纳得山，把砂糖、红茶、奶油按顺序放进去。这三种东西分别代表三个时代。先放一种，隔一段时间再放另外一种，很长时间里，几种东西是层层重叠的。但是，随着时间的流逝，上层渐渐向下沉，下层也有了接触其他层和外界空气的机会。换言之，就是打开了通往外界的‘通道’。之后，三个层次相互混合，最后，就变成了加糖的奶茶。现在，我们就处在这个加糖奶茶的时代。‘融合’的结果是砂糖待的地方扩大了，以前没有人帮助混合，不能进入红茶层，现在能够进入了。我是这样理解的。”

“那，死者会怎样？”

“现在，蛋白质在红茶上覆了一层膜，里面那些东西出不来。就是这样的感觉。”

“以后呢？”

“说老实话，我不知道。我觉得，会这样稳定一段时间。”

一个接一个的问题之后，沉默降临了。

一个惴惴不安的声音问了出来：“‘客人’能一直待在这里，是吗？”

“不，和以前没有太大差别。有时会在这里出现，然后消失。就和之前的亡灵节一样。也许，和以前相比，‘客人’会来得更容易一些。”

贝克尔冷淡地回答。淳不明白他为什么是这种态度。

“吉米和特里在哪里？”

淳忍不住问道。

三个自治委员都看着淳。奇妙的目光，好像是怜悯。

阿须那似乎一惊。

她在肯特的臂弯里变得僵硬了。

“已经不在这里了。他们两个不会再来这里了。阿须那把他们赶走了。”

贝克尔的声音极为平静。

“那好。”

淳简单应了一句，垂下眼睛，不再问什么。

那两个人不会再来这里。凭什么这么断定？疑问掠过脑海，但直觉告诉他，他不能问。把他们赶走了——怎么赶走的？淳内心深处打了个寒战。

“就是说，所有的事都解决了，亡灵节继续进行，是吧？”

有人做总结似地说。

“正是如此。”贝克尔庄严地宣布，“非常抱歉，以前没有告诉各位。但是，那样的情况下，我们即使讲了大家也不会相信。总之，在‘融合’结束之前，无法向各位解释。”

“就是说，亡灵节摆脱了危机？”

“是这样。”

这次完全沉默了。只听一声长长的叹息：“陛下荣光永驻，格言长存！”

所有人都情不自禁地站起来，一起唱和。

人们的声音混合在一起，振荡着天花板。

陛下荣光永驻，格言长存！

融合的圣地。生者与死者，永远的荣光！

淳凝视着正面站着的仁左卫门微动的嘴唇，在心里说。

居民们（当然，还包括不少“客人”）陆续走出礼拜堂，望着奇妙的奇美拉抒发着自己的感想。看来，在厄纳得山，他们将一直谈论这个话题。结束亡灵节回去之后，他们仍然会饶有兴味地讲述这个奇美拉，引得好奇的人们接踵而至吧。

淳和肯特一家、仁左卫门，还有羽奈他们留在了礼拜堂。

肯特、阿须那和萨曼莎慢慢走到羽奈他们身边，和他们有一句没一句地说着话。司界人在角落里注视着他们。

“司界人，你和你姐姐也好久没见了吧？”

淳招呼他，他只说了句“我以后有的是机会”，怫然不悦地带着黑走了出去。

淳缓缓地向大家走了过去。

“唉呀呀，他们竟然搞出这样的把戏。”

教授摇着头，望着淳。

“有这样玩噱头的吗？”

真理子也不高兴。

“淳，暖水瓶呢？”

羽奈问。

“对不起，放在下面水路的船里了。回头我去拿。”

淳感觉一下子回到了现实。

大家用疑惑的目光观察着礼拜堂。

“可是，这样的惊天秘密能瞒得住吗？”

“贝克尔并没有禁止我们说啊，他没说在外面不能谈论这件事。”

“因为他禁止我们说也没有用。”

琳德淡淡地说。

“的确是没有用。他那样说的话，等于就是在说，快替我宣传宣传吧。”

“无所谓的。这样的事，维国以外的人是不会相信的，只会当作奇谈怪论。他们又没有办法证实。”真理子冷冷地说，“啊，真想吸支烟，还想来杯酒。一直是这样的异常事态，还不赶快让我多喝点儿。”

“你还是那样好酒无度，真理子。”

听到那个响亮的声音，真理子慌忙捂住嘴：“啊，对不起，爷爷。”

仁左卫门鼻子里哼了一声，看着真理子。

“你们都还是那个样子。”

仁左卫门坐在原处，瞥了一眼亲人们。

“彼此彼此啊。”

“您终于来了。”

羽奈走近仁左卫门，向他打招呼。

“噢噢，羽奈，上次看到你我就觉得你长大啦。”

仁左卫门的脸色缓和了下来。他好像很喜欢羽奈，严厉的脸上满是笑纹，竟然很可爱。淳也不由自主地笑了。

“你们真像。”

突然被盯了一眼，淳的笑脸好像凝固住了。

“你是从东京来的吗？回去时路上小心。要好好用功。”

“是，是。”

“肯特，你怎么办？回美国吗？”

诚惶诚恐的淳身边，肯特把阿须那和萨曼莎揽在臂弯里，说：“不”。

大家吃惊地望着他们三个。

“阿须那必须留在这里。我也回维国。当然，我得先把在美国的工作整理收尾。”

阿须那盯着自己的足尖。萨曼莎忐忑不安地看着她。

“我可以问一个问题吗？我想，刚才汤姆士·贝克尔的话里省略了很多东西，对吗？”

教授盯着阿须那，语气很平静。

阿须那抬起眼睛看着大家，轻声回答：“我不能离开这里。我应该在这里。萨曼莎由肯特在维国抚养。”

阿须那抚摸着萨曼莎的头。萨曼莎那双忐忑不安的眼睛仍然一直注视着母亲。

“那‘必经之路’仍然需要‘看守’，是吗？”

听教授这样向，阿须那没有说话，只是浅浅一笑。

淳走到站在一边的黑寡妇和托马斯身边。

“太好了，你平安无事。”

“当时……”

淳提起上次的事，托马斯点点头。

“当时，在那个房间里发生了什么？”

“那是旅馆和自治委员帮了我的忙。”黑寡妇平静地回答，“当时，‘影子’进入了那个房间。”

“影子？”

淳想起来了，吓了一跳。对了，那“影子”究竟是……

“你也看到了吧？那只三只脚的鸟。”

“什么？那八咫乌就是‘影子’？”

“是的。我也是直到那天才知道的。那里是它们的世界。在很久很久以前，曾经有一个它们的时代。也许，从先史时代开始，它们就一直在这里。经历了数千年，它们的数量减少了很多。当时，它冲破了封印符，进入屋中。但精灵没有放过它。就在我眼前，它被撕成碎片。”

淳想起了那片血海。

“那，那血……”

“就是它的血。它有智能，是介于人和鸟之间的生物。不能让人见到它的尸体，否则一定会引起骚乱。我把它的尸体藏在里面的房间。后来尸体由自治委员们处理掉了。”

那么，那天夜里他们扔到井里去的，就是那大鸟的尸骸了？

“不可思议的是，知道‘影子’原来就是它的那一刻，我失掉了把人送到‘那边’的能力。托马斯一直藏在旅馆里，直到外面的议论平息下来。”

黑寡妇和托马斯交换了一个平和的微笑。

“我明白了——因为害怕它，你们国家的人建造了那个建筑。”

淳心头一震。

原来是这样。禁忌的领域。曾经，是因为恐惧鸟的存在而建造的，就像它的名字。

鸟居。

这天晚上，厄纳得山爆发了惊人的狂欢。

据说，直到很久以后，人们还在谈论这一晚。

那是自然的。连环凶杀案也解决了，安稳的生活又回来了，不用再担心神汤、警察。而且，来了那么多“客人”，不喝酒怎么能行呢？

这天晚上，厄纳得山里所有酒吧的酒和菜，全都集中到“祈祷之城”外围的大建筑里。大家都希望在这里召开宴会。不管在礼拜堂召开宴会是否被允许，大家汇聚一堂把酒言欢，这个地方是再合适不过的了。

以后，“祈祷之城”会被叫作什么呢？这一晚，看着高高的天花板，大家谈论的就是这个问题。“超级祈祷之城”？“三个时代之塔”？“融合纪念堂”？

这一晚，“客人”久久不归，据说留下的人数创下历史新高。就连那个仁左卫门，也高声大笑，把黑啤酒全部喝光。黑寡妇和和托马斯看上去很幸福。

正因为原本是宗教设施，礼拜堂的宴会空前盛大，气氛热烈非凡。会堂里，声音悦耳地回荡着，装饰绮丽华美，让人感觉心情舒畅。

不知不觉，淳醉了。

肯特带着妻女早早退场了。他们一定有很多话要说吧。

阿须那知道一切，但她什么也没有说，那神秘的笑容留在了自己的脑海里。还有，对自己挤眼睛的萨曼莎，移开视线的司界人。

羽奈绷着脸，真理子呕着气，教授懊恼自己的推理被推翻，琳德自顾自地一个劲儿喝酒。

这一切，都为这个神圣地方的盛宴增添了色彩。

但是，我好像忘记了什么。有什么事还在心里。有一件什么事，不该忘记的，它一直在我心里。

淳发昏的头脑之中，反复响着这句话。

他茫然地来到门外。

宴会上欢声笑语，玻璃杯晶莹透亮，这一切在眼前闪耀着。

黑暗之中，有一个影子坐在那里。

他抱着腿，仰望天空，一动不动。

“司界人。”

叫出这一声，淳脑中忽然灵光一闪。

那刺激太过强烈，一瞬间，他简直不能呼吸。

天启，从来没有过这样的经验。

小小的灵感，他是感受过的。每一天，用功地读着文献。好像用杯子从井里一点儿一点儿舀出水来，那水里，时时会有沙金的颗粒。

但是，这一次……

淳朝着司界人的背影，大声说：

“我明白了。”

淳知道自己的声音醉了，可是，脑中却异样地清醒，好像看清了一切，并因此兴奋异常。

“上次，我和托马斯去‘祈祷之城’的时候，你说过的。曾经，‘影子’代表一种实体。那是你们的传承。有一种被光留下的生物，叫作‘影子’。记得吗？”

司界人依然背对着淳，一动不动。

“有很多线索。黑寡妇说八咫乌是‘影子’。建造鸟居的意思是把三只脚的鸟居住的地方作为禁忌。日本人像畏惧死者一样畏惧鸟人。为了不让山里的鸟人出来，建起了那样的大鸟居。”

脑海中，涌起各种各样的言辞，许许多多的形象。说出来的话语简直跟不上脑子，淳感到焦急。

“你是德鲁伊教，对吗，司界人？不知你们如何称呼自己，但你就是我们说的德鲁伊教。你在仁左卫门他们来的时候投掷的石头，我发现那上面刻着字。”

红色的石头。那些被扔出去的石头。

“那是卢恩符文。”淳自豪地叫起来，“是魔法文字。你说过，你的祖先没有文字。但是，你们一族来到欧洲，学习了卢恩符文，创造了独特的文化。就像维国，接受了日本和英国两个国家的文化。你就是他们的末裔，古代凯尔特民族的僧侣、官员，兼做医生、学者。你们相信，神只有一个，所有生物的根源只有一个。你们认为的神，与某种东西是同义的。”

淳轻轻呼出一口气：“是太阳。太阳是神的同义词。火是神的象征。不只是你们，这是全世界原始宗教的神。”

脑海中一个接一个的形象浮现出来。玛雅的遗迹，印加文明的黄金。

“而且，鸟是太阳的象征。八咫乌原本也是从中国神话中来的。在中国，八咫乌栖息在太阳之中，那也是植根于太阳信仰。”

淳越说越快，无法控制。

“鸟人，鸟形的人，这样的故事世界各地都有。他们都是从空中来的。与天孙降临的说法一定也有关系。鸟居住的地方，就是影子居住的地方。鸟就是影子。那正是代表太阳。听起来好像正相反，但我认为就是这样。这里尊奉太阳信仰，你们是远古的凯尔特民族的后裔。”

太阳升起来了。暗夜之中，在淳的头脑里，巨大的太阳冉冉升起，灿烂光辉。如梦如幻的太阳，在这个白夜之国。

“这里就是提洛斯岛。”淳大声说，“你知道吧？在希腊神话里，阿波罗出生的岛。因为生产过程太过艰难，从那之后，那座岛屿不允许任何人死去，也不允许任何人出生。这不就是厄纳得山吗？生和死都在朦胧之中。”

神话，历史，是从什么时候开始的？是多元的，同时发生的吗？或者是一同传播到其他地方？

淳踉跄着靠近司界人：

“你知道吗？凯尔特人的新年，是从十一月一日开始的。据说，德鲁伊教的信徒在山顶燃起火，庆祝新的一年升起新的太阳。这就是从死亡中重生。亡灵节就是这仪式的延续。是各种各样的信仰传到这里，还是各种各样的信仰从这里开始向外界传播，这个还不清楚。也许，这里就是世界开始的地方。”

淳像要倒下似的，在司界人身侧膝盖着地，看着他的脸。

可是，只有黑困惑不解地看着他。

“司界人？”

淳本以为司界人是坐在那里的，其实，他已经靠在黑的身上，睡熟了。淳一下子全身都没有力气了。

看着司界人安详的表情，淳身上发软的同时又觉得心中宁定。

“哎呀，这可是我这一辈子唯一的一次演说啊。不过，我将来一定要证明，这里是世界的起源之一。”

淳呢喃着，在司界人身边坐下来。

刹那之间，困倦和醉意一起袭来，淳倚靠在司界人身畔，沉沉睡去。

他可没想到，自己第二天早晨打着喷嚏被冻醒，之后连着发了三天高烧。

但是，受到天启的那一夜的情形，一直在淳的梦中，发出璀璨的光芒。

终章

亡灵节接近尾声的一个夜晚。

淳已经完成了有关亡灵节详细报告的草稿，感觉很充实。

安稳的夜晚。

在厄纳得山的生活就要结束了。

这里发生了多少事啊。开始的时候，那一连串奇异的事件。不过，现在，鸟居修好了，自从“融合之城”出现的那一晚，一直过得很悠闲，自己可以做做调查，写写字，过了一段满意的研究生活。

“淳，晚上开个茶会怎么样？有好鸡蛋了。”

羽奈来叫他。

淳也想起来了，很多日子都没有用蛋占卜过了。看看要发生什么事也是好的。

餐厅，大家围着桌子，碗里扣着蛋。

大家闭上眼睛，拉着手，口中呢喃着希望见到的人的名字，等待时间过去。

不久，碗开始咔哒咔哒地动起来。

一阵香气，还有东西烤焦的味儿。

大家睁开眼睛，打开碗。

五个煎蛋摆在桌上。

“这是怎么回事？”

真理子皱着眉头，轮流看着大家。

突然，窗外传来一阵高亢的笑声。

所有人都惊得回过头去。

“那、那、那就是……”

淳大叫起来。

餐厅窗户外面飘浮着两个一模一样的影子。

隔着窗户，听到了窃窃私语的声音。

“没有‘必经之路’了。”

“有人守卫在那儿。”

“不可能 24 小时都有人守卫吧。”

“虽然现在只有影子能来这儿，将来我们一定要回来。”

“是啊。”

“我们好像一直是死的。”

这影子没有实体。无论怎么看，也只能看到两个影子像双胞胎一样在窗户外面飘浮。

但是，这声音毫无疑问就是那两个人的声音。

而且，在他们身旁似乎传来扑棱扑棱扇动翅膀的声音。

“这里像是‘死者的街道’。”

“以后一定再来。”

大家像凝固了一样注视着，两个影子一下子消失了。接着，是高亢的鸣叫声，和扑棱一声什么东西飞起的声音。

“死者的街道”的夜晚，今天也在静悄悄地流逝，等待着访问者的到来。

后记

厄纳得山是从什么时候开始浮现在我脑海之中的，已经不记得了。

但是，我还留着一幅画在素描簿上的画。

画面上，周围运河环绕，有一个大大的鸟居，一片幽暗的湿地延伸到地平线，一座舒缓的螺旋状的古老山丘。

写这部小说最直接的一个契机，是看了一个纪录片，里面有英国产业革命时代开凿的纵横交错的运河，还有行驶在运河上的屋船。

那船任何人都可以驾驶，很适合居住，从早到晚慢慢地航行着，简直太棒了。从那一天起，运河之旅就成了我的梦想之旅。

我唱着鹅妈妈童谣，读着阿加莎·克里斯蒂，听着凯特·布什长大成人，从很早以前就开始幻想，要创造一个英国和日本折中的奇异世界。

于是，有一天，忽然，那个拿到进山许可证，满怀期待和不安的淳浮现在我的脑海中。于是，《死亡圣地》拉开了序幕。

通常，我的小说写到预想的80%就写完了。

这个世界已经不必再写了，不必再往下继续了。一般，在写到离预想的篇幅还差一点儿的时候，我就会有这样的感觉。

可是，《死亡圣地》我怎么写也写不完。人物喋喋不休，谜团越来越多，他们自己想到什么地方去就到什么地方去。我第一次体验到，人物超出了作者的控制，我只有紧张地看着他们到底要去哪里。

现在，他们仍然会在举办亡灵节时到那座山里去，他们尽情地推理，喝着酒，品着茶，喋喋不休。各位读者如果能以他们在厄纳得山的生活为乐，他们一定也会高兴的。

本书能请到萩尾望都先生作解说，简直像做梦一样，到现在我都不敢相信。

而且，现在我发现了一件惊人的事。

我写的书中的英国形象受到了《波族传奇》中“皮卡迪利七点钟”“福尔摩斯的帽子”的很大影响，真理子、琳德的人物形象和“卷心菜田的遗产继承人”中的帕琪·派和布琳·派简直一模一样！

我曾经觉得动物的印刻现象很恐怖，现在印刻现象能让我发生这种事，真令我惊讶莫名。

恩田陆
2008 年 11 月

附录

维国究竟在哪里

读完了《死亡圣地》，从厄纳得山回到了现实的世界。欢迎你回来。厄纳得山怎样？今年的亡灵节如何？

你似乎还有一些恍惚，你要说，发生了各种事情，要说却不知从何说起，实在是太多了。你的心情还停留在厄纳得山那个奇异的世界，没有回到现实中来。你兴奋、不安，等着似乎要发生点儿什么。你会惊得回头。这里安全吗？心里依然不安。

在厄纳得山过得怎样？见到想见的人了吗？

对了，这个故事的舞台，那个叫作维国的岛，它在哪里？它是一个什么样的岛？读着亡灵节的故事，我心里一直有这个疑问。你呢？

厄纳得山在这个岛的西北部。

书里是这样写的。人们从码头乘坐屋船，在河上缓慢地航行12个小时，前往一个叫作厄纳得山的圣地。喝红茶，吃松饼，英国式的悠闲黄昏。

我想象着一个像冲绳那样细长的岛，西北狭长。在镜子里看冲绳，就成了一个西北狭长的岛。好，整个岛姑且就是这样的形象。

岛的西北部有一个高高的丘陵。整座岛不是平坦的珊瑚岛，而是有隆起的。隆起的地形构成了富于变化的复杂地貌和地层。还得有芒特富士这样的山呢。

夜晚在船上的旅程伴随无休无止的闲聊。沿着蜿蜒河流逆流而上，早晨到达厄纳得山，通过水闸。你有乘船经过水位不同的河流上的水闸这样的经历吗？这非常有意思，船在封闭的游泳池里浮上浮的。

通过水门，进入圣地。很快乐，不知不觉中越来越期待。就在这时，看到那座大鸟居。

什么？报纸都是《太阳报》《泰晤士报》，维多利亚大学的学生喝着奶茶吃着松饼，穿的都是格纹连衣裙，粗呢外衣，一派英国风情，怎么突然出现鸟居了？

你感到震惊，同时，红色的鸟居出现在眼前。你完全被《死亡圣地》震惊了。而且，竟然还有尸体吊在那里。这到底是要怎样！

你和大家一起进入厄纳得山。你很紧张。能见到死者的亡灵节——重要的民俗精神文化遗产。当然，从全世界来看这也是很重要的。精灵的世界也在这里。在这里，亡灵节是十一月。这里的十一月白天也很长。

正好晚上八点整。不过，外面仍然很亮。

十一月的晚上八点还明亮？十一月的东京五点钟就已经微暗了。这是哪里？

哦，明白了！也许维国是在南半球的某个地方。这样的话，十一月晚上八点天还亮着也能理解。对了，维国的正式名称有一次出现过。淳说的。

“这里毕竟是远东·维多利亚·爱尔兰啊。”

国旗是英国国旗，红和蓝是反的。让人联想到曾是英国殖民地的澳大利亚和新西兰岛。维国除了当地居民之外，还有移民过来的日本人，由英国进行统治。日本的习惯和英国的文化像什锦饭或千层酥一样，共同混杂，一同形成美味。太惊人了。圣地教会的大鸟居，不供五谷神而供蛋包饭，“格言（日出之处）”“神汤（盟神探汤）”“荒陵（皇陵）”“光音岛（观音岛）”，在英国文化中变化的日语。的确是在南半球的某个地方。但是，我又发现问题了，等等。

亡灵节定在十一月，也是因为这里冬天漫长。日本通常迎接亡灵的九月秋分时节，这里日照时间还长，是宝贵的工作期。

哦，是这样，在这里，九月日照时间还长，还可以工作。那么十一月就应该短了。临近十一月的描写是这样的：

一声宣告秋去冬来的混沌的雷声。

秋去冬来？如果是南半球的话，应该是春夏之交，因为和北半球相反。

那么，这里不是南半球。还是北半球。是在哪里呢？冬天要很长，就像英国的冬天。

也许，这个英国人看来的远东，是在大西洋的什么地方？如果是那样的话，那不是东，应该是西，有一瞬间我这样想。但想到从英国绕地球转一圈的话，英国的西边也可以说是遥远的东方。离英国很近，充满英国文化气息和习惯也可以理解。按日照时间来说，应该在北纬30度以下。加那利群岛？不对，太热了。在哪儿呢？

不，等等，这里说到海流了。

“由于海流的关系，一些文化上已经有相当发展的人从日本漂流而来，开始在这里生活。”“是黑潮的关系吧。”

对了，黑潮。黑潮是沿着日本列岛的太平洋沿岸北上的。太平洋？哦，是接近南美大陆的什么地方吗？比如，厄瓜多尔的加拉帕戈斯群岛，虽然位于赤道一带，但受秘鲁海流的影响，比其他的赤道岛屿气温要低。那么，是不是寒冷的加利福尼亚海流流经的区域？

这样想着，我又发现一个问题。

一天是24小时。春天和秋天分别有春分和秋分，那一天昼夜等长。白天12小时，夜晚12小时。过了秋分，白天就变短。十一月晚上8点还天色微明，北半球是不可能的。而且，早晨四点半天就亮了。这是怎么回事？

等等，我是不是忘了什么事？不能忽视《死亡圣地》的故事背景。也许，到厄纳得山的那一刻起，昼夜就逆转了？黑白颠倒？不，再等等。

在码头乘坐屋船的时候，就已经说了“日落很迟”。那么，虽然说是十一月，其实不是？不会吧。

日出和日落的时间，其他国家是怎样的？比如，巴黎的五月一日，日出是5点半，日落大约是20点。因为实行夏时制，时钟的时间要晚一小时。巴黎的纬度大约是北纬49度。我感觉，厄纳得山十一月大体就应该是这样。

顺便说一句，东京十一月一日日出是6点3分，日落是16点46分，位置在北纬35度。天是很暗的。往多里算，微明的感觉也就到18点。

好，去北纬19度的墨西哥城看看吧。日出时间6点38分，日落时间18点3分。北纬19度仍然是这样。从时间上考虑，还是南半球吧。不，再等等。

厄纳得山的十一月日出和日落的时间并没有明确地写出来。只是“依然微微发亮”这样的印象。也许是月光反射到云层。厄纳得山作为灵异之地，空气十分清新通透，即使太阳落下，也仍然有残留的光线吧。好，维国的位置在北半球。寒冷的加利福尼亚海流流经的岛屿。北纬19度左右？冬天很长，也有暖流。

“因为暖流的关系，海滨沿岸有时会变得特别温暖，可能会出现喜鹊。”

按这个说法，维国还是一个终年比较凉爽的岛。嗯，北纬19度好像太热了。

我不由自主地沉迷于寻找维国的所在地。这个岛充满魅力，让我简直想在现实上寻找，这个岛上的人也是。

例如，岛上的原住民司界人，你也见过吧？那个寡言少语的年轻人，两只颜色不同的眼睛。《死亡圣地》中的人物都有旺盛的好奇心，热衷于对接连发生的事件评头论足，这时候，司界人静静地伫立在那里。司界人，好关注你。

司界人作为灵性的存在，守护着这座岛的圣地。一直被遵守的各种禁忌在故事的结尾被打破，道路出现了。杯子里的砂糖、红茶、奶油，这个比喻很容易理解。厄纳得山就在这样一个境界线模糊的地方。让人感叹，又觉得亲切。

让人觉得亲切，是因为故事以日本的传统为基础，而且，早已渗透我们日本人的日常生活中的英国维多利亚文化在故事中也随处可见。略微偏向英式，又混合了日本风情，这些让维国成为一个引人入胜的地方。

在厄纳得山的每一天都紧张得没有喘息的余地。节奏太快了。冰雹从天而降，海啸奔涌而来，你为半夜的“神汤”而兴奋，为变成血海的黑寡妇的房间而战栗，你夜里去探索森林里的井，连惊叫声都没来得及发出就奔上森林的斜坡，累得精疲力竭，气都喘不上来。

你乘着小船穿过森林、隧道，走在一个人也没有的厄纳得山，越来越不安。你为三只脚的八咫乌而颤抖。最后，与聚集的死者和生者相会。砂糖、红茶、奶油混合的状态。这是怎么回事？世界变了。

连环凶杀案的凶手吉米和特里也在某个地方吧？他们像游戏一样杀了好几个人，本来应该让人感到非常恐怖。但是，连八咫乌都见过了，细想这对双胞胎也不过是人而已，就觉得不太可恨了。这怎么行。

一个月的亡灵节结束了，你回到东京。那体验是真的吗？你是不是开始想到这一点？淳会见到他的女朋友吧。在东京这个现实的城市，想起遥远的精灵之地维国，想起在那里见到的人。于是，我想起淳的话。

“这里就是提洛斯岛。”

原来维国在那里。
令人感怀。
世界开始的地方。

萩尾望都